安徽古籍叢書

黄山書社

無爲集校箋

〔宋〕楊傑/撰　曹小雲/校箋

圖書在版編目(CIP)數據

無爲集校箋/(宋)楊傑著;曹小雲校箋
-合肥:黄山書社,2014.6
(安徽古籍叢書第二十七輯/安徽古籍叢書編審委員會編纂)
ISBN 978-7-5461-4607-2
Ⅰ.①無… Ⅱ.①楊…②曹… Ⅲ.①宋詩-詩集 ②古典散文-散文集-中國-宋代 Ⅳ.①I214.422

中國版本圖書館CIP數據核字(2014)第124234號

全國高等院校古籍整理研究工作委員會
安徽省古籍整理出版基金會　立項資助項目

無爲集校箋

(宋)楊　傑　撰　曹小雲　校箋

*

責任編輯　李　媛　李霜琴

責任校對　李霜琴　李　媛　封面設計　馬　芳

黄山書社出版發行　合肥新南印務有限公司印刷

開本 880×1230　1/32　印張 23.75　字數 490千字

2014年12月第1版　2014年12月第1次印刷

ISBN 978-7-5461-4607-2

定價　83.00圓

安徽古籍叢書編印緣起

我國歷史悠久，典籍豐富。我省地處南北之交，學術尤擅其盛。數千年來，哲學、史學、文學、藝術、語言、科技，作者輩出，著述如林，或自名一家，或蔚然成派，多爲中華民族文化之菁華，有裨於社會主義文化之建設。允宜及時整理，以廣流傳。

粤自明清，以至近世，南北郡邑已有涇川叢書、龍眠叢書、貴池先哲遺書、南陵先哲遺書諸刻。一九三一年，復有安徽叢書之編刊，所收皆皖人著作，分期影印。出至第六期，以抗戰軍興而中止。盛業未竟，論者惜之。

今者，中央倡導整理古籍，我省領導對此尤爲關心。省古籍整理出版規劃委員會幾經商討，決定編纂安徽古籍叢書。編纂宗旨是在歷史唯物主義指導下，批判繼承，古爲今用，弘揚民族優秀傳統文化，爲建設中國特色社會主義服務。最其體例，約有數端：

一、所收皆爲歷代皖人著作，時間一般以辛亥革命之前爲限，内容以文、史、哲爲主，分類成輯。尤其注意稿本、稀見本之搜輯與傳布。

二、整理方式包括輯、校、標點和注釋、今譯。校勘，力求採用善本爲底本，校以他書，或加補輯、編次。標點，採用新式標點。注釋，務求精確，但不作煩瑣考證。整理中，儘量吸收國内外研究的新成果。

三、先秦、兩漢著作及語言、文字之類，皆用繁體字，其餘則酌用簡體字。版皆竪排，以期一律。

四、凡熱心於本叢書編印及捐貲助刊者，得於書内題名。

安徽古籍叢書編審委員會

無爲集校箋目次

卷四　古詩

卷五　律詩

卷六　律詩

卷七　律詩

卷八　序

卷九　序 題跋附

卷十　記 附雜文

卷十一　表啓

卷十二　碑誌

卷十三 墓誌

卷十四 墓誌 行狀 表述

卷十五　奏議

無爲集輯補

卷一　詩

卷二　頌　贊

卷三　文

附録

前　言

一

楊傑，字次公，自號無爲子，無爲軍（今安徽無爲縣）人，爲北宋名臣，歷事仁宗、英宗、神宗和哲宗四朝，官至禮部員外郎、知潤州和兩浙提點刑獄。楊傑精禮學、佛學，詩歌創作亦頗有成就。宋史卷四四三有傳。其生平家世可考者如下：

一、據楊傑楊氏世譜序自述，楊氏祖居華陰，高祖楊徽挈族遷居淮南，曾祖楊杲又遷無爲，於是世居無爲。

二、楊傑的生卒年，文獻中没有明確記載。考楊傑於宋哲宗元祐三年（一〇八八）所作潤州到任謝太皇太后表中稱其『已見耆年』，可見其時他已六十以上，從宋史本傳『卒年七十』以及楊傑最後一篇作品寫於元祐八年（一〇九三）來推測，楊傑當卒於元祐八年至紹聖五年（一〇九八）之間。以此倒推，楊傑生年當在宋仁宗趙禎天聖年間，即一〇二四至一〇二九之間。

三、楊傑一生以宋仁宗嘉祐四年（一〇五九）進士及第爲中心，可分爲前後兩個階段。進士及第之前的三十多年，楊傑一直生活在家鄉無爲。但年輕時的楊傑因『雄才俊邁』（宋宗曉大宋無爲子楊提刑傳)而『有名於時』(宋王稱東都事略),與當時名流如歐陽修、夏竦、胡瑗等已有文字來往,還曾上書都官員外郎茹孝標和金陵知府以求提攜。

進士及第之後,楊傑步入仕途。嘉祐四年(一〇五九)秋以試秘書省校書郎任山陽郡學教授(愚齋銘),『爲諸生之師』(獻詩賦序)。其後一段時間,在家鄉無爲爲官。治平三年(一〇六六)冬『赴官江西』(廬山五笑序),任南豐縣令(宋祝穆方輿勝覽卷二十一),『期年政事修舉,縣之射圃生芝草,人以爲善政之應,郡守率僚屬賦詩美之』(清謝旻江西通志卷六二)。治平四年秋之後調任黄梅縣令,其懷黄梅三閣序謂:『黄梅縣墻西有池,多魚,舊政或取捕爲樂。自予爲令,戒勿取,其後乃爲放生池。』熙寧(一〇六八)初,自黄梅令被召爲太常院禮官(故廬江田府君夫人趙氏墓誌銘),任儒林郎、秘書省著作佐郎、太常禮院主簿(奏請罷文德殿常朝官狀)。熙寧末(一〇七七),在無爲丁母憂期間,精研佛藏。元豐年間至元祐二年(一〇八七)之前,『官太常者數任』(宋史本傳)。元祐三年,以禮部員外郎出知潤州(潤州到任謝皇帝表),『未逾期月』旋除兩浙提點刑獄(兩浙提刑謝太皇太后表)。元祐五年七月,罷兩浙提點刑獄,回京復任禮部員外郎。元祐六年,以禮部員外郎任徐王府侍講(宋郭祥正青山集卷三〇、王之道别集序、趙士𢒟無爲集序)。

二

楊傑自元豐始,爲官太常者六七任,是當時著名的禮學家。據宋史本傳,當時朝廷禮樂之事,楊傑皆參加討論，所論因革精確，受人贊譽。曾議宋代玉牒帝系，應以僖祖爲始祖，得到朝廷認可。又嘗奏請升孝惠賀后、淑德尹后、章懷潘后、孝章宋后神主祔於祖宗祏室，正宗廟之大法，由是四后始得升祔。神宗朝，因與范鎮議樂制不合，言大樂七失，并圖上之。朝廷雖從范鎮之説，然論者終以楊傑之説爲當。哲宗朝，楊傑復著文討論范鎮樂章曲名、宫架加磬、十六鐘磬等之非，於是范鎮之樂律最終廢除不用。楊傑禮學著作頗豐，所著奏請四皇后廟升祔狀、堂上鍾磬議、上言大樂七事、熙寧太常祠祭總要序、補正三禮圖次篇序、平律書序、大樂十二均圖序、元祐樂議和論正樂諸篇，集中地體現了他的禮學主張。另有元豐新修大樂記五卷，今不存。

楊傑更爲人所稱歎的，是他在佛學上的精深造詣。蘇軾稱其爲『在家頭陀無爲子』（登介亭餞楊傑次公），趙士彯無爲集序稱其『於瞿曇尤造理窟，當時如大丞相王公、内翰蘇公，悉印可之』。王之道也説他『旁通道藏，妙解佛理』（無爲集序），『得大辨才，通達無礙。當時好談性理之學，如臨川王介甫、眉山蘇子瞻，猶或避路放一頭地，而況餘人乎』（别集序）。楊傑一生留下了大量的佛學詩文，除現存於無爲集中的篇什之外，尚有『皆爲釋老，而釋又十之九』的别集十卷（陳振孫直齋書録解題）。此外，還有蘇軾爲之作序『專紀佛乘』的輔道集。這些集子今皆不傳。

楊傑宿稟靈機，初好禪宗，曾遍參諸老宿而不契。後從天衣禪師遊，窮究龐公機語；又會芙蓉楷禪師，相互酬問，學愈精進（五燈會元卷一六）。晚年精研浄土，宣揚彌陀教觀，被尊爲『浄土六祖』（浄土紺珠）。楊傑主張由禪入浄，禪浄雙修，破參禪之人視浄土爲權教之異見。著天台十疑論序、直指浄土決疑集序、淨慈七寶彌陀像記、彌陀寶閣記、安樂國三十贊等篇，融天衣義懷『唯心淨土』和永明延壽『念佛淨土』於一體，認爲衆生根有利鈍，其近而易知，簡而易行者，唯西方淨土；但能一心觀念，總攝散心，仗彌陀願力，直超安養，更無他趣決取成功。故宗曉稱其：『遵崇佛法，明悟禪宗，江西臨濟下棒喝承當之輩，猶謂常流。復闡揚彌陀教觀，接誘方來。』（樂邦文類卷三）楊傑的淨土歸向，實則反映了當時佛教在中國由禪向淨土方向的演變、淨土念佛日益發達的歷史趨勢。楊傑深厚的佛學修養也得到宋神宗的肯定，他在高麗僧統義天來華遍歷叢林、問道受法時，命楊傑爲典客館伴；又『嘗詔對便殿，頗問佛法大概』（宋朱彧萍洲可談卷三）。

楊傑不僅是一位傑出的佛學理論家，同時也是一位虔誠的修行者。宗曉大宋無爲子楊提刑傳説：『公晚年作監司郡守，乃畫丈六彌陀尊像，隨行觀念。至壽終時，感佛來迎，端坐而化。』楊傑臨終之時所作的辭世偈，也向爲後來參佛之人所稱道，其辭曰：『生亦無可戀，死亦無可舍。太虛空中，之乎者也。將錯就錯，西方極樂。』（樂邦文類卷三）

三

據宋史藝文志記載，楊傑的著作有元豐新修大樂記五卷、無爲集十五卷、別集十卷、高僧詩一卷。據宗曉樂邦文類，尚有『專紀佛乘』的輔道集一種。陳振孫直齋書録解題説：『無爲集十五卷、別集十卷。傑善談禪，別集皆爲釋老，而釋又十之九。』可見，至陳振孫時，元豐新修大樂記和輔道集已佚。其後，別集十卷也逐漸失傳，清人無爲集提要即説：『今別集不傳。』目前尚存之無爲集總十五卷，爲賦二卷，古詩二卷，律詩三卷，另古文八卷。文以類編次，收序、題跋、記、雜文、表、啓、狀、書、碑志、墓誌、行狀、奏議各體。楊傑之文大體簡潔雅致，敘事平淡，議論周到深細，不誇飾辭采，少有情致，文學性幷不强。然楊傑之文對當時人物、官場、世情有獨特反映，且是考察楊傑及其交游者生平的重要史料。

楊傑在文學上的成就，主要體現在他的詩歌創作上。楊傑一生足迹遍及安徽、江蘇、浙江、江西、湖北、河北、廣東、四川等地，每到一地，他寄情山水，留下了大量紀游、寫景的詩歌。此外，楊傑交游廣泛，與歐陽修、蘇軾、郭祥正、錢勰、胡瑗、章伯瞻、馮京、程師孟、林子中等人交往甚密，也留下許多唱和、送別之作。無爲集提要評價楊傑的詩歌説：『傑及與歐陽修、王安石、蘇軾游，故其詩雖興象未深，而亦頗有規格。其率易者，近白居易。其偶爲奇崛，如送李辟疆之類者，或偶近盧仝。其大致則仍元祐體也。』李之鼎無爲集跋也有近似的評價：『次公生當元祐之際，曾接歐、蘇芳型，故詩文典贍，卓爾不羣，置之承明著作之廬，可備制禮作樂之選。豈率爾操觚之士，所能望其項背哉？』這些評價都是符合楊傑詩歌創作實際，十分準確的。楊傑詩歌中最值得稱道的是他的紀游及送別之作。如登南樓其二：『此樓此景它州無，天高水闊連平蕪。綠楊深處杏花發，日暖數聲山鷓鴣。』淺切率易，色調明快，平易不失藴藉，清雅兼具典麗。秀溪寒食：『十里喧闐錦繡川，鞦韆人健趁飛鳶。花明柳暗丹青國，日薄雲濃水墨天。游女踐成芳草徑，畫船沖散碧溪煙。武陵謾説桃源好，屈指如今幾百年。』夜泊偶書：『過得重湖日已斜，相依漁艇宿蒹葭。故園水面一千里，明月渡頭三四家。客路漂流身似梗，世途紛冗事如麻。卻欣歸去逢寒食，醉倒春風爛熳花。』這兩首寫景頗工，有用力痕迹，然寄託遥深，算是宋詩佳作。送陳令歸無爲：『楚水漾輕碧，楚花飛亂紅。故人故鄉去，半雨半晴中。』看似全在寫景，幷未抒情，實際以春風春雨之中故人歸鄉的身影，含蓄道出思鄉之情。此詩以複沓手法營造低回情思，讀之琅琅，天然無痕。另如遥碧亭：『幽鳥無心去又還，迢迢湖水出東關。暮雲留戀不飛動，添得一重山外山。』夏日天慶觀水閣：『錦繡堤邊曲徑通，登臨不覺俗愁空。聲喧枕簟芭蕉雨，香撲罇罍菡萏風。池景信皆塵物外，道家疑在畫圖中。南樓有客頻回首，應認蓬萊第幾宫。』送陳成伯學士知湖州：『揚舲初出禁城東，夾岸桃花菊正紅。紫綬朱幡金馬客，清風明月水晶宫。晝衣始信歸鄉貴，夜鶴從教恨帳空。政暇笙歌應鼎沸，詩壇不用苦争功。』諸詩各有興味，工整典贍，雖略有臺閣之風，亦多動人之句。

四

現存無爲集最早的編訂者，是南宋高宗紹興年間知無爲軍趙士䰂。他任職無爲軍時，深爲南渡以來楊傑所著文集湮没未傳於世而可惜，於是積兩歲之功，搜求編次，删除蕪纇，取有補於教化者，編成無爲集十五卷；另搜集楊傑佛道二家詩文，成别集十卷。

現存無爲集刻本有三種：一是南宋紹興十三年趙士䰂編刻之十五卷本無爲集，該本今存中國國家圖書館，『宋集珍本叢刊』等曾影印刊布。二是四庫全書收録本，該本由安徽巡撫採進，未明所據底本。三是民國李之鼎『宜秋館彙刻宋人集』本無爲集，李本以洪幼琴藏舊鈔本爲底本，校以文津閣庫本而成，并出校記於書末。三個刻本，所收篇目基本一致，只是文字互有譌奪。本校箋包含兩部分内容：一爲十五卷本無爲集所收篇目的校箋，一爲輯補篇目的校箋。輯補部分，爲散見於佛典、總集、别集、方志等典籍中所見之楊傑的詩、文、頌、贊，凡詩七十二首、頌贊九十一首、文二十五篇及殘句六則，多爲涉釋詩文，或即已散佚不傳之别集中的篇什。

無爲集部分，以趙士彩刻無爲集爲底本，正文文字完全依照趙刻排印，除舊字形依據相關標準改爲標準字形外，異體字、古今字、通假字一般不作改動。趙刻訛誤之處及與别本異同情况均於校記中注明。輯補部分，大抵以時間爲序，以先出者爲底本，後出者之異文於校記之中説明。

本書箋注，旨在鈎稽羣籍，探賾本源，究明出處及用典所在，常見語辭一般不作釋義。箋注中徵引諸家詩文頗多，一以有助於揭明作者旨意、典故用事等爲準，故隨處詳略，冗簡有别。校勘部分，旨在匡謬正誤。凡底本正文與參校之書存在異文者一律出校，對兩説兼通或疑莫能明者，不作按斷。無爲集所用參校之書，主要爲宋陳思編、元陳世隆補兩宋名賢小集無爲子小集（簡稱『名賢本』）、清四庫全書無爲集（簡稱『四庫本』）、清曹庭棟刻宋百家詩存無爲集（簡稱『詩存本』）及民國李之鼎刻宜秋館彙刻宋人集無爲集（簡稱『宋人集本』）。此外，厲鶚宋詩紀事、張敦頤六朝事迹等著述，正德建昌府志、潛説友咸淳臨安志等地志，宋元詩會、御選宋金元明四朝詩等總集、别集等，亦隨處採用。

集中凡可考定寫作時間或大致可推知寫作時間者，均於箋注中予以説明。

附録收入楊傑傳記資料、無爲集題跋及與楊傑相關雜記遺聞軼事等，以爲研究者之參考。

本書箋注部分由我負責，校勘部分由曹嫄負責。工作過程之中，山東理工大學程志兵、暨南大學曾昭聰、臺灣中山大學王瑋姁、浙江大學許建平、安徽財經大學丁進、南京林業大學鄭德俊、滁州學院盧曉輝、安徽師範大學顧軍、聊城大學李登橋及安徽大學賈東亮等多次給予無私幫助，在此表示誠摯的謝意。安徽省古籍整理出版辦公室李媛、李霜琴二位女士擔綱本書的編輯工作，做了嚴謹細致的校訂，在此，謹致以誠摯的謝意。

宋人集子校箋不易，書中一定存在許多不完善甚至誤箋誤注之處，懇請讀者批評指正。

曹小雲　癸巳年十一月

無爲集序

國家以文教作成海内近二百年，主上紹開中興，息馬論道者一紀于兹，比詔有司修建太學，蓋以儒術粉飾治具，漸磨士類，未始須臾置也。無爲在淮右爲小壘，而多名士。侍講楊先生名傑，字次公，道號無爲子，實一時文人。公自妙齡擢巍科，以雄文妙賦、醇德懿行得名於時。中間立朝議禮樂因革，人尤多之。晚年嘗奉使過太山，觀日出於絶頂之上。重九日，賦詩舉酒於華山蓮花之峯。繼被詔從高麗僧統義天遊。前輩以謂皆以王事而得方外之樂，故於瞿曇尤造理窟。當時如大丞相王公、内翰蘇公，悉印可之。年七十而終。生平所著文集，湮没未傳於世。吁，可惜也！

歲在重光作噩之冬，士彩誤恩，假守是邦。服膺侍講公之名舊矣，視事之初，首詢公文於搢紳間，歲餘搜獲不一。公遺辭典麗，立意奥妙。因删除其蕪類，取其有補於教化者，編次成集，將以爲學者標準，上佐吾君偃武修文之意，不其韙歟①！其詩、賦、碑記、雜文、表啓共分爲一十五卷，若釋、道二家詩文，則見諸别渠云②。

紹興癸亥歲夏四月，左朝請大夫知無爲軍兼管内勸農營田事趙士彩謹序③。

【校】

①鞮　永樂大典卷二二五三七、皕宋樓藏書誌卷七五、宋人集本同；四庫本作『偉』。

②渠　永樂大典卷二二五三七同；皕宋樓藏書誌卷七五、四庫本、宋人集本作『集』。當作『集』。

③請　永樂大典卷二二五三七、四庫本同；皕宋樓藏書誌卷七五、宋人集本『校記』作『議』。

無爲集卷一

古律賦

歸來堂賦①

碧虛子陳景元〔一〕，字泰初，入道爲右街録，賜號眞靖，主中太一宫〔二〕。屢請歸廬山，朝廷不從。大丞相舒公因眞靖自言而題之云〔三〕：『官身有吏責，觸事遇嫌猜。野性難堪此，廬山歸去來〔四〕。』無爲子楊傑蓋碧虛子之友也〔五〕，聞而歎曰：昔静節先生賦歸去來以歸廬山之陽②〔六〕，且八百年矣，其辭未亡，罕有繼其聲者。今大丞相因子之言而及之，愛子之深也。夫靖節遠害於污俗，眞靖引分於治朝〔七〕，雖其去不同③，而所歸則一。迺追静節遺韻④，而歌歸去來以貽之，庶亦自警云。

歸去來兮，當太平之時胡不歸〔八〕？寵難處而易辱，樂或過而生悲〔九〕。田園蕪兮不耨〔一〇〕，歲月流兮莫追。非彼馬而是是，是我指而非非〔一一〕。黼黻爛兮眩吾目〔一二〕，塵埃坌兮緇吾衣。不收視以返聽〔一三〕，將安望乎希微〔一四〕？胡爲乎疲足孤輪，與時競奔？行不顧乎夜漏，往取愧於晨門〔一五〕。余聞有其善者善喪〔一六〕，外其身者身存〔一七〕。享不俟乎牛鼎〔一八〕，酌不假乎象罇〔一九〕。内苟適其志願，外何靦乎面顔。一簞足以自養〔二〇〕，一枝得以自安〔二一〕。車善行而無跡〔二二〕，門善閉而無關〔二三〕。動不離乎輜重〔二四〕，超燕處乎榮觀⑤〔二五〕。河泝流兮九曲，丹伏煉兮七還〔二六〕。師不陳而坐勝〔二七〕，勇無取乎桓桓〔二八〕。歸去來兮，請從逍遥之遊。委天與之定分，在道外以何求？有名教之眞樂〔二九〕，絶世俗之妄憂。玩幾微於八索〔三〇〕，鑒福極於九疇〔三一〕。齊物我而一致〔三二〕，汎忘心之虚舟〔三三〕。躡遺舄於子喬〔三四〕，接逸袂於浮丘〔三五〕。礪吾齒而漱石，清吾耳而枕流〔三六〕。投空谷而響應〔三七〕，憩長林而影休〔三八〕。幽鳥翔而後集，白雲去而復留。歲云暮兮何之，叟擊壤以爲期〔三九〕。捨我田而營它，徒勞力於耘耔⑥〔四〇〕。子胡不歌大丞相之詩，脱官身之吏責，廬山歸去夫何疑！

【校】

①宋人集本同；四庫本作『歸來堂賦并序』。

②靜　四庫本、宋人集本作『靖』，當作『靖』。
③去　四庫本同；宋人集本作『趣』。
④靜　四庫本、宋人集本作『靖』，當作『靖』。
⑤燕　四庫本同；宋人集本『校記』作『然』。
⑥徒　四庫本同；宋人集本作『使』。

【箋】

〔一〕陳景元：宣和書譜卷六：道士陳景元，字太虛。師號眞靖，自稱碧虛子，建昌南城縣人。自幼喜讀書，至老不倦。游京師，居醴泉觀，衆請開講。神考（即宋神宗）聞其名，詔即其地設普天大醮，命撰青詞以進。既奏，稱善，得旨賜對天章閣，遂得今師名。又改章服，累遷至右街副道籙。乙卯乞歸廬山。一時大臣如王安石、王珪喜與之游。初歸廬山，與安石作別。安石問其乞歸之意，景元云：『本野人，而今爲官，身有吏責，觸事遇嫌猜。野性難堪此，廬山歸去來。』安石韻其語書靜几間曰：『官身有吏責，觸事遇嫌猜。不若歸廬山爲佳耳。』復書其詩後云：『眞靖自言如此。』葉夢得避暑録話卷下：『元豐間道士陳景元，博識多聞，藏書數萬卷，士大夫樂從之游。』

〔二〕主中太一宫：畢沅續資治通鑑長編卷二四四：『中太一宫成，以右街都監眞靖大師陳景元爲宫主。』

〔三〕大丞相舒公：即王安石，曾封舒國公。

〔四〕官身四句：　王安石臨川文集卷二六題爲代陳景元書於太一宫道院壁。

〔五〕楊傑：　字次公，無爲軍人，自號無爲子。

〔六〕静節先生：　即陶淵明，字元亮，號五柳先生，謚靖節先生，晉末宋初潯陽柴桑人，入劉宋後改名潛。傳見晉書卷九四。

〔七〕引分：　原指引咎。韓愈瀧吏：『官不自謹慎，宜即引分往。』這裏是退隱之義。

〔八〕胡不歸：　詩經邶風式微：『式微，式微，胡不歸？』

〔九〕樂過生悲：　淮南子道應訓：『夫物盛而衰，樂極則悲。』

〔一〇〕田園句：　陶淵明歸去來兮辭：『田園將蕪胡不歸？』

〔一一〕非彼二句：　陳景元南華眞經章句音義：『以指喻指之非指，以馬喻馬之非馬。夫指馬之義，自司馬彪、向秀、郭象，至有唐名士，皆謂漆園寓言，構意而成斯喻。遂解疏者旨歸不同。今按公孫龍六論，内有白馬、指物二論，乃知漆園稽考述作，有自來矣。』莊子齊物論：『以指喻指之非指，不若以非指喻指之非指也。以馬喻馬之非馬，不若以非馬喻馬之非馬也。天地一指也，萬物一馬也。』公孫龍子白馬論：『白馬非馬，可乎？　曰：可。』公孫龍子指物論：『物莫非指，而指非指……天下無指而物不可謂指者，非有非指也。非有非指者，物莫非指也。物莫非指者，而指非指也。』

〔一二〕黼黻：　繡有華美花紋的官服。淮南子説林訓：『黼黻之美，在於杼軸。』高誘注：

『白與黑爲黼，青與赤爲黻，皆文衣也。』

〔一三〕收視返聽：文選陸機文賦：『其始也，皆收視反聽，耽思傍訊。』李善注：『收視反聽，言不視聽也。』

〔一四〕希微：空寂玄妙之境。老子：『聽之不聞名曰希，搏之不得名曰微。』河上公注：『無聲曰希，無形曰微。』

〔一五〕晨門：掌管城門開閉的人。論語憲問：『子路宿於石門。晨門曰：「奚自？」子路曰：「自孔氏。」』何晏集解：『晨門者，閽人也。』孔穎達疏：『此章記隱者晨門之言也。』邢昺疏：『晨門，掌晨昏開閉門者，謂閽人也。』晨門，喻隱者。言與時競奔，爲隱士所譏。

〔一六〕余聞句：尚書商書：『有其善，喪厥善。矜其能，喪厥功。』

〔一七〕外其句：老子：『天地所以能長且久者，以其不自生，故能長生。是以聖人後其身而身先，外其身而身存。非以其無私邪？故能成其私。』

〔一八〕牛鼎：祭祀用的鼎名。其足飾形似牛首。呂大臨考古圖牛鼎：『今禮圖所載牛羊豕鼎，各以其首飾其足，此鼎之足以牛首爲飾，蓋牛鼎也。』

〔一九〕象罇：祭祀用的酒樽，作象形或飾以象形。

〔二〇〕一簞自養：論語雍也：『子曰：「賢哉！回也。一簞食，一瓢飲，在陋巷。人不堪其憂，回也不改其樂。賢哉！回也。」』

〔二一〕一枝自安：莊子逍遥游：『鷦鷯巢於深林，不過一枝；偃鼠飲河，不過滿腹。』

〔二二〕善行無跡：老子：『善行，無轍迹。』河上公注：『善行道者求之於身，不下堂，不出門，故無轍迹。』

〔二三〕善閉無關：老子：『善閉，無關揵而不可開。』河上公注：『善以道閉情欲、守精神者，不如門户有關揵可得開。』

〔二四〕輜重：外出時攜載的物資。老子：『是以君子終日行，不離輜重。』

〔二五〕超燕句：老子：『雖有榮觀，燕處超然。』河上公注：『榮觀，謂宫觀。燕處，后妃所居也。超然，遠避而不處也。』

〔二六〕七還：張君房雲笈七籤金丹部七返靈砂論：『高上賢明之士，先揀其砂，次調火候，在意消息，而成七返七還。且金石之中，至靈至聖至明無過於丹砂者，懷袖致之一兩尚可辟邪魔，況乎伏鍊入於五藏者哉！且如七返、七還，異名同體，而返者是丹砂化爲金，還者是金歸於丹。』

〔二七〕坐勝：蘇軾王仲儀眞贊幷敘：『及聞公來，吏士踴躍傳呼，旗旆精明，鼓角歡亮，虜即日解去。公至，燕勞將佐而已。余然後知老臣宿將其功用蓋如此。使新進之士當之，雖有韓、白之勇，良、平之奇，豈能坐勝默成如此之捷乎！』

〔二八〕桓桓：尚書牧誓：『勖哉夫子！尚桓桓。』孔安國傳：『桓桓，武貌。』杜甫北征：『桓桓陳將軍，仗鉞奮忠烈。』仇兆鼇注：『桓桓，武勇貌。』

〔二九〕名教：指綱常禮教。嵇康釋私論：『矜尚不存乎心，故能越名教而任自然。』

〔三〇〕幾微：隱微。八索：道家附會的書名。張君房雲笈七籤卷九：『後有八帝，次三皇而治，又各受一卷，亦以神靈之教治天下。上三卷曰「三精」，次三卷曰「三變」，次二卷曰「二化」，凡八卷，號曰八索。』

〔三一〕九疇：指傳説中天帝賜給禹治理天下的九類大法，即洛書。尚書洪範：『天乃錫禹洪範九疇，彝倫攸敘……次九曰嚮用五福、威用六極。』

〔三二〕齊物我：莊子齊物論：『天地與我並生，而萬物與我爲一。』

〔三三〕虚舟：莊子山木：『方舟而濟於河，有虚船來觸舟，雖有惼心之人不怒。』司馬光酬王安之聞罷真率會：『虚舟非有意，飄瓦不須嗔。』

〔三四〕子喬：後漢書王喬傳：『王喬者，河東人也。顯宗世，爲葉令。喬有神術，每月朔望，常自縣詣臺朝。帝怪其來數而不見車騎，密令太史伺望之。言其臨至，輒有雙鳧從東南飛來。於是候鳧至，舉羅張之，但得一只舄焉。乃詔尚方診視，則四年中所賜尚書官屬履也。』

〔三五〕浮丘：即浮丘公，傳説中的仙人。文選郭璞游仙詩：『左挹浮丘袖，右拍洪崖肩。』李善注引列仙傳：『浮丘公接王子喬以上嵩高山。』

〔三六〕礪吾二句：形容隱居生活。劉義慶世説新語排調：『孫子荆年少時，欲隱。語王武子「當枕石漱流」，誤曰「漱石枕流」。王曰：「流可枕，石可漱乎？」孫曰：「所以枕流，欲洗其耳；

所以漱石，欲礪其齒。」』

〔三七〕空谷：空曠幽深之山谷。指隱逸者所居之處。詩經小雅白駒：『皎皎白駒，在彼空谷。』孔穎達疏：『賢者隱居，必當潛處山谷。』

〔三八〕長林：高大的樹林。指隱逸者所居之處。范曄樂游應詔詩：『探己謝丹黻，感事懷長林。』

〔三九〕擊壤：比喻恬静閑適的隱士生活狀態。皇甫謐高士傳卷上：『壤夫者，堯時人也。帝堯之世，天下太和，百姓無事。壤夫年八十餘而擊壤於道中，觀者曰：「大哉！帝之德也。」壤夫曰：「吾日出而作，日入而息，鑿井而飲，耕田而食，帝何德與我哉！」』

〔四〇〕耘耔：詩經小雅甫田：『今適南畝，或耘或耔。』後以『耘耔』泛指從事田間勞動。張衡東京賦：『兆民勸於疆埸，感懋力以耘耔。』

一鶚賦〔一〕雄摯之物〔二〕，無有儔偶。

鶚也惟一，物之至雄。絶倫類於凡羽，鋭擊搏於秋風。一飛則冲，得路昊穹之表；獨立不懼，肯羣燕雀之中？在氣稟金，於德爲義。力捕潛伏，性鍾猛鷙。由耿介以寡合，非沽激而自異〔三〕。雖曰鵜如其狀〔四〕，孰並翺翔？未嘗烏合其羣，曲從黨比〔五〕。其或木落萬壑，雲沉四陲。我則助天地嚴凝之氣〔六〕，乘風霜肅殺之時，鼓雙翼以直上，摩九蒼而俯窺。兔縱狡以難遁，狐雖妖而盡追。義可去者，力皆擊之。此天下以無雙，少而尤貴；彼鷙鳥之累百，多亦胡爲？目瑩星攢〔七〕，爪剛鈎屈。飛騰而雄壓鷹隼，擒獵而功高網罻。宜乎孔融爲表〔八〕，薦禰衡以興辭〔九〕；鄒陽上書〔一〇〕，諫吴王而託物。大抵物之常者易其侣，禽之異者難其儔。故我不苟以合，不旅而遊。孤飛得以奮其勇，離羣不足爲之憂。惟我獨清，屈大夫之在楚〔一一〕；出乎其類，孔宣父之生周〔一二〕。非不知生而飛鳴，樂乎儔偶；奈何彼不我類，我匪其醜。與其羣以無益，孰若介然自守？又何必頻頻若鷺斯之黨①〔一三〕，止賊夫糧；嚶嚶爲黄鳥之鳴〔一四〕，過求其友？勿謂毛羽爾盛，朋儕我無〔一五〕；殊不知丹鳳巢於阿閣〔一六〕，大鵬迷於天隅〔一七〕。子可類聚，孰云德孤？衆莫希蹤，鄙翩翩之六鶂〔一八〕；舉難接翼，小泛泛之雙鳧〔一九〕。噫！得其時則架於軒楹〔二〇〕，失其遇則巢於林藪。將伸勇毅之志，願假英雄之手。如欲禽異類而肅四郊，於一鶚乎何有？

【校】

①頻頻　宋人集本同；四庫本作『提提』。

【箋】

〔一〕鶚：雕屬，性凶猛。俗稱魚鷹。

〔二〕摯：通『鷙』。鷙鳥。

〔三〕沽激：謂矯情求譽。舊唐書鄭餘慶傳：『雖行己可學，而往往近於沽激，故當時議者不全德許之。』

〔四〕鵜：即鵜鶘。一種水鳥。

〔五〕黨比：結黨朋比。論語爲政：『子曰：「君子周而不比，小人比而不周。」』朱熹論語集注：『比，偏黨也。』

〔六〕嚴凝：猶嚴寒。禮記鄉飲酒義：『天地嚴凝之氣，始於西南，而盛於西北，此天地之尊嚴氣也，此天地之義氣也。』

〔七〕星攢：如星星之會聚。劉瑕駕幸温湯賦：『車轟轟而海沸，槍戢戢而星攢。』

〔八〕孔融：字文舉，魯人，孔子的二十世孫，『建安七子』之首，曾任北海相等職。言辭鋒利，喜抨議時政，爲曹操所殺。孔融薦禰衡表：『鷙鳥累百，不如一鶚。使衡立朝，必有可觀。』

〔九〕禰衡：字正平，平原般人，性剛强，恃才傲物，與孔融友善。

〔一〇〕鄒陽：西漢文帝時齊人，以文辯著名於世。鄒陽上書吴王：『臣聞鷙鳥絫百，不如一鶚。』

〔一一〕楚辭漁父：『屈原曰：舉世皆濁我獨清，衆人皆醉我獨醒，是以見放。』

〔一二〕孔宣父：唐貞觀十一年尊孔子爲宣父。孟子公孫丑上：『聖人之於民，亦類也。出於其類，拔乎其萃，自生民以來，未有盛於孔子也。』

〔一三〕頻頻：似當作『提提』。詩經小雅小弁：『弁彼鸒斯，歸飛提提。』鸒斯：即鸒，卑居，俗稱寒鴉。柳宗元感遇二首：『旭日照寒野，鸒斯起蒿萊。』

〔一四〕嚶嚶：詩經小雅伐木：『伐木丁丁，鳥鳴嚶嚶。出自幽谷，遷於喬木。嚶其鳴矣，求其友聲。』鄭玄箋：『嚶嚶，兩鳥聲也。』

〔一五〕朋儕：朋輩。陸倕爲息纘謝敕賜朝服啓：『姻族移聽，朋儕改矚。』

〔一六〕殊不知句：竹書紀年：『（黄）帝黄服齋於宮中，坐於玄扈洛水之上。有鳳凰集，不食生蟲，不履生草，或止帝之東園，或巢於阿閣，或鳴於庭。其雄自歌，其雌自舞。』阿閣，四面都有檐溜的樓閣。李嶠詠鳳：『有鳥居丹穴，其名曰鳳凰。九苞應靈瑞，五色成文章。屢向秦樓側，頻過洛水陽。鳴岐今日見，阿閣佇來翔。』

〔一七〕迷：通『彌』，布滿。周禮春官眡祲『七曰彌』，鄭玄注：『故書彌作迷……彌者，白虹彌天也。』張華鷦鷯賦：『鷦螟巢於蚊睫，大鵬彌乎天隅。』

〔一八〕六鶂：或作『六鷁』。春秋僖公十六年：『六鷁退飛，過宋都。』杜預注：『鷁，水鳥。高飛遇風而退。』

〔一九〕雙鳧：鳧，野鴨。揚雄解嘲：『譬若江湖之崖，渤澥之島，乘雁集不爲之多，雙鳧飛不爲之少。』

〔二〇〕軒楹：堂前的廊柱。杜甫畫鷹：『絛鏇光堪摘，軒楹勢可呼。』

歌雍徹祭賦〔一〕宗廟之祭，歌雍以徹。

王享于祖〔二〕，禮終以時。雍詩所以歌者，祭器從而徹之。周頌一章，擇作永言之用；宗廟九獻〔三〕，此爲去饌之期〔四〕。成王以貴爲一人〔五〕，祀兼七世。歲或舉於祠禴〔六〕，時或行於祫禘〔七〕。且謂盡物盡志者，孝子之事；有始有卒者，聖人之制。當取正聲，以尊先帝。尸初以入〔八〕，必奏肆以迎尸〔九〕；祭及其終，故歌雍而徹祭。詩云：『至止肅肅，有來雍雍〔一〇〕。』祖考我格〔一一〕，辟公我從〔一二〕。有眉壽降祥之述〔一三〕，節宰夫屏器之容〔一四〕。篇本附於臣工〔一五〕，詠而見意；時因去其胙俎〔一六〕，禮以爲恭。大抵詩不可廢，廢之則闕；祀不可久，久之則褻〔一七〕。故我就靈宇以行事〔一八〕，揚正音而後徹。聲聞于外，且非客出之初；孝事其先，用作神歸之節。豈不以遷其祭具之謂徹，播以人聲之謂歌？徹焉造其禮之備，歌焉報其福之多。以樂爲用①，非雍則何？是以小師教於瞽矇〔一九〕，職當諷誦；君婦廢其籩豆〔二〇〕，音應純和。惜哉！周運否而大禮衰，魯權喪而陪臣侈。樂奉祖廟，義同天子。雖能享獻以自大，莫測聲詩之所以。故孔子謂來助有二王之後〔二一〕，始可謳謡；奚取於三家之堂〔二二〕，徒彰僭擬。則知帝威穆穆，上德顒顒〔二三〕。詩曲盡於辭意，禮告成於祖宗。且異夫率諸侯以祀文〔二四〕，頌陳清廟〔二五〕；就方丘而祭地〔二六〕，吕奏黄鍾〔二七〕。愚嘗因雍什之詠歌，求詩人之微妙。以謂薦可用於廣牡〔二八〕，禘可行於太廟。及其徹也，又從而聲之，爲萬世之典要。

【校】

①樂　四庫本同；宋人集本『校記』作『聲』。

【箋】

〔一〕雍：詩經周頌篇名，原爲武王祭文王之樂章，後爲天子祭宗廟完畢，撤除祭品時所奏之樂章。徹，祭畢而收其俎也。

〔二〕享：祭祀。

〔三〕九獻：九次獻酒。周天子接待上公朝聘的享禮。周禮秋官大行人：『上公之禮……饗禮九獻。』賈公彦疏：『九獻者，王酌獻賓，賓酢主人，主人酬賓，酬後更八獻，是爲九獻。』

〔四〕饌：祭品。

〔五〕成王：即周成王姬誦，周武王之子。

〔六〕禴：通「礿」。古代宗廟四時祭之一的夏祭。祠：春祭。詩經小雅天保：「禴祠烝嘗，於公先王。」

〔七〕祫禘：古代王者祭先祖之大禮。禮記王制：「天子犆礿，祫禘，祫嘗，祫烝。」王夫之張子正蒙注王禘：「祫禘云者，據夏、商而言，祫禘、祫嘗、祫烝，謂隨之時可並行祫祭。」

〔八〕尸：祭祀時代死者受祭的人。公羊傳宣公八年：「祭之明日也。」何休注：「祭必有尸者，節神也。禮，天子以卿爲尸，諸侯以大夫爲尸，卿大夫以下以孫爲尸。」

〔九〕肆：即肆夏，樂章名。周禮春官鍾師：「掌金奏，凡樂事，以鍾鼓奏九夏。」杜子春曰：「王出入奏王夏，尸出入奏肆夏，牲出入奏昭夏，四方賓來奏納夏，臣有功奏章夏，夫人祭奏齊夏，族人侍奏族夏，客醉而出奏陔夏，公出入奏鷔夏。」

〔一〇〕至止二句：詩經周頌雝：「有來雝雝，至止肅肅。」鄭玄箋：「雝雝，和也。肅肅，敬也。」

〔一一〕祖考：祖先。

〔一二〕辟公：詩經周頌烈文：「烈文辟公，錫兹祉福。」朱熹詩集傳：「辟公，諸侯也。」

〔一三〕眉壽：長壽。詩經豳風七月：「爲此春酒，以介眉壽。」毛傳：「眉壽，豪眉也。」孔穎達疏：「人年老者必有豪眉秀出者。」

〔一四〕宰夫：周禮之天官屬官，掌朝堂儀式，考核百官治績。

〔一五〕臣工：詩經周頌篇名，爲周公成王廟祭後，誡諸侯農官即時治田以備豐收的樂章。

〔一六〕胙俎：謂主人飲食之俎。胙，通『阼』，指東階，即主人之位。俎，祭祀宴饗時陳置牲口之具。周禮天官膳夫：『凡王祭祀，賓客食，則徹王之胙俎。』

〔一七〕褻：輕慢。陳琳爲曹洪與魏文帝書：『鴻雀戢翼於汙池，褻之者固以爲園囿之凡鳥，外廄之下乘也。』

〔一八〕靈宇：祠堂。藝文類聚卷八七引漢蔡邕傷故栗賦：『樹遐方之嘉木兮，於靈宇之前庭。』

〔一九〕小師：周禮樂官名。瞽矇：樂官。古代樂官多爲盲人，故稱。周禮春官序官：『大師，下大夫二人；小師，上士四人。』鄭玄注：『凡樂之歌，必使瞽矇者爲焉。命其賢知者以爲大師、小師。』周禮春官小師：『小師，掌教鼓、鼗、柷、敔、塤、簫、管、弦、歌。』周禮春官：『瞽矇，掌播鼗、柷、敔、塤、簫、管、弦、歌。』

〔二〇〕君婦：詩經小雅楚茨：『君婦莫莫，爲豆孔庶。』鄭玄箋：『君婦，謂后也。凡適妻稱君婦，事舅姑之稱也。』籩豆：籩和豆，祭祀及宴會時常用的兩種禮器。竹製爲籩，木製爲豆。後以『籩豆』借指祭儀。

〔二一〕二王：指周文王、周武王。

〔二二〕三家：論語八佾：『三家者以雍徹。子曰：相維辟公，天子穆穆，奚取於三家之堂？』朱熹論語集注：『三家，魯大夫，孟孫、叔孫、季孫之家也。雍，周頌篇名。天子宗廟之祭，則歌雍以徹。是時三家僭而用之。』

〔二三〕顒顒：肅敬貌。後漢書朱儁傳：『將軍君侯，既文且武，應運而出，凡百君子，靡不顒顒。』

〔二四〕文：指周文王。

〔二五〕清廟：詩經周頌篇名，爲祭祀文王的樂章。

〔二六〕方丘：古時祭祀地祇之壇。晉書武帝紀：『併圜丘、方丘於南北郊，二至之祀合於二郊。』

〔二七〕黄鍾：周禮春官大司樂：『乃奏黄鍾，歌大吕，舞雲門，以祀天神。』鄭玄注：『以黄鍾之鍾，大吕之聲爲均者，黄鍾陽聲之首，大吕爲之合。』

〔二八〕以謂句：詩經周頌雝：『於薦廣牡，相予肆祀。』毛傳：『廣，大也。』鄭玄箋：『於進大牡之牲。』

周兼養老禮賦〔一〕兼脩三代，養老之禮。

古之養老，禮莫如周。兼三代之常法，新一王之令猷〔二〕。尚文德以唱風，典章尤盛〔三〕；奉年耆而興教①，飲食絛脩②。昔自有虞〔四〕，訖于二代，必重年德，以均仁愛。

然而禮有質而有文〔五〕，事或興而或廢。及周之治也③，古今之通制兼明；而老者養之，帝王之餘風盡在。大抵燕者虞之禮，饗者夏之儀。太牢而食，有商所爲。天下未有遺年者〔六〕，周人兼而修用之。就膠庠以致勤〔七〕，高年畢萃；順陰陽而爲具，異制同施。莫不鼎俎豆籩，牲牢酒醴。然四代之異制④〔八〕，萃一朝而爲。禮貴親尚，齒德爵富，雖曰殊風，黑衣素裳，深燕縞雜，然在體至。如樂之作也，六樂並用〔九〕；學之建也，五學相參〔一〇〕。而況養庶老而明廣愛，事國叟而記高談。得不比前世而文盛，優上壽以恩覃〔一一〕？尊耆艾於每年，時凡有七；嚴豆觴於一日，事偏其三。故得風始朝廷，化流穹壤。春夏焉先饗而後燕，秋冬焉先食而後饗。舜、禹、湯之盛事，得以追脩；鄉國學之殊方，各隨所養。向非岐昌之德盛而大〔一二〕，武發之功肅而嚴〔一三〕，成王治定，姬公思兼，則何以設珍具以完備，致蒸民之仰瞻？且異夫禮用四朝，記者美魯侯之盛；文同三代，史臣推漢德之炎。則知兆民莫不親其親〔一四〕，聖人惟能老其老〔一五〕。推年齡以優事，監古昔而順考。孔子曰：周郁郁乎文哉〔一六〕！未必不由於此道。

【校】

①年耆　宋人集本同；四庫本作『耆年』。

②条　四庫本同；宋人集本作『忝』，誤。

③治　四庫本同；宋人集本『校記』作『盛』。

④然　四庫本、宋人集本『校記』作『考』。

【箋】

〔一〕又見永樂大典卷二六一六。養老禮，古代對年高德劭的老者，按時餉以酒食而敬禮之的禮節。禮記王制：『凡養老：有虞氏以燕禮，夏后氏以饗禮，殷人以食禮，周人修而兼用之。五十養於鄉，六十養於國，七十養於學，達於諸侯；八十拜君命，一坐再至，瞽亦如之；九十使人受。』

〔二〕令猷：指好的規章、制度。白居易薦李晏韋楚狀伊闕山平泉處士韋楚：『臣伏以念功振滯，前王之令猷；貢士推能，長吏之本職。』

〔三〕典章：制度法令等的統稱。後漢書順帝紀：『即位倉卒，典章多缺，請條案禮儀，分別具奏。』

〔四〕有虞：即舜帝，名重華，號有虞氏，謚舜。

〔五〕質：質樸。文：文華。

〔六〕遺年：謂遺棄老年人。禮記祭義：『昔者有虞氏貴德而尚齒，夏后氏貴爵而尚齒，殷人貴富而尚齒，周人貴親而尚齒，虞、夏、殷、周，天下之盛王也，未有遺年者。年之貴於天下，久矣，次乎事親也。』孔穎達疏：『未有遺年者，言虞、夏、殷、周，雖是明盛之王也，未有遺棄其年者。』

〔七〕膠庠：　周代學校名，膠爲大學，庠爲小學。後世通稱學校爲『膠庠』。禮記王制：『周人養國老於東膠，養庶老於虞庠。』

〔八〕四代：　指虞、夏、商、周。

〔九〕六樂：　謂黄帝、堯、舜、禹、湯、周武王六代的古樂。周禮地官大司徒：『以六樂防萬民之情，而教之和。』鄭玄注引鄭司農曰：『六樂，謂雲門、咸池、大韶、大夏、大濩、大武。』

〔一〇〕五學：　西周大學所設之東學、西學、南學、北學和太學，總稱五學。

〔一一〕上壽：　三壽中之上者。莊子盜跖：『人上壽百歲，中壽八十，下壽六十。』

〔一二〕岐昌：　指周文王，名昌，生於西岐。

〔一三〕武發：　即周武王，名發，謚武王。

〔一四〕親其親：　孟子離婁上：『人人親其親，長其長。』

〔一五〕老其老：　國語吴語：『老其老，慈其幼，長其孤。』孟子梁惠王上：『老吾老，以及人之老；幼吾幼，以及人之幼。』

〔一六〕郁郁：　繁盛貌。論語八佾：『子曰：周監於二代，郁郁乎文哉，吾從周。』

不易之地家百晦賦〔一〕多少之限，因地豐增①。

歲不易者爲美地，地所美者善養禾。惟君賜萬民之限，凡家無百晦之過。田居三壤之先〔二〕，靡虚其種；　户給一廛之廣〔三〕，敢益而多？　嘗聞田不授則倉廩虚，食不足則民人夭。故姬周平定畎畮，頒分億兆〔四〕。然而爲土有肥墝②，出物有多少，利或而偏③，仁何以表？　是故再變易者三其地，補生育之所虧；　不代更者一其夫，防兼并之所肇。大抵王錫以土，民耕以時。衆者不當過而寵，寡者不可使之飢。必在計夫家之費，辨黍稷之宜。以中地給六人之用，下田供五口之資〔五〕。凡同居之七者，擇上腴而賜之。既殊休歲之疇，常豊所利④；　當取限農之數⑤，以授其私。勿謂土之美也，爾家不足與之耕；　勿謂齒之衆也〔六〕，其畮不宜使之簡。況夫任土之法待其政⑥，生齒已上書于版〔七〕。所養以之知，所給因而限。異漢臣之代畎，農不定居；　如楊子之廛田，世爲常産。蓋夫埆地之民勞以悴⑦，沃野之俗逸而佚。沃焉至多，則太逸其俗；　埆焉加少⑧，則大勞其民⑨。所以上上之田不廣，蒸蒸之利將均。虚一歲而虚二年，誠非此類；　爲前朝而爲後市，數若相因。然後再易之間，八家所治，内以公田奉於國，外以餘夫次其地。猶有萊畮〔八〕，六遂之遠得而優〔九〕；　不奪農時，數口之飢無以至。惜哉！　運革三代，權分七雄。井地一變⑩，民田不同。或負郭以無仰，或連阡而自豐。夫豈知辨野而頒，遂師之典彝得正；　數室而制，司徒之法則從中。後之君鑒古是非，隨時沿革。重孟子之經界〔一〇〕，鄙秦人之阡陌〔一一〕。必也一丘甸以惠斯民，損其豐而益其埆。

【校】

①豊　四庫本、宋人集本作『豐』。

②墝　四庫本、宋人集本作『磽』。

③利或而偏　宋人集本同；四庫本作『利而或偏』。

④豊　四庫本、宋人集本作『豐』。

⑤取限　宋人集本同；四庫本作『限取』。

⑥待　四庫本同；宋人集本作『得』。

⑦悴　宋人集本同；四庫本作『瘁』。

⑧塉　宋人集本同；四庫本作『瘠』。

⑨大　四庫本同；宋人集本作『太』。

⑩井　四庫本同；宋人集本作『并』，誤。

【箋】

〔一〕不易之地：指年年可以耕種的上田、美田。周禮大司徒：『不易之地家百畝，一易之地家二百畝，再易之地家三百畝。』鄭司農云：『不易之地，歲種之，地美，故家百畝。一易之地，休一歲乃復種，地薄，故家二百畝。再易之地，休二歲乃復種，故家三百畝。』

〔二〕三壤：按土質肥瘠將耕地分爲上、中、下三品，稱爲三壤。尚書禹貢：『咸則三壤，成賦中邦。』孔穎達疏：『土壤各有肥瘠，貢賦從地而出，故分土壤爲上中下。計其肥瘠，等級甚多，但齊其大較，定爲三品。』

〔三〕一廛：一夫所居之地。周禮地官遂人：『上地，夫一廛，田百畝，萊百畝。』孫詒讓周禮正義：『古制田百畝而中有廛，因謂百畝之地爲一廛。』

〔四〕億兆：指庶民百姓。蔡邕太尉汝南李公碑：『憲天心以教育，沐垢濁以揚清，爲國有賞，蓋有億兆之心。』

〔五〕以中二句：周禮正義引小司徒曰：『上地家七人，中地家六人，下地家五人。』

〔六〕齒：指人口。下『生齒』同。

〔七〕版：名册，户籍。周禮天官宫伯：『宫伯掌王宫之士庶子凡在版者。』鄭玄注引鄭司農曰：『版，名籍也。以版爲之。今時鄉户籍謂之户版。』

〔八〕萊畮：猶隴畝。宋書沈攸之傳：『出自萊畝，寂寥累世。』

〔九〕六遂：周制，京城外百里之外二百里之内分爲六遂，每遂有遂人掌其政令。周禮地官遂人：『大喪，帥六遂之役而致之，掌其政令。』鄭玄注：『遂人主六遂，若司徒之於六鄉也。六遂之地，自遠郊以達於畿，中有公邑、家邑、小都、大都焉。鄭司農云：遂謂王國百里外。』

〔一〇〕經界：土地、疆域的分界。孟子滕文公上：『夫仁政必自經界始。經界不正，井地不均，我禄不平，是故暴君汙吏必慢其經界。』

〔一一〕阡陌：田界。史記商君列傳：商鞅在秦變法，『爲田開阡陌封疆，而賦税平』。

琴材賦 桐之良者，可以作琴。

世有嘉木，天鍾至音〔一〕。抱良材而麗地〔二〕，俟哲匠以爲琴。中藏山水之聲，能条大樂；未偶斧斤之手〔三〕，獨秀喬林。嶧陽高峯〔四〕，龍門淵壑〔五〕。純氣所萃，奇材以託。宣情之具可以制，閑邪之操因而作〔六〕。奈何時未我與，工未我度？固全天質，自爲物以混成；安得梓人，爲發音於寂寞？百尺之木，特生之桐〔七〕。落落聳幹〔八〕，亭亭倚空。無繁枝以示外，畜太和而在中〔九〕。時或裁成，宜取羲、黄之法〔一〇〕；人能抑按，當移鄭、衛之風〔一一〕。正聲未揚，識之蓋寡；庸目雖衆，視之或捨。猶藏器之哲士〔一二〕，俟掄材之賢者〔一三〕。雖云陶令，非取意於絃間〔一四〕；又恐吴民，欲爲薪於爨下〔一五〕。俄有智者，過而器之。且曰堪輿之秀〔一六〕，巖谷之奇〔一七〕。激風霰於冬序〔一八〕，感雷霆於夏時。足以道舜民之樂，足以伸楚客之悲〔一九〕。如玉在山，秘珪璋之重器；猶金藏鑛，屈劍戟之雄姿。毓質若然，成功在我①。非鍾山之玉兮，其徽曷稱②？非園客之絲兮，其絃安可〔二〇〕？將致於用，必陳于左。然後欲天下之治者，調其音而爲表儀〔二一〕；有君子之聽焉，平其心而無懈惰。是材之所稟，用難自彰；巧之所述，器無不良。儻工匠見遺，不之剪而不之斵；枝柯雖茂，胡爲宫而胡爲商？别有藝藪俊髦〔二二〕，儒林綱紀。明堂之柱此其選〔二三〕，巨川之舟此其擬。材乎材乎，豈獨琴而已哉，冀匠師之明所以！

【校】

①在　宋人集本同；四庫本作『非』。似當作『非』。

②徽　四庫本同；宋人集本作『微』，誤。

【箋】

〔一〕天鍾：上天鍾秀，上天所賦予。薛能桃花：『秀氣自天鍾，千年易難逢。』

〔二〕抱：藏。麗：附著。指生長。

〔三〕偶：遭遇，碰到。白居易賀雲生不見日蝕表：『蓋天地大統，不能無災，皇王至誠，可以銷慝，嘗聞此説，今偶其時。』

〔四〕嶧陽：嶧山的南坡。嶧山出産特異梧桐，是製琴的上好材料。尚書禹貢：『羽畎夏翟，嶧陽孤桐。』孔安國傳：『嶧山之陽，特生桐，中琴瑟。』

〔五〕龍門：枚乘七發：『龍門之桐，高百尺而無枝。……於是背秋涉冬，使琴摯斫斬以爲琴，野繭之絲以爲弦。』

〔六〕閑邪：防止邪惡。易乾：『閑邪存其誠。』李鼎祚集解引宋衷曰：『閑，防也。』操：琴曲。

〔七〕特生：孤獨生長，獨立生長。文選顔延之陶徵士誄：『物尚特生，人固介立。』吕延濟注：『特，獨也。』

〔八〕落落：孤高之貌。

〔九〕太和：天地間冲和之氣。易乾：『保合太和，乃利貞。』朱熹周易本義：『太和，陰陽會合冲和之氣也。』

〔一〇〕羲黄：指伏羲與黄帝。

〔一一〕鄭衛之風：指春秋戰國時期鄭、衛二國的音樂。鄭、衛兩國的音樂因與孔子所提倡的雅樂不同，故受儒家排斥，視爲淫聲。

〔一二〕藏：儲藏。器：這裏指才能、才智。易繫辭下：『君子藏器於身，待時而動，何不利之有。』

〔一三〕掄材：選拔人才。劉禹錫史公神道碑：『元和中，太尉愬爲魏帥，下令掄才於轅門。』

〔一四〕雖云二句：陶令，指陶淵明。宋書陶潛傳：『潛不解音聲，而畜素琴一張，無弦，每有酒適，輒撫弄以寄其意。』

〔一五〕又恐二句：干寶搜神記卷一三：『吴人有燒桐以爨者，（蔡）邕聞火烈聲，曰：「此良材也。」因請之，削以爲琴，果有美音。」

〔一六〕堪輿：指天地。葉適中塘梅林：「物有據其會，感召驚堪輿。」

〔一七〕巖谷：猶山谷。素問六元正紀大論：「土鬱之發，巖谷震驚。」

〔一八〕霰：雪珠。

〔一九〕楚客：指楚人宋玉。宋玉九辯：「悲哉！秋之爲氣也。」

〔二〇〕非鍾四句：文選嵇康琴賦：「弦以園客之絲，徽以鍾山之玉。」李善注引列仙傳：「園客者，濟陰人也。常種五色香草，積數十年，食其實。一旦，有五色神蛾止香樹末。客收而薦之以布，生桑蠶焉。時有好女夜至，自稱『我與君作妻』。道蠶狀，客與俱蠶。得百頭繭，皆如甕。繅繭六十日乃盡。訖，則俱去，莫知所如。」園客，傳説中的仙人名。

〔二一〕表儀：猶法度。左傳文公六年：「陳之藝極，引之表儀。」王引之經義述聞春秋左傳上：「立木以示人謂之表，又謂之儀……皆所以喻法度也。」

〔二二〕藝藪：猶藝苑。

〔二三〕明堂：帝王宣明政教之處。凡朝會、祭祀、慶賞、選士、養老、教學等大典，都在此舉行。孟子梁惠王下：「夫明堂者，王者之堂也。」

荀楊大醇而小疵賦〔一〕

周、漢運否〔二〕，荀、楊教傳。雖曰醇之大者，亦有疵之小焉。皆命世以爲文〔三〕，言非不粹；與生知而較美〔四〕，道未能全。嘗聞人異禽魚，性鍾天地，全而稟者曰聖哲，偏而得者曰賢智。聖無不通，賢有未至。是以周公、尼父〔五〕，率臻大道之醇；荀况、子雲，未免纖瑕之累。蜀國宗匠，齊王老師。雖抱重器，不逢盛時。欲卷道以自處〔六〕，疾没世而無知〔七〕。由是簡册其藴〔八〕，瓊瓌尔辭〔九〕，立大功於是矣，未盡善者有之。著書三十二篇〔一〇〕，義差而駁〔一一〕；準易八十一首〔一二〕，理或而醨①〔一三〕。至如論性之淵源〔一四〕，談道之極摯〔一五〕，或曰善惡一而混〔一六〕，或曰禮義皆其僞②。以禮義爲僞，則堯、舜之法歸乎詐；以善惡相混，則鯀禹之心何以異？兩賢於道，擇不精而語不詳〔一七〕；三子之間〔一八〕，得其一而失其二。又若對臨武以問兵之術〔一九〕，推子淵以晞聖之徒③〔二〇〕。遠罪特愚於鼂錯〔二一〕，談經私美於童烏〔二二〕。是所謂珠不無纇〔二三〕，瑕無掩瑜。然無傷於大義④，寔有累於名儒。非倡道之子思〔二四〕，將何以教？美不臣之新室〔二五〕，幾近於諛。向使親承鄒魯之範模〔二六〕，獲偶淵騫而論討〔二七〕，然則善得以盡，辨無不早。數萬言皆造醇道⑤，千百世以爲至寶。雜乎其雜，當殊太史之書〔二八〕；醇乎其醇，可擬孟軻之道〔二九〕。奈何智有失慮，人無全能。一則晦名於天禄〔三〇〕，一則朽骨於蘭陵〔三一〕。俱有篆雕之雜，難全粹美之稱。亦猶務涉獵者賈山〔三二〕，醇儒不足；悦紛華者子夏〔三三〕，具體何曾？噫！荀也倡道於前⑥，楊也和之於後。助詩書禮樂之化，謹父子君臣之守。斯文未喪，大疵則否。何韓愈氏重而過之⑦〔三四〕？蓋責賢人也厚。

【校】

①或　宋人集本同；四庫本作『失』。而　宋人集本、四庫本同；歷代賦彙作『其』。
②禮　宋人集本同；四庫本作『理』。似當作『禮』。
③晞　宋人集本同；四庫本作『希』。
④然　宋人集本同；四庫本作『雖』。
⑤醇道　宋人集本同；四庫本作『修途』；歷代賦彙作『純精』。
⑥道　宋人集本同；四庫本作『之』。
⑦過　宋人集本同；四庫本作『責』。

【箋】

〔一〕又見歷代賦彙卷六九。韓愈讀荀：『荀與揚，大醇而小疵。』荀：指荀況，戰國思想家。三次出任齊國稷下學宮的祭酒，故下文説『齊王老師』。楊：指揚雄，字子雲，西漢哲學家、辭賦家，蜀郡成都人，故下文説『蜀國宗匠』。醇：純正。

〔二〕運：運數。否：閉塞，阻隔不通。

〔三〕命世：　著名於當世。漢書楚元王傳贊：『聖人不出，其間必有命世者焉。』

〔四〕生知：　本指不待學而知之。這裏指聖人。論語季氏：『生而知之者，上也。』

〔五〕尼父：　對孔子的尊稱。孔子，字仲尼。

〔六〕卷：　收，收起。儀禮公食大夫禮：『有司卷三牲之俎，歸於賓館。』鄭玄注：『卷猶收也，無遺之辭也。』張協七命：『蓋聞聖人不卷道而背時，智士不遺身而匿迹。』自處：　猶自居，自持。宋書劉湛傳：『既不能以禮自處，又不能以禮處人。』

〔七〕没世：　死亡。論語衛靈公：『子曰：　君子疾没世而名不稱焉。』

〔八〕簡册其藴：　謂以著作的形式闡發深奥的涵義。猶著書立説。藴，深奥的涵義。

〔九〕瓊瓌尔辭：　修飾文辭。瓊瓌，玉石的一種。

〔一〇〕三十二篇：　指荀子。漢代時荀子的著作有三百多篇，經劉向整理，定爲三十二篇。

〔一一〕駮：　同『駁』。本指馬毛色不純。這裏指不精純。莊子天下：『惠施多方，其書五車，其道舛駮。』成玄英疏：『駮，雜揉也。』

〔一二〕八十一首：　指太玄。揚雄所著的一部擬周易之作，凡八十一首。

〔一三〕醨：　本指薄酒。這裏指單薄、不堅實。龐鑄田器之燕子圖：『古道益遠交情醨，朝思暮怨雲遷移。』

〔一四〕性：　本性。本篇下文論性之善惡，大抵針對荀子性惡篇而發。

〔一五〕極摯：所達到的最高程度。漢書敘傳上：『伏周孔之軌躅，馳顔閔之極摯，既繫攣於世教矣，何用大道爲自眩曜？』顔師古注引劉德曰：『摯，至也，人行之所極至。』

〔一六〕善惡一而混：揚雄法言修身：『人之性也，善惡混。修其善，則爲善人；修其惡，則爲惡人。』

〔一七〕擇不句：韓愈原道：『荀與揚也，擇焉而不精，語焉而不詳。』擇，選擇。精，精華。

〔一八〕三子：似指孟子、荀子與揚雄。

〔一九〕又若句：資治通鑑卷六：『楚春申君以荀卿爲蘭陵令。荀卿者，趙人，名況，嘗與臨武君論兵於趙孝成王之前。』

〔二〇〕子淵：顔回，字子淵，孔子弟子。晞聖：仰慕聖賢。

〔二一〕晁錯：西漢文帝時潁川人，歷官太子舍人、博士、太子家令等。七國之亂中被腰斬。

〔二二〕童烏：揚雄之子，九歲時助父著太玄，早夭。事見揚雄法言問神。

〔二三〕纇：疵病，缺點。淮南子氾論訓：『明月之珠，不能無纇。』

〔二四〕子思：孔伋，字子思，孔子嫡孫，受教於曾參，其門人再傳於孟子。

〔二五〕新室：公元八年，王莽代漢稱帝，國號曰新。後因稱其王朝爲『新室』。漢書律曆志下：『王莽居攝，盜襲帝位，竊號曰新室。』揚雄曾著劇秦美新以美化王莽。

〔二六〕鄒魯：借指孟子與孔子。孟子，鄒人。孔子，魯人。

〔二七〕淵騫：揚雄法言中的一篇。淵指顔淵，騫指閔子騫，二人爲孔子弟子之首，因此稱『顔騫』以統其餘也。

〔二八〕太史之書：指司馬遷史記。

〔二九〕醇乎二句：韓愈讀荀：『孟氏，醇乎醇者也。』

〔三〇〕天禄：指天禄閣。揚雄投靠王莽後任大夫，校書於天禄閣。

〔三一〕蘭陵：地名。在今山東蘭陵。荀子曾任楚蘭陵令。

〔三二〕賈山：潁川人，約漢文帝元年前後在世，涉獵廣泛而不專精，著有至言篇。

〔三三〕子夏：姓卜，名商，字子夏，晉國温人，孔子弟子。史記禮書：『自子夏，門人之高弟也，猶云「出見紛華盛麗而説，入聞夫子之道而樂，二者心戰，未能自決」。而況中庸以下，漸漬於失教，被服於成俗乎？』

〔三四〕過：責難。楚辭九章惜往日：『信讒諛之溷濁兮，盛氣志而過之。』

無爲集卷二

律賦

五六天地之中合賦〔一〕奇偶相合〔二〕，兹得中正①。

撲散太極，形分兩儀。天五得其中也，地六從而合之。數各有常，法乾健而坤順〔三〕；位皆處正，併陰偶於陽奇〔四〕。聖人述易，幾微窮神〔五〕。高厚以謂地，自二以至十。天始一而終九，數相協而運行②，義故得而悠久。凡十有一畢乎道，其道皆然；惟五與六合而中，以中爲偶。大抵一闢一闔，五柔五剛，八與三而契會，四暨七以更相③。亦皆助生成於品彙〔六〕，廣變化於無疆。胡爲數之五六，獨合體於中央？蓋夫共播日辰〔七〕，日有甲而辰有子〔八〕；協爲聲律〔九〕，聲上宫而律上黄〔一〇〕。以中中其不中，以正正其不正。上全眞宰之化〔一一〕，下遂羣靈之命〔一二〕。氣降爲味，陶然覆載之間；民受而生，賦以中和之性。是所謂象有滋〔一三〕，滋有數〔一四〕；窮則變，變則通〔一五〕。

名數本堪輿之用〔一六〕，交通爲造化之功〔一七〕。設在衆甫〔一八〕，合夫大中〔一九〕。二氣始分，類本從於三兩；五位相得〔二〇〕，獨無黨於初終。後世商建五官〔二一〕，周分六職〔二二〕。經有五典〔二三〕，士敦六德〔二四〕。豈非取法於高卑，然後鑒人之失得④？觀而作服，可爲色以爲章；叙以成疇，故曰福而曰極。定數若此，至神在兹。既可推以造歷〔二五〕，又可準而揲蓍⑤〔二六〕。亦猶三五異位而同功〔二七〕，孔子述卦爻之義；一六共宗而在北〔二八〕，揚雄明首贊之辭。則知地數雜而不純，天數純而不雜。物理深藴〔二九〕，歲功周匝。就五十有五之中〔三〇〕，五六謂之中合。

【校】

①題下小注，四庫本、宋人集本同；歷代賦彙作『以奇偶相合，兹得中正爲韻』。
②運　四庫本、宋人集本同；歷代賦彙作『遵』。
③七　宋人集本、歷代賦彙同；四庫本作『九』。當作『七』。
④失得　四庫本、宋人集本同；歷代賦彙作『得失』。
⑤而　宋人集本、歷代賦彙同；四庫本作『以』。

【箋】

〔一〕又見歷代賦彙卷一。漢書律曆志：『夫五六者，天地之中合，而民所受以生也。』天，指天數，即一、三、五、七、九諸奇數。地，指地數，即二、四、六、八、十諸偶數。其中『五』與『六』分别居天數和地數的中間。合，指天數與地數的二中數相合。易繫辭上：『天數五，地數五，五位相得而各有合。天數二十有五，地數三十；凡天地之數五十有五，此所以成變化而行鬼神也。』

〔二〕奇偶：奇數與偶數。

〔三〕法乾句：易乾：『天行健，君子以自强不息。』子夏易傳坤：『坤，順也，静而含光，能畜治萬物而不敢先也。順於上而時動成，其終而不怠。堅剛而得於久，至柔以爲剛也。』顧況擬古之二：『所貴法乾健，於道悟入微。』

〔四〕陰偶陽奇：天數爲陽數，地數爲陰數。

〔五〕幾微：隱微，徵兆。窮神：窮究事物之神妙。易繫辭下：『窮神知化，德之盛也。』孔穎達疏：『窮極微妙之神，曉知變化之道，乃是聖人德之盛極也。』

〔六〕品彙：事物的品種類别。晉書孝友傳序：『分渾元而立體，道貫三靈；資品彙以順名，功苞萬象。』

〔七〕日辰：指天干和地支。王充論衡詰術：『日十而辰十二，日辰相配，故甲與子連。』

〔八〕甲子：分别爲天干和地支的首位。

〔九〕聲律：指五聲六律。五聲即宫、商、角、徵、羽，六律即黄鐘、太簇、姑洗、蕤賓、夷則、無射。

〔一〇〕聲上句：古十二律，從低到高依次爲：黄鐘、大吕、太簇、夾鐘、姑洗、仲吕、蕤賓、林鐘、夷則、南吕、無射、應鐘。又分爲陰陽兩類，凡屬奇數的六種稱陽律（或律），屬偶數的六種稱陰律（或吕）。宫爲五聲之首，黄鐘爲十二律之首。

〔一一〕眞宰：天地自然的主宰。莊子齊物論：「若有眞宰，而特不得其眹。」

〔一二〕靈：指聖賢，明哲。韓愈復志賦：「窺前靈之逸迹兮，超孤舉而幽尋。」

〔一三〕象：物象。滋：滋生，生長。左傳僖公十五年：「物生而後有象，象而後有滋，滋而後有數。」

〔一四〕數：數字，數目。

〔一五〕窮則二句：易繫辭下：「易，窮則變，變則通，通則久。」

〔一六〕堪輿：指占候卜筮之類。堪，高處；輿，下處。

〔一七〕造化：指自然。

〔一八〕衆甫：開始，開端。老子：「以閲衆甫。」王弼注：「衆甫，萬物之始也，以無名閲萬物始也。」

〔一九〕大中：指無過與不及的中正之道。漢書孔光傳：「皇之不極，是爲大中不立。」

〔二〇〕五位：指天數五和地數五。易繫辭上：「天數五，地數五，五位相得，而各有合。」

〔二一〕五官：商朝的五種官職。禮記曲禮下：「天子之五官，曰司徒、司馬、司空、司士、司寇，典司五衆。」鄭玄注：「此亦殷時制也。」

〔二二〕六職：周朝的六種官職。禮記曲禮下：『天子之六府曰：司土、司木、司水、司草、司器、司貨，典司六職。』鄭玄注：『府主藏六物之稅者，此亦殷時制也，周則皆屬司徒。司土，土均也；司木，山虞也；司水，川衡也；司草，稻人也；司器，角人也；司貨，丱人也。』

〔二三〕五典：五種倫理道德。尚書舜典：『愼徽五典，五典克從。』孔安國傳：『五典，五常之教。父義、母慈、兄友、弟恭、子孝。』蔡沈尚書集傳：『五典，五常也。父子有親，君臣有義，夫婦有別，長幼有序，朋友有信是也。』

〔二四〕六德：指人的六種美德。尚書臯陶謨：『日嚴祇敬六德，亮采有邦。』

〔二五〕造歷：制訂曆法。隋書律曆志中：『宋氏元嘉，何承天造曆，迄於齊末，相仍用之。』

〔二六〕揲蓍：數蓍草。問卜的一種方式。關尹子八籌：『古之善揲蓍灼龜者，能於今中示古，古中示今。』

〔二七〕三五異位而同功：易繫辭下：『三與五，同功而異位。』三五同爲陽位，同互一卦，故曰同功。五居中在外卦，三失中而在内卦，故曰異位。

〔二八〕一六共宗：指共居北方。揚雄太玄玄圖篇本繫辭曰：『一與六共宗。』

〔二九〕物理：道理、規律。周書明帝紀：『天地有窮已，五常有推移，人安得常在，是以生而有死者，物理之必然。』

〔三〇〕五十有五：天數二十有五，地數三十，天地之數共五十有五。

道河積石賦〔一〕道河施功，始於積石。

堯末遇水，禹先導河。俾乂中邦之害，必由積石之阿。疏經瀆之横流，圖成茂烈；自金城之巨鎮〔二〕，下決餘波。昔者世病懷襄〔三〕，人思降宅〔四〕。天命神聖，力平川澤〔五〕。悼父績之湮淪〔六〕，窮水源而疏闢。且謂爲民之患，患莫大於洪河；而治水之功，功宜先於積石。北越降水〔七〕，東踰大伾〔八〕。或穿地以湍湒①〔九〕，或鑿山之崄巇〔一〇〕。流不自注，功由此施。昔也出圖〔一一〕，天嘗授於羲氏；兹焉興復，山必始於龍支〔一二〕。況夫江已決於岷山〔一三〕，洛已疏於熊耳〔一四〕。矧此至大，尤當謀始。故我因水徑道，以山綱紀〔一五〕。成其功於十三年〔一六〕，歷其地之五千里②，流未入於北海，思是用勞；勢必就於西平，勳由此起。勿謂禹績雖大③，河源未窮。殊不知出崑崙以湍激，至蒲昌而會同④〔一七〕。皆在塞外，或潛地中。不爲吾俗之所患，故自此山而起功。靈派至長，葱嶺、于闐分而二；聖人經始，西傾、朱圉在其東〔一八〕。宜其海宇砥平，勳庸日積。治雍州以云備〔一九〕，入冀都而建白〔二〇〕。播以過於大陸，遇此洪波；浮而至於龍門，告其成績。有生乃粒〔二一〕，無患其魚。大功可謂至矣，後世何以加於？亦猶引渭會涇，由鳥鼠而基兆〔二二〕；疏淮入海，自桐柏以權輿〔二三〕。惜哉！聖去邈遼，民煩疏導。既禹迹以陻塞⑤，徒漢歌之嗟悼。胡不訪名儒而脩水官，講究夏書之奥〔二四〕？

【校】

①浫　宋人集本同；　四庫本作『悍』。似當作『悍』。

②歷　宋人集本中均作『歷』，下不出注。五　四庫本、宋人集本『校記』作『三』。四庫全書考證卷七八：『原本「三千」訛「五千」，據尚書疏改。』

③勿　宋人集本同；　四庫本作『或』。

④蒲　四庫本同；　宋人集本作『滿』。當作『蒲』。

⑤陻　宋人集本同；　四庫本作『湮』。

【箋】

〔一〕積石：　即積石山，在今甘肅臨夏西北。漢書地理志顔師古注：『積石山在河關西羌中。』又：『積石山在金城西南，龍門山在河東之西界，皆河水所經。』

〔二〕金城：　即金城郡。隋改蘭州置，治所在今甘肅蘭州。初唐時一度恢復蘭州名，唐天寶間又改爲金城郡。

〔三〕懷襄：　即懷山襄陵。謂洪水洶湧奔騰溢上山陵。尚書堯典：『湯湯洪水方割，蕩蕩懷山襄陵，浩浩滔天。』蔡沈尚書集傳：『懷，包其四面也。襄，駕出其上也。』

〔四〕降宅：尚書禹貢：『桑土既蠶，是降丘宅土。』孔安國傳：『大水去，民下丘居平土，就桑蠶。』

〔五〕天命句：尚書禹貢：『禹别九州，隨山浚川，任土作貢。』

〔六〕父：指鯀。山海經海内經：『洪水滔天，鯀竊帝之息壤以堙洪水，不待帝命，帝令祝融殺鯀於羽郊。』

〔七〕降水：指濁漳河。漳河上游有清、濁二漳河，在河北南部邊界匯爲漳水。

〔八〕大伾：指大伾山，在今河南浚縣西南。

〔九〕湍湋：當作『湍悍』，謂水勢急猛。史記河渠書：『於是禹以爲河所從來者高，水湍悍，難以行平地，數爲敗，乃厮二渠以引其河。』

〔一〇〕嶮巇：險峻崎嶇。文選嵇康琴賦：『丹崖嶮巇，青壁萬尋。』吕良注：『嶮巇，傾側貌也。』

〔一一〕出圖：圖，指河圖。易繫辭上：『河出圖，洛出書，聖人則之。』尚書顧命孔安國傳：『伏羲王天下，龍馬出河，遂則其文以畫八卦。』

〔一二〕龍支：地名。王仲犖北周地理志：龍支，今甘肅永靖縣北。後魏曰北金城，西魏改曰龍支。隋書地理志：龍支，後魏曰北金城，西魏改焉。有唐述山。元和郡縣志：龍支縣，本漢允吾縣也。屬金城郡。後魏初，於此置金城縣。廢帝二年，改名龍支縣。西南有龍支谷，因取爲名。

又云：積石山，在龍支縣西九十八里。南與河州枹罕縣分界。黄河，在縣西南六十里。按太平寰宇記謂積石山在龍支縣南。唐述窟在縣西龍支谷。以地望凖之，龍支縣治蓋在甘肅永靖縣北。

〔一三〕江：長江。岷山：山名，在今四川松潘縣北。

〔一四〕洛：洛水。熊耳：熊耳山，在今河南盧氏縣東。

〔一五〕綱紀：本指法度，這裏是界劃之義。

〔一六〕十三年：史記夏本紀：『禹傷先人父鯀功之不成受誅，乃勞身焦思，居外十三年，過家門不敢入。』

〔一七〕蒲昌：地名，即今新疆鄯善。以臨蒲昌海得名。

〔一八〕西傾：西傾山，在今青海東南與甘肅交界處。朱圉：朱圉山，在今甘肅谷縣西南。

〔一九〕雍州：黑水與西河之間爲雍州，在今陝西北部、甘肅、青海地區。

〔二〇〕冀都：即冀州信都。在今河北冀州市。竹書紀年：『帝啓元年，大饗諸侯於鈞臺，諸侯從帝歸於冀都。』穀梁傳：『鄭，同姓之國也，在乎冀州。』楊士勛疏：『蓋冀州者，天下之中州，自唐虞及夏殷皆都焉。則冀州是天子之常居，以鄭近王畿，故舉冀州以爲説。』建白：建言陳述。

〔二一〕乃粒：即五穀。

〔二二〕鳥鼠：鳥鼠山，在今甘肅渭源縣西南。

〔二三〕桐柏：桐柏山，在今河南桐柏縣西南。

〔二四〕夏書：指記載夏代史事的書。尚書中禹貢、甘誓、五子之歌、胤征四篇，舊亦稱夏書。左傳僖公二十七年：『夏書曰：「賦納以言，明試以功，車服以庸。」』楊伯峻注：『三句在今尚書益稷。』國語周語上：『夏書有之曰：「衆非元后，何戴？后非衆，無與守邦。」』韋昭注：『夏書，逸書也。』

能賦可以爲大夫賦〔一〕因物能賦，可爲大夫。

鄰國交好，古人重詩。苟賢者之能賦，故大夫之可爲。感物造端，致二邦之協睦；量材録德，宜再命以優推。嘗聞侯以賢封，土由君胙①〔二〕。鄰邦不可以不睦，臣職不宜乎不具。將與謀事，必求能賦。且詩有六義〔三〕，能宣列國之誠；而智効一官，當預大夫之數。蓋夫善比而興，能箴以懲。適四方則命無所辱，善一言則邦從以興。既達古之風雅，可爲君之股肱。誦三百之遺篇，足彰才智；宜五十而後爵②〔四〕，以寵賢能。及其受命出疆，從君與會。講好以脩睦，興利而除害。我則文寄其心，聲聞于外。揚四始以深諭③〔五〕，爲三邦之所賴④。是以班固之言〔六〕，圖事諭志居先；盧愷之議〔七〕，審官語詩爲大。則知道佐列辟〔八〕，尊爲大夫。禄不可過，爵不可踰。苟弗善其詩者，豈足謂之賢乎？必也鴻鴈應機，可任歸生之職〔九〕；羔裘善誦⑤，是爲子産之徒〔一〇〕。況夫主意淵深，國幾叢脞，託章什以後達〔一一〕，非賢才而安可？詩人之詩諷而誦，義已精窮；祿士之祿倍而兼，材當克荷。故聖人著育才之法，正取士之因，以謂官欲入者學於古，夏所誦者弦於春〔一二〕。就胥雅以肄三⑥〔一三〕，始從師氏〔一四〕；及君子之能九〔一五〕，進任陪臣。後世詩道陵夷，聖言湮鬱，義失風賦，文煩黼黻〔一六〕。學之不足以事君，詠之不能乎託物。然而位或至於公卿，得無愧於簪紱〔一七〕？

【校】

①士　四庫本同；宋人集本作『土』，誤。
②五　四庫本同；宋人集本作『王』，誤。
③論　四庫本同；宋人集本作『論』。
④三　宋人集本同；四庫本作『二』。似當作『二』。
⑤善誦　四庫本同；宋人集本『校記』作『志美』。
⑥胥　四庫本、宋人集本作『胥』。禮記學記作『宵』。肄　四庫本、宋人集本作『肆』。

【箋】

〔一〕漢書藝文志：『傳曰：「不歌而誦謂之賦，登高能賦，可以爲大夫。」言感物造端，材知深美，可與圖事，故可以爲列大夫也。古者，諸侯、卿大夫交接鄰國，以微言相感，當揖讓之時，必稱詩以諭其志。蓋以别賢不肖，而觀盛衰焉。故孔子曰「不學詩，無以言」也。』陳奂詩毛氏傳疏：『或班引出魯詩傳。』

〔二〕胙：賜與，分封。隸續漢武都太守耿勳碑：『上納其謨，拜郎上黨府丞掌令，考績有成，符策乃胙。』王念孫讀書雜志漢隸拾遺：『胙者，賜也。言考績有成，乃賜之以符策，命爲太守也。』

〔三〕六義：毛詩序：『故詩有六義焉：一曰風，二曰賦，三曰比，四曰興，五曰雅，六曰頌。』孔穎達疏：『風、雅、頌者，詩篇之異體；賦、比、興者，詩文之異辭耳。大小不同而得並爲六義者，賦、比、興是詩之所用，風、雅、頌是詩之成形，用彼三事，成此三事，是故同稱爲義，非别有篇卷也。』

〔四〕五十後爵：禮記郊特牲：『古者五十而後爵，何大夫冠禮之有？』

〔五〕四始：舊説詩經『四始』不一。一般指『風』、『小雅』、『大雅』、『頌』。周禮春官：『大師教六詩：曰風，曰賦，曰比，曰興，曰雅，曰頌。』也稱『六詩』。詩大序：『一國之事，繫一人之本，謂之「風」；言天下之事，形四方之風，謂之「雅」；雅者，正也，言王政之所由廢興也，政有大小，故有「小雅」焉，有「大雅」焉；「頌」者，美盛德之形容，以其成功告於神明者也。是謂四始，詩之至也。』孔穎達疏引鄭玄答張逸云：『四始，「風」也，「小雅」也，「大雅」也，「頌」也。此四者，人君行之則爲興，廢之則爲衰。』

〔六〕班固之言：指漢書藝文志，見本篇箋注〔一〕。

〔七〕盧愷：字長仁。涿郡范陽人。仕北周爲東京吏部大夫。入隋，官拜尚書吏部侍郎，進爵爲侯，攝尚書左丞，遷禮部尚書。隋書盧愷傳：『愷諫曰：古者登高能賦，可爲大夫，求賢審官，理須詳慎。』

〔八〕列辟：指君主。柳宗元柳宗直西漢文類序：『列辟之達道，名臣之大範。』童宗説注：『列辟，人主也。』

〔九〕必也二句：左傳文公十三年：『鄭伯與公宴於棐，子家賦鴻雁。』杜預注：『子家，鄭大夫，公子歸生也。鴻雁，詩小雅，義取侯伯哀恤鰥寡，有征行之勞。言鄭國寡弱，欲使魯侯還晉恤之。』孔穎達疏：『鴻雁，美宣王勞來諸侯之詩也。……子家言鄭寡弱，欲使魯侯遠行還晉存恤之也。』

〔一〇〕羔裘二句：左傳昭公十六年：鄭六卿餞宣子於郊。宣子曰：『二三君子請賦詩，起亦以知鄭志。』子產賦鄭之羔裘。

〔一一〕章什：指詩賦。

〔一二〕夏所句：本指根據季節不同而采用不同的學習方法。後泛指學習。禮記文王世子：『春誦夏弦，大師詔之。』鄭玄注：『誦，謂歌樂也；弦，謂以絲播詩。』孔穎達疏：『誦謂歌樂者，謂口誦歌樂之篇章，不以琴瑟歌也；云弦謂以絲播詩者，謂以琴瑟播彼詩之音節，詩音則樂章也。』

〔一三〕霄雅肄三：禮記學記：『宵雅肄三，官其始也。』霄，通『宵』，謂小也。宵雅，即小雅。肄，習。三，指小雅中的鹿鳴、四牡、皇皇者華三篇。

〔一四〕師氏：周代掌輔導王室、教育貴族子弟之官。後泛指學官或教師。陳子昂爲人陳情表：「老母憫臣孤蒙，恐不負荷教誨，師氏訓以義方。」

〔一五〕能九：詩經鄘風定之方中：「卜云其吉，終然允臧。」毛傳：「建國必卜之，故建邦能命龜，田能施命，作器能銘，使能造命，升高能賦，師旅能誓，山川能説，喪紀能誄，祭祀能語，君子能此九者，可謂有德音，可以爲大夫。」

〔一六〕陵夷：衰落。湮鬱：謂難以暢通。

〔一七〕簪紱：冠簪和纓帶，爲官員之服飾。這裏指爵禄。

深衣可以爲文武賦〔一〕服深衣者，可爲文武。

先王蓋有法，服古者謂之深衣。惟聖賢之被體，爲文武以圖徽〔二〕。中規矩而應權衡〔三〕，飾身以禮；可擯相而治軍旅〔四〕，助德而威。嘗聞服不妄成，義有所主。或專用於朝聘〔五〕，或止臨於仕伍。獨此深衣，創從先古。約之以法，母被土而母見膚①；服也在人，可以文而可爲武。自天子之貴，及庶人之卑，所純則異〔六〕，隨時以爲。寔善衣之亞者〔七〕，俟兼材而副之。應六二爻，得正義直方之節〔八〕；行三千禮〔九〕，盡干戈揖讓之儀。其布十有五升〔一〇〕，其裳十有二幅。用之燕饗，燕饗協。用之師田，師田肅〔一一〕。

念養老之虞氏〔一二〕，昔嘗在躬； 非學道之仲尼，孰能稱服？ 大抵衮衣非不華也〔一三〕，不得施於武； 黼裘非不功也〔一四〕，不足用於文。 兼爾適用，此其不羣。 既可次於六服〔一五〕，又是率於三軍。 設五法者聖人〔一六〕，昭然有制； 持二柄於天下〔一七〕，衣以成勳。 則知賓主交其信誠，師旅奮其剛果〔一八〕。 將者尚其右，相者處其左。 則必服有制度，然後人無懈惰。 兼高下短長之法，義各有歸； 參會同征伐之間，施無不可。 故曰足以鍛濯②〔一九〕，服而邃深。 可秉威而章化〔二〇〕，能安志以平心。 亦猶委貌者田獵之冠〔二一〕，燕臣亦用； 鷩冕爲饗射之服〔二二〕，祭事其任。 後之人文不足以經邦，武不足以衛社，盛服雖被，成能蓋寡。 噫！ 得無愧於深衣？ 不賢而識其小者。

【校】

①母　四庫本、宋人集本作『毋』。

②鍛濯　四庫本作『澣濯』； 宋人集本『校記』作『鍛澣』。

【箋】

〔一〕深衣： 古代上衣、下裳相連綴的一種服裝。 爲諸侯、大夫、士家居常穿的衣服，也可作爲庶人的常禮服。 禮記深衣： 『古者深衣，蓋有制度，以應規矩、繩權衡。 短毋見膚，長毋被土。 續衽鈎邊，要縫半下。袼之高下，可以運肘。袂之長短，反詘之，及肘。……故規矩取其無私，繩取其直，權衡取其平，故先王貴之。故可以爲文，可以爲武，可以擯相，可以治軍旅，完且弗費，善衣之次也。』鄭玄注：『名曰深衣者，謂連衣裳而純之以采也。』孔穎達疏：『凡深衣皆用諸侯、大夫、士夕時所著之服，故玉藻云：「朝玄端，夕深衣。」庶人吉服，亦深衣。』

〔二〕爲文武句：謂以圖徽彰顯文武之道。

〔三〕權衡：猶標準。權，秤錘。衡，秤杆。

〔四〕擯相：導引賓客，執贄禮儀。周禮秋官司儀：『掌九儀之賓客擯相之禮，以詔儀容辭令揖讓之節。』鄭玄注：『出接賓曰擯，入贊禮曰相。』

〔五〕朝聘：諸侯親自或派使臣按期朝見天子。禮記王制：『諸侯之於天子也，比年一小聘，三年一大聘，五年一朝。』鄭玄注：『比年，每歲也。小聘，使大夫；大聘，使卿；朝，則君自行。然此大聘與朝，晉文霸時所制也。』

〔六〕純：衣服的鑲邊。儀禮士冠禮：『屨夏用葛，玄端黑屨，青絇繶純，純博寸。』鄭玄注：『純，緣也。』賈公彦疏：『云純緣也者，謂繞口緣邊也。』所純則異，指從天子到庶人深衣的區別在於衣服鑲邊紋飾的不同。

〔七〕善衣：指朝祭時穿的禮服。禮記深衣：『古者深衣，蓋有制度……善衣之次也。』鄭玄注：『善衣，朝祭之服也。』

〔八〕應六二句：　六二爻，指坤卦六二爻：『直、方、大，不習無不利。』『直、方、大』，指衣裳禮制，即深衣裳或裙制式。『不習無不利』指穿著舒適，不需要改制。

〔九〕行三千禮：　禮記中庸：『禮儀三千，威儀三百。』

〔一〇〕升：　布八十縷爲一升。

〔一一〕師田：　征伐與田獵。周禮地官州長：『若國作民而師田行役之事，則帥而致之，掌其戒令，與其賞罰。』賈公彦疏：『師謂征伐，田謂田獵。』

〔一二〕虞氏：　指有虞氏。禮記王制：『凡養老，有虞氏以燕禮，夏后氏以饗禮，殷人以食禮，周人修而兼用之。』

〔一三〕衮衣：　古代天子及上公的禮服，因有龍的圖案而得名。

〔一四〕黼裘：　用羔和狐白雜爲黼文的皮衣。禮記玉藻：『唯君有黼裘以誓省。』鄭玄注：『黼裘，以羔與狐白雜爲黼文也。』孔穎達疏：『黼裘，以黑羊皮雜狐白爲黼文以作裘也。』

〔一五〕六服：　指周天子的六種冕服。即大裘、衮衣、禕衣、鷩衣、絺衣、玄衣。

〔一六〕五法：　指規、矩、繩、權、衡。禮記深衣：『五法已施，故聖人服之。故規、矩取其無私，繩取其直，權、衡取其平，故先王貴之。』孫希旦集解：『謂規、矩、繩、權、衡也。』

〔一七〕二柄：　指賞罰之權。韓非子二柄：『二柄者，刑、德也……殺戮之謂刑，慶賞之謂德。』

〔一八〕剛果：　剛毅果斷。逸周書謚法：『猛以剛果曰威。』

〔一九〕鍛濯：洗滌拍打。禮記深衣：『深衣者，用十五升布，鍛濯灰治，纚之以采。』

〔二〇〕秉威：執掌威權。後漢書荀悦傳：『安居則寄之内政，有事則用之軍旅，是謂秉威。』

〔二一〕章化：彰顯變化。後漢書荀悦傳：『若教化之廢，推中人墜於小人之域；教化之行，引中人而納於君子之塗；是謂章化。』

〔二二〕委貌：冠名，以皂絹爲之。儀禮士冠禮：『委貌，周道也。』鄭玄注：『委，猶安也，言所以安正容貌。』或作『委皃』。班固白虎通紼冕：『委皃者何謂也？周朝廷理政事，行道德之冠名。』

〔二三〕鷩冕：禮服。鷩衣而加冕，爲周天子與諸侯的命服。宋代諸臣祭服有鷩冕。周禮春官司服：『王之吉服……享先公饗射，則鷩冕。』鄭玄注：『鷩，畫以雉，謂華蟲也。其衣三章，裳四章，凡七也。』宋史輿服志四：『今天子六服，自鷩冕而下，既不親祠，廢而不用。』

繼别爲宗賦〔一〕君之别子，繼者爲宗。

諸侯之庶爲乎别①，别子之適謂之宗〔二〕。欲正世以相繼〔三〕，惡羣心之異從。惟君弟之初生，法當似續；致族人之仰事，禮盡寅恭〔四〕。古者列侯，先正其裔〔五〕。凡立厥次，乃奠而世。則斯子也，君夫人以爲母；必有弟也，卿大夫以同制。宰乎尔族，爲始祖以優崇；適曰大宗〔六〕，庶後昆之承繼。嗣既云立，禮無不司。如親疏之升降〔七〕，昭穆之尊卑〔八〕，吉凶之容節，昏冠之威幾②，族所爲者，吾皆主之。職在成家，紹一宗之本始；代相纂服〔九〕，豈百世以遷移。亦有自異國以肇臻，與是邦而有別③。既處其土，因謂之別。亦自命其來裔〔一〇〕，嫡嫡相仍；得兼綜於小宗，承承不絶。大抵綱之舉，則綱不得而亂；表之正，則影無從而欺。欲家邑之咸乂〔一一〕，捨宗子以何爲？豈不見魯國三桓〔一二〕，立其長而統其下；鄭人七族〔一三〕，建其本而率其支？是知別者別也，父別異於侯氏〔一四〕；宗者尊也，已尊優於胄子〔一五〕。以纂其德〔一六〕，以紹其美。考之書，無作室之誚；在乎易，盡克家之理。彼於國而食采〔一七〕，肇啓封疆；此以族而得民，嗣承綱紀。夫然則仰繼公子，上尊國君。正統得以全其貴，同姓無以亂其羣。且異夫三從事之以稱宗〔一八〕，易于後世；庶子賤而不爲長，載在前文。孰若我在九族而貴之〔一九〕，稱五宗之上者〔二〇〕，無忝父德，克寧家社。故曰繼其祖者，傳代不遷，重其統也。

【校】

①爲　宋人集本同；四庫本作『謂』。

②幾　四庫本作『儀』，宋人集本『校記』疑作『儀』。當作『儀』。

③有別　宋人集本同；四庫本作『同列』。

【箋】

〔一〕繼别爲宗：别，别子，即庶子，指嫡長子以外之子。繼别，繼承别子位置的後代，即别子的嫡長子孫。禮記喪服小記：『别子爲祖，繼别爲宗，繼禰爲小宗。』鄭玄注：『别子之世適也，族人尊之，謂之大宗，是宗子也。』白虎通宗族：『宗者，尊也。爲先祖主者，爲宗人之所尊。』禮記大傳：『百世不遷者，别子之後也，宗其繼别子之所自出者。』孔穎達疏：『别子謂諸侯之庶子也。諸侯之適子適孫繼世爲君，而第二子以下悉不得禰先君，故云别子。』

〔二〕適：同『嫡』。指嫡子。

〔三〕世：指宗子在宗廟中牌位的次序和位置。下文『凡立厥次，乃奠而世』中『世』、『次』義同。確定世次是確保宗統不亂。

〔四〕寅恭：恭敬。范仲淹謝轉禮部侍郎表：『臣敢不夕惕三省，寅恭一心，進則盡憂國憂民之誠，退則處樂天樂道之分！』

〔五〕裔：後代，子孫。

〔六〕大宗：指嫡系長房。餘子爲『小宗』。儀禮喪服：『爲人後者孰後？後大宗也。曷爲後大宗？大宗者，尊之統也。』禮記大傳：『有百世不遷之宗，有五世則遷之宗。』孔穎達疏：『百世不遷之宗者，謂大宗也，云有五世則遷之宗者，謂小宗也。』

〔七〕升降：古代有五廟、七廟説。各廟祭祀一位祖或宗，當滿數之後，新死的君主牌位進廟，謂『升』。第六代或者第八代以上的祖宗牌位將遷出廟，放入祧廟中，謂『降』。

〔八〕昭穆：古代宗法制度，宗廟或宗廟中牌位的排列次序，始祖居中，以下父、子（祖、父）遞爲昭穆，左爲昭，右爲穆。

〔九〕纂服：繼承宗統。服，指以親疏爲差等的喪服。

〔一〇〕來裔：後世子孫。蔡邕太尉汝南李公碑：『銘勒顯於鍾鼎，清烈光於來裔。』

〔一一〕乂：治，安定。

〔一二〕三桓：指春秋時魯國大夫孟孫氏、叔孫氏和季孫氏。分別由魯桓公庶長子慶父、庶次子叔牙和嫡次子季友的别宗發展而成。

〔一三〕鄭人七族：指春秋鄭穆公後裔子展、子西、子産、伯有、子太叔、子石、伯石。七族，史又稱『七穆』。新唐書武平一傳：『日用曰：「魯三桓、鄭七穆奈何？」答曰：「慶父、叔牙、季友，桓三子也……鄭穆公十一子，子然及二子孔三族亡，子羽不爲卿，故稱七穆：子罕、子駟、子良、子國、子游、子印、子豐也。」一座驚服。』

〔一四〕侯氏：指諸侯個人。儀禮覲禮：『至于郊，王使人皮弁用璧勞。侯氏亦皮弁迎於帷門之外。』鄭玄注：『不言諸侯言侯氏者，明國殊舍異，禮不凡之也。』賈公彦疏：『言諸侯則凡之總稱；言侯氏則指一身，不凡之也。而所勞之處或非一國，舍處不同，故不總言諸侯而云侯氏也。』

〔一五〕胄子：帝王或貴族的長子。尚書舜典：『夔！命汝典樂，教胄子。』孔安國傳：

『胄，長也，謂元子以下至卿大夫子弟。』孔穎達疏：『繼父世者，惟長子耳，故以胄爲長也。』

〔一六〕纂：繼承。

〔一七〕食采：享用封邑的租賦。漢書地理志下：『周宣王弟友，爲周司徒，食采於宗周畿内，是爲鄭。』

〔一八〕三從：指從曾祖、從祖、從父。

〔一九〕九族：説法不一，一般指以自己爲本位，上推至四世之高祖，下推至四世之玄孫爲九族。

〔二〇〕五宗：古代宗法，繼承始祖的後人爲大宗；繼承高祖、曾祖、祖、父的後人爲小宗；大宗一，小宗四，合爲『五宗』。

藉田居少陽之地賦〔一〕天子之藉，居地少陽。

位各有法，籍無妄爲。寔聖人之耕者，宜少陽以居之。建王社於田中〔二〕，因時以享；就春方於國外〔三〕，順氣之施。蓋夫追養祖宗〔四〕，告虔天地〔五〕。酒齊以之薦，粢盛以之備。故凡建國之先，必擇爲田之次。然而制度不同，方隅相異〔六〕。在周人之盛世，嘗處南郊；至唐帝之昌朝，變居東位。其意若曰地播生氣〔七〕，時從少陽。土因而沃，物得而昌。此既興於王藉，吾可實於神倉。是故廣闢農疇，用作躬耕之所；仰參乾道〔八〕，式當歲起之方〔九〕。時或晨見農祥〔一〇〕，日躔天廟〔一一〕。則必朝士謹司徒之戒〔一二〕，王者納稷官之詔〔一三〕。命載耜以勤勞，率就田之壯少。東作以禮，自符虞帝之書〔一四〕；壇置于郊，何愧孔生之誚〔一五〕。胡不居于北者？惡其就嚴凝之地；胡不居于西者？惡其專肅殺之權。就嚴凝則莫繁其稼①，專肅殺則徒事於田。曷若我地乘於震〔一六〕，氣順于天，啓千畝於王畿，壤稱其奧；遵五行之木德〔一七〕，位據其偏。是所謂假力於人，名田爲籍。因先聖而有建，匪後王之能易②。禮殊西漢③，賈生不必獻其言〔一八〕；時在陶唐〔一九〕，羲仲可以兼而宅〔二〇〕。夫然後天下之農不敢以怠，諸侯之養不得而蹠。自我良疇之廣，據兹盛德之初。亦猶王所處之明堂〔二一〕，國陽以立；臣所興之小學，宫左而居。厥後政失紀綱，君輕耒耜。上既逐於晏逸，下亦忘於耘耔。宜國家舉盛典以興藉田，繼有唐之天子。

【校】

①繁　四庫本同；宋人集本作『毓』。

②匪　宋人集本同；四庫本作『非』。

③禮　四庫本同；宋人集本『校記』作『祀』。

【箋】

〔一〕藉田：古代天子、諸侯徵用民力耕種的田。每逢春耕前，天子、諸侯躬耕藉田，以示對農業的重視。少陽：東方。史記司馬相如列傳：『邪絶少陽而登太陰兮，與眞人乎相求。』裴駰史記集解引漢書音義：『少陽，東極。』

〔二〕王社：天子祀土神穀神之所。禮記祭法：『王爲羣姓立社曰大社。王自爲立社曰王社。』孔穎達疏：『王社所在書傳無文，或云與大社同處，王社在大社之西。崔氏並云：「王社在藉田。」』蔡邕獨斷：『天子之社曰王社，一曰帝社。古者有命將行師，必於此社授以政。』

〔三〕春方：東方。藝文類聚卷六二引楊修許昌宮賦：『臨南軒而向春方，負黼黻之屏風。』文選顔延之車駕幸京口三月三日侍游曲阿後湖作：『春方動辰駕，望幸傾五州。』李善注引禮記：『東方曰春。』國：謂都城。

〔四〕追養：謂祭祀死者，繼盡孝養之道。禮記祭統：『祭者，所以追養繼孝也。』孔穎達疏：『養者是生時養親，孝者生時事親，親今既没，設禮祭之，追生時之養，繼生時之孝。』

〔五〕告虔：祭祀時向天地神靈報告自己的恭敬與誠心。

〔六〕方隅：四方和四隅。

〔七〕生氣：使萬物生長發育之氣。禮記月令：『（季春之月）是月也，生氣方盛，陽氣發泄，句者畢出，萌者盡達，不可以内。』

〔八〕乾道：　天道。易乾：『乾道變化，各正性命。』

〔九〕歲：　歲星。方：　方位。

〔一〇〕農祥：　星宿名，即房宿。國語周語上：『古者太史順時覛土，陽癉憤盈，土氣震發，農祥晨正。』韋昭注：『農祥，房星也。農事之候，故曰農祥。』

〔一一〕天廟：　星宿名，即營室。國語周語上：『日月底於天廟，土乃脉發。』韋昭注：『天廟，營室也。』晉書天文志：『營室二星，天子之宫也。一曰玄宫，一曰清廟。』

〔一二〕司徒：　官名，執掌國家的土地、賦税等。

〔一三〕稷官：　執掌農事的官。

〔一四〕虞帝：　即舜帝，號有虞氏，故稱虞帝。古文尚書分虞、夏、商、周四部分。虞帝之書，指堯典。

〔一五〕孔生之誚：　謂孔穎達對王肅郊祀觀點的批評。關於郊祀，王肅與鄭玄説不同，而孔穎達持鄭玄説，批評王肅聖證論不可靠。見禮記郊特牲孔穎達疏。

〔一六〕震：　指東方。易説卦：『萬物出乎震。震，東方也。』

〔一七〕木德：　指春天之德，謂其能化育萬物。禮記月令：『（孟春之月）某日立春，盛德在木。』孔穎達疏：『盛德在木者，天以覆蓋生民爲德，四時各有盛時，春則爲生，天之生育盛德，在於木位。』

〔一八〕賈生：指西漢賈誼。

〔一九〕陶唐：即堯帝。初封於陶，後徙於唐，故稱陶唐。

〔二〇〕羲仲：堯的大臣，居郁夷暘穀。尚書堯典：分命羲仲，宅嵎夷，曰暘穀。以殷仲春。申命羲叔，宅南交。以正仲夏。分命和仲，宅西，曰昧穀。以殷仲秋。申命和叔，宅朔方，曰幽都。以正仲冬。

〔二一〕明堂：見卷一琴材賦箋注〔一三〕。

無爲集卷三

古詩

幽谷吟上歐陽内翰〔一〕

滁山插空望不足①〔二〕，行信馬蹄入幽谷〔三〕。生平未慣塵外遊〔四〕，先酌寒溪洗塵目〔五〕。自疑身是武陵客〔六〕，誤逐桃花迷水曲。欲窮本始問歲月，亭上雄文鑿青玉〔七〕。意高語險測難到，拂散白雲再三讀②。乃知造作自混沌，山神固護寶藏匱〔八〕。路岐未許車馬通③，白日蒼煙走麋鹿〔九〕。一從紫府僊人來〔一〇〕，指出洞天三十六〔一一〕。膏澤疏開不死泉〔一二〕，棟梁養成歲寒木〔一三〕。靈苗異草無根株④〔一四〕，摇蕩清香過林麓。峯巒圍匝别是天，天在山中成大畜〔一五〕。先生之心此其象，往行前言深藴蓄〔一六〕。議論吐爲仁義辭〔一七〕，文章散作生靈福〔一八〕。嘿笑眞工功未醇⑤，飣餖春風弄紅緑。耽云谷得一以盈⑥〔一九〕，以一能應無窮聲。千古萬古聲不盡，先生得之爲聲名。公之聲名公之心，日益遠大日益深。愚儒耳目所不及，奮筆空成幽谷吟。

【校】

①滁　四庫本同；宋人集本作『除』。
②拂散白雲　四庫本同；詩存本作『拂白散雲』。
③岐　四庫本、詩存本、宋人集本作『歧』。
④異　四庫本同；詩存本作『黑』，誤。
⑤嘿　宋人集本同；四庫本作『默』。
⑥耽　四庫本、詩存本、宋人集本作『耼』。

【箋】

〔一〕幽谷：地名，在今滁州城西豐山豐樂亭旁。歐陽修貶任滁州太守時有詩文幽谷泉、四月九日幽谷見緋桃盛開、豐樂亭記等。祝穆方輿勝覽卷四七滁州：『幽谷，即豐樂亭地。有紫微泉。歐陽永叔詩：「滁陽幽谷抱山斜，我鑿清泉手種花。故事留傳父老説，世人合作畫圖誇。」』歐陽内翰：即歐陽修，因曾任翰林學士，故稱。歐陽修，字永叔，自號醉翁，晚年號六一居士，謚文忠，江西吉水人。宋仁宗朝，累擢知制誥、翰林學士；英宗朝，官至樞密副使、參知政事；神宗朝，遷兵部尚書，以太子少師致仕。該詩作於宋元祐六年十一月之後。

〔二〕滁山：　歐陽修六一居士傳：　『六一居士初謫滁山，自號醉翁。』插空：　謂其高聳。

〔三〕幽谷：　歐陽修豐樂亭記：　『下則幽谷，窈然而深藏。』

〔四〕塵外：　猶世外。張衡思玄賦：　『游塵外而瞥天兮，據冥翳而哀鳴。』

〔五〕寒溪：　指豐山泉。歐陽修豐樂亭記：　『中有清泉滃然而仰出。』

〔六〕武陵客：　陶淵明桃花源記載，晉太元中，武陵漁人誤入桃花源，見其屋舍儼然，有良田美池，阡陌交通，鷄犬相聞，男女老少怡然自樂。村人自稱先世避秦時亂，率妻子邑人來此，遂與外界隔絶。後漁人復尋其處，迷不復得。後以武陵客謂避世隱居之人。

〔七〕亭：　指豐樂亭。江南通志卷三六滁州：　『豐樂亭，在州城西南琅邪山。宋歐陽修建，自爲記。蘇軾書刻石。』雄文：　指歐陽修豐樂亭記。青玉：　指刻有豐樂亭記的碑石。

〔八〕乃知二句：　爲楊傑詩張之語。豐樂亭實建於宋仁宗慶曆六年，刻石於哲宗元祐六年，年代不爲久遠。

〔九〕蒼煙：　指雲霧之氣。陳子昂峴山懷古：　『野樹蒼煙斷，津樓晚氣孤。』

〔一〇〕紫府：　仙人所居之處。葛洪抱朴子祛惑：　『及至天上，先過紫府，金牀玉几，晃晃昱昱，眞貴處也。』紫府仙人，指歐陽修。翰林學士有『玉堂仙』之稱。黄佐等殿閣詞林記卷二一：　『世以職清務簡稱翰林爲玉堂仙。』

〔一一〕洞天三十六：　又稱『三十六洞天』、『洞天福地』，爲道家稱神仙居住人間的三十六處名山洞府。後泛指風景勝地。

〔一二〕膏澤：指雨水。不死泉：謂長流之泉。歐陽修豐樂亭記：『於是疏泉鑿石，辟地以爲亭。』

〔一三〕歲寒木：指松。蘇轍種松：『城郭人家歲寒木，檜柏森森映華屋。青松介僻不入城，野性特嫌塵土辱。』

〔一四〕靈苗異草：即傳説中的仙草，亦指珍奇美觀之花草。王嘉拾遺記炎帝神農：『神芝發其異色，靈苗擢其嘉穎。』續古尊宿語要晦堂心和尚語：『直教靈苗異草，葉葉騰芳；鸞鳳麒麟，聲聲相應。』

〔一五〕大畜：易卦名。乾下艮上。易大畜：『大畜，利貞，不家食，吉。』孔穎達疏：『謂之大畜者，乾健上進，艮止在上，止而畜之，能畜止剛健，故曰大畜。』又：『剛上而尚賢，能止健，大正也。不家食，吉，養賢也。』該句謂能延攬賢士。

〔一六〕蘊蓄：包蘊。蘇鶚蘇氏演義卷上：『毛詩云：「萟之言種蒔也。」今以人蘊蓄其能，謂之藝者，如百穀之有種也。』

〔一七〕仁義辭：寬惠正直之辭。王令謝李常伯：『忍愧讀終篇，喜驚改肝脾。嚀嚀教誨言，舉舉仁義辭。』

〔一八〕生靈：百姓。敦煌變文校注長興四年中興殿應聖節講經文：『君王福即生靈福，綰攝乾坤在掌中。』

〔一九〕耽：同『聃』。史記老子韓非列傳：『（老子）姓李氏，名耳，字伯陽，謚曰聃。』谷得一以盈：老子第三十九章：『昔之得一者：天得一以清，地得一以寧，神得一以靈，谷得一以盈，萬物得一以生，侯王得一以爲天下貞。』谷，謂河谷。一，即老子『道生一』之一。盈，謂充盈。

辟雍硯上胡先生〔一〕

媧皇鍛鍊補天石〔二〕，天完餘石人間擲。擲向淮山山下溪〔三〕，千古萬古無人識。晝出白雲籠九州，夜吐長虹衝太極①〔四〕。去年臘月谿水枯，色奪江頭數峯碧。野夫採得琢爲硯，一畫中規外方直。方直端平象地形，形壅水流流若璧。擬法辟雍天子學，不比頖宮一隅塞。幸偶先生掌辟雍②〔五〕，持以獻誠安敢惜。欲伐東山五大夫〔六〕，受爵非材鍊爲墨〔七〕。欲乞湘妃血淚竿〔八〕，刮削除班供簡策③。欲就退之借毛穎〔九〕，同與先生記心畫〔一〇〕。先生記之何所先，推賾聖賢詮六籍④〔一一〕。四時七政有未平〔一二〕，願述陰陽修律曆〔一三〕。夷蠻戎狄有未賓⑤〔一四〕，願攄雄略操軍檄〔一五〕。辟雍之水流不窮，先生之材無不通。願攜此硯飛九穹〔一六〕，圓潤化筆扶天工〔一七〕。

【校】

①衝　宋人集本同；四庫本作『衝』。

②偶　宋人集本同；四庫本作『遇』。

③班　宋人集本同；四庫本作『斑』。

④推　宋人集本同；四庫本作『探』。

⑤夷蠻戎狄　宋人集本同；四庫本作『要荒流蔡』。

【箋】

〔一〕該詩作於楊傑未仕之前，當在皇祐四年至嘉祐四年之間。辟雍：西周天子講學之所。禮記王制：『大學在郊，天子曰辟雍，諸侯曰頖宫。』蔡邕獨斷：『三代學校之别名：夏曰校，殷曰庠，周曰序。天子曰辟雍，謂流水四面如璧，以節觀者。諸侯曰頖宫；頖言半也，義亦如上。』辟雍硯，唐宋時流行的一種陶瓷硯臺名，仿辟雍狀，中間隆起，四邊有深槽以儲水。胡先生：指胡瑗，字翼之，陝西安定堡人。精通儒家經術與律曆之學。歷官國子監直講、光禄寺丞、太子中舍暨天章閣侍講，以殿中丞致仕。嘉祐四年卒。宋史卷四三二有傳。

〔二〕媧皇：即女媧氏。煉石補天事見淮南子覽冥訓。王勃七夕賦：『媧皇召巨野之龍，莊叟命雕陵之鵲。』

〔三〕淮山：淮河一帶山麓。蘇軾有詩名出潁口初見淮山是日至壽州。

〔四〕太極：指天宮。阮籍詠懷之七二：『時路烏足爭？太極可翺翔。』

〔五〕偶：幸運。胡瑗皇祐四年任國子監直講。

〔六〕東山：孟子盡心上：『孔子登東山而小魯。』趙岐注：『東山，蓋魯城東之高山。』後以代指魯地。五大夫：即五大夫松，又稱秦松，在山東泰山。史記秦本紀：『（始皇）遂上泰山，立石，封，祠祀，下，風雨暴至，休於樹下，因封其樹爲五大夫。』

〔七〕爵：爵位。五大夫之爵位，始設於戰國楚、魏，秦、漢因之，爲二十等爵之第九級。

〔八〕湘妃：相傳舜亡，娥皇、女英二妃没於湘水，遂爲湘水之神，稱爲湘妃。岑參秋夕聽羅山人彈三峽流泉：『楚客腸欲斷，湘妃淚斑斑。』湘妃竹，即斑竹。初學記卷二八引張華博物志：『舜死，二妃淚下，染竹即斑。妃死爲湘水神，故曰湘妃竹。』

〔九〕退之：韓愈字退之。毛穎：謂毛筆。出韓愈毛穎傳。

〔一〇〕心畫：猶文字。揚雄法言問神：『言，心聲也；書，心畫也。聲畫形，君子小人見矣。』

〔一一〕六籍：指六經。班固東都賦：『蓋六籍所不能談，前聖靡得言焉。』李善注：『六籍，六經也。』

〔一二〕七政：指日、月與金、木、水、火、土五星。尚書舜典：『在璿璣玉衡，以齊七政。』孔安國傳：『七政，日月五星各異政。』孔穎達疏：『七政，謂日月與五星也。』

〔一三〕律曆：樂律與曆法。胡瑗與楊傑均精於律曆之學。楊傑後官太常數任，國家禮樂之事，皆預討論。

〔一四〕賓：服從，歸順。

〔一五〕攄：施展。

〔一六〕九穹：猶九天。文選謝惠連七月七日夜詠牛女：「蹀足循廣除，瞬目矖曾穹。」李善注：「穹，天也。」

〔一七〕天工：天然形成的工巧。稱贊胡瑗文章學問已達天工。韓愈贈族姪：「自云有奇術，探妙知天工。」

屏石謡贈郭功父〔一〕

屏石屏石何嶄巖①〔二〕，云初得自江之南。沙埋土蝕幾千載，無人辨别嗟沉淹〔三〕。凈空居士物鑒精，獲之不貴黄金兼②〔四〕。清泉洗滌露眞璞，野雲凝結堆濃藍〔五〕。巫峽山前暮雨霽，參差十二排峯尖③〔六〕。比干骨朽心不朽，通竅至今存四三〔七〕。蜂房蟻垤豈足數〔八〕，或踈或密争嵌嵌〔九〕。銅臺古研置其下，一片皴碧沉寒潭〔一〇〕。唐朝牛公嗜怪石〔一一〕，取之不已其亦貪。争如夫君一勝百〔一二〕，得此自足無傷廉。我嘗乘醉到君家，臨風叩以蒼玉簪。其聲清越合律吕〔一三〕，簨簴可與大樂參④〔一四〕。何當琢磨中勾股〔一五〕，列爲綸磬歌雲咸⑤〔一六〕。問君考擊薦郊廟〔一七〕，孰若藏在青山庵⑥〔一八〕？

【校】

①嶃　四庫本、宋人集本同；詩存本作『巉』。

②貴　四庫本同；詩存本、宋人集本『校記』作『啇』。當作『啇』。

③排　詩存本、宋人集本同；四庫本作『挑』。當作『排』。

④簨　四庫本、宋人集本同；詩存本作『筍』。

⑤綸　詩存本、四庫本、宋人集本作『編』。當作『編』。咸　四庫本、宋人集本同；詩存本作『煙』，誤。

⑥在　四庫本、宋人集本同；詩存本作『其』。

【箋】

〔一〕該詩作於元祐四年郭功父隱居青山草堂之後。屏石：石製的類似屏風之類的東西。宋李昴英摸魚兒（五羊郡圃築壯猷堂落成）：『繞西園，粉籠千雉，鏡池、屏石天造。主人意匠工收拾，華屋落成聞早。』郭功父：即郭祥正，字功父，一作功甫，自號謝公山人、醉引居士、浄空居士、漳南浪士等。當塗人。皇祐五年進士，歷官秘書閣校理、太子中舍、汀州通判、朝請大夫等。晚年隱居當塗青山。宋史卷四四四有傳。

〔二〕嶃巖：朱謀㙔駢雅卷一：『嶃巖，危峻也。』言其高峻。

〔三〕沉淹：沉寂埋没。

〔四〕貴：當作『啻』。啻，僅、止。黄金兼：猶兼金。價值倍於常金的好金子。孟子公孫丑下：『前日於齊，王餽兼金一百而不受。』趙岐注：『兼金，好金也，其價兼倍於常者。』

〔五〕野雲句：謂屏石之紋理與色澤。

〔六〕巫峽二句：謂屏石上所顯現之羣峯形態。

〔七〕比干：子姓，沫邑人，官少師。紂王無道，諫三日，被紂王剖心而死。史記殷本紀：『比干曰：「爲人臣者，不得不以死争。」乃强諫紂。紂怒曰：「吾聞聖人心有七竅。」剖比干觀其心。』比干二句，寫屏石之孔竅。

〔八〕蜂房蟻垤：喻屏石上孔竅之多。

〔九〕嶔嵌：奇峻之貌。

〔一〇〕皴碧：謂碧玉上有紋理圖案。

〔一一〕牛公：指牛僧孺。新唐書牛僧孺傳：『僧孺治第洛之歸仁里，多致嘉石美木，與賓客相娱樂。』白居易太湖石記記其嗜石曰：今丞相奇章公嗜石，居常寡徒，游息之時，與石爲伍。公之僚吏，多鎮守江湖，知公之心，惟石是好，乃鈎深致遠，獻瑰納奇，四五年間，累累而至。公於此物，獨不謙讓。

〔一二〕夫君：指郭功父。爲當時對友人之稱。謝朓和江丞北戍琅邪城詩：『夫君良自勉，歲暮忽淹留。』

〔一三〕律呂：原爲校正樂律的器具。後指樂律或音律。陽六曰律，陰六曰呂，共十二律，合稱律呂。馬融長笛賦：『律呂既和，哀聲五降。』

〔一四〕簨簴：懸挂鐘磬鼓的木架。横杆叫簨，直柱叫簴。禮記明堂位：『夏后氏之龍簨簴。』鄭玄注：『簨簴，所以懸鐘鼓也。横曰簨，飾之以鱗屬；植曰簴，飾之以嬴屬、羽屬。』此謂懸挂。

〔一五〕何當：何如。勾股：借指樂理。

〔一六〕編磬：當作『編磬』。樂器名。以十六磬編爲一組，擊打成樂。初學記卷一六樂部下：『三禮圖曰：「股廣三寸，長尺三寸半，十六枚同一筍簴，謂之編磬。」』云：指黄帝時樂舞雲門。咸：指堯時樂舞咸池。

〔一七〕考擊：敲擊。

〔一八〕青山庵：青山草堂。元祐四年，郭功父致仕返鄉，隱居青山東麓草堂，直至辭世。

潛山行

昔年會稽探禹書①〔一〕，探得六甲開山圖〔二〕。圖載潛南天柱山〔三〕，上侵霄漢下淵泉。眞人秘語世不傳〔四〕，但見絶頂蒙雲煙。漢武射蛟浮九江，舳艫千里來樅陽〔五〕。築壇祈仙瞻杳茫〔六〕，茂陵檜柏空青蒼②〔七〕。石牛一卧叱不起〔八〕，白鹿還歸深洞裏〔九〕。二月靈鶴有時來〔一〇〕，洞口桃花泛流水〔一一〕。

【校】

①書　四庫本同；詩存本、宋人集本『校記』作『穴』。

②檜　四庫本、詩存本同；宋人集本『校記』作『松』。

【箋】

〔一〕禹書：禹穴之書。史記太史公自序：『二十而南游江、淮，上會稽，探禹穴。』裴駰史記集解引張晏曰：『禹巡狩至會稽而崩，因葬焉。上有孔穴，民間云禹入此穴。』李白送二季之江東：『禹穴藏書地，匡山種杏田。』王琦注：『賀知章纂山記曰：黄帝號宛委穴爲赤帝陽明之府，於此藏書。大禹始於此穴得書，復於此穴藏之，人因謂之禹穴。』禹於會稽宛委山得黄帝金簡書之説，見吴越春秋越王無餘外傳。陸游秋雨初霽徙倚門外有作：『前身已預蘭亭會，老眼曾窺禹穴書。』

〔二〕六甲：道教神名，即供天帝驅使的陽神。宋史律曆志：『六甲，天之使，行風雹，策鬼神。』開山圖，即遁甲開山圖，古地理書，記天下名山及洪古帝皇發迹之處。王阮義豐集禹穴序引遁甲開山圖曰：『乃謂宛委之神奏玉匱之書十二卷，禹未及持，其四入泉，其四上天，餘乃圖也，用以治水，已，乃緘之洞穴。』

〔三〕天柱山：在今安徽灊山境内。又名灊山、皖山、皖公山，爲道教之第十六洞天。山峯高聳，如巨柱擎天，故名。

〔四〕眞人句：謂開山圖有圖無字。

〔五〕漢武二句：史記孝武本紀：『（元封五年）冬，上（指漢武帝）巡南郡，至江陵而東，登禮灊之天柱山，號曰南嶽。浮江，自潯陽出樅陽，過彭蠡，祀其名山川。』漢書武帝紀：『五年冬，行南巡狩，至於盛唐，望祀虞舜於九嶷，登灊天柱山，自尋陽浮江，親射蛟江中，獲之。舳艫千里，薄樅陽而出，作盛唐樅陽之歌。』潯陽，即今江西九江。明一統志：『射蛟臺在樅陽鎮，漢武帝親射蛟即在此處。』

〔六〕築壇祈仙：指漢武帝『禮灊之天柱山』。

〔七〕茂陵：漢武帝之陵。在今西安市西北。

〔八〕石牛：天柱山谷中有古洞，洞口有巨石狀如卧牛，洞因稱『石牛古洞』。黄庭堅曾坐此石上讀書，并自號『山谷道人』。

〔九〕白鹿句：全唐文補編卷四司命眞君祠碑引仙經紀録曰：『司命洞府在天柱山。以天寶九年春三月，遣中官王越賓，道士鄧紫虚，賚内府繒帛創置祠宇。事資勝概，以集羣仙。歷選千峯，累次設壇醮祭，焚香誠請。越有二白鹿見於高崗。領徒就之，遂得其地。……銘曰：青牛白鹿有時見，步虚霄磬常時鳴。』今天柱山有白鹿崗。

〔一〇〕靈鶴：今天柱山白鶴峯上有白鶴觀，傳爲梁武帝時白鶴道人飛鶴止此創建。

〔一一〕洞口句：以天柱山比桃花源。

歌白雪 二章①

歌白雪，雪滿龍沙暮冬月〔一〕。萬里征人歸未歸，一聲曉角雲中咽〔二〕。

歌白雪，雪壓樵夫樵檐折②。行到都門門欲開〔三〕，十二玉樓歌未徹〔四〕。

【校】

①四庫本、宋人集本同；詩存本無『二章』二字。

②檐　四庫本、詩存本、宋人集本作『擔』。俗體『木』旁、『扌』旁不分。

【箋】

〔一〕龍沙：塞外漠北邊塞之地。楊炯瀘州都督王湛神道碑：『旌節龍沙，軒旗象浦。』

〔二〕曉角：報曉之號角聲。沈佺期關山月：『將軍聽曉角，戰馬欲南歸。』

〔三〕都門：京都城門。

〔四〕十二玉樓：原指道教傳説中的仙人居處，在崑崙山。這裏指奢華的高樓。韋莊長安舊里：『滿日牆匡春草深，傷時傷事更傷心。車輪馬迹今何在，十二玉樓無處尋。』

勿去草①〔一〕

勿去草，草無惡，若比世俗俗浮薄。君不見長安公卿家，公卿盛時客如麻〔二〕。公卿去後門無車〔三〕，唯有芳草年年加②。又不見千里萬里江湖濱，觸目凄凄無故人，唯有芳草隨車輪。一日還舊居，門前草先除③〔四〕。草於主人實無負④，主人於草宜何如。勿去草⑤，草無惡，若比世俗俗浮薄。

【校】

①四庫本、宋人集本、宋元詩會本同；宋詩紀事卷二二題作『勿去草行』。

②唯有芳草年年加　四庫本、宋文鑑卷一三、宋人集本、宋元詩會同；宋詩紀事無此句；張元濟影印王荆公詩集卷四八作『唯有芳草年年佳』。

③除　四庫本、宋人集本『校記』、宋元詩會本同；宋詩紀事作『鉏』。

④於　四庫本、宋人集本、宋元詩會本同；宋詩紀事作『與』。

⑤勿去草　宋人集本、宋元詩會本、宋詩紀事本同；四庫本無此三字。

【箋】

〔一〕李壁王荆文公詩箋注卷二一、陳景沂全芳備祖後集卷一〇、陶宗儀説郛卷八一引闕名漫叟詩話詩懷認爲是王安石之作。王荆文公詩箋注：『此詩言客負主人，主人亦時負客。皆以譏道喪俗薄，上下胥失也。』李壁視爲王安石之作，故又注：『蓋自公罷相，凡昔之門生故吏，舍之而去者多矣。又從而下石焉。如吕惠卿者，蓋其尤也。公之卒也，張芸叟爲詩以弔之曰：「今日江南從學者，人人諱道是門生。」及紹聖後崇尚新學，以公配享先聖，前日舍之而去者至是復還。故無名子嘲之曰：今日江南從學者，人人争道是門生。觀公此詩，蓋有所激而云也。士固可罪，然知人亦難矣。』題下小注曰：『或云是楊次公詩。』祝穆古今事文類聚前集卷二四、四庫本、宋人集本將之歸于楊傑。李之亮王荆公詩注補箋、經壽湧李壁王荆文公詩箋注誤收五首考述，認爲當歸楊傑。錢鍾書宋詩紀事補正亦歸楊傑名下。

〔二〕公卿盛時句：李壁王荆文公詩箋注：『文選：死人如亂麻。』

〔三〕公卿去後句：李壁王荆文公詩箋注：『鄭當時與汲黯列爲九卿，兩人中廢，賓客益落。又，下邳翟公爲廷尉，賓客亦填門。及廢，門外可設爵羅。後復爲廷尉，賓欲往。翟公大署其門曰：一死一生，迺知交情；一貧一富，迺知交態；一貴一賤，交情迺見。』

〔四〕門前句：李壁王荆文公詩箋注：『蜀志：先主殺張裕曰：芳蘭當門，不得不鋤。齊江斆聞江夏王鋒死，亦曰：芳蘭當門，不得不鋤。』

古行路

古行路，古行路，今人欲追古人去。古人去遠何可追，後人視今如古時〔一〕。君不見去年春風去已久，今年春風亦依舊〔二〕。

【箋】

〔一〕後人句：漢書京房傳：『臣恐後之視今，猶今之視前也。』

〔二〕春風依舊：韓維西城三絶句：『人事無端幾興廢，春風依舊入城來。』陳著西江月書懷：『春風依舊滿人間，不奈雙鬢閑管。』

和酬子瞻内翰贈行長篇〔一〕

雲濤擁開滄海門，鼓鼙萬疊鳴江村〔二〕。仙翁引我峯頂望〔三〕，耳目驚駭難窮源①。黄金鑄鯨爲酒樽，桂漿透徹冰雪盆〔四〕。吴歌楚舞屏不用，夾道青玉排雲根〔五〕。經綸事業重家世，昔聞父子今季昆②〔六〕。九丹煉就鼎竈温〔七〕，刀圭足以齊乾坤〔八〕。我行欲别湖山去，爲我索筆書長言。照乘不假明月珠③，自有光焰生軺軒〔九〕。

【校】

①驚　詩存本、四庫本、宋人集本作『震』。

②昔　四庫本、宋人集本同；詩存本作『音』，誤。

③照　詩存本、四庫本同；宋人集本作『炤』。

【箋】

〔一〕該詩作於元祐五年七月。時蘇軾知杭州，楊傑去兩浙提點刑獄職赴京任禮部員外郎。子瞻内翰：蘇軾，字子瞻，元祐初年曾任翰林學士。贈行長篇：指蘇軾登介亭餞楊傑次公。

〔二〕雲濤二句：鼙，小鼓。二句寫錢塘江潮。滄海，東海的别稱。初學記卷六引張華博物志：『東海之别有渤澥，故東海共稱渤海，又通謂之滄海。』曹操步出夏門行：『東臨碣石，以觀滄海。』周密武林舊事卷三觀潮：『則玉城雪嶺，際天而來。大聲如雷霆，震撼激射，吞天沃日，勢極雄豪。』

〔三〕仙翁：指蘇軾。張世南游宦紀聞卷九：『坡仙元祐己巳，以龍圖閣直學士、左朝奉郎知杭州。』王應麟困學紀聞卷一八：『潘庭堅題嶽麓寺道鄉臺曰：坡仙不謫黄，黄應無雪堂。』

〔四〕桂漿：桂花酒。田汝成西湖游覽志餘卷二四：『桂漿之説起於楚詞，殆亦今之桂花釀酒法耳。』楚辭九歌東君：『操余弧兮反淪降，援北斗兮酌桂漿。』王逸注：『斗謂玉爵。言誅惡既畢，故引玉斗酌酒漿。』洪興祖楚辭補注：『詩云：「維北有斗，不可以挹酒漿。」此以北斗喻酒器者，大之也。』本詩之『鑄鯨』與東君之『北斗』同，均喻酒杯之大。

〔五〕雲根：深山雲起之處。張協雜詩之十：『雲根臨八極，雨足灑四溟。』杜甫題忠州龍興寺所居院壁仇兆鼇注：『張協詩「雲根臨八極」注：五嶽之雲觸石出者，雲之根也。』

〔六〕父子：指蘇氏父子。季昆：弟兄，言蘇軾、蘇轍。

〔七〕九丹：即九轉金丹。道家煉丹以九轉爲上。鼎竈：即煉丹爐。

〔八〕刀圭：中藥量器名。葛洪抱朴子金丹：『服之三刀圭，三尸九蟲皆即消壞，百病皆愈也。』王明校釋：『刀圭，量藥具。』

〔九〕軺軒：陸機漢高祖功臣頌：『紀信誑項，軺軒是乘。』李周翰注：『軺軒，輕車也。』

和章學士祈晴昭亭山〔一〕

洪範八政一曰食〔二〕，民非稼穡胡爲生？江南風俗重圩埠①，歲遇豐稔倉箱盈。嘉祐六年宛陵郡，積月霖雨妨秋成〔三〕。昔之欝欝若雲秀②，今也汎汎猶青萍。豈惟百姓失所望，將恐祭祀無粢盛〔四〕。集仙到郡爲憫惻〔五〕，齋心命駕祈昭亭〔六〕。昭亭山下欲回輈，太陽赫赫輝雙旌〔七〕。老農乘時得刈穫，清風和氣謳謌聲。我知夫子禱已久，由有盛德通神明。願公移此福天下，陰陽調燮歸和羹。

【校】

①風　四庫本同；宋人集本『校記』作『土』。

②欝欝　宋人集本、四庫本作『鬱鬱』。

【箋】

〔一〕該詩作於嘉祐六年。章學士：指章衡，字子平，浦城人。元祐中，加集賢院學士，以待制知揚、廬、宣、潁州。昭亭山：亦稱敬亭山。王存元豐九域志卷六宣城：『昭亭山，在宛陵北。』

〔二〕洪範八政：出尚書。漢書食貨志：『洪範八政，一曰食，二曰貨。食謂農殖嘉穀可食之物。』

〔三〕嘉祐二句：宛陵，即宣州，在今安徽宣城。宋史楊畋傳及李燾續資治通鑑長編卷一九四載，嘉祐六年夏秋，京師及淮南兩浙江南東西路水災。

〔四〕粢盛：盛在祭器内以供祭祀的穀物。公羊傳桓公十四年：『御廩者何？粢盛委之所藏也。』何休注：『黍稷曰粢，在器曰盛。』

〔五〕集仙：指章學士。集仙殿爲學士修史校書之署，後改稱集賢殿。

〔六〕齋心：清浄心神，祛除雜念。列子黃帝：『退而閑居大庭之館，齋心服形。』王禹偁李太白眞贊并序：『有時沐肌濯髮，齋心整衣，屏妻孥，清枕簟，馨鑪以祝。』

〔七〕雙旌：高官出行之儀仗。李商隱爲懷州李中丞謝上表：『賜以竹符之重，遂使霍氏固辭之第，早建雙旌。』徐炯注：『雙旌唯節度領刺史者有之，諸州不與焉。今則通用爲太守之故事矣。』

五雲叟琴閣〔一〕

朝望五雲山〔二〕，暮望五雲山。望之欲去未得去，抱琴登閣聊怡顔。琴聲噴瀑潺湲，意在山之泉。琴聲險欲絶，意在山之巔。五雲之山不須到，勸君但作五雲操。

【箋】

〔一〕江南通志卷三五廬州府：『五雲閣，在無爲州城内，五雲叟陳朋所建。』嘉慶無爲州志卷四：陳朋，字德孚，賜號『文靖先生』。

〔二〕五雲山：即小茅山，爲横山支脉，高約百米，在當塗東，今屬江蘇溧水。

凌歊臺〔一〕

大明七年暮冬月，宋武南巡立雙闕〔二〕。鑾輿先幸凌歊臺，雲中簫鼓轟春雷。六龍一去曉無迹①〔三〕，山花野鳥空相憶②。翠羽鳴鞭來不來〔四〕，景陵芳草年年碧〔五〕。

【校】

①曉　詩存本同；名賢本、四庫本作『杳』；周必大文忠集卷一六八作『晚』。

②鳥　詩存本、四庫本同；名賢本作『草』。

【箋】

〔一〕凌歊臺：祝穆方輿勝覽卷一五太平州：『凌歊臺，在城北黄山上。宋武帝南游嘗登此臺，具建離宫焉。李白詩：「曠望登古臺，臺高極人目。疊嶂列遠空，雜花間平陸。閑雲入牕牖，野翠生松竹。欲覽碑上文，苔侵豈堪讀。」』江南通志卷三五太平府：凌歊臺，在當塗縣西北黄山。宋孝武帝築以避暑，即宋行宫也。岳珂寶眞齋法書贊卷六：『登凌歊臺一首，臺在當塗縣北五里，宋高祖所築。』周必大文忠集卷一六八：『出北門五里餘，登凌歊臺。臺在黄山上，本不高，而望甚遠。西南即青山，却顧采石、天門及溧陽、和州諸山，皆在目中。楊次公詩云大明七年暮冬月……』

〔二〕大明二句：太平寰宇記卷一二四和州：『宋書云：孝武帝大明七年祀梁山，大閲水軍於中江，是日有白雀二集華蓋，有司奏請改元爲神雀，帝不許，因立雙闕於梁山。』景定建康志卷二〇：『宋孝武大明七年於博望梁山立雙闕。』

〔三〕六龍：古代天子的車駕爲六馬所駕，因以爲天子車駕之代稱。李白上皇西巡南京歌：『誰道君王行路難，六龍西幸萬人歡。』

〔四〕翠羽鳴鞭：皇帝儀仗，鞭形，揮動發出響聲，使人肅静，又稱静鞭。這裏指帝王車駕。鄭嵎津陽門：『鳴鞭後騎何蹀躞，宫妝襟袖皆仙姿。』

〔五〕景陵：三國吴景皇帝孫休之陵，在當塗采石江邊。

景雲軒〔一〕

南城城外山崔嵬〔二〕，景雲軒上無塵埃。雙溪水落逐年急〔三〕，白髮僧歸何日來〔四〕。畫屏滿目萬瓦合，幾人到此心如灰。

【箋】

〔一〕景雲軒：在南城城内，舊爲禪寺。宋南城人李覯盱江集中有題詠。

〔二〕南城：宋建昌軍治所，城臨盱江。在今江西南城。祝穆方輿勝覽卷二一建昌軍：『皇朝楊傑嘗爲南豐令。』時間約在治平三年冬至治平四年。本詩作於此時。

〔三〕雙溪：李覯書景雲軒壁：『二江斜入似娥眉，盡日憑高把酒巵。』

〔四〕僧：指志月。李覯僧志月碧雲軒改爲景雲軒因書二首：『長見江淹雜體詩，碧雲非是惠休詞。試言日暮佳人怨，何事高僧卻得知。』又：『景雲持律冠當年，遺迹雖沈古寺存。釋子若能精進去，便應題作景雲軒。』

恭　軒〔一〕

春雷驚起蒼龍角〔二〕，春風擺開紫雲籜〔三〕。掃斷紅塵不得來，翠羽旌幢擁高閣。高堂老人年八十，朱衣省郎侍旁立〔四〕。追懷手植先大夫，栽培灌溉何勤劬〔五〕。濃陰潛蔽芝蘭徑，美實飽供鸞鳳雛。幽軒得名名曰恭，見此還與桑梓同①〔六〕。豈唯雪霜不可改，年年高節摇清風〔七〕。

【校】

①與　四庫本、宋人集本同；詩存本作『應』。

【箋】

〔一〕恭軒：在黄州，黄州太守陳軾所建。陳軾，字君式，臨川人，與蘇軾、王安石、曾鞏交往密切，以朝奉大夫致仕。王安石有陳君式大夫恭軒、曾鞏有陳君式恭軒詩。

〔二〕蒼龍：二十八宿中東方七宿的總稱。國語周語中：『夫辰角見而雨畢，天根見而水涸。』韋昭注：『辰角，大辰蒼龍之角。角，星名也。』余銓題雲林畫竹樹秀石圖詩：『三春雷雨蒼龍角，萬里雲霄翠鳳毛。』

〔三〕紫雲：紫色雲。古人以爲祥瑞之兆。焦贛易林履之漸：『黄帝紫雲，聖且神明，光見福祥，告我無殃。』

〔四〕朱衣省郎：指年輕的官員。

〔五〕勤劬：辛勤勞累。王逸九思逢尤：『望舊邦兮路逶隨，憂心悄兮志勤劬。』王安石陳君式大夫恭軒李壁注：『公此詩，撫州有石本。陳之孫博古跋云：曾祖中散，手植緑竹一叢於所居之側。四時葱蒨，秀色可佳。』

〔六〕幽軒二句：陳君式大夫恭軒李壁注：『祖朝奉大夫於竹之傍開一軒對之，命曰恭，蓋取桑梓必恭之義。』曾鞏陳君式恭軒：『名郎感慕同桑梓，手植依然一畝寬。』

〔七〕高節：江西通志卷八〇人物撫州府：『時蘇東坡謫居於黄，人多避禍不敢相親，（陳）軾獨與之交。』

留春亭〔一〕

古今春過知多少，人不留春頭白早①。君欲留春心可知，爲君更賦留春詩。留春莫只留花住，花老春風亦隨去。孰若芝蘭香不歇〔二〕，亭下長如二三月。

【校】

①頭白早　四庫本同；詩存本作『白頭蚤』。

【箋】

〔一〕留春亭：浙江通志卷四一古迹嘉興府：「嘉興府圖記：在郡圃内，宋建。」

〔二〕芝蘭：芷與蘭。皆香草。邵雍堯夫吟：「如芝蘭，香不歇。如簫韶，聲不絶。」

滄浪亭〔一〕

滄浪之歌因屈平〔二〕，子美爲立滄浪亭〔三〕。亭中學士逐日醉〔四〕，澤畔大夫千古醒〔五〕。醉醒今古彼自異，蘇詩不愧離騷經。

【箋】

〔一〕滄浪亭：在今江蘇蘇州，爲宋蘇舜欽所建。明一統志卷八蘇州府：「滄浪亭，在府學東南。吴越時廣陵王錢元璙池館也。宋蘇舜欽買居此，作亭其上，自爲記。」即滄浪亭記。歐陽修有滄浪亭詩。

〔二〕屈平：屈原名平。屈原漁父：「滄浪之水清兮，可以濯吾纓；滄浪之水濁兮，可以濯吾足。」

〔三〕子美：蘇舜欽，字子美，自號「滄浪翁」。宋景祐元年進士，官至集賢殿校理、監進奏院。以一酒食之故爲政敵陷害，被廢除名，「攜妻子居蘇州，買木石作滄浪亭。日益讀書，大涵肆於六經。

而時發其憤悶於歌詩，至其所激，往往驚絶。』（歐陽修湖州長史蘇君墓誌銘 嘉祐元年）

〔四〕學士：指蘇舜欽。宋史蘇舜欽傳：『善草書，每酣酒落筆，争爲人所傳。』龔明之中吴紀聞卷二蘇子美飲酒：『子美豪放，飲酒無算，在婦翁杜正獻家，每夕讀書以一斗爲率。』

〔五〕大夫：指屈原。楚辭漁父：『舉世皆濁我獨清，衆人皆醉我獨醒。』

送陳資道〔一〕

有客抱荆璞〔二〕，不琢貴其質①。兢兢三十年，常恐有墜失。所欲價百倍，今也十之一。勿患知者難，光采已四出②。

【校】

①其　四庫本同；詩存本作『自』。

②采　四庫本、詩存本同；宋人集本作『採』。

【箋】

〔一〕陳資道：不詳。據詩可知其苦讀多年方小有所成。楊傑寫此詩一則寬慰，一則勉勵。

〔二〕荆璞：本指卞和從荆山所得未經雕琢的璞玉。後比喻美好的資質。盧諶贈劉琨：『承侔卞和，質非荆璞。』

古鑑謡

鐵鑑埋重泉〔一〕，知經幾寒暑。山翁築春田，得之南澗滸。磨刮追光輝，雲卷秋蟾吐〔二〕。歛衽正面視，歷落露心府〔三〕。壞垣試一照①，陰靈吼風雨。我欲匣此鑑，西上獻人主。不願鑑其鑑，願君鑑於古。桀紂不鑑古，基業傾湯禹。幽厲不鑑古，綱紀頽文武。吾皇寶其鑑，清風塞寰宇。

【校】

①照　四庫本同；宋人集本作「炤」。

【箋】

〔一〕重泉：猶深淵。淮南子齊俗訓：「積水重泉，黿鼉之所便也。」丘遲夜發密巖口：「萬尋仰危石，百丈窺重泉。」

〔二〕蟾：即蟾蜍，指月。張衡張河間集靈憲：「羿請無死之藥於西王母，姮娥竊之以奔月。……姮娥遂托身於月，是爲蟾蜍。」李白雨後望月：「四郊陰靄散，開户半蟾生。」段成己中秋之夕封生仲堅衛生行之攜酒與詩見過各依韻以答二首：「蟾吐寒光呈皎潔，桂排疏影甚分明。」

〔三〕歷落：磊落。

豫章行送周裕〔一〕

君不見南浦亭前草〔二〕，送人千里道。一番膏雨一番青〔三〕，不顧王孫江外老〔四〕。又不見豐城劍埋塵土間〔五〕，幾年秋水澄波瀾。夜深直氣射牛斗〔六〕，變化風雷頭角寒〔七〕。丈夫窮通有時有，滿腹詩書滿樽酒①。行行三月到揚州，故人莫笑麻衣舊。

【校】

①樽　四庫本、宋人集本同；詩存本作『尊』。

【箋】

〔一〕豫章：今江西南昌。周裕：泰州人，熙寧間進士（江南通志卷一一九選舉志）。該詩似作於周裕未舉之時。

〔二〕南浦：送别之地的代稱。楚辭九歌河伯：『子交手兮東行，送美人兮南浦。』王逸注：『願河伯送己南至江之涯。』

〔三〕膏雨：滋潤作物的霖雨。左傳襄公十九年：『小國之仰大國也，如百穀之仰膏雨焉。』

〔四〕王孫：楚辭招隱士：『王孫游兮不歸，春草生兮萋萋。』王夫之楚辭通釋：『王孫，隱士也。秦漢以上，士皆王侯之裔，故稱王孫。』後泛指對人的尊稱。史記淮陰侯列傳：『吾哀王孫而進食，豈望報乎？』司馬貞史記索隱引劉德曰：『秦末多失國，言王孫、公子，尊之也。』文選左思蜀都賦：『有西蜀公子者，言於東吳王孫。』李善注引張華博物志：『王孫、公子，皆相推敬之辭。』

〔五〕豐城劍：晉書張華傳：吳滅晉興之際，恒有紫氣見斗牛之間。張華聞雷焕妙達緯象，乃邀與共觀天文。焕曰：『斗牛之間頗有異氣』，是『寶劍之精，上徹於天耳』，并謂劍在豫章豐城。張華遂以孔章爲豐城令，『焕到縣，掘獄屋基，入地四丈餘，得一石函，光氣非常，中有雙劍，并刻題，一曰龍泉，一曰太阿。其夕斗牛間氣不復見焉。』後比喻傑出的人才。

〔六〕牛斗：指牛宿和斗宿。庾信思舊銘：『劍没豐城，氣存牛斗。』

〔七〕變化句：晉書張華傳：『（雷）焕卒，子華爲州從事，持劍行經延平津，劍忽於腰間躍出墮水，使人没水取之，不見劍，但見兩龍各長數丈，蟠縈有文章，没者懼而反。須臾光彩照水，波浪驚沸，於是失劍。』歷代題畫詩類卷七九僧維則題東坡化龍竹：『渭川千畝未爲奇，獨羨坡仙埽一枝。後夜風雷頭角露，看他行雨過天池。』

和穆父待制蓬萊觀雪〔一〕

戊辰歲歷長〔二〕，兩春一逢臘〔三〕。上瑞兆豐年，同雲彌六合〔四〕。初如天馬來，奔入銀河蹋。梁苑客後至〔五〕，郢樓曲難荅〔六〕。錦繡方還里〔七〕，罇罍喜開閤〔八〕。光照孫康書①〔九〕，寒恤袁安榻〔一〇〕。但愛川陸平，不問瑶珉雜〔一一〕。扁舟欲泛剡〔一二〕，凜氣若浮漯〔一三〕。龍團屢烹試②，風腋頓爽颯〔一四〕。明月交清輝，絳籠不燃蠟〔一五〕。

【校】

①照　四庫本同；宋人集本作『炤』。

②團　宋人集本同；四庫本作『圖』，誤。

【箋】

〔一〕穆父：指錢勰，字穆父，杭州臨安人，吴越王錢鏐六世孫。元祐初，以龍圖閣待制知開封府，有能名。以不避豪貴，出，知越州。哲宗朝翰林缺學士，命勰仍兼侍讀，與章惇不合，罷。知池州，有政績。元符末追復龍圖閣學士。待制：官名。始於唐，宋因其制，於殿、閣均設待制之官，典守文物，位在學士、直學士之下。蓬萊：謂會稽蓬萊山，有蓬萊閣，爲錢鏐始建。施宿等會稽志卷九：『國朝康定初，范文正公撰清白堂記云：會稽府署，據卧龍山之北足，上有蓬萊閣。』該詩作於元祐三年。

〔二〕戊辰：宋哲宗元祐三年。

〔三〕臘：臘月。元祐三年閏臘月，立春、春分兩節同在臘月。

〔四〕同雲：即彤雲。指下雪前密布的濃雲。宋之問奉和春日玩雪應制：『北闕彤雲掩曙霞，東風吹雪舞山家。』六合：謂天地四方。

〔五〕梁苑客：西京雜記卷二：『梁孝王好營宮室苑囿之樂，作曜華之宮，築兔園。』文選謝惠連雪賦：『歲將暮，時既昏，寒風積，愁雲繁。梁王不悦，游於兔園。乃置旨酒，命賓友。召鄒生，延枚叟。相如末至，居客之右。俄而微霰零，密雪下。……授簡於司馬大夫，曰：「抽子秘思，騁子妍辭，侔色揣稱，爲寡人賦之。」相如於是避席而起，逡巡而揖。曰：「臣聞雪宮建於東國。」鄒陽聞之，懣然心服。有懷妍唱，敬接末曲。於是乃作而賦積雪之歌。』後以梁苑客稱有才華的賓客。

〔六〕郢樓曲：文選宋玉對楚王問：『客有歌於郢中者，其始曰下里、巴人，國中屬而和者數千人；其爲陽阿、薤露，國中屬而和者數百人；其爲陽春、白雪，國中屬而和者不過數十人；引商刻羽，雜以流徵，國中屬而和者不過數人而已。是其曲彌高，其和彌寡。』後以郢樓曲稱高雅的樂曲或詩文。

〔七〕錦繡：即衣錦繡。元祐初，穆父被外放越州，爲歸故里。

〔八〕罇罍：指酒器。

〔九〕孫康：藝文類聚卷二：孫康，晉京兆人。家貧，常映雪讀書。清介，交游不雜。孫康書，後爲勤學苦讀之典。

〔一〇〕袁安：字邵公，東漢汝南汝陽人。明帝時任楚郡太守、河南尹，節行素高，政號嚴明，名重朝廷。後歷官太僕、司空、司徒。後漢書袁安傳李賢注引周斐汝南先賢傳：『時大雪積地丈餘，洛陽令自出案行，見人家皆除雪出。有乞食者，至袁安門，無有行路，謂安已死。令人除雪入户，見安僵卧。問何以不出。安曰：「大雪人皆餓，不宜干人。」令以爲賢，舉爲孝廉也。』袁安榻，後用爲雖處清貧但有操守之典。

〔一一〕瑶珉：均爲似玉的美石。珉質地次於瑶。陳思寶刻叢編卷一：『故秘閣法帖十卷中，瑶珉雜糅，論次乖謬。』

〔一二〕剡：地名。在今浙江嵊縣。世説新語簡傲：『王子猷居山陰，夜大雪，眠覺，開室，命酌酒。四望皎然，因起彷徨，詠左思招隱詩，忽憶戴安道。時戴在剡，即便夜乘小船就之。經宿方至，造門不前而返。人問其故，王曰：「吾本乘興而行，興盡而返，何必見戴？」』

〔一三〕凜氣：寒氣。梅堯臣中伏日永叔遺冰：『瑩澈肖水玉，凜氣侵人肌。』漯：古水名。漯水，爲古黄河的支流。

〔一四〕龍團二句：龍團，宋代貢茶名，餅狀，上有龍紋，故稱。張舜民畫墁録卷一：『先丁晉公爲福建轉運使，始製爲鳳團，後又爲龍團，貢不過四十餅，專擬上供，雖近臣之家，徒聞之而未嘗見也。』蘇軾南屏謙師妙於茶事自云得之於心應之於手非可以言傳學到者十月二十七日聞軾游壽星寺遠來設茶作此詩贈之：『天台乳花世不見，玉川風腋今安有。東坡有意續茶經，會使老謙名不朽。』王十朋注：『演玉川子茶歌：「七碗吃不得也，惟覺兩腋習習清風生。」』玉川子，即唐盧仝。盧仝走筆謝孟諫議寄新茶：『七碗吃不得也，唯覺兩腋習習清風生。蓬萊山，在何處？玉川子，乘此清風欲歸去。』劉摯煎茶：『飯後開都籃，旋烹今歲茶。雙龍碾圓餅，一槍磨新芽。石鼎沸蟹眼，玉甌浮乳花。詩思一坐爽，睡魔千里遐。茂陵病解渴，頓覺肺氣嘉。玉川風腋興，直欲凌煙霞。』

〔一五〕絳籠：紅色燈籠。

贈朱伯原〔一〕

張籍心不盲〔二〕，何爲盲於目①。伯原道不病，今也病在足〔三〕。及第二十年〔四〕，未識太倉粟〔五〕。樂圃德義重，可敵萬鍾禄〔六〕。世味覺幻夢，老把華嚴讀②〔七〕。九會發淵微〔八〕，贊文焕珠玉。洞庭秋月澄〔九〕，吴門春草緑〔一〇〕。香海泛虚舟〔一一〕，不懾魚龍觸。

【校】

①爲　四庫本、宋人集本同；詩存本作『必』。

②把　四庫本、詩存本同；宋人集本作『扣』，誤。

【箋】

〔一〕朱伯原：朱長文，字伯原，世稱樂圃先生，蘇州吴人。年未冠，舉進士乙科。元祐中起教授於鄉，召爲太學博士遷祕書省正字。元符元年卒。朱伯原嘉祐四年進士及第，詩云『及第二十年』，據此推知該詩作於元豐初年。

〔二〕張籍：字文昌，唐和州烏江人，郡望蘇州。曾患目疾，幾失明，明人稱『窮瞎張太祝』。

〔三〕病足：樂圃餘藁附録蘇軾等劄子：『嘉祐四年乙科登第，墮馬傷足，隱居不仕。』似指此。

〔四〕及第句：樂圃餘藁附録米芾墓表：『樂圃先生……十九歲登乙科。』樂圃餘藁附録張景修墓誌銘：『擢嘉祐四年進士第。』

〔五〕粟：謂官俸。朱伯原妙齡登科第，以足疾未仕，返鄉侍親逾二十年，見米芾墓表。

〔六〕樂圃二句：張景修墓誌銘：先生『安貧樂道，因舊圃葺臺榭池沼、竹石花木，有幽人之趣。州侯貴客，山翁野叟，或觴或詠，去則醉卧便腹，不知身世之在城郭也。太守章公伯望表其所居爲樂圃坊，鄉人相與尊之稱樂圃先生。』又見伯原與諸弟書及樂圃記。

〔七〕老：猶常。朱伯原樂圃記：『西圃有草堂，草堂之後有華嚴庵。』

〔八〕九會：原指釋迦牟尼宣講教義的九次法會。詳見八十卷本華嚴經。澄觀華嚴懸談卷一：『不起樹王，羅七處於法界；無違後際，暢九會於初成。』後泛指法會。淵微：謂深沉精微之論。

〔九〕洞庭：指位於蘇州西南的太湖洞庭西山，即西洞庭。

〔一〇〕吴門：指蘇州。

〔一一〕香海：借稱佛門。劉禹錫毗盧遮那佛華藏世界圖贊：『清浄不染花中蓮，捧持世界百億千。踴出香海浩無邊，風輪負之晝夜旋。』虚舟：出莊子山木：『方舟而濟於河，有虚船來觸舟，雖有惼心之人不怒。』後比喻胸懷恬淡曠達。

凌雲行①〔一〕

淮國耕釣夫②〔二〕，素嗜山川樂。補吏來盱江〔三〕，潛解藍綬縛〔四〕。獨上凌雲亭③〔五〕，青梯入寥廓〔六〕。萬象富觀覽，面面峻巖壑。天風襲衣襟，綵霞半空落④。仙家鷄犬鳴，驚起巢松鶴〔七〕。勝遊最後時，萍梗念飄泊〔八〕。回首顧人間，紅塵滿城郭⑤。

【校】

①行　正德建昌府志卷二作『亭』。
②淮國　正德建昌府志作『我本』。
③亭　正德建昌府志作『行』。
④綵　正德建昌府志作『斷』。
⑤紅塵　正德建昌府志作『佳景』。

【箋】

〔一〕該詩作於治平三年至治平四年南豐令任上。祝穆方輿勝覽卷二一建昌軍：『皇朝楊傑嘗爲南豐令。』

〔二〕淮國：　謂西漢淮南國。無爲地屬當時淮南國。

〔三〕盱江：　這裏指撫州南豐，即今江西南豐縣。盱，刻本原作『盰』。

〔四〕藍綬：　繫印紐之藍色絲帶。不同顔色的絲帶，標識不同的官階和等級。藍綬官階較低。

〔五〕凌雲亭：　正德建昌府志卷二南城鳳山：『宋治平中，太守黄師道建翔鳳、曦光、望仙、凌雲、朝京五亭及圓寂庵於上。』黄師道治平二年任太守。

〔六〕青梯：　青色磚石砌成的階梯。蔡襄齊雲閣：『紫閣青梯壓翠岑，春情秋思共登臨。』

〔七〕萬象六句：　形容亭之高聳入雲，登臨猶入仙境。

〔八〕萍梗：　浮萍斷梗。喻漂泊流徙。許渾晨自竹徑至龍興寺崇隱上人院：『客路隨萍梗，鄉園失薜蘿。』

無爲集卷四

古詩

豐湖歌〔一〕

惠州風土隔世埃〔二〕，使我南望長裴徊。昔年霹靂轟蓬萊，六鼇踉蹌海面開。一峯崒岏九霄落①〔三〕，萬里怒濤推擁來②。至今浮在羅山畔〔四〕，玉閣石梁插天半。世人可見莫可登，雪棧雲梯知幾層。近聞更有豐湖好，環匝亭臺映洲島〔五〕。野叟忘機鷗鷺閑〔六〕，寒潭無浪蛟龍老。雲歸洞府月滿灣〔七〕，客卷綸車魚在藻〔八〕。白玉抽苗萬蓋圓〔九〕，翠光期壓王孫草〔一〇〕。天高日暖荔枝香，風撼一川紅瑪瑙〔一一〕。主人丹鼎飛金虎，豐湖無根豈能住？一日地軸如走丸，隨逐浮山還舊處。

【校】

①岏　四庫本、詩存本、宋人集本作『屼』。當作『屼』。

②推擁　四庫本、詩存本同；宋人集本作『擁翠』。

【箋】

〔一〕豐湖：在廣東惠州。顧祖禹讀史方輿紀要卷一〇三廣東：『豐湖在府城西。廣袤十餘里，亦曰西湖。宋知州事陳偁築堤防，創亭館以爲勝。後太守林㑺敘云：湖之潤溉田數百頃，葦藕蒲魚之利數萬，民之取於湖者，其施以豐，故曰豐湖。隔水有山曰豐山，自西透迤入之湖中，有漱玉灘、點翠洲、明月灣、熙春臺、雜花島、披雲島、歸雲洞諸勝。左有蘇公堤，以蘇軾謫居時所築而名。又北志云：西湖之水出石埭山，流繞飛鵝嶺下，至府南三里匯爲龍塘，塘在沙子埠前，其水清甘。又北注於豐湖，渟泓涵浸，流入城中，出東水關而注於西江。又有東湖，在城西南，與西湖相並，一名塔子湖，中有甲山。宋守陳偁以歲旱，教民以牛車汲水入東湖溉田，即此。又有秀山湖，本匯豐湖，以入西江，後改注於百官池。池上有印山亭，邦人游賞處也。圖經：豐湖南有鱷湖水，小而深黑，相傳中潛鱷魚，亦名鱷穴。今在城西南一里。』

〔二〕惠州：五代時稱禎州，宋天禧中避宋仁宗諱改稱惠州。

〔三〕崒屼：『屼』當作『卼』。『崒卼』，同『崒兀』，險峻貌，高聳貌。杜甫自京赴奉先縣詠懷五百字：『羣冰從西下，極目高崒兀。』

〔四〕羅山：即羅浮山。方輿勝覽卷三四廣州：『羅浮山，在南海，本名蓬萊山。一峯在海中，與羅山合，因名。山有洞通勾曲，又有璇房瑶房七十二所。裴淵廣州記云：羅浮二山隱天，唯石樓一路可登。羅浮山記曰：羅浮者，蓋二山總名，在增城、博羅二縣之境。』明一統志卷八〇惠州府：『羅浮山，在博羅縣西北三十里，即道書十大洞天之一。昔有山浮海而來，博於羅山，合而爲一，故曰羅浮，又曰博羅。南越志：山高三千六百丈，周回三百餘里，嶺十五，峯三十二。』楊萬里惠州豐湖亦名西湖：『三處西湖一色秋，錢塘潁水更羅浮。』

〔五〕亭臺洲島：謂西湖勝境之留雲亭、過帆亭、熙春臺、點翠洲、雜花島和披雲島等。

〔六〕忘機：謂淡泊無争。列子黄帝篇：『海上之人有子漚（鷗）鳥者，每旦之海上，從漚鳥游，漚鳥之至者百數而不止。其父曰：「吾聞漚鳥皆從汝游，汝取來，吾玩之。」明日之海上，漚鳥舞而不下也。』李白江上吟：『仙人有待乘黄鶴，海客無心隨白鷗。』司馬光花庵獨坐：『忘機林鳥下，極目塞鴻過。爲問市朝客，紅塵深幾何？』

〔七〕雲歸句：謂西湖勝境之明月灣、歸雲洞。

〔八〕綸車：一種控制釣綸的裝置。魚在藻：詩經小雅魚藻：『魚在在藻，有頒其首。王在在鎬，豈樂飲酒。』

〔九〕白玉：謂湖中諸島。

〔一〇〕翠光：謂湖光水色。王孫草：指牽人離愁的景色。淮南小山招隱士：『王孫游兮不歸，春草生兮萋萋。』

〔一一〕紅瑪瑙：謂荔枝。康熙文昌縣志載清牛天宿荔枝：『緑樹枝頭綴絳囊，花開常帶洞庭霜。色如瑪瑙無瑕玷，味似醍醐有異香。』

謝公約惠墨竹圖〔一〕

幽人漬墨寫成竹①〔二〕，變化琅玕作玄玉②〔三〕。公約贈我兩大軸③，不比丹青凡草木④〔四〕。六月都城苦炎燠，車馬紛紛正馳逐。曲臺官冷晝掩關〔五〕，净掃虚堂展霜幅⑤〔六〕。簾間忽有微風來，不動纖枝清滿屋。憶得扁舟載雪時〔七〕，曾寄會稽江上宿。

【校】

①漬　詩存本、四庫本同；名賢本作『噴』；宋人集本『校記』：『漬，宋詩紀事作「潰」。』

②玄　詩存本、四庫本、宋人集本同；名賢本作『元』。

③軸　詩存本、四庫本、宋人集本同；名賢本作『幅』。

④凡　詩存本、四庫本、宋人集本同；名賢本作『尺』，誤。

⑤霜幅　詩存本、四庫本同；名賢本作『霜軸』；宋詩紀事、宋人集本『校記』作『寒緑』。

【箋】

〔一〕謝公約：畫史上無記載，下文稱其『幽人』，蓋爲隱士。據『曲臺官冷晝掩關』，該詩作於楊傑官禮院期間。

〔二〕幽人：隱士。指謝公約。潰墨：繪畫技法的一種。

〔三〕琅玕：翠竹。杜甫鄭駙馬宅宴洞中：『主家陰洞細煙霧，留客夏簟青琅玕。』仇兆鼇注：『青琅玕，比竹簟之蒼翠。』玄玉：黑色的玉。

〔四〕丹青：指色彩絢麗的繪畫。晉書顧愷之：『尤善丹青，圖寫特妙。』

〔五〕曲臺：官署名。漢時作天子射宫，又立爲署，置太常博士弟子。是皇帝考試貢士的地方，後人因以曲臺代稱禮部。

〔六〕霜幅：或作『霜軸』，或作『寒緑』，均指墨竹畫。

〔七〕扁舟載雪：用王子猷雪夜訪戴安道典。見卷三和穆父待制蓬萊觀雪箋注〔一二〕。陳起編江湖小集卷二六沈説庸齋小集送何仲遠適越因之官霅水：『臘前擬作孤山夢，還許扁舟載雪過。』

和謝判官宴南樓〔一〕

邂逅高軒須水漬①〔二〕，名言問發蘭桂芬〔三〕。道義相投有餘樂，賓主交照無煩文②。忠臣瘖寐在北闕〔四〕，古風歌詠追南薰〔五〕。出關不覺行役苦③，舉頭時見孤飛雲。

【校】

①邂逅　四庫本、宋人集本同；　詩存本作『解後』。

②煩　宋人集本同；　詩存本、四庫本作『繁』。

③闕　四庫本、宋人集本同；　詩存本作『門』。

【箋】

〔一〕南樓：　在無爲軍巢縣城口。　祝穆方輿勝覽卷四八淮西路廬州無爲軍：　『樓閣。　南樓，楊次公詩云：「此樓此景他州無，山川形勢吞三吴。」』四庫全書總目無爲集提要：　『和謝判官宴南樓一首本拗體七言律詩，而誤入古詩，編次尤爲無緒。』

〔二〕須水：　即濡須水。　後漢書荀彧傳李賢注：　『濡須，水名也。　在今和州歷陽縣西南。　吴録曰：　孫權聞操來，夾水立塢狀如偃月以相拒，月餘乃退。』

〔三〕名言句：　謂言辭議論如蘭桂芬芳。　顧炎武哭顧推官：　『二子各英姿，文才比蘭桂。』

〔四〕北闕：　朝廷的别稱。　李陵答蘇武書：　『男兒生以不成名，死則葬蠻夷中，誰復能屈身稽顙，還向北闕，使刀筆之吏弄其文墨耶？』

〔五〕南薰：　謂古樂南風。　禮記樂記：　『昔者舜作五弦之琴，以歌南風。』孔子家語辨樂解：　『昔者舜彈五弦之琴，造南風之詩。　其詩曰「南風之薰兮，可以解吾民之愠兮；　南風之時兮，可以阜吾民之財兮。」』

送李辟强①

李辟强，濡須别我遊池陽〔一〕。别後不得信，不覺青女三飛霜〔二〕。每見世俗，仇讎盃觴，桎梏文章。憶君酒怪吟狂，往往登高崗。但見大江水茫茫，九華峯青蒼，使我增悲傷。明堂禮後一百二十日〔三〕，忽騎蹇驢訪我來池陽。倒覆我巾箱，得我弊藁數十張。索我狂書八九行，告我明日遊帝鄉〔四〕。我知利民術，君心十年藏。青雲一萬里〔五〕，此去高翺翔。

【校】

①强　宋人集本同；四庫本作『彊』。

【箋】

〔一〕濡須：指濡須塢、濡須城。在今安徽無爲縣東南。歐陽忞輿地廣記卷二二：『濡須塢，今歷陽縣西南百八十里。』方輿勝覽卷四八：『濡須，寰宇記：魏築無爲城，臨濡須水上源，尋爲無爲監。』據此，『濡須』亦可指無爲，如直齋書録解題卷一七：『無爲集十五卷，别集十卷。禮部郎濡須楊傑次公撰。』池陽：池州的别稱。即今安徽池州。

〔二〕青女：淮南子天文訓：『至秋三月……青女乃出，以降霜雪。』高誘注：『青女，天神，青霄玉女，主霜雪也。』三飛霜：謂已過三年。許景衡横塘集卷三九日：『青女飛霜重，黄花挹露鮮。』

〔三〕明堂禮：潛説友咸淳臨安志卷三明堂：『即文德殿。謹按：國初循隋唐制，每歲季秋大饗，止於郊壇寓祭。皇祐二年始議明堂饗帝饗親，詔禮官討論。是年九月辛亥行禮，自是著爲定制。』

〔四〕帝鄉：京城。杜甫承聞河北諸道節度入朝歡喜口號：『衣冠是日朝天子，草奏何時入帝鄉。』

〔五〕青雲萬里：趙抃次韻三司蔡襄蘆鴈獐猿二首：『公看羽翼飛騰處，有意青雲萬里程。』

白月池

鑿池待明月，池成月自來。幽人從一去①〔一〕，明月來幾回。乳竇走龍蛇②〔二〕，斷崖激瓊瓌〔三〕。安得藉磐石〔四〕，泛我癭木杯③〔五〕。

【校】

①幽人從一去　詩存本、宋人集本同；　四庫本作『一從幽人去』。

②乳　四庫本、宋人集本同；　詩存本作『孔』。

③癭木　四庫本、宋人集本同；　詩存本作『木癭』。

【箋】

〔一〕幽人： 謂隱士。

〔二〕乳竇： 本指泉眼。元結說洄溪招退者：『長松亭亭滿四山，山間乳竇流清泉。』這裏指泉流。

〔三〕瓊瓌： 本指珠玉。這裏指激蕩起的水珠。

〔四〕磐石： 堅石。曹學佺石倉歷代詩選卷四五〇黄相游天池山：『坐臨飛泉各分歷，更藉磐石深徘徊。』

〔五〕癭木杯： 一般指用楠木木節製作的酒杯。皮日休癭木杯：『癭木杯，杉贅楠瘤刳得來。莫怪家人畔邊笑，渠心只愛黄金罍。』

留題張尉隱齋

小隱隱林藪，大隱隱朝市〔一〕。市朝心隱不隱身，山林未必忘名利。夜來月明竹聲細〔二〕，隱齋主人留客醉。四更客未醒，主人促車騎。客笑主人勞，不顧隱之意。君不見梅福曾作尉民官①〔三〕，莊周亦爲漆園吏〔四〕。

【校】

①民　四庫本同；宋人集本作『氏』。當作『氏』。

【箋】

〔一〕林藪：山林與澤藪。指山野隱居的地方。王康琚反招隱詩：『小隱隱陵藪，大隱隱朝市。』

〔二〕竹聲細：李光海外自去冬不雨至今農圃俱病郡侯率僚友爲民祈禱二月十八日祭社致齋是日雨作喜而成詩呈逢時使君：『草色青青連粟壟，竹聲細細想荷池。』

〔三〕梅福：鄭樵通志卷一〇〇：『梅福，字子真，九江壽春人也。少學長安，明尚書、穀梁春秋，爲郡文學，補南昌尉，後去官歸壽春。』西漢元始年間，王莽篡漢，梅福棄妻子，隱居宜豐山中。

〔四〕莊周：史記老莊申韓列傳：『莊子者，蒙人也，名周。周嘗爲蒙漆園吏。』

酒隱園〔一〕

小隱隱山林，大隱隱城郭。城郭多紛囂，山林苦淡漠〔二〕。不如隱於酒〔三〕，適意自斟酌。屈原不能隱①，獨醒較清濁〔四〕。楊雄雖願隱，載醪無適莫〔五〕。吏部瓮下卧②，其隱可愧作〔六〕。翰林市上眠③，其隱太落拓〔七〕。孰若畸翁園〔八〕，醺酣得天樂④。風暖鳳凰集，霜重梧桐落〔九〕。長嘯待明月，明月出林薄〔一〇〕。倚杖傲浮雲，浮雲度寥廓〔一一〕。雖近市朝路，不爲名利縛。知我尚幽勝〔一二〕，賦詩豫期約。願言醉鄉遊⑤，一駕東飛鶴〔一三〕。上池沃瑶漿，冲氣溢金杓〔一四〕。當知隱君子，志不在糟粕。

【校】

①隱　宋人集本同；四庫本作『飲』。
②瓮　宋人集本同；四庫本作『甕』。
③上　四庫本同；宋人集本作『下』。四庫全書考證卷七八：『原本「上」訛「下」，據杜工部詩改。』
④天　宋人集本同；四庫本作『大』。
⑤言　四庫本同；宋人集本作『知』。

【箋】

〔一〕蘇軾酒隱賦序：『鳳山之陽，有逸人焉，以酒自晦。久之，士大夫知其名，謂之酒隱君，目其居曰酒隱堂，從而歌詠者不可勝紀。隱者患其名之著也，於是投迹仕途，即以混世，官於合肥郡之舒城。嘗與游，因與作賦，歸書其堂云。』酒隱園，未見載記，不知與這位官於合肥郡之舒城者有無關係。

〔二〕小隱四句：白居易中隱：『大隱住朝市，小隱入丘樊。丘樊太冷落，朝市太囂喧。』

〔三〕隱於酒：孟郊趙記室俶在職無事：『彼隱山萬曲，我隱酒一杯。』

〔四〕屈原二句：屈原楚辭漁父：『舉世皆濁我獨清，衆人皆醉我獨醒。』

〔五〕楊雄二句：漢書揚雄傳贊：『家素貧，耆酒，人希至其門。時有好事者載酒肴從游學，而鉅鹿侯芭常從雄居，受其太玄、法言焉。』陶淵明飲酒二十首其十：『子雲性嗜酒，家貧無由得。時賴好事人，載醪祛所惑。』適莫，指用情的親疏厚薄。三國志吳志顧雍傳：『其所選用文武將吏各隨能所任，心無適莫。』

〔六〕吏部二句：晉書畢卓傳：『畢卓，字茂世，新蔡鮦陽人也。少希放達。太興末，爲吏部郎，常飲酒廢職。比舍郎釀熟，卓因醉夜至其甕間盜飲之，爲掌酒者所縛。明旦視之，乃畢吏部也。』

〔七〕翰林二句：翰林，謂李白。落拓，謂狂放不羈。杜甫飲中八仙歌：『李白一斗詩百篇，長安市上酒家眠。天子呼來不上船，自稱臣是酒中仙。』白居易家園三絶之二：『籬下先生時得醉，甕間吏部暫偷眠。』

〔八〕畸翁園：蓋與酒隱園所指相同。

〔九〕風暖二句：羅願爾雅翼卷九梧：『古稱鳳凰集於朝陽梧桐之上，豈亦食其實耶？』

〔一〇〕林薄：楚辭九章涉江王逸注：『叢木曰林，草木交錯曰薄。』沈遼龍居觀泉：『坐看横流出林薄，欲行未行翻不樂。』

〔一一〕寥廓：漢書司馬相如傳：『觀者未覩指，聽者未聞音，猶焦朋已翔乎寥廓，而羅者猶視乎藪澤，悲夫！』顔師古注：『寥廓，天上寬廣之處。』

〔一二〕幽勝：指清幽勝地。新唐書裴度傳：『沼石林叢，岑繚幽勝。』

〔一三〕東飛鶴：謝肅榮陽：『願爲東飛鶴，一舉還蓬瀛。』

〔一四〕上池：又稱上池水或甘露，指淩空承取或取之於竹木上的雨露。史記扁鵲倉公列傳：『飲是以上池之水，三十日當知物矣。』司馬貞史記索隱：『案舊説云上池水謂水未至地，蓋承取露及竹木上水，取之以和藥。』沃：灌注。瑶漿：謂美酒。冲氣：老子第四十二章：『萬物負陰而抱陽，冲氣以爲和。』説文解字水部：『冲，涌摇也。』冲氣，謂陰陽兩氣相激蕩。『冲氣以爲和』，即陰陽兩氣互相激蕩而成新的和諧體。溢：充滿。金杓：杓子的美稱。吴孟堅明洪武：『調露金杓分鎬宴，閲江寶翰奠瀍圖。』焦竑玉堂叢語卷之三寵遇：『洪武五年甘露降，太祖召宋濂，賜坐。上躬執金杓，煉湯於鼎，取甘露投之，手注於卮以賜濂，曰：此和氣所凝也，能愈疾延年，故與卿共之耳。』

及第東歸逢元舉〔一〕

與君去歲金陵遊，七月十日離楚州〔二〕。酒闌浩歌古亭下，白日雷雨催行舟。片帆乘風破險浪，冉冉飛過蘆花洲。我時幸預别頭薦①〔三〕，君以才術公卿留。人生聚散散或聚，忽忽今會如萍浮。君行何以贈君別，莊鵬九萬摶高秋〔四〕。

【校】

①別　宋人集本同；四庫本作『鼈』。

【箋】

〔一〕楊傑嘉祐四年及第。詩作於該年。

〔二〕楚州：即今江蘇淮安市，京杭大運河重要的碼頭之一。

〔三〕別頭：又稱別試、別頭試。指科舉考試中，因應試者與考官有親故關係或其他原因，爲避嫌疑而另設的考試。高承事物紀原學校貢舉別試：『開元二十四年，以禮部侍郎主選其親故移考功謂之別頭……宋朝謂之別試。』宋史選舉志：『士有親戚仕本州，或爲發解官，及侍親遠宦，距本州二千里，令轉運司類試，以十率之，取三人。於是諸路始有別頭試。』楊傑參加別試原因不詳。

〔四〕莊鵬：語出莊子逍遥遊：『鵬之徙於南冥也，水擊三千里，摶扶摇而上者九萬里。』張商英贈玉巖：『四圍巖谷上通天，巖底幽人抱腹眠。不羡莊鵬摶九萬，肯隨齊客列三千。』

丞相王舒公贊〔一〕

天子元老〔二〕，坐而論道。赫赫具瞻〔三〕，傅巖惟肖〔四〕。

【箋】

〔一〕王舒公：指王安石。王安石於元豐元年封舒國公，故有此稱。王安石卒於元祐元年五月，詩當作於是年。

〔二〕元老：天子的老臣。詩經小雅采芑：『方叔元老，克壯其猶。』毛傳：『元，大也。五官之長，出於諸侯，曰天子之老。』

〔三〕具瞻：謂爲衆人所瞻望。詩經小雅節南山：『赫赫師尹，民具爾瞻。』毛傳：『具，俱；瞻，視。』鄭玄箋：『此言尹氏汝居三公之位，天下之民俱視汝之所爲。』後指宰輔重臣。文選王儉褚淵碑文序：『具瞻之範既著，臺衡之望斯集。』吕向注：『具瞻、臺衡并宰相之位也。』

〔四〕傅巖：地名，殷相傅説曾居於此。全唐文卷五二四穆質對賢良方正能直言極諫策（問陸贄作）：『自昔哲王，則有感夢而行，傅巖惟肖；則有協卜而出，渭濱親載；則有卑辭以厚禮，湯命五返於處士。』

都尉王居士贊〔一〕

珠圓而明，玉澤而温。鑑瑩澈而絶塵，芝秀發而非根。曼殊沙華〔二〕，旃檀香芬①〔三〕。晦堂路險〔四〕，大開施門。西江水深，一句平吞②〔五〕。誰知威音已前〔六〕，正是王老師孫〔七〕。

【校】

①旃　宋人集本同；四庫本作『栴』。

②句　宋人集本同；四庫本作『口』。

【箋】

〔一〕王居士：指駙馬都尉王詵，字晉卿，太原人，後徙開封。熙寧二年娶英宗女魏國大長公主，拜左衛將軍、駙馬都尉。卒贈昭化軍節度使，謚榮安。王詵卒年不詳，或謂元祐九年以後，或謂崇寧三年以後。

〔二〕曼殊沙華：梵語譯音，爲佛經中描繪的天界之花。鳩摩羅什譯妙法蓮華經卷第一序品：『是時天雨曼陀羅華、摩訶曼陀羅華、曼殊沙華、摩訶曼殊沙華，而散佛上及諸大衆。』

〔三〕旃檀：佛經中最上等之香。

〔四〕晦堂：指祖心禪師，號晦堂。嗣慧南，爲臨濟宗黄龍派傳人。博學多聞，行法謹嚴。元符三年卒，謚寶覺禪師。佛祖歷代通載卷第一九：『公（指晦堂）以生長極南，少以宏法，棲息山林。方太平時代，欲觀光京師，以餞餘年。乃至京師，駙馬都尉王詵晉卿盡禮迎之。庵於國門之外。久之南還，再游廬山。』

〔五〕平吞：謂一口吞没。章碣贈邊將：『千千鐵騎擁塵紅，去去平吞萬里空。』五燈會元卷三：『（襄州居士龐藴）後參馬祖，問曰：「不與萬法爲侣者是甚麽人？」祖曰：「待汝一口吸盡西江水，即向汝道。」士於言下頓領玄旨。」

〔六〕威音：　即威音王佛，又稱寂趣音王佛，乃過去莊嚴劫最初之佛。法華經常不輕菩薩品：『乃往古昔，過無量無邊不可思議阿僧祇劫，有佛名威音王如來……是威音王佛壽四十萬億那由他恒河沙劫。』

〔七〕王老師：　指池州南泉普願禪師，姓王氏，承馬祖之法，弘道於南泉，常自稱王老師。後禪林中用『王老師』指諸善知識。古尊宿語録卷第三四舒州龍門佛眼和尚語録：『黄蘗一日在南泉位中坐。南泉遂問：「長老是甚年中行道？」蘗云：「威音王佛已前。」泉云：「猶是王老師孫在。」蘗遂歸本位坐。』

三江魯府君贊①〔一〕

三江府君，有德有文。善政及物，陰功惠民。異木連理，雙芝共根〔二〕。詩助風教，道傳子孫。斯人一去莫可見，萬里西山空白雲。

【校】

①三江魯府君贊　四庫本同；　宋人集本作『三江魯府』。

【箋】

〔一〕府君：對太守的尊稱。劉義慶世説新語德行：『（陳仲舉）爲豫章太守，至便問徐孺子所在，欲先看之。主簿白：「羣情欲府君先入廨。」』

〔二〕異木二句：謂太平祥瑞之兆。司馬光傳家集卷二有詩題爲晉康陳生庸家世以孝悌聞有異木連理生其庭郡欲旌表其門不果王禹玉爲之求詩於朝之士大夫以紀之。異木連理，即連理枝。雙芝共根，猶並蒂蓮。

治平三年秋七月當塗郭功父招無爲楊次公會于環峯時五雲叟陳德孚以詩寄吾二人因聯句酬之〔一〕

空山坐寥落〔二〕，疋馬邀俊哲。入門肆高談，清風掃煩熱〔三〕。功父　憶昔治平年〔四〕，姑熟溪上别〔五〕。歲時激箭急，倏忽三十月。次公　讀書非少鋭〔六〕，欲論先卷舌〔七〕。歸田殊未成〔八〕，累累逐羈紲〔九〕。功父　孰謂趙魏老，不能佐滕薛〔一〇〕。由來歲大寒①，松柏見孤節〔一一〕。次公　朋心久愈至②〔一二〕，忠規補殘缺。兒童喜父執，飣餖成羅列〔一三〕。功父　壺有玉泉酒，庖有冰裙鱉。野芡剖珠璣，秋瓜咀霜雪。次公　新粳刈且舂③，香炊軟三淅。放匕聊醉飽，百憂旋磨滅。功父　升平擊堯壤〔一四〕，險怪探禹穴〔一五〕。吐氣直虹蜺〔一六〕，落筆淬金鐵〔一七〕。次公 詞源河漢翻〔一八〕，俯視隄防決。文章貴天成〔一九〕，追琢幾竄竊。功父 抵掌萬古事④〔二〇〕，高下争螘蛭⑤〔二一〕。挹酌華陽水，蕩滌塵土咽。次公 吾心了何染，本理忘巧拙。聖賢久不作，情僞愈分别。功父 竹陰卧片石，浩歌聲欲闋。山童倏及門，喜音屈高潔。次公 傳聞脱世累，天境妙搜抉。踈簾卷危閣〔二二〕，九峯青嵽嵲〔二三〕。功父 吟餘琴一弄⑥，鏗然響環玦。老鶴不敢鳴〔二四〕，千里飛雲絶⑦。次公
次公君素交⑧，嗟予尚契闊〔二五〕。疇能枉籃輿〔二六〕，相期出寥泬〔二七〕。功父

【校】

①寒　四庫本、宋人集本同；　詩存本作『旱』。當作『寒』。

②至　四庫本、宋人集本同；　詩存本作『摯』。

③梗　詩存本、四庫本、宋人集本作『粳』。

④抵　四庫本、詩存本、宋人集本同。當作『抵』。事　四庫本、宋人集本同；　詩存本作『中』。

⑤蛭　詩存本、宋人集本同；　四庫本作『垤』。

⑥吟餘　四庫本、宋人集本同；　詩存本作『餘吟』。

⑦千　詩存本同；　四庫本、宋人集本作『十』。

⑧次公君素交　四庫本、宋人集本同；　詩存本作『次君功素交』。

【箋】

〔一〕郭功父：即郭祥正。見卷三屏石謡贈郭功父箋注〔一〕。五雲叟陳德孚：即陳朋，字德孚。環峯：即今含山縣城區。江南通志卷九〇學校志和州：『環峯書院，在含山縣學宫東。』郭祥正踸踔行送裴山人：『踸踔踸踔裴山人，破帽麻衣被埃塵。忽來訪我環峯市，醉倒不顧傍人嗔。』

〔二〕空山：謂當塗青山。嘉祐八年郭祥正德化尉任滿，丁母憂歸當塗，在家閑居十餘年。寥落：謂孤單，寂寞。張九齡南還以詩代書贈京都舊寮：『去國誠寥落，經途弊險巇。』

〔三〕清風句：陸游水亭獨酌十二韻：『清風埽鬱蒸，爽氣生户牖。』

〔四〕治平年：據下『倏忽三十月』，知爲治平元年。

〔五〕姑熟：當塗古稱姑熟。太平寰宇記：『姑熟溪，在太平州當塗縣南二里。姑熟即古縣名。』

〔六〕少鋭：指青少年時代。宋書律曆志下：『臣少鋭愚尚，專功數術。』

〔七〕卷舌：不開口；閉口不言。文選揚雄解嘲：『是以欲談者卷舌而同聲，欲步者擬足而投迹。』李善注：『言不敢奇異也。故欲談者卷舌而不言，待彼發而同其聲。』

〔八〕歸田句：郭祥正爲人倜儻不羈，不合於上司，進士及第次年（至和元年）便有棄官歸寓宣城昭亭之舉。

〔九〕羈鞿：束縛。

〔一〇〕孰謂二句：論語憲問：『子曰：孟公綽爲趙魏老則優，不可以爲滕薛大夫。』

〔一一〕由來二句：論語子罕：『子曰：歲寒，然後知松柏之後凋也』。

〔一二〕朋心：後漢書李固杜喬傳贊：『李杜司職，朋心合力。』李賢注：『朋，猶同也。』

〔一三〕飣餖：食品多而雜。黄庭堅次韻無咎閻子常攜琴入村：『歲豐寒士亦把酒，滿眼飣餖梨棗多。』

〔一四〕擊堯壤：太平御覽卷五八四：『風土記曰：壤者以木作之，前廣後鋭，長一寸餘，其形如覆節，僮少以爲戲也。堯時有八九十老人，擊而歌曰：日出而作，日入而息，鑿井而飲，耕田而食，帝力何有於我哉！』樂府詩集卷八三擊壤歌同。沈德潛古詩源：『帝堯以前，近於荒渺。雖有皇娥、白帝二歌，係王嘉僞撰，其事近誣。故以擊壤歌爲始。』

〔一五〕禹穴：見卷三潛山行箋注〔一〕。

〔一六〕虹蜺：即霓虹。

〔一七〕淬：謂浸透、穿透。

〔一八〕詞源：喻文詞滔滔不絶。沈約爲齊竟陵王發講疏：『而詞源海廣，理塗靈奥。』

〔一九〕文章貴天成：王定保唐摭言卷五：『明經世傳，不可墜也；文貴天成，强不高也。』

〔二〇〕抵掌：當作『抵掌』，擊掌。相當於『快談』。戰國策秦策一：『（蘇秦）見説趙王於華屋之下，抵掌而談。』

〔二一〕螘蛭：同蟻垤。蟻穴外隆起的小土堆。

〔二二〕危閣：高閣。

〔二三〕嵂崒：高峻。韓愈豐陵行：「逾梁下坂笳鼓咽，嵂崒遂走玄宮閭。」

〔二四〕老鶴句：詩經小雅鶴鳴乃招隱之詩。老鶴不敢鳴，明隱居之決心。

〔二五〕契闊：謂分別、久別。梅堯臣淮南遇楚才上人：「契闊十五年，尚謂卧巖庵。」

〔二六〕疇：誰。籃輿：類似後世的轎子，古代供人乘坐的交通工具。晉書孫晷傳：「富春車道甚少，動經山川，父難於風波，每行乘籃輿，晷躬自扶侍。」

〔二七〕寥泬：猶「寥落」，謂孤單，寂寞。劉敞秋雪寄獻臣：「出門顧道路，冰霰埋車轍。咫尺阻相過，誰當慰寥泬？」

崔仲岳隱居松江以丹白黑飾舟曰鶴舟括蒼周子韶無爲楊次公治平三年夏六月會仲岳于繁昌蓬萊亭勉其罷鶴舟以應書席上聯句送之〔一〕

且就飛龍牓〔二〕，休登白鶴舟〔三〕。子韶　隴書方勸駕〔四〕，閬苑莫回頭〔五〕。次公　丹頂
歸滄海，霜翎擲素秋〔六〕。子韶　海鵬期變化〔七〕，仙驥任沉浮〔八〕。次公　煙月閑三
島〔九〕，功名重五侯〔一〇〕。須知馳鳳詔〔一一〕，便是釣鼇鈎。子韶　已得冲天便①，無思

擊槳遊②。次公　楚醪鏗逸韻〔一二〕，湘瑟助冥搜〔一三〕。子韶　南浦成春別〔一四〕，北山空夜愁〔一五〕。九皋聞象魏〔一六〕，一葉寄汀洲〔一七〕。次公　世氣騎風虎〔一八〕，機心走海鷗〔一九〕。子韶　昔年嗟鴟退③〔二〇〕，今日並麟游〔二一〕。次公　八月仙槎駛④〔二二〕，千齡聖運優⑤〔二三〕。市朝眞大隱〔二四〕，箕潁謾清流⑥〔二五〕。子韶　鼓枻雖漁父⑦〔二六〕，乘桴笑仲由〔二七〕。片帆從此卷，舊鷩亦應留。次公　冠珮重華國〔二八〕，鶯花四皓樓〔二九〕。雄文高鴈塔〔三〇〕，大醉憶蓬丘〔三一〕。子韶　勳若書青史，幢須建碧油〔三二〕。蘭橈好重舉〔三三〕，乘取上揚州〔三四〕。次公

【校】

①冲　名賢本、四庫本、宋人集本、御選宋金元明四朝詩同；詩存本作『翀』。

②思　四庫本同；宋人集本作『忘』。似當作『思』。槳　詩存本、名賢本、宋人集本、御選宋金元明四朝詩同；四庫本作『楫』。

③鴟　名賢本、宋人集本、御選宋金元明四朝詩同；詩存本、四庫本作『鷁』。

④槎　名賢本、四庫本、御選宋金元明四朝詩同；詩存本作『查』。

⑤運　名賢本、四庫本、宋人集本、御選宋金元明四朝詩同；詩存本作『德』。

⑥謾　詩存本、四庫本、宋人集本、御選宋金元明四朝詩同；名賢本作『漫』。似作『漫』爲通。

⑦雖　名賢本、四庫本、宋人集本同；詩存本作『隨』；御選宋金元明四朝詩作『嗤』。

【箋】

〔一〕崔仲岳：不詳。考劉摯崔仲岳鶴舟有云：『昔隨羣衆退禮部，歸來便作滄浪游。』崔仲岳似曾任官禮部，後辭官隱居。周子韶：不詳。

〔二〕飛龍：喻帝王。韓琮公子行：『別殿承恩澤，飛龍賜渥窪。』飛龍牓，猶皇榜。

〔三〕休登句：劉摯崔仲岳鶴舟反其意云：『賤官綬藍誰不爾，應書隨俗卑可羞。鶴舟之樂慎勿棄，勸君起者非良謀。』並自注：『諸公詩勸君棄鶴舟以就舉，故云云。』

〔四〕隴書：指徵召的詔書。虞儔林子長見示悼鶴之詩若不能釋然者因次韻以廣其意且於鶴不能無責焉耳：『一朝隴書至，倏若登天翰。』又稱『鶴書』。孔稚珪北山移文：『及其鳴騶入谷，鶴書赴隴，形馳魄散，志變神動。』勸駕：漢書高帝紀：『賢士大夫有肯從我游者，吾能尊顯之。佈告天下，使明知朕意。御史大夫昌下相國，相國酇侯下諸侯王，御史中執法下郡守，其有意稱明德者，必身勸，爲之駕。』顔師古注：『文穎曰：有賢者，郡守身自往勸勉，令至京師，駕車遣之。』後多指勸人任職。蘇軾葉嘉傳：『葉先生方閉門制作，研味經史，志圖挺立，必不屑進，未可促之。親至山中，爲之勸駕，始行。』

〔五〕閬苑：傳説中仙人的住處。此指崔仲岳鶴舟隱居生活。

〔六〕丹頂二句：丹頂，謂鶴。霜翎，謂白羽。劉禹錫鶴歎：『丹頂宜承日，霜翎不染泥。』

〔七〕海鵬：取意莊子逍遥遊：『北冥有魚，其名爲鯤。鯤之大，不知其幾千里也。化而爲鳥，其名爲鵬。鵬之背，不知其幾千里也。怒而飛，其翼若垂天之雲。是鳥也，海運則將徙於南冥。』

〔八〕仙驥：仙鶴，此謂鶴舟。

〔九〕煙月：謂雲霧繚繞，月色朦朧。秦觀望海潮越州懷古：『汎五湖煙月，西子同遊。』三島，指蓬萊、方丈、瀛洲三座海上仙山。李商隱牡丹：『鸞鳳戲三島，神仙居十洲。』

〔一〇〕五侯：泛指權貴豪門。韓翃寒食：『日暮漢宫傳蠟燭，輕煙散入五侯家。』

〔一一〕鳳詔：即詔書。陸翽鄴中記：『石季龍與皇后在觀上，爲詔書五色紙，著鳳口中，鳳既銜詔，侍人放數百丈緋繩，轆轤回轉，鳳凰飛下，謂之鳳詔。鳳凰以木作之，五色漆畫，脚皆用金。』

〔一二〕楚醪：楚地産的濁酒。李商隱自桂林奉使江陵途中感懷寄獻尚書：『前席驚虚辱，華樽許細斟。尚憐秦痔苦，不遣楚醪沈。』逸韻：高逸的風韻。藝文類聚卷三六引庾亮翟徵君贊：『稟逸韻於天陶，含冲氣於特秀。』

〔一三〕湘瑟：原指湘妃所彈之瑟。後泛指瑟。孟郊泛黄河：『湘瑟颼飀弦，越賓嗚咽歌。』冥搜：謂探求搜尋。

〔一四〕南浦：指送别之處。

〔一五〕北山：謂思歸之所。

〔一六〕九皋：陸德明經典釋文：『韓詩云：九皋，九折之澤。』謂曲折深遠之沼澤。詩經小雅鶴鳴：『鶴鳴於九皋，聲聞於野。』毛傳：『言身隱而名著也。』鄭玄箋：『鶴在中鳴焉，而野聞其鳴聲……喻賢者雖隱居，人咸知之。』後以之稱美隱士或賢人。象魏：原爲古代天子、諸侯宫門外懸示教令的一對高大建築，即『闕』或『觀』，後借指宫室、朝廷。葛洪抱朴子漢過：『雲觀變爲狐兔之藪，象魏化爲虎豹之蹊。』

〔一七〕汀洲：水中小洲。楚辭九歌湘夫人：『搴汀洲兮杜若，將以遺兮遠者。』

〔一八〕騎風虎：謂相互勾結利用。易乾：『同聲相應，同氣相求。水流濕，火就燥。雲從龍，風從虎。聖人作而萬物覩。』

〔一九〕機心：機巧功利之心。莊子天地：『吾聞之吾師，有機械者必有機事，有機事者必有機心。機心存於胸中，則純白不備。』成玄英疏：『有機動之務者，必有機變之心。』走：飛走。

〔二〇〕鶂退：穀梁傳僖公十六年：『六鶂退飛，過宋都。』漢書五行志：『宋襄公區霿自用，不容臣下，逆司馬子魚之諫，而與彊楚爭盟，後六年爲楚所執，應六鶂之數云。』言昔年仕途失意或處境不利。

〔二一〕麟：公羊傳哀公十四年：『麟者，仁獸也。』喻有德才智之士。

〔二二〕槎：木筏。張華博物志卷一〇：『舊説天河與河海通。近世有人居海渚者，年年至八月浮槎來，往返不失期。其人乃至槎上，齎糧食，乘槎而去。至天河，見牽牛飲牛渚。』宗懔荆楚歲時記：『近世有人居海渚者，每年八月有浮槎去來不失期。人有奇志，立飛閣於槎上，多齎糧，乘槎而去。』

〔二二三〕聖運：舊稱在位皇帝或本朝的運數。白居易爲宰相請上尊號第二表：『金革已偃，銷七十載之厲階；玉燭方調，啓一千年之聖運。』

〔二二四〕市朝句：楊傑留題張尉隱齋：『小隱隱林藪，大隱隱朝市。』

〔二二五〕箕：指箕山。潁：指潁水。相傳爲堯時賢者許由隱居之所，後指隱居之地。清流：喻指德行高潔負有名望的士大夫。三國志魏志桓階陳羣等傳評：『陳羣動仗名義，有清流雅望。』

〔二二六〕鼓枻：划槳。謂泛舟。楚辭漁父：『漁父莞爾而笑，鼓枻而去。』

〔二二七〕乘桴：乘筏。論語公冶長：『子曰：「道不行，乘桴浮於海。從我者，其由與？」子路聞之喜。子曰：「由也好勇過我，無所取材。」』仲由：孔子弟子，字子路。

〔二二八〕重華：虞舜之美稱。尚書舜典：『曰若稽古帝舜，曰重華，協於帝。』孔安國傳：『華，謂文德。言其光文重合於堯，俱聖明。』重華國，謂聖君之朝。

〔二二九〕四皓：謂秦末商山四皓，應呂后召，輔佐太子。事詳史記留侯世家。

〔二三〇〕鴈塔：宋洪適周尚書挽詩二首：『九師迷易説，皇極倡先天。學苦韋編絶，名高鴈塔懸。』

〔二三一〕蓬丘：即蓬萊山。海内十洲記聚窟洲：『蓬丘，蓬萊山是也。』

〔二三二〕幢須句：碧油幢，謂青緑色的油布車帷。原爲南齊時公主所用，唐以後御史及其他大臣多用之。方干上越州楊嚴中丞：『試把十年辛苦志，問津同拜碧油幢。』

〔三三〕蘭橈：小舟。

〔三四〕上揚州：殷芸小説：『有客相從，各言所志。或願爲揚州刺史，或願多貲財，或願騎鶴上升，其一人曰：「腰纏十萬貫，騎鶴上揚州。」欲兼三者。』上揚州，爲當時享受功名富貴的習語。

送沈漢卿拜母墓　効孟體①〔一〕

慈母家前柏，孝子眼中血〔二〕。根在葉長青，恩深淚難歇。二月黄鶯鳴〔三〕，一路玄猿咽②〔四〕。

【校】

①四庫本、宋人集本同；詩存本無『効孟體』三字。

②玄　四庫本、宋人集本同；詩存本作『元』。

【箋】

〔一〕孟：指孟郊。孟郊游子吟：『慈母手中線，游子身上衣。臨行密密縫，意恐遲遲歸。誰言寸草心，報得三春暉。』

〔二〕慈母二句：禮記檀弓：『高子臯之執親之喪也，泣血三年，未嘗見齒，君子以爲難。』鄭玄

注：『言泣無聲如血出。』孔穎達疏：『凡人涕淚，必因悲聲而出，若血出，則不由聲也。今子皋悲無聲，其涕亦出，如血之出，故云泣血。』梅堯臣淚：『平生眼中血，日夜自涓涓。』

〔三〕二月句：詩經邶風凱風：『爰有寒泉，在浚之下。有子七人，母氏勞苦。睍睆黄鳥，載好其音。有子七人，莫慰母心。』

〔四〕一路句：歐陽詹題梨嶺：『哀猿咽水偏高處，誰不沾衣望故鄉。』

牛渚磯脩水府祠〔一〕并序

牛渚磯在太平州之北里〔二〕，即温嶠燃犀之所也〔三〕。石岸險隘，江流湍激，頗爲舟楫之害。中有水府祠①，南唐保大年封其神以王號，國朝祥符中從而加封。舟人將過之，必先陸走〔四〕，具牲幣以禱焉。及慶曆初②，朝命開新河於磯後，而獲安濟，則礼事稍損③，祠宇多敝〔五〕。嘉祐七年，章太守命脩之〔六〕，傑因賦之，且警來者。

牛渚磯，大江汹汹山巘巇〔七〕。舟人欲渡不敢渡，烹牲投簡先禱祈〔八〕。自從疏派得安濟〔九〕，禱者漸踈祠宇隳。我聞鬼神若君子，不以風濤爲福威。吁嗟人心自險易〔一〇〕，昔也兢兢今也違。太守脩祠豈無意，寄語安者毋忘危。

【校】

①中　四庫本、宋人集本同；　詩存本無『中』字。

②曆　宋人集本同；　四庫本作『歴』。

③礼　四庫本、宋人集本『校記』作『禮』。

【箋】

〔一〕牛渚磯：　即采石磯。在今安徽馬鞍山市的長江南岸。水府祠：　祭祀水神之祠廟。

〔二〕太平州：　宋太宗太平興國二年設，治姑熟（今安徽當塗）。

〔三〕温嶠：　字太眞，太原祁縣人，東晉政治家。晉書卷六七有傳。燃犀：　晉書温嶠傳：『（温嶠）至牛渚磯，水深不可測，世云其下多怪物。嶠遂毁犀角而照之，須臾見水族覆火，奇形異狀，或乘馬車著赤衣者。嶠其夜夢人謂己曰：　與君幽明道别，何意相照也！　意甚惡之。嶠先有齒疾，至是拔之，因中風，至鎮，未旬而卒。』劉敬叔異苑卷七：『晉温嶠至牛渚磯，聞水底有音樂之聲，水深不可測。傳言下多怪物。乃燃犀角而照之。須臾，水族覆火，奇形異狀。』故牛渚磯又名燃犀渚。今采石江邊有燃犀亭。江南通志卷三五輿地志太平府：『燃犀亭，在當塗縣采石牛渚磯上。』

〔四〕陸走：　謂舍舟登岸。

〔五〕及慶曆五句：　江南通志卷一七輿地志太平府：『采石新河，在府西北二十五里牛渚磯東。宋慶曆中以磯立江流之衝，水勢湍激，大爲舟害，乃開新河於磯後，以達大江，舟獲安濟。』

〔六〕章太守：指章衡。見卷三和章學士祈晴昭亭山箋注〔一〕。

〔七〕嶮巇：險要高峻之貌。嵇康琴賦：『丹崖嶮巇，青壁萬尋。』

〔八〕簡：謂祭文。

〔九〕派：謂支流。張喬宿江叟島居：『數派分潮去，千檣聚月來。』

〔一〇〕險易：易繫辭上：『是故卦有小大，辭有險易。』韓康伯注：『之泰則其辭易，之否則其辭險。』陸德明經典釋文引京房曰：『險，惡也；易，善也。』

至游堂〔一〕

人孰不好游，外物常求備。佳勝窮山海，紛華樂朝市〔二〕。不知務内觀〔三〕，未得游之至。達士靡窺牖，天道已昭熾〔四〕。六合極周流〔五〕，萬化覽要會〔六〕。簫洒須川守①〔七〕，名堂慕高致。政清民訟簡，庭木交蒼翠。間關林鳥鳴②〔八〕，跳躍池魚戲③。逍遥成詠歌，吏隱欣得地〔九〕。視聽與人同，所適與人異。翻笑列禦寇〔一〇〕，不出終身愧。吾亦愛吾廬，豈獨壺丘氏。

【校】

①簫洒　四庫本作『瀟灑』，宋人集本作『蕭灑』。

②間關　四庫本同；宋人集本作『門閉』。當作『間關』。

③池　四庫本同；宋人集本作『游』。

【箋】

〔一〕至游堂：明一統志卷一四廬江郡：『至游堂，在無爲州治。宋嘉祐中建。楊傑詩「人孰不好游……萬化覽要會。」』至游，謂忘情於外物，唯求自身極度滿足的游樂。列子仲尼：『取足於身，游之至也；求備於物，游之不至也。……至游者，不知所適；至觀者，不知所眂。物物皆游矣，物物皆觀矣，是我之所謂游，是我之所謂觀也。故曰：游其至矣乎！』皇甫謐高士傳卷中壺丘子林：『壺丘子林者，鄭人也。道德甚優，列禦寇師事之。初，禦寇好游，壺丘子曰：「禦寇好游，游何所好？」列子曰：「游之樂所玩無，故人之游也，觀其所見；我之游也，觀其所變。」壺丘子曰：「禦寇之游，固與人同，而曰固與人異。凡所見亦恒見其變，玩彼物之無物，不知我亦無。故務外游，不知務内觀。外游者，求備於物。内觀者，取足於身。取足於身，游之至也。求備於物，游之不至也。」於是列子自以爲不知游，將終身不出，居鄭國四十年，人無識者。』

〔二〕紛華：繁華，富麗。史記禮書：『出見紛華盛麗而説，入聞夫子之道而樂，二者心戰，未能自決。』樂朝市：蘇頲廣達樓下夜侍酺宴應制：『正覩人間朝市樂，忽聞天上管弦聲。』李白嵩山逸人：『自矜林湍好，不羡朝市樂。』

〔三〕内觀：佛學與道家的術語，即觀察自身來净化身心的過程。

〔四〕達士二句：老子第四十七章：『不出户，知天下；不闚牖，見天道。』

〔五〕六合：謂天地宇宙。

〔六〕要會：要旨。張九齡敕歲初處分：『蓋不體仁無以爲長，不知道無以用心。故道者衆妙之門，而心者萬物之統。得其要會，義可以兼濟於人；失其指歸，生不能自全於己。』

〔七〕簫洒：同『瀟灑』。李白王右軍：『右軍本清眞，瀟灑在風塵。』川守：川吏。白居易題新居呈王尹兼簡府中三掾：『橋憑川守造，樹倩府寮栽。』

〔八〕間關：鳥宛轉鳴聲。

〔九〕吏隱：謂不以利禄縈心，雖居官而猶如隱者。周斐汝南先賢傳：『鄭欽吏隱於蟻陂之陽。』楊德周曰：「晉山濤，吏非吏，隱非隱，公在幕府爲吏，歸草堂爲隱，兼有其名也。」』

〔一〇〕列禦寇：名寇，又名禦寇，相傳爲戰國前期鄭國人，一生安於貧寒，不求名利，隱居鄭地四十年。

無爲集卷五

律詩

元會〔一〕

歲令春爲首〔二〕，人君德體元〔三〕。宸居太極殿〔四〕，星拱紫微垣〔五〕。曆運千齡協〔六〕，梯航萬里奔〔七〕。同時稟正朔〔八〕，大號一乾坤〔九〕。謀野曾綿蕝①〔一〇〕，沿波未泝源。典章歸獨斷〔一一〕，期會肅常尊。禮樂諧虞舜②，師儒陋叔孫〔一二〕。曲臺司肄習〔一三〕，執法糾讙諠〔一四〕。舊史精窮討，非經不引援。殊疆今輻湊③〔一五〕，古轍此還轅。陛峻黃麾建〔一六〕，旗張直蓋屯〔一七〕。地圖包海盡④〔一八〕，庭燎徹宵燔〔一九〕。班位分賢戚〔二〇〕，銅璣定曉昏〔二一〕。仙盤凝沆瀣〔二二〕，禁漏瀉潺湲〔二三〕。呼旦傳鷄唱，填街列虎賁〔二四〕。六軍衣錦繡〔二五〕，八駿轡璵璠〔二六〕。緌采由官別〔二七〕，冠梁以秩論〔二八〕。國容修鹵簿〔二九〕，武事設櫜鞬〔三〇〕。鼓吹依宫架〔三一〕，闟扃闢路門〔三二〕。

簴文雕猛鷙〔三三〕，路飾繢蟠蜿〔三四〕。牙琢中嚴版〔三五〕，珠聯告止旛〔三六〕。金牀置符寶〔三七〕，土貢雜瑤琨〔三八〕。百辟稽名實〔三九〕，諸王固屏藩〔四〇〕。立墀隆輔弼〔四一〕，述職簡要番〔四二〕。省寺興頹敝〔四三〕，材能慎選掄〔四四〕。班齊序鸞鷺〔四五〕，仗轉駭鯨鯤〔四六〕。圭鎮唐儀易〔四七〕，袍紗漢制存〔四八〕。鞘鳴龍扇合〔四九〕，簾卷獸煙噴〔五〇〕。陟降天威重，顒昂玉色温〔五一〕。泰平安可象，造化本何言。悦豫陰陽順，淵深宇宙吞。江河宗渤澥⑤〔五二〕，山岳望崐崘。牘奏龜鱗應，書先稼穡繁。歷階臣委佩〔五三〕，宣詔使臨軒。進有稱觴慶，初無解劍煩〔五四〕。南山賦周雅〔五五〕，北斗挹堯樽〔五六〕。濟濟華夷抃〔五七〕，雍雍信義惇〔五八〕。登歌形瑞物〔五九〕，旅舞異梨園〔六〇〕。翠鳳聞簫集，朱熊負按蹲〔六一〕。四清備鍾磬〔六二〕，二律下匏塤〔六三〕。寵錫需雲澤〔六四〕，均霑湛露恩。拜吟三夏享〔六五〕，饗盛九牢飧〔六六〕。受觶充醇醴〔六七〕，加肴飫熟膰⑥。摯勤供鴈雉〔六八〕，羞潔具蘋蘩〔六九〕。布治從丹闕〔七〇〕，懷仁感陛渾⑦〔七一〕。祥光騰廣坐，和氣冒陳根。蓬島風長習〔七二〕，扶桑日向暄〔七三〕。前楹秀芝草〔七四〕，阿閣長鸑鷟〔七五〕。社稷生靈福，邦家政教敦。年年朝溥率〔七六〕，基業壯中原。

【校】

①蓰　宋人集本同；四庫本作『蕞』。
②禮樂　四庫本同；宋人集本『校記』作『廟祀』。
③湊　宋人集本同；四庫本作『輳』。
④盡　四庫本、宋人集本『校記』作『畫』。似當作『畫』。
⑤澥　宋人集本同；四庫本作『海』。
⑥加　四庫本同；宋人集本作『嘉』。
⑦陛　宋人集本同；四庫本作『陸』。全宋詩校作『陸』，可從。

【箋】

〔一〕元會：也稱正會。指皇帝於元旦（農曆正月初一）朝會羣臣。
〔二〕歲令：即歲時節令。
〔三〕體元：同『體元居正』。謂人君以天地之元氣爲本，居正道以施政教。新唐書劉蕡傳：『人君之道，在體元以居正。』
〔四〕宸居：指帝王居住。文選班固典引：『是以高光二聖，宸居其域。』蔡邕注：『言高祖、光武如北辰居其所，而衆星拱之。』太極殿：宋史地理志：『正殿曰太極，舊名明堂，太平興國三年改。』

〔五〕紫微垣：星官名，三垣之一。宋史天文志：『紫微垣東蕃八星，西蕃七星，在北斗北，左右環列，翊衛之象也。一曰大帝之坐，天子之常居也，主命、主度也。』

〔六〕曆運：天象運行所顯示的一個朝代的氣數、命運。古代認爲朝代的興衰更迭與天象運行相應。

〔七〕梯航：梯與船。登山渡水的工具。吕温與族兄皋請學春秋書：『翹企聖域，莫知所從，如仰高山、臨大川，未獲梯航，而欲濟乎深、臻乎極也。』

〔八〕正朔：農曆正月初一。孟元老東京夢華録大内：『每遇大禮，車駕齋宿，及正朔朝會於此殿。』

〔九〕大號：帝王的號令。易涣：『涣汗其大號。』孔穎達疏：『涣汗其大號者，人遇險厄驚怖而勞，則汗從體出，故以汗喻險厄也。九五處尊履正，在號令之中，能行號令以散險厄者也。』

〔一〇〕綿蕝：叔孫通欲爲漢高祖創立朝儀，使徵魯諸生三十餘人，叔孫通『遂與所徵三十人西，及上左右爲學者與其弟子百餘人爲緜蕞野外』，習肄月餘始成。見史記劉敬叔孫通列傳。緜，同『綿』，引繩之義；蕞，同『蕝』，束茅以表位。後即稱制訂整頓朝儀典章爲『綿蕞』或『綿蕝』。范仲淹奏乞兩府兼判：『太常禮院，用歷代之禮，或不謹於典法，隨時綿蕝，綱紀寖壞，制度日隳。』

〔一一〕獨斷：書名，漢蔡邕所著有關禮制、車服、帝系等内容的書。

〔一二〕叔孫：即叔孫通，又名叔孫何，薛人。西漢儒學家，曾協助漢高祖制訂宮廷禮儀。官至太常、太子太傅。

〔一三〕曲臺：秦漢宫殿名。漢時爲著記校書之處。漢書儒林傳孟卿顔師古注引服虔曰：『在曲臺校書著記，因以爲名。』肄習：學習，練習。韓愈處州孔子廟碑：『又爲置講堂，教之行禮，肄習其中。』

〔一四〕執法：執掌法令。譁諠：喧嘩。黄石公三略上略：『奪在權位，侵侮下民，國内譁諠，臣蔽不言，是謂亂根。』

〔一五〕殊疆：指遠方異域。梅堯臣依韻和集英殿秋宴：『薄才何所補，歌詠播殊疆。』輻湊：亦作『輻輳』。集中、聚集之義。管子任法：『羣臣修通輻湊以事其主，百姓輯睦聽令道法以從其事。』

〔一六〕黄麾：天子或大臣所乘車輿的裝飾品。

〔一七〕直蓋：長柄傘蓋。官員出行儀仗之一。左傳定公九年：『乃得其尸，公三襚之。與之犀軒與直蓋。』杜預注：『犀軒，卿車。直蓋，高蓋。』

〔一八〕地圖：指疆域。

〔一九〕庭燎：古代庭中照明的火炬。周禮秋官司烜氏：『凡邦之大事，共墳燭庭燎。』鄭玄注：『墳，大也。樹於門外曰大燭，於門内曰庭燎，皆所以照衆爲明。』

〔二〇〕班位：朝班位次。賢戚：指賢臣與貴戚。史記孝文本紀：『昔先王遠施不求其報，望祀不祈其福，右賢左戚，先民後己，至明之極也。』

〔二一一〕璣：古代觀測天象的儀器。

〔二一二〕沆瀣：露水。楚辭遠游：『餐六氣而飲沆瀣兮，漱正陽而含朝霞。』王逸注：『凌陽子明經言：春食朝霞……冬飲沆瀣。沆瀣者，北方夜半氣也。』文選嵇康琴賦：『餐沆瀣兮帶朝霞。』張銑注：『沆瀣，清露也。』

〔二一三〕禁漏：宫中計時的漏刻。

〔二一四〕虎賁：勇士之稱。尚書牧誓序：『武王戎車三百兩，虎賁三百人，與受戰于牧野。』孔安國傳：『勇士稱也。若虎賁獸，言其猛也。皆百夫長。』後作掌侍衛國君及保衛王宫、王門的官名。周禮夏官虎賁氏：『虎賁氏掌先後王而趨以卒伍。軍旅、會同，亦如之。舍，則守王閑。王在國，則守王宫。國有大故，則守王門。大喪，亦如之。』

〔二一五〕六軍：指禁軍六軍。

〔二一六〕八駿：指皇帝的車駕。蔡條鐵圍山叢談卷一：『其後雖八駿忘返，然鸞輿竟還矣。』璵璠：美玉。左傳定公五年：『季平子行東野，還未至，丙申，卒於房，陽虎將以璵璠斂。』杜預注：『璵璠，美玉，君所佩。』這裏指車架上的玉飾。

〔二一七〕綬：官服上的絲帶。采：指顏色。古代用綬帶的顏色區别身份與等級。禮記玉藻：『天子佩白玉而玄組綬，公侯佩山玄玉而朱組綬。』

〔二八〕梁：指冠上横脊，是區分官階的冠飾。後漢書輿服志下：『公侯三梁，中二千石以下至博士兩梁，自博士以下至小史私學弟子皆一梁。』吴自牧夢粱録駕出宿齋殿：『其頭冠各有品從：宰執親王九梁，加貂蟬籠巾；侍從官七梁；餘官六梁至二梁有差；臺諫官增豸角耳。所謂梁者，則冠前額梁上排金銅葉是也。』秩：官職，品位。

〔二九〕國容：國家的禮制儀節。司馬法天子之義：『古者國容不入軍，軍容不入國。軍容入國則民德廢，國容入軍則民德弱。』鹵簿：帝王駕出時扈從的儀仗隊。出行之目的不同，儀式亦各别。自漢以後亦用於后妃、太子、王公大臣。唐制四品以上皆給鹵簿。蔡邕獨斷卷下：『天子出，車駕次第謂之鹵簿。』

〔三〇〕櫜鞬：藏箭和弓的器具。左傳僖公二十三年：『晉楚治兵，遇于中原，其辟君三舍。若不獲命，其左執鞭弭，右屬櫜鞬，以與君周旋。』楊伯峻注：『櫜，音高，盛箭矢之器，鞬，音犍，盛弓之物。』

〔三一〕鼓吹：演奏樂曲。東觀漢記段熲傳：『熲乘輕車，介士鼓吹。』宫架：宫廷音樂的一種。周密武林舊事慶壽册寶：『鼓吹振作，禮儀使已下，皆道從，上乘輦從至德壽宫，侯太上升御座，宫架樂作，皇帝北向再拜，奏起居，致詞。』

〔三二〕關扃：均指門。路門：古代宫室最裏層的正門。周禮考工記匠人：『路門不容乘車之五个。』鄭玄注：『路門者，大寢之門。』賈公彦疏：『路門以近路寢，故特小爲之。』

〔三三〕簴：　懸挂鐘磬的立柱。楚辭九歌東君：『緪瑟兮交鼓，簫鐘兮瑤簴。』

〔三四〕路：　輅。指君王所乘之車。儀禮覲禮：『路先設西上，路下四亞之。』鄭玄注：『路謂車也，凡君所乘之車曰路。』釋名釋車：『天子所乘曰路，路亦車也，謂之路者，言行於道路也。』

〔三五〕牙瑑：　象牙雕飾。

〔三六〕珠聯：　連串的珍珠。旛：　旌旗。

〔三七〕金牀：　帝王的坐具。符寶：　符命和寶璽。

〔三八〕土貢：　各地向君主進獻的土産。尚書禹貢：『禹别九州，隨山浚川，任土作貢。』漢書匈奴傳下：『物土貢，制外内。』顔師古注：『物土貢者，各因其土所生之物而貢之也。』瑶琨：　尚書禹貢：『厥貢惟金三品，瑶、琨、篠、簜。』孔安國傳：『瑶，琨，皆美玉。』

〔三九〕百辟：　百官。宋書孔琳之傳：『羡之内居朝右，外司輦轂，位任隆重，百辟所瞻。』

〔四〇〕屏藩：　原指屏風和藩籬，後比喻保衛國家的重臣。詩經大雅板：『價人維藩，大師維垣。大邦維屏，大宗維翰。』鄭玄箋：『王當用公卿諸侯及宗室之貴者爲屏藩垣翰，爲輔弼，無疏遠之。』

〔四一〕墀：　宫廷的臺階。輔弼：　指輔佐君主的人。

〔四二〕述職：　指官員向朝廷陳述職守。柳宗元送幸南容歸使聯句序：『南聘天朝，相禮述職，公卿多其儀。』要番：　重要的番邦。

〔四三〕省寺：『省』、『寺』兩類官署的並稱。杜甫送顧八分文學適洪吉州：『高歌卿相宅，文翰飛省寺。』

〔四四〕選掄：選拔。蘇轍代李諫議謝免罪表：『衰門無振起之望，英齒絶榮華之心。自蒙選掄，遂歷禁近。』

〔四五〕班：班列，班行。鸞鷺：鸞與鷺，比喻高官。柳宗元爲桂州崔中丞上中書門下乞朝覲狀：『企鸞鷺於紫霄，獨無羽翼；仰星辰於黄道，徒竭丹誠。』

〔四六〕仗：儀仗。鯨鯢：猶鯨鯢。比喻凶惡的敵人。葉適送馮傳之：『儒生慕傑氣，赤手誅鯨鯢。』

〔四七〕圭鎮：舉行朝儀時天子所執的玉製禮器，長一尺有二，以四鎮之山爲雕飾，取安定四方之義。

〔四八〕袍紗：指官服。

〔四九〕龍扇：扇名，天子儀仗。孔尚任桃花扇選優：『雜扮二内監執龍扇前引，小生扮弘光帝。』

〔五〇〕獸煙：獸形器具中噴出的煙氣。

〔五一〕顒昂：肅敬軒昂。獨孤及絳州聞喜縣崇慶鄉太平里裴積年若干行狀：『公天姿英拔，德宇宏曠，顒昂公器，磊砢高節。』

〔五二〕渤澥：即渤海。文選司馬相如子虚賦：『浮渤澥，游孟諸。』李善注引應劭曰：『渤澥，海別支也。』

〔五三〕委佩：恭敬貌。謂俯身行禮時佩飾拖垂至地。禮記曲禮下：『立則磬折垂佩，主佩倚，則臣佩垂；主佩垂，則臣佩委。』鄭玄注：『君臣俛仰之節，倚謂附於身，小俛則垂，大俛則委於地。』

〔五四〕解劍：指卸官。南朝齊謝朓始之宣城郡：『解劍北宫朝，息駕南川涘。』

〔五五〕南山：終南山。周雅：指詩經中的大雅和小雅。因詩經均爲周詩，故稱。殷璠河嶽英靈集序：『開元十五年後，聲律風骨始備矣，實由主上惡華好樸，去僞從眞，使海内詞場，翕然尊古；南風、周雅，稱闡今日。』

〔五六〕北斗：北斗星。晉書天文志上：『北斗七星在太微北……斗爲人君之象，號令之主也。』

〔五七〕抃：拍手歡欣。

〔五八〕惇：篤實。

〔五九〕登歌：指古代舉行祭典、大朝會時，樂師登堂所奏的歌。荀悅漢紀惠帝紀：『乾豆上，奏登歌。』

〔六〇〕旅舞：一種羣舞。吴廷翰醉軒記：『志極意暢，則浩歌頹然，旅舞翩然、恍然、惚然、怳然，不知其所以也！』

〔六一〕朱熊：　即赤熊。宋書符瑞志：『赤熊，佞人遠，奸滑息，則入國。』

〔六二〕四清：　樂律名。指宫清、商清、角清、徵清四高聲。宋史樂志四：『漢律以四清爲至陽之氣，在二十八宿爲虚、昴、星、房，四者居四方之位，以統十二律。』

〔六三〕二律：　陰律與陽律。匏：　笙竽類樂器，八音之一。塤：　吹奏樂器。爾雅釋樂郭璞注：『塤，燒土爲之，大如鵝子，鋭上平底，形如稱錘，六孔，小者如鷄子。』

〔六四〕寵錫：　皇帝的恩賜。白行簡李娃傳：『天子異之，寵錫加等。』

〔六五〕三夏：　樂曲肆夏、韶夏、納夏的總稱。左傳襄公四年：『三夏，天子所以享元侯也，使臣弗敢與聞。』

〔六六〕九牢：　牛、羊、豕各九，爲大禮所用。周禮秋官大行人：『上公之禮，執桓圭九寸，繅藉九寸，冕服九章，建常九斿，樊纓九就，貳車九乘，介九人，禮九牢。』

〔六七〕觶：　飲酒器。

〔六八〕摯：　通『鷙』，鷙鳥。

〔六九〕羞：　指祭品。

〔七〇〕布治：　頒佈政令或法典。周禮天官大宰：『正月之吉，始和，布治於邦國都鄙。』鄭玄注：『大宰以正月朔日布王治之事於天下，至正歲又書而縣於象魏，振木鐸以徇之，使萬民觀焉。』

孫詒讓周禮正義：『大宰於周正月朔日始宣布治典於畿外邦國、畿内都鄙。』丹闕：指皇帝所居住的宫殿。

〔七一〕陛渾：當作『陸渾』。地名。在今甘肅敦煌一帶。

〔七二〕蓬島：即蓬萊山。古代傳説中神仙所居之山。

〔七三〕扶桑：傳説日出於扶桑之下，拂其樹杪而升，因此謂爲日出處爲『扶桑』。暄：温暖。

〔七四〕前楹：殿堂前部的柱子。李白秋夕抒懷：『蘿月掩空幕，松霜結前楹。』芝草：靈芝。

〔七五〕阿閣：四面都有檐溜的樓閣。楊炯少室山少姨廟碑：『豈直鳳巢阿閣，入軒後之圖書；魚躍中舟，稱武王之事業。』鵷鶵：即鵷鶵，傳説中與鸞鳳同類的鳥。莊子秋水：『夫鵷鶵發於南海而飛於北海，非梧桐不止，非練實不食，非醴泉不飲。』

〔七六〕溥率：『溥天率土』之省。謂天下、四海。詩經小雅北山：『溥天之下，莫非王土；率土之濱，莫非王臣。』全句謂天下都來朝見。宋會要輯稿選舉三宋仁宗諭天下士勤修學業詔：『然念溥率之廣，褒博滋多。』

景靈宫〔一〕

仙宗司玉曆〔二〕，帝系出璇霄〔三〕。功業超千載，威靈會六朝。聖孫嚴子事〔四〕，神武耀文昭〔五〕。游渭衣冠在〔六〕，違顔咫尺遥。奉安先上衮〔七〕，守衛肅中貂〔八〕。重屋華天篆〔一九〕，橢星屏俗囂〔一〇〕。麾幢迎寶輦〔一一〕，象魏起祥飈〔一二〕。霞醴充流瓚〔一三〕，芝房陋茠蕭〔一四〕。降升瞻穆穆〔一五〕，謦欬聽寥寥〔一六〕。複道悲追漢①〔一七〕，靈旗想伐遼〔一八〕。薦新隨四孟〔一九〕，觀德序三昭②〔二〇〕。養慕諧虞氏③〔二一〕，聲明格有苗④〔二二〕。庭分五行舞〔二三〕，樂奏九成簫〔二四〕。將相旌遺烈〔二五〕，松筠鑒後凋。肖巖非特説〔二六〕，晝閣豈惟喬〔二七〕。寰海名王聚⑤〔二八〕，江湖王氣銷〔二九〕。基圖傳久大〔三〇〕，宮闕壯嶕嶢〔三一〕。皇澤彌霧霈〔三二〕，羣生荷益饒。侍祠叨旅進〔三三〕，賡頌仰材翹〔三四〕。孝治光青史〔三五〕，瓊瑤合瑑雕⑥〔三六〕。

【校】

①悲　四庫本同；宋人集本作『思』。似當作『思』。

②昭　四庫本、宋人集本同；詩存本作『朝』。

③諧　四庫本、宋人集本同；詩存本作『皆』。

④明　四庫本同；宋人集本、詩存本作『名』。

⑤王　四庫本同；詩存本、宋人集本『校記』作『星』。

⑥瑑　四庫本同；詩存本、宋人集本『校記』作『琢』。

【箋】

〔一〕景靈宫：宋史禮志：『景靈宫，創於大中祥符五年，聖祖臨降，爲宫以奉之。』李燾續資治通鑑長編卷七九：『大中祥符五年戊寅，建景靈宫、太極觀於壽邱，以奉聖祖及聖祖母。』壽邱，在今山東曲阜。

〔二〕玉曆：指天書。

〔三〕璇霄：指仙境。宋眞宗稱其始祖乃是人皇之一、曾轉世爲軒轅黄帝的趙玄朗，於是追尊趙玄朗爲上靈高道九天司命保生天尊大帝，廟號聖祖，並建景靈宫以奉之。趙玄朗，即元、明以後民間供奉的財神趙公明。

〔四〕聖孫嚴子：指皇族後代。

〔五〕昭：昭然。

〔六〕游渭句：游渭指齊國始祖姜太公呂望。曲阜有姜太公呂望釣魚臺。

〔七〕奉安：恭敬地安放。多指帝王安葬或入祖廟。

〔八〕貂：本指貂尾，古代多用作帝王貴近之臣的冠飾。這裏借指帝王貴近之臣。

〔九〕重屋：重檐之屋。商代天子用以宣明政教的大廳堂。這裏形容景靈宫的高聳。

〔一〇〕櫺星：指櫺星門。孔廟的外門。宋仁宗天聖六年，築郊臺外垣，置靈星門，象天之體；旋又移用於孔廟，蓋以尊天者尊聖。

〔一一〕麾幢：出行儀仗中的旗幟。三國志吴志全琮傳：『權召琮還牛渚，罷東安郡。』裴松之注引虞溥江表傳：『琮還，經過錢唐，修祭墳墓，麾幢節蓋，曜於舊里。』

〔一二〕起：猶立，樹立。飈：暴風，旋風。

〔一三〕瓚：祭祀用玉製的酒勺。尚書文侯之命：『平王錫晉文侯秬鬯圭瓚。』孔安國傳：『以圭爲杓柄，謂之圭瓚。』

〔一四〕焫蕭：焚燒艾蒿。禮記郊特牲：『故既奠，然後焫蕭合羶薌。』

〔一五〕降升：見卷二繼别爲宗賦箋注〔七〕。

〔一六〕聲欬：謂樂聲。寥寥：雄勁，清越。姚合過無可上人院：『寥寥聽不盡，孤磬與疏鍾。』

〔一七〕漢：漢代。其時抗擊北方異族入侵頗有力。

〔一八〕靈旗：戰旗。出征前必祭禱之，以求旗開得勝。漢書禮樂志：『招摇靈旗，九夷賓將。』顔師古注：『畫招摇於旗以征伐，故稱靈旗。』遼：遼國。

〔一九〕薦新：以時鮮食品祭獻。四孟：農曆四季中每季頭一個月的合稱。即孟春（正月）、孟夏（四月）、孟秋（七月）、孟冬（十月）。漢書劉向傳：『日月薄食，山陵淪亡，辰星出於四孟。』顔師古注：『四時之孟月也。』

〔二〇〕觀德：觀察德行。尚書咸有一德：『七世之廟，可以觀德。萬夫之長，可以觀政。』

〔二一一〕養慕句：禮記王制：『凡養老，有虞氏以燕禮，夏后氏以饗禮，殷人以食禮，周人修而兼用之。』

〔二一二〕格有苗：尚書大禹謨：『帝乃誕敷文德，舞干羽於兩階，七旬有苗格。』孔安國傳：『討而不服，不討自來，明御之者必有道。三苗之國，左洞庭，右彭蠡，在荒服之例，去京師二千五百里。』

〔二一三〕五行舞：秦漢時樂舞名。漢書禮樂志：『五行舞者，本周舞也，秦始皇二十六年更名曰五行也。』又景帝紀『奏武德、文始、五行之舞』，顏師古注引孟康曰：『五行舞冠冕，衣服法五行色。』

〔二一四〕九成：九章。簫：謂簫韶，虞舜時的樂章。九成簫，即簫韶音樂奏了九章。尚書益稷：『簫韶九成，鳳凰來儀。』孔穎達疏：『簫韶之樂，作之九成，以至鳳凰來而有容儀也。』

〔二一五〕烈：業績。

〔二一六〕肖巖：高巖。說：通『銳』。

〔二一七〕畫閣：彩繪華麗的樓閣。庾肩吾詠舞曲應令：『歌聲臨畫閣，舞袖出芳林。』喬：高，高聳。

〔二一八〕寰海：海内。江淹爲建平王慶明帝疾和禮上表：『仁鑄蒼岳，道括寰海。』

〔二一九〕王氣：指象徵帝王運數的祥瑞之氣。劉禹錫西塞山懷古：『王濬樓船下益州，金陵王氣黯然收。』

〔三〇〕基圖：基業。久大：久遠宏大。劉勰文心雕龍史傳：『使一代之制共日月而長存，王霸之迹並天地而久大。』

〔三一〕嶕嶢：峻峭，高聳。漢書揚雄傳：『泰山之高不嶕嶢，則不能浡滃雲而散歊烝。』顔師古注：『嶕嶢，高貌也。』

〔三二〕霶霈：比喻盛大，盛多。獨孤及酬皇甫侍御望天灊山見示之作：『天旋物順動，德布澤霶霈。』

〔三三〕叨：猶忝，謙詞，表承受。旅進：並進。薛用弱集異記王維：『岐王入曰：「承貴主出内，故攜酒樂奉讌。」即令張筵，諸伶旅進。』

〔三四〕賡：續，繼續。材翹：指才能特出之士。

〔三五〕青史：史籍。古代以竹簡記事，故稱。江淹詣建平王上書：『俱啓丹册，並圖青史。』

〔三六〕瓊瑶：美玉。語本詩經衛風木瓜：『投我以木桃，報之以瓊瑶。』瑑雕：猶雕刻。漢書董仲舒傳：『或曰良玉不瑑，又曰非文無以輔德，二端異也。』顔師古注：『瑑，謂雕刻爲文也。』

皇帝朝獻景靈宫天元殿門有靈芝爲瑞時備員博士前導聖駕得預瞻仰獲綴賀班賦詩上進〔一〕

原廟躬朝獻〔二〕，高真監孝思〔三〕。僊源傳寶曆〔四〕，乾户産金芝〔五〕。火德資生毓，天元固本支。靈華依玉宇，瑞物陋銅池〔六〕。大慶同榮茂，甘泉殺等夷。洪休均草木〔七〕，嘉應在仁慈。舜舉重瞳目，堯開八采眉〔八〕。祥光齋殿照，喜氣輔臣知。三秀書圖牒，千齡保福禧。願如郊祀志，樂府播聲詩①〔九〕。

【校】

①願如二句　宋人集本同；四庫本作『願如郊祀樂，志府播聲詩』。

【箋】

〔一〕朝獻：謂天子親自祭告太清宫、景靈宫或太廟。景靈宫：見卷五景靈宫箋注〔一〕。

〔二〕原廟：謂在正廟外另立的宗廟。史記高祖本紀：『及孝惠五年，思高祖之悲樂沛，以沛宫爲高祖原廟。』裴駰史記集解：『謂「原」者，再也。先既已立廟，今又再立，故謂之原廟。』

〔三〕高真：即上真，上界真人。

〔四〕僊源：續資治通鑑長編卷七九：『大中祥符五年戊寅，改兖州曲阜縣爲僊源縣。』

〔五〕乾户：猶皇宫。金芝：金色靈芝。古人以爲是祥瑞之兆。

〔六〕銅池：漢書宣帝紀：『金芝九莖産於函德殿銅池中。』

〔七〕洪休：猶洪福。

〔八〕重瞳：史記項羽本紀：『吾聞之周生曰「舜目蓋重瞳子」。』裴駰史記集解引尸子：『舜兩眸子，是謂重瞳。』八采：藝文類聚卷一一引春秋元命苞：『堯眉八采，是謂通明，曆象日月，璿玉作衡。』

〔九〕願如二句：班固漢書禮樂志：『至武帝定郊祀之禮，祠太一於甘泉，就乾位也。祭后土於汾陰，澤中方丘也。乃立樂府，采詩夜誦，有趙、代、秦、楚之謳。』

過黄陵廟①〔一〕

黄陵二妃廟，客過動愁顔。湘水有時盡，帝車何日還。血班千畝竹②〔二〕，魂斷九疑山〔三〕。欲問蒼梧事，白雲生棟間。

【校】

①詩存本、四庫本、宋人集本同；名賢本、宋詩紀事題爲『二妃廟』。

②班　名賢本、宋人集本同；詩存本、四庫本、宋詩紀事作『斑』。

【箋】

〔一〕黄陵廟：酈道元水經注卷三八湘水：『湘水西流，逕二妃廟南，世謂之黄陵廟也。言大舜之陟方也，二妃從征，溺於湘江，神游洞庭之淵，出入瀟湘之浦……故民爲立祠於水側焉。』二妃亦稱湘妃，謂帝舜之妻娥皇、女英。

〔二〕血班句：初學記卷二八引張華博物志：『舜死，二妃淚下，染竹即斑。妃死，爲湘水神，故曰湘妃竹。』岑參秋夕聽羅山人彈三峽流泉：『楚客腸欲斷，湘妃淚斑斑。』

〔三〕九疑：即九嶷山，又稱蒼梧山，在湖南永州。史記五帝本紀：『（舜）南巡狩崩於蒼梧之野，葬於江南九疑。』水經注湘水：『蒼梧之野，峯秀數郡之間，羅巖九舉，各導一溪，岫壑負阻，異嶺同勢。游者疑焉，故曰九疑山。』

李翰林祠〔一〕

半醒半醉遊南國，浮利浮名重一毫①。天上星精鍾太白〔二〕，人間文格將風騷②〔三〕。仙翁曾换金龜酒〔四〕，老筆空傳褐兔袍③〔五〕。姑熟遺音千古在〔六〕，長隨春色滿江皋④。

【校】

①毫　宋人集本同；四庫本作『毛』。

②將　四庫本作『埒』； 宋人集本作『獎』。

③褐兔袍　宋人集本同； 四庫本作『紫兔毫』。

④江　宋人集本同； 四庫本作『林』。

【箋】

〔一〕李翰林祠： 江南通志卷四一寧國府： 『李翰林祠，在涇縣震山。祀唐李白。』

〔二〕太白： 即金星。又名啓明、長庚。

〔三〕文格： 文章之風格、格調。於頔郡齋卧疾贈晝上人： 『夙陪翰墨徒，深論窮文格。』將： 助，成。風騷： 指詩文。

〔四〕仙翁： 孫奕示兒編卷一七： 『李白自號酒仙翁。李白爲金陵與諸賢送莊十一序自號酒仙翁。又號謫仙。』辛文房唐才子傳卷二李白： 『天寶初，自蜀至長安。道攜所業，投賀知章。讀至蜀道難，歎曰： 「子謫仙人也！」乃解金龜換酒，終日相樂。』

〔五〕老筆： 老練嫺熟的筆法。李白題上陽臺： 『山高水長，物象千萬，非有老筆，清壯何窮？』。褐兔袍： 四庫本作『紫兔毫』。張齊賢洛陽搢紳舊聞記卷一： 『端溪石硯宣城管，王屋松煙紫兔毫。』

〔六〕姑熟： 李白有姑熟十詠，詠太平州當塗縣十地風光。首篇爲姑熟溪。

簡寂陸先生祠〔一〕

紫霄峯下陸先生〔二〕，飛出紅塵鶴羽輕〔三〕。高第不知朝玉闕〔四〕，舊山重喜見霓旌〔五〕。斗壇石凝雲三尺，丹井泉寒月一泓。昨夜全家宿琳館〔六〕，尚疑鷄犬有遺聲〔七〕。

【箋】

〔一〕陸先生：即陸修静，字元德，詔謚簡寂先生。吴興東遷人，三國吴丞相陸凱之後。早年棄家修道，好方外游，遍歷名山勝地。宋孝武大明五年至廬山，築太虚觀（簡寂觀）以傳道。卒葬廬山布袋巖。據『昨夜全家宿琳館』，疑該詩作於廬山五笑同時。

〔二〕紫霄峯：屬廬山。陸修静佈道之所簡寂觀位於廬山紫霄峯南麓。

〔三〕鶴羽：謂鶴。道家崇尚之物。阮閲郴江百詠白鹿巖：『風馭雲軒鶴羽輕，野麋常此望霓旌。』

〔四〕高第：謂學行優異。指陸修静。玉闕：謂皇宫、朝廷。唐太宗賦簾：『參差垂玉闕，舒卷映蘭宫。』

〔五〕舊山：謂廬山。陸修静於建康景德觀辭世，後徙葬於廬山布袋巖下。霓旌：雲霓所做的旗子。劉向九歎遠逝：『舉霓旌之墆翳兮，建黄纁之總旄。』王逸注：『揚赤霓以爲旌。』

〔六〕琳館：道院的美稱。歐陽修景靈朝謁從駕還宫：『琳館清晨藹瑞氛，玉旒朝罷奏韶鈞。』

〔七〕尚疑句：王充論衡道虚：『儒書言：淮南王學道，招會天下有道之人，傾一國之尊，下道術之士，是以道術之士並會淮南，奇方異術，莫不争出。王遂得道，舉家升天，畜産皆僊，犬吠於天上，鷄鳴於雲中。』

延陵季子廟〔一〕

戰國干戈禮義隳，延陵高節救周衰〔二〕。當時若嗣諸侯位①，後世誰傳十字碑〔三〕。生死不欺留劍約〔四〕，興亡都在審音知〔五〕。名儒如欲脩前史，列傳應須次伯夷〔六〕。

【校】

①位　宋人集本同；四庫本作『統』。

【箋】

〔一〕本詩作於元祐三年潤州任上。延陵：即今江蘇常州。季子：季札，春秋時吴王壽夢第四子，稱公子札，爲避王位，『棄其室而耕』於常州武進焦溪的舜過山下，故稱『延陵季子』。見史記吴太伯世家。延陵季子廟，在今丹陽延陵鎮。朱昱重修毗陵志卷第一四延陵季子廟：『國朝元祐間，楊無爲傑題廟碑曰：戰國縱横禮義虧，延陵高節救周衰。當時若受諸侯惠，後世誰傳十字碑。』文字稍異。

〔二〕高節：謂季札三讓君位之事。宋武帝贈延陵王季札公：『維王延陵，全義讓國，見禮知政，聞樂知德。觀風審音，挂劍酬心，懷哉高風，無古無今。』元祐三年，宋哲宗贊季札『清風足以竦萬古之人心，高節可以勵千載之愚俗，禮宜褒寵，以善風化』。

〔三〕十字碑：即季札碑。倪濤六藝之一録卷二六八：『季札碑曰：「烏乎有吴延陵季子之墓」，與古文異而類大篆。在潤州延陵鎮吴季子冢廟。』相傳此十字爲孔子所書。

〔四〕生死句：史記吴太伯世家：『季札之初使北，過徐君。徐君好季札劍，口弗敢言。季札心知之，爲使上國，未獻。還至徐，徐君已死，於是乃解其寶劍，繫之徐君冢樹而去。從者曰：「徐君已死，尚誰予乎？」季子曰：「不然。始吾心已許之，豈以死倍吾心哉！」』張守節史記正義：『括地志云：徐君廟，在泗州徐城縣西南一里，即延陵季子挂劍之徐君也。』

〔五〕興亡句：史記吴太伯世家：『四年，吴使季札聘於魯，請觀周樂。』於是季札對所觀十五國風及雅頌等，逐次評述，據所奏之樂深中肯綮地指出時局和各國國政。

〔六〕伯夷：史記伯夷列傳：『伯夷、叔齊，孤竹君之二子也。父欲立叔齊。及父卒，叔齊讓伯夷。伯夷曰：「父命也。」遂逃去。叔齊亦不肯立而逃之。』

和伯瞻郎中登郡城北樓〔一〕

樓上高吟思入微，白雲隨步拂人衣。幾行塞鴈斷不斷，千里客帆歸未歸。倉廩稻粱知國富①，弟兄疆境樂家肥。望中孰謂長安遠〔二〕，路去江南只數圻〔三〕。

【校】

①倉　四庫本、宋人集本同；詩存本作『食』，誤。

【箋】

〔一〕伯瞻：即章伯瞻，福建浦城人，光禄卿章伯鎮之弟。韋驤有代章伯瞻謝沈舍人舉陞擢啓。郡城：指無爲城。

〔二〕望中：視域之中。權德輿酬馮監拜昭陵途中遇雨：『甘谷行初盡，軒臺去漸遥；望中猶可辨，耘鳥下山椒。』

〔三〕圻：方圓千里之地。左傳昭公六年：『今土數圻，而郢是城，不亦難乎！』杜預注：『方千里爲圻。』

和程太卿雨中登物華樓①〔一〕

澤國連朝雨②〔二〕，春山半夜雷。登樓寒食近，隔岸畫屏開。沙鳥飛還止，漁舟去復來。年年南浦草③，相伴緑波迴〔三〕。

【校】

①太　四庫本、宋人集本『校記』同；詩存本、御選宋金元明四朝詩卷三七作『大』。

②朝　詩存本、四庫本、御選宋金元明四朝詩同；宋人集本作『山』。似當作『朝』。

③浦　詩存本、四庫本、御選宋金元明四朝詩同；宋人集本作『渚』。

【箋】

〔一〕程太卿：指程師孟，字公闢。蘇州吴縣人。宋景祐元年進士，歷官三司都磨勘司、給事中、集賢殿修撰等。物華樓：江西通志卷三八南昌府：『物華樓，林志在府學右洗馬池上。宋嘉祐中，知洪州程師孟創，取王勃序中「天寶物華」語。後圮。乾道中，劉珙重建，浚池並架橋焉。』明一統志卷四九江西布政司：『物華樓，舊在東湖西，取滕王閣序「物華天寶」之義。宋王安石詩「千里名城楚上游，江山多在物華樓」。楊傑詩「章郡物華樓上景……牛斗從今勝氣還」。樓址今爲府學射圃。』王象之輿地紀勝卷一九隆興府：『物華樓，舊在西城上。』陳宏緒江城名迹卷二：『物華樓，在府城南洗馬池。宋治平間，知洪州程師孟建。』江西通志云在嘉祐中建，江城名迹云在治平間建。考程師孟英宗治平二年方知洪州，云嘉祐中建誤。

〔二〕澤國：本指水鄉地區，這裏指江西南昌。連朝：猶連日。杜甫奉贈盧參謀：『説詩能累夜，醉酒或連朝。』

〔三〕年年二句：施樞芸隱詩集緑字韻：『輕煙細雨客情多，南浦草隨新漲緑。』

夏日天慶觀水閣

錦繡堤邊曲徑通〔一〕，登臨不覺俗愁空。聲喧枕簟芭蕉雨，香撲鐏罍菡萏風〔二〕。池景信皆塵物外①，道家疑在畫圖中。南樓有客頻回首〔三〕，應認蓬萊第幾宫。

【校】

①物外　宋人集本同；四庫本作『外物』。

【箋】

〔一〕錦繡：即錦繡溪、錦繡川，在無爲城内。嘉慶無爲州志：『溪在城内，周四百餘丈。建於南渡後。』

〔二〕菡萏：未開的荷花。詩經陳風澤陂：『彼澤之陂，有蒲菡萏。』歐陽修西湖戲作示同游者：『菡萏香清畫舸浮，使君寧復憶揚州。』

〔三〕南樓：見卷四和謝判官宴南樓箋注〔一〕。

題具區閣

閣占具區澤〔一〕，登臨萬象奇。中秋月明夜，平旦日生時。雲淡雪千里①，水澄天四垂。

漁舟何處在，一笛順風吹。

【校】

①淡　四庫本、宋人集本同；詩存本作『澹』。

【箋】

〔一〕具區澤：古太湖之稱。後漢書吴郡志：『吴，本國，震澤在西，後名具區澤。爾雅十藪，吴越之間有具區。郭璞曰：縣南太湖也。中有句山，山下有洞庭，穴道潛行水底，去無所不通，號爲地脉。』

子隱臺〔一〕

平西義戰幾百載〔二〕，江左空遺子隱臺〔三〕。鄉俗尚傳三害去〔四〕，地基曾見六朝來。人隨逝水年年遠，山似屏風面面開。誰與宜興尋舊宅〔五〕，至今藏在白雲堆〔六〕。

【箋】

〔一〕子隱臺：周應合景定建康志卷二二臺觀：『周處臺，亦名子隱臺，今城東南有故基，在鹿苑寺後。』晉書周處傳：周處，字子隱，西晉義興陽羨人。少爲惡鄉里，後幡然悔悟，到建鄴拜陸機、陸雲爲師，刻苦讀書。子隱臺即周處在建鄴讀書處。

〔二〕平西義戰：晉書周處傳：氐人齊萬年反，處隨軍西征，以人臣盡節，悲慨即路，志不生還。云：『我爲大臣，以身徇國，不亦可乎！』後力戰而没。追贈平西將軍。

〔三〕江左：江東，指建鄴。

〔四〕三害：晉書周處傳：『處少孤，未弱冠，膂力絶人，好馳騁田獵，不脩細行，縱情肆欲，州曲患之。處自知爲人所惡，乃慨然有改勵之志。謂父老曰：「今時和歲豐，何苦而不樂邪？」父老歎曰：「三害未除，何樂之有！」處曰：「何謂也？」答曰：「南山白額猛虎，長橋下蛟，並子爲三矣。」處曰：「若此爲患，吾能除之。」父老曰：「子若除之，則一郡之大慶，非徒去害而已。」處乃入山射殺猛獸，因投水搏蛟，蛟或沉或浮，行數十里，而處與之俱，經三日三夜，人謂死，皆相慶賀。處果殺蛟而反，聞鄉里相慶，始知人患己之甚，乃入吴尋二陸。』

〔五〕宜興：即義興，周處故里。今江蘇宜興。

〔六〕白雲堆：邵雍依韻和壽安尹尉有寄：『翠竹陰中開縹帙，白雲堆裏揖飛泉。』

余卿新第

章水營居不日成〔一〕，皇華詩價敵連城。簷牙雨過千鱗碧〔二〕，池面風閑一鑑清①。脩竹短墻儒者宅，白頭青眼故人情〔三〕。莫憂退處生涯薄，鶴引新雛遶砌行。

【校】

①閑　詩存本、宋人集本同；　四庫本作『閒』，誤。

【箋】

〔一〕章水：　又稱章江，贛江西源。南昌曾有章江城之稱。

〔二〕簷牙：　簷際翹出如牙的部分。杜牧阿房宫賦：『廊腰縵迴，簷牙高啄。』

〔三〕青眼：　指對人喜愛或器重。晉書阮籍傳：『籍又能爲青白眼，見禮俗之士，以白眼對之。及嵇喜來弔，籍作白眼，喜不懌而退。喜弟康聞之，乃備酒挾琴造焉，籍大悦，乃見青眼。』張祜喜王子載話舊：『相逢青眼日，相歎白頭時。』

和酬子中舍人〔一〕

待次歸來偃月城〔二〕，鄰公笑我拙謀生。藏書有穴期傳世，負郭無田不問耕。朝市風波誰弄險，江湖魚鳥自忘情〔三〕。吴門建第君何晚，水閣山齋到便成。

【箋】

〔一〕子中：　林希，字子中。宋嘉祐二年丁酉科章衡榜進士。宋史卷三四三有傳。曾與楊傑先後任丹陽太守，楊傑有詩浮玉僧建亭蒜山之頂丹陽新舊太守林子中楊次公首登之因名二翁亭。施元之注蘇軾次韻林子中王彦祖唱酬曰：『林子中，名希，時守潤，故有「雨餘北固」之句。』又次韻林子中蒜山亭見寄注曰：『林子中，名希，閩人。……紹聖初，進寶文閣直學士，知成都府。哲宗親政，章子厚方治元祐諸臣，欲使子中典書命，而疑於左遷，使問之，欣然留行，復爲中書舍人。自司馬温公、東坡等數十人，皆使爲謫詞，極其醜詆，遂累遷至同知樞密院。後朝廷理其詞命醜正之罪，奪職爲舒州。建中靖國元年，東坡自海南歸，至儀眞，與子由書云：「林子中病傷寒，十餘日便卒。所獲幾何！遺臭無窮。哀哉！哀哉！」』

〔二〕偃月城：三國時吴國所築。在今含山縣東關鎮，爲三國吴魏之邊界。

〔三〕江湖句：宋庠許昌西湖：『鑿開魚鳥忘情地，展盡江湖極目天。』司馬光花庵獨坐：『忘機林鳥下，極目塞鴻過。爲問市朝客，紅塵深幾何？』

榮老堂①

知節能全節，辭榮老更榮。閑居玩圖史，得意傲公卿。自有琴藏匣，何須金滿籯②〔一〕。子孫承義訓，力學重清名。

【校】

①堂　四庫本同；宋人集本作『臺』。

②籯　宋人集本同；四庫本作『籝』。籯、籝，同『篇』。

【箋】

〔一〕籯：漢書韋賢傳：『故鄒魯諺曰：「遺子黄金滿籯，不如一經。」』顔師古注：『如淳曰：「籯，竹器，受三四斗。」』

和穆父待制竹堂〔一〕

會稽風土竹相宜，旁竹爲堂趣尚奇①。内史舊居經幾代〔二〕，此君高節似當時。林無暑氣客頻到，笋過鄰墻僧不知。莫夾桃花引蜂蝶，實成須與鳳凰期。

【校】

①旁　宋人集本同；四庫本作『傍』。　尚　詩存本、宋人集本同；四庫本作『自』。

【箋】

〔一〕穆父：即錢勰。見卷三和穆父待制蓬萊觀雪箋注〔一〕。

〔二〕内史：指錢勰六世祖吴越王錢鏐。

清軒〔一〕

湖水山一色，湖山屏四圍。無風自蕭洒，有月更光輝。洗滌塵埃盡①，消磨暑氣微。平生方外樂，到此欲忘歸。

【校】

①盡　宋人集本同；四庫本作『静』。

【箋】

〔一〕卷七有清軒一首，二詩所詠同。清軒，築於秦淮河上。

浮玉僧建亭蒜山之頂丹陽新舊太守林子中楊次公首登之因名二翁亭〔一〕

來陪杖屨躡孤峯〔二〕，故老旁觀歎二翁。海上波平千里白，江東兵壯萬旗紅。雲開雲合山頭月，潮落潮生渡口風。須約蒙莊老仙客〔三〕，凭欄直下看龍宫〔四〕。

【箋】

〔一〕蒜山：又名雲臺山、豎土山。在今江蘇鎮江，與金山隔江對峙。林子中：見本卷和酬子中舍人箋注〔一〕。二翁亭：又名蒜山亭。二翁，指林希、楊傑。蘇軾有再和林子中蒜山亭見寄並答楊次公詩。

〔二〕杖屨：用作對老者的敬稱。蘇軾夜坐與邁聯句：『樂哉今夕游，復此陪杖履。』孤峯：指蒜山。元至順鎮江志：『蒜山，今西津渡口水中孤峯是也。』

〔三〕蒙莊：即莊子。莊子，蒙人，故又稱蒙莊。

〔四〕龍宮：舊傳金山下有龍宮。

折柳亭和林子中〔一〕

行人折柳楚江頭〔二〕，帆去帆來甚日休①。飛絮不知漂泊苦，展眉誰顧别離愁。五株彭澤清風在〔三〕，千里隋堤勝氣浮〔四〕。莫惜一枝臨水贈，使君將解濟川舟〔五〕。

【校】

①甚　宋人集本同；四庫本作『幾』。

【箋】

〔一〕本詩作於元祐五年，時林子中知潤州。折柳亭：宋景德間，張詠知升州時所建。祝穆方輿勝覽卷一四建康府：『折柳亭，張忠定建，爲祖餞之所。』周應合景定建康志卷二〇：『由飲虹橋沿秦淮而西，出折柳亭前曰下水門。』又景定建康志卷二二：『折柳亭，在賞心亭下。張忠定公詠建，爲祖餞之所。久廢，景定元年馬公光祖重建。』

〔二〕楚江：指長江。長江自三峽以下至濡須口（在今安徽無爲東南），古屬楚國境，故稱『楚江』。南京曾屬楚，故山可曰『楚山』，江可曰『楚江』。樂府詩集卷四八莫愁樂：『聞歡下揚州，相送楚江頭。探手抱腰看，江水斷不流。』韋應物賦得暮雨送李胄：『楚江微雨裏，建業暮鐘時。』

〔三〕五株彭澤：謂陶淵明，曾爲彭澤令。陶淵明五柳先生傳：『先生不知何許人也，亦不詳其姓字，宅邊有五柳樹，因以爲號焉。』梅堯臣送王克憲奉職之彭澤：『折柳贈子行，況聞彭澤去。將過五株下，可與青青助。』

〔四〕隋堤：隋煬帝時沿通濟渠、邗溝河岸修築御道，道旁植楊柳，後人謂之隋堤。白居易隋堤柳：『西至黄河東至淮，柳色如煙絮如雪。』勝氣：不凡之氣。

〔五〕濟川：原指渡河。後多比喻輔佐帝王。獨孤及庚子歲避地至玉山酬韓司馬所贈：『已無濟川分，甘作乘桴人。』

淮陰千金亭〔一〕

良將未得用，幾人能賞音〔二〕。恩難忘一飯，報肯惜千金。舊俗喜出胯〔三〕，後時空愧心。至今重風義，廟食配淮陰〔四〕。

【箋】

〔一〕千金亭：明一統志卷一三淮安府：『千金亭，在舊淮陰縣西。韓信微時漁釣，漂母進以食。信既貴，報以千金。後人因築亭其地。宋楊傑詩：恩難忘一飯，報肯惜千金。』韓信一飯千金事見史記淮陰侯列傳。

〔二〕良將二句：史記淮陰侯列傳：韓信始爲布衣時，不能治生商賈，常從人寄食飲，人多厭之。常數從其下鄉南昌亭長寄食，數月，亭長妻患之，乃晨炊蓐食。食時，信往，不爲具食。

〔三〕出胯：史記淮陰侯列傳：『淮陰屠中少年有侮信者，曰：「若雖長大，好帶刀劍，中情怯耳。」衆辱之曰：「信能死，刺我；不能死，出我袴下。」於是信孰視之，俛出袴下，蒲伏。』

〔四〕廟食句：韓信配享始於唐肅宗。新唐書禮樂志：『（唐肅宗）上元元年，尊太公爲武成王，祭典與文宣王比。以歷代良將爲十哲象坐侍，秦武安君白起、漢淮陰侯韓信、蜀丞相諸葛亮……』

玩鞭亭〔一〕

晉祚衰微鼎欲遷，夢驚營壘日回旋。强臣駕馭無長策①〔二〕，追騎留連有寶鞭。險捋虎鬚曾幸免〔三〕，怒形蜂目亦徒然〔四〕。誰能杖箠平兇亂，千古荒城鏁暮煙。

【校】

①長　四庫本同；宋人集本作『良』。

【箋】

〔一〕玩鞭亭：宋元豐八年蕪湖承天寺方丈尚藴湘建。在蕪湖北。晉書元帝紀：東晉太寧二年，王敦謀反，晉明帝密知之，乃便衣輕騎悄至於湖，查探王敦營壘，事發被追。爲脱身，明帝將七寶馬鞭給路旁一賣食老嫗，曰後騎來，可以此示。追者至，見鞭珍貴，傳玩良久，明帝得以遠脱。後世文人題詠甚多。李白南奔書懷：『顧乏七寶鞭，留連道旁玩。』

〔二〕强臣：擅權的大臣。王儉褚淵碑文：『嗣王荒怠於天位，强臣憑陵於荆楚。』長策：同良策。史記吴王濞列傳：『諸侯之地不足爲漢郡什二，而爲畔逆以憂太后，非長策也。』

〔三〕捋虎鬚：三國志吴志朱桓傳裴松之注引張勃吴録：『桓奉觴曰：「臣當遠去，願一捋陛下鬚，無所復恨。」權馮几前席，桓進前捋鬚曰：「臣今日眞可謂捋虎鬚也。」權大笑。』

〔四〕蜂目：　眼睛像胡蜂。形容相貌凶悍。梁書武帝紀上：『且嗣主在東宫本無令譽，媟近左右，蜂目忍人，一總萬機，恣其所欲，豈肯虚坐主諾，委政朝臣。』

同浩然正叔賦夏英公宅延春亭得登字〔一〕

九衢塵土衮車聲〔二〕，一到延春世慮澄〔三〕。暖律解教寒谷變〔四〕，熙臺還許衆人登〔五〕。蘭生舊砌香連續，花入名園價益增。莫笑冷官聯騎過①〔六〕，長安城裏有誰曾。

【校】

①聯　四庫本、宋人集本同；　詩存本作『連』。

【箋】

〔一〕夏英公：　夏竦。字子喬，江州德安人。生於宋太宗雍熙二年。景德四年中賢良方正科，授光禄丞，通判台州。天聖七年任參知政事。封英國公，後進鄭國公。皇祐三年卒。贈太師、中書令，謚文莊。宋史卷二八三有傳。

〔二〕九衢：　繁華的街市。韋應物長安道：『歸來甲第拱皇居，朱門峨峨臨九衢。』衮車：　大車。

〔三〕世慮：　俗念。裴鉶傳奇陶尹二君：『余本凡人，但能絶其世慮。』蘇舜欽夏熱晝寢感詠：

『恬然世慮寂，時被蒼蠅喧。』

〔四〕暖律句：劉向七略別録諸子略：『鄒衍在燕，有谷地美而寒，不生五穀，鄒子居之，吹律而温至黍生，至今名黍谷。』左思魏都賦：『且夫寒谷豐黍，吹律暖之也；昏情爽曙，箴規顯之也。』暖律，又指温暖的節候。羅隱歲除夜：『厭寒思暖律，畏老惜殘更。』寒谷，又指寒冷的山谷。

〔五〕熙臺：和煦之臺。老子第二十章：『衆人熙熙如享太牢、如春登臺。』郭祥正游陵陽謁王左丞代先書寄獻和父：『佳賓三千集珠履，赤子十萬登熙臺。』

〔六〕冷官：不重要、不繁忙的官職。蘇軾九月二十日微雪懷子由弟：『短日送寒砧杵急，冷官無事屋廬深。』

和晚登故豐門〔一〕

故豐門近子眞家〔二〕，樓上高吟冰齒牙。帆似馬來思杜牧〔三〕，劍爲龍去憶張華〔四〕。溝還故道穿城角①〔五〕，沙漲平川壓水涯〔六〕。江外西山銜落日，幾重蒼翠襯餘霞②。

【校】

①還　四庫本、宋人集本同；江城名迹作『環』。

②餘　四庫本、宋人集本同；江城名迹作『殘』。

【箋】

〔一〕又見江城名迹卷二。故豐門：豫章城門名，在城東北。永樂大典城：『元和中，太守韋丹築城東北隅，增廣周二十一里餘，辟門十六。宋興，城制如舊，其門之名曰遵道，俗稱宫步；曰惠民，俗稱寺步；曰廣閏，俗稱橋步；曰德遂，俗稱井步；曰章江，古稱昌門；曰惠濟，俗稱倉步；曰利涉，俗稱觀步；曰洪喬，俗稱大市；曰廣恩，曰北郭，十門皆瀕江。曰望雲，俗稱新城；曰崇和，俗稱壇頭；曰延慶，俗稱琉璃；曰望仙，俗稱撫州；曰故豐，曰廣豐，六門皆平陸。』

〔二〕子真：即梅福。見卷四留題張尉隱齋箋注〔三〕。太平寰宇記：『梅福宅在洪州東北三里，西接開元觀東西池，書堂遺址猶存，在今南昌縣東北。』本詩之『子真家』及太平寰宇記之『梅福宅』，其實均指梅福廟。梅福廟即在城東北三里，而其宅在府城西五十里。

〔三〕帆似句：杜牧詠豫章滕王閣詩懷鍾陵舊游四首之二：『垂樓萬幕青雲合，破浪千帆陣馬來。未掘雙龍牛斗氣，高懸一榻棟梁材。』

〔四〕張華：字茂先，范陽方城（今河北固安）人，西晉時官至司空。晉書卷三六有傳。見卷三豫章行送周裕箋注〔五〕〔七〕。

〔五〕還：環遶。戰國策燕策三：『荆軻逐秦王，秦王還柱而走。』

〔六〕沙漲句：江城名迹卷二：『豫章溝亭，在府城故望雲堤上。宋嘉祐中，知洪州程師孟建。宋楊傑詩：「溝環故道穿城角，沙漲平江壓水涯。江外西山銜落日，幾重蒼翠襯殘霞。」明胡鼎詩：

「桃花浪暖拍天飛，湖漲溟濛岸亦移。避水人家城上嘆，舊溝重鑿待何時。」』考程師孟英宗治平二年方知洪州，云『宋嘉祐中』，誤。

張司封泗上春運〔一〕

經綸才術致唐虞〔二〕，暫出東南摠轉輸①〔三〕。德教久爲諸郡法，國家何止十年儲。清風繼世留淮甸〔四〕，和氣先春入汴渠〔五〕。不日召歸調鼎鼐〔六〕，一封天上紫泥書〔七〕。

【校】

①摠　四庫本同；詩存本、宋人集本作『總』。

【箋】

〔一〕司封：官名。掌官員封爵、敘贈、承襲之事。泗上：泛指泗水北岸的地域。

〔二〕經綸：指治理國家的抱負和才能。秦觀滕達道挽詞：『經綸未了埋黃土，精爽還應屬斗牛。』唐虞：唐堯與虞舜的並稱。代指太平盛世。

〔三〕摠：管理之義。轉輸：運輸。史記酈生陸賈列傳：『夫敖倉，天下轉輸久矣，臣聞其下迺有藏粟甚多。』

〔四〕清風繼世：謂繼承祖上高潔的品格。淮甸：淮河流域。鮑照潯陽還都道中：『登艫眺淮甸，掩泣望荆流。』

〔五〕汴渠：　即汴河，又名通濟渠。古代溝通黄河和淮河的運河。

〔六〕鼎鼐：　古代兩種烹飪器具，喻指執政大臣。蘇頲唐紫微侍郎贈黄門監李乂神道碑：『鼎鼐遞襲，簪纓相望。』又以『鼎鼐調和』比喻處理國政。權德輿故司徒兼侍中贈太傅北平王挽詞：『授律勳庸盛，居中鼎鼐和。』

〔七〕紫泥書：　指皇帝詔書。劉孝威半渡溪：『制賜文犀節，驛報紫泥書。』

遊北山〔一〕

今古忙忙利禄間，幾人能此叩松關①〔二〕。猿驚鶴怨不知處〔三〕，虎踞龍蟠空見山②〔四〕。芳草路隨流水遠，老僧心共白雲閑。淮南舊隱抛離久，一誦移文一愧顔〔五〕。

【校】

①叩　四庫本、宋人集本、六朝事迹編類、御選宋金元明四朝詩同；　名賢本作『扣』。

②蟠　名賢本、四庫本、宋人集本、御選宋金元明四朝詩同；　六朝事迹編類作『盤』。

【箋】

〔一〕又見御選宋金元明四朝詩卷四八、六朝事迹編類卷一一。北山：　即鍾山，今名紫金山，在今南京市東北。

〔二〕松關：本猶柴門。這裏似指寺院之門、禪門。蘇阿章秋晚閑步遂至山寺留宿：『聽泉過竹塢，乘月叩松關。』

〔三〕猿驚鶴怨：謂杳無人煙，氣氛淒厲。孔稚圭北山移文：『蕙帳空兮夜鶴怨，山人去兮曉猿驚。』王阮秋日寄舍弟：『猿驚鶴怨草三尺，楚尾吴頭天一方。』

〔四〕虎踞龍蟠：謂地勢極峻峭險要。庾信哀江南賦：『昔之虎據龍蟠，加以黄旂紫氣；莫不隨狐兔而窟穴，與風塵而殄悴。』

〔五〕移文：指孔稚圭北山移文。王安石松間：『偶向松間覓舊題，野人休誦北山移。丈夫出處非無意，猿鶴從來不自知。』

書寶山寺壁〔一〕

片帆曾渡謝家洲，屈指于今十九秋。沙鳥重歸迷戰島〔二〕，釣磯空在憶浮丘①〔三〕。蒼顔白髮生新感，踈竹清風伴雋游。借問蓬萊山上月，停杯還記故人不？

【校】

①丘　四庫本、宋人集本同；名賢本作『健』。

【箋】

〔一〕又見御選宋金元明四朝詩卷四八。寶山寺：在繁昌縣。宋周必大文忠集卷一六八泛舟游山録二：『甲申。早，北風作。午，至繁昌縣……道游寶山寺，破屋破僧無足觀。』

〔二〕戰島：江心小洲。在今安徽繁昌縣西北的長江中。杜荀鶴題戰島僧居：『師受無塵地，江心島上居。』

〔三〕浮丘：即浮丘公。古代傳説中的仙人。文選謝靈運登臨海嶠與從弟惠連：『儻遇浮丘公，長絶子徽音。』李善注引列仙傳：『王子晉好吹笙，道人浮丘公接以上嵩山。』

游寶林招李簿梅尉〔一〕

東郭乞求聞曉鷄〔二〕，籃輿乘興過涇谿〔三〕。冰開波面白玉碎，雪壓竹梢青鳳低。仙去空留鍊丹井，境清疑有辟塵犀〔四〕。子眞太白曾孫在〔五〕，飛棹何妨到水西〔六〕。

【箋】

〔一〕寶林：即寶林寺，在無爲境内，始建於唐朝武德三年。今已不存。

〔二〕東郭：東城外，東郊。白居易尋王道士藥堂因有題贈：『常悲東郭千家冢，欲乞西山五色丸。』

〔三〕籃輿：見卷四治平三年秋七月當塗郭功父招無爲楊次公會於環峯時五雲叟陳德孚以詩寄吾二人因聯句酬之箋注〔二六〕。涇谿：水名，在涇縣。

〔四〕辟塵犀：傳説中的海獸。其角可去塵，故名。又名卻塵犀。劉恂嶺表録異卷中：『又有駭鷄犀、辟塵犀、辟水犀、光明犀，此數犀，但聞其説，不可得而見之。』原注：『（辟塵犀）爲婦人簪梳，塵不著也。』

〔五〕子眞：即梅福，字子眞。見卷四留題張尉隱齋箋注〔三〕。

〔六〕水西：即水西寺。李白別山僧：『何處名僧到水西？乘舟弄月宿涇溪。』王琦注引江南通志：『水西山，在寧國府涇縣西五里，林壑邃密，下臨涇溪。舊建寶勝、崇慶、白雲三寺……寶勝寺即水西寺，白雲寺即水西首寺，崇慶寺即天宮水西寺也。』唐宣宗題涇縣水西寺：『長安若問江南事，説道風光在水西。』

御試求遺書於天下〔一〕

炎德侔三代〔二〕，文章歎燼餘。千金期重賞，諸郡購遺書。東魯藏經出〔三〕，西秦挾律除〔四〕。儒生搜簡畢〔五〕，謁者騖軒車〔六〕。闕史脩蘭省〔七〕，亡詩補石渠〔八〕。願觀新四部〔九〕，清禁直明廬〔一〇〕。

【箋】

〔一〕詩題爲宋仁宗嘉祐四年殿試之題。漢書藝文志：『漢興，改秦之敗，大收篇籍，廣開獻書之路……至成帝時，以書頗散亡，使謁者陳農求遺書於天下，詔光禄大夫劉向校經傳諸子詩賦。』遺書：指散佚的書。

〔二〕炎德：盛德。侔：齊等、相當。三代：謂夏、商、周三朝。

〔三〕東魯句：漢書藝文志：『古文尚書者，出孔子壁中。武帝末，魯共王壞孔子宅，欲以廣其宮，而得古文尚書及禮記、論語、孝經凡數十篇，皆古字也。』

〔四〕挾律：即挾書律。秦始皇焚書時禁止民間和個人藏書的一項法令。

〔五〕簡畢：原指簡劄，這裏指書籍。

〔六〕謁者：使者的别稱。軒車：古代大夫以上所乘有屏障的車。

〔七〕蘭省：即蘭臺。原指漢代宮内收藏典籍之處。後泛指宮廷藏書處。南史徐勉傳：『方領矩步之容，事滅於旌鼓；蘭臺石室之典，用盡於帷蓋。』

〔八〕石渠：即石渠閣。漢代皇室藏書之處，在長安未央宮殿北。三輔黄圖閣：『石渠閣，蕭何造。其下礱石爲渠以導水，若今御溝，因爲閣名。所藏入關所得秦之圖籍。至於成帝，又於此藏祕書焉。』漢書施讎傳：『甘露中，與五經諸儒雜論同異於石渠閣。』

〔九〕四部：中國古代書籍的分類。後亦用以泛指羣書。劉敞六月二十六日雨閣書寢：『食有萬錢膳，架多四部書。』

〔一〇〕清禁：指皇宮。杜牧洛陽秋夕：『清禁漏閑煙樹寂，月輪移在上陽宮。』明盧：即承明盧。爲漢承明殿旁屋，侍臣值宿所居之所。漢書嚴助傳：『君厭承明之盧，勞侍從之事，懷故土，出爲郡吏。』顔師古注引張晏曰：『承明盧在石梁閣外，直宿所止曰盧。』

無爲集卷六

律詩

送張令同年赴嶺南〔一〕

滕王閣上正持盃，候吏先期過嶺來〔二〕。澤國暫抛三徑菊〔三〕，春風須寄一枝梅。昔年身到仁宗殿，同日鱗①驚禹穴雷〔四〕。萬里青雲有前約，莫因藍綬嘆塵埃〔五〕。

【校】

①鱗　四庫本同；詩存本、宋人集本『校記』作『先』。

【箋】

〔一〕同年：科舉考試同科中式者之互稱。該詩作於楊傑爲官江西時期。

〔二〕候吏：指驛臣。嶺：指五嶺。

〔三〕澤國：見卷五和程太卿雨中登物華樓箋注〔二〕。三徑菊：比喻歸隱。陶淵明歸去來兮辭：『問征夫以前路，恨晨光之熹微。乃瞻衡宇，載欣載奔。童僕歡迎，稚子候門。三徑就荒，松菊猶存。』張養浩喜春來：『浮名浮利待如何，枉乾受苦，都不如三徑菊、四圍書。』

〔四〕鱗：龍鱗。謂仁宗皇帝。禹穴雷：饒州府志卷二九藝文志四翟鳳翥新建饒州郡學是日雷電大作鵲巢兩柱步韻：『鵲舞梁州印，蛟騰禹穴雷。』

〔五〕藍綬：繫印紐的藍色絲帶。古代常用絲帶的不同顏色，標識官吏的身份和等級。藍綬表示等級較低的官吏。齊己送司空學士：『藍綬乍稱新學士，白衫初脱舊神仙。』

劉純之以便親請還蜀①〔一〕

通守臨川郡〔二〕，家山夢翠微〔三〕。願辭靈運史〔四〕，欲着老萊衣〔五〕。萬事樽前盡②，片心天外歸〔六〕。金烏伴征棹③〔七〕，日日向西飛。

【校】

①便　四庫本同；宋人集本作『寧』。

②樽　四庫本、宋人集本同；詩存本作『尊』。

③征棹　四庫本、宋人集本同；詩存本作『去櫂』。

【箋】

〔一〕便親：　便於奉養父母。

〔二〕通守：　官名。職位次於太守，佐理郡務。蘇軾別天竺觀音詩：『余昔通守錢唐，移莅膠西。』這裏指任『通守』之職。臨川郡：　今江西撫州。

〔三〕翠微：　指青翠掩映之處。李白贈秋浦柳少府：『摇筆望白雲，開簾當翠微。』

〔四〕靈運史：　謝靈運曾任臨川内史。後常以『靈運史』、『臨川史』代稱刺史一職。劉長卿送方補上人之常州依蕭使君：『歸共臨川史，同翻貝葉書。』

〔五〕老萊衣：　相傳春秋時楚國隱士老萊子，七十歲時還身穿五彩衣，模仿小兒的動作和哭聲以悦父母。後因以表示孝順父母。藝文類聚卷二〇：『列女傳曰：「老萊子孝養二親，行年七十，嬰兒自娱，著五色采衣，嘗取漿上堂，跌僕，因卧地爲小兒啼，或弄烏鳥於親側。」』

〔六〕片心句：　僧祖慶佛鑒佛果正覺佛海拈八方珠玉集：『正覺云：一句坐中得，片心天外歸。』

〔七〕金烏：　太陽的别稱。神話傳説中太陽裏有金黄色的三足烏鴉，故有此説。

賦梅送黄庭方

子行何所贈，贈子一枝梅。長共雪霜約，故先桃李開。清香隔年在，和氣引春回。上國人相問〔一〕，爲言南嶺來〔二〕。

【箋】

〔一〕上國：指京師。江淹四時賦：『憶上國之綺樹，想金陵之蕙枝。』資治通鑑唐德宗建中二年：『今海内無事，自上國來者，皆言天子聰明英武，志欲致太平，深不欲諸侯子孫專地。』胡三省注：『時藩鎮竊據，自比古諸侯，謂京師爲上國。』

〔二〕南嶺：即五嶺。

贈朱漢臣先生〔一〕

德義輕軒冕〔二〕，有誰知所存。清風滿淮國〔三〕，高節老巢門〔四〕。孝友敦兄弟，詩書教子孫。何當對明月，林下接君言。

【箋】

〔一〕朱漢臣：不詳。從詩文看似爲無爲人，楊傑的同鄉。

〔二〕軒冕：古時大夫以上官員的車乘和冕服。借指官位爵禄。崔塗過陶徵君隱居：『陶令昔居此，弄琴遺世榮。田園三畝緑，軒冕一銖輕。』

〔三〕淮國：指舊屬淮南王國地域。

〔四〕巢門：指夏成湯時期的古巢國，即今安徽巢湖。

送陳成伯學士知湖州〔一〕

揚舲初出禁城東〔二〕，夾岸桃花菊正紅①。紫綬朱幡金馬客②〔三〕，清風明月水晶宫〔四〕。晝衣始信歸鄉貴〔五〕，夜鶴從教恨帳空〔六〕。政暇笙歌應鼎沸，詩壇不用苦争功。

【校】

①菊　四庫本、宋人集本『校記』作『蕊』。全宋詩以爲當據四庫本，可從。

②幡　宋人集本同；四庫本作『轓』。全宋詩以爲當據四庫本。

【箋】

〔一〕陳成伯：即陳侗，字成伯，莆田人。幼孤，從其母居於蘇州。嘉祐二年進士。曾知商洛縣，徙南陵縣。熙寧六年，爲集賢校理，遷太常博士。元豐三年，出知湖州，徙宣州。元祐元年，出知陝州。元祐三年卒，年六十五。事迹見劉攽故朝奉大夫權知陝州軍府事陳君墓誌銘。

〔二〕揚舲：猶揚帆。劉孝威蜀道難：『戲馬登珠界，揚舲濯錦流。』

〔三〕金馬客：指翰林學士。劉禹錫分司東都蒙襄陽李司徒相公書問因以奉寄：『早忝金馬客，晚爲商洛翁。』

〔四〕水晶宫：指浙江湖州。湖州古稱吴興，胡仔苕溪漁隱叢話前集卷五三水晶宫：『苕溪漁隱曰：吴興謂之水晶宫，不載之於圖經，但吴興集刺史楊漢（次）公九月十五夜絶句云：「江南地暖少嚴風，九月炎涼正得中。溪上玉樓樓上月，清光合作水晶宫。」因此詩也。』陳耀文天中記卷一四：『吴興刺史楊傑次公明月樓詩云：「江南地煖少嚴風，九月炎涼正得中。溪上玉樓樓上月，清光合作水晶宫。」吴興因此謂之水晶宫。方輿勝覽』

〔五〕晝衣：三國志魏書張既傳：『魏國既建，爲尚書，出爲雍州刺史。太祖謂既曰：「還君本州，可謂衣繡晝行矣。」』另參見本卷晝錦堂箋注〔一〕。

〔六〕夜鶴句：孔稚圭北山移文：『惠帳空兮夜鶴怨，山人去兮曉猿驚。』張炎玲瓏四犯：『何况帳空夜鶴，怎奈何，如今歸去。』

送姜厚兄弟

之子别庭闈〔一〕，鄉心夜夜飛〔二〕。芝蘭經歲老，鴻鴈傍春歸。芳草隨征棹，和風上綵衣。鳴根聲漸遠〔三〕，月滿釣魚磯。

【箋】

〔一〕庭闈：内舍。指父母居住處。文選束晳補亡：『眷戀庭闈，心不遑安。』李善注：『庭闈，親之所居。』張九齡酬宋使君見詒：『庭闈際海曲，軺傳荷天慈。』

〔二〕鄉心：思念家鄉的心情。劉長卿新年作：『鄉心新歲切，天畔獨潸然。』

〔三〕榔：用以擊打船舷發聲的木棒。鳴榔，同鳴榔。李白送殷淑：『惜别耐取醉，鳴榔且長謡。』王琦注：『所謂鳴榔者，常是擊船以爲歌聲之節，猶叩舷而歌之義。』

送許常

連年去鄉國，從我赴南官。一日學不廢，雙親心自寬。朝廷尚公正，場屋進孤寒〔一〕。去去勿隕穫〔二〕，青雲翔羽翰〔三〕。

【箋】

〔一〕場屋：又稱科場，科舉考試之所。王禹偁謫居感事：『空拳入場屋，拭目看京師。』又指科舉考試。王禹偁贈别鮑秀才序：『或門閥淪墜者，繼其絶以第之；或場屋衰晚者，哀其窮以與之。』

〔二〕隕穫：喪失志氣。禮記儒行：『儒有不隕穫於貧賤，不充詘於富貴，不慁君王，不累長上，不閔有司，故曰儒。』鄭玄注：『隕穫，困迫失志之貌也。』

〔三〕羽翰：翅膀。鮑照詠雙燕之一：『雙燕戲雲崖，羽翰始差池。』

和朝回 二首〔一〕

官閑無謁禁〔二〕，朝退自賓稀。開卷逢先覺，忘言接上機〔三〕。百千三昧悟〔四〕，四十九年非〔五〕。老矣陶彭澤〔六〕，浩歌胡不歸〔七〕。

氣平無病惱，心定覺身閑。禮局容尸素〔八〕，仙科玷潤删〔九〕。馬駑猶勉駕〔一〇〕，鳥倦合知還〔一一〕。舊隱廬山下，蓬茅屋數間。

【箋】

〔一〕朝回：朝見皇帝歸來。常建塞下曲：『玉帛朝回望帝鄉，烏孫歸去不稱王。』

〔二〕謁禁：禁止接見請托者之條令。吴處厚青箱雜記卷二：『皇祐、嘉祐中，未有謁禁，士人多馳騖請託，而法官尤甚。』俞樾茶香室叢鈔禁謁：『按此條似謁禁、禁謁有别。謁禁者，人來謁見則有禁。禁謁者，禁其謁人也。今京官官都察院，輒署門曰：「文武官員，私宅免見。」似謁禁之遺制。』

〔三〕忘言：指心中領會其意，不須用言語來説明。莊子外物：『言者所以在意，得意而忘言。』上機：即上機之人。指得證阿羅漢果者。宗鏡録：『但明佛性，唯接上機。』

〔四〕三昧：梵文音譯。又譯『三摩地』。意譯爲『正定』。謂屏除雜念，心不散亂，專注一境。

大智度論卷七：『何等爲三昧？善心一處住不動，是名三昧。』

〔五〕四十九年非：淮南子原道訓：『故遽伯玉五十，而有八四十九年非。』後用指人知道自己的過錯。駱賓王帝京篇：『且論三萬六千是，寧知四十九年非。』

〔六〕陶彭澤：陶淵明曾任彭澤縣令。晉書陶潛列傳：『執事者聞之，以爲彭澤令。』

〔七〕胡不歸：陶淵明歸去來兮辭：『歸去來兮，田園將蕪，胡不歸？』

〔八〕禮局：謂禮部。尸素：漢書朱雲傳：『今朝廷大臣，上不能匡主，下亡以益民，皆尸位素餐，孔子所謂「鄙夫不可與事君」，「苟患失之，亡所不至」者也。』顔師古注：『尸位者，不舉其事，但主其位而已。素餐者，德不稱官，空當食禄。』

〔九〕仙科：謂科舉考試。宋庠次韻和石學士見寄十首：『親見仙科唱第時，君提第之日余以學士爲殿試考官。寵均宣室對神鼇。』玷：猶忝，自謙之詞。杜甫春日江村之三：『豈知牙齒落，名玷薦賢中。』潤删：潤色删改。

〔一〇〕馬駑句：荀子勸學：『駑馬十駕，功在不舍。』

〔一一〕鳥倦句：陶淵明歸去來兮辭：『雲無心以出岫，鳥倦飛而知還。』

和酬致政朱殿丞〔一〕

掛冠清世詠歸田〔二〕，舟縱江湖養浩然〔三〕。水底病龍思致雨，樹頭老鶴懶冲天。詩因社友編三百，酒爲春風費十千。今古辭榮人不少，惟君知足最當年〔四〕。

【箋】

〔一〕該詩又見于宋百家詩存。致政：猶致仕。禮記王制：「七十致政。」鄭玄注：「還君事。」殿丞：殿中省丞的簡稱。

〔二〕歸田：張衡有歸田賦，爲其從仕途轉向退隱時所作之賦。陶淵明有歸園田居，寫其重歸田園時之感受。司馬光酬張三十秀才見贈：「自慚頭半白，方解賦歸田。」

〔三〕養浩然：孟子公孫丑上：「我善養吾浩然之氣……其爲氣也，至大至剛，以直養而無害，則塞於天地之間。」

〔四〕今古二句：辭榮，即逃避富貴榮華的生活。陶淵明感士不遇賦：「望軒唐而永歎，甘貧賤以辭榮。」又謂辭官退隱。王禹偁寄金鄉張贊善：「年少辭榮自古稀，朝衣不著著斑衣。」張相詩詞曲語辭匯釋卷六「當年」條：「『今古辭榮人不少，惟君知足最當年。』言不俟老而致政也。」

再　和

詩將曾持造化權，何須功業勒燕然〔一〕。生涯書外都無物，興味壺中別有天〔二〕。君解扁舟帆五兩〔三〕，我慚嘉客履三千〔四〕。吾皇貴老多優賜，好乞湖山不計年。

【箋】

〔一〕勒燕然：後漢書竇融傳附竇憲傳：『（竇憲）與北單于戰於稽落山，大破之。虜衆崩潰，單于遁走……憲、秉遂登燕然山，去塞三千餘里，刻石勒功，紀漢威德。』姚合送任畹評事赴沂海：『孟堅勒燕然，豈獨在漢朝？』

〔二〕壺中：謂酒。

〔三〕五兩：測風器。鷄毛五兩或八兩繫於高竿頂上，藉以觀測風向、風力。文選郭璞江賦：『覘五兩之動静。』李善注：『兵書曰：「凡候風法，以鷄羽重八兩，建五丈旗，取羽繫其巔，立軍營中。」淮南子許慎注曰：「綄，候風也，楚人謂之五兩也。」』

〔四〕三千客：史記春申君列傳：『趙平原君使人於春申君，春申君舍之於上舍。趙使欲誇楚，爲瑇瑁簪，刀劍室以珠玉飾之，請命春申君客。春申君客三千餘人，其上客皆躡珠履以見趙使，趙使大慙。』李白江上贈竇長史：『不同珠履三千客，别欲論交一片心。』

再　和

君賦江山數十篇，人疑吟苦鬢皤然〔一〕。洞庭有浪寒欺晝，太華無雲翠插天〔二〕。鷙鳥懦飛徒累百〔三〕，疲兵重戰必當千〔四〕。席間莫訝賡酬速〔五〕，詩債從來笑隔年。

【箋】

〔一〕吟苦鬢皤然：杜荀鶴閑居舊事：『鬢白只因秋煉句，眼昏多爲夜抄書。』

〔二〕太華：指西嶽華山，在陝西省華陰縣南，因其西有少華山，故稱。

〔三〕鷙鳥句：漢書鄒陽傳：『臣聞鷙鳥累百，不如一鶚。』顏師古注引如淳曰：『鷙鳥比諸侯，鶚比天子。』文選孔融薦禰衡表：『鷙鳥累百，不如一鶚，使衡立朝，必有可觀。』李善注：『史記趙簡子曰：鷙鳥累百，不如一鶚。』

〔四〕重戰：相當於拼死作戰。

〔五〕賡酬：謂以詩歌與人相贈答。王安石題正覺相上人籜龍軒：『此地七賢誰笑傲，何時六逸自賡酬。』

陳氏得開元佛殿梁材斲爲琴傳三世矣而歸于太常少卿盛誨之請予賦焉〔一〕

佛屋良材度中琴，調絃安軫布徽金〔二〕。平時已入棟梁用，終古更傳山水音。陳氏得爲三世寶，啓期無負一生心。太常密補巖廊化〔三〕，歌詠南風惠澤深〔四〕。

【箋】

〔一〕盛誨之：盛僑，哲宗元祐年間任太常少卿。孔武仲信安公園亭題名記作『盛僑晦之』，清杜春生越中金石記卷二也作『盛僑晦之』。

〔二〕徽金：金飾的琴徽。李咸用水仙操：『琴兮琴兮在自然，不在徽金將軫玉。』

〔三〕巖廊：借指朝廷。桓寬鹽鐵論憂邊：『今九州同域，天下一統，陛下優游巖廊，覽羣臣極言。』

〔四〕南風：樂曲名。相傳爲虞舜所作。禮記樂記：『昔者舜作五弦之琴，以歌南風。』孔子家語辨樂解：『昔者舜彈五弦之琴，造南風之詩。其詩曰：「南風之薰兮，可以解吾民之慍兮；南風之時兮，可以阜吾民之財兮。」』

晝錦堂〔一〕

功成身退正康强〔二〕，憑軾歸來晝錦光〔三〕。門外節旄交晝戟，境中桑梓間甘棠〔四〕。兩朝將相經綸業〔五〕，千古絃歌禮義鄉。父老未勞思再見，聖君方眷股肱良〔六〕。

【箋】

〔一〕晝錦堂：宋韓琦於宋仁宗至和年間任相州知州時所建，在今河南安陽。『晝錦』語出漢書項籍傳：『富貴不歸故鄉，如衣錦夜行。』歐陽修有相州晝錦堂記、錦堂記詩傳世。

〔二〕功成句：韓琦於熙寧六年二月，主動退隱，還判相州，時年六十六歲。歐陽修相州晝錦堂記：『仕宦而至將相，富貴而歸故鄉。』

〔三〕憑軾：借指做官。晉陸機長安有狹邪行：『鳴玉豈樸儒，憑軾皆俊民。』晝錦光：韓琦晝錦堂：『古人之富貴，貴歸本郡縣。譬若衣錦游，白晝自光絢。』

〔四〕甘棠：木名。即棠梨。詩召南甘棠：『蔽芾甘棠，勿翦勿伐，召伯所茇。』毛詩序：『甘棠，美召伯也。召伯之教，明於南國。』鄭箋：『召伯聽男女之訟，不重煩百姓，止舍小棠之下而聽斷焉，國人被其德，説其化，思其人，敬其樹。』後以『甘棠』稱頌循吏的美政和遺愛。歐陽修晝錦堂：『昔憩甘棠長舊圍，重來城郭嘆人非。隨車仍是爲霖雨，被衮何如衣錦歸。』

〔五〕兩朝：謂英宗、神宗。韓琦死後，宋神宗親書御碑文：『兩朝顧命，定策元勳。』

〔六〕聖君：謂宋神宗。

遊籍田〔一〕

池館連雲晝掩扉〔二〕，晴煙冉冉日暉暉〔三〕。黄鸝映葉不肯去〔四〕，翠鳥得魚還自飛〔五〕。禾秀天田葱犗卧〔六〕，花開仙苑粉墻圍〔七〕。白蓮徑裏歸來晚，風送餘香欲染衣〔八〕。

【箋】

〔一〕籍田：指藉田園，在臨安。周淙乾道臨安志卷二：『大唐寶興鑄錢監……今藉田園乃故基也，旁有長生水池。』董嗣杲西湖百詠卷下包家山：『郊壇在山之西，藉田園在山之南。』

〔二〕池館：池苑館舍。謝朓游後园賦：『惠氣湛兮帷殿肅，清陰起兮池館涼。』

〔三〕晴煙：晴空中的氤氳之氣。吴文英夢窗乙稿卷二鶯啼序：『畫船載，清明過卻，晴煙冉冉。』

〔四〕黄鸝映葉：梅堯臣鶯：『桑間小婦好聲音，映葉穿枝意已深。』倪瓚居竹軒：『映葉黄鸝還自語，傍人白鶴亦能馴。』

〔五〕翠鳥：羅願爾雅翼卷一五鷸：『鷸似燕，紺色，生鬱林。蓋今之翠鳥也。……異物志曰：翠鳥，形如燕。赤而雄曰翡，青而雌曰翠。……此鷸，一名翠鷸。』

〔六〕天田：文選張衡東京賦：『躬三推於天田，脩帝籍之千畝。』吕延濟注：『天田，天子之籍田。』李白明堂賦：『帝躬乎天田，后親於郊桑。』葱犗：潘岳藉田賦：『葱犗服於縹軛兮，紺轅綴於黛耜。』文選六臣注：『善曰：「纔犗，帝耕之牛也。」說文曰：纔，帛青色。』吴都賦曰：「鯨輩中於羣犗。」說文曰：「犗，騬牛也。」向曰：「犗，牛也。」』文選『葱』引作『纔』。

〔七〕粉墻：塗刷成白色的墻。方干新月：『隱隱臨珠箔，微微上粉墻。』

〔八〕風送句：宋張鎡菩薩蠻遣興：『此身無繫著，南北東西樂。碧宇朗吟歸，天風香染衣。』

和酬赤松莊陳天貺

花壓欄干木插天①〔一〕，不知經始自何年。爲憐水石留終日〔二〕，謾拂莓苔寫數篇〔三〕。籠碧裁紗非我望〔四〕，梯雲名集自家傳〔五〕。氣蒸披拂多才思②，應笑襄陽孟浩然〔六〕。

【校】

①欄　四庫本同；宋人集本作『闌』。

②披拂　四庫本、宋人集本作『波撼』。

【箋】

〔一〕花壓欄干：曹勛題扇：『涼尋小徑通幽處，花壓欄干竹一亭。』温庭筠湖陰詞：『吴波不動楚山碧，花壓欄干春晝長。』

〔二〕水石：猶泉石。借指清麗勝景。李咸用游寺：『幽情憐水石，野性任萍蓬。』常達山居八詠：『心閑憐水石，身老怯霜風。』

〔三〕莓苔：青苔。李白過汪氏别業二首：『更游龍潭去，枕石拂莓苔。』錢起片玉篇：『試勞香袖拂莓苔，不覺清心皎冰雪。』

〔四〕籠碧裁紗：王定保唐摭言卷七起自寒苦：『王播少孤貧，常客揚州惠昭寺木蘭院，隨僧齋飧。諸僧厭怠，播至已飯矣。後二紀，播自重位出鎮是邦，因訪舊游，向之題已皆碧紗幕其上。播繼以二絶句曰：『二十年來塵撲面，如今始得碧紗籠。』

〔五〕梯雲：猶言接步雲梯。指子承父業，家學相傳。

〔六〕披拂，當作『波撼』。四庫全書考證卷七八：『原本「波撼」訛「披拂」，據孟浩然詩改。』孟浩然臨洞庭：『八月湖水平，涵虛混太清。氣蒸雲夢澤，波撼岳陽城。欲濟無舟楫，端居恥聖明。坐觀垂釣者，徒有羨魚情。』

過鴻溝〔一〕

楚漢區區別土疆，誰知盛德勝兵强。乾坤混一歸眞主〔二〕，郡國平分亦假王〔三〕。地底泉源通汜水〔四〕，道傍碑石屬滎陽①。如今四海都無外，農入春田失戰場。

【校】

①傍　宋人集本同；四庫本作『旁』。

【箋】

〔一〕鴻溝：古運河，在今河南滎陽。史記項羽本紀：『項王乃與漢約，中分天下，割鴻溝以西者爲漢，鴻溝而東者爲楚。』裴駰史記集解：『文穎曰：於滎陽下……即今官渡水也。』張守節史記正義：『應劭云：在滎陽東二十里。』

〔二〕眞主：猶眞命天子。謂劉邦。

〔三〕假王：非正式受命的王。謂項羽。司馬貞史記索隱：『項羽崛起爭雄，一朝假號西楚，竟未踐天子之位而身首別離。』

〔四〕汜水：源自河南鞏縣，北流經滎陽注入黄河。

和謝聖藻遊錦川〔一〕

錦川亭上雨霏微，太守齋航卷畫旂〔二〕。步入名園鶯慣見，歌隨流水鷺驚飛〔三〕。凭高自有千峯聚，飲劇方知萬事非。却恐丹陽赴官去〔四〕，此心當共白雲歸〔五〕。

【箋】

〔一〕謝聖藻：宋史謝文瓘傳：謝文瓘，字聖藻，陳州人。神宗朝爲大名府教授。徽宗立，擢起居舍人、給事中。崇寧元年，出知濮州。後爲集英殿修撰、知濟州，卒。錦川：即錦江。代指成都。左思蜀都賦：『百室離房，機杼相和；貝錦斐成，濯色江波。』文選劉逵注引譙周益州志：『成都織錦既成，濯於江水，其文分明，勝於初成；他水濯之，不如江水也。』王禹偁送馮學士入蜀：『錦川宜共少年期，四十風情去未遲。』

〔二〕太守：指謝聖藻。齋航：即大船。曾鞏送程公辟使江西：『齋航又自日邊去，信節初從天上假。』晁公遡嵩山集卷二九虞參政：『某伏聞齋航已入夔門久矣，今江水清平，風日妍暖，正宜錦纜徐牽，卧看江山，雍容而歸。』宋時，『齋』謂大船習見。孫覿内簡尺牘卷一〇與巡檢李修武：『相望一水之隔，未果造謁，齋艦詣郡，枉道一臨爲幸也。』李祖堯注：『音艦，版屋舟也。』謂像居屋一樣的大船。吴焯南宋雜事詩卷一：『花枝繞路山南北，歸去還乘摇碧齋。梁溪集詩：「雲深不見孤山寺，風急難乘摇碧齋。」摇碧齋，是當時湖船之名。』湖船，謂大游船。畫旂：即畫旗，有畫飾的旗。劉禹錫洛中送韓七中丞之吴興口號之五：『溪中士女出笆籬，溪上鴛鴦避畫旗。』

〔三〕歌隨流水：庾信和趙王看伎：『琴曲隨流水，簫聲逐鳳凰。』

〔四〕丹陽赴官：元祐三年，楊傑以禮部員外郎任出知潤州、兩江提點刑獄。丹陽赴官指此。楊傑大宋光州王司士傳：『至元祐初，予自省闈乞守丹陽。』居士傳卷二二楊次公傳：『明年次公守丹陽。』

〔五〕此心句：杜甫大麥行：『安得如鳥有羽翅，托身白雲歸故鄉。』蘇頌和仲巽過度雲嶺：『此時仁傑意，心向白雲歸。』

藉田集議 以姓爲韻①〔一〕

甸師經始遇金穰〔二〕，禁籞清樽合奉常②〔三〕。千畝方田開帝藉③〔四〕，四時和氣聚神倉〔五〕。青壇改卜先農兆④〔六〕，曲水交流上巳觴〔七〕。欲識漢家林苑富〔八〕，融融春澤浸長楊〔九〕。

【校】

①四庫本、宋人集本同；詩存本無「以姓爲韻」四字。

②樽　四庫本、宋人集本同；詩存本作「尊」。

③藉　宋人集本同；詩存本作「耤」；四庫本作「籍」。

④壇　四庫本、宋人集本同；詩存本作「壇」。

【箋】

〔一〕姓：指「楊」字。

〔二〕甸師：古官名。周禮天官甸師：「甸師，掌帥其屬而耕耨王藉，以時入之，以共齍盛。祭祀共蕭茅、共野果蓏之薦。喪事代王受眚災。王之同姓有罪，則死刑焉。帥其徒以薪蒸役外内饔之事。」金穰：史記天官書：「然必察太歲所在：在金，穰；水，毁；木，饑；火，旱。」張守節史記正義：「穰，豐熟也。」古人認爲太歲星運行至正西方（西位，屬金），則預示農業豐收。

〔三〕禁籞：指禁苑。清樽：酒器，指祭祀活動。奉常：官名，職掌宗廟禮儀。合奉常，謂符合宗廟禮儀。

〔四〕帝藉：天子親耕之田。禮記月令：『天子親載耒耜，措之於參保介之御間，帥三公九卿諸侯大夫，躬耕帝藉。』孫希旦集解：『天子藉田千畝，收其穀爲祭祀之粢盛，故曰帝藉。』

〔五〕神倉：禮記月令：『乃命冢宰，農事備收，舉五穀之要，藏帝籍之收於神倉，祗敬必飭。』鄭玄注：『藏祭祀之穀爲神倉。』孔穎達疏：『神倉者，貯祀鬼神之倉也。』

〔六〕青壇：帝王春日郊祭之臺。兆：壇之界域。宋史禮志：『元豐二年，詔於京城東南度田千畝爲籍田，置令一員，徙先農壇於中，神倉於東南。……權管干籍田王存等議，以南郊鐵麥殿前地及玉津園東南羡地並民田共千一百畝充籍田外，以百畝建先農壇兆，開阡陌溝洫，置神倉、齋宮並耕作人牛廬舍之屬，繪圖以進。』

〔七〕上巳：古代節令名。漢以前在農曆三月上旬巳日，魏晉以後爲三月三日。王羲之蘭亭集序：『又有清流激湍，映帶左右，引以爲流觴曲水，列坐其次。』後漢書禮儀志：『是月上巳，官民皆絜於東流水上，曰洗濯祓除去宿垢疢爲大絜。』

〔八〕漢家：謂皇家。林苑：皇家園林，供養禽獸、狩獵之用。

〔九〕長楊：即長楊宮，漢宮名，爲漢代皇帝游獵之所。內有垂楊綿亘數畝，故稱爲長楊宮。在今陝西周至縣東三十里。

舟泊太湖

區區朝市逐紛華〔一〕，不信湖心有海槎①〔二〕。八十丈虹寒卧影②〔三〕，一千頃玉碧無瑕。

古今風月歸詩客〔四〕，多少尊罏屬酒家〔五〕。安得扁舟如范蠡〔六〕，煙波深處卜生涯〔七〕。

【校】

①槎　四庫本、宋人集本同；詩存本作『查』。

②寒　四庫本、宋人集本、吳都文粹續集卷二三同；漁隱叢話後集卷二四作『晴』。

【箋】

〔一〕紛華：見卷四至游堂箋注〔二〕。

〔二〕海槎：用竹木編製的渡海的筏，仙人所乘。見卷四崔仲岳隱居松江以丹白黑飾舟曰鶴舟括蒼周子韶無爲楊次公治平三年夏六月會仲岳於繁昌蓬萊亭勉其罷鶴舟以應書席上聯句送之箋注〔二〕。

〔三〕八十句：寫江蘇吳江垂虹橋。垂虹橋又名長橋，建於北宋。橋南即是碧波千頃的太湖。胡仔苕溪漁隱叢話後集卷二四：『苕溪漁隱曰：吳江長橋詩，世稱三聯，子美云：「雲頭灩灩開金餅，水面沉沉卧彩虹。」楊次公云：「八十丈虹晴卧影，一千頃碧玉無瑕。」鄭毅夫云：「插天螮蝀玉腰闊，跨海鯨鯢金背高。」永叔謂子美此句雄偉。余謂次公、毅夫兩聯粗豪，較以子美之句，二公殊少蘊藉也。』

〔四〕詩客：詩人。張籍唐興觀看花：『更向同來詩客道，明年到此莫過時。』

〔五〕蓴：蓴菜。又叫蓴菜、鳬葵。多年生水草，嫩葉可做湯菜。陸璣毛詩草木鳥獸蟲魚疏薄采其茆：『茆與荇葉相似，南人謂之蓴菜。』鱸：鱸魚。蓴鱸，即蒓羹鱸膾。

〔六〕范蠡：戰國楚人。功成名就之後激流勇退，『乘扁舟，浮於江湖』（史記貨殖列傳）。張蠙經范蠡舊居：『一變姓名離百越，越城猶在范家無。他人不見扁舟意，卻笑輕生泛五湖。』

〔七〕煙波句：吴芾和孟世功秋日吴江見寄：『正恐功名來追逐，煙波深處未留君。』陸游貧歎：『故鄉煙水窟，別擬卜生涯。』

汝直松齋〔一〕

伊闕十五里〔二〕，唐朝三百年。歲寒林木在，王氏子孫傳。門有登龍客〔三〕，風生飲虎泉。丹方齊代刻，龕像魏時鐫。居士山長對〔四〕，郎君谷已遷①〔五〕。塔巍花繚繞，溪浄竹嬋娟〔六〕。水記空陳迹②，烽臺息舊煙。陸渾平獷俗〔七〕，八節穩漁舩。嗣絶傷宫傳〔八〕，碑亡歎鄭虔〔九〕。石樓延客醉，天竺伴僧禪。寓目鳴鑾地〔一〇〕，追懷奪錦篇〔一一〕。白雲最深處，約我詠歸田〔一二〕。

【校】

①谷　永樂大典卷二五三九、四庫本同；宋人集本作『郭』，誤。

②水　宋人集本同；永樂大典卷二二五三九、四庫本作「木」。似當作「木」。

【箋】

〔一〕汝直松齋：即唐王龜「龍門松齋」。舊唐書王龜傳：「龜字大年，性簡淡蕭灑，不樂仕進，少以詩酒琴書自適，不從科試。京城光福里第，起（王起）兄弟同居，斯爲宏敞。龜意在人外，倦接朋游，乃於永達里園林深僻處創書齋，吟嘯其間，目爲「半隱亭」。及從父起在河中，於中條山谷中起草堂，與山人道士游，朔望一還府第，後人目爲「郎君谷」。及起保釐東周，龜於龍門西谷構松齋，棲息往來，放懷事外。」張舜民王氏松齋詩詠其松齋曰：「人傳半隱在龍門，天啓松齋遇遠孫。水石蔽虧包廢寺，版圖磨滅指鄰村。如將緑野還裴度，不見潛溪付李藩。壁土未乾三易主，洛陽城裏有名園。」

〔二〕伊闕：地名。在今河南洛陽市南，即春秋周闕塞。因兩山相對如闕門，伊水流經其間，故名。酈道元水經注伊水：「伊水又北入伊闕。昔大禹疏以通水，兩山相對，望之若闕，伊水歷其間北流，故謂之伊闕矣。春秋之闕塞也。」

〔三〕龍：龍門。登龍客，指受到名士接待、援引之人；或稱科考中登第者。許渾懷舊居：「朱門迹忝登龍客，白屋心期失馬翁。」

〔四〕居士山：又稱「老松臺」。光緒定襄縣補志：「有山名居士山，有石室，古碑剥落，魏武定四年任城王居士室，又名居士臺，上有浮圖。」山西通志卷二六：「居士山，在（定襄）縣東南二十五里，東西亘三里，遞高二里，連窑頭山流泉，側有石室，唐王維兄弟讀書於此。』

〔五〕郎君谷：見本篇箋注〔一〕。錢易南部新書丙亦有載記。程俱次韻鄭大夫半隱亭：『幽亭似近郎君谷，捷徑知非少室山。』

〔六〕嬋娟：形容竹木秀美動人。文選成公綏嘯賦：『藉皋蘭之猗靡，蔭脩竹之嬋娟。』李周翰注：『嬋娟，竹美貌。』

〔七〕陸渾：地名。春秋陸渾戎居今河南洛陽嵩縣東北一帶，漢在此置陸渾縣。獷俗：粗獷猛悍的習俗。元稹酬樂天東南行詩一百韻：『獷俗誠堪憚，天神甚可虞。』

〔八〕嗣絶句：世説新語賞譽：『謝太傅重鄧僕射，常言「天地無知，使伯道無兒」。』劉孝標注引晉陽秋曰：『鄧攸既棄子，遂無復繼嗣，爲有識傷惜。』後以『伯道無兒』作歎人絶嗣之典。

〔九〕鄭虔：唐畫家，工詩善書，字弱齋，河南滎陽人。天寶十三年，遷著作郎，掌撰朝廷碑志、祝文、祭文等。

〔一〇〕鳴鑾：裝在軛首或車衡上的銅鈴。車行摇動作響。借指皇帝或貴族出行。唐玄宗早渡蒲津關：『鳴鑾下蒲坂，飛旆入秦中。』

〔一一〕追懷句：新唐書宋之問傳：『武后游洛陽南龍門，詔從臣賦詩，左史東方虬先成，后賜錦袍。之問俄頃獻，后覽之嗟賞，更奪袍以賜。』

〔一二〕歸田：即歸田賦，張衡歸隱時所作。

默齋

喧喧人世事何窮，燕坐深齋孰與同。道義優游言象外〔一〕，利名分付是非中。紅塵無路到眞境〔二〕，幽鳥有時啼晚風①。此意只應陶令會，北窗琴在七絃空〔三〕。

【校】

①風　四庫本同；宋人集本作『鐘』。

【箋】

〔一〕優游：悠閑自得。言象：猶『言筌』。謂言詞上留下的迹象。易繫辭：『子曰：書不盡言，言不盡意，然則聖人之意其不可見乎？子曰：聖人立象以盡意。』莊子外物：『筌者所以在魚，得魚而忘筌……言者所以在意，得意而忘言。』優游言象外，謂於言象之外得其意。

〔二〕眞境：猶仙境。李彌遜渡橫溪：『塵埃何處尋眞境？試逐寒流認落花。』

〔三〕此意二句：陶淵明與子儼等疏：『少學琴書，偶愛閑静，開卷有得，便欣然忘食。見樹木交蔭，時鳥變聲，亦復歡然有喜。常言五六月中北窗下卧，遇涼風暫至，自謂是羲皇上人。』晉書陶潛傳：『嘗言夏月虛閑，高卧北窗之下，清風颯至，自謂羲皇上人。性不解音，而畜素琴一張，弦徽不具，每朋酒之會，則撫而和之，曰：「但識琴中趣，何勞弦上聲。」』

贈馮揚州〔一〕

天下無雙士〔二〕，淮南第一州〔三〕。文章老元帥〔四〕，節義古諸侯〔五〕。路穩歸黄閣〔六〕，功成建碧油〔七〕。九重致堯舜，四海望伊周〔八〕。楚甸供吟筆〔九〕，吴兵賴坐籌〔一〇〕。風雲生鷁首〔一一〕，蛟蜃怯龍頭。有士依餘芘①〔一二〕，干時愧拙謀〔一三〕。滄溟波浪險〔一四〕，願借釣鼇鈎。

【校】

①士　詩存本、四庫本同；宋人集本『校記』作『幸』。　芘　四庫本、宋人集本同；詩存本作『庇』。

【箋】

〔一〕富大用古今事文類聚外集卷七題作贈馮揚帥。宋人集本『校記』：『馮即馮京也，以龍圖閣學士出知揚州。』馮京，字當世，鄂州江夏人，仁宗皇祐元年己丑科狀元。神宗朝官至樞密副使、參知政事。哲宗時拜太子少師，贈司徒，謚文簡。事見名臣碑傳琬琰集下集卷一六馮文簡公京傳。宋史卷三一七有傳。錦繡萬花谷續集卷九録『天下無雙士』以下四句，以爲『出楊傑贈太守』，未指明『太守』誰人。

〔二〕無雙士：馮京於慶曆八年和皇祐元年舉行的鄉試、會試、殿試中，連中解元、會元和狀元，時有『天下無雙士』之贊。

〔三〕淮南第一州：謂揚州。沈遘題山光寺寺在揚州：『馬蹄輕蹙柳花浮，醉入淮南第一州。』

〔四〕文章老元帥：指文壇領袖。柯九思題安僧元帥遠景亭：『誰似詩書老元帥，清時於此寫丹心。』

〔五〕諸侯：馮京知揚州，猶古代諸侯鎮守一方。曾鞏元豐類藁卷七凝香齋：『每覺西齋景最幽，不知官是古諸侯。』

〔六〕黄閣：衛宏漢舊儀卷上：『（丞相）聽事閣曰黄閣。』宋書禮志：『三公黄閣，前史無其義。……三公之與天子，禮秩相亞，故黄其閣，以示謙不敢斥天子。蓋是漢來制也。』後因以黄閣指宰相官署。馮京在神宗朝官拜樞密副使、參知政事。

〔七〕碧油：見卷四崔仲岳隱居松江以丹白黑飾舟曰鶴舟括蒼周子韶無爲楊次公治平三年夏六月會仲岳於繁昌蓬萊亭勉其罷鶴舟以應書席上聯句送之箋注〔三二〕。

〔八〕伊周：謂商之伊尹和周之周公旦。黄榦勉齋集卷一一與金陵制使李夢聞書：『此四説者，雖使伊周復生，爲今日計，無以易此。管、樂以下，亦未有不假此而能自立者。然其不敢以望伊、周者，亦以於此有所未盡耳。』

〔九〕楚甸：楚地。吟筆：寫詩之筆。馮京爲鄂州江夏人，故有此説。

〔一〇〕坐籌：即坐籌帷幄。

〔一一〕鷁首：謂船。古代畫鷁鳥於船頭，故稱。

〔一二〕芘：謂依賴、依靠。

〔一三〕干時：猶治世。文選潘岳西征賦：『思夫人之政術，實干時之良具。』

〔一四〕滄溟：謂海。漢武帝内傳：『諸仙玉女，聚居滄溟。』

上知郡宋大卿〔一〕

縣弩曾陪竹馬迎〔二〕，清風千里畏神明。三朝史策推循吏〔三〕，九寺官班重正卿〔四〕。道氣養成髭轉黑，民情照盡法從輕。異時歸去黄金闕〔五〕，留得甘棠歲歲榮〔六〕。

【箋】

〔一〕宋大卿：指宋庠，宋英宗時曾遭貶出判亳州。大卿，宋代對中央各寺的正職長官的俗稱。趙與時賓退録卷三：『世俗稱列寺卿曰大卿，諸監曰大監，所以别於少卿監。』范純仁送宋大卿歸洍上：『眉壽康寧位九卿，人間五福最難並。丹心報國冰霜潔，白首還家里社榮。』

〔二〕縣弩：韓琦明鎬學士領漕益州：『縣弩清塵資遠撫，史彤修職峻榮階。』秦觀次韻何子温：『一星就起海隅傍，縣弩前驅過射陽。』竹馬：後漢書郭伋傳：『始至行部，到西河美稷，有童兒數百，各騎竹馬，於道次迎拜。』後用爲稱頌地方官吏之典。蘇軾次前韻再送周正孺：『竹馬迎細侯，大錢送劉寵。』

〔三〕三朝：眞宗、仁宗和英宗三朝。

〔四〕九寺：九卿官署。隋書百官志中：『太常，光禄，衛尉，宗正，太僕，大理，鴻臚，司農，太府，是爲九寺。』高承事物紀原會府臺司九寺：『漢以來，九卿所治之府，謂之九寺。』

〔五〕黄金闕：道家謂天上有黄金闕，爲天帝所居。這裏指皇宫。本句説回到皇帝身邊得到重用。

〔六〕甘棠：見卷六晝錦堂箋注〔四〕。

荅宗臣佳章〔一〕

幽閑外世緣，白日抱琴眠〔二〕。詩就多驚俗，樓居半是仙。竹牀斜倚杖，蘚壁倒垂鞭。翻笑紅塵客，馬頭轡轡牽。

【箋】

〔一〕宗臣：與皇帝同宗的大臣。

〔二〕白日句：吕巖絶句：『不事王侯不種田，日高猶自抱琴眠。』陳起編江湖小集卷三四陳必復寄石泉雲間明府叔：『晝庭少公事，閉閣抱琴眠。』

和劉景文路分成考〔一〕

新春書一考，舊學惜三餘〔二〕。弗厭詩情淡，從教世味踈①。清時閑將帥〔三〕，長日玩圖書〔四〕。愛我錦溪月〔五〕，約來相伴居。

【校】

①教　四庫本同；宋人集本作『交』。

【箋】

〔一〕劉景文：劉季孫，字景文，開封人。家藏書數千卷。與蘇軾友善。以左庫藏使知隰州以殁。山西通志卷九八名宦：『劉景文知忻州，剛正公嚴，恩洽民庶。』又卷一〇〇：『劉景文元祐中守隰州，治以最稱。』路分：謂路制的分域。東坡亦有詩次韻劉景文路分上元。

〔二〕三餘：三國志裴松之注引魚豢魏略：『遇言：「(讀書)當以三餘。」或問三餘之意。遇言：「冬者歲之餘，夜者日之餘，陰雨者時之餘也。」』陶淵明感士不遇賦：『余嘗以三餘之日，講習之暇，讀其文。』

〔三〕將帥：蘇軾次韻劉景文寒食同游西湖：『山西老將詩無敵，洛下書生語更妍。』何薳劉景文夢代晉文公：『元祐五年，坡守錢塘，景文爲東南將領，佐公開治西湖。』

〔四〕長日句：倪濤六藝之一録卷四〇：『爾有劉景文季孫者，知名士，與余先公有舊，家藏金石刻千餘卷。』

〔五〕錦溪：即錦繡溪。見卷五夏日天慶觀水閣箋注〔一〕。

和李義山盤豆館藂蘆有感〔一〕

盤豆蒼珉刻舊吟〔二〕，清風自可滌煩襟〔三〕。庭蘆邂逅開青眼〔四〕，澤國歸投是素心〔五〕。鄉夢不知家遠近，世塗休問迹升沉。陽春一曲一樽酒〔六〕，遮莫秋聲四面砧〔七〕。

【箋】

〔一〕李義山：李商隱，字義山。唐開成四年，李商隱由秘書省校書郎降任弘農尉，心情苦悶，在即將到任時寫下出關宿盤豆館對叢蘆有感一詩：『蘆葉梢梢夏景深，郵亭暫欲灑塵襟。昔年曾是江南客，此日初爲關外心。思子臺邊風自急，玉孃湖上月應沈。清聲不遠（一作逐）行人去，一世（一作任）荒城伴夜砧。』盤豆館：在今河南靈寶。朱鶴齡李義山詩集注：『在湖城縣西二十里。昔漢武帝過此，父老以牙豆盤獻，因名焉。』

〔二〕蒼珉：青玉板。李鷹四逸臺：『登臺與佳名，大筆書蒼珉。』郭祥正新昌吟寄穎叔待制：

『我將磨蒼珉，爲公悉鑱鏤。』舊吟：指義山出關宿盤豆館對叢蘆有感詩。

〔三〕煩襟：煩悶的心境。孟郊汝州南潭陪陸中丞公讌：『遠客洞庭至，因茲滌煩襟。』歐陽修和晏尚書夏日偶至郊亭：『避暑誰能陪劇飲，清歌自可滌煩襟。』

〔四〕青眼：見卷五余卿新第箋注〔三〕。

〔五〕澤國：見卷五和程太卿雨中登物華樓箋注〔二〕。

〔六〕陽春：古曲名，這裏泛指樂曲。

〔七〕遮莫：任憑。砧：搗衣聲。李白贈崔侍御：『誰憐明月夜，腸斷聽秋砧？』

秀溪寒食〔一〕

十里喧闐錦繡川，鞦韆人健趁飛鳶①〔二〕。花明柳暗丹青國，日薄雲濃水墨天②〔三〕。遊女踐成芳草徑，畫舩衝散碧溪煙。武陵謾説桃源好③〔四〕，屈指如今幾百年。

【校】

①鞦韆　名賢本、四庫本、宋人集本同；詩存本作『秋千』。健　名賢本、四庫本、宋人集本同；詩存本作『近』。

②日薄雲濃　四庫本、宋人集本同；詩存本作『日暮雲濃』；名賢本作『薄日濃雲』。

③謾　四庫本、宋人集本同；　詩存本、名賢本作『漫』。

【箋】

〔一〕秀溪：　即錦繡溪。見本卷和劉景文路分成考箋注〔五〕。

〔二〕喧闐：　喧嘩，熱鬧。蘇軾竹枝歌：　『水濱擊鼓何喧闐，相將扣水求屈原。』鞦韆：　仇兆鼇杜詩詳注：　『宗懍歲時記：　寒食有打毬、鞦韆、施鈎之戲。古今藝術圖：　以彩繩懸木立架，士女坐立其上，推引之。謂之鞦韆。一云當作千秋，本出漢宫祝壽詞，後人倒讀，又易其字爲鞦韆耳。』趁：　趕，趕上。

〔三〕花明二句：　洪朋上巳日南池作：　『花明柳暗一溪水，日薄雲濃三月天。』歐陽澈和人題會仙樓：　『雲屏環列蓬壺境，花錦均鋪水墨天。』

〔四〕武陵：　指武陵溪。見卷三幽谷吟上歐陽内翰箋注〔六〕。

夜泊偶書

過得重湖日已斜〔一〕，相依漁艇宿蒹葭〔二〕。故園水面一千里，明月渡頭三四家。客路漂流身似梗〔三〕，世途紛冗事如麻。却欣歸去逢寒食，醉倒春風爛熳花①〔四〕。

【校】

①熳　宋人集本同；詩存本、四庫本作『漫』。

【箋】

〔一〕重湖：洞庭湖與青草湖兩湖相連，故稱。又可作洞庭湖的别稱。張孝祥念奴嬌：『星沙初下，望重湖遠水，長雲漠漠。』

〔二〕宿蒹葭：孫蕡江上：『江上青楓初著花，客帆和月宿蒹葭。』

〔三〕漂梗：戰國策齊策：『謂孟嘗君曰：「今者臣來，過於淄上，有土偶人與桃梗相與語。桃梗謂土偶人曰：子，西岸之土也，埏子以爲人，至歲八月，降雨下，淄水至，則汝殘矣。土偶曰：不然，吾西岸之土也，吾殘則復西岸耳。今子，東國之桃梗也，刻削子以爲人，降雨下，淄水至，流子而去，則子漂漂者將何如耳。」』

〔四〕醉倒句：蘇軾余與李廌方叔相知久矣領貢舉事而李不得第愧：『買羊沽酒謝玉川，爲我醉倒春風前。』

和錢越州穆贈惠州弟〔一〕

燕集蓬山雨過涼〔二〕，湖光何獨負知章〔三〕。萬家桃李春風國，兩郡旌旄晝錦鄉〔四〕。和樂豈煩鳴管磬，醺酣非止爲杯觴。遥應大庾嶺頭去，南北枝間梅子黄。

【箋】

〔一〕據『兩郡旌旄晝錦鄉』，知該詩當作於和穆父待制蓬萊觀雪同時，爲哲宗元祐三年。錢越州穆：見卷三和穆父待制蓬萊觀雪箋注〔一〕。惠州弟：似指錢酥，浙江錢塘人，元豐元年任惠州知府。

〔二〕蓬山：謂會稽蓬萊山。見本卷老子度關圖送張會稽爲壽箋注〔二〕。

〔三〕知章：賀知章，字季真，號四明狂客，唐越州會稽永興人。其回鄉偶書云：『離别家鄉歲月多，近來人事半消磨。唯有門前鑑湖水，春風不改舊時波。』

〔四〕旌旄：旗幟。晝錦：漢書陳勝項籍列傳：項羽入關，屠咸陽。或勸其留居關中，羽見秦宫已毁，懷思東歸，曰：『富貴不歸故鄉，如衣錦夜行。』後以『衣錦晝行』或『晝錦』稱富貴還鄉。貫休送友人及第後歸台州：『嫖姚留不住，晝錦已歸遲。』時穆父以京尹坐奏獄空事被外放故里越州，故有此説。

和酥花二章〔一〕

姑射山中冰雪膚〔二〕，造花憑仗箸頭酥。生成自有神仙術，點化亦同天地爐〔三〕。全用陰功催氣候，不從凡土起根株①。頓教寒處萌春物，鄒律回陽得似無〔四〕。

一盤花卉鬬工夫，孰謂眞酥勝假酥。白石萌芽生玉種②，寒林枝榦出丹爐③。縷金滴粉休隨俗④，剪綵黏膠近守株⑤〔五〕。翻憶嶺頭梅帶雪，使歸曾得信音無。

【校】

①土　四庫本同；宋人集本作「士」，誤。

②石　四庫本同；宋人集本作「玉」，誤。

③出　宋人集本同，四庫本作「守」。

④縷金滴粉　四庫本同；宋人集本作「鏤金滴水」。

⑤黏膠　宋人集本同；四庫本作「粘膏」。

【箋】

〔一〕酥花：梅花。蘇轍戲贈李朝散：「後堂桃李春猶晚，試覓酥花子細看。」

〔二〕姑射：傳説中的仙山。莊子逍遥遊：「藐姑射之山，有神人居焉。肌膚若冰雪，綽約若處子。不食五穀，吸風飲露。乘雲氣，御飛龍，而游乎四海之外。其神凝，使物不疵癘而年穀熟。」

〔三〕點化句：莊子大宗師：「今一以天地爲大爐，以造化爲大冶。」皮日休奉酬崔璐進士見寄次韻：『粤有造化手，曾開天地爐。』

〔四〕鄒律回陽：戰國齊人鄒衍精於音律，吹律能使地暖而禾黍滋生。列子湯問：『微矣子之彈也！雖師曠之清角，鄒衍之吹律，亡以加之。』張湛注：『北方有地，美而寒，不生五穀。鄒子吹律煖之，而禾黍滋也。』後因以『鄒律』喻帶來温暖與生機的事物。朱熹梅花：『自欣羌笛娱夜永，未要鄒律回春温。』

〔五〕守株：謂死守狹隘經驗，不知變通。葛洪抱朴子明本：『每見凡俗守株之儒，營營所習，不博達理。』

趙左丞畫像〔一〕

洪學祠堂寫六賢〔二〕，左丞功業最居先。儀形已在凌煙閣〔三〕，豈獨丹青一郡傳。

【箋】

〔一〕趙左丞：趙概。字叔平，天聖進士，曾出知洪州，築臨江石堤，水不爲患。熙寧間，自左丞遷吏部尚書，以太子少師致仕。元豐六年卒。

〔二〕洪學：洪指洪州，學指州學。洪州，今江西南昌。

〔三〕儀形：謂儀容、畫像。凌煙閣：古代帝王爲表彰功臣而建的繪有功臣圖像的樓閣。最早見於庾信周柱國大將軍紇干弘神道碑：『天子畫凌煙之閣，言念舊臣；出平樂之宮，實思賢傅。』唐貞觀十七年，太宗詔圖畫司徒趙國公長孫無忌等勳臣二十四人於凌煙閣，最爲著名。張籍贈趙將軍：『會取安西將報國，凌煙閣上大書名。』

魏詔君贊①〔一〕

天子詔不起〔二〕，少微星轉明〔三〕。寥寥千載後，富貴在清名。

【校】

①詔　宋人集本同；四庫本作『徵』。

【箋】

〔一〕魏詔君：即魏徵君。四庫全書總目無爲集提要：『魏詔君贊，「詔」字蓋避仁宗嫌名。』宋仁宗趙禎，『禎』與『徵』音近。徵君：不接受朝廷徵聘的隱士。魏徵君，即魏泰。李廌從德鄰至鄧城訪魏道輔故居懷道符：『人言魏徵君，於焉常曲肱。寠居三十年，蔚然以詩鳴。人憂不改樂，信哉賢者能。』據祝穆方輿勝覽卷三二，晁公武郡齋讀書志卷三下、四下，明一統志卷六〇，泰字道輔，襄陽人。曾布妻弟。幼邁爽，能屬文，嘗從徐禧。有口無行。元祐中，紀其少時公卿間所聞成東軒筆録。崇觀間，章惇欲官之，竟拂袖還家。晚節卜隱漢上，著臨漢隱居集。

〔二〕天子句：似指崇觀間章惇欲官魏泰之事。明一統志：『崇觀間，章惇爲相欲官之，竟拂袖還家。』

〔三〕少微：星座名。張守節史記正義曰：『少微四星，在太微西，南北列：第一星，處士也；第二星，議士也；第三星，博士也；第四星，士大夫也。占以明大黄潤，則賢士舉。』晉書謝敷傳：『少微一名處士星，占者以隱士當之。』後以少微星喻指隱士。儲光羲貽王侍御出臺掾丹陽：『既當少微星，復隱高山霧。』

趙賓客生日〔一〕

人間爵禄頌公難，自有家傳一品官。己亥年生逢己亥，從今甲子别開端。

【箋】

〔一〕據『己亥年生逢己亥』，知趙賓客生於宋仁宗景祐二年，則詩作於哲宗紹聖二年。從下文『爵禄頌公難』、『家傳一品官』看，『賓客』似不爲官名，可能是依附於楊傑的一般平民。

老子渡關圖送張會稽爲壽①〔一〕

秘藏函谷關中子，持贈蓬萊閣上仙②〔二〕。願得髭鬚如此老③，却教龜鶴羨長年〔三〕。

【校】

①詩存本、四庫本、宋人集本同；名賢本題爲『題老子出關圖贈錢穆父待制』。

②持贈　詩存本、四庫本、宋人集本同；名賢本作『將獻』；古今事文類聚前集、錦繡萬花谷前集作『來獻』。

③髭鬢　詩存本、四庫本、宋人集本同；名賢本、古今事文類聚前集、錦繡萬花谷前集作『鬢眉』。

【箋】

〔一〕阮閲詩話總龜卷五：『錢穆尹天府，遇生日，楊次公作小詩并畫老子出關圖以獻，曰：秘藏幽谷關中子……雲齋廣録』祝穆古今事文類聚前集卷四四、潘自牧記纂淵海卷七四所記同。錦繡萬花谷前集卷一九生日作：『錢穆父尹天府生日，楊次公畫老子出關圖，作詩獻曰。』

〔二〕蓬萊閣：祝穆方輿勝覽卷六浙東路紹興府：『蓬萊閣，在設廳後卧龍山上。吴越錢鏐所建。名以蓬萊閣者，舊志云「蓬萊山」，正屬會稽。』明一統志卷四五紹興府：『蓬萊閣，在卧龍山上。五代錢鏐建。舊志「蓬萊山」正屬會稽。閣名蓬萊以此。』施宿等會稽志卷九：『國朝康定初，范文正公撰清白堂記云：會稽府署，據卧龍山之北足，上有蓬萊閣。』

〔三〕龜鶴羡長年：陳白沙夜坐：『禪家更説除生滅，黄老惟知養自然。肯與蜉蝣同幻化，只應龜鶴羡長年。』

無爲子六年官太常江上耆老思得一見門人求京師名筆傳寫以歸因題之云〔一〕

江南江北白雲堆〔二〕，試共幽人一展開〔三〕。向道無爲老居士，擬歸先遣化身來〔四〕。

【箋】

〔一〕該詩作於元豐後期。耆老：老年人。古者六十曰耆。禮記王制：『養耆老以致孝，恤孤獨以逮不足。』傳寫：臨摹，畫像。謝赫古畫名品録劉紹祖：『善於傳寫，不閑其思。』

〔二〕白雲堆：多指隱士幽居之所。賀欽再和瀋陽守愚邸先生韻：『白雲堆里得安身，名利無干遠世塵。』

〔三〕幽人：幽隱之人，隱士。

〔四〕化身：指畫像。

申國呂公挽詞①〔一〕

訃聞孰不淚盈巾〔二〕，寶鑑云亡社稷臣〔三〕。帝獵渭濱先得呂，神還崧嶽舊生申〔四〕。默調一氣歸元鼎〔五〕，坐致羣倫入大鈞〔六〕。孤賤無能報知遇〔七〕，文章曾許繼前人。

【校】

①挽　四庫本同；宋人集本作『輓』。

【箋】

〔一〕中國吕公：指吕公著，字晦叔，壽州人。幼嗜學，至忘寢食，其父吕夷簡器而異之。恩補奉禮郎。登進士第，元祐初拜尚書右僕射兼中書侍郎。哲宗元祐四年卒，封中國公，謚正獻。宋史卷三三六有傳。

〔二〕訃聞：即聞知報喪文告。

〔三〕寶鑑：指訃書。

〔四〕帝獮二句：史記齊太公世家：『太公望吕尚者，東海上人。其先祖嘗爲四嶽，佐禹平水土甚有功。虞夏之際封於吕，或封於申，姓姜氏。』司馬貞史記索隱：『譙周曰：「姓姜，名牙。炎帝之裔，伯夷之後，掌四嶽有功，封之於吕，子孫從其封姓吕，尚其後也。」按後文王得之渭濱，云「吾先君太公望子久矣」。故號太公望，蓋牙是字，尚是其名，後武王號爲師尚父。』詩經大雅崧高：『嵩高惟嶽，峻極於天。惟嶽降神，生甫及申。維申及甫，維周之翰。』崧嶽，即嵩山。

〔五〕默調句：謂身當宰輔之任，勤心輔政。

〔六〕羣倫：同輩或同類之人。揚雄法言孝至：『聖人聰明淵懿，繼天測靈，冠乎羣倫。』大鈞：指天或自然。文選賈誼鵩鳥賦：『雲蒸雨降兮，糾錯相紛。大鈞播物兮，坱圠無垠。』李善

注：『如淳曰：「陶者作器於鈞上，此以造化爲大鈞。」應劭曰：「陰陽造化，如鈞之造器也。」』陶淵明神釋：『大鈞無私力，萬物自森著。』

〔七〕孤賤：楊傑自謂。

資政少保章簡公挽詞①〔一〕

中道立不倚〔二〕，大哉王者言〔三〕。文章曾潤色，功業在調元〔四〕。衮繡光閭里，圖書遺子孫。悲風起吳國〔五〕，千載鳳凰原〔六〕。

【校】

①挽　四庫本同；宋人集本作『輓』。

【箋】

〔一〕章簡公：指元絳，字厚之，錢塘人。天聖八年進士及第。知台、福、鄆諸州及開封府，任廣東、兩浙、河北轉運使及翰林學士。元豐三年加資政殿學士、知青州，四年以太子少保致仕，七年卒，贈太子少師，謚章簡。宋史卷三四三有傳。蘇頌有太子少保元章簡公神道碑（見蘇魏公文集卷五二）。

〔二〕中道句：蘇頌太子少保元章簡公神道碑：『諸公論議或同異，公無所委隨，惟正之助。』

〔三〕大哉句：　蘇頌太子少保元章簡公神道碑：『上雅稱公文詞高妙，近世少儗，足爲朝廷光采。雖在中書，猶欲以辭令誘之。每蕃夷書詔，必令視草而後遣。』

〔四〕調元：　謂調和陰陽，執掌大政。元絳熙寧八年曾官拜參知政事。

〔五〕吴國：　元絳卒於錢塘，故有此説。宋史本傳：『絳至吴，逾歲，以老病奏恐不能奉詔。三年而薨。』

〔六〕鳳凰原：　指陵寢葬地。古籍中『鳳凰原』多見，所指非一。蘇頌太子少保元章簡公神道碑：　元絳『葬於杭州錢塘縣』。

得安肅顔舅書再成哀詞〔一〕

安肅書來倍痛傷，痛傷窮苦盛時亡〔二〕。三秋蟬蜕人何處①〔三〕，十載龍山夢一場〔四〕。我愧動心非孟子〔五〕，誰能鼓缶學蒙莊〔六〕。夜臺難寄登科信〔七〕，淚滴春衫弔夕陽。

【校】

①秋　宋人集本同；四庫本作『千』，誤。

【箋】

〔一〕詩爲悼亡妻之作。從『夜臺難寄登科信』句推知作於楊傑登進士第之時，即嘉祐四年。

〔二〕盛時：猶盛年。曹植箜篌引：『盛時不可再，百年忽我遒。』

〔三〕三秋：謂三年。蟬蛹一般經過三年時間方始蜕殼。此處以蟬蜕喻人死亡。

〔四〕龍山：山名。在今安徽當塗縣南。『十載龍山夢一場』，似指一起生活了十年。

〔五〕我愧句：孟子公孫丑上：『公孫丑問曰：「夫子加齊之卿相，得行道焉，雖由此霸王不異矣。如此，則動心否乎？」孟子曰：「否。我四十不動心。」曰：「若是，則夫子過孟賁遠矣。」曰：「是不難，告子先我不動心。」』楊傑登科之年不當在四十歲，約在三十出頭。此處言四十，蓋取整數。

〔六〕鼓缶：莊子外篇至樂：『莊子妻死，惠子弔之，莊子則方箕踞鼓盆而歌。』

〔七〕夜臺：指陰間。梅堯臣吴資政挽詞：『夜臺埋琬琰，隴道刻騏驎。』

天章俞待制挽詩三首①〔一〕

材與時相會②〔二〕，聲華孰可攀〔三〕。東堂升秘籍〔四〕，内閣叙清班〔五〕。餘慶千年遠〔六〕，浮生一夢還〔七〕。故鄉聞訃日，雲黯四明山〔八〕。

熙寧治百川，獻議闢民田〔九〕。平昔不毛地，于今大有年。至忠期報國，上策在安邊〔一〇〕。士論追賢業，臨風一泫然〔一一〕。

節制當方面〔一二〕，恩威號令明。黠羌知効順〔一三〕，叛俗乞歸耕。一夕流星隕，中年逝水傾〔一四〕。祠堂嚴歲享，耆舊致精誠〔一五〕。

【校】

①挽　四庫本同；宋人集本作『輓』。

②時　四庫本同；宋人集本作『人』。似當作『時』。

【箋】

〔一〕天章：指天章閣。俞待制：指俞充，字公達，明州鄞縣人，嘉祐四年進士，宋神宗熙寧初，擢都水丞，升集賢殿修撰。元豐元年任天章閣待制、慶州知州及懷慶路經略安撫使。元豐四年卒。宋史卷三三三有傳。該詩作於元豐四年。

〔二〕材：才能。

〔三〕聲華：聲譽榮耀。

〔四〕東堂：謂皇宫。集賢殿、天章閣均職掌皇帝御書、御制文集以及宗正寺所進宗室名籍、譜牒等。

〔五〕清班：清貴的官班。古代多指文學侍從等官員。白居易初授拾遺獻書：『豈意聖慈，擢居近職……未申微功，又擢清班。』

〔六〕餘慶：留給子孫後輩的德澤。易坤：『積善之家，必有餘慶。』

〔七〕浮生句：李咸用早秋游山寺：『至理無言了，浮生一夢勞。清風朝復暮，四海自波濤。』

〔八〕四明山：山名。在明州鄞縣，即今浙江寧波。

〔九〕熙寧二句：續資治通鑑長編卷三一三自注：『熙寧中，充以推行新法淤田征利，鋭於進取，自小官不數年擢至侍從，一歲或六七遷。』

〔一〇〕至忠二句：續資治通鑑長編卷三一三載其安邊言論。如『臣平時守邊，惟慕羊祜。及其伐國，志爲李靖而已。經營於此已三年矣。策求萬全，一舉而就，恢復漢、唐兩河之地，雪寶元、康定之恥，以成國家萬世之利。』

〔一一〕泫然：流泪。禮記檀弓上：『孔子泫然流涕曰：「吾聞之，古不脩墓。」』

〔一二〕節制句：謂任一方大員。

〔一三〕黠羌：狡黠的羌人。陳師道送杜侍御純陜西轉運：『黠羌人面作胡語，鳥鼠貪生爾如許。』

〔一四〕中年：俞充卒年四十九歲。

〔一五〕耆舊：年高望重者。杜甫憶昔詩之二：『傷心不忍問耆舊，復恐初從亂離説。』

無爲集卷七

律　詩①

廬山五笑序②〔一〕

無爲子願遊廬山者二十年矣。治平三年冬，赴官江西〔二〕，舟過匯澤〔三〕，乃得侍親攜幼，搜奇尋勝，以償素望〔四〕，一宿山間而去。馬上不覺自笑，顧一己無足笑，故廣之而成廬山五笑云。

遠　師〔五〕

我笑東林寺〔六〕，孤高遠法師。種蓮招社客，干地鑿成池③〔七〕。

陶淵明

我笑陶彭澤〔八〕，聞鍾暗皺眉④〔九〕。籃輿急回去〔一〇〕，已是出山遲〔一一〕。

陸先生〔一二〕

我笑陸簡寂，修眞脱世埃。九霄一飛去，重入舊山來〔一三〕。

開先招老〔一四〕

我笑開先老，家風雙劒高〔一五〕。雲間本無事，拭目看金毛〔一六〕。

無爲子

我笑無爲子，遊山學古人。康盧不能住⑤〔一七〕，騎馬入紅塵。

【校】

①宋人集本同；四庫本作『絶句』。
②宋人集本同；四庫本作廬山五笑并序。
③干　宋人集本同；四庫本作『平』。似當作『平』。
④聞鍾　名賢本、四庫本同；宋人集本『校記』作『閑中』。
⑤康　四庫本、宋人集本『校記』作『匡』。

【箋】

〔一〕又見阮閱詩話總龜後集卷四五。葛立方韻語陽秋卷一二：『遠師作白蓮社，與謝靈運、陸修静等十八人爲社客，獨淵明不肯入社，視衆人固已高矣。無爲子楊次公又從而笑之，其作廬山五笑於陶有曰：「我笑陶彭澤，聞鍾暗皺眉。藍輿急回去，已是出山遲。」視彭澤又高一着矣。」

〔二〕赴官江西：治平三年至四年楊傑曾任南豐縣令。宋祝穆方輿勝覽卷二一建昌軍：『皇朝楊傑嘗爲南豐令。』又見清謝旻江西通志卷六二名宦。

〔三〕匯澤：指鄱陽湖。禹貢：『東匯澤爲彭蠡。』傅澤洪行水金鑑卷七三：『彭蠡，今鄱陽湖也。』

〔四〕素望：一向的願望。范仲淹與孫元規書：『首枉華音，足慰素望。』

〔五〕遠師：謂慧遠大師，東晉人，俗姓賈，居廬山，與劉遺民等同修淨土，爲淨土宗之始祖。謚廬山尊者、白蓮社主。

〔六〕東林寺：在廬山。祝穆方輿勝覽卷二二江州：『東林寺，晉武帝建，遠師道場，作殿時，神運梁木。』

〔七〕種蓮二句：晉安帝元興元年，慧遠與劉遺民、周續之、雷次宗、宗炳等一百二十三人，集結於廬山東林寺，創建白蓮社。集會前，慧遠曾率衆於東林寺前鑿池種植白蓮，因此這次集結又稱『結白蓮社』，或『結蓮社』。

〔八〕陶彭澤：見卷六和朝回二首箋注〔六〕。

〔九〕聞鍾：似指東林寺鐘聲。劉遺民曾邀淵明入社，淵明未允，見淵明酬劉柴桑詩。

〔一〇〕籃輿：見卷四治平三年秋七月當塗郭功父招無爲楊次公會於環峯時五雲叟陳德孚以詩寄吾二人因聯句酬之箋注〔二六〕。

〔一一〕出山遲：似指淵明實已入轂中。

〔一二〕陸先生：見卷五簡寂陸先生祠箋注〔一〕。

〔一三〕舊山：謂廬山。宋明帝泰始三年，陸修静應詔住建康景德觀。開明元年在建康景德觀辭世，後徙葬於廬山布袋巖。

〔一四〕開先：即開先寺（秀峯寺）。位於廬山南麓。原爲李璟的書堂，後改爲寺院。招老：所指不詳，似爲開先寺主持之類人物。

〔一五〕雙劒：指南雙劍峯。在開先寺西側。雙峯插雲，有如雙劍。來鵠雙劍峯：『倚天雙劍古今閑，三尺高於四面山。若使火雲燒得動，殆應農器滿人間。』

〔一六〕金毛：謂文殊世尊所乘的金毛獅子。亦指代文殊菩薩。劉禹錫送僧仲剬東游兼寄呈靈澈上人：『晴空禮拜見眞像，金毛五髻卿雲間。』

〔一七〕康廬：廬山的别稱。辛棄疾賀新郎題傅岩叟悠然閣亭：『是中不減康廬秀。倩西風，爲君唤起，翁能來否？』鄧廣銘注：『蓋廬山亦名匡山，亦稱匡廬，宋人避趙匡胤諱，故改稱康廬也。』

贊皇公祠〔一〕

夢到瀛洲夜①〔二〕，覺來江上秋。一身投絶域〔三〕，千古弔窮愁〔四〕。

【校】

①洲 四庫本同；宋人集本作『州』。

【箋】

〔一〕贊皇公：指李德裕，字文饒，贊皇人。唐文宗大和七年拜同平章事，進封贊皇縣開國伯。因朋黨鬥争，曾貶任袁州長史。大中三年，再貶至海南崖州，次年卒。海南島海口市有『五公祠』，李德裕爲五公之一。宋詩紀事卷六三戴復古袁州化成巖李衛公謫居之地：『欲吐草茅憂國志，誰能喚起贊皇公。』

〔二〕瀛洲：傳説中的仙山。列子湯問：『渤海之東，不知幾億萬里……其中有五山焉，一曰岱輿，二曰員嶠，三曰方壺，四曰瀛洲，五曰蓬萊……所居之人，皆仙聖之種。』這裏指海南崖州。

〔三〕絶域：謂海南崖州。

〔四〕窮愁：舊唐書牛僧孺傳：『德裕南遷，所著窮愁志，引里俗犢子之讖以斥僧孺，又目爲太牢公。其相憎恨如此。』

魏徵君草堂〔一〕

召伯甘棠國〔二〕，東郊處士家〔三〕。百年三世隱〔四〕，泉石當生涯〔五〕。

【箋】

〔一〕魏徵君：見卷六魏詔君贊箋注〔一〕。草堂：草廬，隱者所居。又，古時文士亦喜以『草堂』名其所居，以標其風操高雅。

〔二〕召伯：周文王庶子，因其采邑在召，故稱。亦稱邵公、召康公。詩經甘棠：『蔽芾甘棠，勿剪勿伐，召伯所拔……』鄭玄箋：『召伯聽男女之訟，不重煩百姓，止舍小棠之下而聽斷焉，國人被其德，説其化，思其人，敬其樹。』魏徵君晚年隱居於召伯封地漢上。

〔三〕處士：指魏徵君。

〔四〕三世隱：李廌從德鄰至鄧城訪魏道輔故居懷道符：『人言魏徵君，於焉常曲肱。寠居三十年，蔚然以詩鳴。』

〔五〕泉石：指山水。謂隱居生活。

登南樓①〔一〕

此樓此景它州無②，山川形勢吞三吴〔二〕。唯憑詩老寫奇勝，縱有畫筆難工夫。

此樓此景它州無，天高水闊連平蕪。緑楊深處杏花發③，日暖數聲山鷓鴣。

此樓此景它州無，欄干倚遍還躊躇④。主人有酒且共醉，驪歌不用催行車〔三〕。

【校】

①三首順序，宋人集本同； 四庫本『天高水闊連平蕪』爲第三首，『欄干倚遍還躊躇』爲第二首。

②它 四庫本、宋人集本、詩存本（只録第二首）作『他』。本篇内同。

③緑楊 四庫本、宋人集本同； 詩存本作『楊柳』。

④欄 四庫本同； 宋人集本作『闌』。

【箋】

〔一〕南樓： 見卷四和謝判官宴南樓箋注〔一〕。

〔二〕三吴： 謂吴郡、吴興郡、會稽郡轄地。此三郡均從會稽郡析置，故合稱『三吴』。酈道元水經注卷四〇漸水： 『永建中，陽羨周嘉上書，以縣遠，赴會至難，求得分置，遂以浙江西爲吴，以東爲會稽。漢高帝十二年，一吴也，後分爲三，世號「三吴」。吴興、吴郡、會稽其一焉。』

〔三〕驪歌： 告别之歌。李縠浙東罷府西歸酬别張廣文皮先輩陸秀才： 『相逢只恨相知晚，一曲驪歌又幾年。』

懷黄梅三閣①〔一〕

黄梅縣墻西有池，多魚，舊政或取捕爲樂②。自予爲令③，戒勿取，其後乃爲放生池。池上三閣，曰釣閣、吟閣、醉閣。公暇與客登之，頗有佳趣。因葛令赴官，作三章寫其懷云。

釣　閣

屏去竿頭餌，非唯用直鈎〔二〕。我來魚不避，魚信我無求。

吟　閣

二十年前令〔三〕，曾來閣上吟。如今頭已白，詩有壯時心。

醉　閣

江邊醉長官，昔慕陶彭澤。未賦歸去來〔四〕，于今有慚色。

【校】

①宋人集本同；　四庫本題下有『并序』二字。

②取　宋人集本同；　四庫本無『取』字。

③予　四庫本、宋人集本作『余』。

【箋】

〔一〕吟閣有『二十年前令』，知楊傑任黄梅令在此前二十年。故廬江田府君夫人趙氏墓誌銘：『黄梅賢宰楊次公，聞名十載有餘，夜來忽蒙訪及，元來卻是箇本分家裏人。』則懷黄梅三閣當寫於元豐八年前後。

『熙寧初，某自黄梅令被召爲禮官。』大正新修大藏經第四七册宋虚堂和尚語録卷之四：

〔二〕直鈎：武王伐紂平話卷下：姜尚因命守時，立鈎釣渭水之魚，不用香餌之食，離水面三尺，尚自言曰：『負命者上鈎來！』

〔三〕令：楊傑曾任黄梅縣令。

〔四〕歸去來：陶淵明有歸去來兮辭，這裏是隱逸之義。

題陳令壁〔一〕

地勝江山國①〔二〕，風清令尹家〔三〕。酒闌寒食夜，月上海棠花。

【校】

①江山　四庫本、宋人集本同；名賢本作『華胥』；詩存本、御選宋金元明四朝詩卷六一作『汗

山』，誤。

【箋】

〔一〕陳令：本卷有送陳令歸無爲詩，疑二『陳令』爲一人。從『歸無爲』及『故人故鄉去』看，陳令當爲無爲人。詩作於楊傑南豐令任上。

〔二〕江山國：宋祁黄垍勾建昌簿：『路入江山國，人兼彩繡衣。』宋庠秋湖上晚景四首：『小小江山國，輕輕縞紵衣。波光清作面，天勢碧成圍。』

〔三〕令尹：原爲春秋戰國時楚國的官名，相當於宰相。後泛稱縣、府等地方行政長官。這裏指陳令。

清　軒〔一〕

清軒直下壓秦淮〔二〕，淮是秦皇厭勝開〔三〕。千古興亡無問處，好風唯共月明來〔四〕。

【箋】

〔一〕清軒：郭祥正青山集卷二六有同題詩曰：『軒壓冰壺上，風生玉宇間。客來清徹骨，不待看湖山。』二詩所詠似爲一物。

〔二〕秦淮：即秦淮河，南京名勝。

〔三〕秦皇： 秦始皇。相傳秦始皇南巡至龍藏浦時，見有王氣，於是鑿方山，斷長壟爲瀆入於江，以泄王氣，故名秦淮。厭勝： 巫術，謂能以詛咒制勝。顔之推顔氏家訓風操：『偏傍之書，死有歸殺。子孫逃竄，莫肯在家；畫瓦書符，作諸厭勝。』

〔四〕好風句： 蘇軾南歌子感舊：『明月好風閑處、是人猜。』盧炳念奴嬌：『好風明月，共芙蕖、佔作人間三絶。』

水月軒

湛碧一泓泉，中涵千古月。不比天上輪〔一〕，三五有盈缺〔二〕。

【箋】

〔一〕天上輪： 賈島長江集卷一絶句：『海底有明月，圓於天上輪。』

〔二〕禮記禮運：『是以三五而盈，三五而闕。』

徐賢亭偶成〔一〕

湖外青山在〔二〕，湖邊人不歸。古今無問處，幽鳥下漁磯。

【箋】

〔一〕徐賢：謂徐穉。皇甫謐高士傳卷下：徐穉，字孺子，豫章南昌人。五舉孝廉賢良、公車三徵皆不就。後漢書卷八三有傳。洪芻老圃集卷下有詩同師川商老追涼徐賢亭。周必大文忠集卷一六九：『又有徐賢亭，職方乘詳載。』陳陶題徐穉湖亭：『伏龍山横洲渚地，人如白蘋自生死。洪崖成道二千年，唯有徐君播青史。』疑徐穉湖亭即徐賢亭。

〔二〕湖：即豫章東湖。

遥碧亭〔一〕

幽鳥無心去又還〔二〕，迢迢湖水出東關。暮雲留戀不飛動①，添得一重山外山〔三〕。

【校】

①不飛動　名賢本、四庫本、宋人集本、御選宋金元明四朝詩卷六七同；詩存本作『飛不動』。

【箋】

〔一〕遥碧亭：在杭州西湖。

〔二〕幽鳥句：陶淵明歸去來兮辭：『雲無心而出岫，鳥倦飛而知還。』梁佩蘭題畫：『青溪松影重重閉，幽鳥無心日往還。』

〔三〕山外山：陸游老學庵筆記卷四：『行到寺中寺，坐觀山外山。』

斗野亭〔一〕

八月風高浪渺瀰〔二〕，僊公醉倚海槎枝①。夜深曾傍亭邊過，亭上主人知不知〔三〕？

【校】

①槎　四庫本、宋人集本同；詩存本作『査』。

【箋】

〔一〕斗野亭：揚州於天文屬斗分野，故名。原在江都邵伯埭，紹興間，郡守鄭興裔移至揚州城内迎恩橋南。江南通志卷三三輿地志揚州府：『斗野亭，在江都縣邵伯埭。宋熙寧二年建。』明一統志卷一二揚州府：『斗野亭，在府治。宋熙寧二年建。蘇軾、秦觀、孫覺、黄庭堅、米芾皆有題詠。』

〔二〕渺瀰：水浪曠遠貌。文選木華海賦：『冲瀜沆瀁，渺瀰湠漫。』李善注：『渺瀰湠漫，曠遠之貌。』浪，指邵伯湖之水浪。

〔三〕亭上主人：指僧榮。蘇轍和子瞻次孫覺諫議韻題郡伯閘上斗野亭見寄：『早爲歸耕計，免慙老僧榮。僧榮，斗野主人也。子瞻將卜居丹陽蒜山下，此亭正當歸路，故云爾。』

送陳令歸無爲〔一〕

楚水漾輕碧，楚花飛亂紅〔二〕。故人故鄉去，半雨半晴中。

【箋】

〔一〕陳令：見本卷題陳令壁箋注〔一〕。從詩題知『陳令』爲無爲人。詩作於楊傑南豐令任上。

〔二〕楚水二句：李覯送張評事：『江上楚花鮮，君行一黯然。』歐陽修蝶戀花：『淚眼問花花不語，亂紅飛過鞦韆去。』

劉彦輔乞侍養

變化未隨雷焕劍〔一〕，晨昏願服老萊衣〔二〕。山堂大飲不敢醉〔三〕，應恐倚門人望歸。

【箋】

〔一〕雷焕：字孔章，東晉鄱陽人，善星曆卜占。曾爲豐城縣令，博物之士。雷焕劍：又稱『豐城劍』，見卷三豫章行送周裕箋注〔五〕〔七〕。元楊公遠悶書二首：『貫斗衝牛雷焕劍，高山流水伯牙琴。』

〔二〕老萊衣：見卷六劉綍之以便親請還蜀箋注〔五〕。

〔三〕山堂：山中的寺院。

別安廷老

山色淺深煙靄裏，客情去住別離中。臨川聚會應不久，明日扁舟乘便風〔一〕。

【箋】

〔一〕便風：順風。孫覿内簡尺牘卷二：『迨曉，乘便風推帆絶湖而西。』

和黄倅别諸公 二首

豫溪春雨江湖平，蒼璧洲邊春草生〔一〕。吏民出郭自歸去，草間流水隨君行。

垂楊陰裏繫行舟，隔岸數聲黄栗留〔二〕。異日相逢定何處〔三〕？莫辭春蟻一杯浮〔四〕。

【箋】

〔一〕蒼璧：青色的巖壁。梅堯臣得山雨：『急雨射蒼壁，濺林跳萬珠。』

〔二〕黄栗留：亦作『黄鸝留』，即黄鸝。陸璣毛詩草木鳥獸蟲魚疏卷下：『黄鳥，黄鸝鶹也。

或謂之黄栗留。……當葚熟時，來在桑間。故里語曰：黄栗留，看我麥黄葚熟。亦是應節趨時之鳥。』

〔三〕定：究竟，到底。劉義慶世説新語言語：『鄧艾口吃，語稱「艾艾」。晉文王戲之曰：「卿云艾艾，定是幾艾？」』

〔四〕春蟻：春日酒甕上所生的浮蟻。代指酒。庾信蒲州刺史中山公許乞酒一車未送：『秋桑幾過落，春蟻未曾開。』浮：即浮白。原指罰飲一滿杯酒。劉向説苑善説：『魏文侯與大夫飲酒，使公乘不仁爲觴政，曰：「飲不釂者，浮以大白。」』表示滿飲或暢飲酒。

釣磯懷古十章①〔一〕

治平三年冬十月一日，艤舟江上，與二三子登古釣磯，慨然長望。有客問曰：古之善釣者可得聞歟？曰：吕望、任公子、詹何、魯人、莊周、琴高、陵陽子明、嚴光、左慈、劉遺民，皆古之善釣者也。吕望釣魚磻溪，有志于天下也。任公子釣于會稽，以大取其大也。詹何釣于南國，以寡獲其多也。魯人釣于洙泗，華過其實也。莊周釣于濮，静而保眞自適也。琴高釣于涇，仙而隱也。子明釣于旋溪，愛物而有獲也。嚴光釣于東陽，退而自適也。左慈釣于魏，術其樂也②。遺民釣于江東，知時也。十子之釣，或取或捨，或進或退，所適不同，同歸于釣。唯至神③，爲能以不同同之④，以不釣釣之，使各任其所適焉。夫有志于天下者，可與共治。以大取大者，可與議遠。以寡獲多者，可與議要。華過其實者，可與救質。保眞自適者，可與救貪。知時者，可與議變。愛物者，可與議取。仙者術者，可與遊乎方外。故物物各遂其性，人人各盡其材。來者納而勿拒，往者縱而勿追。得者吾得之，失者吾亦得之⑤。然後出入六合，游詠乎太和之域，非天下之至神，其孰能與於此哉！乘風將行，迺賦釣磯懷古十章云。

吕　望〔二〕

舉世無人用直鈎〔三〕，直鈎到底是良謀。孟津再擲磻溪餌〔四〕，八百諸侯盡愛周⑥。

任公子〔五〕

機深誰及任公子，澍水蒼梧飽巨鱗〔六〕。鯢鮒不吞鈎上犗〔七〕，一年笑殺海邊人。

詹　何〔八〕

五年南國釣煙波〔九〕，妙手從來所得多〔一〇〕。魚引盈車竿不橈⑦〔一一〕，幾人施舍似詹何。

魯　人

好釣無如魯國人，暗投香桂餌游鱗。誰知淺水魚貪食，不待金鈎翡翠綸〔一二〕。

莊　周

謾投香餌試纖鱗〔一三〕，楚使徒來濮水濱。莫訝持竿不相顧〔一四〕，顧君還是上鈎人。

琴　高〔一五〕

不釣浮名不釣魚，一輪鈎線卷還舒⑧。九霄控鯉無人識〔一六〕，誰道纖鱗是膾餘〔一七〕。

陵陽子明〔一八〕

旋溪不殺眞龍子〔一九〕，學道三年躡太虚。今古報恩人亦有，不知誰有腹中書。

左　慈

香餌輕投一席間，鱸魚撥撥躍銅盤⑨。曹公不悟神仙術，徒整金鈎把釣竿〔二〇〕。

嚴　光〔二一〕

狂奴肯顧安車聘〔二二〕，秖愛東陽七里灘〔二三〕。誰道世間人不識，客星光射紫微寒〔二四〕。

劉遺民〔二五〕

雨笠煙蓑細草巾，持竿誰識白蓮人〔二六〕。當時若得文王獵，涇水還應似渭濱。

【校】

①宋人集本同；四庫本題下有『并序』二字。
②術其樂　宋人集本同；四庫本作『樂其術』，當據四庫本。
③唯　四庫本、宋人集本作『雖』。
④爲　四庫本同；宋人集本『校記』作『焉』。
⑤吾　宋人集本同；四庫本作『我』。
⑥愛　四庫本同；宋人集本作『屬』。
⑦橈　宋人集本同；四庫本作『撓』。
⑧輪　四庫本、宋人集本作『綸』。
⑨撥撥　宋人集本同；四庫本作『潑潑』。

【箋】

〔一〕釣磯：釣魚時坐的巖石。北周明帝招隱士逍遥公韋敻詩：『坐石窺仙洞，乘槎下釣磯。』
〔二〕吕望：即姜尚，商末周初人，姓吕氏，字子牙，一名望，尊稱太公望，武王尊之號爲『師尚父』，世稱『姜太公』。

〔三〕直鈎：見卷七懷黄梅三閣箋注〔二〕。

〔四〕孟津：古黄河津渡名。在今河南省孟津縣東北、孟縣西南。又稱『盟津』。磻溪：水名。在今陝西省寶鷄市東南，傳説爲周吕尚未遇文王時垂釣處。韓詩外傳卷八：『太公望少爲人壻，老而見去，屠牛朝歌，賃於棘津，釣於磻溪。』尉繚子：『太公望年七十，屠牛朝歌，賣食盟津。』李石續博物志卷八：『汲縣舊汲郡，有硤水爲磻溪，太公釣處，有太公泉、太公廟。』

〔五〕任公子：亦稱任公、任父。莊子外物：『任公子爲大鈎巨緇，五十犗以爲餌，蹲乎會稽，投竿東海，旦旦而釣，期年不得魚。已而大魚食之，牽巨鈎，陷没而下，騖揚而奮鬐，白波若山，海水震蕩，聲侔鬼神，憚赫千里。任公子得若魚，離而臘之，自制河以東，蒼梧以北，莫不厭若魚者。已而後世輇才諷説之徒，皆驚而相告也。夫揭竿累，趣灌瀆，守鯢鮒，其於得大魚難矣。』

〔六〕淛水：即浙水，今錢塘江。蒼梧：山名，在今湖南省南部。相傳舜死後葬於此山。鱗：魚的代稱。後漢書馬融傳：『測潛鱗，踵介旅。』

〔七〕鯢鮒：唐陸德明經典釋文莊子引李頤曰：『鯢、鮒，皆小魚也。』成玄英莊子疏：『鯢鮒，小魚也。』鯢，即鯰魚；鮒，即鯽魚。這裏泛指小魚。犗：犍牛。

〔八〕詹何：戰國時楚國術士。列子湯問：『（楚人）詹何以獨繭絲爲綸，芒鍼爲鈎，荆篠爲竿，剖粒爲餌，引盈車之魚於百仞之淵、汩流之中，綸不絶，鈎不伸，竿不橈。楚王聞而異之，召問其故。』

〔九〕南國：　謂楚國。

〔一〇〕妙手：　技藝高超的人。郁逢慶書畫題跋記卷九：『詹公妙手，即詹何。』

〔一一〕魚引盈車：　即引盈車之魚。盈車之魚，像車一樣大的魚。吴淑事類賦卷二九引淮南子曰：『詹公能釣千歲之鯉。』橈：　彎曲。易大過：『棟橈，凶。』陸德明經典釋文：『橈，曲折也。』

〔一二〕好釣四句：　太平御覽卷八三四：『闞子曰：　魯人有好釣者，以桂爲餌，黄金之鉤，錯以銀碧，垂翡翠之綸，其持竿處位則是，然其得魚不幾矣。故曰：　釣之務不在芳飾，事之急不在辨言。』

〔一三〕纖鱗：　謂魚。左思招隱之一：『石泉漱瓊瑶，纖鱗或浮沉。』

〔一四〕持竿不顧：　莊子秋水：『莊子釣於濮水，楚王使大夫二人往先焉。曰：「願以竟内累矣。」莊子持竿不顧。』

〔一五〕琴高：　明一統志卷一五太平府：『琴高，涇縣人。有奇術，入水不濡。嘗游冀州涿郡二百餘年。辭，入涿水。他日乘赤鯉而升，其弟子見之。』

〔一六〕九霄句：　田汝成西湖游覽志卷二二載聶大年詞：『濆祇川後亦銷魂，琴高騎赤鯉，隨水到龍門。』

〔一七〕膾餘：　又稱『膾殘』，即鱠殘魚，今通稱銀魚。干寶搜神記卷一三：『昔吴王闔閭江行，食膾有餘，因棄中流，悉化爲魚。今魚中有名吴王膾餘者，長數寸，大者如筯，猶有膾形。』又高承事物紀原蟲魚禽獸膾殘：『越王勾踐之保會稽也，方斫魚爲膾，聞有吴兵，棄其餘於江，化而爲魚，猶作膾形，故名膾殘，亦曰王餘魚。』

〔一八〕陵陽子明：明一統志卷一五太平府：『陵陽子明，姓竇，漢丹陽人。嘗獲白魚，剖之得丹書，論服餌之術，遂登仙去。唐人詩：「白龍已謝陵陽去，黄鶴還來喚子安。」』樂史太平寰宇記卷一〇三江南西道宣州：『列仙傳云：陵陽子明釣白龍，放之。後五年（一作『三年』），龍來迎子明上丹陽陵陽山。一百餘年乃得仙去。』

〔一九〕旋溪句：酈道元水經注卷二九沔水：『又東，旋溪水注之。水出陵陽山下，逕陵陽縣西，爲旋溪水。昔縣人陽子明釣得白龍處。後三年，龍迎子明上陵陽山。』

〔二〇〕香餌四句：後漢書左慈傳：『左慈，字元放，廬江人也。少有神道，嘗在司空曹操坐。操從容顧衆賓曰：「今日高會珍羞略備，所少吴松江鱸魚耳。」元放於下坐，應曰：「此可得也。」因求銅盤貯水，以竹竿餌釣於盤中，須臾引一鱸魚出。操大拊掌笑，會者皆驚。』

〔二一〕嚴光：後漢書嚴光傳：『嚴光，字子陵，一名遵。會稽餘姚人也。少有高名，與光武同游學。及光武即位，光乃變名姓隱身不見。帝思其賢，乃令以物色訪之。後齊國上言有一男子披羊裘釣澤中，帝疑其光，乃備安車玄纁遣使聘之，三反而後至。』嚴光本姓莊，後人避漢明帝劉莊諱改其姓。曾隱居浙江桐廬富春江畔，每日垂釣，後此地爲桐廬嚴子陵釣臺。

〔二二〕狂奴：後漢書嚴光傳：司徒侯霸與光素舊，遣使奉書，光不答，乃投札與之。帝笑曰：『狂奴故態也。』車駕即日幸其館，光卧不起。安車：古代可以坐乘的小車。古車立乘，此爲坐乘，故稱安車。高官告老還鄉或徵召有重望的人，往往賜乘安車。安車一般用一馬，禮尊者則用四馬。周禮春官巾車：『安車，雕面鷖總，皆有容蓋。』鄭玄注：『安車，坐乘車。凡婦人車皆坐乘。』皇甫謐高士傳韓康：『桓帝時，乃備玄纁安車以聘之。使者奉詔造康，康不得已，乃佯許諾，辭安車，自乘柴車冒晨先發。』

〔二三〕東陽：即今浙江東陽。後漢書嚴光傳李賢注引顧野王輿地志曰：『七里灘，在東陽江下，與嚴陵瀨相接，有嚴山，桐廬縣南有嚴子陵漁釣處。今山邊有石，上平，可坐十人，臨水名爲嚴陵釣壇也。』

〔二四〕客星：後漢書嚴光傳：『帝曰：「子陵，我竟不能下汝邪！」於是升輿歎息而去。復引光入，論道舊故，相對累日。帝從容問光曰：「朕何如昔時？」對曰：「陛下差增於往。」因共偃卧，光以足加帝腹上。明日，太史奏客星犯御坐甚急。帝笑曰：「朕故人嚴子陵共卧耳。」除爲諫議大夫，不屈，乃耕於富春山。』紫微：紫微垣。星官名，三垣之一。晉書天文志上：『一曰紫微，大帝之座也，天子之常居也，主命主度也。』後指帝王宮殿。文選王延壽魯靈光殿賦：『乃立靈光之秘殿，配紫微而爲輔。』張載注：『紫微，至尊宮，斥京師也。』

〔二五〕劉遺民：陶宗儀説郛卷五七下東林蓮社十八高賢傳：『劉程之，字仲思。彭城人，漢楚元王之後。妙善老莊，旁通百氏。少孤，事母以孝聞。自負才，不預時俗，初解褐爲府參軍。謝安、劉裕嘉其賢，相推薦，皆力辭。性好佛理，乃之廬山，傾心自托。……劉裕以其不屈，乃旌其號曰遺民。』

〔二六〕白蓮：謂東晉元興元年慧遠法師等創建的廬山東林白蓮社。

寶林院五松

葛洪井上兩三株〔一〕，不與孤秦作大夫。借問東山歲寒木〔二〕，得無羞見水西無①〔三〕？

【校】

①得無　宋人集本同；四庫本作『得毋』。

【箋】

〔一〕葛洪井：明一統志卷一五太平府：『葛洪井，在涇縣西寶勝寺側。相傳此井乃洪煉丹取汲之處。』

〔二〕歲寒木：歲寒三友松、竹、梅中，松屬木。這裏指五大夫松，又稱秦松，在山東泰山。史記秦本紀：『（始皇）遂上泰山，立石，封，祠祀，下，風雨暴至，休於樹下，因封其樹爲五大夫。』

〔三〕水西：即水西寺。江南通志卷四七安慶府涇縣：『寶勝寺，在縣西，舊名水西寺。宋太平興國中建，名五松院，賜御篆。元豐五年改名寶勝。』

太白桃花潭

李白詩云：太白登舟方欲行，忽聞江上踏歌聲。桃花潭水深千丈，未若汪倫送我情①。

桃花潭似武陵溪，太白僊舟去路迷②〔一〕。岸上踏歌人不見，年年空有鷓鴣啼〔二〕。

【校】

①四庫本有詩題小注；詩存本、名賢本、宋人集本無。

②路　名賢本、宋人集本同；詩存本、四庫本作『欲』。

【箋】

〔一〕桃花潭：在安徽涇縣。因李白贈汪倫詩而知名。武陵溪：見卷三幽谷吟上歐陽内翰箋注〔六〕。又劉義慶幽明録：漢明帝永平五年，剡縣劉晨、阮肇共入天台山，迷不得返，饑食桃果，尋水得大溪，溪邊遇仙女，并獲款留。及出，親舊零落，邑屋改異，無復相識。問訊得七世孫。傳聞上世入山，迷不得歸。王之涣惆悵詞之十：『晨肇重來路已迷，碧桃花謝武陵溪。』

〔二〕鷓鴣啼：顧況聽山鷓鴣：『落照蒼茫秋草明，鷓鴣啼處遠人行。』

東峯白雲院〔一〕

僧愛白雲谿上飛，白雲飛處敞禪扉①。莫言便是無心物，憶着故山依舊歸。

【校】

①飛　四庫本同；宋人集本作『深』。

【箋】

〔一〕東峯白雲院：在安徽涇縣。江南通志卷四七安慶府：『水西首寺，即西方院，與寶勝、崇慶并在水西。唐上元中建，寺後白雲泉在半山，間有澗水出焉。又有東峯亭，亭前瞰賞溪，登覽最勝。唐乾寧二年爲白雲院。』

采石四詠

温　嶠〔一〕

半夜燃犀采石江〔二〕，江神無處避餘光。未應赤幘能爲害〔三〕，窺見淵魚已不祥〔四〕。

袁　宏〔五〕

袁郎風格抗浮雲，詠史高吟世未聞。乘月泛江今古有，不知誰是謝將軍〔六〕。

李白

一別蓬宮不計年，錦袍吟醉釣魚舩〔七〕。鑑湖賀老天機淺〔八〕，輕向人間號謫仙〔九〕。

樊若冰〔一〇〕

兵到金陵舉國降，若冰謀策謂無雙。由來天意歸眞主，何必舟梁始渡江。

【箋】

〔一〕温嶠：見卷四牛渚磯修水府祠箋注〔二〕。

〔二〕燃犀：見卷四牛渚磯修水府祠箋注〔二〕。

〔三〕未應句：搜神記卷一八：『安陽城南有一亭，夜不可宿，宿輒殺人。書生明術數，乃過宿之。亭民曰：「此不可宿，前後宿此，未有活者。」書生曰：「無苦也，吾自能諧。」遂住廨舍。乃端坐誦書，良久乃休。夜半後……有一人冠赤幘者，呼亭主，問答如前，復喑嗟而去。既去寂然。書生知無來者，即起，詣向者呼處，效呼亭主……曰：「冠赤幘來者誰？」曰：「西舍老雄鷄父也。」……於是書生密便誦書至明，不敢寐。天明，亭民來視，驚曰：「君何得獨活？」書生曰：「促索劍來，吾與卿取魅。」乃握劍至昨夜應處……西舍得老雄鷄父……亭毒遂静，永無災横。』

〔四〕淵魚：比喻隱秘之事。列子說符：『周諺有言：「察見淵魚者不祥，知料隱匿者有殃。」』舊唐書武宗紀：『接壤戎帥，屢奏陰謀，顧髫齓之所矜，豈淵魚之是察。』

〔五〕袁宏：字彦伯，小字虎，時稱袁虎，陳郡陽夏人。東晉文學家、史學家。入仕之初，曾任謝尚部參軍職。晉書卷九二有傳。

〔六〕袁郎四句：晉書袁宏傳：『宏有逸才，文章絶美，曾爲詠史詩，是其風情所寄。少孤貧，以運租自業。謝尚時鎮牛渚，秋夜乘月，率爾與左右微服泛江。會宏在舫中諷詠，聲既清會，辭又藻拔，遂駐聽久之，遣問焉。答云：「是袁臨汝郎誦詩。」即其詠史之作也。』謝將軍：謝尚，字仁祖，東晉人，謝安從兄。歷任江州刺史、尚書僕射，後進號鎮西將軍，累宦至散騎常侍，衛將軍。晉書卷七九有傳。

〔七〕錦袍句：新唐書李白傳：『懇求還山，帝賜金放還。白浮游四方，嘗乘舟與崔宗之自采石至金陵，著宫錦袍，坐舟中，旁若無人。』

〔八〕鑑湖：即鏡湖。賀老：謂賀知章。

〔九〕謫仙：謫居世間的仙人。孟棨本事詩高逸：『李太白初自蜀至京師，舍於逆旅。賀監知章聞其名，首訪之。既奇其姿，復請所爲文。出蜀道難以示之。讀未竟，稱歎者數四，號爲「謫仙」。』

〔一〇〕樊若冰：宋史作『樊若水』，後改名『樊知古』。初仕南唐李煜，後歸宋，任池州知州，後升任江南轉運使。曾設計出長江上第一座浮橋。續資治通鑑長編卷一五太祖：『初，江南人樊若冰，舉進士不中第，上書言事，不報，遂謀北歸。先釣魚采石江上，以小舫載絲繩其中，維南岸而疾棹抵北岸，以度江之廣狹，凡數十往反而得其丈尺之數，遂詣闕自言有策可取江南。』宋史南唐李氏世家：『江南進士樊若水詣闕獻策，請造浮梁以濟師。』宋史樊知古傳：『樊知古，字仲師。其先京兆長安人。曾祖儞，濮州司户參軍。祖知諭，事吴爲金壇令。父潛，事李璟，任漢陽、石埭二縣令。因家池州。知古嘗舉進士不第，遂謀北歸。乃漁釣采石江上數月。乘小舟載絲繩維南岸，疾棹抵北岸，以度江之廣狹。開寶三年，詣闕上書言江南可取狀，以求進用。』

濂溪

山爲羌仙傳舊姓〔一〕，溪因廉士得新名〔二〕。願持一勺去南海，直使貪泉千古清〔三〕。

【箋】

〔一〕羌仙句：潘自牧記纂淵海卷一一江州作：『山爲匡仙傳舊姓。』胡直卧雪東林寺延望天池感賦二首：『宿世天池客，雲深世絶尋。東舍匡仙館，西家董奉林。』湯顯祖匡山館賦序：『友人胡孟弢，本豫章之才子，慕匡仙之舊廬，結架山顏，逶迤雲貌，每聚遠公之笑。自號栗里之人。』知『羌仙』即『匡仙』。匡仙，即匡智，長安人，唐貞觀間，棄妻子，與姪大郎曾適廬山修道，後均成仙。

〔二〕廉士：謂周敦頤。宋史周敦頤傳：『以疾求知南康軍，因家廬山蓮花峯下。前有溪，合於溢江，取營道所居濂溪以名之。』

〔三〕貪泉：在廣東南海縣。晉書吴隱之傳：吴隱之操守清廉，爲廣州刺史，未至州二十里，地名石門，有水曰貪泉，相傳飲此水者，即廉士亦貪。隱之酌而飲之，因賦詩曰：『古人云此水，一歃懷千金。試使夷齊飲，終當不易心。』及在州，清操愈厲。

留題城西水磨〔一〕

客來亭上脱春衫，馬浴寒泉洗轡銜。怪得主人留再任①〔二〕，水聲林影似江南。

【校】

①任　宋人集本同；詩存本、四庫本作『住』。當作『住』。

【箋】

〔一〕城西水磨：即城西水磨務。宋史兵志：『西水磨庫、東水磨務、大通門水磨磁器庫。』宋史職官志：『水磨務，掌水磑磨麥，以供尚食及内外之用。』高承事物紀原卷七庫務職局部：『水磨務，又曰水磨，東西二務。開寶三年置，今廢。又有大通門務，淳化元年置。』

〔二〕主人：據楊傑西水磨記：『自宛陵梅平叔、太原王漢卿之領是局也，薦紳往往至焉。……漢卿官滿，懼異日之遺墜，乃鑱諸石，以傳永久。』主人，似指王漢卿。

贈范魯仲

人急生前計，子圖身後名〔一〕。重來天地遠〔二〕，誰爲作權衡？

【箋】

〔一〕身後名：李白少年行：『看取富貴眼前者，何用悠悠身後名。』楊詩反其意而用之。

〔二〕重來：謂歷來、向來。

賞梅呈仲元〔一〕

十年不見錦川梅①〔二〕，今日清香入酒杯。太守爲施紅步障〔三〕，郡園驚怪壽陽來〔四〕。

【校】

①川　宋人集本同；四庫本作『江』。

【箋】

〔一〕仲元：徐仲元。宋詩紀事卷二二：徽字仲元，滁州人，嘉祐四年進士。累官承議郎，知無爲軍。遷提舉利州路常平。以左朝散郎致仕。居獨山，號獨山翁。王安石有次韻徐仲元詠梅、次韻酬徐仲元、獨山梅花等詩多首。次韻徐仲元詠梅：『額黄映日明飛燕，肌粉含風冷太真。』『額黄映日』，即壽陽梅妝，與『郡園驚怪壽陽來』相合。

〔二〕錦川：見卷六和謝聖藻游錦川箋注〔一〕。『錦川梅』，即成都梅花。陸游梅花絶句：『當年走馬錦城西，曾爲梅花醉似泥。二十里中香不斷，青羊宫到浣花溪。』

〔三〕步障：屏幕、帷幕。用以遮擋視線和風塵。晉書王凝之妻謝氏：『欲爲小郎解圍，乃施青綾步鄣自蔽，申獻之前議，客不能屈。』南史齊本紀下：『置射雉場二百九十六處，翳中帷帳及步鄣，皆袷以緑紅錦。』或作『步帳』。盧綸送黎兵曹往陝府結親：『步帳歌聲轉，妝臺獨影重。』

〔四〕郡園：似指韓琦所建之安陽郡園。韓琦和運判張端秘丞戲題安陽郡園：『垂楊陰裏百花開，誰記當時任意栽。好事繼逢賢太守，算無心望主人來。』壽陽：謂壽陽公主，傳説她爲梅花花神。韓鄂歲華記麗人日梅花妝：『南朝宋武帝女壽陽公主人日卧檐下，梅花落額上，拂之不去，乃創梅花妝。』太平御覽卷三〇時序部十五人日引雜五行書：『宋武帝女壽陽公主人日卧於含章殿檐下，梅花落公主額上，成五出花，拂之不去。皇后留之，看得幾時，經三日，洗之乃落。宫女奇其異，竟效之，今梅花妝是也。』

瑞　香

孤根移自紫霄峯〔一〕，只鬭清香不鬭紅①〔二〕。憶得婆娑一株桂，歐家曾見月屏風〔三〕。文忠公家有月石屏風，内有一桂與此相類。

【校】

①鬭　四庫本作『鬬』，宋人集作『鬥』，三字同。

【箋】

〔一〕紫霄：指絶高處。曹毗馬射賦：『狀若騰虬而登紫霄，目似晨景之駭扶木。』

〔二〕鬭清香：李清照河傳梅影：『壽陽粉面增妝飾。説與高樓，休更吹羌笛。花下醉賞，留取時倚闌干，鬭清香，添酒力。』

〔三〕歐家句：歐陽修月石硯屏歌序：『小版一石，中有月形，石色紫而月白，月中有樹森森然，其文黑而枝葉老勁，雖世之工畫者不能爲，蓋奇物也。』蘇軾有詩歐陽少師令賦所蓄石屏，蘇轍有詩歐陽公所蓄石屏，詠此月石屏風。

訪吴尉不遇〔一〕

人愛紅塵我愛山，尋山重叩白雲間。子眞避客遊都市〔二〕，月上梧桐未肯還。

【箋】

〔一〕詩存本訪吴尉不遇題下作『巖深蔭薜蘿，金鬣弄寒波。莫愛江湖好，江湖罾網多。』『巖深蔭薜蘿』四句，宋刻本、四庫本、宋人集本題作碧霄泉魚。詩存本錯亂。

〔二〕子眞：即梅福。見卷四留題張尉隱齋箋注〔三〕。這裏以梅子眞喻吴尉。

隱静十八松〔一〕

廬山社友皆逃晉〔二〕，秦府功臣不仕隋〔三〕。今日明堂求巨棟，好教天下匠師知。

【箋】

〔一〕隱静：明一統志卷一五太平府：『隱静山，在繁昌縣東南七十里。相傳爲晉杯渡師道場。山有五峯。』大清一統志卷八四太平府：『隱静山，在繁昌縣東南三十里。五峯環峙，曰碧霄、桂月、鳴磬、紫氣、行道。泉二，曰金魚、噴雲。』有隱静寺，在南陵縣。江南通志卷四七安慶府南陵縣：『隱静寺，縣西三十里，唐建。』李白送通禪師還南陵隱静寺：『我聞隱静寺，山水多奇蹤。巖種朗公橘，門深杯渡松。道人制猛虎，振錫還孤峯。他日南陵下，相期谷口逢。』

〔二〕廬山社友：東晉元興元年，慧遠法師邀集一百二十三人，在廬山東林寺創建白蓮社，其中最著名者，世號十八高賢。據晉無名氏東林十八高賢傳，十八高賢爲慧遠法師、慧永法師、慧持法師、道生法師、曇順法師、僧睿法師、曇恒法師、道昞法師、曇詵法師、道敬法師、佛馱耶舍尊者、佛馱跋陀羅尊者、劉程、張野、周續、張詮、宗炳和雷次宗。成廷珪送周尊師歸廬山太平宮：『匡廬之山仙所居，銀河倒蘸青芙渠。三千里路昔一往，十八社友今何如？』

〔三〕秦府功臣：謂追隨唐太宗李世民建立唐朝的功臣。李世民曾封秦王，故曰秦府。劉肅大唐新語卷一一褒錫：『貞觀十七年，太宗圖畫太原倡義及秦府功臣趙公長孫無忌、河間王孝恭、蔡公杜如晦、鄭公魏徵、梁公房玄齡、申公高士廉、鄂公尉遲敬德、鄖公張亮、陳公侯君集、盧公程知節、永興公虞世南、渝公劉政會、莒公唐儉、英公李勣、胡公秦叔寶等二十四人於凌煙閣，太宗親爲之贊，褚遂良題閣，閻立本畫。』

碧霄泉魚①〔一〕

巖深蔭薜蘿〔二〕，金鬣弄寒波〔三〕。莫愛江湖好〔四〕，江湖罾網多。

【校】

①四庫本、宋人集本同；名賢本題作碧霄峯，文字稍異，後二句作：『莫念江湖好，江湖風浪多。』

【箋】

〔一〕碧霄泉：在隱静山。張孝祥水調歌頭青嶂度雲氣題下小注曰：『隱静山觀雨寺有碧霄泉。』郭祥正隱静寺：『碧霄峯下車輪停，道師未返誰逢迎。』又作『玉霄泉』。范成大梅雨五絶之一：『風聲不多雨聲多，洶洶曉衾聞浪波。恰似秋眠隱静寺，玉霄泉從牀下過。繁昌隱静寺方丈山後玉霄泉自極閣下過，最爲佳致。』

〔二〕薜蘿：本指薜荔與女蘿兩種攀緣於山野林木或屋壁之上的野生植物。後指隱者或高士的居所。吴均與顧章書：『僕去月謝病，還覓薜蘿。』

〔三〕鬣：本謂魚鰭。韓愈答張徹：『魚鬣欲脱背，虬光先照硎。』這裏代指魚。金鬣，指金色魚鱗的魚。

〔四〕愛：貪念。

遊白雲山醉題僧壁〔一〕

買得青山不用錢，金沙門外草綿綿。黄梅老令醉欲倒〔二〕，擬借白雲今夜眠。

【箋】

〔一〕白雲山：在南豐縣西南六十里。江西通志卷一〇：『白雲山，在府城南六十里，頂有虎巖。唐光化中，有虎巖師乘雲而來，化於此。宋楊傑詩：「山空師何在，木末白雲起。」』

〔二〕黄梅老令：楊傑自謂。楊傑曾任黄梅令。疑此詩作於與懷黄梅三閣同時。

野寺

澤國春風老〔一〕，雜花間芳草。門前車馬稀，竹葉無人掃。

【箋】

〔一〕澤國：見卷五和程太卿雨中登物華樓箋注〔二〕。春風老：白居易清明日觀妓舞聽客詩：『可惜春風老，無嫌酒盞深。辭花送寒食，並在此時心。』劉弇送貫之縣丞解官還壽春：『西江客袂春風老，吹得歸心亂如草。』

山房枕上作〔一〕

十里溪源尋未見，忽逢茅屋白雲堆①〔二〕。竹牀紙帳睡正穩②〔三〕，無奈野猿驚覺來。

【校】

①茅　名賢本、四庫本、宋人集本同；詩存本作『蓬』。

②正　詩存本、四庫本、宋人集本同；名賢本作『心』，誤。

【箋】

〔一〕山房：山中的寺宇或房舍，多指寺廟。温庭筠宿白蓋峯寺：『山房霜氣晴，一宿遂平生。』

〔二〕白雲堆：見卷五子隱臺箋注〔六〕。

〔三〕竹牀紙帳：眞山民三峯寺：『竹牀紙帳清如水，一枕松風聽煮茶。』

天台思古

遊人行盡天台路①，山家杳杳知何處〔一〕。惟有山前一派溪〔二〕，落花依舊流春暮。

【校】

①游人行盡　四庫本、宋人集本同；詩存本作『行人游盡』。

【箋】

〔一〕山家：佛教天台宗流派山家宗的省稱。天台宗傳至宋代分爲兩派：一爲晤恩派，名山外宗，今失傳；一爲四明尊者知禮法師派，名山家宗，是天台宗的正統。吕澂中國佛學源流略講宋代佛教：『意見終於不能一致，而分裂爲兩派，知禮等稱爲山家，即稱晤恩等爲山外。』

〔二〕一派：指山家宗。

還慶師扇

贈我心無着〔一〕，還師理亦然。秋風歸舊谷，明月上青天。

【箋】

〔一〕無着：即無著。佛教語。指無所羈絆，無所執著。藝文類聚卷七七引梁元帝梁安寺刹下銘：『有識之所虔仰，無著之所招提。』鄭谷蔡處士：『無著復無求，平生不解愁。』

無爲集卷八

序

皇族服制圖序

議曰：禮院新定皇族五服圖〔一〕，其失有五：不重太祖、太宗、眞宗之服，其失一也；不分潤王之族〔二〕，其失二也；不載兄弟之殤，其失三也；不著袒免之親〔三〕，其失四也；不明正統、旁親之制，其失五也。

何謂不重太祖、太宗、眞宗之服？按周禮司服職云：『爲天王斬衰〔四〕。』禮記云：『天子脩男教〔五〕，父道也。』『爲天王服斬衰，服父之義也。〔六〕』又云：『喪有四制，變而從宜，取之四時也。有恩有禮，有節有權，取之人情也。恩者仁也，理者義也，節者禮也，權者智也①。仁義禮智，人道具矣，故爲父斬衰三年，以恩制者也。』『爲君亦斬衰三年，以義制者也〔七〕。』新圖以皇帝於仁宗固當服斬衰也，於眞宗則齊衰不杖期也〔八〕，於太宗則齊衰五月也〔九〕。若仁宗之服誠合禮制矣，若眞宗、太宗之齊衰，太祖之緦麻，是以親服而言，而不以天王之服言也。夫太祖、太宗、眞宗，君天下，傳萬世，在皇帝爲之服斬衰，此所謂以義制者也。親親尊尊，無重於是矣。新圖以齊衰、緦麻爲服，是豈達禮經之意哉！故曰不重太祖、太宗、眞宗之服，其失一也。

何謂不分潤王之族？案五服敕云〔一〇〕：『爲人後者，爲其父母齊衰不杖期，爲其兄弟大功九月〔一一〕。』然則皇帝爲濮王之服〔一二〕，異於爲潤王諸子之服矣；爲濮王諸子之服，異於潤王諸孫之服矣。新圖以潤王子孫合而爲一，無以別其等降。故曰不分潤王之族，其失二也。

何謂不載兄弟之殤？五服敕云：『爲人後者，爲其兄弟之長殤小功五月②〔一三〕，爲其兄弟之中殤、下殤緦麻三月。』開寶通禮喪葬令文皆同〔一四〕。其說蓋出之於儀禮矣，而新圖略之。故曰不載兄弟之殤，其失三也。

何謂不著袒免之親？案禮記大傳曰：『名者，人治之大者也。可無愼乎？四世而緦麻③，服之窮也；五世袒免，殺同姓也〔一五〕；六世親屬竭矣④。』鄭康成云：『四世共高祖，五世高祖兄弟，六世以外親盡，無屬名也。』又按律有『八議』〔一六〕，一曰『議親』，釋謂『皇帝袒免以上親』。刑統云〔一七〕：『皇帝袒免，據禮有高祖兄弟，曾祖從父兄弟，祖再從兄弟，父三從兄弟，身四從兄弟是也。』且五世之親，旁通而有十一，刑統止著其五識者，猶曰『未達』，况又全而闕之哉！　故曰不著袒免之親，其失四也。

何謂不明正統、旁親之制？　夫正統之服，天下之通服也。　旁親之服，大夫則異於士庶矣，天子、諸侯則又異於大夫矣。　按禮記云：『期之喪達乎大夫，三年之喪達乎天子，父母之喪，無貴賤一也。』鄭康成云：『期之喪達乎大夫者，謂旁親所降在大功者。　其正統之期，天子、諸侯猶不降也。　大夫所降，天子、諸侯絶之，不爲服也。』孔穎達曰：『大夫之尊，猶有期喪，謂旁親所降在大功者，得爲期喪，還著大功之服。　若天子、諸侯，旁親之喪，則爲服也⑤。』又儀禮喪服鄭康成注云：『君、大夫以尊降。』賈公彦云：『君、大夫以尊降者，天子、諸侯爲正統之親，后、夫人與長子、長子之妻等不降，餘親則絶。　天子、諸侯絶者，大夫降一等。』又漢白虎通德論〔一八〕：『天子絶期者何？　示同喪於百姓，明不獨親其親也。』又魏田瓊云⑥〔一九〕：『天子不降其祖父母、曾祖父母，后、太子嫡婦，其姑姊妹嫁於二王後者，皆如都人。』此所謂正統、旁親之制也。　古者分親，所以尊正統也；　尊正統，所以重宗廟社稷之事也。　雖聖人親親之心篤於九族，而旁正之異不可不明也。　而新圖略之，故曰不明正統、旁親之制，其失五也。

今别爲圖，分以世次，上下旁行而觀之，親踈輕重之制，其亦庶乎明矣。

【校】

①智　宋人集本同；四庫本作『制』，誤。

②五　宋人集本同；四庫本作『三』，誤。

③麻　宋人集本同；四庫本無『麻』字。

④屬　四庫本同；宋人集本作『族』。

⑤則爲服也　四庫本、宋人集本同。據禮記中庸孔穎達疏作『則不爲服也』，脱『不』字，當補。

⑥魏田瓊云　四庫本同；宋人集本『校記』：『魏田』下有『博士』二字。

【箋】

〔一〕禮院：官署名。即太常禮院，掌議定禮制。陳耀文天中記：『太常，唐曰司禮寺，又曰禮院。』宋代别置太常禮院。

〔二〕潤王：宋英宗趙曙第三子趙顔，封潤王，早亡。

〔三〕袒免：袒衣免冠。古代喪禮，凡五服以外的遠親，無喪服之制，唯脱上衣，露左臂，脱冠紥髮，用寬一寸布從頸下前部交於額上，又向後繞於髻，以示哀思，謂之『袒免』。袒免之親，謂五服以外的遠親。

〔四〕斬衰：五種喪服中最重的一種。用粗麻布製成，左右和下邊不縫。服制三年。子及未嫁女爲父母，媳爲公婆，承重孫爲祖父母，妻妾爲夫，均服斬衰。先秦諸侯爲天子、臣爲君亦服斬衰。

穀梁傳莊公三年『改葬之禮緦』。楊士勛疏：『五服者，案喪服有斬衰、齊衰、大功、小功、緦麻是也。』

〔五〕男教：對男子的教化。禮記昏義：『天子立六宮、三公、九卿、二十七大夫、八十一元士，以聽天下之外治，以明章天下之男教。』

〔六〕禮記四句：出禮記昏義。

〔七〕又云十六句：出禮記喪服四制。

〔八〕齊衰：五種喪服之一。服用粗麻布製成，以其緝邊縫齊，故稱。杖期：服喪禮制。杖，謂居喪時所持之棒。期，謂一年之喪。期服用杖的稱『杖期』，不用杖的則稱『不杖期』。

〔九〕緦麻：五種喪服中最輕者，孝服用細麻布製成，服期三月。

〔一〇〕五服敕：宋仁宗天聖五年頒定。宋史藝文志：『五服敕，一卷，劉筠、宋綬等撰。』

〔一一〕大功：五種喪服之一。服期九月。其服用熟麻布製成，較齊衰稍細，較小功爲粗，故稱。

〔一二〕濮王：即趙允讓，字益之，宋太宗之孫，英宗之父。

〔一三〕長殤：儀禮喪服：『年十九至十六爲長殤，十五至十二爲中殤，十一至八歲爲下殤，不滿八歲以下，皆爲無服之喪。』小功：五種喪服之第四等。其服以熟麻布製成，視大功爲細，較緦麻爲粗。服期五月。

〔一四〕開寶通禮：宋太祖開寶年間劉温叟等損益唐開元禮，附益以宋朝新制所撰，凡二百卷。

〔一五〕殺：減等，等差。

〔一六〕律：謂唐律。

〔一七〕刑統：謂宋刑統。宋太祖建隆四年，工部尚書判大理寺竇儀等撰。

〔一八〕白虎通德論：又稱白虎通義或白虎通，漢班固撰集。

〔一九〕田瓊：鄭玄弟子，建安、黄初間爲博士。

國朝宗室世系表序〔一〕

漢有王子侯表〔二〕，唐有宗室世系表〔三〕，其子孫之盛，槩可見矣。然漢表止於王侯①，王侯以降，族裔不可得而知也；唐表略於明皇〔四〕，明皇以後，本支不可得而詳也。夫宗室，有邦家所重，其簡闕若此，豈非紀事者之失歟？國朝之制，凡宗室行封襲慶賚之典〔五〕，有婚姻喪祭之事，雖命令所出本乎朝廷，而法度參考必先禮籍。是以宗室世系戚疏遠近之别，尊卑長少之序，爲禮官者所當審考而詳明之也。某備員太常，積有歲月，參典禮，兹固所職。其於戚疏遠近之别，尊卑長少之序，敢不盡心哉！而有司之所記者，先後詳略多或異同②，檢用之際，竊懼差失，迺推究源流，作國朝宗室世系表。太祖之子名以德〔六〕，德生惟，惟生從，又生守從。守生世，世生令，令生子。太宗之子名以元〔七〕，元生允，允生宗，宗生仲，仲生士。秦悼王之子名以德〔八〕，德生承，承生克，克生叔，叔生之，之生季。曰德、曰元者，宣祖之孫也〔九〕。曰惟、曰允、曰承者，宣祖之曾孫也。曰從、曰守、曰宗、曰克者，宣祖之五世孫也。曰世、曰仲、曰叔者，宣祖之六世孫也③。曰令、曰士、曰之者，宣祖之七世孫也。曰子、曰季者，宣祖之八世孫也。首著謚號名，推爵德也。屬次之，親親也； 子孫次之，源深而流長也。謹序。

【校】

①止　四庫本同； 宋人集本作『正』。當作『止』。

②先　四庫本同； 宋人集本作『前』。

③宋人集本同； 四庫本作『曰從、曰受守、曰宗、曰克者，宣祖之六世孫也』，缺『五世孫也。曰世、曰仲、曰叔者，宣祖之』十六字。

【箋】

〔一〕又見國朝二百家名賢文粹卷一四八。

〔二〕王子侯表： 見班固漢書。

〔三〕宗室世系表： 見歐陽修新唐書。

〔四〕明皇：指唐玄宗李隆基。

〔五〕封：分封。襲：承襲。慶：慶祝。賚：賞賜。

〔六〕太祖：指趙匡胤。

〔七〕太宗：指趙匡義，宋太祖之弟，避太祖諱改名趙光義，即位後改名趙炅。

〔八〕秦悼王：指趙匡美，宋太祖之弟，避太祖諱改名趙光美，又避太宗諱改名廷美，封秦王，謚悼。

〔九〕宣祖：指趙弘殷，宋太祖之父。追封宣祖，謚武昭皇帝。

熙寧太常祠祭揔要序〔一〕

國朝歲祖天地①、五方帝、神州、宗廟、大明〔二〕、夜明〔三〕、太社②、太稷③、太一④、九宫、臘䄍爲大祀〔四〕，文宣〔五〕、武成〔六〕、風師、雨師、先農、先蠶〔七〕、五龍爲中祀〔八〕，壽星、靈星〔九〕、中霤〔一〇〕、馬祭⑤〔一一〕、司寒、司中、司命、司民、司録爲小祀。凡太常典禮樂，少府共服器，光禄共酒齊、黍稷、果實、醯醢，將作共明水〔一二〕、明火〔一三〕，太府共香幣⑥，太僕共牛羊，司農共豕葅。有司應命，人或爲之騷然。熙寧四年冬，詔以諸寺監祠事隸于太常，所以肅奉神之禮也。太常初置主簿，傑首被命。至局之日，寺監羣吏各執故習，惘然不知祭祀之聯事〔一四〕。傑迺集諸司所職爲旁通圖一卷以示之。於是上知其綱，下知其目，大事從其長，小事則專達。郊廟羣祀，焕然易明；有司百執，各揚其職。職事相聯，罔不修舉。命曰熙寧太常祠祭摠要云。

【校】

①祖　四庫本作『祫』；宋人集本、玉海作『祠』；宋文鑑作『祀』。

②太　宋人集本同；四庫本作『大』。

③太　宋人集本同；四庫本作『大』。

④一　四庫本同；宋人集本作『乙』。

⑤馬　四庫本同；宋人集本作『禡』。當作『馬』。

⑥太　四庫本同；宋人集本作『大』。

【箋】

〔一〕又見宋文鑑卷九一、淵鑑類函卷九〇、玉海卷一〇二、事文類聚卷二六。莊綽鷄肋編記宋時祭祀頗全，可參看。

〔二〕大明：指日。易乾：『雲行雨施，品物流行，大明終始，六位時成。』李鼎祚集解引侯果曰：『大明，日也。』

〔三〕夜明：祭月壇。禮記祭法：『夜明，祭月也。』鄭玄注：『夜明亦謂月壇也。』孔穎達疏：『夜明者，祭月壇名也。月明於夜，故謂其壇爲夜明。』

〔四〕大祀：周禮春官肆師：『立大祀用玉帛、牲牷，立次祀用牲幣，立小祀用牲。』鄭玄注：『鄭司農曰：「大祀，天地；次祀，日月星辰；小祀，司命以下。」玄謂，大祀又有宗廟，次祀又有社稷，五祀五嶽，小祀又有司中、風師、山川、百物。』

〔五〕文宣：謂孔子。唐玄宗開元二十七年封孔子爲文宣王。

〔六〕武成：唐高宗上元元年尊姜太公爲武成王。

〔七〕先蠶：始教民育蠶之神。由皇后主祭。後漢書禮儀志上：『祠先蠶，禮以少牢。』劉昭注引漢舊儀：『祭蠶神曰菀窳婦人、寓氏公主，凡二神。』

〔八〕五龍：傳説中的五個部落首領。文選王延壽魯靈光殿賦：『五龍比翼，人皇九頭。』李善注引春秋命曆序：『皇伯、皇仲、皇叔、皇季、皇少，五姓同期，俱駕龍，號曰五龍。』

〔九〕靈星：本爲主農事星名，因祭靈星時以后稷配食，故又爲后稷之代稱。後漢書祭祀志下：『漢興八年，有言周興而邑立后稷之祀，於是高帝令天下立靈星祠。言祠后稷而謂之靈星者，以后稷又配食星也。』王先謙集解：『靈星爲后稷之代名。』

〔一〇〕中霤：即后土之神。禮記郊特牲：『家主中霤而國主社。』孔穎達疏：『中霤謂土神。』班固白虎通五祀：『六月祭中霤。中霤者，象土在中央也。』

〔一一〕馬祭：祭祀馬神。爾雅釋天：『既伯既禱，馬祭也。』郭璞注：『伯，祭馬祖也。將用馬力，必先祭其先。』周禮夏官校人：『春祭馬祖，夏祭先牧，秋祭馬社，冬祭馬步，皆馬祭也。』

〔一二〕明水：祭祀所用的浄水。周禮秋官司烜氏：『以鑑取明水於月。』孫詒讓周禮正義：『竊意取明水，止是用鑑承露。』

〔一三〕明火：占卜和祭祀時用銅鏡映日聚光所點燃的火。周禮春官華氏：『凡卜，以明火爇燋。』鄭玄注：『明火，以陽燧取火於日。』

〔一四〕聯事：相互配合以成事。周禮天官小宰：『以官府之六聯，合邦治：一曰祭祀之聯事，二曰賓客之聯事，三曰喪荒之聯事，四曰軍旅之聯事，五曰田役之聯事，六曰斂弛之聯事，凡小事皆有聯。』賈公彦疏：『謂官府之中有六事皆聯事通職。』

補正三禮圖次篇序〔一〕

周禮六篇，首曰『建國』〔二〕，國建而其所重者，天地之丘壇〔三〕，祖宗之廟貌也〔四〕。三者既安，則不可無宫室庠序之嚴①〔五〕，衣冠車旗之飾，寶貨物用之利。物物得正，和樂生焉。有所未和，和之以樂；有所未正，正之以威。物正于國，則曆象順于天〔六〕；曆象順于天，則災咎形于物②。格災咎於一時，傳簡書於萬世〔七〕。故禮圖之次，一曰地制八卷③，二月丘壇三卷，三曰宗廟二卷，四曰宫室、五曰庠序共一卷，六曰衣冠三卷，七曰車旗三卷，八曰寶貨一卷，九曰物用三卷，十曰樂制一卷，十一曰武制二卷，十二曰曆象三卷，十三曰失令災應共二卷，通圖議三卷，叙目三卷，爲三十八卷。伏惟聖主覽其所圖④，鑒其所次，法其所大法⑤，行其所未行。致休祥〔八〕，爲簡書之傳；無災咎，爲號令之應。曆象得而順，禮得而正，樂得而和，寶貨物用得而利，衣冠車旗得而飾，宮室庠序得而嚴，丘壇宗廟得而安，天下之地得而制，然後聖神宗支傳億萬載，此愚臣次篇之意也。

【校】

①嚴　四庫本、宋人集本同；經義考作『教』。似當作『嚴』。

②則災咎形于物　宋人集本同；四庫本作『則災咎消於物』；經義考作『則災咎不形於物』。

③制　四庫本、宋人集本同；經義考作『利』。

④惟　四庫本、經義考同；宋人集本作『爲』，誤。

⑤大　四庫本同；宋人集本『校記』作『未』。當作『未』。

【箋】

〔一〕又見朱彝尊經義考卷一六三。三禮圖：或題三禮圖集注，二十卷，五代學官聶崇義纂輯。朱彝尊經義考卷一六三：『楊氏傑補正三禮圖，三十八卷。未見。』

〔二〕周禮二句：周禮六篇，即天官冢宰、地官司徒、春官宗伯、夏官司馬、秋官司寇、冬官考工記。前五篇開篇均爲『惟王建國，辨方正位，體國經野，設官分職，以爲民極』。

〔三〕丘壇：祭壇。古代用以祭祀等用的高臺。

〔四〕廟貌：詩經周頌清廟序鄭玄箋：『廟之言貌也，死者精神不可得而見，但以生時之居，立宫室象貌爲之耳。』因稱廟宇及神像爲廟貌。諸葛亮黄陵廟記：『廟貌廢去，使人太息。』

〔五〕嚴：整齊有序。

〔六〕曆象：天文星象。後漢書謝夷吾傳：『宜當拔擢，使登鼎司，上令三辰順軌於曆象，下使五品咸訓於嘉時。』

〔七〕簡書：用於告誡、策命、盟誓、徵召等事的文書。詩經小雅出車：『豈不懷歸，畏此簡書。』朱熹詩集傳：『簡書，戒命也。』

〔八〕休祥：吉祥。尚書泰誓中：『朕夢協朕卜，襲於休祥，戎商必克。』孔安國傳：『言我夢與卜俱合於美善。』

平律書序

世之所謂治者，以人之和也。導其所和，莫深於樂。樂之所準，在乎律吕。是知律吕者，大樂之權鑑〔一〕，而世治之本原。然而上聖立法，後世難知。爲之之物惟三，謂玉、銅、竹。正之之法惟五謂數、聲、度、量、權。相生以八如黄鍾至林鍾、林鍾至太簇之類①，損益以三謂下生者三分損一，上生者三分益一。禘祭則不用商聲〔二〕謂三大禘，律呂不用商，變聲則止於宫、徵謂七聲有變宫、變徵。六管上下，班志有所差〔三〕謂蕤賓、夷則、無射損而下生，大呂、夾鍾、呂中益而上生②。三統餘分，遷史有所失〔四〕謂黄鍾長八寸七分③，太簇長七寸二分二，林鍾長五寸七分四。若此之類，義深者多。臣故著平律書三卷、律呂圖三卷以明之，所以副尊號皇帝景祐脩樂之意也④。謹序。

【校】

①鍾　四庫本同；宋人集本作『鐘』。

②呂中　四庫本、宋人集本作『中呂』，當作『中呂』。

③寸　四庫本同；宋人集本作『十』，誤。

④宋人集本同；四庫本『意』前有『至』字。

【箋】

〔一〕權鑑：猶標準。

〔二〕禘祭：對天神、祖先的大祭。韓詩外傳卷五：『禘祭不敬，山川失時，則民無畏矣。』

〔三〕班志：指班固漢書律曆志。

〔四〕遷史：指司馬遷史記律書。

楊氏世譜序

楊氏，姬姓也。其先曰尚父伯僑〔一〕，蓋周武王第三子唐叔虞之後，始封爲楊侯。楊侯生文，文生突，晉之公族，食邑於羊舌。突生職，惠公上卿。職生肸，字叔向，亦曰叔譽，晉太傅，食采楊氏邑。肸生伯石，字食我，以邑爲氏，號曰楊石。伯石生章，征東大將軍華山侯，始居華陰。章生款，字太初，秦上卿，後除弘農，始作家譜以示子孫。款生碩，字弘遠，隱居華山僊谷，見五星聚東井，必知漢興①，後爲太史。碩生喜，字幼羅，從漢擊項羽②，封赤泉侯，謚曰嚴。喜生敷，字伯宗，襲封赤泉侯，謚曰定，其後爲新昌院。敷生胤③，字無害，襲封赤泉侯。胤生敞④，字君平，任大司農，御史大夫，封安平侯，預謀立宣帝，拜大丞相。敞生忠，封安平侯，謚曰頃。忠生譚，字君公，大鴻臚，卿屬國，安平侯。譚生寶，字稚淵，漢明帝三詔不出，謚曰靜節先生，嘗有靈雀銜環之瑞〔二〕。寶生震，字伯起，後漢太尉⑤，關西孔子⑥〔三〕，畏四知〔四〕，惟忠孝清白以傳子孫〔五〕。震生奉，字季節，後改名衆，字君師，任諫議大夫、河東太守，遷中書侍郎。奉生旉，漢黄門侍郎，其後爲東垣宜陽房。旉生纂，字叔緒，獻帝時太中大夫，封常山王。纂生品，字文璨，魏文帝時太中大夫。品生國，字彦高，晉武帝時弘農令。國生準，晉太常。準生林，其後爲滎陽房。又蜀中院譜：　林乃準之後，林生鉉，鉉生結，仕慕容氏，中山相。結生繼，繼生暉，洛州刺史，謚曰簡。暉生恩，河間太守。恩生鈞，魏朝越國公，謚曰恭。鈞生儉，一名倫，字景則，西魏時封夏陽靖侯。儉生文昇⑦，字文殊，隋刑部尚書。文昇生安仁，安仁生德，德生立。立之孫曰隱朝，爲郃陽令。隱朝生燕客，臨汝令。燕客生寧，國子祭酒。寧生漢公，字用乂，爲天平軍節度使、檢校户部尚書。其後爲淮南院、蜀院、閩院。漢公生範，字憲之，楚州刺史。範生玢，字表文，吏部尚書、監察御史，其後爲揚州丹陽房。玢之孫徽，字隱父，初自靖恭里挈族來淮南⑧，是爲淮南府君。徽生南宅府君昺、橐臯府君杲。杲生濡須府君德明。德明生富，字文翁；　次大夫復，字庶幾；　次試秘書省校書郎寓，字晏之。富生僖、價、佸、僎、佃，復生傑、傅、伋、作、佺，寓生侁⑨、仲、依。傑生洙、滋、泳、浩，傅生滂，伋生濛、汶，作生枹、樸、榛，佺生涇、洞。洙生堯叟，滋生襲吉、襲圭，是爲淮南院子孫。

熙寧元年，同南海監郡尚書郎沆及其子上卿、客卿、列卿會於豫章〔六〕，兩院各出世牒，合若符契⑩。至元豐四年秋，傑以禮官准詔祀華嶽〔七〕，乃拜太尉祠冢，訪講堂藏書穴，酹阿對泉于龍岡〔八〕。道過好陽〔九〕，省五公墳，盡圖隱碑以歸⑪。參考宗枝⑫〔一〇〕，得閿卿華陰譜⑬，本末尤詳。元祐五年歲次庚午二月吉日⑭，重書于會稽妙峯亭。第四十七世大宋左朝請郎尚書禮部員外郎傑序。

【校】

①必知漢興　宋人集本同；四庫本作『知漢必興』。
②四庫本同；宋人集本無『漢』字。
③胤　四庫本同；宋人集本『校記』作『獵』。
④胤　四庫本同；宋人集本作『獵』。
⑤宋人集本同；四庫本無『後』字。
⑥宋人集本同；四庫本『關』前有『稱』字。
⑦儉　宋人集本同；四庫本作『倫』。
⑧恭　宋人集本同；四庫本作『康』。
⑨寓　四庫本同；宋人集本作『審』，誤。
⑩合若　宋人集本同；四庫本作『若合』。
⑪盡　四庫本、宋人集本『校記』作『畫』。當作『畫』。
⑫枝　宋人集本同；四庫本作『支』。
⑬卿　宋人集本同；四庫本作『鄉』。當作『鄉』。
⑭二　宋人集本同；四庫本作『三』。

【箋】

〔一〕尚父：　對大臣的禮稱。三國志魏志董卓傳：『卓至西京，爲太師，號曰尚父。』伯僑：　晉武公之子，又名文實。伯僑之名，始見於揚雄反離騷：『有周氏之蟬嫣兮，或鼻祖於汾隅，靈宗初諜伯僑兮，流於末之楊侯。』

〔二〕靈雀銜環：　楊寶九歲時，至華陰山北，見一黄雀爲鴟梟所搏，墜於樹下，爲螻蟻所困，取之以歸，百餘日黄雀毛羽成，飛去。其後有黄衣童子以白環四枚贈寶，曰：『令君子孫潔白，位登三事，當如此環矣。』事載吴均續齊諧記。

〔三〕關西孔子：　後漢書楊震傳：『震少好學，受歐陽尚書於太常桓鬱，明經博覽，無不窮究。諸儒爲之語曰：「關西孔子楊伯起。」』

〔四〕四知：　後漢書楊震傳：『當之郡，道經昌邑，故所舉荆州茂才王密爲昌邑令，謁見，至夜懷金十斤以遺震。震曰：「故人知君，君不知故人，何也？」密曰：「暮夜無知者。」震曰：「天知，神知，我知，子知。何謂無知！」密愧而出。』

〔五〕後漢書楊震傳：『性公廉，不受私謁。子孫常蔬食步行，故舊長者或欲令爲開産業，震不肯，曰：「使後世稱爲清白吏子孫，以此遺之，不亦厚乎！」』

〔六〕豫章：　見卷三豫章行送周裕箋注〔一〕。

〔七〕華嶽：　西嶽華山。郭璞山海經圖贊華山：『華嶽靈峻，削成四方，爰有神女，是挹玉漿。』

〔八〕阿對泉：在河南靈寶西五十里。阿對，漢楊震家僮也，嘗引泉灌蔬，故名。吴融阿對泉：『五陵年少如相問，阿對泉頭一布衣。』

〔九〕好陽：即曹陽亭，在靈寶縣東。史記陳涉世家：『周文敗，走出關，止次曹陽二三月。』司馬貞史記索隱：『晉灼云：「亭名也，在弘農東十二里。」小顏云：「曹水之陽也。其水出陜縣西南峴頭山，北流入河，魏武帝謂之好陽也。」』張守節史記正義：『括地志云：「曹陽故亭亦名好陽亭，在陜州桃林縣東南十四里。」崔浩云：「曹陽，坑名，自南出，北通於河。」按：魏武帝改曰好陽也。』

〔一〇〕宗枝：同宗族的支派。後漢書桓帝紀贊：『桓自宗支，越躋天禄。』

獻詩賦序

彭城〔一〕，古之楚也；山陽〔二〕，今之楚也。古楚之劇〔三〕，其猶今楚之劇也；古舉其守，亦猶今之舉其守也。在東漢則袁邵公以能理劇爲三府之舉而守彭城〔四〕，在本朝則中都公以能理劇爲牧伯之舉而守山陽。古今雖異，易地則同。而自下車之初〔五〕，躬即庠序，振起風教，脩衛桂陽之故事，是以庠序之士首形詠歌①。傑幸爲諸生之師，而耳目盛美，故擇題於袁、衛二傳以理劇拜楚守，賦下車修教詩爲十八日之課，文在於彼而義在於此，將使編氓知良二千石有古君子之風云爾②〔六〕。伏蒙傳命見索所撰，謹與諸生之課上獻，浼瀆視聽，無任悚惕之至。

【校】

①首形　四庫本同；宋人集本無『首』字。

②氓　宋人集本同；四庫本作『民』。

【箋】

〔一〕彭城：今江蘇徐州。

〔二〕山陽：今江蘇淮安。

〔三〕劇：重要，險要。

〔四〕袁邵公：袁安，字邵公。汝南汝陽人，明帝時任楚郡太守，以嚴明著稱。

〔五〕下車：禮記樂記：『武王克殷，反商，未及下車，而封黄帝之後於薊。』後稱初即位或到任爲『下車』。後漢書儒林傳序：『及光武中興，愛好經術，未及下車，而先訪儒雅。』

〔六〕編氓：本指編入户籍的平民。這裏指平民百姓。二千石：漢郡守俸禄爲兩千石，故又爲郡守（太守）的通稱。

大樂十二均圖序〔一〕

大樂十二律，律各有均，均有七聲，更相爲用。聲協本均，則其樂調；聲非本均，則其樂悖。非獨雅樂若此，至於燕樂亦莫不然。惟工師之明於聲者則能知之。工師知其聲而不能知其本，因聲以求本，窮本以知變，儒者之事也。今黄鐘爲宫，則太簇、姑洗、林鐘、南吕、應鐘、蕤賓七聲相應，謂之黄鐘之均。餘律爲宫者倣此。禮曰五聲、六律、十二管還相爲宫。漢志曰宓羲作易，紀陽氣之初，以爲律法。建日冬至之聲，以黄鐘爲宫，太簇爲商，姑洗爲角，林鐘爲徵，南吕爲羽，應鐘爲變宫，蕤賓爲變徵。此聲氣之元，五音之正也。夫五音相生，而獨宫、徵有變聲者何也？曰宫爲君，商爲臣，角爲民，徵爲事，羽爲物。君者，法度號令之所出也，宫故生徵；法度號令所以授臣，臣所以奉承者也，徵故生商；君臣一德，以康庶務，則萬物得所。萬物得所，則民遂其生矣，故商生羽，羽生角也。然臣有常職，民有常業，物有常形。形不可以遷①，遷則失其常矣。商、角、羽三聲，此其所以無變也。君揔萬化，不可執以一方；事通萬務，不可滯於一隅。故宫、徵二聲，必有變也。今著大樂十二均圖一卷，既備載律吕宫調，又各取一章附于篇。按圖考聲，不可以辨工師之能否②；窮本知變，上足以贊聖明之述作云爾。謹序。

【校】

①形　四庫本同；宋人集本作『常』。當作『形』。

②不　四庫本、宋人集本作『下』，當作『下』。

【箋】

〔一〕王應麟玉海卷七律曆：『元豐二年八月知太常禮院楊傑上大樂十二均圖。』

無爲集卷九

序 題跋附

祝先生詩集序〔一〕

先生諱熙載，字舜咨。自三衢游國庠〔二〕，登進士第，任朝奉郎，守秘書丞，老于吴之華林。先生悟風騷〔三〕，蓋其出於天性。幼時見鄰家童誦劒池詩云『林風摇脱隱①，山月瀉秋光』，時六歲，遽諭之曰：『豈非「林風摇晚影」耶？傳者誤爾。』鄉先生許洞聞而奇之〔四〕。及冠，場屋有聲名〔五〕。和文李公以禮幣延致門館〔六〕，與其二子游，厥後皆稱賢公子。先生屢校文郡國〔七〕，得人爲是多②。丞相王祁公初應書③〔八〕，時人未知名，先生首薦之，而巍中鼎科〔九〕。及典誥命〔一〇〕，文章温贍〔一一〕，天下莫不服先生之鑒，然未嘗以毫髮有干于相府，天下益高先生之節。平生與人交必盡誠，不隱默以取悦〔一二〕。其爲政端方，耻阿諂以事上，故與時寡合，志不得伸。而其造道深篤〔一三〕，於名教中自有樂地，出處趣尚，一見于詩。夫莫耶、干將有切玉之利④〔一四〕，而其用緩於割雞；黄鐘、大吕有格神之和〔一五〕，而其音艱於衆聽。靈草指佞〔一六〕，而奸邪憚之；寶鑑燭隱，而魑魅惡之〔一七〕。某嘗出先生之門，知先生爲最深，故述詩序云。

【校】

①脱　四庫本同；宋人集本作『晚』。

②是　四庫本無；宋人集本作『最』。當作『最』。

③祁　四庫本同；宋人集本作『沂』。初應書　四庫本同；宋人集本作『初應鄉書』。

④耶　宋人集本同；四庫本作『邪』。

【箋】

〔一〕祝先生：即祝熙載，吴郡人，景祐元年登進士第。見江南通志卷一一九選舉志、范成大吴郡志卷二八。楊傑曾師從於他。歐陽修有送祝熙載之東陽主簿詩、梅堯臣有祝熙載赴任東陽詩。

〔二〕三衢：今浙江衢州。楊萬里過安仁市得風挂帆：『何人道是三衢遠，挂起東風十幅蒲。』

國庠：國家舉辦的太學等。舊唐書文宗紀下：『皇太子方從師傅傳授六經，一二年後，當令齒胄國庠，以興墜典。』

〔三〕風騷：借指詩文。蘇舜欽奉酬公素學士見招之作：『留連日日奉杯宴，殊無閑隙吟風騷。』

〔四〕許洞： 字洞天，蘇州吴縣人。 洞性疏儁，幼時習弓矢擊刺之伎。 咸平三年進士。 宋史卷四四一有傳。

〔五〕場屋： 即科場。 資治通鑑唐武宗會昌六年： 『景莊老於場屋，每被黜，母輒撻景讓。』胡三省注： 『唐人謂貢院爲場屋，至今猶然。』

〔六〕李和文： 宋史外戚傳： 『李遵勖，字公武。 尚萬壽長公主。 授左龍武將軍、駙馬都尉，賜第永寧里。 卒，贈中書令，謚曰和文。』駙馬都尉李和文與當時名流歐陽修等交往甚多，是當時有名的居士。 禮幣： 禮物。 儀禮聘禮： 『執禮幣以盡言賜禮。』

〔七〕校文： 即較文。 謂主持科舉考試，評比文章。 王禹偁爲温侍郎謝除禮部尚書表： 『伏念臣迹本孤平，才非秀茂，當先朝之踐祚，遇丹陛之較文，自忝科名，動逾涯分。』宋史理宗五： 『乙未，建寧府教授謝枋得校文宣城及建康漕闈，發策十餘問，言權奸誤國，趙氏必亡。』郡國： 泛指地方府、縣。 顔之推顔氏家訓勉學： 『夫學者貴能博聞也。 郡國山川，官位姓族，衣服飲食，器皿制度，皆欲根尋，得其原本。』

〔八〕丞相王祁公： 即王曾，字孝先，青州益都人。 生於宋太宗太平興國三年，卒於宋仁宗景祐五年。 宋眞宗咸平五年壬寅科狀元。 仁宗朝爲同中書門下平章事，判河南府。 景祐元年爲樞密使，二年拜右僕射兼門下侍郎，平章事，集賢殿大學士，封沂國公。 宋史卷三〇一有傳。 應書： 即應鄉書。據周禮地官鄉大夫：周制，鄉學三年大比，鄉老與鄉大夫薦鄉中賢能之書於王，謂之『鄉書』或『鄉老書』。後世科舉因以『鄉書』代指鄉試中式。葉紹翁四朝聞見録翁中丞：『孟熚補上庠生……次孟桂登辛丑第，又次孟寅嘗首臨安鄉書。』

〔九〕鼎科：謂科舉考試中的甲科。殷文圭賀同年第三人劉先輩咸辟命：『甲門才子鼎科人，拂地藍衫榜下新。』

〔一〇〕誥命：即誥和命。均爲皇帝的命令。典誥命：謂掌誥、命的撰寫和發佈。名臣碑傳琬琰之集卷四二王禹偁孫府君庸墓誌銘：『時給事中兼右庶子畢公與吾同典誥命。』

〔一一〕温贍：温雅豐富。蔡襄奏舉人儀州軍事推官監楚州排司張唐民可著作佐郎奏舉人前權知滎州軍事推官張暹龍可大理寺丞制：『以爾文藻温贍，吏資敏明，陞與京曹，用勸能者。』

〔一二〕隱默：緘默不言。范仲淹奏爲薦胡瑗李覯充學官：『臣聞臣之至忠莫先於舉士，君之盛德莫大於求賢，泰通之朝，豈敢隱默！』

〔一三〕造道：道德造詣。蘇軾與李公擇書之十一：『兄造道深，中必不爾。』

〔一四〕莫耶、干將：古利劍名。趙曄吴越春秋闔閭内傳：春秋吴有干將、莫邪夫婦善鑄劍，爲闔閭鑄陰陽劍，陽曰『干將』，陰曰『莫邪』。干將藏陽劍獻陰劍。吴王視爲重寶。

〔一五〕黄鐘：古代十二律中六種陽律的第一律。大吕：六種陰律的第四律。周禮春官大司樂：『乃奏黄鍾，歌大吕，舞雲門，以祀天神。』鄭玄注：『以黄鍾之鍾，大吕之聲爲均者，黄鍾陽聲之首，大呂爲之合。』

〔一六〕靈草指佞：博物志：『堯時有屈佚草，生於庭，佞人入朝則屈而指之。一名指佞草。』

〔一七〕魑魅：傳説中的山怪。左傳文公十八年：『投諸四裔，以禦魑魅。』杜預注：『魑魅，山林異氣所生，爲人害者。』寶鏡辟妖的傳説很多。王嘉拾遺記：『百鍊可爲金，色青，照鬼魅猶如石鏡，魑魅不能藏形矣。』段成式酉陽雜俎卷一〇物異：『鏡石。濟南郡有方山，相傳有奂生得仙於此。山南有明鏡崖，石方三丈，魑魅行伏了了然在鏡中。南燕時，鏡上遂使漆焉。俗言山神惡其照物，故漆之。』庾信小園賦：『厭山精而照鏡。』吴兆宜注：『玄中記：山精如人，一足，長三四尺，食山蟹，夜出晝藏。鶴齡曰：抱朴子道士以明鏡九寸懸於背，老魅不能近。有鳥獸邪物見之則其本形自見。尚瑗曰：華陽國志：武都有丈夫化爲女子，蓋山精也。蜀王納爲妃，無幾物故。蜀王遣五丁之武都，擔土作冢，上有石鏡。』

唐史屬辭序〔一〕

仁宗皇帝嘗謂商、周以來，爲國長久，惟漢與唐。不幸接乎五代，衰世之士，氣力卑弱，言淺意陋，不足以起其文。而使明君賢臣儁功偉烈，與夫奸虐，皆不暴其善惡，以動人耳目。誠不可以垂勸戒，示久遠。乃詔修舊史，以成新書。是時内出四庫所藏，外訪求遺事於天下，若文集誌刻，野語逸史，蒐索殆徧。而其删定討論，皆一時儒學之士，凡十有七年而後成〔二〕。於是與漢、晉諸史，方軌並駕，以垂無窮。吁！可謂盛矣。嘉祐中，其書新出〔三〕，而天下之士傳録誦讀，惟恐其後。時無爲程鵬彦升，篤愛是書，乃采一代事迹，四言成文，兩兩相比，題曰唐史屬辭〔四〕，總成四卷。其於善惡邪正，雖皆因其傳文，而於輕重諧偶若權衡然，可謂勤且至也，觀者用力少而收功多。將求鏤版①，以廣其傳，丐予以爲序②。彦升有學行，予科場友也。初命錢塘掾③，上官稱其材，將見其所施設，此未足以爲彦升道。元祐元年閏二月一日，泗州青陽述。

【校】

①將求鏤版　四庫本同；宋人集本作「將來鏤板」，誤。

②丐　四庫本同；宋人集本作「匄」。「丐」，同「匄」。　序　四庫本同；宋人集本作「叙」。

③塘　四庫本同；宋人集本作「唐」。

【箋】

〔一〕又見國朝二百家名賢文粹卷一四七。

〔二〕十有七年而後成：　謂歐陽修等撰新唐書成。歐陽修進新修唐書表（嘉祐五年七月戊戌爲提舉編修曾公亮作）：「皇帝陛下……以爲商、周以來，爲國長久，惟漢與唐。不幸接乎五代，衰世之士，氣力卑弱，言淺意陋，不足以起其文。而使明君賢臣雋功偉烈，與夫昏虐賊亂、禍根罪首，皆不足暴其善惡，以動人耳目。誠不可以垂勸戒，示久遠，甚可歎也。乃因邇臣之有言，適契上心之所閔。於是刊修官、翰林學士臣歐陽修、端明殿學士臣宋祁，與編修官、知制誥臣范鎮、臣王疇，集賢校理臣宋敏求、祕書丞臣吕夏卿，著作佐郎臣劉羲叟等，並膺儒學之選，悉發祕府之藏，俾之討論，共加删定，凡十有七年，成二百二十五卷。』

〔三〕書：指新唐書，編成於仁宗嘉祐五年。

〔四〕唐史屬辭：宋史藝文志：『程鵬唐史屬辭，四卷。』王應麟玉海卷四九唐書備問：『程鵬唐史屬辭四卷，四言成文，兩兩相比。元祐元年楊傑序。』但郡齋讀書後志卷二和文獻通考卷一九〇均謂『唐史屬辭，五卷。未詳撰人，皆效李瀚也。』李瀚，趙州贊皇人，唐昭宗龍紀元年己酉科狀元及第，累遷翰林學士，有文集三十卷傳世，所撰四言韻文蒙求，上下兩句對偶，各講一個掌故，總計二四八四字。如『王戎簡要，裴楷清通。孔明卧龍，吕望非熊。楊震關西，丁寬易東。』

五代紀元序〔一〕

有唐之衰，五代起于藩鎮。梁祖始以姦雄窺竊神器〔二〕，雖天下畏其强盛，而弑逆之禍在於閨門〔三〕。君不君，臣不臣，父不父，子不子，於梁氏備之矣，欲永其世，不亦難哉！夫亂臣賊子，人人棄之。乘其所共棄，而動之以言，故末帝得以誅友圭而代之①〔四〕。然而唐德深厚②，人心未忘，此後唐之所以興也。武皇征伐屏翰之功〔五〕，初與梁祖相後先，而梁祖終於取天下，武皇終於藩國；千載而後，梁祖首簒竊之罪，武皇保忠義之名，善惡之致，何其殊如是耶③！莊宗克成父志〔六〕，勇於征討，平定梁氏，中興唐祀，議者稱之。至于溺惑聲伎〔七〕，吝嗇賞賚〔八〕，此其所以亡也。所謂暴威武者或困於酒色之娱④，屯其膏，小正吉，大正凶⑤〔九〕，莊宗有之矣。莊宗、明宗、閔帝、廢帝四世三族，姓異號同〔一〇〕，同尊唐室，致有唐廟貌〔一一〕，雖石晉之代〔一二〕，亦宗祀之而不敢廢，乃武皇、莊宗之力也。晉高祖利建大號，以君父事契丹〔一三〕。及少主嗣位〔一四〕，欲正名分〔一五〕，召徠寇戎⑥，腥膻中夏⑦〔一六〕，人主后妃，蒙塵異域〔一七〕，皆高祖之罪也。漢高祖有赴難之迹〔一八〕，惜哉不克成其功。當中原無主之際，徇輿議而即位〔一九〕，不猶愈於僭竊者乎⑧？隱帝不能駕馭英豪⑨〔二〇〕，潛行誅戮〔二一〕，傾覆宗社，誠自取之爾。周高祖、世宗可謂英武也〔二二〕，已而其享國不永，恭帝冲幼，謳歌不歸〔二三〕。斯蓋曆數在乎眞主，非人謀之所及也。五十三年之間〔二四〕，生靈困于塗炭，王道衰而不振，史氏蕩而無法〔二五〕，秉筆之士，爲之嘆息。嗚呼！十三主有君天下之勢〔二六〕，而無君天下之道。君無其道，則賞罰有所不明；君有其勢，故紀元之法以託之也。或曰編年繫事，必具四時。在紀元則梁祖不書春，莊宗不書春夏秋冬者，何爲也？曰唐歷未終，不可以與梁也；梁歷未終，不可以與後唐也。不與之，所以正正統也。正統不正，何以正天下哉！治平三年春正月序。

【校】

①圭　宋人集本同；四庫本作『珪』。

②然而　四庫本同；宋人集本作『然』。

③耶　四庫本同；宋人集本作『邪』。

④酒　宋人集本同；四庫本作『聲』。

⑤小正、大正　宋人集本同；四庫本作『小貞』、『大貞』。

⑥寇戎　宋人集本同；四庫本作『敵寇』。

⑦腥膻　四庫本作『割裂』，宋人集本作『腥腥』。

⑧猶　四庫本同；宋人集本作『尤』。

⑨豪　宋人集本同；四庫本作『雄』。

【箋】

〔一〕又見國朝二百家名賢文萃卷一四八。

〔二〕梁祖：謂後梁太祖。本名朱温，唐僖宗賜名朱全忠，後自己又改名朱晃（取如日之光之意）。神器：代表國家政權的實物，如玉璽、寶鼎之類。借指帝位、政權。漢書敘傳上：『世俗見高祖興於布衣，不達其故，以爲適遭暴亂，得奮其劍，游説之士至比天下於逐鹿，幸捷而得之，不知神器有命，不可以智力求也。』顔師古注引劉德曰：『神器，璽也。』文選左思魏都賦：『劉宗委馭，巽其神器。』吕延濟注：『神器，帝位。』

〔三〕闈門：宮苑、内室的門。借指宮廷、家庭。禮記樂記：『在闈門之内，父子兄弟同聽之則莫不和親。』淮南子主術訓：『人主深居隱處以避燥溼，閨門重襲以避奸賊。』

〔四〕末帝：謂後梁末帝朱瑱（朱友貞），朱温第四子，封均王。友圭：即朱友圭，朱温第三子，封郢王。後梁乾化二年，朱友圭殺朱温自登帝位。次年爲其弟均王朱友貞所殺。

〔五〕武皇：謂李克用。因大敗黄巢有功，唐僖宗屬官檢校司空、同中書門下平章事、河東節度使。朱温建立後梁，克用仍用唐『天祐』年號，以復興唐朝爲名與後梁争雄。克用爲後唐建國奠定了堅實的基礎。

〔六〕莊宗：謂後唐莊宗李存勖，李克用之子，後梁龍德三年於魏州稱帝，史稱後唐。新五代史伶官傳序：『晉王之將終也，以三矢賜莊宗，而告之曰：「梁，吾讎也；燕王吾所立；契丹與吾約爲兄弟，而皆背晉以歸梁。此三者，吾遺恨也。與爾三矢，爾其無忘乃父之志！」』

〔七〕溺惑聲伎：新五代史伶官傳：『莊宗既好俳優，又知音，能度曲……又别爲優名以自目，曰「李天下」，自其爲王，至於爲天子，常身與俳優雜戲於庭，伶人由此用事，遂至於亡。』

〔八〕吝嗇賞賚：舊五代史莊宗紀八：『（史臣曰）靳吝貨財，激六師之憤怨。』

〔九〕屯其膏三句：易屯卦『九五』：『屯其膏。小貞吉，大貞凶。』即將及難而施以恩澤，如果是小事，保持純正，還會吉祥；如果是大事，即或保持純正，也難免凶險。

〔一〇〕姓異號同：莊宗李存勖，沙陀人，本姓朱邪氏。明宗李嗣源，沙陀人，姓不詳，名邈佶烈，李克用養子。閔帝李從厚，明宗之子。末帝李從珂，鎮州人，李嗣源養子。

〔一一〕廟貌：廟宇及神像。諸葛亮黄陵廟記：『廟貌廢去，使人太息。』

〔一二〕石晉：謂後晉。石敬瑭滅後唐稱帝，國號晉，史稱後晉，也稱石晉。

〔一三〕晉高祖二句：晉高祖，即石敬瑭。舊五代史末帝紀：『丁卯，戎王立石敬瑭爲大晉皇帝，約爲父子之國，改元爲「天福」。』

〔一四〕少主：謂後晉出帝石重貴，石敬瑭養子。敬瑭病死後繼位。

〔一五〕正名分：新五代史漢本紀：『自出帝立，與契丹絶盟，用兵北方。』

〔一六〕腥膻：謂入侵之外敵，這裏指契丹。太平廣記卷一九九引鄭處誨劉瑑碑：『天寶末，犬戎乘我多難，無力禦奸，遂縱腥羶，不遠京邑。』

〔一七〕人主二句：舊五代史晉書少帝紀載，開運二年正月初，石重貴向契丹乞降遭拒，降爲光禄大夫，封負義侯。其後輾轉黄龍府、遼陽等地，忍饑挨餓，倍受凌辱。後漢乾祐二年，被允於建州居住。道中，石重貴生母安妃病死。

〔一八〕漢高祖：謂劉知遠，太原人，五代後漢開國皇帝，即帝位後改名劉暠。後漢曾在軍事與政治上對抗契丹，詳新五代史漢本紀。

〔一九〕興議：　即興論。唐陸贄奉天改元大赦制：『固辭不獲，俯遂輿議。』

〔二〇〕隱帝：　謂劉知遠之子後漢隱帝劉承祐。

〔二一〕指劉承祐即位後，鎮壓李守貞、趙思綰、王景崇造反，擊殺大臣楊芬、史弘肇、王章等人，刺殺郭威等事。

〔二二〕周高祖：　當爲『周太祖』，謂後周開國皇帝郭威。舊五代史周書太祖紀：『太祖聖神恭肅文武孝皇帝，姓郭氏，諱威，字文仲，邢州堯山人也。』在位三年。世宗：　謂周世宗柴榮。舊五代史周書世宗紀：『世宗睿武孝文皇帝，諱榮，太祖之養子，蓋聖穆皇后之姪也，本姓柴氏。』在位六年。

〔二三〕恭帝二句：　舊五代史周書恭帝本紀：『恭帝，諱宗訓，世宗子也。』七歲即位。宋興，降封爲鄭王。年二十卒。謚號『恭』。舊五代史周書恭帝本紀：『史臣曰：　況恭帝當紈綺之冲年，會笙鏞之變響，聽謳歌之所屬，知命曆之有在。能遜其位，不亦善乎，終謚爲「恭」，故其宜矣。』

〔二四〕五十三年：　五代之梁、唐、晉、漢、周五朝，凡五十三年。

〔二五〕史氏：　謂史家、史官。韓愈答劉秀才論史書：『史氏褒貶大法，春秋已備之矣。』

〔二六〕十三主：　五代之梁、唐、晉、漢、周五朝，凡十三人稱帝。

補編年圖序

編年圖，任山先生之所撰也〔一〕。始自周平〔二〕，訖于聖宋，歲之甲乙列于上，國之年世列于下，稽諸史牒，咸得其實。先生授于建谿張君〔三〕，予於張君而得焉。周平而上，或患其闕，因自堯舜而補之。夫先生之圖，祖春秋也；某之所補，祖斷書也①。聖人之法，相爲表裏，不亦可乎？皇甫謐曰〔四〕：『堯生甲申歲。』孔安國曰：『堯年十六，以唐侯升爲天子〔五〕。』故即位于己亥也。書試舜之年曰『朕在位七十載』，故試舜于戊申也。試舜三載②，曰『汝陟帝位』〔六〕，故舜攝于辛亥也。二十八載，帝乃殂落（自舜攝之年），其崩于戊寅也。舜生三十詔庸③〔七〕，故舜生于己卯也。三十在位（歷試二年，攝位二十八年），故即位于庚辰也。禪禹于壬寅也，正月朔旦受命于神宗，故禹攝于癸卯也。五十載陟方乃死，故崩于己巳也。史遷曰：舜崩三十年而禹即天子位④，故禹即位于壬申也〔八〕。皇甫謐曰：『夏啓元年，歲在甲辰。』禹當先啓二年而崩。故崩于辛丑也。皇甫謐曰『禹年百歲』〔九〕，故生于壬戌也。又曰『啓立十年而崩』〔一〇〕，故崩于癸丑也。自啓至于周之共和〔一一〕，不得而補，年祀不明故也。唯汲冢紀年曰〔一二〕：『夏有王無王，用歲四百七十有一。』故夏亡于壬戌也。夏既亡，商宜有天下于次年，故湯踐位于癸亥也。皇甫謐曰『湯踐位十三年而崩』〔一三〕，故崩于己亥也。汲冢紀年又曰『湯滅夏以至于受，用歲四百九十有六』，故商亡于戊寅也。商既亡，周宜有天下于次年，故武王踐位于己卯也。共和而後，皆據史遷年表而補之〔一四〕。噫！自啓至于共和，年祀不明則有矣，世次可得不明⑤？故載爲三代世譜。時皇祐二年二月二十六日序。

【校】

①祖　四庫本同；宋人集本無『祖』字。

②四庫本同；宋人集本無『故試舜於戊申也。試舜三載』十一字。

③詔　四庫本、宋人集本作『征』。

④三十年　宋人集本同；四庫本作『三年』。當作『三年』。

⑤不　四庫本、宋人集本『校記』作『而』。

【箋】

〔一〕任山：潘自牧記纂淵海卷二三太原府：『任山，樂平人。有大志，不仕。作通紀並井田圖。嘗應召言事，富弼厚遇之。輿地紀勝』永樂大典方志輯佚太原志：『任山，平晉人，字子山。少有大志，法春秋作通記，擬井田作中田圖。嘗應召言事，即拂衣歸。宋相富弼厚遇之。今有晉溪集行於世。』永樂大典作『中田』，誤。

〔二〕始自句：蔡襄送任山歸河東：『編年作通記，起周迄炎宋。』

〔三〕建谿：水名。爲閩江北源。

〔四〕皇甫謐：字士安，自號玄晏先生。魏晉間安定朝那人。撰帝王世紀。晉書卷五一有傳。皇甫謐帝王世紀第二：『堯以甲申歲生。』

〔五〕堯年句：尚書堯典：『帝曰：咨四嶽，朕在位七十載。』孔安國傳：『堯年十六，以唐侯升爲天子。在位七十年，則時年八十六。』唐侯，即堯帝。馬驌繹史卷九陶唐紀：『帝王世紀：帝堯陶唐氏，祁姓也，母慶都孕十四月而生堯於丹陵，名曰放勛。烏庭荷勝，眉有八采，豐下鋭上，或從母姓伊氏。年十五而佐帝摯，受封於唐，爲諸侯。』

〔六〕汝陟帝位：尚書舜典：『帝曰：「格！汝舜。詢事考言，乃言底可績，三載。汝陟帝位。」』

〔七〕詔庸：謂被徵召任用。尚書舜典：『舜生三十徵庸。』孔安國傳：『言其始見試用。』蔡沈尚書集傳：『徵，召也。舜生三十年，堯乃召用。』

〔八〕史遷句：史遷，即司馬遷。史記夏本紀：『帝舜薦禹於天，爲嗣。十七年而帝舜崩。三年喪畢，禹辭避舜之子商均於陽城。天下諸侯皆去商均而朝禹。禹於是遂即天子位，南面朝天下，國號曰夏，後姓姒氏。』

〔九〕禹年百歲：皇甫謐帝王世紀第三：『（禹）年百歲，崩於會稽。』

〔一〇〕啓立句：皇甫謐帝王世紀第三：『夏啓元年甲辰，十年癸丑崩。』

〔一一〕共和：西周共和元年爲公元前八百四十一年。

〔一二〕汲冢紀年：又稱紀年、汲冢書、竹書紀年等，記夏、商、周史事。早佚，現存輯佚本多種。

〔一三〕湯踐位句：皇甫謐帝王世紀：『湯踐天子位十三年，年百歲而崩。』

〔一四〕年表：指史記十二諸侯年表。

楚風序

楚風者何？楚人美太守之詩也。詩有『四始』〔一〕，曷爲謂之『風』？本乎師乙之法〔二〕。師乙曰：『正直而静、廉而謙者宜歌風〔三〕。』進身以道，吾太守之正也；不爲勢曲，吾太守之直也；仁不撓物，吾太守之静也；介潔自守〔四〕，吾太守之廉也；接士降己，吾太守之謙也。故楚人之詩有美正直而静者，有美廉而謙者，得師乙歌風之法，是以謂之『風』也。

【箋】

〔一〕四始：詩之『四始』，舊説不一。詩大序：『一國之事，繫一人之本，謂之「風」；言天下之事，形四方之風，謂之「雅」；雅者，正也，言王政之所由廢興也，政有大小，故有「小雅」焉，有「大雅」焉；「頌」者，美盛德之形容，以其成功告於神明者也。是謂四始，詩之至也。』史記孔子世家：『關雎之亂以爲「風」始，鹿鳴爲「小雅」始，文王爲「大雅」始，清廟爲「頌」始。』

〔二〕師乙：先秦時魯國樂師。禮記樂記：『子贛見師乙而問焉，曰：「賜聞聲歌各有宜也，如賜者，宜何歌也？」師乙曰：「乙賤工也，何足以問所宜。請誦其所聞，而吾子自執焉。愛者宜歌商，温良而能斷者宜歌齊。夫歌者，直己而陳德也，動己而天地應焉，四時和焉，星辰理焉，萬物育焉。故商者，五帝之遺聲也。寬而静、柔而正者宜歌頌，廣大而静、疏達而信者宜歌大雅，恭儉而好禮者宜歌小雅，正直而静、廉而謙者宜歌風。』鄭玄注：『子贛，孔子弟子。師，樂官也；乙，名。』子贛，即子貢。

〔三〕正直二句：出禮記樂記。史記樂書作『正直清廉而謙者宜歌風』。

〔四〕介潔：耿介高潔。葛洪抱朴子博喻：『是以介潔而無政事者，非撥亂之器。』

清獻趙公壽塋頌序〔一〕

元豐二年春，資政殿大學士、太子少保趙公連章得謝歸于三衢〔二〕。是年冬，卜壽塋于先塋國令公兆域之側〔三〕，乃自作頌，題於壁間。後五年〔四〕，公薨，天子聞訃震悼，輟視朝，優錫賻典〔五〕，以太子少師告第〔六〕。太常考行〔七〕，以『清獻』易名，尚書省集議，僉以爲當，朝廷從以謚焉，古未有也。公子屼初辭御史〔八〕，又辭太僕丞，願就養于南國。

上嘉其世孝，詔提舉兩浙路常平廣惠倉，以便養志也〔九〕。及遭鉅創〔一〇〕，每視壁間所書頌，則號慕殞絶，思刻石以廣其傳，乃屬某以爲序。某聞患莫大於愛生，累莫重於畏死。至人無己，悟其本不生，故其存也無所愛；達其未嘗滅，故將亡也無所畏〔一一〕。惟其無愛無畏，乃能致其忠，極其孝①，一其誠，而冥於道〔一二〕。至於不隕穫於貧賤②，不充詘於富貴〔一三〕，見利不虧其義，見死不更其守，其餘事也。公之頌章首曰『吾政已致』〔一四〕，蓋戴吾君從其乞身之請，退而不敢忘其忠也。次曰『歸此山地』，蓋言吾親全而生之，己將全而歸之，没而不敢忘其孝也。又曰『彼眞法身，不即不離』〔一五〕，蓋了覺本源〔一六〕，實無生滅，一其誠而冥於道也。公其至人乎！來者觀其頌，則知公之所存矣。八年冬，某被命典客〔一七〕，訪道南游，將還京師，得公子書，至武林乃爲序云〔一八〕。

【校】

①極　宋人集本同；四庫本作『竭』。

②隕　四庫本同；宋人集本作『損』，誤。

【箋】

〔一〕該文作於元豐八年冬或九年初。清獻趙公：謂趙抃，字閱道，衢州西安人，景祐元年進士及第。歷事仁宗、英宗、神宗，忠亮純直，爲政簡易，長厚清修，爲時名臣。累官至參知政事，以太子少保致仕，謚清獻。宋史趙抃傳、蘇軾趙清獻公抃愛直之碑録其生平頗詳。謚清獻，蓋表其廉潔奉法、德賢有成。壽塋：生時所作的墳塋。洪邁夷堅丙志應夢石人：『既葬二親，又自爲壽塋於左次。』

〔二〕連章：接連上章。杜大珪名臣碑傳琬琰之集上卷八蘇軾趙清獻公抃愛直之碑曰：『公年未七十告老於朝，不許，請之不已。』何遜、劉孺賦詠聯句：『連章既不敏，高談豈能劇。』三衢：見卷九祝先生詩集序箋注〔二〕。

〔三〕國令公：謂趙抃父趙亞才，曾任廣州南海主簿。蘇軾趙清獻公抃愛直之碑：公既貴，贈考開府儀同三司，封榮國公。兆域：墓地。資治通鑑齊武帝永明八年：『請時定兆域，及依漢魏故事，並太皇太后終制，既葬，公除。』胡三省注：『兆域，謂葬地。』據蘇軾趙清獻公抃愛直之碑，趙氏兆域地在衢州西安蓮華山。

〔四〕後五年：指元豐七年。蘇軾趙清獻公抃愛直之碑：『（趙清獻公）以疾還衢，有大星隕焉。二日而公薨，實七年八月癸巳也。訃聞天子，輟視朝一日，贈太子少師。』

〔五〕賻典：賻金及喪儀規格。宋史李端願傳：『元祐六年卒，帝輟朝臨奠，賻典加等。』

〔六〕告第：追贈官品。張式大唐故銀青光禄大夫彭王傅上柱國會稽郡開國公贈太子少師東海徐公神道碑銘：『其明年，薨於長安永寧里之私第，享齡八十，告第加等，贈太子少師終焉。』夏竦文莊集卷二九故守司徒兼門下侍郎同中書門下平章事充玉清昭應宫使昭文館大學士監修國史冀國公贈太師中書令謚文穆王公墓誌銘：『丞相薨於位，享年六十有四。兩宫震悼，皇太后車駕臨哭盡哀，天子素服三日，不視朝。以太子中書令告第。』

〔七〕考行：考察行爲事迹。元稹贈于頔謚：『昔羽父爲無駭請謚於魯侯，而衛君亦自稱公叔文子之迹，則考行必在於有司，賜謚或行於君命久矣。』

〔八〕岍：宋史趙岍傳：『字景仁，由蔭登第，通判江州，改温州，代還，得見。時抃已謝事，神宗命爲太僕丞，擢監察御史。以父老請外，提舉兩浙常平。』

〔九〕養志：謂奉養父母能順從其意志。孟子離婁上：『若曾子，則可謂養志也。事親若曾子者，可也。』桓寬鹽鐵論孝養：『故上孝養志，其次養色，其次養體。』

〔一〇〕鉅創：極大的悲傷。指趙抃辭世。

〔一一〕至人五句：言至人能順應自然，忘掉自己，無愛無畏。至人，指超凡脱俗，達到無我境界的人。莊子逍遥遊：『至人無己，神人無功，聖人無名。』莊子齊物論：『至人神矣，大澤焚而不能熱，河漢沍而不能寒，疾雷破山，飄風振海，而不能驚。若然者，乘雲氣，騎日月，而游乎四海之外，死生無變於己，而况利害之端乎？』

〔一二〕冥：契合。關尹子四符：『唯無我無人，無首無尾，所以與天地冥。』

〔一三〕至於二句：隕穫，喪失志氣。充詘，得意忘形。禮記儒行：『儒有不隕穫於貧賤，不充詘於富貴，不慁君王，不累長上，不閔有司，故曰儒。』鄭玄注：『隕穫，困迫失志之貌也。充詘，歡喜失節之貌。』孔穎達疏：『言己雖遇貧賤，不隕穫失志也；言雖得富貴，不喜歡失節。』即孟子滕文公下『富貴不能淫，貧賤不能移，威武不能屈』之意。

〔一四〕致：謂致仕。

〔一五〕不即不離：圓覺經卷上：『不即不離，無縛無脱。』

〔一六〕本源：根本。杜甫信行遠修水筒：『秉心識本源，於事少凝滯。』

〔一七〕典客：職官名，負責少數民族事物及外賓接待等事務。楊傑延恩衍慶院記：『元豐八年秋，余被命陪高麗國王子祐世僧統訪道吴越。』

〔一八〕武林：即杭州，因武林山得名。

石聲編序〔一〕

嘉祐五年夏四月①，儂智高叛廣南〔二〕，晉康太守趙公死于難〔三〕。夫賊勢不可敵，而太守敵之，不曰勇於義乎！去晉康則可以生，而太守不之去，不曰固其守乎！既知其不可敵，又知其不可去，而太守不自屈其節而死之，不曰忠於國乎！故聞太守之風者，庸懦之人激而勇，苟生之人激而守，姦邪之人激而忠。有是三者之大節，而爲教於天下，天下賢君子得不聞而稱之乎！是以具于奏牘者一，狀其行事者一，銘表其墓者三，記于祠堂者二，形于聲詩者不可遽數〔四〕。太守之弟殿中丞世弼，集其所得詩以示傑，且以序見託。傑按，樂記曰：『石聲磬，磬以立辨，辨以致死。君子聽磬聲，則思死封疆之臣〔五〕。』請名其集曰石聲編，將使萬世君子見其詩，思其人，其猶聽石聲而思之云爾。太守諱師旦，潛叔，其字也。

【校】

①嘉祐　四庫本、宋人集本同，誤。當爲『皇祐』。

【箋】

〔一〕石聲編：宋史藝文志：『石聲編，一卷，趙師旦家編集。』趙師旦，曾知康州，故又稱趙康州。郭祥正題趙康州石聲編後：『一賊鳴銅鼓，孤城隕使星。形骸糜矢石，忠義貫丹青。皎皎張巡傳聖俞表，新新李子銘荆公志。吾詩愧涓滴，何以助南溟。』

〔二〕儂智高：北宋廣西廣源州少數民族首領。據宋史，皇祐四年四月，儂智高率五千起事，拔州攻縣。五年春正月，狄青夜度崑崙關，大敗儂智高於邕州，智高走大理廣南。

〔三〕晉康：在今廣東德慶。宋史地理志：『德慶府，望。本康州晉康郡，軍事。開寶五年，廢州及悦城、晉康、都城併入端溪，以隸端州，尋復爲州。』宋史趙師旦傳：趙師旦，字潛叔，武城人。移知康州。儂智高叛，城破，爲儂智高所害。卒年四十二。按趙師旦父輩時已遷徙至安徽宣城，故明、清方志中亦謂其爲宣城人。文獻通考卷九〇郊社考：『哲宗元祐三年，廣南經略司言儂寇之亂，康州趙師旦、封州曹覲、邕州蘇緘戰死，請爲立祠載祀典。從之。』

〔四〕形于句：阮閲詩話總龜卷一：『趙師旦潛叔，皇祐中守康州，儂賊犯城，死于是。士大夫作詩者衆，而元厚之、李擇中詩爲最佳。』時人表其壯舉者，見王安石趙師旦墓誌銘、趙抃哭康守趙師旦、曾鞏儒學行義、蔡襄故知封州殿中丞曹覲宜特贈太常少卿知康州贊善大夫趙師旦宜特贈光禄少卿制、江少虞事實類苑等。

〔五〕石聲磬五句：陳澔禮記集説卷七樂記：『舊説磬讀爲罄，上聲，謂其聲音罄罄然，所以爲辨别之意。死生之際，非明辨於義而剛介如石者，不能決。封疆之臣，致守於彼此之限，而能致死於患難之中。故君子聞聲而知所思也。』鄭玄注：『辨，謂分明於節義。』

講周禮序〔一〕

周禮者，周公建六官、致太平之書也〔二〕。公以聖人之德，極輔相之尊，通天下之志，成天下之務，故能作是經，述是禮，爲萬世之大法也。其略見于周官〔三〕，其詳載于六典〔四〕。六典者何？治教禮政刑事也。治無不統，天之道也，天官冢宰以掌之。教無不容，地之道也，地官司徒以掌之。和豫者禮，其序春也，春官宗伯以掌之。正大者政，其序夏也，夏官司馬以掌之。肅嚴者刑，其序秋也，秋官司寇以掌之。富有者事，其序冬也，冬官司空以掌之。治則不言而化也，教則見於言矣，禮則見於容矣，政則見於令矣，刑則見於威矣，事則見於物矣，此其精麤先後之序也。六官帥其屬，三百六十期之日也。自天子、諸侯至于公卿、大夫，貴賤莫不有位；自王畿至於侯甸男采衛要蕃〔五〕，遠近莫不有制。自天地、宗廟至于百神，祀享莫不有常。自正月之吉至于歲終，施爲莫不有時。自人至于鳥獸草木①，養之必有其道；自宫室至于車服器用，制之必有其法。無一職不脩而王道備，無一物不化而歲功成，此所以致太平而敵天命也②。不幸遭罹秦火，絶滅典常，出自山巖，遽藏秘府，冬官亡失，既不獲其完書，士儒相傳，久已弊於俗學〔六〕。聖上憫其若此，命儒臣以訓釋旨歸，列之科選，使成周太平之迹，焕然著明於本朝，誠千百年希闊之遇也③〔七〕。然而執形器、度數之學者〔八〕，不知制作之所存；泥道德性命之説者〔九〕，不能考合以適用〔一〇〕。蓋學禮者之所蔽。惟不執不泥，然後能盡變通以致用，上以副朝廷經術造士之意，不其盛歟！

【校】

①木　四庫本同；宋人集本作『本』，誤。

②敵　朱彝尊經義考同；四庫本、宋人集本『校記』作『敬』。

③千百年　四庫本同；宋人集本作『千歲百年』。

【箋】

〔一〕又見國朝二百家名賢文粹卷一五二。朱彝尊經義考卷一二二：『楊氏傑周禮講義，佚。』以下録講周禮序全文，知講周禮即周禮講義。

〔二〕周公：史記魯周公世家：『周公旦者，周武王弟也。』劉歆、鄭玄均認爲周禮乃『周公致太平之迹』。六官：謂周禮之天官冢宰、地官司徒、春官宗伯、夏官司馬、秋官司寇、冬官司空。六官分掌邦國之政。亦稱六卿。

〔三〕周官：即尚書周書中的周官，相傳爲周公所作。史記魯周公世家：『成王在豐，天下已安，周之官政未次序，於是周公作周官，官别其宜。』

〔四〕六典：周禮中六方面的治國之法。周禮天官大宰：『大宰之職，掌建邦之六典，以佐王治邦國：一曰治典，以經邦國，以治官府，以紀萬民；二曰教典，以安邦國，以教官府，以擾萬民；三曰禮典，以和邦國，以統百官，以諧萬民；四曰政典，以平邦國，以正百官，以均萬民；五曰刑典，以詰邦國，以刑百官，以糾萬民；六曰事典，以富邦國，以任百官，以生萬民。』

〔五〕王畿，古指王城周圍千里之地。周禮夏官職方氏：『乃辨九服之邦國，方千里曰王畿。』孫詒讓周禮正義：『方千里曰王畿者，謂建王國也。』王畿之外還有『九畿』。周禮夏官大司馬：方千里曰國畿，其外方五百里曰侯畿，又其外方五百里曰甸畿，又其外方五百里曰男畿，又其外方五百里曰采畿，又其外方五百里曰衛畿，又其外方五百里曰蠻畿，又其外方五百里曰夷畿，又其外方五百里曰鎮畿，又其外方五百里曰蕃畿。

〔六〕不幸八句：乾隆欽定周官義疏卷首：『賈氏公彦曰：周官，漢孝武之時始出，祕而不傳。馬融傳云：秦自孝公以下用商君之法，其政酷烈，與周官相反，故始皇禁挾書，特疾惡，欲絶滅之，搜求焚燒之獨悉。是以隱藏百年。孝武帝始除挾書之律，開獻書之路，既出於山巖石壁，復入於祕府。五家之儒莫得見焉。至成帝時，劉向子歆校理祕書，始得列序著於録略。冬官一篇既亡，以考工記足之。』

〔七〕希闊：罕見。周密齊東野語省狀元同郡：『至淳祐甲辰，省元徐霖、狀元留夢炎皆三衢人。一時士林歆羡，以爲希闊之事。』

〔八〕執：謂拘泥、固執。下『泥』意同。形器：謂形制。度數：謂標準。

〔九〕道德性命之説：指注重『性』、『命』關係，强調順應天道。

〔一〇〕考合：謂綜合考量。

題　跋

題孔融四公頌〔一〕

華陰靖節先生寶九歲時活一黄雀，其夕有黄衣童子再拜曰①：『我王母使者，感君仁愛救拯，實感存濟②，授以四白環，令君子孫潔白，位登三事，當如此環。』〔二〕其後震、秉、賜、彪四世太尉〔三〕，德業相繼。及曹操欲害彪時〔四〕，孔融爲將作大匠〔五〕，聞之往見操曰：『楊公四世清德，海内所瞻。今横死無辜③，則孰不解體〔六〕？融，魯國男子，明日便當拂衣而去。』操不得已而出之。觀頌詩則見孔公之誠心矣。此卷翰書奇古〔七〕，有御書印及空闕景皇、神堯諱〔八〕，驗是唐朝内府所藏。『靖恭楊氏世世傳以爲寶』〔九〕，其『世』字『民』字尚未諱者，蓋貞觀以前書也。

【校】

①再　四庫本同；宋人集本作『載』。

②存　四庫本同；宋人集本作『成』。

③無　宋人集本同；四庫本作『非』。

【箋】

〔一〕孔融：字文舉。魯國魯縣人。少有俊才，名動一時。靈帝時爲侍御史，遷虎賁中郎將。獻帝時，出爲北海相，時稱孔北海。後爲將作大匠，遷少府，拜太中大夫。爲人恃才負氣，辭多譏嘲，爲曹操所忌殺。後漢書卷一〇〇有傳。四公頌不詳。按後漢書孔融傳謂得融『所著詩、頌、碑文、論議、六言、策文、表、檄、教令、書記凡二十五篇』。未及具體篇目名稱，明張溥輯漢魏六朝百三家集孔少府集和近人俞紹初輯建安七子集中均未見該篇。楊傑稱此詩『有御書印及空闕景皇神堯諱』，又『「世」字、「民」字，尚未諱者』，復有題跋『靖恭楊氏世世傳以爲寶』，言之鑿鑿，四公頌似爲孔融逸篇。

〔二〕華陰靖節先生寶：指東漢楊寶。楊寶放雀報環事，載搜神記、續齊諧記等。干寶搜神記卷二〇：『漢時，弘農楊寶年九歲時，至華陰山北，見一黄雀爲鴟梟所搏，墜於樹下，爲螻蟻所困。寶見愍之，取歸，置巾箱中，食以黄花，百餘日毛羽成，朝去暮還。一夕三更，寶讀書未卧，有黄衣童子向寶再拜曰：「我西王母使者，使蓬萊，不慎爲鴟梟所搏。君仁愛見拯，實感盛德。」乃以白環四枚與寶，曰：「令君子孫潔白，位登三事，當如此環。」』三事：謂三公。詩小雅雨無正：『三事大夫，莫肯夙夜。』孔穎達疏：『三事大夫，爲三公耳。』漢書韋賢傳：『天子我監，登我三事。』顔師古注：『三事，三公之位，謂丞相也。』

〔三〕四世太尉：見後漢書楊震列傳子秉、孫賜、曾孫彪、玄孫脩。

〔四〕曹操害彪：後漢書楊震列傳：『時袁術僭亂，操托彪與術婚姻，誣以欲圖廢置，奏收下獄，劾以大逆。』

〔五〕將作大匠：職官名。掌宫室、宗廟、陵寢等土木營建。

〔六〕解體：後漢書楊震列傳注：『左傳曰：「季文子謂晉韓穿曰：四方諸侯，誰不解體！」杜預注曰：「言不復肅敬也。」』

〔七〕翰書：指文辭。

〔八〕景皇：謂唐太祖李虎。神堯：謂唐高祖李淵。舊唐書高祖本紀：『高祖神堯大聖大光孝皇帝姓李氏，諱淵……皇祖諱虎，後魏左僕射，封隴西郡公，與周文帝及太保李弼、大司馬獨孤信等以功參佐命，當時稱爲「八柱國家」。仍賜姓大野氏。周受禪，追封唐國公，謚曰襄。至隋文帝作相，還復本姓。武德初，追尊景皇帝，廟號太祖，陵曰永康。』

〔九〕靖恭：即靖恭坊。司馬光傳家集卷七八玉城縣君楊氏墓誌銘：『夫人姓楊氏，故尚書工部郎中直史館韓公之配也。公之世系事業龍圖閣直學士郭公志之矣。夫人之先，在唐爲盛族，居靖恭坊。五代之亂，衣冠之緒零落殆盡，唯靖恭楊氏徙家於吴，世有顯人，迄今不絶。』宋史楊覃傳：『楊覃，字申錫，漢太尉震之後。唐有京兆尹憑居履道坊，僕射於陵居新昌坊，刑部尚書汝士居靖恭坊，時稱三楊，皆爲盛門，而靖恭尤著。』

題范文正書伯夷贊①〔一〕

伯夷避位孤竹〔二〕，責仁於周〔三〕，義不食粟，死於首陽〔四〕，可謂聖人之清已，其於時也，不亦難哉！文正公書伯夷頌時，今中書丞相侍行青社〔五〕，三十年間繼登宰輔〔六〕，澤被四海，有若伊尹格于皇天，有若伊陟格于上帝〔七〕，蓋千載一時也。元祐四年四月四日，權發遣兩浙路提點刑獄公事楊傑謹題。

【校】

①贊　宋人集本同；四庫本作『頌』。

【箋】

〔一〕范文正：指范仲淹，謚文正。王鏊姑蘇志卷二三官署下：『慶元三年，趙希實重修。有范希文、石曼卿所書韓文公伯夷頌。』韓文公，即韓愈。文彦博跋文正公手書伯夷頌墨迹小注曰：『手書伯夷頌，繫皇祐三年庚寅十一月戊申日。』各家均記爲伯夷頌，不作伯夷贊。

〔二〕伯夷句：謂伯夷避孤竹國君之位。史記伯夷列傳：『伯夷、叔齊，孤竹君之二子也。父欲立叔齊。及父卒，叔齊讓伯夷。伯夷曰：「父命也。」遂逃去。叔齊亦不肯立而逃之。』

〔三〕周：指周文王。史記伯夷列傳：『（文王）東伐紂。伯夷、叔齊叩馬而諫曰：「父死不葬，爰及干戈，可謂孝乎！以臣弑君，可謂仁乎！」』

〔四〕首陽：即首陽山，一名雷首山。論語季氏：『伯夷、叔齊，餓於首陽之下，民到於今稱之。』何晏論語集解引馬融曰：『首陽山在河東蒲坂，華山之北，河曲之中。』蒲坂故城，在今山西永濟縣南。史記伯夷列傳：『武王已平殷亂，天下宗周，而伯夷、叔齊恥之，義不食周粟，隱於首陽山，采薇而食之。』

〔五〕中書丞相：謂范純仁。范仲淹於青州任上書伯夷頌，時其次子范純仁陪侍。宋史范純仁傳：純仁，字堯夫，謚忠宣。皇祐元年進士及第，以事親不赴官，至爲范仲淹執服畢始出仕。哲宗即位，召除給事中，進吏部尚書，同知樞密院事。元祐三年，拜尚書右僕射兼中書侍郎。元祐八年，復召拜右僕射。侍行：侍奉尊長出行。蘇軾與程正輔提刑書之二：『老兄到此……令子幾人侍行？』續資治通鑑宋高宗紹興二十五年：『李光之得罪也……長子孟清、中子孟醇皆侍行，死貶所。』青社：即青州。在今山東北部一帶。宋史李之才傳：『李之才，字挺之，青社人也。』蘇軾東坡志林冢中棄兒吸蟾氣：『富彥國在青社，河北大饑，民爭歸之。』

〔六〕宰輔：謂宰相。范仲淹書伯夷頌在皇祐三年十一月，范純仁元祐三年拜尚書右僕射兼中書侍郎，其間實相隔三十八年。

〔七〕史記燕召公世家：『成王既幼，周公攝政，當國踐祚，召公疑之，作君奭。君奭不說周公。周公乃稱「湯時有伊尹，假於皇天；在太戊時，則有若伊陟、臣扈，假於上帝，巫咸治王家。」』裴駰史記集解：『孔安國曰：「伊摯佐湯，功至大天。謂致太平也。」漢鄭玄曰：「皇天，北極天帝也。」』又『孔安國曰：「伊陟、臣扈率伊尹之職，使其君不隕祖業，故至天之功不隕。」馬融曰：「道至於上帝，謂奉天時也。」漢鄭玄曰：「上帝，太微中其所統也。」』

題慧應大師運氣經絡圖

五音之變，六律之序〔一〕，治樂者不可不知。不知是而考擊成聲者〔二〕，豈非偶諧歟？四瀆之源〔三〕，百川之會，治水者不可不知。不知是而疏導有功者，豈非幸中歟〔四〕？黄帝之書〔五〕，醫家所重，詳究其義，五運六氣〔六〕，猶樂之五音六律也，十二經絡〔七〕，猶水之四瀆百川也，安可忽之哉！余久官奉常①〔八〕，屢被詔考校太醫觀②〔九〕，學者之於運氣經絡，通者亦鮮，然後知醫術之爲難矣。昨見錢唐慧應大師智全所出五運六氣十二經絡圖，因召而攻其所學③〔一〇〕，本末皆見於黄帝之書。蓋家世師承，有所自矣，講學之暇，益精於此。其濟人之心，孰禦焉？元祐元年三月二十九日，洞庭舟中題。

【校】

①余　四庫本同；宋人集本作『予』。

②觀　四庫本同；宋人集本『校記』作『官』。考宋代無『太醫觀』之設，淳化三年之前作『太醫署』，之後改作『太醫局』。此處似當依宋人集本『校記』作『太醫官』。『觀』字或屬下讀，亦通。

③攻　四庫本同；宋人集本作『攷』。

【箋】

〔一〕五音：又叫五聲，指音樂的五個音階。六律：六個定樂器的標準（即音律）。周禮春官宗伯：『大師掌六律、六同以合陰陽之聲。陽聲：黄鍾、太簇、姑洗、蕤賓、夷則、無射；陰聲：大吕、應鍾、南吕、函鍾、小吕、夾鍾。皆文之以五聲：宫、商、角、徵、羽。』孟子離婁上：『不以六律，不能正五音。』六韜五音：『夫律管十二，其要有五音：宫、商、角、徵、羽，此其正聲也，萬代不易。』十二律分陰、陽各六律，陽律順序爲： 黄鍾、太簇、姑洗、蕤賓、夷則、無射，陰律順序爲： 大呂、夾鍾、中呂、林鍾、南呂、應鍾。

〔二〕考擊： 擊打，敲打。蘇軾石鼓歌：『遂因鼓鼙思將帥，豈爲考擊煩矇瞍。』

〔三〕四瀆： 爾雅釋水：『江、河、淮、濟爲四瀆。四瀆者，發原注海者也。』

〔四〕幸： 僥幸。國語晉語六：『今吾刑外乎大人，而忍於小民，將誰行武？ 武不行而勝，幸也。幸以爲政，必有内憂。』

〔五〕黄帝書： 謂黄帝内經，古代醫家托名軒轅黄帝之作，分靈樞、素問兩部分。

〔六〕五運： 指金、木、水、火、土五行的運行。素問天元紀大論：『五運相襲而皆治之，終期之日，周而復始。』張隱庵集注：『言五運之氣，遞相沿襲，而一歲皆爲之主治。』六氣： 指風、熱、濕、火、燥、寒六種症候。素問至眞要大論：『黄帝問曰：「六氣分治，司天地者，其至如何？」岐伯曰：「厥陰司天，其化以風； 少陰司天，其化以熱； 太陰司天，其化以濕； 少陽司天，其化以火； 陽明司天，其化以燥； 太陽司天，其化以寒。」』沈括夢溪筆談象數一：『醫家有五運六氣之術，大則候天地之變，寒、暑、風、雨、水、旱、螟、蝗，率皆有法； 小則人之衆疾，亦隨氣運盛衰，今人不知所用，而膠於定法，故其術皆不驗。』

〔七〕經絡： 指經脉與絡脉。靈樞本輸：『凡刺之道，必通十二經絡之所終始。』十二經絡分别爲手三陰經、手三陽經、足三陰經、足三陽經，是人體經絡系統的主體。

〔八〕奉常：禮官名，掌宗廟禮儀。
〔九〕考校：指按一定標準考核官員，分别等差，決定升降賞罰。
〔一〇〕攻：當作『攷』。即考核。

題浮渡山峯嵓圖〔一〕

潛叟樂山水〔二〕，至浮渡，樂而甚，故爲山之峯嵓圖。一曰安，爲其可以居也；二曰怪，爲其有所象也；三曰險，爲其往之難也；四曰幽，爲其邃而異也。居廣泉甘，安之上也；有一不及，安之中也；有一不足，安之下也。象而近之，怪之上也；象而或差，怪之中也；象而或疏，怪之下也。人不能往，險之上也；往而惕然，險之中也；往而或惕，險之下也。既邃且異，幽之上也；有一不及，幽之中也；有一不足，幽之下也。已而示于達翁，達翁笑之曰：『子所謂安，安之常也；子所謂怪，怪之常也；子所謂險，險之常也；子所謂幽，幽之常也。吾聞之大安不居，大怪不象，大險不難，大幽不邃。安乎？怪乎？險乎？幽乎？在于是圖。忘其圖，不盡山之勝乎？此巖圖其來固久，歷世狀者不知其幾人矣。其如形勢尚未之辨〔三〕，則其安、怪、幽、險又焉所及乎！』金陵僧慧淵善於水墨丹青，非獨能辨其形勢，至於安、怪、幽、險，悉精妙乎筆端，實與造物者争其先後也。或平昔樂于山川者，縱未達是境，若披是圖，亦可以盡得于心目矣。

【箋】

〔一〕浮渡山：　即今安徽樅陽之浮山。方輿勝覽卷四九安慶府：『浮渡山，在桐城東九十里，上有三十五巖，其可居可游者三十六。』浮渡山峯嵒圖，不知何人所作。

〔二〕潛叟：　本篇主體爲潛叟與達翁之間的對話。卷一〇世綱篇亦爲潛叟與達翁對話構成。潛叟與達翁似爲作者虛構的兩個人物，潛叟代表隱而不仕者，達翁代表仕而濟世者。

〔三〕形勢：　地理狀況、地勢。劉知幾史通卷一五點煩：『是以聚米爲谷，賊虜之虚實可知；畫地成圖，山川之形勢易悉。』

無爲集卷十

記 附雜文

洪州門記①〔一〕

今天子即位〔二〕，元年春三月己巳〔三〕，洪州初以州名表于門②。何以書？重正名也。豫章之水源于虔化，會貢水而爲贛，東北至于洪崖之陽〔四〕。漢置郡曰豫章，因水名也；隋易郡曰洪州，因山名也。唐治軍建節曰『鎮南』，制遠俗也；僞唐僭稱南都〔五〕，避中原而卜遷也③〔六〕。皇朝削平僭爲④，聲教被于四海，州名從隋，仍舊貫也，鎮名從唐，存武備也⑤。鎮名則有節度使以領之，州名則有觀察、團練、刺史以領之⑥，是二者之名不可闕其一也。而『鎮南』之名固已表于府門矣〔七〕，惟州名則闕然未之表也。兵部施公出守是邦〔八〕，以德義鎮俗，事爲有本，迺命以州名表于中門〔九〕，表之所以正名也。正名可書，不可不書，故書⑦。

【校】

①四庫本、宋人集本同；江西通志卷一二三題作『洪州府治中門記』。

②于　四庫本、宋人集本同；江西通志作『其』。

③卜　四庫本、宋人集本同；江西通志作『北』。當作『卜』。

④爲　四庫本、宋人集本同；江西通志作『僞』。

⑤備　四庫本、宋人集本同；江西通志作『略』。

⑥領　四庫本、宋人集本同；江西通志作『鎮』。

⑦正名可書，不可不書，故書　四庫本、宋人集本同；江西通志作『正名不可不書，故書之』。

【箋】

〔一〕又見雍正江西通志卷一二三、乾隆南昌府志卷四。洪州：即今江西南昌，隋開皇九年平陳置，因洪崖山得名。

〔二〕今天子：謂宋英宗趙曙。後文云『兵部施公出守是邦』，施公，即施元長。江西通志卷九：『施元長，兵部郎中，知洪州。府志：治平元年任。』吴廷燮北宋經撫年表：『治平元年，兵部員外郎施元長，知洪州。』江西通志卷四六謂『治平二年，以兵部郎中任』，誤。

〔三〕元年：謂治平元年。

〔四〕洪崖：指洪崖山。洪崖，相傳爲軒轅黄帝的樂官，名伶倫，曾隱居於豫章西山，後修道成

『洪崖，在府城西三十里西山左右。石壁斗起峭絶，飛湍奔注，下有洪井，乃洪崖先生得道之處。』郭璞游仙詩之三：『左挹浮丘袖，右拍洪崖肩。』明一統志卷四九江西布政司：仙。

〔五〕僞唐：指五代十國時期的南唐。

〔六〕卜遷：占卜以確定國都遷移之地。南唐中主李璟曾遷都洪州。

〔七〕鎮南：指鎮南軍。江西通志卷一九：『南昌府署……宋仍州，置鎮南軍，後升爲隆興府，太平興國中郡守張繼則重修。』

〔八〕兵部施公：即施元長，字景仁，宛陵（今安徽宣城）人。天聖五年進士。歷官兩浙提點刑獄、兵部郎中（一説兵部員外郎）。治平元年知洪州。

〔九〕中門：猶正門。江西通志卷一九：『南昌府署……施元長書名，揭於中門之楣。楊傑有記。』

西水磨記〔一〕

都城當萬國之要〔二〕，會升平日久，比屋富庶，四海内外，寶貨叢聚，車無停軔〔三〕，馬無緩轡，晦明寒暑，衝衝交馳乎其間〔四〕。有闤闠之喧所不及處〔五〕，已不可多得，而況流水潺湲，嘉木蓊鬱，魚鳥上下，風物清勝〔六〕，有山林江湖之氣象者乎！都下水磨務有三，皆國朝所置，以供尚食暨中外之用〔七〕，然其景趣不同，而所謂有山林江湖之氣象者，西務是已。將造其門，水聲先出乎林間。行及其旁，則長槽瀉波，鉅輪激濤，雷轟電射，雪迸雨飛，若竝谷簾〔八〕，若臨洪崖〔九〕，使人毛髮森然，語言不能相接。有景如此，而都人罕有知者。自宛陵梅平叔、太原王漢卿之領是局也〔一〇〕，薦紳往往至焉。主人嘉客之來，臨流設樽，拂石爲坐。垂鈎清淵，魚泳而間食①；彈琴曲渚，鷗馴而不驚。沙泉盈尺〔一一〕，跣可以涉；漁艇一葉，醉可以卧。方是時也，賓主陶然，如在江湖之上，山林之中，烏知車馬闤闠之喧哉！朝野諸公多有詩詠，或形汗簡〔一二〕，或題屋壁，凡數十篇。漢卿官滿，懼異日之遺墜，乃鑱諸石，以傳永久。知予尤愛其景，故託以爲序，蓋所願也。元豐二年中秋日述。

【校】

①間　宋人集本同；四庫本作『同』。當作『間』，悠閑之義。

【箋】

〔一〕西水磨：見卷七留題城西水磨箋注〔一〕。

〔二〕萬國：謂全國。要：衝要。

〔三〕輈：車轅。左傳隱公十一年：『公孫閼與潁考叔争車，潁考叔挾輈以走。』杜預注：

『軥，車轅也。』

〔四〕衙衙：往來不絶貌。蘇舜欽寄題豐樂亭：『把酒謝白雲，援琴對孤松。境清豈俗到，世路徒衙衙。』

〔五〕闤闠：謂街市。文選左思魏都賦：『班列肆以兼羅，設闤闠以襟帶。』吕向注：『闤闠，市中巷繞市，如衣之襟帶然。』

〔六〕清勝：清幽美麗。鄧牧洞霄圖志卷二東天柱嶺：『越嶺則爲山南，循東溪亦達邑中。道間溪山清勝，有足觀者。』

〔七〕務：宋代管理貿易及税收的機構。文獻通考卷一四徵榷一：『（宋朝）凡州縣皆置務，關鎮或有焉，大則專置官監臨，小則令佐兼領。』續資治通鑑宋眞宗咸平元年：『置估馬司，估蕃部及進貢馬價。凡市馬之處……皆置務，歲得五千餘匹，以布帛茶他物準其直。』尚食：帝王膳食。供尚食，指供宫廷使用。中外：謂宫廷内外。

〔八〕谷簾：指廬山康王谷瀑布，其狀如簾。陸游試茶：『日鑄焙香懷舊隱，谷簾試水憶西游。』

〔九〕洪崖：洪崖山，在今江西新建縣西，有飛泉瀑布。句謂臨洪崖瀑布。

〔一〇〕宛陵：今安徽宣城。梅平叔：即梅正臣，字君（一作『均』）平，號宛溪。梅堯臣之弟。嘉祐中，知南陵。累官至朝奉郎、殿中丞。王漢卿：不詳。韓維南陽集中有崇儀副使王漢卿可左驍衛將軍致仕制，似爲一人。

〔一一〕沙泉：沙上的泉水。賈島送唐環歸敷水莊：『松徑僧尋廟，沙泉鶴見魚。』

〔一二〕汗簡：謂典籍。晉書王湛傳論：『雖崇勛懋績有闕於旂常，素德清規足傳於汗簡矣。』

淮陽古井記〔一〕

淮陽之井，鹵而少甘，其民多汲于沂、泗〔二〕。光禄卿劉公之守是邦也，問風俗而始知，且歎之曰：『一郡之井，不爲少矣；胡爲斯民捨近易而趣沂、泗哉①！謂井不可食，豈其然乎？』於是使人偏汲郡井而嘗之，俄於後圃榛莽之間，得廢井焉，其泉冽然，若冰而甘。以之烹茶，則茶浮而味久；以之釀酒，則酒醇而色清。又以舊所畜楊子南濡水及惠山泉以校之〔三〕，則輕重幾乎等矣。爰命缶以出其濁，石以潔其外，亭以覆其士②。由是鉼繘不絶，汲者便之。予道過淮陽，得其語於郡人，公且以記見託。予聞『井者，德之地也』〔四〕，古今有變而井不變，猶士君子之有常德乎！故井不患乎不汲，患乎泉之不冽；士不患乎不用，患乎德之不脩。泉既冽矣，德既脩矣，人或不之汲，世或不之用，非井與士之不幸，蓋物不幸得其利爾。噫！斯井也，前此幾千百年，荆榛蔽之，泥沙混之，禽所不窺，人所不食，豈其泉之不冽邪？曷其湮塞之若是邪？使秉權者有能推劉公求井之心以求賢，則豈獨能輔天子之明，且足以均天下之澤矣。易曰：『井渫不食，爲我心惻。可用汲，王明，並受其福〔五〕。』此之謂也。治平三年五月十日，無爲某記。

【校】

①趣　宋人集本同；四庫本作『趨』。

②士　四庫本、宋人集本作『上』。當作『上』。

【箋】

〔一〕淮陽：淮陽軍，治所在今江蘇邳州。

〔二〕沂：沂水。泗：泗水。

〔三〕楊子南濡水：即中泠（一作『零』）泉。又名中濡泉、中泠水、南零水。在今江蘇鎮江金山西石彈山下。惠山泉：在今江蘇無錫惠山白石塢下。張又新煎茶水記：『故刑部侍郎劉公諱伯芻，於又新丈人行也。爲學精博，頗有風鑑，稱較水之與茶宜者，凡七等：揚子江南零水第一，無錫惠山寺石水第二，蘇州虎丘寺石水第三，丹陽縣觀音寺水第四，揚州大明寺水第五，吴松江水第六，淮水最下第七。』蔡襄即惠山泉煮茶帖：『此泉何以珍，適與眞茶遇。在物兩稱絶，於予獨得趣。』

〔四〕井者德之地：易繫辭下：『井，德之地也。』韓康伯注：『所處不移，象居得其所也。』釋覺範石門文字禪卷二二少陽義井記：『又曰：井者，德之地。以象有煩心之德，虚其中而不自有之也歟？』梁寅周易參義卷八：『能如井之不動，而用周於人，則應變不窮。故井者，德之地也。』

〔五〕井渫五句：出易井九三。周振甫周易譯注：『井水污濁不能飲用，給我淘浄澄清，就可以汲飲。君王英明，使衆人都得到他的福佑。』

二軒記

臨潁令楊彦武謂無爲子曰①〔一〕：我山陽嘗御名二軒于燕習堂之東北隅②〔二〕。二軒之制，不侈不陋。聚書萬卷，足以示子孫；潔嚴豆觴，足以奉賓客。累石以爲山，無摧輪折軸之險，而蒼翠可愛；鑿石以爲沼，無狂風怒濤之畏，而清泚可鑒也。野芳秀而香，不知所從；幽鳥啼而聲，不知所起。每閉户宴坐，陶然自得，頓忘身世之累。行將解紱綬之縛〔三〕，而歸休其間。因名其一曰覺軒③，其一曰息軒。蓋覺性未悟，求悟者指之；息心自信，求信者言之。指而言之，非子而誰？夫並萬物而生于天地間，其靈貴於萬物者，人之謂也。鳥獸蟲魚惑於所嗜，嗜而不能自息，此其所以爲人獲也。夫學而有見者覺也，自心而休者息也。不學則不能自覺，無所覺則不能自息。覺則不惑於所嗜，息則不困於所動，其幾於道矣。昔有人焉，畏影惡迹而去之走者，舉足愈數而迹愈多，走愈疾而影不離身，不知處陰以休影，處静以息迹〔四〕，是豈足以語二軒之意歟？元豐三年秋七月記。

【校】

①潁　四庫本同；　宋人集本作『穎』。

②御名　四庫本、宋人集本不避諱字，作『構』。宋高宗，名趙構。

③其　四庫本同；　宋人集本作『眞』，誤。

【箋】

〔一〕臨潁：　屬潁昌府許昌郡，在今河南臨潁縣。

〔二〕山陽：　屬楚州，即今江蘇淮安。

〔三〕紱綬：　紱、綬均爲繫佩玉、官印等的絲帶。這裏指做官。

〔四〕昔有六句：　莊子漁父：『人有畏影惡迹而去之走者，舉足愈數而迹愈多，走愈疾而影不離身，自以爲尚遲，疾走不休，絶力而死，不知處陰以休影，處静以息迹。』畏影惡迹，謂畏懼自己的影子，厭惡自己的足迹。處陰以休影，謂居於陰暗無光的地方則没有影子。處静以息迹，謂處在静止不動的狀態則没有足迹。

養志堂記〔一〕

親心所嚮之謂志〔二〕，善承順者之謂養①〔三〕。子之事親，養志爲大，養體爲次〔四〕。故元之於參，不若參之於晳〔五〕，此孟子所以優稱其孝，而孔子授以經也〔六〕。於戲！曾子世不得而見之，得見慕曾子者，其亦庶乎？鉅鹿魏丞綸，即龍圖公之嗣子也〔七〕。爲知者所辟〔八〕，將擢其任。君辭所舉而以潯陽榷酤爲請〔九〕，便親養也。是時仲氏官于豫章，兩境相望，不數百里，太夫人所至，安問交馳，晨昏寢食，怡怡如也〔一〇〕。諸大夫以是稱之，而名斯堂爲『養志』云。無爲子聞之曰：事親孝者，忠可移於君〔一一〕。古者求忠臣於孝子之門〔一二〕，良有以也。然而有隱無犯〔一三〕，事親之道也；有犯無隱〔一四〕，事君之道也。色難之難〔一五〕，猶犯顔之難；不難其難，其孰禦焉？篤於誠而已矣。熙寧三年八月十五日記。

【校】

①之謂志、之謂養　宋人集本同；四庫本作『謂之』。

【箋】

〔一〕又見國朝二百家名賢文粹卷一三七。

〔二〕志：禮記内則：曾子曰：孝子之養老也，樂其心不違其志。父母之所愛亦愛之，父母之所敬亦敬之，至於犬馬盡然，此之謂養志。家鉉翁則堂集卷一養志堂記：『傳曰：在心爲志。志者，心之所之而未形於言者也。』

〔三〕承順：　敬奉恭順。宗澤陳八評事墓誌銘：『孝於親，母年九十餘，公下氣怡聲，左右承順，起居飲食必躬省視。』

〔四〕子之三句：　徐一夔始豐稿卷一一養志堂記：『事親之道，莫大於養志，而飲食衣服宫室之奉次之。』

〔五〕元：　指曾元，曾參之子。參：　指曾參，曾晳之子。晳：　指曾晳，即曾蒧（一作『點』）。

〔六〕此孟子二句：　孟子離婁上：『孟子曰：「事，孰爲大？事親爲大。守，孰爲大？守身爲大。不失其身而能事其親者，吾聞之矣；失其身而能事其親者，吾未之聞也。孰不爲事？事親，事之本也。孰不爲守？守身，守之本也。曾子養曾晳，必有酒肉，將徹必請所與，問有餘，必曰有。曾晳死，曾元養曾子，必有酒肉，將徹不請所與，問有餘，曰亡矣，將以復進也。此所謂養口體者也，若曾子則可謂養志也。事親若曾子者，可也。」』

〔七〕龍圖公：　宋代龍圖閣學士的省稱。

〔八〕辟：　薦舉。漢書鮑宣傳：『大司馬衛將軍王商辟宣，薦爲議郎，後以病去。』

〔九〕榷酤：　官府專利賣酒。魏了翁古今考：『民相與争利，則暴君污吏必至榷酤。』

〔一〇〕怡怡如：　和順貌。論語子路：『切切偲偲，怡怡如也，可謂士矣。』何晏論語集解引馬融曰：『怡怡，和順之貌。』

〔一一〕事親二句：　論語學而：『有子曰：其爲人也孝弟，而好犯上者鮮矣。』孝經廣揚名章：『子曰：君子之事親孝，故忠可移於君。』

〔一二〕古者句：後漢書韋彪傳：『夫國以簡賢爲務，賢以敦行爲首。孔子曰：事親孝故忠可移於君。是以求忠臣必於孝子之門。』

〔一三〕有隱無犯：即寧可隱瞞父母而不可有所冒犯。禮記内則鄭玄注：『子事父母，有隱無犯。』

〔一四〕有犯無隱：即寧可冒犯君上而不可有所隱瞞。禮記檀弓上：『事君有犯而無隱，左右就養有方。』

〔一五〕色難：謂爲孝之難，在於時時以和顔悦色奉養父母。論語爲政：『子夏問孝。子曰：「色難。有事，弟子服其勞；有酒食，先生饌，曾是以爲孝乎？」』

九華藥圃記

生九華山多靈藥①。樵蘇耕獵〔一〕，居人游士，日往來於其間，而罕能辨識，故其藥初不見用於世。藥之見用，非藥之幸，迺病者之幸也；藥不見用，非藥之不幸，迺病者之不幸也。昔有至人過其山，别其名品〔二〕，以示人曰：『此養命之藥也』、『此輔性之藥也』、『此治其疾之藥也②』。用之莫不然。由是九華靈藥多載方書〔三〕，山中之人悉能辨識，蓋有所自矣。永静太守南陽滕大夫潤之家於池州〔四〕，州距山甚邇，嘗築圃於所居之西，擇九華之藥可以種者種之，可以移者移之，分畦以别其品，立石以識其名。清泉灌沃，澤根本也；惡草鋤去，養善類也。不雜花卉，悦不在目也；不植蔬果，嗜不在味也。藥齋居中，用藥之書聚焉；藥軒在北，治藥之器具焉。華實根葉，采之有時。君臣主使〔五〕，處之有序。以之攻疾，疾無不痊；以之施人，人蒙其惠。於是藥圃之名，傳于播紳③，莫不慕大夫之所存。無爲子聞之曰：噫！是烏足以盡大夫之所藴歟！大夫之先内閣公在祖宗朝〔六〕，嘗獻苦口之忠言，上以醫國，建去害之長策，外以安邊，人到于今賴之。大夫承義方之訓〔七〕，性治行修，平生懷濟物之術，所至必瀏民之瘼。讀家藏儒、釋、道諸書，愈久愈深。其學博而不自矜，其善積而不自有。在老氏曰『滌除玄覽能無疵』矣〔八〕。在圓覺曰『於大乘中，發清净心，遠離諸病』矣〔九〕。乃知藥圃之設，爲恤物之一端，烏足以盡知大夫之所藴乎！元豐八年五月十一日記。

【校】

①生九華山多靈藥　宋人集本同；四庫本作『九華山多産靈藥』。

②其　四庫本同；宋人集本作『某』。

③播　宋人集本同；四庫本作『縉』。

【箋】

〔一〕樵蘇耕獵：指砍柴刈草耕田打獵之人。史記淮陰侯列傳：『臣聞千里餽糧，士有饑色，樵蘇後爨，師不宿飽。』裴駰史記集解引漢書音義：『樵，取薪也。蘇，取草也。』左思魏都賦：『樵蘇往而無忌，即鹿縱而匪禁。』

〔二〕名品：名目品類。趙彦衛雲麓漫鈔卷一〇：『陸羽別天下水味，各立名品，有石刻行於世。』

〔三〕方書：謂醫書。史記扁鵲倉公列傳：『盡去而方書，非是也。』

〔四〕永静：宋真宗景德元年改河北東路定遠軍，稱永静軍，治東光（今河北滄州東光）。滕潤之：大清一統志卷八三池州府：『滕甫，神宗時謫知池州。蘇軾稱其以静治聞。』明一統志卷二三：『滕甫，神宗時知鄆州。』又卷四二：『滕甫，東陽人，舉進士第。累官翰林學士，知開封府。在神宗前論事如家人父子，言無文飾，洞見肝鬲，治邊凜然，威行西北，終於龍圖閣學士，知揚州。卒謚章敏。』滕氏，原南陽人，後徙居山陽等地。宋史卷三三二有傳。

〔五〕君臣：謂中醫方劑中的主藥與輔藥。素問至眞要大論：『方制君臣何謂也？岐伯曰：「主病之謂君，佐君之謂臣。」』

〔六〕祖宗朝：多指本朝開國初期。沈德符野獲編詞林詞林拜太宰：『惟太宰一官，自來兼用内外，祖宗朝所不論。』

〔七〕義方：謂行事應該遵守的規範和道理。逸周書官人：『省其居處，觀其義方。』左傳隱公三年：『石碏諫曰：「臣聞愛子教之以義方，弗納於邪。」』後因多指教子的正道，或曰家教。

〔八〕滌除玄覽：河上公老子章句：『當洗其心，使潔静也。心居玄冥之處，覽知萬事，故謂之玄覽也。』能無疵：河上公老子章句：『不淫邪也。浄，能無疵病乎？』

〔九〕圓覺：即大方廣圓覺修多羅了義經，又稱圓覺經。

秦氏中齋記

齋，學舍也〔一〕。君子居而齋肅焉〔二〕，故曰齋。中〔三〕，名之從筮也〔四〕。皇祐元年冬十有一月朔，秦君學舍成，索大淵而筮之①〔五〕，遇中𝌆。一方，一州，一部，一家。天，首也。家性曰星曰牽牛②，時曰冬至，數曰奇。楊某辭之曰：星舍于北，與首同德。冬筮而冬，在時曰從；晝而逢陽，迺數之祥。一之文曰賢人，天地思而包羣類也。居之者，其潛心之遠乎？七五之文曰君子，乘位爲車爲馬，車軨馬駍，可以周天下③。居之者，其將獲用於時乎？七之文曰仁，疾乎不仁；誼，疾乎不誼。君子寬裕足以長衆，和柔足以安物。居之者，其將能任於刑德乎？是之謂星、時、數辭從，故名之而記于壁。

【校】

①大淵　宋人集本同；四庫本作『太玄』。

②家性曰星曰牽牛　據全宋文校記，此句文字有訛脱。

③可以　四庫本同；宋人集本作『可』。

【箋】

〔一〕齋：宋史選舉志：『元豐二年，頒學令：太學置八十齋，齋各五楹，容三十人。』

〔二〕齋肅：莊重敬慎。班固白虎通姓名：『大子生，舉之以禮：使士負之，有司齋肅端綏，之郊，見於天。』

〔三〕中：太玄第一則名。太玄：『☰。一方，一州，一部，一家。中，陽氣潛萌於黄宫，信無不在乎中。』

〔四〕筮：用蓍草占卜。易蒙：『初筮告，再三瀆，瀆則不告。』王弼注：『筮者，決疑之物也。』

〔五〕大淵：即太玄。

采衣堂記〔一〕

婺源胡氏，五世同時，子養其父，而逮養其祖之祖；父鞠其子，而及鞠其孫之孫。州閭鄉黨，推爲令族〔二〕。嘗御名堂於家園，宅風物之勝處。羣峯環翠，屏如也；寒泉湛碧，鑑如也。幽芳啼鳥，愛之而不可勝名；老木脩竹，廕之而不可勝算〔三〕①。每晨昏燕間，親族咸集，老者坐于上，稚者戲于下，長者侍于側，少者服其勞。山樽野餗〔四〕，具不待豐而人以爲甘矣②，況有豆觴之奉乎〔五〕？鳴缶擊壤〔六〕，樂不待舉而人以爲和矣，況有簫鼓之繁乎？頹垣隘宇，居不待壯而人以爲安矣，況有大厦之庇乎？弊裘緼袍③，服不待侈而人以爲楚矣〔七〕，況有采衣之絢乎？乃祖乃父乃子乃孫，雍雍怡怡，以遨以嬉，歲月久而不厭，齒髮晚而不衰，搢紳大夫樂爲歌詠④，以牓于堂，目其堂曰『采衣』，蓋取老萊子之養以美之也。既而聞于京師，求無爲子以爲之記。無爲子曰：前此百有餘年，僭僞未克，日尋干戈，父不得保其子者有之，子不暇給其父者有之，矧有五世一時而安居者耶！觀胡氏采衣之樂，則海宇升平之久可知矣。是可書也。熙寧六年重九日記。

【校】

①廕　宋人集本同；四庫本作『蔭』。

②具　四庫本同；宋人集本作『其』。

③弊　四庫本同；宋人集本作『敝』。

④搢　宋人集本同；四庫本作『縉』。

【箋】

〔一〕又見國朝二百家名賢文粹卷一三七、輿地紀勝卷二三、明一統志卷五〇。采衣：即彩衣，老萊衣。見卷六劉純之以便親請還蜀箋注〔五〕。

〔二〕令族：聲譽好的家族。

〔三〕勝算：計算得清楚。蔡邕京兆樊惠渠頌：『昔日鹵田，化爲甘壤，粳黍稼穡之所入不可勝算。』

〔四〕山樽野餗：謂普通的粗劣酒食。王勃山亭興序：『玉案金盤，徵石髓於蛟龍之窟；山樽野酌，求玉液於蓬萊之峯。』

〔五〕豆觴之奉：猶豆觴之會，指宴會。豆，盛食物的容器，指食物。觴，盛酒的容器，指酒。

〔六〕擊壤：見卷四治平三年秋七月當塗郭功父招無爲楊次公會於環峯時五雲叟陳德孚以詩寄吾二人因聯句酬之箋注〔一四〕。

〔七〕楚：謂鮮明齊整。詩經小雅賓之初筵：『賓之初筵，左右秩秩。籩豆有楚，殽核維旅。』毛傳：『楚，列貌。』詩經曹風蜉蝣：『蜉蝣之羽，衣裳楚楚。』

雜文

世綱篇 并序①〔一〕

達翁居于淮之濱〔二〕，潛叟過之而舟于淮。潛叟東指謂達翁曰：『樹林之陰，項笠裘蓑者有所負乎②？』翁曰：『網。』叟曰：『烏乎用？』翁曰：『茲取魚具也。』『且世亦有網，君知之乎？』叟請達翁，因有世網說。

昔伏犧氏之有天下也③，受圖書〔三〕，肇人文〔四〕，納百姓於治，而百姓不知其所以網，因作田魚之器，以明己之用。故易曰『顯諸仁，藏諸用』〔五〕，『百姓日用而不知』〔六〕，然則世之網經營於此乎〔七〕！已而授神農氏，神農得而歸天下之民，獲天下之貨。及其世衰，子孫不能張焉，故有軒轅氏生〔八〕，以正其綱紀。綱紀既正，以之授少昊，少昊以之授高辛，高辛以之授摯，摯授之而不能舉，且罹洪水之患，網之綱幾乎頽〔九〕。聖弟放勳亟命鯀以治水④，鯀功不成而繼以文命，文命獲洛書而能治之〔一〇〕。水患既平，網亦以緝。故書曰：『天錫禹洪範九疇，彝倫攸叙⑤〔一一〕。』堯既張之而民亦不知其張，有擊壤而歌者曰〔一二〕：『日出而作，日入而息，鑿井而飲，耕田而食，帝力何有於我哉！』堯以舜賢而授舜，舜以禹有功而授禹，禹以授啓。自啓而後，世失其人。縱田獵而瀆之者有之矣，樂酒色而亂之者有之矣，故墜于弛廢而不舉。湯患于意者久之，因出見網張於野，不知意之形於聲曰：『自天下四方皆入吾網。』已而懼言出之而遇桀之刑，因就變曰：『吾不忍盡取禽獸，蓋往歸焉⑥。』且不知其入湯網也〔一三〕。歷數世而子孫暴亂，其網之墜，猶夏后氏之末世〔一四〕。西伯昌興而敘之〔一五〕，故其詩曰：『勉勉我王，綱紀四方〔一六〕。』西伯以之授武王，武王授而大闢之以納天下⑦，故其詩曰：『自西自東，自南自北，無思不服〔一七〕。』武王以之授成王⑧，成王守之而正天下，故其詩曰：『受福無疆，四方之綱〔一八〕。』及其世衰，則有諸侯干紀以亂其叙，故雄曰：『周網解結，羣鹿争逸〔一九〕。』自時而至于五代，蠹網家流出焉。或執器而斷之，或闢路而逃之。人有識其器，達其路，則陶陶然，熙熙然，不爲是非哀樂動其心，不爲得失生死累其正。君子以之静，小人以之亂。非叟不可使之知，知是網，其知幾乎！

【校】

①宋人集本同；　四庫本無『并序』二字。

②項　宋人集本同；　四庫本作『頂』。　當作『頂』。

③犧　四庫本同；　宋人集本作『羲』。

④放　四庫本同；宋人集本作『故』，誤。
⑤偏　四庫本、宋人集本作『倫』。當作『倫』。
⑥蓋　四庫本、宋人集本作『盍』。
⑦授　宋人集本同；四庫本作『受』。
⑧以之授　四庫本同；宋人集本作『以授之』。

【箋】

〔一〕世綱：世道人心之綱。喻束縛世道人心之禮教法律、倫理道德。嵇康答難養生論：『奉法循理，不絓世網。』蘇舜欽春睡：『嗒爾暫能離世網，陶然直欲見天機。』

〔二〕達翁：作者虚擬的人物。下『潛叟』同。

〔三〕圖書：指河圖。尚書顧命：『大玉、夷玉、天球、河圖，在東序。』孔安國傳：『伏犧王天下，龍馬出河，遂則其文以畫八卦，謂之「河圖」。』

〔四〕肇人文：伏羲畫八卦、取火種、正婚姻、制網罟、教漁獵等，爲中華人文始祖。

〔五〕顯諸二句：易繫辭：『仁者見之謂之仁，知者見之謂之知，百姓日用而不知，故君子之道鮮矣。顯諸仁，藏諸用，鼓萬物而不與聖人同憂，盛德大業至矣哉。』韓康伯注：『衣被萬物，故曰顯諸仁；日用而不知，故曰藏諸用。』孔穎達疏：『道之爲體，顯現仁功，衣被萬物，是顯諸仁也；潛藏功用，不使物知，是藏諸用也。』

〔六〕百姓句：李鼎祚周易集解引侯果曰：『用道以濟，然不知其方。』孔穎達疏：『百姓日用而不知者，言萬方百姓，恒日日賴用此道而得生，而不知道之功力也。言道冥昧不以功爲功，故百姓日用而不能知也。』

〔七〕經營：謂謀劃經辦。易繫辭韓康伯注：『故順通天下，則有經營之迹。』孔穎達疏：『言聖人順通天下之理，内則雖是無心，外則有經營之迹，則有憂也。』

〔八〕軒轅氏：即黄帝。史記五帝本紀：『軒轅之時，神農氏世衰。諸侯相侵伐，暴虐百姓，而神農氏弗能征。於是軒轅乃習用干戈，以征不享，諸侯咸來賓從。』

〔九〕摯：帝高辛之子，帝堯之同父異母兄。治理天下九年，爲政不善，禪讓於堯。

〔一〇〕聖弟三句：放勳，即帝堯，爲帝摯之弟，故曰聖弟。文命，傳説爲夏禹之名。史記夏本紀：『夏禹名曰文命。』司馬貞史記索隱：『太史公皆以放勳、重華、文命爲堯、舜、禹之名，未必爲得。』山海經海内經：『洪水滔天，鯀竊帝之息壤以堙洪水，不待帝命。帝令祝融殺鯀於羽郊。鯀復生禹，帝乃命禹卒布土以定九州。』洛書，又稱龜書。尚書洪範孔安國傳：『天與禹，洛出書。神龜負文而出，列於背，有數至於九。禹遂因而第之以成九類常道。』漢書五行志：『禹治洪水，賜洛書，法而陳之，洪範是也。』

〔一一〕天錫二句：出尚書洪範。洪範相傳爲箕子所作。洪，大。範，法則。疇，種類。洪範九疇，即九種大法。彝倫，即倫常。蔡沈尚書集傳：『彝，常。倫，理也。叙：次序，規定。』孔穎達疏：『天子定民常道所以次敘。』

〔一二〕擊壤：見卷四治平三年秋七月當塗郭功父招無爲楊次公會於環峯時五雲叟陳德孚以詩寄吾二人因聯句酬之箋注〔一四〕。

〔一三〕入湯網：史記夏本紀：『帝發崩，子帝履癸立，是爲桀。帝桀之時，自孔甲以來而諸侯多畔夏，桀不務德而武傷百姓，百姓弗堪。迺召湯而囚之夏臺，已而釋之。湯脩德，諸侯皆歸湯，湯遂率兵以伐夏桀。桀走鳴條，遂放而死。』又卷三殷本紀：『湯出，見野張網四面，祝曰：「自天下四方皆入吾網。」湯曰：「嘻，盡之矣！」乃去其三面，祝曰：「欲左，左。欲右，右。不用命，乃入吾網。」諸侯聞之，曰：「湯德至矣，及禽獸。」』

〔一四〕歷數三句：史記殷本紀：『帝甲淫亂，殷復衰。』司馬貞史記索隱：『述贊曰：武乙無道，禍因射天。帝辛淫亂，拒諫賊賢。九侯見醢，炮烙興焉。黄鉞斯仗，白旗是懸。哀哉瓊室，殷祀用遷。』國語周語：『帝甲亂之，七世而隕。』

〔一五〕西伯：謂西伯姬昌，即後之周文王。

〔一六〕勉勉二句：詩經大雅棫樸：『勉勉我王，綱紀四方。』鄭玄箋：『我王，謂文王也。以網罟喻爲政，張之爲綱，理之爲紀。』

〔一七〕自西三句：詩經大雅文王有聲：『鎬京辟廱，自西自東，自南自北，無思不服。皇王烝哉！』毛傳：『武王作邑於鎬京。』鄭玄箋：『自，由也。武王於鎬京行辟廱之禮，自四方來觀者，皆感化其德，心無不歸服者。』

〔一八〕受福二句：詩經大雅假樂：『受福無疆，四方之綱。』鄭玄箋：『成王能爲天下之綱紀，謂立法度以理治之也。』

〔一九〕雄：謂揚雄。引文出解嘲：『往昔周網解結，羣鹿争逸，離爲十二，合爲六七，四分五剖，並爲戰國。』

南山移文〔一〕

繁昌之南有山曰隱静〔二〕，其林泉爲江東之勝〔三〕，物外之人〔四〕，多或樂之。吴越江逸人愛而不能去〔五〕，無爲子遊必見焉。逸人一日出山，久而未歸，無爲子惜其不返，將督人以歸。因思齊朝周彦倫嘗隱于鍾山〔六〕，後出爲海鹽令，欲再過其山，孔稚圭乃假山靈之意移之，使不許得至，故云北山移文〔七〕。夫責於已失，不若救失於未然。使其不得至，不若督之以歸。故作南山移文，且以簡于山居二師云。

繁昌之境，南山爲勝。君子有時而隱，仁者所樂乎静。松敞重門〔八〕，石開脩逕。玉琮琤乎雙溪〔九〕，屏回環乎五嶺〔一〇〕。旦禽啼而杵藥〔一一〕，夜谷響而鳴磬①〔一二〕。子虚之洞兮鍊九鼎而雲飛〔一三〕，碧霄之泉兮涵萬象而月瑩〔一四〕。昔在梁國，粤來西聖。

盃浮空兮倏忽千里，錫穿石兮汪洋三井〔一五〕。寺以之建，徒以之盛。間有高士，卜居盡性。無脩而脩，無證而證。非分别以爲智，不起滅而爲定。有蒲有葛，足以備於歲服；有芋有蕨，足以充乎晨甑。名不及兮冗無塵纓〔一六〕，利不在兮喧無俗乘。子居之安兮吾以子慶，子出之久兮吾以子病。歸歟歸歟，子其吾聽！

【校】

①磬　四庫本、宋人集本作『磬』。

【箋】

〔一〕南山移文：擬孔稚圭北山移文而作。南山：即安徽繁昌隱静山。

〔二〕繁昌：屬太平州。即今安徽蕪湖繁昌。隱静：指隱静山。輿地廣記：繁昌縣有隱静山。明一統志卷一五太平府：『隱静山，在繁昌縣東南七十里，相傳爲晉杯渡師道場。山有五峯，曰碧雲、桂月、鳴磬、紫氣、行道，又有宿猿巖、噴雲泉。』清一統志卷八四：『泉二，曰金魚、噴雲。』

〔三〕林泉：山林與泉石。謂山林景致。梁書庾詵傳：『經史百家無不該綜，緯候書射，棋算機巧，並一時之絶。而性記夷簡，特愛林泉。』

〔四〕物外：世外。謂超脱於塵世之外。張衡歸田賦：『苟縱心於物外，安知榮辱之所如！』

〔五〕逸人：謂遁世隱居之人。江逸人，即姓江的隱士。錢大昕廿二史考異後漢書二法雄傳：

『子眞，在逸人傳。逸人即逸民。章懷（李賢）避諱，改爲人字，後來追改，不及徧檢，它傳故或改或否耳。』後漢書趙岐傳：『漢有逸人，姓趙名嘉。有志無時，命也奈何！』

〔六〕周彦倫：周顒，字彦倫，汝南安成人。據南齊書卷四一本傳，一生歷官很多，但未言及任海鹽令事，對其隱居一節，也只是説『顒於鍾山西立隱舍，休沐則歸之』。鍾山：即金陵紫金山。

〔七〕孔稚珪：字德璋，會稽山陰人。少涉學，有美譽。官至太子詹事。南齊書卷四八有傳。文選孔稚珪北山移文：『世有周子，儁俗之士。既文既博，亦玄亦史。然而學道東魯，習隱南郭。偶吹草堂，濫巾北嶽。誘我松桂，欺我雲壑。雖假容於江皋，乃纓情於好爵。』吕向注北山移文曰：『鍾山，在都北。其先周彦倫隱於此山，後應詔出爲海鹽縣令，欲却過此山，孔生乃假山靈之意移之，使不許得至，故云北山移文。』

〔八〕松門：寺廟之門。王勃游梵宇三覺寺：『蘿幌棲禪影，松門聽梵音。』

〔九〕琮琤：玉器的清脆聲。潘存實賦得玉聲如樂：『後夔如爲聽，從此振琮琤。』雙溪：溪名，由隱静山金魚、噴雲二泉匯成。

〔一〇〕五嶺：即隱静山碧霄、桂月、鳴磬、紫氣、行道五峯。范成大隱静山：『五峯抱巖扉，千柱奠雲壑。』

〔一一〕杵藥：擣藥。謂清晨禽鳥啼鳴似擣藥之聲。陸游擣藥鳥：『霧中有此鳥，鳴聲清絶，正如杵藥。幽禽似欲嘲衰病，故學禪房杵藥聲。』

〔一二〕鳴罄：擊磬。謂夜間山泉流動如鳴磬之音。王維過乘如禪師蕭居士嵩丘蘭若：『食隨鳴磬巢烏下，行踏空林落葉聲。』

〔一三〕子虚洞：隱静山有宿猿洞，蓋即此。

〔一四〕碧霄泉：見卷七碧霄泉魚箋注〔一〕。韓元吉隱静山二首：『乾道戊子七月旦日題。山鎖松行一逕遥，峯迴樓殿更岧嶢。飛來雙鶴知何處，只有泉聲下碧霄。』

〔一五〕盃浮二句：江南通志卷一七五太平府：『南北朝宋杯渡師，西竺僧，所至乘木杯渡水，人因以稱之。初，以袈裟裹錫杖擲空隨所往卜勝地。至繁昌隱静山止焉。宋元嘉初卒。』

〔一六〕塵纓：比喻塵俗之事。孔稚珪北山移文：『昔聞投簪逸海岸，今見解蘭縛塵纓。』李周翰注：『塵纓，世事也。』

圓同庵銘〔一〕

圓同庵，前睦州江令尹家圃①〔二〕，元豐八年冬錢塘浄慈本禪師爲題其名〔三〕，又請余銘。云：

南宫令尹，結庵桐廬。泯絶一致，森羅萬殊〔四〕。芥納須彌〔五〕，像入明珠〔六〕。牕壁户牖，几杖屏盂。動静語默〔七〕，夕寢朝餔②。可卷則卷，可舒則舒。孰得而親，孰得而踈③〔八〕？其小無欠，其大無餘。强爲之名〔九〕，圓同大虚④〔一〇〕。

【校】

①尹　四庫本同；宋人集本作『丑』，誤。

②餔　四庫本同；宋人集本『校記』作『鋪』。當作『餔』。

③踈　四庫本作『疏』，宋人集本作『疎』。

④大　宋人集本同；四庫本作『太』。

【箋】

〔一〕圓同庵：故址在今浙江桐廬。

〔二〕睦州：今杭州淳安。江令尹：指江公望。宋史江公望傳：『江公望，字民表，睦州人，舉進士，建中靖國元年由太常博士拜左司諫。……出知淮陽軍，未幾召爲左司員外郎，以直龍圖閣知壽州。』陳長方步里客談卷上：『范忠宣公言，江民表作小官時，便作取宰相時事。』時人有詠圓同庵詩多篇。巖陵集卷六吕希純民表圓同庵：『翠竹庵前久不疑，雨花巖畔更忘機。何人得似江居士，在定時多出定稀。』希純又有江氏園一首。令尹：見卷七題陳令壁箋注〔三〕。家圃：私家花園。

〔三〕錢塘浄慈：謂錢塘浄慈寺。方輿勝覽卷一：『浄慈寺，在暗門外湖上。周顯德建，祥符改今額。……蘇子瞻游浄慈寺，謁本長老詩云：「卧聞禪老入南山，浄掃清風五百間。」』本：謂宗本。蘇軾有僕去杭五年吴中仍歲大饑疫故人往往逝去聞湖上僧舍不復往日繁麗獨浄慈本長老學者元豐初，蘇州瑞光寺禪師，益盛作此詩寄之詩。查慎行蘇詩補注卷一九：『本長老，釋氏稽古略：名宗本，移杭浄慈寺，奔走禪子道場甚盛。』

〔四〕泯絶：完全消滅或消失。班固東都賦：『生人幾亡，鬼神泯絶。』森羅萬殊：猶森羅萬象。陶弘景茅山長沙館碑：『夫萬象森羅，不離兩儀所育。』僧璨信心銘：『絶言絶慮，無處不通。』信心銘附：『絶言不攀，絶慮不妄；妄息眞現，無處不通。』

〔五〕芥：芥子。芥菜的種子。須彌：須彌山。維摩經不可思議品：『若菩薩住是解脱者，以須彌之高廣，内芥子中，無所增減，須彌山王本相如故。』喻諸相皆非眞，巨細可以相容。

〔六〕明珠：謂眼珠。

〔七〕語默：謂説話或沉默。易繫辭上：『君子之道，或出或處，或默或語。』

〔八〕孰得二句：僧璨信心銘：『不好勞神，何用疏親。』附：『自然修行，不好勞神；道本平常，何用疏親。』

〔九〕强名：勉强稱做。老子：『吾不知其名，强字之曰道。』

〔一〇〕圓同大虚：僧璨信心銘：『圓同太虚，無欠無餘。』附：『本心具足，圓同太虚；不增不減，無欠無餘。』

圓寂庵銘〔一〕

萬法一源①，萬念一息。法無不圓，念無不寂。强名而名，車塵馬迹。是庵何如，風清月白〔二〕。

【校】

①法　宋人集本同；四庫本作『化』。

【箋】

〔一〕圓寂庵：在江西南城鳳凰山。正德建昌府志卷二『南城鳳山』：『宋治平中，太守黄師道建翔鳳、曦光、望仙、凌雲、朝京五亭及圓寂庵於上。』

〔二〕風清月白：宋惟白編建中靖國續燈録卷第二四：『問：如何是奪人不奪境？師云：風清月白。僧曰：如何是奪境不奪人？師云：灰頭土面。』

休老堂銘〔一〕

妙高峯頂〔二〕，不住正處。毗耶離城〔三〕，别聞一路。鐵鉢銅瓶，葛巾革屨①。付者不取，取者不付。谷有歸雲，木凝甘露②。師子嚬伸③，象王回顧。門外老胡，一葦横渡④〔四〕。

【校】

①革　四庫本、宋人集本同；宋詩紀事補正作『草』。

②木凝甘露　宋人集本、宋詩紀事補正同；四庫本作『木有凝露』。

③伸　四庫本、宋詩紀事補正同；宋人集本『校記』作『神』。

④渡　四庫本同；宋人集本作『波』；宋詩紀事補正作『度』。

【箋】

〔一〕又見永樂大典卷七二三八『堂』字韻。

〔二〕妙高峯：　即須彌盧山，位於印度北部。妙法蓮華經句解卷第三：『梵語須彌盧，此云妙高峯。』

〔三〕毗耶離：　釋迦牟尼時代城市名，位於印度比哈爾邦首府巴特那北。佛陀滅度後，耶舍比丘召集七百名上座部長老，在此城中進行第二次經典結集，從此上座部與大衆部分裂，進入部派佛教時期。大方廣佛華嚴經疏卷第七五：『毗舍離者，即毗耶離，此云廣嚴城，亦曰廣博，即是中印度淨名所居之城。』

〔四〕門外二句：　謂達摩乘蘆葦渡長江。

愚齋銘

嘉祐四年秋八月，大理評事孫琪建愚齋于山陽官廨之東①〔一〕。郡學教授、試秘書省校書郎楊傑爲之銘曰〔二〕：

自賢其愚，小人之徒。賢而自愚，君子之儒。齋乎齋乎，君子所居。

【校】

①大理　四庫本同；宋人集本作『大理事』，『事』字當屬衍文。

【箋】

〔一〕大理：即大理寺。評事：大理寺的屬員，掌同司直，出使推按，參決疑獄。官廩：官府的廩庫。

〔二〕試：即試用，也叫『試秩』。指没有正式任命的官吏。宋史職官志十：『試秩則大理司直、評事、秘書省校書郎。』

清白堂銘〔一〕

清不足恃，白不足矜。爾恃爾矜，人其爾憎。衆濁獨清，屈原所以損其身〔二〕。知白守黑，老氏所以全其眞〔三〕。清哉白哉，難乎其人。能於是乎，其與道鄰。

【箋】

〔一〕宋代典籍所見『清白堂』者有二：一在會稽，爲范仲淹所建。方輿勝覽卷六『浙東路紹興府』：『清白堂在州治。』范仲淹清白堂記記之頗詳。宋張淏會稽續志卷一：『清白堂，在蓬萊閣之西卧龍山之足。康定中，范仲淹所作。按：仲淹堂記云：獲廢井，泉清而色白，因命其堂曰「清白」。庶幾居斯堂而無忝其名。堂廢不存久矣。嘉定十五年汪綱命訪其所云都廳，即其處也。乃别創都廳，重加整葺，而復范之舊匾。』施宿等會稽志卷九：『國朝康定初，范文正公撰清白堂記云：會稽府署，據卧龍山之北足上有蓬萊閣。』又見王十朋梅溪後集卷四。一在江陰，大清一統志卷六〇：『清白堂：在江陰縣治内。輿地紀勝：「在郡圃。」淳化中，郡守趙遂良訓詞有「清白傳家」之語，因以名堂。』不知所指，亦或别有所指。

〔二〕衆濁二句：屈原漁父：『舉世皆濁我獨清，衆人皆醉我獨醒。』

〔三〕知白二句：老子：『知其白，守其黑，爲天下式。』

無爲集卷十一

表 啓

潤州到任謝皇帝表〔一〕

久官省寺〔二〕，無補朝廷，乞守方州〔三〕，願伸微効。拜伏新命，得經歲以待期；歸省故園，實均恩於賜告。慰見民吏，恭布教條。中謝〔四〕。伏念臣少起農耕，長從科舉。策名清世〔五〕，垂三十年；備員太常，連六七任。在先帝一朝，禮樂嘗玷討論；遇陛下千載，風雲屢更任使〔六〕。以至陪賓講道，入部爲郎。既逃辱命之譏，仍免瘝官之責〔七〕。遽形外請，蒙賜中俞〔八〕。此蓋皇帝陛下洪覆無私①〔九〕，靡遺一物。大明繼照，廣被萬方。纘至治於唐、虞〔一〇〕，不忘勤德；保成功於文、武〔一一〕，克念宜人。致此懦愚，亦膺委寄。臣敢不下求民瘼〔一二〕，上體天心；宣化承流，冀仁恩之浹洽；惟良共理，思訓敕之丁寧？誓罄涓埃〔一三〕，仰酬造化〔一四〕。

【校】

①此蓋皇帝陛下洪覆無私　四庫本同；宋人集本『皇帝』前有『伏遇』二字。

【箋】

〔一〕潤州：　即今江蘇鎮江。宋史楊傑傳、王稱東都事略卷一一五、兩宋名賢小集卷八五並謂楊傑『元祐中，爲禮部員外郎，出知潤州』。乾隆鎮江府志卷二三知潤州軍事：『楊傑，字次公，無爲人。舉進士。元祐三年，以禮部員外郎任。』知楊傑於元祐三年知潤州。該文當作於元祐三年。

〔二〕省寺：　見卷五元會箋注〔四三〕。

〔三〕方州：　謂州郡。王維責躬薦弟表：『顧臣謬官華省，而弟遠守方州。』洪邁容齋三筆卷一一帝王諱名：『方州科舉尤甚，此風殆不可革。』

〔四〕中謝：　後人編印古人文集時，對其中『誠惶誠恐，頓首死罪』一類套語的替代語。一般出現在臣子謝表之類的文章中。文選羊祜讓開府表：『夙夜戰栗，以榮受憂。中謝。』李善注：『中謝，言臣誠惶誠恐，頓首死罪。』周密齊東野語中謝中賀：『今臣僚上表，所稱誠惶誠恐及誠歡誠喜、頓首、稽首者，謂之中謝、中賀。自唐以來，其體如此。蓋臣某以下，亦略敘數語，便入此句，然後敷陳其詳。』

〔五〕策：　君主對臣下封土、授爵、免官的文件。左傳昭公三年：『夏四月，鄭伯如晉，公孫段相，甚敬而卑，禮無違者，晉侯嘉焉，授之以策。』杜預注：『策，賜命之書。』策名，書名於策，即做官之義。左傳僖公二十三年：『策名委質，貳乃辟也。』杜預注：『名書於所臣之策。』孔穎達疏：『古之仕者於所臣之人書己名於策，以明係屬之也。』後漢書蔡邕傳：『吾策名漢室，死歸其正。』

〔六〕風雲：喻高官職位。文選班固答賓戲：『振拔洿塗，跨騰風雲。』吕延濟注：『言當須去卑賤以升高位，亦如龍出於淺水以游於風雲之中也。』

〔七〕瘝官：曠廢職守，不稱職。王安石陳奇太子中允致仕制：『爾年尚强，而疾不至乎瘝官。』

〔八〕俞：答應，允許。漢書揚雄傳：『上猶謙讓而未俞也。』

〔九〕洪覆：謂帝王恩澤無不覆被。張九齡奉和聖制賜諸州刺史以題座右：『聖人合天德，洪覆在元元。』

〔一〇〕唐虞：唐堯與虞舜。

〔一一〕文武：周文王與周武王。

〔一二〕民瘼：民衆的疾苦。後漢書循吏傳序：『廣求民瘼，觀納風謡。』

〔一三〕涓埃：本指細流與微塵，此喻微薄之生命。周書蕭撝傳：『臣披款歸朝，十有六載，恩深海嶽，報淺涓埃。』

〔一四〕造化：原指自然界的創造者，這裏稱宋哲宗。

潤州到任謝太皇太后表①〔一〕

乞守方州，初虞僭冒〔二〕；豈圖睿旨〔三〕，曲賜允俞〔四〕。已見耆年〔五〕，仰宣聖澤。中謝。伏念臣生本寒士，出逢盛時，强起應書，累嘗隨賦。自忝一第〔六〕，歷奉四朝〔七〕。惟知直道以事君，詎肯阿權而進己？省寺承乏，歲月屢遷。犬馬之齒漸衰〔八〕，天地之恩未報。固求補外，奚止便私？恥將空老於熙辰〔九〕，寔願收功於晚景。而況潤稱京鎮〔一〇〕，爲江左之名藩；唐擇守臣，總浙西之諸郡。禄豐地重，材薄望輕，退省無能，拜榮增懼。兹蓋伏遇太皇太后陛下母儀累聖，子育羣倫。其仁如天，每聽卑而矜恤；以慈爲寶，務從治以生成。致此瑣材，亦分優寄〔一一〕。有民有社，敢上負於蒼穹？盡孝盡忠，誓益堅於素節〔一二〕。

【校】

①四庫本同；宋人集本『校記』曰：無『表』字。

【箋】

〔一〕潤州：見本卷潤州到任謝皇帝表箋注〔一〕。從篇中『已見耆年』知此時楊傑已年過六十。楊傑元祐三年到任潤州，往前推六十年，則楊傑爲天聖年間生人。

〔二〕僭冒：不守本分，超越本分。蘇頌上議學校法疏：『不敢自避僭冒之罪。』

〔三〕睿旨：謂帝王的詔令。劉勰文心雕龍史傳：『然睿旨幽隱，經文婉約，丘明同時，實得微言。』

〔四〕允俞：允准，允諾。歐陽修乞罷政事第二表：『臣某言：臣近貢封章，乞解職任，伏奉批答，未賜允俞者。』

〔五〕耆：禮記曲禮：『六十曰耆。』

〔六〕忝第：謂進士及第。四庫全書總目提要：楊傑，『嘉祐四年進士』。

〔七〕四朝：謂仁宗、英宗、神宗、哲宗。

〔八〕犬馬之齒：謙稱自己的年齡。齒，年輪。漢書趙充國傳：『臣位至上卿，爵爲列侯，犬馬之齒七十六。』

〔九〕熙辰：明亮之白天。施之於人，則喻人之壯年時期；施之於世，則喻聖明盛世時代。

〔一〇〕京鎮：即京口，宋徽宗政和年間建鎮江府，始稱鎮江。儲光羲臨江亭五詠：『晉家南作帝，京鎮北爲關。』

〔一一〕優寄：優厚的委派。蘇軾徐州謝獎諭表：『經術既已不深，吏事又其所短，累添優寄，卒無異稱。』

〔一二〕素節：謂竹。杜甫課伐木：『蒼皮成委積，素節相照燭。』仇兆鼇注：『蒼皮指木，素節指竹。』

兩浙提刑謝皇帝表〔一〕

守符未久〔二〕，報政無聞〔三〕，叨被聖恩〔四〕，就移使指〔五〕。中謝。切以先王明罰①，期弼教以化成；君子盡心，必求生而參聽〔六〕。遣使諸路，自我盛朝。獄無非辜②，人浸餘澤。以至完甲兵以禁其寇暴，積倉廪以濟其困窮。惠民爲深，領職尤重。如臣蹇拙，適用寡能，拜命戰兢，以榮爲懼。兹蓋伏遇皇帝陛下道周庶物，德被萬方。堯帝好仁，於變可封之俗〔七〕；成康善繼〔八〕，寢隆幾措之風〔九〕。敢謂渥恩，致加微品。臣敢不詳其枉直，約以重輕，仰酬欽恤之誠，敬奉丁寧之訓？誓捐頂踵，圖報乾坤〔一〇〕。

【校】

①切　四庫本、宋人集本作『竊』。

②無非　宋人集本同；四庫本作『非無』。

【箋】

〔一〕據兩浙提刑謝太皇太后表謂『出守左符，未逾期月，遽聞赴闕之命』，知其與『出知潤州，除兩浙提點刑獄』在同一年。

〔二〕守符： 謂居官任職，獨掌一地之政。元稹賀聖體平復御紫宸殿受朝賀表：『帝御紫宸，千官畢賀，臣以守符外郡，不獲稱慶明庭。』這裏指出知潤州。

〔三〕報政無聞： 謂没有好的政績爲上所知。報政，陳報政績。史記魯周公世家：『周公卒，子伯禽固已前受封，是爲魯公。魯公伯禽之初受封之魯，三年而報政周公。』後爲地方官政績卓著之典。

〔四〕叨： 猶忝，表示承受之意，常用作謙詞。

〔五〕使指： 謂皇帝的旨令。史記司馬相如列傳：『相如欲諫，業已建之，不敢，乃著書，籍以蜀父老爲辭，而己詰難之，以風天子，且因宣其使指，令百姓知天子之意。』

〔六〕參聽： 協助治理。禮記王制：『大司寇以獄之成告於王，王命三公參聽之。』

〔七〕可封之俗： 謂教化遍及四海，家家有德，堪受旌表。尚書大傳卷五：『周人可比屋而封。』蘇轍御試制策：『陛下興庠序於久亡，悼禮樂之未備，思繼可封之俗，欲隆皆讓之節，而訟未息。』

〔八〕成康： 周成王與周康王。

〔九〕幾措： 謂薄刑罰以至於廢置不用。楊萬里冗官下：『議其所當議而行其所必行，則成康不試之事，雖未易致也，而漢文幾措之風，其猶可及也歟。』

〔一〇〕誓捐二句：宋人習語。頂踵，從頭到脚，意即全身。蔡襄謝加勛表：『誓捐頂踵，以答乾坤。』張守乞罷政事札子：『雖捐頂踵，何以酬恩！』

兩浙提刑謝太皇太后表

出守左符〔一〕，未逾期月，遽聞赴闕之命〔二〕，尋乞外邦〔三〕；致膺持節之華，就移本部。拜恩視事，冒寵踰涯。中謝。竊以祖宗以來，屢降欽哉之訓〔四〕。典刑所繫，審知使者之難。江湖尤重於三吴〔五〕，囹圄與聞於一路。俾無冤濫，責以澄清。兹蓋伏遇太皇太后陛下坤順含光〔六〕，巽齊申命①〔七〕。媧天密補，鼇安立極之功〔八〕；漢網益寬，魚泳吞舟之樂〔九〕。臣敢不敬遵中典〔一〇〕，上體至懷。刑期無刑，祈報大生之德；訟使無訟，助成丕變之風〔一一〕！

【校】

①齊　宋人集本同；四庫本作『重』。似當作『重』。

【箋】

〔一〕左符：符契的左半。漢制，太守出任執左符，至州郡合右符爲驗。故『左符』可代指太守。程大昌演繁露左符：『漢太守之官，必得左符以出，至郡用以爲驗。蓋右符先以留州，故令以左合右也。』這裏『出守左符』，指出任兩浙提刑。

〔二〕赴闕：入朝，指陛見皇帝。晉書魯芝傳：『老幼赴闕獻書，乞留芝。魏明帝許焉。』

〔三〕外邦：指地方州郡。曾鞏襄州謝到任表：『備名儒館，十有三年，然而三易外邦，五回星歲。』

〔四〕欽哉：恭敬地處理政務。禮記內則：『欽有帥。』鄭玄注：『欽，敬也。』尚書大禹謨：『欽哉，慎乃有位，敬修其可願。』

〔五〕江湖：謂四方各地。三吴：見卷七登南樓箋注〔二〕。

〔六〕坤順含光：謂太皇太后懿德。坤順，見卷二五六天地之中合賦箋注〔三〕。

〔七〕巽齊申命：似當從四庫本作『巽重申命』。即象所説的『重巽以申命』。巽，謂巽卦。申命，謂發佈命令。

〔八〕媧天二句：淮南子覽冥訓：『往古之時，四極廢，九州裂，天不兼覆，地不周載，火爁焱而不滅，水浩洋而不息，猛獸食精民，鷙鳥攫老弱。於是女媧鍊五色石以補蒼天，斷鼇足以立四極。』

〔九〕魚泳吞舟：謂能成就大事，有大的作爲。列子楊朱：『吞舟之魚，不游枝流；鴻鵠高飛，不集汙池。』

〔一〇〕中典：寬嚴適中、可以常行的法典。周禮秋官大司寇：『一曰刑新國，用輕典；二曰刑平國，用中典；三曰刑亂國，用重典。』鄭玄注：『用中典者，常行之法。』

〔一一〕丕變：大變。尚書盤庚上：『罔有逸言，民用丕變。』孔安國傳：『民用大變從化。』

謝修南朝正史及賜筆墨表 代王相公

叨被寵休，伏深戰懼。中謝。臣聞堯舜盛德，書首載於典謨〔一〕；文武成功，政備存於方册〔二〕。信莫如史，才難其人。直筆所傳，歷代攸責。惟二聖之言動〔三〕，著百王之範模。賢能進而任本朝廷，禮樂興而度越今古。賞有功而善者勸，罰當罪而惡者懲。區宇又寧①〔四〕，人物富庶。將紀隆平之治〔五〕，用詔無窮；必資該洽之才〔六〕，仰膺茂選。豈宜寡陋，獲玷討論？荷給札之殊榮〔七〕，徒懷鉛而增悸〔八〕。

【校】

①又　四庫本作『攸』，宋人集本作『乂』。當作『乂』。

【箋】

〔一〕典謨：尚書中堯典、舜典和大禹謨、皋陶謨等篇的合稱。書序：『典謨訓誥誓命之文凡百篇，所以恢弘至道，示人主以軌範也。』

〔二〕方册：謂簡牘、典籍。蔡邕東鼎銘：『保乂帝家，勛在方册。』

〔三〕二聖：漢書韋賢傳：『成王成二聖之業，制禮作樂。』顏師古注：『二聖，文王、武王也。』

〔四〕乂寧：當作『乂寧』，謂安寧。張衡東京賦：『區宇乂寧，思和求中。』

〔五〕隆平：昌盛太平。趙岐孟子題辭：『帝王公侯遵之，則可以致隆平，頌清廟。』

〔六〕該洽：博通。晉書藝術：『陳戴等諸子並該洽墳典，研精數術。』

〔七〕給札：謂朝廷對文士的特殊禮遇。史記司馬相如列傳：『蜀人楊得意爲狗監，侍上。上讀子虛賦而善之，曰：「朕獨不得與此人同時哉！」得意曰：「臣邑人司馬相如自言爲此賦。」上驚，乃召問相如。相如曰：「有是。然此乃諸侯之事，未足觀也。請爲天子游獵賦，賦成奏之。」上許，令尚書給筆札。』

〔八〕懷鉛：謂從事著述。沈約到著作省謝表：『臣藝不博古，學謝專家，乏懷鉛之志，慙夢腸之術。』

禮部賀冬上皇帝表①

伏以七日陽生〔一〕，氣肇萌於子位〔二〕；八龍樂奏，音已協於黄鐘〔三〕。君德寖昌〔四〕，人心胥慶〔五〕。中賀。恭惟皇帝陛下對時化育〔六〕，凝命穆清〔七〕。適當景至之辰〔八〕，擁集朋來之祐〔九〕。推策迎日〔一〇〕，履長用保於無疆〔一一〕；理物承天〔一二〕，行健永期於不息。臣某等幸逢令序〔一三〕，獲遇熙朝〔一四〕，同傾百辟之心〔一五〕，上獻萬年之壽。

【校】

①冬　宋人集本同；四庫本作「冬至」。

【箋】

〔一〕陽生：即冬至。韓愈晚秋郾城夜會聯句：「雪下收新息，陽生過京索。」

〔二〕子位：子時。冬至的子時陽氣始生。

〔三〕黄鐘：十二律之一。禮記月令以十二月對應十二律，黄鐘對應仲冬之月。

〔四〕寖昌：逐漸昌盛。漢書董仲舒傳：「故朕垂問乎天人之應，上嘉唐、虞，下悼桀、紂，寖微寖滅寖明寖昌之道，虚心以改。」

〔五〕胥慶：歡慶。

〔六〕對時化育：象曰：「天下雷行，物與無妄。君子以茂對時，育萬物。」

〔七〕凝命：使教令嚴整。易鼎王弼注：「凝者，嚴整之貌也。凝命者，以成教命之嚴也。」穆清：太平祥和。曹植七啓：「天下穆清，明君莅國。」

〔八〕景至：冬至之景。漢書兒寬傳：「將建大元本瑞，登告岱宗，發祉闓門，以候景至。」顔師古注引蘇林曰：「以候景至，冬至之景也。」

〔九〕朋來：猶吉慶。易復：『朋來無咎。』蘇軾賀正啓：『慶此朋來之辰，必有彙徵之福。』

〔一〇〕推策迎日：策，蓍草。史記封禪書：『於是黄帝迎日推策，後率二十歲復朔旦冬至，凡二十推，三百八十年。』史記五帝本紀：『獲寶鼎，迎日推策。』司馬貞史記索隱：『神策者，神蓍也。黄帝得蓍以推算曆數，於是逆知節氣日辰之將來，故曰推策迎日。』

〔一一〕履長：指冬至。曹植冬至獻襪履頌表：『亞歲迎祥，履長納慶。』

〔一二〕理物：猶治民。班固白虎通誅伐：『王者承天理物，故率天下静，不復行役，扶助微氣，成萬物也。』

〔一三〕序：時節。

〔一四〕熙朝：興盛的朝代。陳師道賀翰林曾學士書：『兄弟相望，乃平世之榮光；魯衛同升，亦熙朝之故事。』

〔一五〕百辟：百官。宋書孔琳之傳：『羨之内居朝右，外司輦轂，位任隆重，百辟所瞻。』

禮部賀冬上太皇太后①

伏以御察璿璣〔一〕，二曜應乎合璧〔二〕；審觀玉律〔三〕，一陽動而飛灰〔四〕。雲物効祥，鍾竽協樂。驩騰華夏，福集邦家。中賀。伏惟太皇太后母儀三朝，子育羣品。祐神孫而隆慶，扶寶運於無疆。政必身先，順布陰陽之教；神潛德本，默參天地之心。推周曆以開端，望堯門而獻壽〔五〕。

【校】

①宋人集本題目同；四庫本『冬』作『冬至』，題末有『表』字。

【箋】

〔一〕璿璣：指北斗。揚雄甘泉賦：『攀璿璣而下視兮，行游目乎三危。』

〔二〕二曜：指日月。隋書律曆志中：『懸象著明，莫大於二曜；氣序環復，無信於四時。』合璧：漢書律曆志上：『日月如合璧，五星如聯珠。』顏師古注引孟康曰：『謂太初上元甲子夜半朔旦冬至時，七曜皆會聚斗、牽牛分度，夜盡如合璧連珠。』

〔三〕玉律：玉製的標準定音器。古代音律分陰、陽各六，共十二律。古代又以十二律配十二月，用吹灰法，以候氣。後漢書律曆志上：『候氣之法……殿中候，用玉律十二。』

〔四〕飛灰：律管中飛動的葭灰，古代以此候測節氣。即吹灰候氣之法。陰行先和張燕公湘中九日登高：『重陽初啓節，無射正飛灰。』

〔五〕堯門：又叫堯母門。漢昭帝降生地鉤弋宮的門名。史記外戚世家『鉤弋夫人』張守節史記正義引括地志：『鉤弋宮在長安城中，門名堯母門也。』漢書外戚傳孝武鉤弋趙倢伃：『（昭帝）任身十四月乃生，上曰：「聞昔堯十四月而生，今鉤弋亦然。」乃命其所生門曰堯母門。』後用『堯門』

指皇后或皇后所居住之處。文選謝莊宋孝武宣貴妃誄：『翼訓姒幄，贊軌堯門。』

禮部謝春衣表

伏蒙聖慈賜臣等春衣者。切以天道下濟①〔一〕，常覆被於羣生；春服既成，首分頒於庶位〔二〕。中謝。恭惟皇帝陛下順時布政②〔三〕，愛物推誠，寵賚所以勸功〔四〕，寒燠與之同體。爰自造庭之士，咸均在笥之華〔五〕。臣某等就列垂紳〔六〕，蒙恩賜帛。無補經綸之業〔七〕，稱服其難；退思機杼之勤，飾身益愧。誓堅大節，仰報至仁。

【校】

①切　四庫本、宋人集本作『竊』。

②政　四庫本同；宋人集本作『教』。

【箋】

〔一〕下濟：利澤下施，長養萬物。易謙：『象曰：謙亨。天道下濟而光明，地道卑而上行。』孔穎達疏：『下濟者謂降下濟生萬物也。』這裏指君王施恩惠於臣下。

〔二〕庶位：衆官。尚書説命下：『惟説式克欽承，旁招俊乂，列於庶位。』孔安國傳：『廣招俊乂，使列衆官。』

〔三〕布政：施政。史記孝文本紀：「人主不德，布政不均。」

〔四〕寵賚：指帝王的賞賜。歐陽修謝對衣金帶鞍轡馬狀：「豈謂載厚宸慈，式垂寵賚，兼金錫帶，榮逾廓落之名；在笥頒衣，媿甚曳婁之刺。」

〔五〕笥：盛衣物或飯食等的方形竹器。在笥之華，義同「造庭之士」，指朝廷官員。

〔六〕垂紳：大帶下垂。禮記玉藻：「凡侍於君，紳垂。」後借指在朝爲臣。歐陽修相州晝錦堂記：「垂紳正笏，不動聲氣，而措天下於泰山之安。」

〔七〕經綸：謂籌畫治理國家大事。

禮部謝冬衣表

萬乘御裘〔一〕，方戒祁寒之備〔二〕；羣臣受服，幸無終歲之憂。傴伏知榮〔三〕，曳婁增賁〔四〕。中謝。恭惟皇帝陛下誕敷醲化〔五〕，廣庇含靈〔六〕。齊七政以覲方〔七〕，敘四時而成信。凡有加綈之煥〔八〕，軫及外庭〔九〕；士均挾纊之温〔一〇〕，敢忘盛德！臣等拜恩華粲〔一一〕，省己愧兢。誓極捐軀，庶將報國。天地至大，曲全生育之功；松柏後凋，願固始終之節。

【箋】

〔一〕萬乘：指帝王。漢書蒯通傳：『隨廝養之役者，失萬乘之權；守儋石之禄者，闕卿相之位。』

〔二〕祁寒：嚴寒。尚書君牙：『冬祁寒，小民亦惟曰怨咨。』蔡沈尚書集傳：『祁，大也。』

〔三〕傴伏：曲背俯伏。

〔四〕曳婁：猶穿戴。詩經唐風山有樞：『子有衣裳，弗曳弗婁。』毛傳：『婁亦曳也。』孔穎達疏：『曳者，衣裳在身，行必曳之；婁與曳連，則同爲一事。』賁：華彩。

〔五〕誕敷：遍布。尚書大禹謨：『帝乃誕敷文德，舞干羽於兩階。』孔安國傳：『遠人不服，大布文德以來之。』醲化：以寬厚的德政教化黎民。陸機辯亡論：『雖醲化懿綱，未齒乎上代，抑其體國經民之具，亦足以爲政矣。』

〔六〕含靈：指天下臣民。

〔七〕七政：天文術語。指日、月和金、木、水、火、土五星。尚書舜典：『在璿璣玉衡，以齊七政。』孔安國傳：『七政，日月五星各異政。』孔穎達疏：『七政，謂日月與五星也。』

〔八〕加綈之焕：指以厚繒製成的鮮亮冬衣。

〔九〕軫：顧念。外庭：指朝臣。

〔一〇〕挾纊：披著綿衣。左傳宣公十二年：『申公巫臣曰：「師人多寒。」王巡三軍，拊而勉之，三軍之士皆如挾纊。』杜預注：『纊，綿也。言説以忘寒。』比喻受人撫慰而感到温暖。

〔一一〕華粲：指燦爛華麗的冬衣。

白溝謝御筵奏狀〔一〕

將命乘軺〔二〕，講鄰懽而惟舊〔三〕；及疆授館〔四〕，蒙郊勞之至優〔五〕。豐腆肴觴〔六〕，溥霑皁隸〔七〕。荷惠慈之加厚，在誠意以深銘。

【箋】

〔一〕白溝：地名，在今河北保定。御筵：皇帝命設的酒席。李白玉壺吟：『鳳凰初下紫泥詔，謁帝稱觴登御筵。』

〔二〕軺：使節所乘之車。文選丘遲與陳伯之書：『乘軺建節，奉疆埸之任。』劉良注：『軺，使車也。』乘軺：謂出使。

〔三〕鄰：謂遼國。

〔四〕授館：安排行館。

〔五〕郊勞：到郊外迎接並慰勞。

〔六〕豐腆：指飲饌豐盛。南齊書到撝傳：『庖廚豐腆，多致賓客。』肴觴：指酒肉。

〔七〕溥霑皂隸：溥，普遍。司馬光祭晉祠文：『今嘉澤雖豐，沾潤未溥，神心無私，民靡不撫。』霑：沾光。揚雄長楊賦：『蓋聞聖主之養民也，仁沾而恩洽。』

新城謝撫問表〔一〕

候人在道〔二〕，方伸入境之儀；使者傳言，遽拜問行之惠。中謝。竊以肅將國命〔三〕，敦結鄰歡。屬寒律之載嚴〔四〕，荷溫辭之曲諭。仰懷恩眷，弟極感銘①。

【校】

①弟　四庫本、宋人集本作『第』。

【箋】

〔一〕新城：地名，在今河北保定。

〔二〕候人：看守邊境、迎送賓客的官員。詩經曹風候人：『彼候人兮，何戈與祋。』

〔三〕肅將：猶敬奉或敬獻。尚書泰誓上：『皇天震怒，命我文考，肅將天威。』國命：猶國書。

〔四〕寒律：指冬令。翁洮冬：『寂寂棲心向杳冥，苦吟寒律句偏清。』歐陽修寄聖俞：『窮陰變寒律，急節慘驚飇。』嚴：凜冽，形容極寒。陶淵明歲暮和張常侍：『厲厲氣遂嚴，紛紛飛鳥還。』

中京謝皮裼表〔一〕

候届祁寒，恩均盛服。恭承存撫，滋集欽銘。中謝。切以誕節修儀①，軺車將命。善言曲諭，已均挾纊之温；厚意所加，仍拜授衣之寵。寘懷無斁〔二〕，敘感奚殫〔三〕。

【校】

①切　四庫本、宋人集本作「竊」。

【箋】

〔一〕中京：都城名，遼朝五京之一，在今内蒙古寧城西南。裼：即裼衣，也稱中衣。行禮時覆加在裘外之衣。錢玄三禮名物通釋衣服衣裳：「四時均有裼衣，裼衣亦稱中衣。」

〔二〕無斁：猶無終，無盡。李翱泗州開元寺鐘銘：「弗震弗墜，大音無斁。」

〔三〕奚殫：何盡，無盡。

謝館宴奏狀〔一〕

弭節修途〔二〕，梔車華館〔三〕。重沐示慈之貺，益銜將意之隆。仰荷眷私〔四〕，第銘衷悃〔五〕。

【箋】

〔一〕館：　行館。

〔二〕弭節：　駐節，停車。楚辭離騷：『吾令羲和弭節兮，望崦嵫而勿迫。』洪興祖楚辭補注：『弭，止也。』馬茂元注：『弭節，猶言停車不進。』這裏指中途停車休息。

〔三〕梶車：　停車。王禹偁寄題陝府南溪兼簡孫何兄弟：『故人孫漢公，勤懇事迎送。梶車得三宿，延我入溪洞。』

〔四〕眷私：　垂愛，眷顧。韓愈答魏博田僕射書：『愈雖未獲拜識，嘗承僕射眷私，猥辱薦聞，待之上介。』

〔五〕衷悃：　猶内心深處。

謝簽賜酒食奏狀

征軒爰止〔一〕，旅次甫寧〔二〕。薦紆肴醴之需〔三〕，仍厚饔飧之品〔四〕。永惟刻荷，莫究喻陳〔五〕。

【箋】

〔一〕征軒：　遠行的車。岑參題永樂韋少府廳壁：『故人是邑尉，過客駐征軒。』

〔二〕旅次：旅中暫停之處。次，易旅王弼注：『次者，可以安行旅之地也。』

〔三〕肴醳：肉食醇酒。文選左思魏都賦：『肴醳順時，腠理則治。』呂向注：『醳，醇酒。言食與酒各順時而進之。』

〔四〕饔飧：指饋食及宴飲之禮。朱熹孟子集注：『饔飧，以飲食饋客之禮也。』

〔五〕喻陳：表達，表述。

謝王餼奏狀〔一〕

軺車將命，夙致於鄰懽〔二〕；多物在庭，特豐於賓餼〔三〕。仰祇恩禮，深激悃悰〔四〕。

【箋】

〔一〕餼：饋送。

〔二〕鄰：謂遼國。

〔三〕賓餼：謂饋送賓客之禮。

〔四〕悃悰：誠摯之心。續資治通鑑宋仁宗慶曆二年：『如此，則益深兄弟之懷，長守子孫之計，緬維英悟，深達悃悰。』

謝射弓御筵奏狀〔一〕

息驂騑而就館〔二〕，夙被眷存〔三〕；講燕射以娱賓，繼叨恩貺〔四〕。矧乏和容之善〔五〕，徒增拜賜之勤。

【箋】

〔一〕射弓御筵：即燕射。指宴飲之射。周禮春官樂師：『燕射，帥射夫以弓矢舞。』孫詒讓周禮正義：『燕射者，王與諸侯、諸臣因燕而射。梓人注云：「燕謂勞使臣，若與羣臣飲酒而射。」是也。』周密武林舊事燕射：『淳熙元年九月，孝宗幸玉津園，講燕射禮……皇帝第一箭射中，皇太子已下，各再拜稱賀，進御酒。』

〔二〕驂騑：駕在服馬兩側的馬。墨子七患：『徹驂騑，塗不芸。』

〔三〕眷存：垂念。曾鞏襄州與交代孫頎啓：『比於道路，始接光儀。蒙特異於眷存，仍曲加於燕勞。』

〔四〕恩貺：恩賜。

〔五〕和容：指主賓客之官。大戴禮記衛將軍文子：『至於其（羊舌大夫）爲和容也，温良而好禮，博聞而時出其志。』盧辯注：『和容，主賓客也。』王聘珍解詁：『主賓客，謂應對諸侯及受命而使也。』

謝餞送御筵奏狀

軺軒修好〔一〕，方成命以言還〔二〕；祖席優賓〔三〕，復寵行而垂眷〔四〕。感銘斯切，敷敘奚殫〔五〕。

【箋】

〔一〕軺軒：輕車。使者所乘。陸機漢高祖功臣頌：『紀信誑項，軺軒是乘。』李周翰注：『軺軒，輕車也。』

〔二〕成命：完成使命。

〔三〕祖席：餞行的宴席。杜甫送許八拾遺歸江寧覲省：『聖朝新孝理，祖席倍輝光。』仇兆鼇注：『祖席，飲餞也。』

〔四〕寵行：贈詩文送別，以壯行色。多用於皇帝對臣下。龐元英文昌雜録卷五：『三月二日，太師潞公西歸，詔宰相執政官三省近臣學士待制宴餞於瓊林院，賜御詩以寵行。』

〔五〕奚殫：見卷十一中京謝皮裼表箋注〔六〕。

回燕京留守三幅書〔一〕

恭持信幣〔二〕，甫届陪都〔三〕。方修汗竹之儀〔四〕，特辱榮函之貺〔五〕。竦欽謙挹〔六〕，徒切感銘。

【箋】

〔一〕燕京：遼朝五京之一，又稱南京。在今北京西南。

〔二〕信：即信符。用作憑證的符節。墨子號令：『大將使人行，守操信符。信不合，及號不相應者，伯長以上輒止之。』周禮地官『掌節上士二人』漢鄭玄注：『節猶信也，行者所執之信。』幣：車馬皮帛玉器等禮物。

〔三〕陪都：指燕京。這裏是從遼國而言。

〔四〕汗竹：原指史籍、書册。這裏指所訂立的盟約。

〔五〕貺：賜。

〔六〕竦欽：恭敬。

回中京留守赴筵書〔一〕

倏慶誕辰〔二〕，假途畿壤。方駐巾車之役〔三〕，遽申酌醴之歡〔四〕。敘荷意勤，永藏衷素〔五〕。

【箋】

〔一〕中京：見卷十一中京謝皮裼表箋注〔一〕。

〔二〕誕辰：指訂立盟約的紀念日。

〔三〕巾車：以帷幕裝飾車子。指整車出行。

〔四〕酌醴：酌酒。詩經小雅吉日：「發彼小豝，殪此大兕。以御賓客，且以酌醴。」

〔五〕衷素：内心，心中。李煜菩薩蠻詞之三：「雨雲深繡户，未便諧衷素。」

回諸州召赴筵書

肅將信幣〔一〕，方枙軺車〔二〕。敢圖主禮之勤，特辱賓筵之召。悚藏彌切〔三〕，敷述奚殫〔四〕。

【箋】

〔一〕信幣：見卷十一回燕京留守三幅書箋注〔二〕。

〔二〕枙軺車：停下軺車。見卷十一謝館宴奏狀箋注〔三〕。

〔三〕悚：恭敬。

〔四〕奚殫：見卷十一中京謝皮褐表箋注〔六〕。

回日謝中京留守召赴筵①〔一〕

講睦實鄰，還經樂土。特辱牋函之貺，仍煩燕豆之陳。重荷眷私〔二〕，倍增感悚。

【校】

①宋人集本題目同；四庫本『筵』後有『書』字。

【箋】

〔一〕中京：見卷十一中京謝皮褐表箋注〔一〕。

〔二〕眷私：見卷十一謝館宴奏狀箋注〔四〕。

謝杭州蒲左丞啓〔一〕

皓首爲郎〔二〕，愧無功而報國；朱方守土〔三〕，據有請以蒙恩。涓日莅官〔四〕，依仁爲幸。恭以判府資政左丞學深原本，識究幾微，四海元龜〔五〕，三朝舊德。忠以許國，人無間言〔六〕。出鎮東南，均休中外。棠陰方茂〔七〕，斯民惟恐於公歸；槐位久虚〔八〕，品物願依於神化〔九〕。某荷知有素，託庇云初。支郡所拘〔一〇〕，不得親承於教令；輿人同欲〔一一〕，其將再入於陶鈞〔一二〕。

【箋】

〔一〕蒲左丞：指蒲宗孟，字傳正，閬州新井人。拜尚書左丞，曾知杭州。宋史職官志：『尚書省左右丞，掌參議大政，通治省事，以貳令僕射之職。』

〔二〕郎：楊傑時任尚書主客郎。

〔三〕朱方：南方。指蒲宗孟所在的杭州。守土：指地方官。韓愈袁州祭神文之一：『若守土有罪，宜被疾殃於其身；百姓可哀，宜蒙恩閔，以時賜雨。』

〔四〕涓日：選擇良辰吉日。

〔五〕元龜：大龜。比喻國家的重臣。

〔六〕間言：異議。王儉褚淵碑文：『孝敬淳深，率由斯至，盡歡朝夕，人無間言。』

〔七〕棠陰：棠樹樹蔭。比喻惠政或良吏的惠行。梁簡文帝罷丹陽郡往與吏民別：『柳栽今尚在，棠陰君詎憐。』

〔八〕槐位：即槐府之位。指三公之位。黃佐粤會賦：『囊笏槐位，獻鑑楓垣。』

〔九〕品物：猶萬物。易乾：『雲行雨施，品物流形。』

〔一〇〕支郡：屬郡。

〔一一〕輿人：衆人。

〔一二〕陶鈞：指皇帝。歐陽修與杜正獻公書慶曆五年：『迨此期歲，曠無所聞。不惟上辜陶鈞，實亦慙愧知己。』這裏指蒲宗孟回到皇帝身邊任職。

謝蒲左丞薦啓〔一〕

伏蒙封章〔二〕，誤有論薦者〔三〕。竊以朝廷選士，言取信於大臣；君子愛人，才不遺於片善。稱揚躐等〔四〕，感仰悸衷。伏念某賦性甚愚〔五〕，適時無術，雖預聞於禮樂〔六〕，曾何補於邦家？唯知固守於舊章，詎敢曲從於異論。自慚寡陋，公則譽其該通〔七〕；人笑闊疏〔八〕，公則許其訂正①。昔依造化，垂庇已深；今託部封〔九〕，辱知尤重。兹蓋安撫判府左丞資政存誠仁厚，爲力寒微。弗求備於一夫，推博愛於多士。經營大厦，國工無可棄之材〔一〇〕；旋斡洪鈞〔一一〕，眞宰無不陶之器〔一二〕。荷恩特達，鏤骨深銘。期勉力於後圖，庶不辜於先鑒。

【校】

①訂　宋人集本同；四庫本作『剛』。從前言『闊疏』，推知似當作『訂』。

【箋】

〔一〕蒲左丞：見卷十一謝杭州蒲左丞啓箋注〔一〕。

〔二〕封章：指用皂囊封章奏以進。揚雄趙充國頌：『營平守節，屢奏封章。』

〔三〕論薦：選拔推薦。

〔四〕躐等：逾越等級。禮記學記：『幼者聽而弗問，學不躐等也。』孔穎達疏：『逾越等差。』

〔五〕賦性：天賦品性。蘇軾乞罷學士除閑慢差遣劄子：『蓋緣臣賦性剛拙，議論不隨。』

〔六〕預聞：謂參與其事。王充論衡逢遇：『倉猝之業，須臾之名，日力不足不預聞。』

〔七〕公：指蒲左丞。該通：博通。蔡邕翟先生碑：『該通五經，兼洞墳籍。』

〔八〕闊疏：粗疏。王充論衡書解：『周法闊疏，不可因也。』

〔九〕部封：蓋指出知潤州事。

〔一〇〕國工：技藝高超的工匠。

〔一一〕旋斡：運轉。洪鈞：比喻國家政權。李德裕離平泉馬上作：『十年紫殿掌洪鈞，出入三朝一品身。』

〔一二〕眞宰：指皇帝。魏書段承根傳：『徇競争馳，天機莫踐，不有眞宰，榛棘誰揃。』

交代①〔一〕

叨被聖恩，獲承府政〔二〕。夙敦事契〔三〕，益抃悃悰〔四〕。交代某官，臺閣元英，朝廷碩哲。久淹大用〔五〕，屢易名區〔六〕。方此召還，佇膺顯拜。顧蒙成之甚幸，愧代斲以非工。賴有餘風，得爲來範。聯登桂籍〔七〕，已均兄弟之親；交受竹符〔八〕，愈重子孫之好。披瞻在邇，跂望尤深②〔九〕。

【校】

①宋人集本同；四庫本題末有『啓』字。

②跂　四庫本同；宋人集本作『跛』，誤。

【箋】

〔一〕交代：指前後任相接替，移交。漢書元后傳：『予伏念皇天命予爲子，更命太皇太后爲「新室文母太皇太后」，協於新故交代之際，信於漢氏。』

〔二〕府政：官府政事。

〔三〕事契：交情。秦觀婚書：『既事契之久敦，宜婚姻之申結。』

〔四〕抃：原指鼓掌。吕氏春秋古樂：『帝嚳乃令人抃。』高誘注：『兩手相擊曰抃。』這裏是欣悦之義。

〔五〕淹：淹滯。

〔六〕名區：即名勝，指名勝之地。

〔七〕桂籍：科舉登第人員的名籍。徐鉉廬陵別朱觀先輩：『桂籍知名有幾人，翻飛相續上青雲。』

〔八〕竹符：泛指地方長官印符。權德輿送孔江州：『才子厭蘭省，邦君榮竹符。』

〔九〕跂望：舉踵翹望。三國志魏志董昭傳：『遠近跂望，冀一朝獲安。』

賀無爲知郡

伏審涓辰〔一〕，已諧視印〔二〕，恭惟慶慰。某官世傳忠義，天稟賢明。分宵旰之憂〔三〕，惟良共理；爲生靈之福，易地皆然。江民方切於去思，須郡久歌於來暮〔四〕。五月而報〔五〕，即聽政成；一節以趨，佇聞君召。某嚮風有日①〔六〕，拜德無階。顧惟父母之邦，幸陶餘化②；重計廟堂之器，難久外藩〔七〕。伏乞上爲朝廷，精調寢膳〔八〕。

【校】

①某　宋人集本同；四庫本作『某竊』。

②餘　宋人集本同；　四庫本作『雅』。

【箋】

〔一〕涓辰：　選擇吉利的時辰。沈遘台州通判都官：『伏審涓辰之良，受署以禮。』

〔二〕視印：　掌印就職。葉適林伯和墓誌銘：『在侯官，方視印，吏言無以解板帳，請逮逋户。』

〔三〕宵旰：『宵衣旰食』之省，形容非常勤勞，多用來稱頌帝王勤於政事。後借指帝王。王禹偁爲兵部向侍郎謝恩表：『自非抱訏謨之業，有變通之才，上可以啓沃四聰，下可以贊成三事，則何以副搢紳之佇望，塞宵旰之虚懷。』

〔四〕須：　即濡須。古地名，在今安徽無爲北。

〔五〕五月而報：　史記魯周公世家：『魯公伯禽之初受封之魯，三年而後報政周公。周公曰：「何遲也？」伯禽曰：「變其俗，革其禮，喪三年然後除之，故遲。」太公亦封於齊，五月而報政周公。周公曰：「何疾也？」曰：「吾簡其君臣禮，從其俗爲也。」』報，報告政績。

〔六〕嚮風：　仰慕。

〔七〕外藩：　指地方上的高級官吏。

〔八〕寢膳：　猶寢食。李商隱爲崔從事寄尚書彭城公啓：『伏惟慎安寢膳，勉護興居。』

回賀王敏甫學士館職啓〔一〕

竊審光被寵恩，進膺華秩〔二〕，自聞成命〔三〕，彌切抃心〔四〕。伏以圖籙秘藏，上帝名之册府〔五〕； 賢能叢聚，前古謂之蓬山〔六〕。豈徒收較籍之勤①〔七〕，蓋所重育材之地。文章翰墨，得士爲多，輔弼公卿，由此其選。時髦顯擢〔八〕，輿論僉歸〔九〕。恭惟判院學士國器宏深〔一〇〕，天資茂粹。綵衣就養〔一一〕，業詩禮以趨庭； 青雲致身〔一二〕，角英雄而入彀〔一三〕。識高衆譽②，名重上知。方挺秀於相門〔一四〕，再假途於儒館〔一五〕。金匱石室〔一六〕，讎千載之遺文； 鈿軸牙籤〔一七〕，傳一家之舊物。經綸有素〔一八〕，步武曷量〔一九〕，固宜自負以軒昂，敢謂不遺於鄙賤。連城至寶，過僻陋以暗投； 萬里亨衢〔二〇〕，知扶摇之遠到〔二一〕。銘深肺腑，留示子孫。

【校】

①較　宋人集本同； 四庫本作『校』。

②識高衆譽　宋人集本同； 四庫本作『衆識高譽』。

【箋】

〔一〕又見永樂大典卷二〇四七九。王敏甫： 名仲修，王珪之子。陸佃陶山集有門下王相公南郊謝雪子敏甫學士監禮楊傑有詩次其韻。王敏甫於熙寧八年十月以著作佐郎爲崇文院校理知禮院。據此該詩當作於熙寧八年或稍後。館職： 宋敏求春明退朝録卷上： 『唐制： 宰相四人，首相爲太清宫使；次三相皆帶館職，洪文館大學士，監修國史，集賢殿大學士，以此爲次序。』洪邁容齋隨筆館職名存：『國朝館閣之選，皆天下英俊，然必試而後命。一經此職，遂爲名流。其高者，曰集賢殿修撰、史館修撰，直龍圖閣，直昭文館、史館、集賢院、秘閣；次曰集賢、秘閣校理。官卑者，曰館閣校勘，史館檢討：均謂之館職。』

〔二〕進膺：進升榮膺。華秩：顯位，高階。梅堯臣李少傅鄭圃佚老亭：『我公謝鼎司，嗣子都華秩。』

〔三〕成命：命令，決定。資治通鑑後唐明宗天成四年：『福自刺史無功建節，尚復何求！且成命已行，難以復改。』

〔四〕抃心：猶歡欣。

〔五〕上帝：前代帝王。册府：古時帝王藏書的地方。晉書葛洪傳論：『紬奇册府，總百代之遺編；紀化仙都，窮九丹之祕術。』

〔六〕前古：古代。趙曄吴越春秋勾踐入臣外傳：『今大王誠赦越王，則功冠於五霸，名越於前古。』蓬山：官署名。秘書省的别稱。王勃上明員外啓：『更掌蓬山之務，麟圖緝諡。』

〔七〕較籍：校訂典籍。

〔八〕時髦：當代的俊傑。後漢書順帝紀贊：『孝順初立，時髦允集。』李賢注：『爾雅曰：「髦，俊也。」郭璞注曰：「士中之俊，猶毛中之髦。」』

〔九〕輿論：公衆的言論。三國志魏志王朗傳：『設其傲狠，殊無入志，懼彼輿論之未暢者，並懷伊邑。』

〔一〇〕國器：漢書韓安國傳顔師古注：『國器者，言其器用重大，可施於國政也。』

〔一一〕綵衣：謂孝養父母。

〔一二〕青云：比喻高官顯爵。史記范雎蔡澤列傳：『須賈頓首言死罪，曰：「賈不意君能自致於青雲之上。」』

〔一三〕入彀：比喻人才被掌握。王定保唐摭言述進士：『文皇帝修文偃武，天贊神授，嘗私幸端門，見新進士綴行而出，喜曰：「天下英雄入吾彀中矣！」』

〔一四〕相：指王敏甫之父王珪。據宋史宰輔表，王珪熙寧九年十月丙午，自禮部侍郎、參知政事守前官加同平章事、集賢殿大學士，至元豐八年五月庚戌病逝，皆在相位。

〔一五〕儒館：指古代的學術、文化機構，如太學、昭文館、集賢院之類。這裏指王敏甫任職的崇文院。

〔一六〕金匱石室：古時保存書契文獻之處。漢書高帝紀下：『又與功臣剖符作誓，丹書鐵契，金匱石室，藏之宗廟。』顔師古注：『如淳曰：「金匱，猶金縢也。」以金爲匱，以石爲室，重緘封之，保慎之義。』

〔一七〕鈿軸：鑲嵌金、銀、玉、貝等物的卷軸。白居易妻初授邑號告身：『弘農舊縣受新封，鈿軸金泥告一通。』牙籤：繫在書卷上作爲標識，以便翻檢的牙骨等製成的簽牌。

〔一八〕經綸：指治理國家的抱負和才能。有素：由來已久。曹冏六代論：『且墉基不可倉卒而成，威名不可一朝而立，皆爲之有漸，建之有素。』

〔一九〕步武：比喻模仿，效法。

〔二〇〕亨衢：四通八達的大道。比喻大好的前程。李商隱詠懷寄秘閣舊僚二十六韻：『糲食空彈劍，亨衢詎置錐。』

〔二一〕扶摇：騰飛。范成大次韻趙正之客中：『君自扶摇有霄漢，從渠蜩鷃舞蒿萊。』

賀馮待制知揚州①〔一〕

伏審輟班近侍〔二〕，出鎮雄藩，凡預庇庥〔三〕，伏增慶抃。恭以知府待制，器深廊廟〔四〕，德粹圭璋〔五〕。分注上憂，暫從外補。溥天之下，搢紳推翰墨之師；自淮以南，籌幄賜生靈之福。佇聞節召〔六〕，入贊鼎司〔七〕。某幸以不才，叨佐屬郡〔八〕。燕雀微羽，棲大厦以在期；荆棘凋叢，戴卿雲而有日〔九〕。伏乞上爲宗社，精調寢興〔一〇〕。瞻望旌麾，下情無任欣躍之至〔一一〕。

【校】

①宋人集本同；四庫本題末有『啓』字。

【箋】

〔一〕馮待制：指馮京。見卷六贈馮揚州箋注〔一〕。馮京鄉試、禮部、廷試連中三元後，以將作監丞通判荆南軍府事。後值集賢院，拜龍圖閣待制，出知揚州。該文作於楊傑潤州任上。

〔二〕輟：離開。班：指朝班。王讜唐語林雅量：『文宗時入閣，郎官有誤窺者，上覺之，班退語宰相。』

〔三〕庇庥：蔭庇，庇護。蘇軾賀歐陽少師致仕啓：『凡在庇庥，共增慶慰。』

〔四〕器：度量，胸懷。論語八佾：『管仲之器小哉。』

〔五〕圭璋：兩種貴重的玉製禮器。

〔六〕節召：謂使者持節宣召。張先沁園春寄都城趙閱道：『料節召還趨浴鳳池。』

〔七〕鼎司：指重臣之職位。文選陳琳爲袁紹檄豫州：『父嵩，乞匄攜養，因贓假位，輿金輦璧，輸貨權門，竊盜鼎司，傾覆重器。』劉良注：『鼎司，謂司空非才而居此位，故云竊也。』

〔八〕屬郡：指潤州。

〔九〕戴：頂。卿雲：同慶雲、祥雲。

〔一〇〕寢興：睡下和起牀。指起居。潘岳悼亡詩之二：『寢興目存形，遺音猶在耳。』

〔一二〕下情：指自己及百姓心意。管子明法：『臣有擅主者，則主令不得行，而下情不上通。』

賀吴司諫館職①〔一〕

嚮審光奉寵書〔二〕，榮陞秘館〔三〕，伏惟慶慰。某官修誠端本，造道資深〔四〕。擢自賢科〔五〕，任當諫列〔六〕。盡忠補闕，增帝衮之文章；執節彈邪，聳王朝之繩墨〔七〕。聰明眷注〔八〕，中外樂趨。會芸閣之掄才〔九〕，慶蓬山之得路〔一〇〕。牙籤鈿軸〔一一〕，緝唐室之遺經；金馬石渠〔一二〕，踵漢儒之故事。豈圖謙德，先辱珍函〔一三〕。曩屬居憂〔一四〕，久稽馳慶〔一五〕。感悚之至，併集所懷。

【校】

①宋人集本同；四庫本題末有『啓』字。

【箋】

〔一〕又見永樂大典卷二〇四七九。吴司諫：指吴材，字聖取，處州人，登進士第，累遷左司諫。館職：見卷十一回賀王敏甫學士館職啓箋注〔一〕。

〔二〕寵書：皇帝的命令，猶制書。

〔三〕秘館：指秘書省。

〔四〕造道：品德修養。蘇軾與李公擇書之一一：『兄造道深，中必不爾。』

〔五〕賢科：對選拔官吏考試所分科目的美稱。文同謝成都端明啓：『謬緣賢科，竊迹秘府。』

〔六〕諫列：諫官之列。歐陽修奉答子華學士安撫江南見寄之作：『我昔忝諫列，日常趨紫宸。』

〔七〕繩墨：謂規矩，法度。

〔八〕聰明：有『君主的視聽』之義。吴兢貞觀政要行幸：『如宇文述、虞世基、裴蘊之徒，居高官，食厚禄，受人委任，惟行諂佞，蔽塞聰明，欲令其國無危，不可得也。』王禹偁端拱箴：『大臣元老，經邦論道，裨補聰明，於何不照。』這裏指君主。眷注：垂愛關注。宋史石熙載傳：『典樞務日，上眷注甚篤。』

〔九〕芸閣：即芸香閣，秘書省的别稱。盧照鄰雙槿樹賦：『蓬萊山上，即對神仙；芸香閣前，仍觀秘寶。』掄才：選拔人才。劉禹錫史公神道碑：『元和中，太尉愬爲魏帥，下令掄才於轅門。』

〔一〇〕蓬山：見卷十一回賀王敏甫學士館職啓箋注〔六〕。

〔一一〕牙籤鈿軸：見卷十一回賀王敏甫學士館職啓箋注〔一七〕。

〔一二〕金馬石渠：金馬與石渠均爲漢代國家藏書之所。班固兩都賦序：『内設金馬石渠之署，外興樂府協律之事。』劉肅大唐新語匡贊：『聖上好文，書籍之盛事，自古未有……前漢有金馬、石渠，後漢有蘭臺、東觀。』

〔一三〕珍函：對別人書信的美稱。趙抃游雁蕩將抵温州寄太守石牧之：『多謝賢侯見招意，數貽嘉詠與珍函。』

〔一四〕居憂：指居父母之喪。梅堯臣寄維陽許待制：『而今倏忽已八載，公領府事予居憂。』

〔一五〕久稽：長期拖延。文子上義：『士爲詭辯，久稽而不決，無益於治。』

賀歐陽樞密①〔一〕

嚮審光被制書〔二〕，榮陞樞府〔三〕，伏惟慶慰。某聞宥密之職〔四〕，太平所基。賢哲在官，生靈受賜。豈獨一時之福，寔爲長世之休。恭以樞密侍郎上台元精〔五〕，清廟重器。文章道德，素推天下之宗〔六〕，帷幄籌謀，默贊聖人之治。剸裁幾務〔七〕，協契輿僉〔八〕。將使朝廷無萬里之憂，夷夏服兩階之化〔九〕。三山仙路〔一〇〕，昔遊翰墨之林〔一一〕；九重帝心，今注詩書之將。安危所繫，中外具瞻。永扶丕圖〔一二〕，大庇羣品〔一三〕。

【校】

①宋人集本同；四庫本題末有『啓』字。

【箋】

〔一〕歐陽樞密：指歐陽修。樞密，指樞密直學士。該文作於皇祐二年。

〔二〕制書：皇帝命令的一種。蔡邕獨斷：『其（皇帝）命令：一曰策書，二曰制書，三曰詔書，四曰戒書。』

〔三〕樞府：指樞密院。歐陽修歸田録卷一：『曹侍中在樞府，務革僥幸，而中官尤被裁抑。』

〔四〕宥密：深密，機密。詩經周頌昊天有成命：『夙夜基命宥密。』

〔五〕上台：指宰輔。元稹李愬妻韋氏封魏國夫人制：『今愬積行累功，以致爵位，六遷重鎮，名列上台。』元精：本指天地的精氣，這裏指人中的精英。

〔六〕天下：指帝王之下的所有人。

〔七〕剸裁：裁決，裁處。盧肇海潮賦：『此則爲政之所致，非可以常度而剸裁也。』幾務：機要的事務。指軍國大事。劉勰文心雕龍情采：『心纏幾務，而虚述人外。』

〔八〕協契：猶同心，一致。輿僉：猶衆議。

〔九〕兩階：猶君臣。舊唐書憲宗紀下：『今淮西一道，未達朝經，擅自繼襲，肆行寇掠。將士等迫於受制，非是本心。思去三面之羅，庶遵兩階之義。』

〔一〇〕三山：傳説中的海上方壺、蓬壺和瀛壺三座神山。晉王嘉拾遺記高辛：『三壺，則海中三山也。一曰方壺，則方丈也；二曰蓬壺，則蓬萊也；三曰瀛壺，則瀛洲也。』傳説中三山爲仙人所居之地。

〔一一〕翰墨之林：指翰林學士院，歐陽修曾任翰林學士。

〔一二〕丕圖：猶大業，宏圖。白居易答黄裳請上尊號表制：『朕以薄德，嗣守丕圖，不敢荒寧，以弘理道。』

〔一三〕品：人。

賀南京留守張端明①〔一〕

伏審抗章得請〔二〕，出鎮榮歸。于朝廷則地重而寄優〔三〕，在閨門則意承而色順〔四〕。由聖賢之相遇，致忠孝之兩全。惟侍奉親闈，燕安里社。明珠還浦〔五〕，故都增川媚之輝〔六〕；靈鶴歸遼〔七〕，舊俗有羽飛之望。上方眷求元老〔八〕，虚佇嘉謀〔九〕。行聞節召之嚴，人被鼎司之拜。用爲霖雨，偏敷潤於邦家；勿剪甘棠〔一〇〕，永垂陰於桑梓。某夙承獎擢，即預陶鈞〔一一〕。趨覲未前，具瞻尤切。伏乞上爲宗社，調護寢興〔一二〕。

【校】

①宋人集本同；四庫本題末有『啓』字。

【箋】

〔一〕南京：指應天府，在今河南商丘。端明：指端明殿學士。

〔二〕抗章：向皇帝上奏章。

〔三〕寄優：委寄優隆。

〔四〕閨門：指家庭。

〔五〕明珠還浦：典出後漢書孟嘗君傳之「合浦海珠」。

〔六〕川媚：陸機文賦：「石韞玉而生輝，水懷珠而川媚。」

〔七〕靈鶴歸遼：陶淵明搜神後記卷一載遼東人丁令威學道於靈虛山，後化鶴歸遼故事。後以「歸鶴」喻不忘故鄉之人。杜甫秋日夔府詠懷奉寄鄭監李賓客一百韻：「東走窮歸鶴，南征盡跕鳶。」

〔八〕上方：指皇帝。眷求：殷切尋求。

〔九〕佇：企盼，期待。謝靈運酬從弟惠連：「夢寐佇歸舟，釋我吝與勞。」

〔一〇〕甘棠：見卷六晝錦堂箋注〔四〕。

〔一一〕陶鈞：指藉以施展治國之才的權位。王禹偁獻轉運使雷諫議：「棘寺下僚叨末路，齋心唯願秉陶鈞。」

〔一二〕寢興：見卷十一賀馮待制知揚州箋注〔一〇〕。

賀東宮待制①〔一〕

伏審光被寵書〔二〕，榮遷峻秩〔三〕，伏惟慶慰。竊聞職清内閣，任重先朝。必擇正人，以副輿望〔四〕。恭以某官搢紳繩墨〔五〕，廊廟棟梁，爰自春宫〔六〕，夙隆天眷。商山舊德〔七〕，漢皇之羽翼已成；秦府功臣〔八〕，唐代之典章取定。即升台席〔九〕，大庇邦氓。某屬在浙江，叨乘使傳，末由趨慶，伏重跂瞻。

【校】

①宋人集本同；四庫本題末有『啓』字。

【箋】

〔一〕該文作於元祐三年至元祐五年楊傑兩浙提刑任上。

〔二〕寵書：見卷十一賀吴司諫館職箋注〔二〕。

〔三〕峻秩：高位。蔣防授柳公綽襄州節度使制：『霜臺峻秩，人部榮班。』

〔四〕輿望：衆望。蘇舜欽代人上申公祝壽：『輿望知難轉，王心幾不寧。』

〔五〕繩墨：準則。

〔六〕春宫：即東宫、太子宫。資治通鑑陳宣帝太建八年：『皇太子養德春宫，未聞有過。』胡三省注：『太子居東宫，東方主春，故亦曰春宫。』

〔七〕商山舊德：指商山四皓。漢初，東園公、綺里季、夏黄公、甪里先生避秦亂隱居商山，高祖召不應。後高祖欲廢太子，吕后用張良計，迎四皓，輔太子，遂使高祖輟廢太子之議。商山在今陝西商縣東。

〔八〕秦府：即秦王府。唐太宗李世民曾封秦王。功臣：指輔佐李世民的長孫無忌、魏徵、房玄齡等。

〔九〕台席：宰相的職位。資治通鑑唐敬宗寶曆元年：『奇章公甫離台席，方鎮重宰相，所以尊朝廷也。』胡三省注：『宰相之位，取象三台，故曰台席。』

賀杭州蘇内翰①〔一〕

伏審抗章中禁，得請名都〔二〕，竊惟慶慰。恭以知府内翰識究幾微，學深原本。忠義聳本朝之望，文章爲多士之宗。四近未陪〔三〕，輿情攸鬱〔四〕。顧東南之會府〔五〕，益茂棠陰；采中外之公言，願陞槐位。五月而報，豈俟政成；一節以趨，竚膺君召。某荷知惟舊，瞻德有期。跂望旌旄，卑情無任欣忭之至〔六〕。

【校】

①宋人集本同；四庫本題末有『啓』字。

【箋】

〔一〕蘇内翰：指蘇軾。内翰，翰林的别稱。該文作於元祐四年。時蘇軾接替熊本知杭州，楊傑在兩浙提刑任上。

〔二〕名都：指杭州。

〔三〕四近：指君王近臣。尚書益稷孔安國傳：『四近，前後左右之臣。』孔穎達疏：『四近之臣，普謂近君之臣耳，無常人也。』

〔四〕輿情：民情。李中獻喬侍郎：『格論思名士，輿情渴直臣。』

〔五〕會府：猶都會。文天祥建康：『金陵古會府，南渡舊陪京。』

〔六〕欣忭：喜悦。張居正答冏卿徐敬吾書：『恭喜嶽旦載臨，仙齡茂衍，忝在門墻，倍深欣忭。』

賀熊待制移金陵〔一〕

伏承抗章玉闕，得請金陵，竊惟慶慰。恭以判府鈐轄侍郎待制德重端朝，忠純體國。

未陪四近，彌鬱羣情。顧六代之名區，鄰三吴之舊境。假途紅幕，欽婉畫之尚存〔二〕；移建碧幢〔三〕，寔坐籌之有賴。錦繡增榮於榆社〔四〕，封疆密接於棠陰。即趨召節之嚴，難久偃藩之樂〔五〕。

【箋】

〔一〕熊待制：指熊本，字伯通，鄱陽人。慶曆中進士及第。熙寧初，爲提舉淮南常平、檢正中書禮房公事、同判司農寺、秦鳳路都轉運使、知制誥。元豐中，知滁州、廣州、桂州，入爲吏部侍郎，出知洪州。元祐中，徙杭州、江寧府，再知洪州，六年卒。熊本離杭州知府任，移守金陵在元祐四年，該文作於是年。

〔二〕婉畫：語出謝瞻張子房：『婉婉幕中畫。』謂張良爲劉邦運籌帷幄之中。後以『婉畫』指幕僚輔助長官謀劃。

〔三〕碧幢：高級官員舟車上張挂的以青油塗飾的帷幔。白居易奉和汴州令狐令公：『碧幢油葉葉，紅旆火襜襜。』

〔四〕榆社：枌榆社之省。漢高祖故鄉的里社名。這裏指故鄉。

〔五〕偃藩：指地方長官安卧撫治之地。梅堯臣送公儀龍圖知杭州：『成都與餘杭，天下莫比論。彼爲公故鄉，此爲公偃藩。』

上茹都官明堂圖書〔一〕

某聞大禮廢，非至聖莫之興；大禮興，非鉅賢莫之述。明堂之禮，其天下之大禮乎！明以出政教，幽以交神靈。根萌于黄帝唐虞，幹枝于夏商周，華葉于秦漢魏晉宋齊梁陳隋唐之間，翦伐于五代〔二〕，蘇培于今天下。前曰大禮廢，非至聖莫之興者，此之謂也。然而朝廷林藪，臣子億萬，舉知大禮之興，鮮能述所興之禮，惟閤下既能知之，又能述之，作爲詩頌，奏露天子。若夫造化之工，張列三辰，羅布萬物，以文飾天地，未足狀其功也。秋江夜濤，春山曉雷，浩浩轟轟，犇震不絶，未足狀其辭氣也。孤竹之管〔三〕，雲和之瑟〔四〕，圜丘六奏〔五〕，感徹太極，未足狀其音容也。神仙之庭，嶽瀆之藏，阜積金玉，淵聚珠貝，未足狀其富學也。是以聳動旒冕〔六〕，特詔褒寵，外藏之於太史氏①〔七〕，千萬載後爲世盛事。前曰大禮興，非鉅賢莫之述者，此之謂也。某襟衣塵埃，聞見寡隘，閤下辭學，敢望之乎？二者不敢有望於閤下，於閤下之功，固不敢有所望也。然而心膽壯鋭，不甘無述，故搜歷代明堂之制于經，經不足以及于傳②，傳不足以及于史。其文雖得，其象莫見〔八〕，乃索文而求象，據所象而爲圖，圖成而其篇二十，歷代之制，敢謂十得其八九矣。其有辭枝義失，世所不從，則略而不取。其所以不自掖縮〔九〕，遠從山林，敢投獻于門下者，非徒然也，欲乞閤下政餘賜覽，損益差繆，以足其心爾。閣下不以寒賤爲卻而從之，則異日國家建明堂，訪古制，某進所圖，無復畏懾矣。非獨爲寒賤之光，抑亦使當世知閣下風化之致焉。

【校】

①於　四庫本、宋人集本無。

②于　宋人集本同；四庫本作『乎』。

【箋】

〔一〕又見國朝二百家名賢文粹卷九九。該文似作於楊傑未仕之前。茹都官：指茹孝標，天聖進士及第。曾任都官員外郎、江州知州。明堂：見卷一琴材賦箋注〔一三〕。

〔二〕剪伐：砍伐，割刈。指受到損壞。

〔三〕孤竹：獨生的竹。周禮春官大司樂：『孤竹之管，雲和之琴瑟，雲門之舞，冬日至，於地上圜丘奏之。』鄭玄注：『孤竹，竹特生者。』賈公彦疏：『孤竹，竹特生者，謂若嶧陽孤桐。』班固東京賦：『爾乃孤竹之管，雲和之瑟，雷鼓鼝鼝，六變既畢，冠華秉翟，列舞八佾。』

〔四〕雲和：山名。所産之材善作琴瑟。鮑照拜侍郎上疏：『不悟乾羅廣收，圓明兼覽，雕瓠飾笙，備雲和之品。』

〔五〕圓丘：即圜丘。帝王冬至祭天的地方。周禮春官大司樂賈公彦疏：『土之高者曰丘，取自然之丘。圜者，象天圜也。』

〔六〕旒冕：借稱帝王。樂府詩集卷一北齊明堂樂歌：『邕齊云終，折旋告罄。穆穆旒冕，蘊誠畢敬。』

〔七〕太史氏：史官。這裏指太史局。

〔八〕象：狀貌。

〔九〕赧縮：因羞愧而退縮。

上金陵知府書〔一〕

傑，無爲人，以淮南方伯之召而客于楚〔二〕。聞南使過楚，楚人有問之者曰：『爾不遠萬里，將有獻於朝廷，其何物邪？』使者曰：『炎海之濱有獸〔三〕，其神若兕匪兕〔四〕，若麠匪麠〔五〕，一角戴義，四蹄履仁，行以中矩，遊而不羣。爲世之瑞，命之曰麟〔六〕。』楚人曰：『角之戴義，義不足以尊尊；蹄之履仁，仁不足以親親。行之中矩，不足以爲世法；遊之不羣，不足以爲絶倫。匪兕匪麠，亦麠兕鄰①。瑞之來，何所補於吾俗？瑞之隱，何所損於吾民？世之治亂在乎人，孰謂繫於斯麟？』使者屈之，默然而去。

士有於此，少而窮仁義之原，長而得仁義之道。非仁義之行，不敢以行；非仁義之言，不敢以言。不生于窮荒之地，而生于中和之域。不求知于獷俗〔七〕，而求知于大賢。或遇其知而獻之朝廷，則非獨使萬目之駭，其必有補於世而不玷乎！大賢之知，雖不足以爲天下之瑞，而亦無愧於是麟也，願閤下少加意焉〔八〕。伏惟閤下富文老學，天下宗師，所黜所譽，士林權鑑〔九〕。傑世族寒賤，人所不顧。今日之來，不敢以謟言支説，取瀆大君子；敢以所聞，獻于門下，以俟進退。

【校】

①亦麢兕鄰　四庫本、宋人集本『校記』作『麢兕之鄰』。

【箋】

〔一〕又見國朝二百家名賢文粹卷九四。該文作於楊傑未仕之前。

〔二〕方伯：殷周時代指一方諸侯，後泛稱地方長官。禮記王制：『天子百里之内以共官，千里之内以爲禦，千里之外設方伯。』史記周本紀：『周室衰微，諸侯彊並弱，齊、楚、秦、晉始大，政由方伯。』裴駰史記集解引鄭司農曰：『長諸侯爲方伯。』

〔三〕炎海之濱：指南方炎熱的地區。李時勉白象賦：『炎海之濱，和氣薰蒸，山川毓秀，瑶光降精，祥氛瑞靄，煜煜熒熒，而奇獸於是生焉。』

〔四〕兕：蔡卞毛詩名物解卷一〇兕：『釋獸曰：「兕似牛。」重千斤，一角，青色，其皮堅厚可以製鎧。』

〔五〕麕：崔豹古今注卷中：『麞有牙而不能噬，鹿有角而不能觸。麞，一名麕。青州人謂麕爲麞。』詩經召南野有死麕：『野有死麕，白茅包之。』左傳哀公十四年：『逢澤有介麇焉。』陸德明經典釋文：『麇，獐也。』楚辭淮南小山招隱士：『白鹿麏麚兮，或騰或倚。』洪興祖楚辭補注：『麏，麞也。』

〔六〕麟：古人視爲仁獸、瑞獸。禮記禮運：『麟、鳳、龜、龍謂之四靈。』陸璣毛詩草木鳥獸蟲魚疏：『麟，麕身，牛尾，馬足，黄色，圓蹄，一角，角端有肉。音中鍾吕，行中規矩，游必擇地，詳而後處，不履生蟲，不踐生草，不羣居，不侶行，不入陷阱，不罹羅網，王者至仁則出。』

〔七〕獷俗：獷悍之習俗。這裏指非儒家正統的異族文化。

〔八〕加意：留意，注意。史記龜策列傳：『上尤加意，賞賜至或數千萬。』

〔九〕權鑑：標準，楷模。

無爲集卷十二

碑誌

故武信軍節度使謚康簡追封循國公神道碑〔一〕

寶元二年秋七月辛丑，宗室金紫光禄大夫、檢校禮部尚書、使持節和州諸軍事、和州刺史、充本州團練使兼御史大夫、上柱國、天水郡開國公薨于秦邸之正寢。上聞之震悼，車駕臨奠，親撫衾斂，哀慟久之。慰恤諸孤，恩禮加等，贈武信軍節度使，追封循國公〔二〕。特賜白金三千兩，緡錢一百五十萬，絹五百疋。命使監護及遣内省夫人、中貴卹治内外事，用度悉出於官。太常用一品鹵簿儀衛以送喪物，窆于奉先佛祠。諸子號慕過哀，乞廬其側。至某年某月某日葬于某州某縣某原，禮也。太常議謚，以謂公質直重厚，志尚敦雅。下賢趣善①，素履安夷〔三〕，和柔之德，中外推挹〔四〕。案謚法曰：『温良好樂曰康，平易不訾曰簡。』尚書省集官考覆，輿論爲允，乃謚曰『康簡』。易名之典，兼二法之美也。

公諱承慶，字祐之，初名承宗，宣祖皇帝之曾孫，太師、尚書令秦悼王諱某之適長孫〔五〕，護國軍節度使兼中書令高密郡慈惠王諱某之適長子也〔六〕。公天資忠孝，才藝超卓，器識宏遠，信厚愷悌，世以賢公子稱之。雍熙中，隨侍高密王出判濟州。淳化二年，奉宣補衙内指揮使，每入貢至京師，太宗必召至禁中，詢訪州郡風俗山水，應對詳敏，莫不稱旨。因改今名，乃授西頭供奉官。時濟州囹圄屢空，監郡劉蒙叟敷奏〔七〕，上喜，顧左右曰：『承慶父子曉事盡心。』公家因賜金箱玉方②、二寶帶以寵之。濟州舉人程文應格者多〔八〕，高密王欲盡薦于朝，有司以解額難之〔九〕。王曰：『賢者太平嘉瑞，文王以多士寧周〔一〇〕，薦賢乃諸侯之職。』於是具奏，盡數貢于春官〔一一〕。至今濟州薦送之數，比旁郡爲優，自高密王始也，公與有力焉。孔子曰：『聽訟，吾猶人也，必也使無訟乎〔一二〕。』書曰：『野無遺賢〔一三〕。』傳曰：『孝子成父之美〔一四〕。』公父子見之矣。真宗皇帝祥符四年扈蹕汾陰③，改東頭供奉官。七年，改内殿崇班。恭謝天地禮成，加銀青光禄大夫、檢校太子賓客，兼御史大夫、騎都尉。八十④，上玉皇尊號，加金紫光禄大夫，改内殿承制。天禧元年，合祭天地，加天水縣開國男，食邑三百户。二年秋八月，立皇子昇王爲皇太子，授内園副使。三年南郊，加檢校左散騎常侍⑤，進封開國子，加食邑三百户。乾興元年二月，皇帝御正陽門，加食邑三百户。上因曲宴謂諸宗室曰〔一五〕：『汝等在先朝所歷事節，宜各盡所見奏聞。』公曰：『先朝事節備於政要，臣嘗扈從車駕封太山，祀汾陰，朝謁陵寢，幸亳社，巡守澶淵，以全大酺，可謂盛事皆所親見。』上曰：『更記內家甚事，無所諱避，切欲聞也。』公曰：『容臣退而編録上進。』旬日具所見聞進呈，御扎褒稱，仍許非時上章。公於朝政所補非一，而其藁不存於家，其慎密如此。傳曰『古者造辟而言，詭辭而出』〔一六〕，公之謂也。車駕幸後苑，賞花釣魚，翌日宗室入謝⑥，上曰：『卿等賞釣樂乎？』衆曰：『甚樂。』公獨曰：『臣一憂一樂。』左右皆愕然失色。上曰：『大王何所憂？』曰：『臣昨日伏見御幄臨淵，侍從數百人側立危欄之上，臣不敢不憂。既而龍輿迴轅⑦，賞花宴集，上下同驩，詠歌太平。時當豐稔，和氣充塞，臣不得不樂⑧。』上顧近戚曰：『大王愛我如此，卿等可學⑨。』即命取白羅扇，御飛白書『承慶祐之』四字以賜焉。夫危樓船以忠諫，漢史稱之〔一七〕；寵華衮以褒字，魯史載之〔一八〕。公有臨淵之憂，帝有書扇之賜，忠以愛君，褒以勸善，君臣之道，可謂盡矣！它日宣射，上曰：『先朝多以卿爲神射，今日期必中鵠。』公曰：『臣實無能，偶或有中。』公拜命，發箭雖不出正，然皆不敢近鵠。上知公之謙抑，乃索御箭連中鵠。是時御雙箭處中央，公雙箭在下，正上下相向，端直如繩墨，瞻者莫不歎仰。帝甚悅，賜對衣、金帶、鞍轡、馬各二，詔書褒異之。詩云：『終日射侯，不出正兮〔一九〕。』易云：『勞謙君子，有終吉〔二〇〕。』公得之矣。仁宗皇帝即位，授内藏庫使，加輕車都尉，封天水郡開國侯，食邑三百户。天聖二年恭謝天地，加上輕車都尉。五年十一月南郊，加護軍，食邑三百户。七年九月，朝廷敦叙昭武之裔，優推寵命，以公乃宣祖皇帝之曾孫，秦王之裔長孫⑩，高密郡王之適長子，故特持節蔣州諸軍事、蔣州刺史。八年南郊，加上護軍，進封開國公，食邑三百户。明道元年，改宫苑使，檢校禮部尚書，加柱國。二年三月，東郊籍田，加上柱國，食實封一百户。是歲特授懷州刺史。景祐元年，公以足疾賜告調治。二年南郊，遷和州團練使，加食邑五百户。寶元元年南郊，加食邑食實封二百户。公養疾六載，聖睠益隆，既宣太醫朝夕診療，又時遣内夫人至第撫問，非常禮也。章獻明肅皇太后臨朝〔二一〕，時以公名下一字犯彭城郡王父名〔二二〕，欲令改易，遣近侍諭之，不從。一日召於簾前宣問，公曰：『彭城王諱，天下所共諱也，臣不敢不諱。彭城王父諱，非天下所諱諱也⑪，臣不敢獨諱。且臣名先朝所賜，安敢私易以諂上？』識者義之。公生平博覽墳典，翰墨精妙，以至樂律、丹術、仙録，莫不洞究。尤善屬文，嘗注易二十卷⑫，極天人性命之理，天子覽而嘉歎，賜以金幣，又著家訓三卷行于世。國朝以來，宗室著述，自公始也。因眞宗違豫，公刺血書佛經以進，高密王寢疾，不脱冠帶而養，上聞之，遣内人撫問厚賜，以旌過人之行。及扶護先王喪往葬汝州，會天旱井涸，公夜致禱，明日乃水泉涌出，賜詔稱其誠孝之應。經曰〔二三〕：『事親孝，故忠可移於君』，

『孝悌之至，通於神明』。於公見之矣。公享年三十有九⑬。夫人涇陽郡君，乃中書令和凝之孫也〔二四〕；繼室永嘉郡太君虞氏⑭，皆賢懿，有輔佐君子之道。子六人，曰克悟，右班殿直，早世；曰克繼，贈定武軍節度使、開府儀同三司，建國公；曰克絢，贈青州觀察使；曰克孝，今任越州管內觀察使；曰克肖，贈右監門衛大將軍；曰克顧，贈昭化軍節度使。女十人，封號不同，各歸顯族，一早世，一爲比丘尼。孫幾人，曾孫幾人，任某官。公教子不以爵禄爲重，而重乎忠孝；不以貨財爲傳，而傳以經術。是以太宗朝諸王出鎮藩郡，以公父子爲才能。眞宗訪政事，公獻忠言爲多。仁宗試文翰，詔稱公子克孝『秀出本支』。英宗立宗學，教育親族，克孝首爲二宗師儒稱薦，而復中上科。神宗朝克孝著孝經傳上進〔二五〕，賜詔稱諭。熙寧以來，詔試宗室經術，公孫叔敖、叔象、叔某、叔某相繼登第。元豐講行祀典，擇宗子之無過尤者，躬執事于明堂宗廟。是時循國子孫與祭者爲最多。議者以謂⑮『無是父則無是子，無是祖則無是孫』。予觀循國康簡公家訓三篇，上篇述祖考昭穆之序，陳忠孝禮義之端，集古人法語以爲家世之傳〔二六〕；中篇篤勵學問，慎終言行⑯，重道義而輕富貴；下篇言所慎在乎九思〔二七〕，正心以正身，正身以正家，仁而尊賢，恕以及物，具善不善之積，明聽不聽之効。于今子孫不忘其訓，然後知義方之教，澤流之遠，何時而有窮已哉！葬後四十年，公子欲以公之善美昭示來世，乃具行實，請文以立碑于隧道。銘曰：

烏戲循國⑰，宗室之英。忠孝仁厚，愷弟信誠⑱。博學多能，秉彝典經。左右先王，政肅刑清。進賢報國，邦義以寧⑲。錫以寶帶〔二八〕，父子寵榮。諫章慎密，聖主從繩〔二九〕。勞謙終吉，射不出正。天旱井涸，葬親汝城。精禱泉湧，感于神明。天子聞之，詔褒以旌。曰康曰簡，懿哉易名。治家訓言，載之簡編。貽于後昆，忠孝之源。公子公孫，世其稱賢。寵禄令問〔三〇〕，傳無窮年。

【校】

①趣　四庫本、宋人集本『校記』作『趨』。

②金箱玉方　四庫本作『金箱玉弓』；宋人集本『校記』作『金鑲玉弓』。

③眞　四庫本同；宋人集本作『皇』，誤。

④八十　四庫本作『十八年』；宋人集本作『八年』。眞宗大中祥符共九年，此處當做『八年』。

⑤侍　四庫本同；宋人集本作『特』，誤。

⑥翌　四庫本同；宋人集本作『翼』。

⑦興　四庫本同；宋人集本作『興』，誤。

⑧得　四庫本同；宋人集本作『敢』。

⑨可學　四庫本同；　宋人集本『校記』作『宜法』。

⑩裔　四庫本、宋人集本『校記』作『適』。

⑪諱諱　四庫本、宋人集本作『共諱』。當作『共諱』。

⑫注　四庫本同；　宋人集本作『詩』，誤。

⑬三十有九　全宋文認爲：　『按前文述墓主雍熙中云云，至寶元二年已五十餘年，此言「享年三十有九」，當誤。』

⑭太　宋人集本同；　四庫本無『太』字。

⑮謂　宋人集本同；　四庫本作『爲』。

⑯終　宋人集本同；　四庫本作『修』。

⑰烏　宋人集本同；　四庫本作『於』。

⑱愷弟　四庫本作『愷悌』，宋人集本作『悌悌』。

⑲義　宋人集本同；　四庫本作『乂』。

【箋】

〔一〕該文約作於元豐初年。祝尚書宋人別集敘録：　『卷一二趙承慶墓誌銘，墓主寶元二年卒，年二十九，則應生於咸平四年，然墓誌中敘及雍熙、淳化時事，顯然訛誤。』

〔二〕追封循國公：　宋史魏王廷美列傳：　『承慶官至和州團練使，卒贈武信軍節度使、循國公。」

〔三〕素履：比喻質樸無華、清白自守。易履：「初九：素履往，無咎。象曰：素履之往，獨行願也。」王弼注：「履道惡華，故素乃無咎。」高亨注：「素，白色無文彩。履，鞋也。素履往，比喻人以樸素坦白之態度行事，此自無咎。」

〔四〕推挹：推重尊崇。梁簡文帝贈張贊：「儀表咸推挹，墻仞難窺踐。」

〔五〕秦悼王：見卷八國朝宗室世系表序箋注〔八〕。

〔六〕高密郡慈惠王：指趙德恭，字復禮，魏王趙廷美長子，景德三年卒，明道二年追封高密郡王，謚慈惠。

〔七〕劉蒙叟：宋史劉蒙叟傳：「蒙叟，字道民，乾德中進士甲科，歷岳、宿二州推官，以所知論，薦授太子中允，知乾興，拜監察御史，徙知濟州。俄以秦王子德恭判州事，就命爲通判，郡事皆決於蒙叟。」凌迪知萬姓統譜卷五九：「劉蒙叟，熙古子，兄蒙正。善騎射，累官内藏庫副使，後出知滄、冀、滋三州。蒙叟好學，善屬文，乾德中進士，歷知廬、濠、滁、汝四州，以太常少卿致仕。所著有五運甲子編年曆。子宗弼、宗誨皆登進士。」

〔八〕程文：科場應試者進呈的文章。蘇轍代張公安道答吕陶屯田啓：「伏蒙決策大廷，程文優等，聲華籍甚，慶慰良深。」應格：符合標準。新唐書選舉志：「每歲五月頒格於州縣，選人應格，則本屬或故任取選解，列其罷免、善惡之狀，以十月會於省，過其時者不敘。」

〔九〕解額：源於唐。進士舉於鄉，給解狀有一定名額，稱解額。宋史高宗本紀：『乙卯，立淮南諸州舉人解額。』宋會要輯稿選舉舉士發解：『至道三年五月，宋白等議曰：國家封域至廣，州郡甚多，每歲舉人動以萬數。將懲濫進，理在精求。……每進士一百人只解二十人，九經已下諸科共及一百人，只解二十人赴闕。……内州府不及一百人處，亦令約此數目解送，但十分中只解送二分。』又科舉條制：『英宗治平三年十月六日，詔曰：今後宜每三年一開科場。應天下所解進士、諸科，並以本處舊額四分三分。内開封府、國子監以皇祐四年所解進士、諸科數各四分中以三分爲額。所有禮部奏名進士，以三百人爲額，明經諸科不得過進士之數。』又：『嘉祐三年三月十一日，禮部貢院言：奉詔再詳定科場條制，應天下進士、諸科解額各減半，明經別試，而係諸科解名，無諸科處詳解一人。開封府進士二百一十人，諸科一百六十人；國子監進士一百人，諸科一十五人。明經各一十人，並爲定額。禮部奏名進士二百人，明經諸科不得過進士之數。別頭試每路百人解十五人，五人以上解一人，不及五人送鄰路試。』

〔一〇〕文王句：詩經大雅文王：『濟濟多士，文王以寧。』

〔一一〕春官：謂禮部。

〔一二〕聽訟三句：出論語顏淵。

〔一三〕野無遺賢：出尚書大禹謨。

〔一四〕孝子句：穀梁傳隱公元年：『孝子揚父之美，不揚父之惡。』

〔一五〕曲宴：私宴。三國志魏志后妃傳：「景初元年，帝游後園，召才人以上曲宴極樂。」

〔一六〕古者二句：出春秋穀梁傳文公六年：「故士造辟而言，詭辭而出。」范寧穀梁傳集解：「辟，君也。詭辭而出，不以實告人也。」風俗通義：「禮諫有五，諷爲上。故入則造膝，出則詭辭。」造膝，猶促膝。

〔一七〕夫危二句：漢史，指後漢書。後漢書陳子忠列傳：「元帝容薛廣德自刎之切。」李賢注：「元帝酎祭宗廟，出便門，欲御樓船。御史大夫薛廣德當車免冠諫曰：『宜從橋。』詔曰：『大夫冠。』廣德曰：『陛下不聽臣，臣自刎，以血污車輪。』帝乃從橋。」三國志吴志薛綜傳：「漢元帝欲御樓船，薛廣德請刎頸以血染車，何則？水火之險至危，非帝王所宜涉也。」

〔一八〕魯史：指春秋。范寧穀梁傳集解：「一字之褒，寵逾華衮之贈；片言之貶，辱過市朝之撻。」華衮，古代王公貴族多彩的禮服，以表示極高的榮寵。

〔一九〕終日二句：出詩經齊風猗嗟。侯，指用獸皮或布做成的靶子。正，指置於箭靶正中的圓形小白布，亦名「的」或「鵠」。

〔二〇〕勞謙二句：出易謙卦。勞謙，勤勞謙恭。

〔二一〕章獻明肅皇太后：名劉娥，太原人。大中祥符五年被宋眞宗册立爲皇后。即民間傳聞「狸貓換太子」中的劉皇后。

〔二二〕彭城郡王：劉繼元，北漢末帝，孝和帝劉承鈞養子，少主劉繼恩弟。宋史太宗本紀：

『癸未，保康軍節度使劉繼元卒，追封彭城郡王。』蓋章獻明肅皇太后劉娥與劉繼元同宗，故有此議。這裏指犯『承』字諱。

〔二三〕經：指孝經。以下四句分别出廣揚名章和感應章。

〔二四〕和凝：字成績，鄆州須昌人。後唐時官至中書舍人、工部侍郎。

〔二五〕孝經傳：宋史藝文志：『趙克孝，孝經傳一卷。』

〔二六〕法語：合乎禮法的言語。論語子罕：『法語之言，能無從乎！』邢昺疏：『以禮法正道之言告語之。』

〔二七〕九思：論語季氏：『君子有九思：視思明，聽思聰，色思温，貌思恭，言思忠，事思敬，疑思問，忿思難，見得思義。』

〔二八〕錫：賜。

〔二九〕從繩：本指依照繩墨取直。書説命上：『惟木從繩則正，後從諫則聖。』孔安國傳：『言木以繩直，君以諫明。』這裏指諫章被采納。

〔三〇〕令問：美好的名聲。問，通『聞』。

故右諫議大夫贈工部侍郎沈公神道碑

沈氏之先，出于周文王之子聃季，食采於沈，因而命氏〔一〕。漢光禄勳戎徙居會稽之烏程，後改烏程爲吴興郡，故沈氏以吴興爲望〔二〕。由漢以來，世爲右族〔三〕。宋有慶之〔四〕，梁有休文〔五〕。至唐，潤州司兵參軍岌生愉，爲懷州都團練判官。愉生僎，爲同州馮翊尉。僎生師舉，爲太常協律郎。師舉生籍，爲衢州常山令，諱籍即公之高祖考；越州剡縣丞諱德饒，公曾祖考也。海州朐且令諱仁諒①，公祖考也。贈工部尚書諱平，公烈考也。太夫人胡氏，封安定郡太君。自朐山令徙居歷陽，今爲歷陽人〔六〕。源流深遠，慶德相承，篤生良臣，器識宏博。

公諱立，字立之，少孤，力學，事母至孝，鞠育諸弟，率以懿行，鄉閭耆艾推以爲法。文詞敏贍②，場屋有時名。天聖中登進士第，歷任桐城尉、畿縣主簿，知績溪、洪雅二縣，通判壽州、益州，知池州、杭州、越州、江寧府、宣州、滄州。入爲三司户部鹽鐵判官③，判都水監。知審官西院。出爲淮南轉運副使，兩浙、京西、河北都轉運使，充江淮兩浙荆湖六路都大制置發運使，提舉商胡埽④〔七〕，提舉崇禧觀以老焉〔八〕。由大理寺丞、殿中丞、太常博士歷屯田都官職方三員外郎、兵部郎中、太常少卿、集賢殿修撰、右諫議大夫，贈工部侍郎。公自初仕⑤，已能夙夜勤職，廉義自持，孜孜民事，以報國家，故所至郡縣，爲部使者，皆以才稱。公尉桐城，盜不入境；主畿内簿，吏不敢欺。治小邑皆興學舍。在商胡⑥，采摭大河事迹⑦，古今利病，曰河防通議，世之治河者取以爲據。嘗遇蘇、湖大水，民多艱食，公爲發倉廩，出餘財，選擇部吏，分主賑貸。時諸縣有率大姓出粟爲助者，公曰：『官廩充牣〔九〕，烏用擾民？』悉還給之。若積粟之家能自貸借下户者，候其豐歲，官爲理償，民以爲便，存活甚衆。初，領朔方漕，陛辭日，英宗皇帝曰：『知卿用心公家，故召卿經畫邊事，慎勿張皇。』公遍歷邊郡，經度處置，人不以爲疑，蓋能承上意也。公總外計，舊號冗劇，施設皆有條理。於是綱吏絶僥倖之望，疲兵無凍餒之苦，金帛豐羨，倉廩充溢，天子聞而嘉之。因奏計，上從容慰諭云：『知卿素有才力，更宜爲朕用心。』及存問家屬、諸子次弟，續遣中使賜中金二百兩，以優其勞。鎮金陵日，上曰：『以卿清慎公懃，故以重地委卿。』問所藏書，令進所編名山都水記三百卷〔一〇〕，并家藏書目，乃賜詔書敦奬。公爲北朝正旦國信使，是歲契丹行册禮〔一一〕，遣儐介曰〔一二〕：『能同虜中百官之服，則入見；不爾，當叙班門外。』公正色曰：『遠銜君命以通兩國之好，安可門外見耶？頃者迓北使到闕，會本朝講元會之禮⑧，亦未嘗命北使易衣冠。常禮，不可遽易。』虜人無以荅⑨，遂以常服入焉。使還，賜金紫，旌其不辱命也。公嘗撰茶法易覽，具述茶之利害，于今著以爲令⑩。熙寧二年，當轉對，力言邪正治亂之道，語甚切直，識者知其所存。公事三朝〔一三〕，白首一節。生平樂經史，手不釋卷。自奉甚約，其稍廩之餘，皆供紙扎之費⑪，故藏書埒於内府〔一四〕。累降中旨，就其第傳録，以補官書之闕。自元獻晏公而下〔一五〕，卿士大夫有歌詩序記百餘篇，以美其嘉尚。既退，歸歷陽，嘗曰：『吾起家寒素，仕宦至兩省。藏書三萬卷以遺子孫，年餘七十而支體康寧，是無一不如意也。』惟日與賓朋詩酒爲樂，所著名山都水記、茶法易覽、河防通議、鹽筴總類、賢牧傳、稽正辨訛、香譜、錦譜，洎文集共四百卷〔一六〕。公治家有法度，教子有義方，故内外雍肅，諸子篤學，所至有能聲，皆其善教之致也。娶夫人吴氏，封濮陽郡君。繼娶夫人董氏，封仁壽郡君。男六人：長安國，次安民，早卒；次安道，次安上，次安節，次安禮。女四人：長適進士朱延之，次適宣州旌德縣尉曲師德，次適秘書丞裴維甫，次適濠州司法丁源，並早卒。孫男十四人：慶孫、壽孫、孝孫，並試將作監主簿；餘尚幼。孫女三人。公既薨，樞密直學士錢公爲銘〔一七〕，以納於壙中。其後鄉人耆舊懷公之德，過公墓下，則肅然致恭⑫。其孤請予文以書于碑。其銘曰：

沈氏之源，濬于吴興。會稽東陽，令聞繼承。逮於朐山，政肅典刑。德積慶餘，我公以生。起家文儒，策科帝廷。筮仕甸畿，夙夜靡寧。宰牧觀風，若權在衡。進秩侍從，始終不傾。會計外内⑬，轉輸富盈。孝友于家，接物信誠。利在邦國，愛均編氓。典領都水，濬治有經。民乃奠居，以耨以耕。審官進賢，公哉黜陟。奉幣出疆⑭，煒煒旄旌⑮。華服不易，憲度是憑。不辱君命，正色虜庭⑯。書載史官，炳然丹青。功成願歸，請符金陵。天子曰嘻，詔其屢登。昌言啓沃，衮章其榮。惠浹政行，鎮移宣城。囊封乞身，掛冠林坰〔一八〕。天子念勞，嗟其頹齡。俾奉琳宮〔一九〕，燕間紫清〔二〇〕。歸老歷陽，錦繡耀榮。稚耋驩呼，豆觴出迎。公還舊廬，樂康且寧。書三萬卷，充屋架楹。以示子孫，不傳金籯〔二一〕。壽乎有窮，不朽者名。民懷其德，烹牲薦馨。道左豐碑，信辭是銘。

【校】

①胞且　四庫本、宋人集本作「朐山」。當作「朐山」。

②瞻　四庫本、宋人集本作「瞻」。

③鐵　四庫本同；　宋人集本作「錢」，誤。

④商　四庫本、宋人集本作「商」，當做「商」。

⑤仕　四庫本同；　宋人集本作「任」。

⑥商　四庫本、宋人集本作「商」，當做「商」。

⑦大　四庫本同；　宋人集本作「天」，誤。

⑧會本朝講元會之禮　宋人集本同；　四庫本無「講」字。

⑨虜　宋人集本同；　四庫本作「敵」。

⑩著　四庫本同；　宋人集本作「者」。

⑪扎　四庫本、宋人集本作『札』。

⑫恭　宋人集本同；四庫本作『敬』。

⑬外内　四庫本同；宋人集本作『内外』。

⑭幣　四庫本同；宋人集本作『弊』，誤。

⑮燁燁　宋人集本同；四庫本作『煜煜』。

⑯虜庭　宋人集本同；四庫本作『北廷』。

【箋】

〔一〕沈氏四句：左傳文公三年杜預注：『沈，國名也。汝南平輿縣北有沈亭。』新唐書宰相世系表：『沈氏出自姬姓。周文王第十子聃叔季，字子揖，食采於沈，汝南平輿沈亭，即其地也。春秋：魯成公八年爲晉所滅。沈子生逞，字循之，奔楚，遂爲沈氏。』通志卷二六氏族略：『沈氏，姒姓，子爵。春秋有沈子逞、沈子嘉。定四年，蔡滅之。其地，杜預云「汝南平輿縣沈亭」。按，平輿故城在蔡州汝陽縣東北，沈國也。子孫以國爲氏。』文獻通考卷二六三封建考春秋列國傳授本末事迹：『沈，姒姓，子爵，國在汝南平輿縣，今蔡州汝陽縣東。文公三年，晉率諸侯之師伐沈，以其服於楚也。沈潰。……定公四年，晉會諸侯於召陵，沈人不會，晉人使蔡伐之。蔡公孫姓帥師滅沈，以沈子嘉歸，殺之。』

〔二〕漢光三句：宋書自序，漢初，『（沈）靖子戎，字威卿，仕州爲從事，説降劇賊尹良，漢光武嘉其功，封爲海昏縣侯，辭不受。因避地徙居會稽烏程縣之餘不鄉，遂世家焉。順帝永建元年，分會稽爲吴郡，復爲吴郡人。靈帝初平五年，分烏程、餘杭爲永安縣，吴孫皓寶鼎二年，分吴郡爲吴興郡，復爲郡人，雖邦邑屢改，而築室不遷。』

〔三〕右族：謂豪門大族。詳宋書自序、南史沈約列傳。

〔四〕慶之：宋書沈慶之列傳：沈慶之，字弘先，吴興武康人也。封南昌縣公、始興郡公，食邑三千户。

〔五〕休文：南史沈約列傳：『沈約，字休文，吴興武康人也。』

〔六〕師舉生籍十三句：蔡襄贈光禄少卿沈君墓誌銘：『府君諱平，字遵道。曾祖曰籍，衢州常山令。祖曰德饒，越州剡縣丞。父曰仁諒，海州朐山令。其先吴人，剡縣丞卒葬會稽，後朐山退老於和州，因而家焉。』曾鞏沈氏夫人墓誌銘：『夫人姓沈氏，其先家於越之會稽，曾祖仁諒令海州之朐山，徙家於和州歷陽，故今爲歷陽人。』

〔七〕商胡埽：商，當作『商』。商胡埽，在澶州東北三十里，今河南濮陽東北。宋史河渠志：『（慶曆）八年六月癸酉，河決商胡埽，決口廣五百五十七步。』仁宗一朝，黄河商胡埽及附近一段時有決潰。見宋史河渠志。

〔八〕崇禧觀：在金陵茅山，爲道教重地。宋史沈立傳：『徙宣州，提舉崇禧觀。卒，年七十二。』李燾續資治通鑑長編神宗：『甲寅，右諫議大夫、提舉崇禧觀沈立卒。』

〔九〕充牣：文選司馬相如子虚賦：『珍怪鳥獸，萬端鱗崪，充牣其中，不可勝記。』李善注引廣雅：『充、牣，滿也。』

〔一〇〕名山都水記：宋史沈立傳作『名山水記』，又云：『都水記二百卷，又名山記一百卷。』

〔一一〕册禮：册立、册封的禮儀。

〔一二〕儐介：負責接待賓客的官員。

〔一三〕三朝：謂仁宗、英宗、神宗三朝。

〔一四〕宋史沈立傳：『初，立在蜀，悉以公粟售書，積卷數萬。』

〔一五〕晏公：指晏殊，謚元獻。宋史卷三一一有傳。

〔一六〕鹽筴總類：王應麟玉海卷一八一紹興茶鹽法：『沈立撰茶法易覽，述茶之利害，著爲令，又著鹽筴總類。』賢牧傳：玉海卷五八廉吏傳：『沈立著賢牧傳。』香譜：曾慥類説卷五九香譜：『予頃見沈立之香譜，惜其不完，思廣而正之，因作後譜，拆爲五部。』名山都水記、茶法易覽、河防通議、稽正辨訛、香譜、錦譜，並見宋史沈立傳。據宋史沈立傳，立著還有茶法利害十卷、奉使二浙雜記一卷、新修審官西院條貫十卷又總例一卷、支賜式十二卷、官馬俸馬草料等式九卷、熙寧新編大宗正司敕八卷、蜀江志十卷、宣和編類河防書一九二卷。此外，沈立所著還有會稽圖序及越州圖序（見施宿等會稽志卷一）、海棠記一卷（見馬端臨文獻通考卷二一八）、題百刻篆圖（見陳敬陳氏香譜卷二）、金陵記（見周應合景定建康志卷四二）、劍南風物録二十八種（見曹學佺蜀中廣記卷九六）等。

〔一七〕錢公：指錢藻。宋史錢惟演傳：藻字醇老，太常博士錢明逸之從子。同修起居注、知制誥。加樞密直學士、知開封府。卒年六十一。神宗贈太中大夫。

〔一八〕林坰：文選陳琳爲曹洪與魏文帝書：『夫緑驥垂耳於林坰，鴻雀戢翼於汙池，褻之者固以爲園囿之凡鳥，外廐之下乘也。』李善注引爾雅：『野外謂之林，林外謂之坰。』

〔一九〕琳宫：道觀之美稱。

〔二〇〕紫清：猶天宫。沈立晚年曾提舉茅山崇禧觀。上二句即指此。

〔二一〕金籝：儲存黄金的竹器。漢書韋賢傳：『故鄒魯諺曰：遺子黄金滿籝，不如一經。』顔師古注引如淳曰：『籝，竹器，受三四斗。』

故通議大夫慎公墓誌銘〔一〕

公諱鬲，字仲素。世爲吴越著姓，後居三衢。曾祖諱知禮〔二〕，工部侍郎，贈左僕射。祖諱從吉〔三〕，給事中，贈户部尚書①。父諱鈞，大理寺丞，贈尚書屯田員外郎。尚書娶錢氏忠懿王之女〔四〕，公其長子也。初命試秘書省校書郎，遷國子監主簿，太常寺奉禮郎。詣闕上書，賜五品服，歷衛尉、光禄、大理、殿中丞，國子博士，入省爲庫部、水部、司門員外郎，遷三部郎中，知賓州，通判邵州，擢知楚州、海州。以嘉祐四年夏四月戊子終于山陽，享年六十有三，至七年秋八月歸葬于開封府開封縣蘇村之先塋②。夫人馮氏，先公而終，銘以祔焉。公初守賨，賨素無兵備，交趾蠻僚數百人暴至城下，城中擾攘，計無所出。公曰：『賊勢方鋭，守與戰皆不可。』因設疑兵，被甲持滿，傳呼開城門，金鼓大作，賊望風遁去。使者上章稱之，賜金紫。邵有谿洞酋首龔行詳者，恃險恣暴，前後吏莫能禁。公通守是郡，命捕以戮，内外畏服。公廉正自持，不妄喜怒。其貌甚温，臨事毅然，有不可犯之色。守山陽，以母喪去官。富人有以重幣爲賻者，公曰：『吾家以清白相傳，急持去，無汙我。』仕宦四十年，及終，無負郭之田〔五〕，環堵之室〔六〕，以遺其子孫，人以爲難。樞密田公況、内相王公洙，知公甚深，以謂其才可備臺省，力言于朝。其後名臣交章薦舉，自二公始也。子男三人：宗傑〔七〕，見任朝奉大夫，才識公廉，有家世之風，自升朝，累贈公至通議大夫；宗道、宗誨，有學行，皆早世。女子四人，皆出。適孫瓛，太廟齋郎，修潔有文。瓛早世③。大夫以銘見託〔八〕。銘曰：

慎氏之源發東陽，三衢分秀派益長。祖禰顯仕煒有光，通議入省爲名郎。應機破賊保土疆，屏惡扶善稱循良。傳家清白著義方，子孫承繼百世昌。

【校】

①户　四庫本同；宋人集本『校記』作『工』。

②村　四庫本、宋人集本『校記』作『封』。

③瓛早世　宋人集本同；四庫本無『瓛』字。

【箋】

〔一〕慎公：　指慎舃，生平少見載記。

〔二〕知禮：　宋史慎知禮傳：　慎知禮，衢州信安人。從俶歸宋，授鴻臚卿、知興元府。至道三年，以工部侍郎致仕。咸平初卒，年七十七。

〔三〕從吉：　宋史慎知禮傳：　『子從吉，字慶之，錢俶之婿也，爲元帥府長史，歸宋，歷太子右庶子、衛尉卿、右諫議大夫。』

〔四〕忠懿王：　謂錢俶。董更書録卷中：　『吴越忠懿王錢俶，字文德。』吴越國開國者錢鏐之孫。陶宗儀説郛卷二九下西齋話記：　『太祖之御極也，忠懿王錢俶親奉職貢，以修藩臣之禮。』

〔五〕負郭之田：　指近郊良田。史記蘇秦列傳：　『蘇秦喟然歎曰：「此一人之身，富貴則親戚畏懼之，貧賤則輕易之，況衆人乎！且使我有洛陽負郭田二頃，吾豈能佩六國相印乎！」』司馬貞史記索隱：　『負者，背也，枕也。近城之地，沃潤流澤，最爲膏腴，故曰「負郭」也。』

〔六〕環堵：　四周圍着每面一方丈的土墻。形容狹小、簡陋的居室。禮記儒行：　『儒者有一畝之宫，環堵之室。』鄭玄注：　『環堵，面一堵也。五版爲堵，五堵爲雉。』淮南子原道訓：　『環堵之室，茨之以生茅，蓬户甕牖，揉桑爲樞。』高誘注：　『堵長一丈，高一丈，故曰環堵，言其小也。』

〔七〕宗傑：朱彧萍洲可談卷二：『先公知潤州，值衙校轉資，用黄紙寫牒。公大驚，吏白舊例，其間盡准敕條。通判州事慎宗傑以爲無害，公曰：「豈有庶官而敢押黄紙耶！」自後改用白紙。故事，中書門下侍郎，宰相押黄，後省官皆押紙背。慎在常調，未嘗知此。』

〔八〕大夫：指朝奉大夫慎宗傑。

故通直郎簽書商州軍事判官廳公事謝君墓誌銘

君諱季康，字和卿。其先河朔人〔一〕，世力田。高祖諱皛，始以儒學自立，晉開運中，明經中第，至周任瀛州録事參軍，贈國子博士。曾祖諱成之，皇朝任屯田員外郎，贈主客郎中。祖諱師顔，都官員外郎，贈吏部尚書。父諱曄〔二〕，朝議大夫，三世皆進士及第。自主客游宦京師，寓居潁昌之陽翟，後爲陽翟人。宋元憲、景文〔三〕，文章學術爲天下宗師，女弟臨洺君〔四〕，博學能文，賢而有識，君之母也。知其子可以託門户，臨終以屬舅氏元憲。元憲亦素愛君孝友介潔，每謂人曰：『眞吾甥也。』及在政府，奏授秘書省正字，非所好也。與其兄公儀、熙序益勤于學，偕有聞于時。久之，調徐州司户參軍，海州司法參軍。君爲掾常以法自持，未嘗少屈於權貴，聞者危之，而志不可奪。用薦者移朐山令，丁繼母陳夫人憂，執喪盡禮。服除，授西平令、通山令，改大理丞，監大名府經城酒税。會官制行，遷通直郎、簽書商州判官廳公事①。時朝議高年，君願解官就養，朝議固止之。君不忍去膝下，遲遲其行。宛丘太守周革謂君曰：『尊君年雖高，而康强過人，君家貧族，衆當勉力從仕，以承親意，安可衣食於親以就養乎？』君不得已而之官。及親有疾，即解職謁歸②，未報聞。訃至，僚友知君之貧，有以資其行者，君力拒不受。奔喪哭不絶聲，水漿不入口者累日。既克葬，後三日而卒，即元豐六年十一月二十三日也，享年五十有七。君幼而好學，弱不好弄，行己清直，事親孝恭，朋友尚信。莅官守正，不爲勢屈。命雖數奇，未嘗諂以事上；家雖甚窶，未嘗躁而有求。故所至有令聞，朝廷大臣如太師潞國文公〔五〕、翰林侍讀學士劉公、樞密直學士陳公皆深知君之所存。前一夕，其弟文瓘夢君綵服簪紳曳履〔六〕，袖文書以告之曰：『予平昔之事，汝其爲我著之。』逮旦君逝矣。娶劉氏，屯田員外郎异之女。有子五人：長曰收，中進士甲科，河南府推官；次早夭；次敭，次斿，次敷，皆力學，遵義方之訓。女二人：長適渭州華亭縣丞劉逢明，次適進士方增。孫男一人。以元祐八年四月二十四日卜葬于汝州郟城縣安良原先塋之次，禮也。吾友太中大夫致仕宋盈祖③〔七〕，乃能道君所存，求予爲銘。銘曰：

行過乎恭，喪過乎哀。觀而知仁，斯賢人哉！

【校】

①商　四庫本、宋人集本作『啇』，當做『商』。

②謁歸　四庫本、宋人集本『校記』作『歸謁』。

③仕　四庫本同；宋人集本作『任』，誤。

【箋】

〔一〕河朔：又稱朔方，今内蒙古鄂爾多斯。

〔二〕曄：謝曄。王辟之澠水燕談録卷七：『近年，朝議大夫謝曄好蓄書，率自校正，以二十廚貯之，取杜詩一首二十字，廚刻一字，以別書部。謝氏子孫多賢令，子仲弓、廣文，孫牧，皆登甲科。』

〔三〕元憲：指宋庠，謚元憲。景文：指宋祁，謚景文。

〔四〕女弟：妹妹。杜大珪名臣碑傳琬琰之集中卷四二宋祁宋府君玘行狀：『後府君十三年而終。三子二女，長曰邡，早夭，仲曰郊，季曰祁。邡，後王氏出也。郊、祁及二女，鍾出也。長女適陳留謝曄，舉進士，今爲湖州歸安尉。』

〔五〕潞國文公：指文彦博，歷仁宗、英宗、神宗、哲宗四朝，封潞國公。

〔六〕文瓘：謝文瓘，字聖藻。見卷六和謝聖藻游錦川箋注〔一〕。

〔七〕宋盈祖：廣平人。黄庭堅有詩詠雪奉呈廣平公。蘇軾曰：『廣平公即宋盈祖。』

無爲集卷十三

墓誌

故劉之道狀元墓誌銘〔一〕

之道諱輝，信州鉛山人也。少喪父母，恥家世湮汨，慷慨去鄉里，卓然有自立之志。從師學問，八年有成，一試冠國胄，再試冠天府士，天下以是知名。嘉祐四年春，仁宗皇帝試禮部貢士於崇政殿，又擢之道爲第一①〔二〕。先是，皇祐、至和間，場屋文章以搜奇抉怪，雕鏤相尚，廬陵歐陽公深所疾之。及嘉祐二年知貢舉，則力革其弊，時之道亦嘗被黜〔三〕。至是歐陽公預殿廷考校官，得程文一篇，更相激賞，以奏天子。天子稱善，迺啓其封，即之道之所爲也。由是場屋傳誦，辭格一變。議者既推歐陽公有力於斯文，而又服之道能精敏於變也。釋褐授大理評事，簽書河中府節度判官事。迎侍祖夫人赴官，夫人以生于南方，不習風土，間或不懌。之道迺曰②：『某自立志在顯親，不幸少失怙恃，追養不逮。尚幸祖母康寧，得以承其志。今反志意不懌，豈子孫之心也哉！』遽白府請解官侍親，府爲具奏，詔移建康軍簽書節度判官事，所以便其養也。未幾，改著作佐郎。七年，夫人卒，之道號慕盡哀，以適孫自陳，乞解官承重服〔四〕。時府尹龍圖王公贄重惜其去〔五〕，而固留之，之道固不從。公即遣使者謂之道曰：『按著令凡適孫爲祖父母承重者〔六〕，蓋其適子無同母弟以承其重者也。今君雖於祖父爲適孫，而聞先君有同母二弟，已自服喪，奈何遽以解官而承重服乎〔七〕？』使者及門，之道方伏廬哀號，徐扶杖而起，謂使曰：『輝聞支子不祭，祭必告於宗子〔八〕，所以重正適而尊祖考也。後雖未能盡蹈典禮，而喪事敢不勉乎？况國朝封爵令文，諸王公侯伯子男皆子孫承適者傳襲，若無適子及有罪疾，則立適孫，無適孫則立次適子之同母弟。且貴賤雖殊，正適之義則一也。豈有處貴者之後，則封爵先於適孫？在凶喪之際，則重服止諸叔父耶？爲我重謝龍圖公，毋固留也。』公以其事奏朝廷，朝廷下禮官議，以爲然，乃聽其去。有國以來，適孫有諸叔而承重者，自之道始也。扶靈歸葬于鄉里，哀慕盡節，州閭稱其孝。會數世族人有貧而不能爲生者，乃買田數百畝以聚之，晨昏歲月饗給周足，縣大夫爲易其地名曰『義榮社』。之道居喪，未嘗一造州縣③，四方士人從學者甚衆。乃擇山溪勝處建館舍以處之，日講誦乎其間④。縣大夫又名其館舍曰『義榮齋』〔九〕，皆所以厚風俗也。服除，赴闕，道繇眞州，以治平二年春三月十有三日感疾而卒，享年三十有六。祖諱某，父諱某，皆隱德不仕。之道性和易，接人必盡誠。不尚矯飾⑤，士樂與之交。供備庫使白君文質〔一〇〕，以其子妻之。男一人，女三人，皆幼。夏四月，其季父自鉛山來當塗，且曰：『吾家猶子與子有年籍之契〔一一〕，而校誠尤厚。昔以先伯氏之銘托于子矣，吾家猶子亦嘗爲濡須府君之銘矣。今將卜某月某日葬于義榮齋之右，子其爲我銘之。』迺泣以再拜。傑再拜而泣曰：『敢不從命！』迺爲銘曰：

琢玉爲璧，璧成而缺。琢玉爲圭，圭成而折。厥寶至重，不獲其用。嗚呼之道，不得壽考！

【校】

①又　四庫本同；宋人集本作『入』，誤。

②之道迺曰　宋人集本同；四庫本作『之道曰迺』，誤。

③州　四庫本同；宋人集本『校記』作『郡』。

④日講誦乎其間　四庫本同；宋人集本作『日誦乎乎其間』。

⑤飾　四庫本同；宋人集本作『節』，誤。

【箋】

〔一〕該文作於治平二年四月。明一統志卷五一人物：『劉輝，鉛山人，嘉祐四年狀元。祖母没，解官行喪禮，有諸叔而嫡孫承重者，自輝始。嘗買田以贍族人之貧者，又結廬以處遠方從學之士，所著有東歸集。』羅願新安志卷一〇：『劉輝，信州鉛山人，未第客新安，爲人傭書以自給。其寓歙縣鄭氏及績溪汪氏尤久，汪氏子弟嘗課「堯舜急親賢賦」，輝竊爲代作，師視其語與平日異，詰之，以實告，乃發輝牀篋，楓葉委積，葉上皆細書成文，始異之。』

〔二〕嘉祐三句：李燾續資治通鑑長編卷一八九仁宗：『丁未御崇政殿賜進士鉛山劉輝等一百三十一人及第。』王辟之澠水燕談録卷四忠孝：『鉛山劉輝，俊美有辭學，嘉祐中連冠國庠及天府進士，四年崇政殿試，又爲天下第一，得大理評事、簽書建康軍判官。』曾慥類説卷二二劉輝作狀元：『有堂吏夢火山軍姓劉人作狀元，明年狀元乃劉輝也。』范鎮東齋記事卷五：『有堂吏嘗夢火山軍姓劉人作狀元，閲火山軍解文，無姓劉人。明年劉輝作狀元。』

〔三〕之道被黜：陳振孫直齋書録解題卷一七別集類中：『劉狀元東歸集，十卷。大理評事鉛山劉輝之道撰。輝，嘉祐四年進士第一人，堯舜性仁賦至今人所傳誦，始在場屋有聲。文體奇澀，歐公惡之，下第。及是，在殿廬得其賦，大喜，既唱名乃輝也。公爲之愕然，蓋與前所試文，如出二人手，可謂速化矣。仕止於郡幕。年三十六以卒。世傳輝既見黜於歐陽公，怨憤造謗爲猥褻之詞，今觀楊傑誌輝墓，稱其祖母死，雖有諸叔，援古誼以嫡孫解官承重。又嘗買田數百畝以聚其族而餉給之。蓋篤厚之士也，肯以一試之淹而爲此憸薄之事哉！』祝穆古今事文類聚前集卷二五賦詩被謗：『初，士人劉几驟爲險怪，歐陽修惡之……及唱名，乃劉輝，人曰：此劉几易名。公愕然，因成其名。』曾慥樂府雅詞序：『歐公一代儒宗，風流自命，詞章幼眇，世所矜式，當時小人或作艷曲謬爲公詞。』四庫全書總目：『蔡絛西清詩話云歐陽詞之淺近者謂是劉輝僞作，名臣録亦謂修知貢舉，爲下第舉子劉輝等所忌，以醉蓬萊望江南詞誣之。』潘永因宋稗類鈔卷一七：『歐陽公坐甥女事謫知滁州時，劉輝挾省闈見黜之恨，作醉蓬萊詞以醜之。其事之誣，不待辨也。』

〔四〕承重：承受宗廟與喪祭的重任。封建宗法制度，其人及父俱係嫡長，而父先死，則祖父母喪亡時，其人稱承重孫。儀禮喪服『適孫』唐賈公彦疏：『此謂適子死，其適孫承重者，祖爲之期。』

〔五〕王贄：字至浦，廬陵人，天禧三年進士。景定建康志：『嘉祐六年十月十日，王贄以左諫議大夫知江寧。』

〔六〕著令：即規章制度。沈括夢溪筆談故事一：『衣冠故事多無著令，但相承爲例。』

〔七〕奈何句：徐乾學讀禮通考卷六喪期：『嘉祐中，劉輝祖母卒。自言幼孤，鞠於祖母，雖有諸父，亦乞解官行服。禮官議：輝是長孫，自當承重。臣竊謂祖仁，官丞郎列近職，世荷賞延，是亦有重可承者也。輝乃庶官，世又非顯，若云鞠於祖母，報以三年可也。有諸父在，而令承長孫重，非也。故熙寧八年六月詔書：適子死，無衆子者，然後適孫承重，襲封爵者，雖有衆子猶承重。此明宗子傳重，正合古禮，而未議無封爵者及庶人所以持重之意。』

〔八〕支子二句：出禮記曲禮下鄭玄注：『不敢自專。謂宗子有故，支子當攝而祭者也。五宗皆然。』孔穎達疏：『支子，庶子也。祖禰廟在適子之家，而庶子賤不敢輒祭之也。若濫祭，亦是淫祀。必告於宗子者，支子雖不得祭，若宗子有疾，不堪當祭，則庶子代攝可也，猶宜告宗子然後祭。故鄭云不敢自專。』

〔九〕義榮齋：王辟之澠水燕談録卷四忠孝：『哀族之人不能爲生者，買田數百畝以養之。四方之人從輝學者甚衆，乃擇山溪勝處處之。縣大夫易其里曰「義榮社」，名其館曰「義榮齋」。』

〔一〇〕供備庫使：宋朝武階官。屬西班諸司使，多不領本職，僅爲武臣遷轉之階。元豐改制改正七品。

〔一一〕猶子：禮記檀弓上：『喪服，兄弟之子，猶子也，蓋引而進之也。』後稱兄弟之子爲猶子。

故朝散郎致仕朱君墓誌銘〔一〕

君諱定國，字興仲，姓朱氏。其先成都人，世仕僞蜀。高祖贇僉預吏選，從曾祖某典宫門之禁，隨孟氏入皇朝〔二〕，終京西轉運使。自是，族人東徙。曾祖詢，祖益，皆自晦不仕。父杲，故任孟州河陰縣令①，累贈銀青光禄大夫。母傅氏，累封清河郡夫人。銀青蚤世〔三〕，清河夫人挈諸孤寓無爲郡之廬江。君方八歲，家貧，借書讀，兄弟自相傳授，敦尚節操，不妄與人交。慶曆二年中進士第，授池州貴池主簿②。以平反死獄，遷饒州軍事判官。時太守暗酷，政出其子，官吏多憚之。君曰：『公則從，不公則不從，何憚之有？』守屢欲害君，君方正自持，終不能屈。浮梁邑劇訟多〔四〕，吏貪令弱，部使者委君攝令事，君至而鋤其奸，境内稱治，于今稱之。官滿，當改秩，銓吏曲爲沮抑，劾薦不如令〔五〕。君詣銓長求直，長固執如吏議，且曰：『在官曷不多求薦？』君曰：『平生未嘗有所求，必以爲不可，則已。』乃調梓州觀察推官，改著作佐郎、知廣德縣。民有訴旱，郡遣官按驗，民乃聚衆持梃千餘來覘，勢若脅官吏。太守戒捕盗官具甲兵以衛之。君曰：『愚民無知，妄意蠲賦爾。若過計張皇，恐因緣生事。縣令請自行。』於是輕騎，從者數人以往，衆聞乃潰去。時按田官尚匿僧舍不敢出，君擒首謀數輩，送郡黥隸之，餘不問也。人服其識。境内有靈濟王祠〔六〕，江左人欽事，歲殺牛數百以祀之。君至，且戒止，民未甚信。父老告於廷曰：『神禍福影響，苟易其牲，何以逃咎？』君曰：『牛者，稼穡之資，殺有常禁。神以庇民爲惠，將陷民有罪而享其牲，神必不然。』父老益懇懼，君曰：『民欲殺牛而享，不聽者令也。神之福宜歸民，譴宜歸令。必欲用牛，當生致于廟廷，官爲貿錢，以備祠費。』父老欣然從命，廣德不殺牛以享神，自君始也。未及代，丁清河憂。服除，改秘書丞，知廬州合肥縣。神宗登極，改太常博士，賜五品服。改尚書屯田員外郎，知六合縣。時朝廷方興水利，有建議開馬昌河通滁州者〔七〕，提舉官從之。君以謂壞民田廬甚衆③，工費亦大，而所爲利無幾，固以爲不可。乃移君他局，屢委官覆視之，不能變君議。使者以君首沮所論，數移他局以困之。君因請於朝，願得管庫，以便其私。而他使者知君奏，留不行。君嘆曰：『居可以仰禄，而不知我者數見困；去可以遠害，而知我者反見留。吾命其窮哉！直道以利民，殆不可爲；而枉道以全身，非我志也。』因請致其政而歸，時年六十有一。齒髮未衰，筋力猶壯，士大夫高之。元豐四年官制行，改朝奉郎。今上即位，覃恩改朝散郎，賜三品服，著令京朝官致仕。歷任有勞績，則以全俸寵之〔八〕。公以貴池雪活之故，可應格〔九〕，或勸君自陳。君曰：『吾勤勞職事，夙夜匪懈，猶懼無以報廩禄之賜。今竊半俸老田里，又得一子禄養，恩已厚矣，敢較其他乎？』竟不言。以元祐四年七月初一日終于私第之正寢，享年七十有九。娶王氏，封太原縣君。子男三人：長曰袞④，壽州壽春縣令，先公一年卒。其二人皆早喪。女三人：長適鄉貢進士建安張思，次適通直郎延平葉唐懿⑤。次適陽武主簿太原王嵤。孫男三人：長曰耆，次曰某，次曰某。女孫二人，尚幼。以是年九月乙酉葬于臨潛鄉申家山之西，近先塋也。君質直信道，篤於孝友，所至以公廉稱。言行莊重，非義者憚之。至老手不釋卷，凡論漢魏以下至國朝人物賢愚忠佞言行之迹⑥，歷歷可聽。尤好爲詩，喜愠悲憂，一於詩發之。格尚平淡，在編軸者數百首〔一〇〕。又取近世禍福之應其理可推者百餘事，次之以警俗，謂之幽明雜警云〔一二〕。君初與其兄巢門先生某，及其弟秘書丞某，皆以文行清節著聞。至致政，時巢門先生尚康强，兄弟白首文酒相從於鄉里者二十年，搢紳慕焉。銘曰：

賢哉與仲，諒直自守。篤學從仕，材不命偶。聽獄求生，宜有其後。祠牛不烹，利博且久⑦。知止不辱，勇於解綬。浩歌歸來，兄弟耆壽。燕樂田里，益敦孝友。道有通塞，名也不朽。

【校】

①故任孟州　四庫本同；宋人集本作『故益州』，誤。
②貴池　宋人集本同；四庫本作『貴州』，誤。
③謂　宋人集本同；四庫本作『爲』。
④哀　四庫本同；宋人集本作『衰』，誤。
⑤葉　四庫本同；宋人集本作『業』，誤。
⑥佞　四庫本同；宋人集本作『接』，誤。

⑦博　四庫本、宋人集本作『溥』。

【箋】

〔一〕該文作於元祐四年。朱君：指朱定國，廬江人。慶曆二年進士及第，歷官池州貴池主簿、饒州軍事判官、著作佐郎、知廣德縣、知廬州合肥縣、太常博士、知六合縣。哲宗朝，覃恩改朝散郎。元祐四年卒，年七十九。江南通志卷一一三職官志：『朱定國，廬江人，神宗時令六合。王安石方行水利，有建議開馬昌河通滁州者，提舉官從之。定國言壞民廬舍，勞民筋骨，費大利微，固持不可。使者不悦，屢困之。卒不變。（南畿志）』明一統志卷六名宦：『定國，神宗時知六合縣，時議開馬昌河通滁州者，定國以爲不可，使者以其首沮所論，數移他局以困之，定國即致仕歸。』

〔二〕孟氏：後蜀末代皇帝孟昶，宋太祖乾德二年（後蜀廣政二十九年）降宋。

〔三〕蚤世：猶早死。曾鞏王子直文集序：『然不幸蚤世，故雖有難得之材，獨立之志，而不得及其成就。』

〔四〕浮梁：李吉甫元和郡縣志卷二九江南道饒州浮梁縣：『武德五年，析鄱陽東界置新平縣，尋廢。開元四年，刺史韋玢再置，改名新昌。天寶元年，改名浮梁。』浮梁以茶葉最爲有名，即後來之祁門茶。陸廷燦續茶經卷下之四八茶之出：『饒州府志：浮梁縣陽府山，冬無積雪，凡物早成，而茶尤殊異。金君卿詩云「聞雷已薦鷄鳴笋，未雨先嘗雀舌茶」，以其地暖故也。』

〔五〕剡薦：上書舉薦。舊唐書韋雲起傳：『今朝廷之内多山東人，而自作門户，更相剡薦，附下罔上，共爲朋黨。』

〔六〕靈濟王祠：　張耒『坐黨籍，徙宣州』期間，曾有靈濟王求雨文三首、靈濟王祈晴文、靈濟王謝雨文二首等詩文，見柯山集卷四八。

〔七〕馬昌河：　據江南通志卷二五輿地志，馬昌河在六合縣。

〔八〕以全俸寵之：　宋史謝泌傳：『近制：　文武官告老，皆遷秩，令録授朝官，並給半俸。』宋會要輯稿職官致仕上：『淳化元年五月詔：　應曾任文武職事官恩許致仕者，並給半俸，以他物充，於所在州縣支給。』又：『（元豐）五年四月七日，大名府安撫司言：「宣德郎致仕常升依京官致仕例，給以半俸。」從之。』

〔九〕應格：　見卷十二故武信軍節度使謚康簡追封循國公神道碑箋注〔八〕。

〔一〇〕在編句：　朱定國詩幾乎無傳，唯阮閲詩話總龜卷三六譏誚門中存詩一首，爲戲雲龍山人張天驥之作，詩云：『羡公飄蕩一孤舟，來作錢塘十日游。水洗禪心都眼浄，山供詩筆總眉愁。雪中乘興眞聊爾，春盡思歸都罷休。何事却尋朱處士，種魚萬尾橘千頭。』

〔一一〕歸田後録：　宋史藝文志：『朱定國歸田後録十卷。』陳振孫直齋書録解題卷一一小説家類：『歸田後録十卷，朝請郎廬江朱定國興仲撰。熙豐間人，竊取歐公舊録之名，實不相關也。』

〔一二〕幽明雜警：　宋史藝文志：『幽明雜警三卷，題退夫興仲之所纂，不著姓。』尤袤遂初堂書目列入『小説類』下。

故桂州司法趙君墓誌銘〔一〕

君諱隆，字夷仲，河南洛陽人。曾祖考諱孚〔二〕，皇任殿中侍御史〔三〕，贈太師、中書令。祖考諱安仁〔四〕，皇任御史中丞、尚書右丞兼宗正卿，贈太師、尚書令兼中書令、魏國公，謚文定。考諱温瑜〔五〕，皇任少府監，贈吏部尚書。家世以忠孝德義相傳，薦紳推以爲法，君蓋尚書公之第三子也〔六〕。慶曆元年，用奏補太廟齋郎。皇祐三年，調江陵府户曹參軍，秩滿，丁尚書公憂。嘉祐四年，再調曹州司法參軍。治平元年，移絳州稷山令，未之官，丁母贊皇郡太君李氏憂〔七〕。四年，以三司户部判官張徽舉，監泗州在城清酒務〔八〕。熙寧五年，任婺州浦江令。爲政明恕〔九〕，不務苛細，邑人便之。時浙右大歉，君賑恤有方，而民賴其賜。元豐元年，以兄大夫公領憲湖外〔一〇〕，疆境近於桂管，迺調桂州司法參軍。二年十一月十二日，無疾卒于官，享年五十有五。君幼而聰敏，長而好學。其愷悌孝恭，蓋出天性，内外親友無不愛之。平居晏然①，不妄喜愠。家雖貧而廉於求，官雖卑而恬於進。人或勉之，君曰：『富與貴，人所欲也，不有義命歟〔一一〕？』識者稱之。君雅好篆學，樂於吟詠，然未嘗輒以示人，故知之者鮮。嘗謂弟曰：『吾平生不敢爲惡，得免疾苦而終，幸矣。』後果如所言。娶吴氏，大理評事諒之女。男五人：濤、淳、源、淮、濛，舉進士。濤、淮皆先君而卒。女三人：長適進士李峒②，次適進士劉載用，一在室。元豐四年冬十有一月某日，葬于洛陽龍門某原，祔尚書公之塋，禮也。諸孤託彭澤令張在述君行狀，求予銘其墓。予忝葭莩〔二〕，知君懿行爲最詳，義不得辭。銘曰：

孰不願富，吾廉於求。孰不願進，吾敏厥脩。有義有命，誠心所存。吉士夷仲，文定公孫。

【校】

①晏　宋人集本同；四庫本作『宴』。

②峒　宋人集本同；四庫本作『峒』。

【箋】

〔一〕該文作於元豐四年。

〔二〕趙孚：宋史趙安仁傳：孚字大信，周顯德初舉進士，調補開封尉。乾德中，爲浦江令，擢宗正丞。太宗即位，起爲國子監丞、知袁州、知開封府司録參軍事。上封禪頌，召拜祕書丞，賜緋魚。受詔鞫開封獄，授推官。遷監察御史，出知舒州，改殿中侍御史。雍熙中，賜金紫。年六十三卒。

〔三〕皇任：任職、擔任之義。這個詞一般出現在碑銘墓誌類文獻中，唐宋時期頻見。

〔四〕安仁：宋史趙安仁傳：『安仁，雍熙二年登進士第。歷大理評事，光禄寺丞。召試翰林，以著作佐郎直集賢院，賜緋。改遷太常丞。眞宗即位，拜右正言。咸平三年，同知貢舉，知審刑院。景德初，以安仁爲工部員外郎，充翰林學士。大中祥符初，拜工部侍郎。五年，以兵部侍郎仍兼修史。八年，知貢舉，尋知兼宗正卿。國史成，遷右丞。天禧二年，改御史中丞。五月，暴疾卒，年六十一。贈吏部尚書，謚文定。』

〔五〕温瑜：宋史趙安仁傳：『以其子温瑜爲大理寺丞』，『後爲國子博士』。蘇頌朝散大夫累贈户部侍郎趙公墓誌銘：公諱温瑜，字子美。世爲河南洛陽人。曾祖贈太尉，諱處厚。祖殿中侍御史贈太師中書令，諱孚。公爲人渾厚篤實，不喜矯飾以徼名譽。治家嚴而有恩，接人恭而盡誠，當官勤而愛物，蓋有先世之風範焉。公景德某年以執政子起家爲太常寺奉禮郎，嘉祐二年五月以少府監終於家，享年六十一。在仕通五十年，其間十五遷秩。階朝散大夫勳上柱國開國天水縣子，食邑六百户，服紫衣金魚。

〔六〕第三子：蘇頌朝散大夫累贈户部侍郎趙公墓誌銘：温瑜生五男九女。男皆世其官：約之殿中丞，順之早夭，隆之稷山令，君弼以大理評事卒，君紀太常寺太祝。

〔七〕贇皇郡太君李氏：蘇頌朝散大夫累贈户部侍郎趙公墓誌銘：温瑜再娶李氏某官某之女，封隴西郡君，追封贇皇郡太君。

〔八〕清酒務：督察酒税的官署。歐陽修國子博士薛君墓誌銘：『久之，復爲殿中丞，遷國子博士、監陳州清酒務。』

〔九〕明恕：明察寬大。曾鞏韓晉卿莫君陳刑部郎中制：『夫惟篤於明恕，可以副朕欽恤之心。』

〔一〇〕兄大夫公：指趙約之。湖外：兩湖以南地區。舊唐書權德輿傳：『運糧使董溪、于皐謨盜用官錢，詔流嶺南，行至湖外，密令中使皆殺之。』

〔一一〕義命：猶天命。曾鞏答王深甫論揚雄書：『又謂雄非有求於莽，特於義命有所未盡。』

〔一二〕葭莩：原指蘆葦裏的薄膜。後代稱親戚。温庭筠病中書懷呈友人：『浪言輝棣萼，何所託葭莩？』

故臨淮隱者贈大理評事杜君墓誌銘〔一〕

某年月日，臨淮隱者杜君卒。有德而不自顯之謂隱。孝以事其親，順以事其長，正以率其家，義以教其子，惠以及其鄉，君所有之德也。淮水之南，淮山之北，喬松脩竹〔二〕，白雲寒泉〔三〕，君之隱居也。既有是德而不自顯矣，則朝廷曷得而官之？以其子而顯也。君諱某，字某，其先君卿在唐爲濠、泗等州觀察使，因家于臨淮，後遂爲臨淮人。君之曾祖某官，諱某；祖某官，諱某；父某官，諱某，皆積德行義，有聞於時。君壽六十有二。夫人朱氏，賢和而孝，能輔成君子之德，贈某縣太君，壽八十有六而終。子二人，曰某，曰昺，㬬舉明經中第，清慎賢明，爲薦紳推重，以太子中舍辭知彭山，而爲金陵庚官①〔四〕，所以便襄事也。嘉祐五年得告歸，以冬十月某日卜葬君及夫人于臨淮郡之某鄉某原，且以銘誌見託，不獲讓云。銘曰：

淮山峻極，君德之積。淮水湯湯②，君慶之長。山水之間，以固以藏。

【校】

①庚　四庫本、宋人集本作『庾』。當作『庾』。

②淮　四庫本同；宋人集本作『懷』，誤。

【箋】

〔一〕該文作於嘉祐五年。

〔二〕喬松：詩鄭風山有扶蘇：『山有喬松，隰有游龍。』脩竹：世説新語企羡劉孝標注引王羲之臨河敘：『此地有崇山峻嶺，茂林脩竹。』

〔三〕白雲：莊子天地：『乘彼白雲，至於帝鄉。』寒泉：左思招隱詩之二：『前有寒泉井，聊可瑩心神。』

〔四〕庚官：『庚』爲『庾』字之訛。庾官，管理官倉的官員。

故鄒君墓誌銘

君諱澥，字深之，其先東魯人。源深派遠，後有徙居臨江郡之新淦者〔一〕。大理評事諱顯，曾祖考也。府君諱衮〔二〕，祖考也。袁州助教諱夏，考也。信義相傳，閭里以爲令族〔三〕。君幼業文，長益精博，爲流輩所稱〔四〕，屢舉進士，不爲有司知。既孤，以至孝事其母，晨夕不敢離左右。一口，謂人曰：『士不可以不求進，進而不爲人所知，命也。安能捨予采衣之樂〔五〕，而汲汲求知於人哉！』乃罷進取，一志於養。就所居之西，臨水面山爲『采眞閣』，每侍親登覽，燕集其上，佳木繁翠，野芳幽芬，煙雲卷舒，魚鳥上下，眞得天下之至樂。與夫奔趨禄利，汩没塵土，不得朝夕在於親側者，蓋有間矣。平生介潔①〔六〕，屏耳目玩好，唯樂聚書，力教諸子，以大其門。熙寧、元豐中，天子興太學，長育天下英才，君敦遣其子以就教，喜謂族人曰：『此吾兒亨進之時也。』及其子自太學登第歸，聞者莫不服其高識。君謹厚寡言，寬恕容物，未嘗矜己所能，揚人之短。親戚交舊，賙給不匱。人有患難，則力以濟之，唯恐不逮，鄉閭以長者稱之。人有勸多營田園以厚子孫計，君曰：『田園之利，孰若義之益邪②？』人以爲摯論。元祐元年正月一日感疾，終于家，享年四十有八。娶廖氏，生男子三人，曰洵仁、洵武、洵美，皆舉進士，有學行。洵武先登第，任鄂州司户參軍。女一人，適鄉貢進士吴游宗。廖氏亡，繼室陳氏。孫一人，女孫二人，尚幼。以某年月日葬于某鄉某里某山之原。其子具書以江夏謝令歧叙君行實，自江東走介來京師，求予銘其墓云。銘曰：

仕不可必，退以修身。孝以見志，篤於事親。詩禮之訓，肅雍閨門〔七〕。善積之慶，以貽子孫。

【校】

①介潔　四庫本同；宋人集本作「潔介」。

②邪　四庫本、宋人集本作「耶」。

【箋】

〔一〕新淦：即今江西新干。

〔二〕府君：郡相、太守之稱。

〔三〕令族：名門世族。陶淵明贈長沙公族祖詩：「於穆令族，允構斯堂。諧氣冬暄，映懷圭璋。」

〔四〕流輩：同輩。沈約奏彈王源：「而託姻結好，唯利是求，玷辱流輩，莫斯爲甚。」

〔五〕采衣之樂：見卷六劉純之以便親請還蜀箋注〔五〕。

〔六〕介潔：耿介高潔。葛洪抱朴子博喻：『是以介潔而無政事者，非撥亂之器。』

〔七〕肅雍：又作『肅雝』。詩召南何彼襛矣：『曷不肅雝，王姬之車。』詩序：『何彼襛矣，美王姬也。雖則王姬，亦下嫁於諸侯，車服不繫其夫，下王后一等，猶執婦道以成肅雝之德也。』後因以『肅雝』爲稱頌婦德之辭。後漢書皇后紀序：『所以能述宣陰化，修成内則，閨房肅雍，險謁不行也。』

故西頭供奉官監無爲軍摧貨務兼兵馬監押郭君墓誌銘①

君諱元方，字天益。唐尚父汾陽王之後〔一〕，今爲京師人。曾祖考諱彦欽，謹厚有識量②，藝祖少時善遇之〔二〕，而有通財之義。及藝祖龍興，故人多暴貴，而獨隱遁不自耀。特詔起之，後任慶州刺史、摧鹽使③〔三〕。逮事太宗，防邊屢有功，所至稱治。祖考諱勳，補都使，不樂仕宦，老于家。考諱坦，知寧州，不禄，贈大將軍。妣劉氏，封彭城郡太君。繼母向氏，封鉅鹿郡太君。君好學多能，少而有立。初舉進士未第，而將軍歿於嶺外④，朝廷推恩，補殿侍。景祐中，改三班借職，董役河上，有績効。寶元中⑤，任蘄、黄按轄馬遞及州界巡檢，權本州兵馬事，屢獲强寇。改奉職爲制置司⑥，奏辟監潭州舩場，權本州兵馬事。本路使者舉充橋口水陸都巡檢。慶曆中，蠻獠寇境，荆湖南路安撫使選用君于衡州耒陽山下，分領援兵，策應擒捕。君靖深有謀〔四〕，上下賴之。及凱還⑦，授右班殿直，續改左班、朝廷選送遼國人。皇祐中，任宿州蘄澤兵馬監，押獲盜及逋卒百人，境内肅然。種榆柳三十萬，河堤爲之完固，薦者稱君之勞，首冠諸邑，被旨陞優最。嘉祐中，三司奏辟監無爲軍榷貨務兼兵馬監押⑧〔五〕。時茶法久弊〔六〕，課額太虧⑨〔七〕，及君赴官，究心弊源⑩，招徠商賈，未周歲，常數大增〔八〕，其溢額者五十八萬緡〔九〕。賊盜屏迹，邦人安堵。會茶法通商〔一〇〕，罷榷貨務⑪〔一一〕，邦人投牒本部，願留君專領兵馬事。官滿將去，邦人又請留之。本部爲具奏，朝廷皆見允。連任十年，改左右侍禁、西頭供奉官。生平薦者自丞相劉公而下三十餘人，皆當時名公也。治平元年三月六日，感疾終于無爲官舍，享年若干。夫人李氏，賢淑有法度，親族稱之。男子二人：長曰昇，次曰曦，皆應進士舉。二女，長適左侍禁張宏，次適供奉官戴招信。君性和易，臨事精敏，奉親篤孝，兄弟友愛。其擒兇禦寇，則有過人之智。遇人急難，則力以濟之。畜書數千卷⑫，以教其子弟。好藏古今名書畫及珍異之玩，每延嘉賓客，則出之燕間。喜於丹青，遇物能寫，曲盡飛動之意，信天下之絶筆也。宣徽王公洎諸文士多以序引歌詩紀其妙〔一二〕。君所至有勞効，而不得盡其施設〔一三〕，知者惜之。元豐三年某月某日，卜葬于泗州盱眙之三角山，其子昇以銘來請⑬。

銘曰：

汾陽裔孫，鎮寧嗣子。慎以行己，敏於立事。寇盜屏畏，民以之賴。職業允脩⑭，去有遺愛。盱眙之山，下有流水。以固以藏，百千萬祀。

【校】

①擢　四庫本作『榷』，宋人集本作『推』。
②識　宋人集本同；四庫本作『器』。
③擢　四庫本作『榷』，宋人集本作『推』。
④歿　宋人集本同；四庫本作『没』。
⑤元　四庫本同；宋人集本作『光』，誤。
⑥司　宋人集本同；四庫本作『使』。
⑦還　宋人集本同；四庫本作『旋』。
⑧榷　四庫本同；宋人集本作『推』。
⑨太　宋人集本同；四庫本作『大』。
⑩心　宋人集本同；四庫本作『思』。
⑪榷　四庫本同；宋人集本作『推』。
⑫畜　宋人集本同；四庫本作『蓄』。
⑬昇　宋人集本同；四庫本作『昪』。當作『昪』。

⑭允　四庫本同；宋人集本作『尤』。

【箋】

〔一〕尚父：　見卷八楊氏世譜序箋注〔一〕。汾陽王：　即郭子儀，華州鄭縣人，歷官天德軍使兼九原太守、朔方節度使、關内河東副元帥、中書令，肅宗時進汾陽郡王，德宗時尊尚父，贈太師。平安史之亂，破吐蕃，爲唐中興功臣。傳見舊唐書卷一二〇、新唐書卷一三七。

〔二〕藝祖：　尚書舜典：『歸，格于藝祖，用特。』孔安國傳：『巡守四嶽，然後歸告至文祖之廟。藝，文也。』孔穎達疏：『才藝文德，其義相通，故藝爲文也。』指有文德之祖。後用來作爲開國帝王的通稱。顧炎武日知録卷二四藝祖：『書：「歸，格于藝祖」注以「藝祖」爲「文祖」，不詳其義。人知宋人稱太祖爲藝祖，不知前代亦皆稱其太祖爲藝祖。……然則是歷代太祖之通稱也。』這裏指宋太祖。

〔三〕後任二句：　資治通鑑後周紀二：『（後周廣順三年），慶州刺史郭彦欽性貪，野鷄族多羊馬，彦欽故擾之以求賂。野鷄族遂反。……（四年），帝以郭彦欽擾羣胡致其作亂，黜廢於家。』舊五代史周太祖紀：『國初以彦欽再刺慶州兼掌榷鹽，彦欽擅加榷錢，民夷流怨。』

〔四〕靖深：　静穆深沉。葉夢得石林詩話卷中：『（文同）爲人靖深，超然不攖世故。』

〔五〕榷貨務：　專管茶葉經營買賣權的機構。榷：　即專賣。榷貨務從種户（園户）手中收購茶葉，再轉手賣給茶葉經銷商，從中賺取巨額的茶息。北宋時，江南地區共設立江陵府、眞州、海州、漢陽軍、無爲軍、蘄口六個榷貨務。榷貨務是國家税收的重要組成部分。參見宋史食貨志茶。

〔六〕茶法：對茶葉租、税及經營管理的規定。宋史食貨志茶下：『自奭等改制而茶法寖壞。』

〔七〕課額：賦税的數額。王辟之澠水燕談録卷一讜論：『咸平中，孫冕乞於江、淮、荆、湖通商賣鹽，許商人於邊上入糧草或京中納錢帛。一年之内，國家預得江、淮、荆、湖三路賣鹽課額，而又公私之利有十倍焉，爲陳恕等沮之，遂寢。』

〔八〕常數：規定的數額。儀禮聘禮：『燕與羞，俶獻無常數。』

〔九〕溢額：超額。宋史食貨志：『七年諸郡舊不釀酒者許釀，以公使錢率百緡爲千石，溢額者以違制論。』

〔一〇〕茶法通商：嘉祐四年，政府茶租税的征收、管理以及營銷等實行了一係列改革，史稱茶法通商。茶法通商，改變了原來『沿邊折中』帶來的『虚估』等一係列茶法弊端。

〔一一〕罷榷貨務：宋史仁宗本紀：『（嘉祐四年）九月癸酉，議罷榷茶法。』

〔一二〕宣徽：即宣徽院。内廷官署名。唐代宗大曆間已見其稱。北宋沿置。分南、北兩院，各置院使。職掌内諸司、殿前三班及内侍之名籍、遷補、糾劾，並領郊祀、朝會、供帳等。參見宋史、文獻通考、宋會要『職官』。

〔一三〕施設：猶施展。蘇舜欽答杜公書：『蓋或得其位而無其才，有其才而無其時者多矣。丈人才位如此，而又當有爲之時，是天付之全，而使施設才業之秋也。』

故朝奉郎守殿中丞梅君墓誌銘

君諱正臣〔一〕，字君平。南唐末，曾祖遠爲宣州掾〔二〕。祖邈〔三〕，贈尚書刑部侍郎。父讓〔四〕，贈尚書職方郎中。從父詢〔五〕，景祐間任翰林侍讀學士、給事中，遇郊祀恩，奏試將作監主簿。時方力學鋭進，累預鄉舉，以親長之命，不敢辭也。始調舒州懷寧縣尉，次歙州績溪尉，秀州嘉興尉，以勞遷和州防禦判官。君所至，以公忠自信，慷慨敢爲。於舒修完吴塘陂〔六〕，灌溉民田數千頃，人以爲利。秀之華亭有鹽數十年積若山阜〔七〕，不能發。君請疏漕渠，因海潮運載至城下，公私便之。軍賊王倫聚黨數百〔八〕，自青、沂至淮、楚，長驅寇掠，州縣爲之騷動。時歷陽守倅未到任，君獨當郡事，迎送之餘，疲卒纔數百輩，計不足以禦賊。君乃募土著丁壯，相與誓死守城力戰，於是倫及其黨皆就擒伏誅，若其脅從者，並從寬宥。時文忠歐陽公守滁〔九〕，聞之，顧謂僚佐曰：『倫長驅郡縣，梅君平於談笑中擒之，其材智豈易得哉！』因辟充幕官，郡事多得其助。官滿，以文忠公、威敏孫公〔一〇〕、樞密直學士王公洎部使者十餘人交薦於朝廷，遷秘書省著作佐郎，知廣德軍廣德縣事。未幾，丁職方公憂〔一一〕。服除，知宣州南陵縣事。南陵素號多訟，田制不明，君至，先爲造版圖〔一二〕，正經界〔一三〕，吏畏民服，囹圄爲空。改太子左贊善大夫。還朝，改殿中丞。

至和初，京師久雨，畿内諸縣水潦爲害，朝廷擇官分治之，君首被選用。乃自陳留以東，晝夜冒雨行數百里，相視決泄，人無墊溺之患，比它治爲最優。出知泗州臨淮縣事。至則脩教令，立威信，盜不入境。明年穀不登，未及賑濟，而污吏欲以惡濕麥數萬石散之民間，約一歲而斂之。君以其實白於部使者，願無以此麥撓民且惠奸，使者以爲然，乃按受納之弊①。其不悦君之言者，陰使人訟君催科苛酷，遂被劾去官。時母夫人年餘七十，自侍奉還鄉里，日與諸親戚相見，志意愉懌，勝在它郡時。君乃謂所知曰：『我從仕以來，多承命出入，不得在親之側，常不足于所懷。今親且老矣，安敢以游宦爲意哉②！』於是緝治先御名〔一四〕，鑿池種竹，手植花果百餘品，日引兒孫奉版輿〔一五〕，嬉樂于其間，不知外物之可欲也。比終母夫人喪，即年及縱心矣③〔一六〕，遂不再仕，識者稱之。君性沖淡，學問贍博，少時與伯氏聖俞唱和〔一七〕，詩章爲前輩所推。自退居以來，杜門燕間，唯以旨甘爲事〔一八〕，未嘗以纖毫干於人④。其所爲文詞，亦未嘗輕示不知者。其耿介如此。君雖高年⑤，不倦探討，因其子得書數百卷歸，而喜過於獲珍，且繼晝夜以讀之，不踰月而終篇。其好學如此。元豐五年中元日終于家，享年七十有九。先娶衛氏，再娶王氏，得輔君子之道。男子二人：長曰宰，任承事郎，知江寧府江寧縣事。次曰衆，累舉進士，有司優第其文。女子五人：長適淩湛，次適朝奉郎、通判杭州李孝先，次適江寧府溧水縣尉王良肱，次適曲孜，次適杜煒⑥。孫男七人：京、充、端、雍、亢、章、襄，方幼學。以元豐六年正月丙午葬於宣城縣長安鄉惠照之東原，是月遣其外孫前知南陵縣事王鑑具行狀來求銘。銘曰：

梅氏之興，盛于宛陵〔一九〕。自金華公〔二〇〕，世以文稱。嗟嗟君平，慷慨敏明。交薦于朝，鉅公名卿。誅滅寇黨，脅從罔治。分決積潦，首稱其利。完陂灌田，人蒙其惠。乘潮疏漕，運以之濟。晨昏庭闈，承順志意。輕禄重養，孝子之事。心無所欺，退亦何愧。刻石墓門⑦，昭示來裔。

【校】

①受　四庫本同；宋人集本作『授』。

②安敢以游宦　四庫本同；宋人集本作『敢以游官』。

③縱　四庫本、宋人集本作『從』。

④亳　四庫本、宋人集本作『毫』。當作『亳』。

⑤高年　四庫本同；宋人集本作『年高』。

⑥煒　四庫本同；宋人集本作『諱』。似當作『煒』。

⑦石　四庫本同；宋人集本作『右』，誤。

【箋】

〔一〕正臣：　梅正臣，號宛溪。

〔二〕遠：　梅遠，字維明，唐天祐間辟爲宣城掾。

〔三〕邈：　梅邈，字希逸，號松庵，以子梅詢恩封刑部侍郎。

〔四〕讓：　梅讓，字克讓，號鼇峯，以弟梅詢奏任大理評事，致仕於家，復以子梅堯臣恩進太子中舍，贈職方郎中。歐陽修有太子中舍梅君墓誌銘。黄震黄氏日鈔卷六一：『梅讓者，詢之兄，堯臣字聖俞之父。』

〔五〕詢：　梅詢，字昌言，端拱二年乙丑登進士第，屢官至翰林侍讀學士，兵部尚書，出知許州。卒贈上柱國南昌郡開國公。賜紫金魚袋，謚文肅。歐陽修有學士給事中梅公墓誌銘。司馬光涑水記聞卷三：『梅侍讀詢，晚年尤躁於禄位。嘗退朝過閣門，見箱中有錦軸云「胡則侍郎致仕告身」，同列取視之，詢遠避之而過曰：「幣重而言甘，誘我也。何以視？」時人多笑之。孫器之云：「詢年七十餘，又病足，常撫其足而詈之曰：「是中有鬼，令我不至兩府者汝也。」」』

〔六〕吴塘陂：　樂史太平寰宇記卷一二五：『吴塘陂在縣西二十里，皖水所注。曹公遣朱光爲廬江太守，皖屯，大開稻田……此塘即朱光所開也。』大清一統志卷七六：『吴塘陂，在潛山縣西，潛水所經也……亦名吴陂堰，灌稻田三百餘頃。』

〔七〕華亭：　即上海松江，是宋代重要的産鹽地，設『華亭鹽官』專司華亭鹽務。

〔八〕王倫：宋史徐的列傳：『軍賊王倫起山東，轉掠淮南，的團兵待之，會青州改遣裨將傅永吉追殺入歷陽。』又王珪傳：『王倫犯淮南，珪議出郊掩擊之，賊遁去。』

〔九〕文忠歐陽公：指歐陽修，謚文忠。守滁：歐陽修守滁事在慶曆五年十月至慶曆八年二月，凡兩年零四個月。

〔一〇〕威敏孫公：指孫沔，字元規，會稽人。天禧進士。累遷監察御史。論事剛直，有治軍才能。謚威敏。宋史卷四七有傳。

〔一一〕職方公：指梅讓。

〔一二〕版圖：户籍和地域圖册。周禮天官小宰：『聽閭里以版圖。』鄭玄注引鄭司農曰：『版，户籍；圖，地圖也。聽人訟地者，以版圖決之。』賈公彦疏：『閭里之中有争訟，則以户籍之版、土地之圖聽決之。』

〔一三〕經界：土地、疆域的分界。孟子滕文公上：『夫仁政，必自經界始。經界不正，井地不鈞，穀禄不平，是故暴君汙吏必慢其經界。』

〔一四〕御名：即『構』字。緝治先構，謂整治先人産業。

〔一五〕版輿：一種木製的輕便代步車。文選潘岳閑居賦：『太夫人乃御版輿，升輕軒。』李善注：『版輿，車名……一名步輿。周遷輿服雜事記曰：「步輿，方四尺，素木爲之，以皮爲襻，摑之。自天子至庶人通得乘之。」』王士禎廣陵司李王貽上遠械請爲乃翁匡廬先生並利太君雙壽率爾致辭遂成長篇時貽上有詩選之寄：『時維方伯午大耋，左右承歡豈逾滕。良辰美景奉版輿，稱觴撰杖無不適。』日引兒孫奉版輿，言兒孫繞膝之天倫之樂。

〔一六〕縱心：即從心所欲。論語爲政：『七十而從心所欲，不逾矩。』後以『從心』指七十歲。

〔一七〕聖俞：即其兄梅堯臣。梅堯臣弟著作宰南陵：『新買紫騮馬，欲歸清弋江。去彈琴鴈獨，來認舄鳬雙。槖實收盈筐，濃醅熟滿缸。弟兄相憶否，風燭舊西窗。』

〔一八〕旨甘：本指美好的食物。常用指養親之食品，故引申出『奉養』之義。宋史劉恕傳：『（劉恕）家素貧，無以給旨甘，一毫不妄取於人。』

〔一九〕宛陵：今安徽宣城。

〔二〇〕金華公：即梅詢。魏泰東軒筆録卷三：『梅金華詢，久爲侍從，急於進用。』

無爲集卷十四

墓誌　行狀　表述

故温州録事參軍陳君墓誌銘〔一〕

元豐四年六月甲子，前温州録事參軍陳君卒于丹陽郡。明年，其子鄉貢進士誠自淮南來京師，以永嘉太守石大夫牧之所撰君行狀來求銘於予〔二〕，固辭不獲，乃叙而銘焉。

君諱某，字幾道，其先開封東明人。曾祖某，黄州軍事推官。祖某，廣州南海令。父隱德不仕。君幼學强記，日誦千言。年十八以專經預鄉選，後改應進士舉，不第。時侍講曾公、侍讀楊公以君故人子，謹畏習楷法，因辟掌編録經筵義〔三〕，及終經，奏補九品官。初任南巢主簿，邑事賴焉。再調道州司理，會農賊叛廣南①〔四〕，它境或失守，人心不安，乃建白郡守，請集丁壯完城壁濬塹，教以旗鼓號令，張大軍聲，以伐賊謀。守從之。後賊黨至桂陽境上，畏而不敢前，民乃安堵，太守貽詩以稱之。及官滿，民惜其行。去郡數程，遇溪水湍急，舟艱其進②。忽數十人操篙引綍以爲助，君怪而問之，曰：『我道民也。邦人荷司理之德久矣，輒以爲報爾。』其愛之如此。再調汀州司理參軍。寧化軍有盜六人，持畬刀夜刈人禾，田主逐之，五人逸去，其一獨留且殺主人。邑官全獲，以爲六人皆强盜也，獄具，將就誅。君曰：『持刀竊禾，志不在殺也。畏主人而去者，與獨留而殺主人者異矣，安可無首從以用刑邪？』初雖議論異同，卒如君議。遇今上即位赦，五人者皆原，獨爲首者移鄉部。使者洎守臣叙其事以薦于朝，除姑蘇録事參軍。蘇民有負公府錢，自牖出刺殺吏者，度其不可免，乃行賂以族弟代之。君聽獄，能正其罪。歲大凶，君承郡命，賑救有方，全活者衆。君歷宦三十年③，終始如一。有知己二十三人，其生平所爲可見。三任自温州罷官，將就升遷，而不幸不得遂所願，享年七十。有子五人，曰識、誠、諶、諟，皆力學從義方之訓；中子曰詡，出家于錢塘之浄慈爲比丘。四女皆有所適。孫男五人、孫女三人，尚幼。以某年月日卜葬于無爲廬江　原④。銘曰：

治獄陰德，可貽後昆〔五〕。斯言不欺，當高其門。

【校】

①農　四庫本、宋人集本作『儂』。當作『儂』。

②其　宋人集本同；　四庫本作『於』。
③宦　四庫本同；　宋人集本作『官』。
④原　字前原空，宋人集本同；　四庫本作『某』。

【箋】

〔一〕又見永樂大典卷三一四五。陳君：　指陳幾道。事迹又見王鏊姑蘇志卷三九宦迹三：『陳幾道，東明人，爲蘇州録事參軍。民有負公府錢自牖出刺弱吏者。度不可免，乃行賂以族弟代之，幾道正其罪。歲大凶，承郡命賑救，多所全活。』

〔二〕石牧之：　字聖咨，新昌人，慶曆二年進士及第，曾任天台縣令、知温州。與王安石、陳襄號江東三賢。太平縣志：『皇祐五年，任天台縣令，興建學校，振作人材，綽有政聲。見陳古靈學記。』朱彝尊經義考卷一八：『石氏牧之易解，佚。紹興府志：　石牧之，字聖咨，新昌人，慶曆二年進士。試校書郎移天台令時，王安石知鄞，陳襄知仙居，號江東三賢。後知温州。』凌迪知萬姓統譜卷一二一：『石牧之，字聖咨，慶曆進士。姿韻沉雅，嗜讀書，試祕書省校書郎補新城尉移天台令。初仕已有能名於時，王荆公知鄞縣，陳古靈令仙居，號江東三賢宰。改著作佐郎，九遷至朝議大夫，入朝爲越王宫太學教授，最後知温州。年七十九。』行狀：　指記述死者世係、籍貫、生卒年月和生平概略的文章。也稱狀、行述。李翱百官行狀奏：『凡人之事迹，非大善大惡，則衆人無由知之，故舊例皆訪問於人，又取行狀謚議，以爲一據。』

〔三〕經筵：帝王爲講論經史而特設的御前講席。宋代始稱經筵，置講官以翰林學士或其他官員充任或兼任。沈作喆寓簡卷二：『神宗皇帝御經筵，時方講周官。』

〔四〕農：即儂智高。見卷九石聲編序箋注〔二〕。

〔五〕後昆：後嗣，子孫。尚書仲虺之誥：『垂裕後昆。』蘇軾弔徐德占：『死者不可悔，吾將遺後昆。』

故仙源縣君陳氏墓誌銘〔一〕

温陵吕君升卿明甫之室、仙源縣君陳氏〔二〕，泉州晉江人，故廣南東路轉運判官、駕部員外郎諱從益之女〔三〕。聰明仁孝，其質夙成。甫十餘歲，父母器之，委以家事，措置指畫，皆有條序。既歸吕氏，吕，大族也，内外百口，夫人恭事調睦，夙夜不懈，舅姑安其孝，夫子諧其順，娣姒尚其和，宗族稱其欽，媵侍懷其仁，家人上下莫不宜之。熙寧六年，明甫出使京東〔四〕，夫人侍其姑自淮漸還京師〔五〕，在道被病，與明甫遇於宋城〔六〕。明甫爲留醫治之，數日，疾不損，夫人瞿然起曰：『子銜命出使，王事也，不可以妻故而淹。上新擢子，恐忌者得以籍口。』明甫憐其意，即日爲命駕。既訣，怡然謂明甫曰：『勉力使事，勿以家爲卹。』度明甫行且遠，即呼其兒女泣告之曰：『吾疾殆弗興①。爾父方遠使，懼罹其憂，弗敢以情告也。』竟以其年八月二十九日終於京師，享年二十有八。前死三日，命屏去男女，正容默坐，凡平時心願口諾及有貸於家人者，一毫不忘，使其子書識之，曰：『以遺爾父，爲無恨矣。』夫人篤信釋氏，誦其書，遵其戒精進②。持其所聞禪宗頓教③，見性成佛，思而索之，寢食都廢。一日忽自喜曰：『吾得之矣。』未幾被病，以故臨殁不亂。夫人之死行且十年矣，明甫爲之未忍娶，諸姒迄今言及之，則爲之涕下。所以感人心者如此，其賢孝可知已。熙寧七年，明甫爲太子中允、直集賢院兼崇政殿説書〔七〕，管勾國子監〔八〕，遇郊祀，追封夫人爲仙源縣君。有子四人：男曰洪，曰洞，曰洋；女一人，在室。洋出繼。元豐三年五月，其姑楊國太夫人楊氏薨④，以明年某月某日葬於揚州江都縣崑崗之陽，明甫自丹徒舉夫人之柩，從葬於其兆，諉予以銘。銘曰：

巍巍崑崗，其來萬里。右旋左抱，一伏一起⑤。博大深厚，截然而止。長河鉅江，前有吉水。蒼蒼遠岫，如幟如几。夫人從姑，歸安於此。幽宅永康，百世蒙祉。令問不忘〔九〕，視兹誌已。

【校】

①弗　四庫本同；宋人集本作『勿』。

②戒　宋人集本同；　四庫本作『教』。

③宗　四庫本同；　宋人集本作『室』，誤。

④楊國　四庫本同；　宋人集本『校記』作『梁國』。

⑤一起　四庫本同；　宋人集本作『二起』。

【箋】

〔一〕仙源縣：　今山東曲阜。大中祥符五年閏十月，宋眞宗以始祖黄帝生於壽丘，詔令改曲阜爲仙源縣，治壽丘。

〔二〕温陵：　泉州的别稱。祝穆方輿勝覽卷一二：　『温陵，圖經：　「其地少寒，故曰温陵。」』吕升卿：　字明甫，吕惠卿弟，泉州晉江人。歷官常州團練推官、館閣校記提舉詳定修撰經義所檢討、太常丞、太子中允、直集賢院兼崇政殿説書等職。縣君：　古代婦人的封號。始於晉。唐朝和元朝，五品母妻爲『縣君』。宋朝庶子、少卿監、司業、郎中、京府少尹、赤縣令等官之妻封『縣君』。明朝郡王曾孫女稱『縣君』。晉書宣穆張皇后傳：　『魏正始八年崩，時年五十九，葬洛陽高原陵，追贈廣平縣君。』俞樾茶香室叢鈔室人：　『政和中，改郡縣君號爲七等……縣君爲室人、安人、孺人。』

〔三〕從益：　陳從益。據廣東通志卷二六職官志，陳從益嘉祐六年任廣南東路轉運判官。

〔四〕京東：　即京東路。王得臣麈史卷三諧謔：　『熙寧中遣使諸路察訪，吕升卿明甫奉使京東。』李燾續資治通鑑長編卷二四四：　『太常丞集賢校理直舍人院鄧潤甫、常州團練推官館閣校記呂升卿，察訪京東路常平等事。王安石知升卿經義非所長，請試以事，乃命副潤甫出使。上疑升卿，選人安石曰：「已帶館職或與轉一京官。」上曰：「姑遲之。」潤甫、升卿察訪，舊紀具書，新紀不書。』魏泰東軒筆録卷五：『呂升卿爲京東察訪，游太山，題名於眞宗御制封禪碑之陰，刊刻榻本傳於四方。後二年，升卿判國子監。會蔡承禧爲御史，言其題名事，以爲大不恭，遂罷升卿判監。』

〔五〕淮淛：『淛』同『浙』。宋代有淮南東路和兩浙路。淮浙合稱，所指有二：一指淮南東路和兩浙路；一指淮南東路和兩浙路兩路交界一帶的地區。這裏的『淮淛』可能是後一種含義，指兩路交界一帶的地區。蘇轍東坡先生墓誌銘：『予兄子瞻謫居海南，四年春正月，今天子即位，推恩海内，澤及鳥獸。夏六月，公被命渡海北歸。明年，舟至淮浙，秋七月被病，卒於毗陵。』

〔六〕宋城：汴州宋城縣。

〔七〕熙寧三句：徐乾學資治通鑑後編卷八一宋紀：『丙辰以館閣校記呂升卿、國子監直講沈季長，并爲崇政殿説書。升卿，惠卿弟也，素無學術，每進講，多舍經而談財穀利害。帝時問以經義，升卿不能對。』又卷八二：『己丑以崇政殿説書呂升卿權發遣江南西路轉運副使。』

〔八〕管勾：管理。歐陽修舉留胡瑗管勾太學狀：『自瑗管勾太學以來，諸生服其德行，遵守規矩。』

〔九〕令問：猶令聞。指美好的聲譽。王符潛夫論卷一贊學：『夫此四子者，耳目聰明，忠信廉勇，未必無儔也，而及其成名立績，德音令問不已，而有所以然，夫何故哉？』

故福昌縣太君李氏墓誌銘〔一〕

福昌太君李氏，左朝議大夫、上柱國、會稽縣開國子、食邑五百户、賜紫金魚袋夏公伯孫所生母也〔二〕。太君京師人，幼失怙恃，世失其傳，以良家子婉淑端莊，善言懿行聞于閭里，乃歸侍于司空〔三〕。是時文莊公位兼將相〔四〕，榮國夫人肅治閨闥①〔五〕，唯司空一人以承家事，每以嗣裔未廣爲念。太君承上接下，靡不得其懽心，及生朝議〔六〕，喜氣溢于家庭。相國、榮國②，尤所鍾愛。暨相國薨③，司空執喪過哀，殆不能勝。太君供侍扶持，未嘗違去左右，乃克終制，太君之勤爲最多。朝議幼而誘以學問，長而勉以政事，君親教以忠孝，行己篤以信義，可謂盡母道矣。故朝議歷仕宦僅五十年④，無言行之過者，有所自也。朝議平生不求外官，以太君不欲去京師故也。以元祐六年八月十七日，年八十有五，以疾卒于家。朝議遭太君之喪，號慕過哀，水漿不入口者四日，相繼而終。母慈子孝，聞者哀之。太君和易誠實，未嘗失色於人⑤。疾病急難，必救援之⑥，唯恐其後。至於僕執賤者，莫不均愛焉，況其子孫乎！況於姻族乎！孫十有四人⑦：長忱，次懌，皆承議郎；次惇，左侍禁；次忭，未仕；次恪，亦皆左侍禁；次恢，衢州江山簿；次忻，未仕；次恮，滑州胙城尉；次慬，未仕；次慥，太廟齋郎；次忻，假承務郎；次愉，次懷，尚幼。

女十一人：長適宗室觀察使世覃；次適朝請郎龐元中；次適奉議郎梁子雅；次適宗室防禦使仲戩，早卒；次適宗室防禦使仲汾〔七〕，早卒；次適朝奉郎李譯；次適宗室團練使叔盎〔八〕；次適宗室右監門衛將軍仲珣，早卒；次適文思副使趙令昔；次適宗室率府率仲擴；次幼，未適。内外諸孫幾百人，可謂盛矣。以是年九月六日葬于開封府祥符縣祖塋之别域，禮也。銘曰：

子以母成，母以子榮。教篤忠孝，天錫壽齡⑧。歲月惟良，掩于佳城〔九〕。

【校】

①榮　宋人集本同；四庫本作「滎」，誤。

②榮　宋人集本同；四庫本作「滎」，誤。

③暨　四庫本同；宋人集本作「既」。

④僅　宋人集本同；四庫本作「近」。

⑤人　四庫本同；宋人集本脱。

⑥救援　宋人集本同；四庫本作「援救」。

⑦文中僅述及十三人，脱一人。

⑧齡　宋人集本同；四庫本作「終」。

【箋】

〔一〕該文作於元祐八年。福昌縣：今河南宜陽。太君：古代對官員母親的封號。唐朝，四品官之妻爲郡君，五品爲縣君。其母邑號，皆加太君。宋朝羣臣之母封號有國太夫人、郡太夫人、郡太君、縣太君等稱。韓愈祭左司李員外太夫人文：『某官某等，謹以清酌庶羞之奠，敬祭於某縣太君鄭氏尊夫人之靈。』

〔二〕夏伯孫：生平事迹少見於載籍。晁公武郡齋讀書志卷四下別集類下下：『夏文莊集一百卷，夏伯孫編次。』杜大珪編名臣碑傳琬琰之集上卷二二王珪夏文莊公竦神道碑：『孫二人：長伯孫，國子博士；次伯卿，太常寺太祝。』

〔三〕司空：王珪夏文莊公竦神道碑：『（夏竦），子男一人安期，爲龍圖閣學士右諫議大夫。』知司空當指夏安期。宋史夏安期傳：『安期，字清卿，以父任爲將作監主簿。召試賜進士出身，累遷太常博士、京西轉運使、江淮發運使、天章閣待制、龍圖閣直學士、右諫議大夫、樞密直學士。』

〔四〕文莊公：指夏竦，字子喬，江州德安人。景德三年舉賢良方正。仁宗初，封慶國公，官至武寧軍節度使。皇祐三年秋卒，謚文莊。宋史夏竦傳及杜大珪編名臣碑傳琬琰之集上卷二二王珪夏文莊公竦神道碑録其事迹頗詳。

〔五〕榮國夫人：王珪夏文莊公竦神道碑：『公娶楊氏，封榮國夫人。』宋史夏竦傳：『竦娶楊氏。楊亦工筆札，有鈎距。及竦顯，多内寵，寖與楊不諧。楊悍妬，即與弟娟疏竦陰事，竊出訟之。

又竦母與楊母相詬詈，偕訴開封府。』
〔六〕朝議：指左朝議大夫夏伯孫。
〔七〕仲汾：趙仲汾。山東通志卷二五職官志宋：『趙仲汾，萊州防禦使。』
〔八〕叔盎：趙叔盎，任右武衛大將軍康州團練使。王毓賢繪事備考卷五下：『趙叔盎，字伯充，善畫馬。』佩文齋書畫譜卷五〇畫家傳六：『趙叔盎，字伯充，善畫馬。嘗以其藝並詩投東坡。（畫繼）』
〔九〕佳城：喻指墓地。文選沈約冬節後至丞相第詣世子車中作：『誰當九原上，鬱鬱望佳城。』李周翰注：『佳城，墓之塋域也。』

故廬江田府君夫人趙氏墓誌銘〔一〕

夫人其先南陽人，五代之末家于濡須〔二〕。祖諱某，倜儻有才智，輕財好士，搢紳樂與之游。嘗設方略擒巨盜，閭里以安。朝廷旌其能，詔列士版①〔三〕，辭不願就。迺以保信軍節度行軍司馬老于家。考諱化成，舉進士不第，鄉黨以爲令族。夫人飭身有法度〔四〕，事親篤孝愛，婦德充備，慎擇良配。長而歸于廬江田府君諱某〔五〕。府君博學修己，皇祐中詔下郡國薦士，無爲以府君首冠賢能書，長者之車日盈其門②，延接施與，人慕其風，夫人蓋有助焉。事奉舅姑盡禮，事繼姑益孝謹，內外稱賢。田氏大姓也，其歲時祭祀、婚姻、禮幣、賓客之奉，伏臘之給〔六〕，皆有家法。義居甚久，人無間言。親族鄰里有疾病急難，必力以濟。平居不妄語言，所爲循理，内外稱之，其爲德可知矣。子二人：曰瓌，重信義，喜賓客，不幸早世；曰仔，補上庠生，有行藝〔七〕。女一人，適鄉貢進士李從道。孫幾人：曰某，曰某，曰某，曰某，皆舉進士。孫女幾人，未嫁。以某年某月某日終于家，享年七十有幾③。卜某年某月某日葬于某鄉某原府君之塋，禮也。先妣長壽縣君，夫人之堂姊也。某仲妹，夫人之冢婦也〔八〕。熙寧初，某自黄梅令被召爲禮官，侍長壽過廬江④，見姨婦姑三世子孫滿前，上下肅雍，悦懌情話，旬日不忍别。洎元豐初銜哀過姨家，是時姨服姑葬，拜于堂，不勝其悲。姨今亡矣，可勝痛哉！襄事有日，仔來求銘，時被命典客，道由淮楚，故里在望，不得執紼以申其哀愴，迺爲銘曰：

趙氏淑女，田氏賢婦。孝事舅姑，如事父母。蘋以爲薦〔九〕，蘭以爲佩〔一〇〕。祖先享之，慶福是賚。陟彼淮山，南望灊邑。灊不可及，雪涕以泣。

【校】

①士　宋人集本同；四庫本作「仕」。

②日　四庫本同；宋人集本作「目」，誤。

③幾　四庫本同；宋人集本作「九」，誤。

④江　四庫本同；宋人集本作『山』，誤。

【箋】

〔一〕文中説『仔來求銘，時被命典客』，與清獻趙公壽塋頌序『八年冬，某被命典客』同，楊傑爲典客在元豐八年。故該文作於元豐八年。

〔二〕濡須：指無爲。見卷四送李辟强箋注〔一〕。

〔三〕士版：即仕版。指記載官吏名籍的簿册。蘇舜欽應制科上省使葉道卿書：『某爲性本迂拙，不喜事人事，名雖在仕版，而未嘗數當塗之門，竊服於道二十年矣。』

〔四〕飭身：謂警飭己身，使言行謹嚴合禮。劉向説苑辨物：『既知天道，行躬以仁義，飭身以禮樂。』

〔五〕府君：據王芑孫碑版文廣例卷七，碑版中的『府君』多表示對已故者的敬稱。

〔六〕臈：同『臘』，祭名。

〔七〕行藝：德行技藝。白居易劉泰倫可起復謁者監制：『況泰倫有行藝可以飾身，才幹可以掌務，監臨内署，朝請中闈，謹密端和，甚宜厥職。』

〔八〕冢婦：嫡長子妻之稱。禮記内則：『冢婦所祭祀賓客，每事必請於姑。』

〔九〕蘋以爲薦：詩經召南采蘋：『于以采蘋？南澗之濱；于以采藻？于彼行潦。』鄭玄箋：『古者婦人先嫁三月，祖廟未毀，教于公宮；祖廟既毀，教于宗室。教以婦德、婦言、婦容、婦功。教成之祭，牲用魚，芼用蘋藻，所以成婦順也。』後泛指祭品。韓愈湘中：『蘋藻滿盤無處奠，空聞漁父扣舷歌。』

〔一〇〕蘭以爲佩：楚辭離騷：『扈江蘺與辟芷兮，紉秋蘭以爲佩。』

故錢夫人墓誌銘〔一〕

夫人錢氏，其先錢塘人，尚父吳越王之族〔二〕。年始笄，而歸于吾友潘延之興嗣。延之，有道之士也，得官不赴，退居鍾陵三十年①〔三〕。朝廷聞之，召命再至，固辭，以母老不願仕〔四〕。夫人寔同其志，而無向榮之慕，不强夫以仕，此其所難也。夫人性安恬，事姑盡婦道，教子有法度，内外稱其賢。因讀佛書，默然有解。熙寧五年九月十日坐上得疾〔五〕，頃刻而逝，年四十有七。生男子二人：長曰昂，前任某官；仲曰羣，舉進士，預天府貢。女子四人：長適進士王深之，次適國子博士張知古，次適某州司户參軍趙峒，一未許嫁。以六年夏四月某日卜葬于西山某原，昂、羣具書走僕來求銘。余與延之有通家之好〔六〕，義不得辭。銘曰：

事姑以孝，鞠幼以慈②。生死之際，脱然不疑。爲有道者之妻，非夫人而誰？

【校】

①居　四庫本同；宋人集本作『於』。

②幼　四庫本同；宋人集本作『功』，誤。

【箋】

〔一〕該文作於熙寧六年。

〔二〕尚父：見卷八楊氏世譜序箋注〔一〕。吴越王：即錢鏐，五代時吴越國的建立者。字具美，杭州臨安人。後梁開平元年降宋，封吴越王。

〔三〕鍾陵：今江西進賢。李坤過鍾陵：『龍沙江尾抱鍾陵，水郭津橋晚景澄。』

〔四〕朝廷四句：熊節撰熊剛大注性理羣書句解卷二〇濂溪先生行録：『固語其友清逸居士潘延之曰潘，姓；延之，名；清逸居士，其號也。因與之語。』釋曉瑩羅湖野録卷二：『清逸居士潘興嗣，字延之。嘗曰「我清世之逸民」，故自號焉。嘉祐以來公卿交薦章數十上。既以筠州軍事推官起之，辭不就。隱居豫章東湖上，琴書自娱。』曾鞏奏乞與潘興嗣子推恩狀：『右臣伏覩本州人試將作監主簿潘興嗣，五歲以父任得官，二十二歲授江州德化縣尉，不行。熙寧二年，朝廷察其高，以爲筠州軍事推官，不就。今年五十六歲，安於静退三十餘年。興嗣有子羣，年二十六歲，孫侔，今家眞州。』熊克中興小紀卷一六：『初，南昌潘興嗣，高蹈不仕。自嘉祐以來，趙抃、韓琦、唐玠交薦於朝，起爲筠州推官，辭不就。』明一統志卷四九：『潘興嗣，新建人，與王安石、曾鞏善。自號清逸居士。』鄭樵通志卷七〇藝文略：『潘延之集六十卷 潘興嗣。』

〔五〕坐上：蘇軾首夏官舍即事：『坐上一樽雖得滿，古來四事巧相違。』

〔六〕通家：猶世交。

故王夫人墓誌銘〔一〕

夫人王氏諱和，其先深之饒陽人〔二〕，贈太師、中書令兼尚書令、魏國公、謚惠獻諱化基之孫〔三〕，給事中、天章閣待制諱舉元之女〔四〕。自惠獻公參預國政，始徙家京師，後爲開封人。夫人柔慧令淑，女功婦德，莫不純備。父母慎擇名族良士，以爲之配。年十有九，歸于今奉議郎趙君君章〔五〕。事舅姑盡禮，閨門肅雍，内外親族稱以爲法。生一女子，三歲而夭。嘉祐二年，舅駕部郎中守郢州，夫人感疾，卒於郢之官舍，享年二十有一。元祐元年冬十月葬于洛陽，以祔先姑，禮也。銘曰：

嗚呼夫人，肅雍賢孝。歸于士夫，宜壽而夭。洛陽之原，以卜吉兆。篆刻銘章，懿德永耀。

【箋】

〔一〕該文作於元祐元年。

〔二〕深：謂深州。

〔三〕化基：宋史王化基傳：字永圖，鎮定人，太平興國二年舉進士。太宗以爲長者。淳化中拜中丞，咸平四年以工部尚書罷知揚州，移知河南府，進禮部尚書。大中祥符三年卒，年六十七。贈右僕射，謚惠獻。在中書，不以蔭補諸子官，然善教訓，故其子舉正、舉直、舉善、舉元皆有所立。

〔四〕舉元：宋史王化基傳：舉元，字懿臣，以上文章賜進士出身。英宗進鹽鐵副使拜天章閣待制知滄州，改河北都轉運使。後引疾求解，徙陳州，未行而卒。官至給事中，年六十二。

〔五〕趙君章：字晦叔。事迹不詳。薛尚功歷代鐘鼎彝器款識法帖卷一三周器款識達敦：『右敦銘得於王炎公明家藏墨本，其器舊藏永興軍駐泊都監曹佽家。治平改元二月十五日河南趙君章晦叔曾爲釋其字。』

故朝奉郎知汝州黄府君行狀〔一〕

府君諱某，字任道〔二〕。其先江夏人，遭唐末之亂，其族分適江南、西蜀，惟建安、浦城爲著姓①〔三〕，雖爵位無顯，而其文章行義，多見稱于時。曾祖元吉，初以風雅名重江南，仕非其志，儒學傳家。二子入本朝，皆登進士第。次子覺任殿中丞〔四〕，以清直聞，當時儒宗如宋宣獻，楊、劉二内相〔五〕，多與唱酬，搢紳傳之，君之祖也。考濳山先生〔六〕，兩舉進士，不利于春官〔七〕，朝廷當推恩奏名，而隱居求志不願就。其歌詠翰墨，有晉、唐風格。

累贈朝奉郎②。世積令德，篤生府君。府君爲兒童時，才識已過人。及其長，力學有文行，爲韓魏公〔八〕、王荆公、歐陽公深所器重。皇祐五年進士及第，調揚州天長主簿〔九〕，移恩州清河令〔一〇〕。秩滿，改著作佐郎、知曹州濟陰縣。神宗皇帝登極覃恩，遷秘書丞。以廣濟河決，免一官〔一一〕。魏公留守魏都〔一二〕，薦君學行，乞教授北京國子，命將下，丁潛山先生憂，繼丁母裴氏壽安縣太君憂，執喪盡禮。兄弟友愛，閨門肅雍，士君子推以爲法。制終，再授秘書丞、監都進奏院。召對，除河北東路提舉常平倉，就改本路轉運判官，旋易西路，就移陝府西路，提點秦鳳等路刑獄。被召赴闕，未行，坐舉官失當，再奪秘書丞。會更官制〔一三〕，授奉議郎，入尚書省任職方員外郎。車駕幸省，遷承議郎③，改五品服④。久之，以廪稍不足，乞補外，乃知汝州〔一四〕。今天子即位〔一五〕，恩遷朝奉郎，苦足疾，求致仕。元豐八年十二月四日卒于官舍，享年六十有五。先是，一夕夢白鷄棲于牀下，語家人曰：『昔謝安夢白鷄而死〔一六〕，我以辛酉歲生，豈吉祥耶？』果不起其疾。娶某氏，追封永安縣君。再娶章氏，封武寧縣君。三子：曰材，太廟齋郎；曰樞，曰杞⑤，皆郊社齋郎。二女：長適奉議郎王續，次在室。恩州之清河、清陽欠黄河埽岸芟草十四萬⑥〔一七〕，兩縣於隊長十九户下催理，都水漕臺文移不絶。十九户貧乏，六年不能供，前後長少鞭扑不勝數盡。當時隊長以丁數選，非以物産定故爾。郡縣苦之，人莫敢議。君乃言於朝曰：『嘉祐之初，河入恩州，故埽岸茭草出於民者萬數，今則聚而無用。』條其可免之十利，朝廷可其奏，悉蠲之。魏公方執政，尤稱其事。初，朝廷置寬恤民力司⑦，諸道遣使求民瘼，有曰河朔館驛宜罷須索，以寬其役。君以謂河北中路傳驛歲有遽使往來，邊防休戚之所繫，百須皆出於民，當令百姓明具所出物數⑧，折除春夫丁役及於二税合納之物，量數放免，民自樂輸矣。朝廷從其議，至今民以爲利⑨。君在濟陰，當廣濟河決危急，邑人將就墊溺，老幼號訴，君采輿議〔一八〕，乃決南堤以分水勢，不意浸鄰田，論法至重。君自以長⑩，不忍貽過於下，一皆引伏⑪。當時魏公、吴正憲公、御史中丞交章論列〔一九〕，以爲誠心愛民，非有害彼之意。譬如逐盗出境，盗爲他境之害，非逐盗者之罪也。曹州冤句知縣張復禮⑫，亦乞納官以贖其罪，竟得末減，而濟陰之民，世世不忘其德。至神宗朝召對，上曰：『卿即某耶⑬？昔日濟陰之事，意在恤民。』慰勞之甚厚。君稱謝，因請上留意史書，上悦聽納⑭。時貴人有不喜君者。君爲提舉官時，郡縣多不曉朝廷愛民之意，過爲苛刻，君務爲便民。司農官以爲沮法，賴正憲辨明，得免斥逐。君議賑濟之術，均以一路當散糧斛之數⑮，隨郡縣豐凶、户口多寡增損以給，民全活者衆矣。河北方水災，米粟踴貴，市易糴官又增價以歛之，民益艱食，人不敢言。君曰：『視民困苦而不救，非我志也。』遂奏罷之。鳳州有獄久不決〔二〇〕，而苦慼亢〔二一〕，君親往決之。是夕雨澤霑足，人以謂雨自公致也⑯。君孝於事親，友愛諸弟，自少文學聲名藹于士林，識度高遠，議論嚴正，耻爲阿諛取悦於人。其文章翰墨爲世推重⑰，文集四十卷，可見其志也。其爲守令、奉使，惟務愛民，以報朝廷。大臣屢薦以臺閣侍從，而其命數奇，士論惜之。平生愷悌，與朋友交，久而益固，未嘗遽言人短，而多稱揚人之所長。勇於信義，廉於進取，毅然有古人之風。某久游門下，知行義爲最詳。紀述善美，不敢以誣。謹狀。

【校】

①浦　四庫本同；宋人集本作『逋』。當作『浦』。
②奉　四庫本同；宋人集本作『議』。
③遷承議郎　四庫本同；宋人集本作『遷承議』。
④五　宋人集本同；四庫本作『三』，誤。
⑤杞　四庫本同；宋人集本作『祀』，誤。
⑥埽岸芟草　宋人集本同；四庫本作『芟草埽岸』。
⑦初　四庫本同；宋人集本脱『初』字。
⑧令　四庫本同；宋人集本作『今』，誤。
⑨民　四庫本同；宋人集本脱『民』字。

⑩自　四庫本同；宋人集本脱『自』字。

⑪伏　四庫本同；宋人集本作『服』。

⑫冤句　四庫本作『定陶』；宋人集本作『完句』。

⑬卿　四庫本同；宋人集本作『鄉』，誤。

⑭上　四庫本同；宋人集本作『土』，誤。

⑮路　四庫本同；宋人集本作『政』。

⑯謂　宋人集本同；四庫本作『爲』。

⑰文章翰墨　四庫本同；宋人集本作『翰墨文章』。

【箋】

〔一〕又見永樂大典卷七六五〇。劉摯有朝奉郎致仕黄君墓誌銘，可參看。

〔二〕黄任道：即黄好信。劉摯朝奉郎致仕黄君墓誌銘：『君諱莘，字任道，姓黄氏。』李廌師友談記：『黄任道見荆公，有「繆忝辛酉，叨竊仲冬」之語，言同歲也。』

〔三〕建安、浦城：相鄰兩縣，并屬建寧府。大清一統志卷二一一：『黄莘，蒲田人。』著姓：有聲望的族姓。後漢書張衡傳：『張衡，字平子，南陽西鄂人也。世爲著姓。』新唐書馮元常傳：『馮元常，相州安陽人，其先蓋長樂信都著姓。』劉摯朝奉郎致仕黄君墓誌銘：『某識君三十餘年，潛山之葬實銘之，于是諸子復以爲請，乃作銘曰：「黄氏著姓……」』

〔四〕黄覺：字民先，景德二年進士。

〔五〕宋宣獻：宋綬，字公垂，趙州平棘人。大中祥符元年賜同進士出身。仁宗時爲兵部尚書，參知政事。謚宣獻。宋史卷二九一有傳。内相：宋朝稱翰林學士爲内相，亦稱内翰。

〔六〕潛山先生：指黄任道之父黄孝綽，字公裕，熙寧三年卒，年七十四。劉摯朝奉郎致仕黄君墓誌銘：『（任道）父孝綽，號潛山先生，以君仕於朝，贈朝奉郎。』福建通志卷六一：『黄孝綽，浦城人，舉進士不第，遁舒州潛山，詩酒自樂，書法出入顔、柳，人共稱之。』佩文齋書畫譜卷三五書家傳：『黄孝綽，再舉進士不第，後特奏名，不合。嘗游舒州、太湖、潛山，樂焉。自號潛山叟，尤善書，其法本二王、顔、柳。康莊浦城縣志』何薳春渚紀聞卷九端溪龍香硯：『臨汝史君黄莘任道所寶，龍香硯、端溪石也。史君與其父孝綽字逸老，皆有能書名。』

〔七〕春官：唐光宅年間曾改禮部爲春官，後以『春官』爲禮部的别稱。杜甫奉留贈集賢院崔于二學士：『天老書題目，春官驗討論。』

〔八〕韓魏公：指韓琦，英宗時拜右僕射，封魏國公。

〔九〕調揚州天長主簿：王令有送黄莘任道赴揚州主學及送黄莘任道赴揚學序。

〔一〇〕清河令：宋史劉摯傳：『是時摯與信都令李冲、清河令黄莘，皆以治行聞人，稱爲河朔三令。』

〔一一〕神宗四句：劉摯朝奉郎致仕黄君墓誌銘：『神宗即位，遷祕書丞。廣濟河決勢戚，乃詢邑人，議破南堤以分水。水去，病鄰邑。君曰：此於法甚重，其可以累他人！亟自劾。韓魏忠獻公、吴正憲公暨御史臺吏有論捄，知宛句縣事張復禮至請納官以贖之，朝廷亦嘉君意，止奪一官。』

〔一二〕魏公：指韓琦。

〔一三〕更官制：指元豐改制。

〔一四〕知汝州：龐元英文昌雜録卷五：『（熙寧二年）十一月職方員外郎黄莘出知汝州。』

〔一五〕天子：謂宋神宗趙頊。

〔一六〕謝安夢白鷄而死：晉書謝安傳：『（謝安）曰：「昔桓温在時，吾常懼不全。忽夢乘温輿行十六里，見一白鷄而止。乘温輿者，代其位也。十六里止，今十六年矣。白鷄主酉，今太歲在酉，吾病殆不起乎！」』楊萬里虞丞相挽詞三首：『已矣歸黄壤，傷哉夢白鷄。』

〔一七〕埽岸：用埽材築堤岸。宋史河渠志一：『自横隴至海千餘里，埽岸久已廢，頓須興緝，又一大役也。』

〔一八〕輿議：輿論。猶言民意。陸贄奉天改元大赦制：『固辭不獲，俯遂輿議。』

〔一九〕吴正憲：吴充，建州浦城人，字冲卿。寶元元年進士。累遷知制誥，同知諫院。熙寧八年爲樞密使，九年代王安石爲相，尋卒。謚正憲。宋史卷三一二有傳。

〔二〇〕鳳州：今陜西寶鷄。

〔二一〕愆亢：久旱。舊唐書懿宗紀：『而油雲未興，秋稼闕望，因兹愆亢，軫於誠懷。』

宗室金紫光禄大夫檢校太子賓客右武衛大將軍秀州團練使贈鄆州觀察使追封東平侯趙公行狀〔一〕

曾祖諱惟忠〔二〕，彰化軍節度使、舒國公。

祖諱從謹〔三〕，宣州觀察使、宣城侯。

父諱世崇，洺州防禦使〔四〕。

公諱令蠙，字景珍。皇祐元年八月生於邸第，二年四月仁宗賜名，授右内率府副率，明堂覃恩，改左内率府率。嘉祐五年，改右千牛衛將軍。八年，英宗即位覃恩，改左監門衛大將軍。治平四年，先帝即位，改右武衛大將軍①，使持節濠州諸軍事、濠州判史②。熙寧十年，改左武衛大將軍、使持節秀州諸軍事、秀州刺史，充本州團練使。其散官、勳封③、食邑累加至金紫光禄大夫、檢校太子賓客兼御史大夫、上柱國、天水郡開國公、食邑三千户、食實封三百户。元豐五年八月某日，以訃聞，贈鄆州觀察使，追封東平侯。八年三月，先帝登遐〔五〕，詔舉葬于西京永安縣某原，禮也。公四歲而孤，天資信厚，出就外傅，日誦千言，諸父兄以成人期之。及長，博覽載籍，尤專詩、書，通知風教之本，間爲篇章④，歌詠皇化，有文集三卷傳于家。每與人接，則謙和雍容，非禮義不道，故終始無悔吝。人有急難，則賙之。凡親族中議論有所未決者，多質於公，其爲人信重如此。其事尊親以孝稱，母福昌夫人疾，寢不解衣，藥必躬嘗，晨昏不敢違去左右。及夫人喪，號慕過哀，遂致危困。捐館之日〔六〕，召諸子立于前以告之曰：『吾幸生宗室，蒙賴累朝德澤，保奉先人祭祀至于今日。不幸不得見汝等長立，豈非脩短有數耶？吾平生無玩好，唯翰墨簡册而已。吾死，當陳設翰墨簡册于前足矣，毋以華靡爲尚。』因索飛白筆書『清白風月』四字〔七〕，迺云『此可以傳示子孫』，乃奄然而逝，年三十有五。娶陳氏，封樂壽縣君。子男六人：長曰子渢，右内率府副率；次不育；次子沇，次子沇，並三班奉職；次子浣、子流，未仕。女四人：長適鎮戎軍判官柳棨，餘未嫁。嗚呼，公乎！太祖皇帝之六世孫，中書令吴懿王之元孫，舒國公之曾孫，宣城侯之孫，洺州防禦使之子。承派天潢，生長宗邸，其勢豈不貴且重哉！而能不驕不侈，尊賢樂善，存心經史，敦行孝悌，内爲親族所愛，外爲搢紳所稱，可謂賢公子矣。而其壽不及中，聞者哀之。敢書其實，以告有司。謹狀。

【校】

①『治平』三句　四庫本同；宋人集本脱。

②判　四庫本、宋人集本作『剌』，當作『剌』。

③動　四庫本同；宋人集本作『動』，誤。

④間　四庫本同；　宋人集本作『聞』，誤。

【箋】

〔一〕又見民國鞏縣志卷二三。

〔二〕趙惟忠：　字令德，初名文起，燕懿王德昭第四子。　太平興國中，賜今名。　授右千牛衛將軍，累遷右龍武將軍。　大中祥符二年，進左監門衛大將軍、敘州刺史。　後進昌州團練使。　卒，贈鄂州觀察使，封江夏侯。　明道中，加贈彰化軍節度使，追封舒國公。

〔三〕趙從謹：　趙惟忠第五子，累官至禮賓使。

〔四〕洺州：　在今河北永年。　王珪華陽集卷五三宗室金紫光祿大夫檢校國子祭酒右屯衛大將軍兼御史大夫輕車都尉天水郡開國伯食邑九百户贈洺州防禦使廣平侯墓誌銘：　『皇姪孫諱世崇，字德卿，吴懿王諱德昭之曾孫，彰化軍節度使舒國公諱惟忠之孫，宣州觀察使宣城侯諱從謹之長子也。　贈洺州防禦使廣平侯。　享年三十有二。』

〔五〕登遐：　特指帝王之死。　文選劉琨勸進表：　『永嘉之際，氛厲彌昏，宸極失御，登遐醜裔。』

〔六〕捐館：　即捐館舍，死亡的婉辭。　戰國策趙策二：　『今奉陽君捐館舍。』唐顔眞卿鮮于公神道碑銘：　『公之捐館也，萬里迎喪。』　李善注引王隱晉書懷紀：　『羯賊劉曜破洛，皇帝崩於平陽。』

〔七〕飛白筆：　歐陽修永昭陵挽詞三首：　『便坐看揮飛白筆，侍臣新和柏梁篇。』

故左藏庫使銀青光禄大夫檢校太子賓客兼御史大夫始平郡開國公馮侯墓表

馮侯諱文顯，字晦之，太尉謚勤威魯國公之子也〔一〕。魯公仕太宗①、眞宗兩朝，有勳績書于史册，在師旅不忘經術，而以義方傳其家。侯年十一歲而孤，執喪如成人，每侍公畫像，號泣過哀，其孝愛蓋出於天性。是時家多賜金，伯氏將均之，侯輒不顧，以書劍自與。人問其故，侯曰：『此先君所以起吾家，非它資所可擬也。』識者奇之。初以父任爲右班殿直，累遷至左藏庫使、銀青光禄大夫、檢校太子賓客兼御史大夫、騎都尉、始平郡開國公、食邑二千户。歷任監中牟倉，定州監酒税，京師南作坊，唐州、陳州巡檢，曹州、潤州、滑州都監，江寧府駐泊，眞定府路分都監，江東路、京西路提點刑獄，府界提點諸縣公事，湖北路、益利路兵馬鈐轄，知澧州、莫州②、廣信軍、祈州、麟州③。所至以廉能稱，而事有條理。其聽訟詳明，吏畏民愛，于今稱之。守鄜一年，遽以閑局爲請〔二〕，得嵩山崇福宫〔三〕。任滿，朝廷除知隴州，辭不赴，再乞閑局，乃管勾中嶽廟〔四〕。未幾乞致仕，得謝。元豐三年冬十有二月某日終于家，享年七十有一。以某年某月某日葬于開封府某縣之原，祔魯公之塋，禮也。侯之系出施爲④，已詳見于宣德郎張君舜民所撰墓誌銘矣〔五〕。而其子惟寅又得侯之遺事於耆舊，考之有實，乃屬予表之云。侯在中牟時，金水河決，其勢危急，太守委侯救護。中夜承命，即時馳白縣令。啓關，令不之許。侯曰：『我寧得罪，民事不可緩也。』乃發關而出。質明，堤爲之固，於是民免墊溺之患。侯之敢爲如此。侯在益利路時，方與客飲酒，或告軍中有變，乃呼出密問之，云其事如此。與侯共事者欲潛出偵之⑤，侯曰：『吾軍中無足慮者，第飲酒以安人心。』已而果妄。或請深治告者，侯曰：『庸人無知，不足深治，恐來者懼而不敢言他。』侯之識慮如此。任安惠公守曹南〔六〕，繩下嚴肅，待侯最厚。一日謂曰：『聞某人犯法，吾欲劾治，未得其實，煩君伺之。』侯曰：『舉善罰罪，太守之職也，屬吏何與焉。豈惟不敢聞命，亦恐上累公之德。』任公握手謝曰：『老夫過矣，老夫過矣。』侯之謹厚如此。鄜有盜羊殺人者，案具，將就刑。侯初至郡⑥，疑其不實，乃易獄吏而訊之，云：『我實非盜也。偶見牧羊兒死仆地，馳告里長，故執我，又指羊羣中一羊以爲我所盜者。我知無以自辨，敢不服罪？』侯察其非辜，令釋去。不數日，旁縣獲盜羊殺人者抵罪。侯之明斷如此。昔太尉魯公嘗開國於始平，至是侯實繼之，克承厥家，世濟其美。大丞相王荆公爲撰魯公神道碑云：『刻碑墓門，公實有子。』蓋有自矣。侯之孝愛出於天性，又其廉能、敢爲、謹厚、識慮、明斷，皆可書也。作馮侯墓表。

【校】

①魯公　四庫本、宋人集本作『魯國公』。

②澧州莫州　四庫本作『莫州澧州』；宋人集本作『莫州灃州』。『灃』字當作『澧』。

③麟　宋人集本同；四庫本作『鄜』。下文云『守鄜一年』，知當做『鄜』。

④出　四庫本同；宋人集本作『也』，誤。

⑤與　四庫本同；宋人集本脱『與』字。

⑥侯　四庫本同；宋人集本作『公』。

【箋】

〔一〕太尉謚勤威魯國公：指馮守信，字中孚，滑州白馬人。卒贈中書令兼尚書令，追封魯國公，謚勤威。司馬光侍衛親軍副都指揮使威塞軍節度使贈太尉馮守信謚議：『謹案謚法：能修其官曰勤，猛以强果曰威。』王安石贈太師中書令兼尚書令追封魯國公謚勤威馮公神道碑述其生平頗詳。

〔二〕閑局：閑而無事之官署。蘇軾再上皇帝書：『多置閑局，以擯老成，而吏始解體矣。』

〔三〕崇福宫：位於河南登封嵩山太室山南麓萬歲峯下，始建於漢，宋眞宗時更名爲崇福宫。范仲淹、韓維、司馬光、程顥、程頤等人曾先後主管過崇福宫。

〔四〕中嶽廟：即登封嵩山中嶽廟。

〔五〕宣德郎：文散官名。宋沿隋唐置，爲第十九階，正七品。宋政和四年以爲與宣德門名相同，曾改稱宣教郎。張舜民，字芸叟，號浮休居士，又號矴齋。邠州人。英宗治平二年進士，哲宗時任監察御史，徽宗時爲吏部侍郎，以龍圖閣待制知定州，高宗追贈寶文閣直學士。宋史卷三四七有傳。

〔六〕任安惠公：指任中師，字祖聖，大中祥符二年舉進士。慶曆元年拜樞密副使。卒謚安惠。宋史卷二八八有傳。

廉君四行述①〔一〕

君諱惟德，字天輔，以慕尚賢者、教育子弟爲樂。有某氏爲盜而去，後雖得其實，而以盜有老母，故不白于公。及盜敗而自陳，人始知之。嘗出，遇兼金于道，委之而去。其主反，得之。生平好行惠，而不圖其報。此山陽之人所共稱也〔二〕。余既得其實，故述之云。子弟庠校，訓毓仁孝，維君之教。夜盜之去，得實勿愬，維君之恕。道金且兼，勿拾而貪②，維君之廉。有行其惠，勿心其利，維君之施。教兮恕兮，廉兮施兮，鄉黨所推。既而聞，嗟不識君，述之以文。

【校】

①四庫本同；宋人集本『校記』作『廉君行述』。

②拾　四庫本同；宋人集本作『舍』，誤。

【箋】

〔一〕四行：謂教、恕、廉、施。

〔二〕山陽：今江蘇淮安。

無爲集卷十五

奏議

奏請四皇后廟升祔狀〔一〕

右臣先曾上言，伏爲皇后廟四室，第一室孝惠皇后賀氏〔二〕，第二室孝章皇后宋氏〔三〕，第三室淑德皇后尹氏〔四〕，第四室章懷皇后潘氏〔五〕。孝惠皇后，太祖首納之后也。叔德皇后①，太宗首納之后也。章懷皇后，真宗首納之后也。並遇初潛〔六〕，嬪于帝室〔七〕，正位乎内，王化所基②，生享禮封，後行追册〔八〕。孝章皇后在太宗之朝已母儀天下③，及太宗即位④，號曰開寶皇后。以上四后順德徽音〔九〕，見於彤史〔一〇〕。奉安别廟〔一一〕，薦享有常〔一二〕，升祔之儀，久而未講。每遇禘祫〔一三〕，則遷神主〔一四〕，設席於太廟本位，帝主、后主之次，雖云合食〔一五〕，其實異牢〔一六〕，禮意人情，有所未盡。或者以謂孝惠、淑德、章懷三后生無尊稱，殁加盛禮，難以升祔太廟。臣謹按國朝會要、禮閣新編所載〔一七〕，懿德皇后符氏開寶八年崩〔一八〕，亦在太宗登極之前。至太平興國三年⑤，方行追册，今已升祔太宗廟室。況又孝章皇后在太祖之朝已正中壼而母儀天下乎〔一九〕？伏請比用懿德皇后禮例，升孝惠皇后、孝章皇后祔于太祖皇帝廟室，升章懷皇后祔于眞宗皇帝廟室。所貴嚴升配〔二〇〕，正始人倫，推廣孝思，風化天下。奏入已久，未蒙付外施行。今伏見慈聖光獻太皇太后上僊山陵有日〔二一〕，陛下以嫡孫號慕過哀，外示易月之文〔二二〕，而實遵三年之制。謂園陵有所謙抑，故隆以因山；謂謚法未足形容，故增以四字。權宜祥禫之服〔二三〕，却而不御；公卿羣臣表章，七上而始得。瞻望更朝，又表章五上，然後勉從正殿之請。每降手詔，發揚太皇太后仁聖功業，莫不出於至誠，感動天地。白載籍以來⑥，天子孝德未有過今日也。將來九虞禮畢〔二四〕，則崇配于仁宗廟室。臣愚不避誅殛〔二五〕，再敢上浼天聽〔二六〕，伏乞陛下擴充不匱之心，等而上之，至於祖宗后廟，因慈聖光獻崇配之日，升孝惠、孝章、淑德、章懷四后神主祔于太祖、太宗、眞宗祏室〔二七〕，斷天下之大疑，正宗廟之大法，以垂永久，不勝至願。其升祔昭穆〔二八〕，准淳化元年敕⑦，宜依舊懿德皇后在淑德皇后之上；又咸平三年敕，孝章皇后宜在孝惠皇后之下。又祥符五年敕，禘祫之日，孝惠、孝章、淑德三皇后神主，祔饗於太祖、太宗本室，次於正主。又祥符六年，言者請以元德皇后神主升祔在懿德皇后之上⑧〔二九〕，眞宗詔曰：

『載念尊親，蓋惟極致。在乎陟降，非敢措辭。惟以祔廟之歲時，用爲合享之次序，宜恭以元德皇后神主祔于明德皇后之次。』至慶曆五年⑨，言者請以章懿皇后序於章穆、章獻皇后之上〔三〇〕。仁宗詔曰：『祇覽祥符之詔，深原文考之旨，極意尊親之際，重形陟降之辭。故以祔廟之歲時，用爲合享之次序。義無差别，情無重輕。恭依禮官所議，奉章獻皇后、章懿皇后序於章穆之次。』是致慶曆祀儀⑩，凡行禘祫，皇后廟神主並設席於太廟本位、帝王⑪、后主之次，永萬世不易之典也。如蒙允臣所請，其升祔昭穆，即乞依三朝詔旨及慶曆祀儀、熙寧祀儀施行。謹具奏聞，伏候敕旨。

【校】

①叔　四庫本、宋人集本作『淑』。當作『淑』。

②王　四庫本同；宋人集本作『至』，誤。

③太宗　宋人集本同；四庫本作『太祖』。當作『太祖』。

④即　四庫本同；宋人集本作『師』，誤。

⑤三　四庫本同；宋人集本作『二』。

⑥白　四庫本、宋人集本作『自』。當作『自』。

⑦淮　四庫本同；宋人集本作『淮』，誤。

⑧主　四庫本同；宋人集本「校記」作「室」。

⑨五　四庫本同；宋人集本「校記」作「元」。

⑩致　四庫本同；宋人集本作「至」。

⑪王　四庫本、宋人集本作「主」。似當作「主」。

【箋】

〔一〕又見歷代名臣奏議卷二一。升祔：升入祖廟附祭於先祖。

〔二〕賀氏：開封人，宋太祖趙匡胤第一位正妻，早逝。宋太祖登基後，追封爲皇后，謚孝惠。

〔三〕宋氏：洛陽人，宋太祖趙匡胤第三位正妻。宋太祖去世後，徽號開寶皇后，謚孝章。

〔四〕尹氏：鄴人，宋太宗趙匡義第一位正妻，早逝。宋太宗即位後，追封爲皇后，謚淑德。

〔五〕潘氏：大名人，宋真宗趙恒第一位正妻，早逝。宋真宗即位後，追封爲莊懷皇后，後改爲章懷皇后。

〔六〕初潛：周易乾卦初九爻辭：「潛龍，勿用。」潛龍，潛伏隱藏的龍。初潛，指帝王未即位時。

〔七〕嬪：嫁。

〔八〕册：册封。

〔九〕順德：猶美德。書康誥孔安國傳：「大於天爲順德，則不見廢，常在王命。」徽音：猶德音。蔡邕太傅胡公夫人靈表：『至德修於幾微，徽音暢於神明。』

〔一〇〕彤史：指記載宮闈生活的宮史。晉書后妃傳序：『永言彤史，大練之範逾微；緬視青蒲，脱珥之猷替矣。』

〔一一〕奉安：安葬皇帝或皇后。

〔一二〕薦享：祭獻，祭祀。

〔一三〕禘祫：古代帝王祭祀天、始祖的一種隆重儀禮。禘，指祀天、宗廟大祭與宗廟時祭。祫：指集合遠近祖先的神主於太祖廟大合祭。

〔一四〕神主：爲已死的君主、諸侯作的牌位，用木或石製成。後漢書光武帝紀上：『大司徒鄧禹入長安，遣府掾奉十一帝神主，納於高廟。』李賢注：『神主，以木爲之，方尺二寸，穿中央，達四方。天子主長尺二寸，諸侯主長一尺。』

〔一五〕合食：猶合祭。公羊傳文公二年：『其合祭奈何？毁廟之主，陳於大祖，未毁廟之主，皆升，合食於大祖。』

〔一六〕牢：指祭品。牛、羊、豕三牲各一爲一牢。

〔一七〕國朝會要：宋初會要有兩種，一是慶曆國朝會要（一作三朝國朝會要），凡一五〇卷，起建隆元年至慶曆三年。一是元豐增修五朝會要（一作六朝國朝會要），凡三百卷，起建隆元年至熙寧十年。稱國朝會要，一般指元豐增修五朝會要。禮閣新編：天聖五年王皞所撰。

〔一八〕符氏：宛丘人，宋太宗趙匡義妻。宋太宗即位後，追封爲皇后，謚懿德。

〔一九〕中壼：皇后之稱。陸贄陸宣公翰苑集册淑妃王氏爲皇后：『中壼虚位，於今歷年。』

〔二〇〕貴嚴：尊貴，尊嚴。

〔二一〕光獻太皇太后：宋仁宗趙禎皇后曹氏，眞定人，宋神宗時尊爲太皇太后。上僊：死亡的婉辭。舊唐書鄭顥傳：『不數日，宣宗不豫，廢朝會，及宫車上僊，方悟其事。』山陵：帝王或皇后的墳墓。酈道元水經注渭水三：『秦名天子冢曰山，漢曰陵，故通曰山陵矣。』這裏指安葬。

〔二二〕易月：古代父母之喪，服喪三年，自漢文帝始以日易月，縮短喪期，謂之『易月』。晉書禮志中：『孝文權制三十六日之服，以日易月，道有汙隆，禮不得全，皇太子亦宜割情除服。』

〔二三〕祥禫：喪祭的名稱。禮記雜記下：『期之喪，十一月而練，十三月而祥，十五月而禫。』

〔二四〕九虞：九次虞祭。九虞是天子喪禮的等級。王安石英宗山陵禮畢慰皇帝表：『須百祀之材，已襄葬故；設九虞之主，方考祔儀。』

〔二五〕誅殛：誅殺。潘勖册魏公九錫文：『君糾虔天刑，章厥有罪，犯關干紀，莫不誅殛，是用錫君鈇鉞各一。』殛，誅殺。逸周書商誓：『予既殛紂，承天命，予亦來休命爾百姓里居君子。』

〔二六〕浼：請求。

〔二七〕祏室：宗廟中放置牌位的石室。張説大唐祀封禪頌：『然後藏金匱於祏室，回玉鑾於上都。』

〔二八〕昭穆：見卷二繼别爲宗賦箋注〔八〕。這裏指牌位的排列次序。

〔二九〕元德皇后：李氏，眞定人，宋太宗妃嬪，謚元德。

〔三〇〕章懿皇后：李氏，杭州人，宋眞宗妃嬪，宋仁宗生母，謚章懿。章穆：郭氏，太原人，宋眞宗第二位妻子。章獻皇后：又稱章獻明肅皇后，劉氏，太原人，宋眞宗皇后。

禘祫合正位序議〔一〕

右本院先准中書劄子〔二〕，奉聖旨修定太廟祀儀。續准近制〔三〕，奉僖祖爲太廟始祖①〔四〕，所有禘祫神主，合正位序。檢會禘祫舊儀於殿室外〔五〕，設昭穆之位〔六〕，僖祖、翼祖、太祖、太宗、仁宗及諸室后主共十四位〔七〕，俱南嚮。順祖、宣祖、眞宗、英宗及諸室后主共十位〔八〕，俱北嚮。所有禮樂之器，多陳設於堂之上下，而皆在北嚮神主之後。質之典禮，參以人情，竊恐未順。謹按禮記、周禮經傳及爾雅、通典、禘祫志②、三禮義宗所載〔九〕，禘祫昭穆，蓋有室中、堂上之别。古者宗廟異宫，各有堂，室户近東，祐主在西③〔一〇〕。其在始祖后稷廟室，則后稷東向，其爲昭者皆南向，其爲穆者皆北向；在太祖文王廟室，文王東向，以率先王之穆，穆皆北向；在太宗武王廟室，則武王東向，以率先王之昭，昭皆南向。各就其室，祼酌饋獻〔一一〕，此所謂室中之位也。及其迎之出户，射牲、燔燎④、朝事、朝踐〔一二〕，則后稷、文王、武王皆南向，先王、先公，其爲昭者皆西向，其爲穆者皆東向。此所謂堂上之位也。遇祫祭，則先王、先公合食于后稷之廟。

【校】

①僖　四庫本同；宋人集本作「禧」。宋史太祖本紀作「僖」。

②禘祫志　四庫本同；宋人集本作「祫志」。

③祏　四庫本、宋人集本作「祐」。當作「祏」。

④燔　四庫本同；宋人集本作「蟠」，誤。

【箋】

〔一〕又見歷代名臣奏議卷二一。禘祫：見卷十五奏請四皇后廟升祔狀箋注〔一三〕。

〔二〕本院：指太常禮院，掌議定朝廷禮制。中書：中書省。劄子：官府中用來上奏或啓事的一種文書。歐陽修歸田録卷二：『唐人奏事，非表非狀者爲之牓子，亦謂之録子。今謂之劄子。凡羣臣百司上殿奏事，兩制以上，非時有所奏陳，皆用劄子。中書樞密院事有不降宣敕者，亦用劄子。』

〔三〕准：依照，根據。

〔四〕僖祖：宋太祖趙匡胤高祖父文獻皇帝趙朓的廟號。

〔五〕檢會：猶查考。後漢書律曆志贊：『象因物生，數本杪曶。律均前起，準調後發。該核衡琁，檢會日月。』

〔六〕昭穆：見卷二繼別爲宗賦箋注〔八〕。

〔七〕翼祖：宋太祖趙匡胤祖父簡恭皇帝趙敬的廟號。

〔八〕順祖：宋太祖趙匡胤曾祖父惠元皇帝趙珽的廟號。宣祖：宋太祖趙匡胤父親昭武皇帝趙弘殷的廟號。

〔九〕通典：杜佑撰，凡二百卷，中國歷史上第一部體例完備的政書。禘祫志：鄭玄有魯禮禘祫志，今佚，王謨漢魏遺書鈔、馬國翰玉函山房輯佚書有輯本。不知是否即此書。三禮義宗：南朝梁靈恩撰，今佚，王謨漢魏遺書鈔、馬國翰玉函山房輯佚書等有輯本。

〔一〇〕祐主：當作『祏主』，指藏於宗廟中的牌位。左傳昭公十九年孔穎達疏引服虔曰：『祏主藏於宗廟，故曰宗主。』

〔一一〕祼：九獻之禮，始獻以鬱鬯酒，稱爲祼。酌：斟酒，指酌祼。

〔一二〕射牲：周禮夏官射人鄭玄注引國語：『禘郊之事，天子必自射其牲。』燔燎：燒柴祭天。漢書郊祀志下：『天用牲左，及黍稷燔尞南郊；墬用牲右，及黍稷瘗於北郊。』朝事：指晨祭之事。禮記祭義：『建設朝事，燔燎羶薌。』陳澔集説：『朝事，謂祭之日，早朝而行之事也。』朝踐：祭禮儀節。周禮春官司尊彝：『其朝踐用兩獻尊。』鄭玄注：『朝踐，謂薦血腥，酌醴，始行祭事，後於是薦朝事之豆籩。』孫詒讓周禮正義卷三八謂『朝踐』爲薦腥後之獻。

明堂配上帝議〔一〕

謹按周禮掌次職曰：『王大旅上帝，則張氈案；祀五帝，則設大次、小次〔二〕。』又司服職曰：『祀昊天上帝則服大裘而冕〔三〕，祀五帝亦如之。』明上帝與五帝異矣。則孝經所謂宗祀文王於明堂，以配上帝者，非可兼五帝也①。考之易、詩、書所稱上帝非一。易曰：『先王作樂，崇德薦之②，上帝以配祖考〔四〕。』詩曰：『昭事上帝，聿懷多福〔五〕。』又曰：『上帝是祇〔六〕。』書曰：『以昭受上帝，天其申命〔七〕。』又曰：『惟皇上帝降衷于下民〔八〕。』如此類者豈可皆以五帝而言之？自鄭氏之學興，乃有六天之説〔九〕，而事非經見。至晉泰始初〔一〇〕，論者始以爲非，遂於明堂惟設昊天上帝一坐而已。唐顯慶禮亦止祀昊天上帝於明堂〔一一〕。今大饗在近，議者猶以謂上帝可以及五帝③。臣等請如聖詔，祀英宗皇帝於明堂，惟以配上帝。至誠精禋，以稱皇帝嚴父之意。

【校】

①可　四庫本同；宋人集本作『所』。

②崇德薦之　宋人集本同；四庫本作『崇德殷薦之』。

③謂　宋人集本同；四庫本作『爲』。

【箋】

〔一〕又見國朝諸臣奏議卷八六，署趙君錫作。宋史禮志：『并據知太常禮院趙君錫等狀：按周官掌次職曰：「王大旅上帝，則張氈案；祀五帝，則設大次、小次。」又司服職曰：「祀昊天上帝則服大裘而冕，祀五帝亦如之。」明上帝與五帝異。則宗祀文王以配上帝者，非可兼五帝也。自鄭氏之學興，乃有六天之説，而事非經見。晉泰始初，論者始以爲非，遂於明堂惟設昊天上帝一坐而已。唐顯慶禮亦然。請如詔祀英宗於明堂，惟配上帝，以稱嚴父之意。』元祐初，君錫遷司勛右司郎中、太常少卿，蓋該篇爲楊傑與君錫同議。明堂：見卷一琴材賦箋注〔一三〕。

〔二〕大旅：祭名。周禮天官掌次『大旅』，鄭玄注：『大旅上帝，祭天於圜丘。國有故而祭亦曰旅。』禮記禮器：『大饗之禮，不足以大旅。大旅具矣，不足以饗帝。』孫希旦集解：『大旅者，因事祭天之名，其禮稍殺於正祭……有故而禱於上帝及四望，皆曰旅，而上帝之旅爲大旅也。』氈案：鋪有氈的坐榻。周禮天官掌次『張氈案』，鄭玄注：『張氈案，以氈爲牀於幄中。』賈公彦疏：『牀上著氈即謂之氈案。』大次：爲帝王祭祀設的大篷帳。周禮天官掌次鄭玄注：『次，謂幄也。大幄，初往所止居也。』小次：爲帝王郊祀設的小篷帳。宋孟元老東京夢華録駕詣郊壇行禮：『面南設一大幕次，謂之「大次」。』又『二中貴扶侍行至壇前，壇下又有一小幕殿，謂之「小次」。』

〔三〕大裘：黑羔裘。周禮夏官節服氏：『郊祀裘冕，二人執戈。』鄭玄注：『裘，大裘也。』文選謝脁和伏武昌登孫權故城：『衮冕類禋郊，卜揆崇離殿。』李善注：『周禮曰：王祀昊天上帝，則服大裘而冕，祀五帝亦如之。』宋史輿服志：『夫大裘而冕，謂之裘冕，非大裘而冕，謂之衮冕。』裘冕，天子祭祀所定的六種冕服之一。

〔四〕先王三句：易豫卦：『先王以作樂崇德，殷薦之上帝，以配祖考。』

〔五〕昭事二句：出詩經大雅大明。昭：明，明白。懷：招。

〔六〕上帝是祇：出詩經商頌長發。

〔七〕以昭二句：出尚書益稷。昭：清明。申：重。

〔八〕惟皇句：出尚書湯誥。衷：善。

〔九〕六天：漢代讖緯家附會五帝傳説和史記天官書太微宫内有五星曰五帝座之文，謂天帝有六，即天皇大帝與五方之帝，爲『六天』。禮記郊特牲『郊特牲而社稷大牢』，孔穎達疏：『鄭氏謂天有六天。天爲至極之尊，其體只應是一，而鄭氏以爲六者，指其尊極清虚之體，其實是一，論其五時生育之功，其别有五，以五配一，故爲六天。』

〔一〇〕泰始：晉武帝司馬炎的年號。

〔一一〕顯慶禮：唐高宗時官修的唐代第二部大型禮書。

奏請罷文德殿常朝官狀〔一〕

儒林郎、守秘書省著作佐郎、充太常禮院主簿臣楊某奏：謹按周禮，宰夫『掌治朝之法〔二〕，以正王及三公六卿大夫羣吏之位』。王眡治朝〔三〕，則太宰贊聽治〔四〕。又按禮記曰：視朝於內朝①。臣辨色始入內朝，及路寢門之外朝，羣臣治事，王者日於此以聽視之，故亦謂之治朝也〔五〕。唐六典曰〔六〕：『凡京司文武職事九品以上②，聽每朔望朝參。五品以上及供奉官、員外郎、監察御史、太常博士每日參，謂之常參官〔七〕。』斯皆文武之有職事趨于朝，太子御宣政或御紫宸以視朝聽治〔八〕，蓋沿周制也。其無聽職事則無常參班次，故會要所載〔九〕，如本官不是常參官，幷憲官是攝者〔一〇〕，惟聽於御史班中辭見〔一一〕。乃知辭見之日，即入朝，自餘不入朝矣。今乘輿常日御紫宸或御垂拱見內朝之臣〔一二〕，聽天下之治，遵用周、唐故事，無不協於典禮。而其文德常朝官，考之載籍，似未爲得。於周則非公卿大夫羣吏治事者之比，於唐則異京司文武職事之官。竊聞其間多是待次之人〔一三〕，久在旅瑣，日趨闕廷，勞文可憫③。加之累歲以來，常候宰臣奏事，退赴押班〔一四〕，或遇辰正牌上，方得放班〔一五〕。近者伏聞德音，令今後御史臺候垂拱殿坐，即一面放班，中外相傳，莫不稱頌。嚮非陛下至仁盛德，矜察微隱，何以及此！以臣愚見，其文德殿常朝官在京未有職事，於禮可免常參④，伏乞朝廷特與放罷，或秖令赴朔望起居⑤。其賀謝辭見，及京司百官五日一赴起居者，自依定制。如此則於周、唐舊儀兩以爲得。臣雖賤愚，備員禮局，有所聞見，不敢不言。謹具狀奏聞，伏候敕旨。

【校】

①視朝於內朝　四庫本同；宋人集本作『視朝於內朝廷』，衍『廷』字。

②司　宋人集本同；四庫本作『師』。當作『師』。

③文　宋人集本同；四庫本、宋會要輯稿儀制一作『乏』。當作『乏』。

④免　四庫本同；宋人集本作『見』，誤。

⑤秖　四庫本同；宋人集本作『抵』，誤。

【箋】

〔一〕文德殿：宮殿名，皇帝處理政務之場所。龐元英文昌雜録卷三：『兩省官文武百官，日赴文德殿，東西相向對立，宰臣一員押班，聞傳不坐，則再拜而退，謂之常朝。』

〔二〕宰夫：天官屬官，位少宰之下，有下大夫四人及上士、中士、旅下士、府、史、胥、徒等人員。職掌朝堂儀式、考核百官治績。治朝：古代天子諸侯三朝之一，在路門外，司士掌之，爲每日視朝之所。周禮天官大宰：『王眂治朝，則贊聽治。』鄭玄注：『治朝，在路門外，羣臣治事之朝。』

〔三〕眂：察視。周禮天官太宰：『及執事，眂滌濯。』鄭玄注：『眂音視，本又作視。』

〔四〕贊：幫助，輔佐。尚書大禹謨：『益贊于禹曰：「惟德動天，無遠弗屆。」』孔安國傳：『贊，佐。』

〔五〕視朝六句：禮記玉藻：『朝服以日視朝於內朝，朝，辨色始入。君日出而視之，退適路寢聽政，使人視大夫，大夫退，然後適小寢。』内朝，禮記『朝服以日視朝於内朝』鄭玄注：『此内朝，路寢門外之正朝也。』周禮孔穎達疏：『玉藻諸侯禮云「朝於内朝」者，謂路門外朝爲内朝，對皋門内應門外朝爲外朝，通路寢庭朝爲二朝。』路寢，古代天子、諸侯的正廳。詩經魯頌閟宫：『松桷有舄，路寢孔碩。』毛傳：『路寢，正寢也。』據宋敏求春明退朝録，北宋視朝，文德殿爲外朝，垂拱殿爲内朝。

〔六〕唐六典：全稱大唐六典，唐玄宗時官修之行政法典。

〔七〕常參官：宋敏求春明退朝録卷中：『於禮，羣臣無一日不朝者，故正衙雖不坐，常參官猶立班，俟放朝乃退。』原注：『唐有職事者謂之常參；今隸外朝不釐務者謂之常參。』宋史禮志十九：『至元豐中官制行，始詔侍從官而上，日朝垂拱，謂之常參官。』

〔八〕宣政：宣政殿。紫宸：紫宸殿。

〔九〕會要：似指王溥所撰唐會要。

〔一〇〕攝：詔除而非正命爲攝。

〔一一〕辭見：京官放外任、地方官進京，在朝廷辭别、謁見天子。

〔一二〕乘輿：本指天子和諸侯所乘坐的車子，這裏代指皇帝。垂拱：垂拱殿。

〔一三〕待次：指候補者。續資治通鑑宋神宗熙寧元年：『初，大學置内舍生二百員，官爲給食。至是待次蓋百餘人。』

〔一四〕押班：百官朝會時管理百官朝會位次的領班。宋制，由參知政事、宰相分日承擔。

〔一五〕放班：散班，退朝。

上辛祈穀議〔一〕

謹按月令：『孟春之月，是月也，天子乃以元日祈穀于上帝。』注謂『以上辛郊祭天也①。』公羊曰：『郊用正月上辛〔二〕。』注：『三王之郊②，一用夏正〔三〕。言正月者，春秋之制也。正月，歲首，上辛，猶始新，皆取其首先之意。』又穀梁曰：『我以十二月下辛卜正月上辛。』又左氏曰：『啓蟄而郊〔四〕。』注：『啓蟄，夏正建寅之月也。』陸淳曰〔五〕：『啓蟄爲建寅之月，百蟄驚出爾。』略舉時候，非必取曆驚蟄之節也。此蓋用正月上旬辛日以祈穀，即不繫立春節氣之前後。假令十二月中旬、下旬立春，因擇辛而祈穀，則是用中辛、下辛，即非元日之義。本部今參詳合依天禧元年敕旨，上辛不拘立春先後③，所有王少卿所議及天禧以來太史所定上辛之日委得允當，太常所議立春後祈穀，難以依從。

【校】

①郊　四庫本同；宋人集本作『卯』。當作『郊』。

②王　四庫本同；宋人集本作『五』。當作『王』。

③辛　四庫本同；宋人集本作『半』。當作『辛』。

【箋】

〔一〕上辛：農曆每月上旬的辛日。范甯穀梁傳集解：『郊必用上辛者，取其新潔莫先也。』莊季裕雞肋編卷中：『孟春上辛祈穀，祀昊天上帝，是日祀感生帝，皆於南郊。』

〔二〕郊：郊祭。

〔三〕三王二句：出鄭玄注引易說。

〔四〕啓蟄：節氣名。避漢景帝劉啓名諱改稱『驚蟄』。

〔五〕陸淳：字伯冲，吳郡人，唐代經學家，避唐憲宗李純名諱，改名陸質。

奏請太廟殿上鍾磬狀〔一〕

右臣伏聞聲音之道與政通。堂上之樂，所以象宗廟朝廷之治；堂下之樂，所以象萬物之治。堂上堂下，用樂雖殊，八音克諧〔二〕，各不可闕，其實一也。今太廟之樂，堂下具八音，萬物之治，可謂周矣；堂上之樂，則闕鍾磬，在宗廟朝廷之治，八音有所未備焉。臣職在禮樂，不敢不言。謹按禮曰：『鍾聲鏗，鏗以立號〔三〕。』詩曰：『至和且平①，依我磬聲〔四〕。』是知樂之號令，自鍾聲而立；樂之和平，依乎磬聲。則鍾聲安可闕哉②！臣昨蒙睿旨〔五〕，提轄脩製朝會殿上玉磬〔六〕，曾於去年具奏。乞依虞書『戛擊鳴球』之義〔七〕，候玉磬成日，先用之於太廟殿上，以稱陛下稽古奉先之志。尋蒙付外，未奉朝旨施行。今雖玉磬未成，伏遇春陽發生之時〔八〕，太廟孟享之日〔九〕，欲乞出自聖斷，依古復用殿上鍾磬，所貴發揚至音，號令衆樂，以格祖考〔一〇〕，以致和平，上自朝廷，下及萬物，咸被福祐，臣某不勝大願。謹具狀奏聞，伏候敕旨。元豐八年正月二十五日。

【校】

①至　宋人集本同；四庫本作『既』。毛詩正義、韓詩外傳作『既』。

②聲　四庫本作『磬』。上鍾磬並言，此當作『磬』。宋人集本脱自『是知樂之號令』至『依乎磬聲』十九字。

【箋】

〔一〕又見歷代名臣奏議卷一二八。

〔二〕八音：周禮春官大師：『皆播之以八音：金、石、土、革、絲、木、匏、竹。』鄭玄注：『金，鍾鎛也；石，磬也；土，塤也；革，鼓鼗也；絲，琴瑟也；木，柷敔也；匏，笙也；竹，管簫也。』

〔三〕鍾聲二句：出禮記樂記魏文侯。號：號令。

〔四〕至和二句：出詩經商頌那。

〔五〕睿旨：皇帝的詔令。劉勰文心雕龍史傳：『然睿旨幽隱，經文婉約，丘明同時，實得微言。』

〔六〕提轄：管領。

〔七〕戛擊鳴球：尚書虞書益稷：『戛擊鳴球、搏拊、琴瑟，以詠。』孔安國傳：『球，玉磬。』孔穎達疏：『釋器云：球，玉也。鳴球謂擊球使鳴。樂器惟磬用玉，故球爲玉磬。』戛擊爲敲擊樂器的動作。

〔八〕春陽：即陽春。

〔九〕孟享：帝王宗廟祭禮。孟元老東京夢華録序：『瞻天表則元夕教池，拜郊孟享。』

〔一〇〕格：尚書舜典：『帝曰：格汝舜，詢事考言，乃言底可績。』孔安國傳：『格，來。』

堂上鍾磬議〔一〕

一准中書劄子節文〔二〕：詳定郊廟禮文所詳定，伏請每遇親祠宗廟，歌者在堂，更不兼設鍾磬；宮架在庭〔三〕，更不兼設琴瑟，匏竹更不寘之於牀〔四〕。其郊壇上下之樂，亦乞依此正之，有司攝事准此。謹按虞書曰：『戛擊鳴球、搏拊、琴瑟，以詠〔五〕。』此有虞堂上之樂也；下管鼗鼓，合止柷敔①。笙鏞以間，簫韶九成，擊石拊石，此有虞堂下之樂也〔六〕。正義曰：『球爲玉磬。商頌云「依我磬聲」，亦玉磬也。』大射禮：『鍾磬在庭。』今鳴球於廟堂之上者，按郊特牲云：『歌者在上，貴人聲也。』左傳曰：『歌鍾二肆〔七〕。』則堂上有鍾，明磬亦在堂上。故漢魏以來，登歌皆有鍾磬〔八〕。燕禮無鍾磬者，諸侯樂不備也。是知堂上象朝廷之治，堂下象萬物之治，堂上堂下，八音各備而互見之，不可闕也。又按禮曰『升歌清廟』〔九〕，詩曰『清廟祀文王』②，此有周堂上之歌也。大司樂〔一〇〕：『路鼓〔一一〕、路鼗〔一二〕，鼓陰竹之管③〔一三〕，龍門之琴瑟〔一四〕，九德之歌〔一五〕，九磬之舞④，於宗廟之中奏之，若樂九變，則人鬼可得而禮矣。』此有周廟中降神之樂也。降神之樂既有獻之琴瑟，則宮架内琴瑟不可去矣。所有祀郊及有司攝事，伏乞壇殿之上，依舊設鍾磬，其宮架下降神之樂，亦乞依舊設琴瑟，其匏竹不寘於牀，即乞依禮文所奏請。

【校】

①祝　四庫本、宋人集本作『柷』。

②曰　四庫本、宋人集本作『序』。四庫全書考證卷七八：『原本「序」訛「曰」，據毛詩序改。』當作『序』。

③鼓　四庫全書考證卷七八：『原本「鼗」下衍「鼓」字，據周禮删。』宋人集本『校記』：『「陰竹」上

「鼓」字衍。」

④磬　宋人集本同；四庫本作『磬』。據周禮大司樂，當作『磬』。九磬，即九韶。成玄英疏：『九韶，舜樂名也。』

【箋】

〔一〕又見歷代名臣奏議卷一二八。

〔二〕中書劄子：指經由中書省批轉的劄子。

〔三〕宮架：宮廷樂器的一類。宋史禮志二：『殿中監進大圭，帝執以入，宮架樂作。』

〔四〕匏竹：笙、竽、簫、笛一類的樂器。

〔五〕戛擊鳴球：見本卷奏請太廟殿上鍾磬狀箋注〔七〕。宋史樂志：『戛擊則柷敔，球則玉磬，搏拊所以節樂，琴瑟所以詠詩，皆堂上樂也。』

〔六〕下管六句：尚書虞書益稷：『夔曰：下管鼗鼓，合止柷敔。笙鏞以間，鳥獸蹌蹌；簫韶九成，鳳皇來儀。夔曰：於！予擊石拊石，百獸率舞，庶尹允諧。』文獻通考卷一二八樂考一：『下管鼗鼓，合止柷敔。堂下樂也。』

〔七〕歌鍾二肆：左傳襄公十一年：『凡兵車百乘，歌鍾二肆，及其鏄磬，女樂二八。』謂春秋鄭人賂晉侯歌鍾二肆，遂於堂上設歌鍾、歌磬。

〔八〕登歌：古代舉行祭典、大朝會時，樂師登堂而歌。周禮春官大師：『大祭祀，帥瞽登歌，令奏擊拊。』鄭玄注引鄭司農曰：『登歌，歌者在堂也。』

〔九〕升歌清廟：禮記明堂位：『季夏六月，以禘禮祀周公於太廟，升歌清廟。』禮記祭統：『夫人嘗禘，升歌清廟。』禮記孔子燕居：『兩君相見，升歌清廟。』禮記文王世子：『天子視學，登歌清廟。』孔穎達疏：『禮記每云升歌清廟，然則祭祀宗廟之盛，歌文王之德，莫重於清廟，故爲周頌之始。』

〔一〇〕大司樂：指周禮春官大司樂。

〔一一〕路鼓：鼓名，古時祭享宗廟所用的四面鼓。周禮地官鼓人：『以路鼓鼓鬼享。』鄭玄注：『路鼓，四面鼓也。』

〔一二〕路鼗：指較小的一種路鼓。

〔一三〕陰竹：生於山北的竹。周禮春官大司樂：『陰竹之管，龍門之琴瑟。』鄭玄注：『陰竹，生於山北者。』

〔一四〕龍門：指龍門山，在今陝西韓城與山西河津間。傳説山上多桐樹，質地佳，適於製作樂器。

〔一五〕九德：即九功之德。九德之歌，亦稱『九歌』，相傳爲禹時樂歌。左傳文公七年：『九功之德，皆可歌也，謂之九歌。』楚辭離騷：『奏九歌而舞韶兮，聊假日以媮樂。』王逸注：『九歌，九德之歌，禹樂也。』

上言大樂七事〔一〕

一曰歌不永言，聲不依詠①，律不和聲。

謹按虞書曰：『詩言志，歌永言。聲依永，律和聲。八音克諧，無相奪倫，神人以和〔二〕。』蓋歌以永詩之言，五聲以依歌之詠，陽律陰吕以和其聲，金石絲竹匏土革木，八音克諧，無相奪倫，然後神人以和也。若夫歌不永言，聲不依詠，律不和聲，八音不諧而更相奪，則神人安得和哉！且金聲舂容〔三〕，失之則重；石聲温潤〔四〕，失之則輕；土聲函胡〔五〕，失之則下；竹聲清越〔六〕，失之則高；絲聲纖微，失之則細；革聲隆大，失之則洪；匏聲叢聚〔七〕，失之則長；木聲無餘，失之則短。惟人稟中和之氣，而有中和之聲，足以權量八音，使無重輕、高下、洪細、長短之失。故古者升歌〔八〕，貴人聲。八音律吕，皆以人聲歌爲度，以一聲歌一言。言雖永，不可以逾其聲。如大善曲『肅肅藝祖』一句，以仲南黄仲四聲歌之，聲律最爲和協。今夫歌者或詠一言②，而濫及數律；如正安曲『至神感神』，一字兼夷黄四聲③。或章句已闋，而樂聲未終，如正安曲已終，尚有黄無夷夾大五聲之類。兹所謂歌不永言也。伏請節裁煩聲，以一聲歌一言，遵用永言之法。且詩言人志，詠以爲歌，五聲隨歌，故曰依詠，律吕協奏，故曰和聲。先儒云④：依人音而制樂，託樂器以寫音，樂本效人，非人效樂，此之謂也〔九〕。今祭祀樂章並隨月律，聲不依詠，以詠依聲，律不和聲，以聲和律，非古制也，伏請詳定。伏樂以歌爲本⑤，律必和聲也。

二曰八音不諧，鍾、磬、簫闕四清聲事。

謹按虞書曰：『簫韶九成，鳳凰來儀〔一〇〕。』蓋虞樂之成，以簫爲主也。商頌曰：『既和且平，依我磬聲〔一一〕。』蓋商樂和平，以磬爲依也。周官：『鍾師掌金奏，凡樂事，以鍾鼓奏九夏〔一二〕。』蓋周樂合奏以金爲首也。是鍾、磬、簫者，衆樂之所宗，爲聖帝明王之所貴。數十有六，其所由來尚矣。漢得古磬十六於犍爲郡〔一三〕。鄭氏注周禮編鍾、編磬及大周正樂、三禮圖，編鍾、編磬、簫並以十六爲數，示天子之樂用八，鍾、磬、簫倍之，以爲十六矣。且十二者，律之本聲也，四者，律之應聲也。本聲重濁，應聲輕清。本聲爲君父，應聲爲臣子。故其四聲或曰清聲，又曰子聲也〔一四〕。自景祐中李照議樂以來〔一五〕，鍾、磬、簫始不用四聲，是有本而無應，有倡而無和者四十餘年矣⑥，八音何從而諧耶？今巢笙〔一六〕，其管皆十有九，以十二管發律呂之本聲，以七管爲律呂之應聲，用之已久，而聲至和協。伏請參考古制，依巢笙例，用編鍾、編磬、簫之四子聲以諧八音。

三曰金石奪倫事。

謹按大司樂：『文之以五聲，播之以八音。』八音雖異，其所以應律則一也。故樂奏一聲，諸器皆以其聲應也，既不可以不及⑦，又不可以有餘。八音克諧，無相奪倫，此之謂也。今大樂之作，琴、瑟、塤、篪、笛、簫、笙、阮、箏、筑奏一聲〔一七〕，則鎛鍾、特磬、編鍾、編磬連擊三聲⑧〔一八〕，戾於衆樂中聲最煩數，而掩壓衆器。求其所謂『無相奪倫』，不亦難哉！伏請詳定大樂⑨，其鎛鍾、特磬、編鍾、編磬並依衆器節奏，不可連擊三聲，所貴八音『無相奪倫』。

四曰舞不象成。

謹按樂記曰：『夫樂，象成者也〔一九〕。揔干而山立〔二〇〕，武王之事也；發揚蹈厲，太公之志也〔二一〕；武亂皆坐，周、召之治也〔二二〕。』又曰：『武始而北出，再成而滅商，三成而南，四成而南國是疆，五成而分周公左、召公右，六成復綴以崇⑩〔二三〕。』是大武之舞六成⑪，象周德之成矣。國朝以謙德受禪，郊廟之樂先奏文舞，次奏武舞。其於武舞也，容節六變〔二四〕：一變象六師初舉，所向宜北矣；二變象上黨克平，所向宜北矣；三變象維揚底定〔二五〕，所向宜東南矣；四變象荆湖來歸，所向宜南矣；五變象卭蜀納款〔二六〕，所向宜西矣；六變象兵還振旅，所向宜北而南矣。今夫舞者非止發揚蹈厲，進退俯仰，不稱成功盛德，差失其所向；而又文舞容節，殊無法度，故曰舞不象成也。伏乞樂記象成之文，詳定二舞容節及改正所向⑫，以稱成功盛德。

五曰樂失節奏。

謹按孔子曰：魯大師⑬，『樂其可知也，始作翕如也，從之純如也，皦如也，繹如也，以成』〔二七〕。始作翕如也，始作翕然如衆羽之合；縱之純純如也⑭；節奏明白，皦如也；繹如，其緒之不窮也，大然後成⑮。今大樂之作，聲不齊一，節奏混殽⑯，往來無叙，曷聞所謂翕如、純如、皦如、繹如者乎？伏請稽考孔子之言，詳定大樂節奏⑰。

六曰祭、祀、享無分樂之序。

謹按大司樂：『乃分樂而序之，以祭以享以祀。乃奏黄鍾，歌大吕，舞雲門，以祀天神；乃奏太蔟，歌應鍾，舞咸池，以祭地示；乃奏沽洗⑱，歌南吕，舞大磬，以祀四望；乃奏蕤賓，歌林鍾⑲，舞大夏，以祭山川；乃奏夷則，歌小吕，舞大濩，以享先妣；乃奏無射，歌夾鍾，舞大武，以享先祖〔二八〕。』夫金石衆作之謂奏，詠以人聲之謂歌，陽律必奏，陰吕必歌，陰陽之合也。順陰陽之合，所以交神明，致精意也。今冬至祀天，不歌大吕，夏至祭地，不奏太蔟，春享祖廟，不奏無射，秋享后廟，不歌小吕。既不能奏律歌吕，順陰陽之合，以格上神，而又無專祀四望山川用樂之制〔二九〕，則何以贊導宣發陰陽之氣而生成萬物哉？故曰祭、祀、享無分樂之序也。伏請依周禮分樂之序，以奉祠事。

七曰鄭聲亂雅。

謹按孔子曰：『惡紫之奪朱，惡鄭聲之亂雅樂〔三〇〕。』然朱紫有色而易别，雅鄭無象而難知。聖人懼其難知也，故定律吕中正之音，以示萬世。揚雄曰：『中正則雅，多哇則鄭。』又曰：『黄鍾以生之，中正以平之，確乎鄭⑳、衛不能入也〔三一〕。』今雅樂古器非不存也，太常律吕非不備也，而學士大夫置而不講，考擊奏作，委之賤工，如之何不使雅鄭之雜耶？伏請審調太常鍾琯，依典禮用十二律，還宫均法，令上下曉知十二律音，則鄭聲無由亂於雅也。今著大樂十二均圖一卷，備載律吕宫調，又各取本宫樂章一首附于篇，以圖考聲，則雅鄭昭然别矣。

右元豐二年八月一日上言，二日宣取大樂十二均圖并序上進，至三年八月十五日中書門下進呈，奉聖旨送議樂劉几等。據几等奏：若依楊傑所請，其大樂律吕，委得和諧，伏候敕旨。九月十五日奉聖旨：依奏。

【校】

①詠　四庫本同；宋人集本『校記』作『永』。

②今　四庫本同；宋人集本作『令』，誤。

③一字兼夷黄四聲　四庫本、宋人集本『校記』作『夷黄一字兼四聲』。

④儒　四庫本同；宋人集本作『孺』，誤。

⑤伏　四庫本作『使』，宋人集本作『大』。『伏』爲『使』的俗構，作『大』誤。
⑥倡　四庫本同；宋人集本作『唱』。
⑦既　四庫本同；宋人集本作『故』。
⑧聲　四庫本同；宋人集本脱『聲』字。
⑨詳　四庫本同；宋人集本作『議』。
⑩四庫本、宋人集本『以崇』下有『天子』二字。當補。
⑪大武之舞六成　宋人集本同；四庫本無『六成』二字。
⑫詳　四庫本同；宋人集本作『議』。
⑬大　四庫本、宋人集本作『太』。
⑭縱　宋人集本同；四庫本作『從』。當作『從』。
⑮大　四庫本同；宋人集本無『大』字。
⑯殽　四庫本同；宋人集本作『淆』。
⑰詳　四庫本同；宋人集本作『議』。
⑱沽　四庫本、宋人集本作『姑』。
⑲林　宋人集本同；四庫本作『函』。
⑳確　四庫本、宋人集本作『碻』。

【箋】

〔一〕又見玉海卷一〇七、卷一〇九、文獻通考卷九四、卷一三〇、卷一四七、宋史卷一二八、卷一四〇、歷代名臣奏議卷一二八。歷代名臣奏議卷一二八禮樂：『神宗元豐二年，太常禮院主簿楊傑上言大樂七事。』

〔二〕詩言志七句：出尚書堯典。永：長。聲：五聲。謂宮、商、角、徵、羽。律：謂六律六呂。無相奪倫：不要攪亂次序。無，毋。和：協調和諧。

〔三〕春容：悠揚洪亮。王禹偁籍田賦：『太簇之樂，奏之而春容。』

〔四〕温潤：猶温和。

〔五〕函胡：猶含混。蘇軾石鐘山記：『唐李渤始訪其遺蹤，得雙石於潭上，扣而聆之，南聲函胡，北音清越。』

〔六〕清越：清脆悠揚。禮記聘義：『叩之，其聲清越以長。』

〔七〕叢聚：聚集。

〔八〕升歌：謂祭祀、宴會登堂時演奏樂歌。禮記鄉飲酒義：『工入，升歌三終，主人獻之。』

〔九〕依人音四句：孔穎達毛詩正義詩序：『原夫作樂之始，樂寫人音，人音有小大高下之殊，樂器有宮、徵、商、羽之異，依人音而制樂，託樂器以寫人，是樂本效人，非人效樂。』

〔一〇〕簫韶二句：出尚書虞書益稷。

〔一一〕既和二句：出詩經商頌那。

〔一二〕鍾師三句：出周禮春官鍾師。九夏：謂王夏、肆夏、昭夏、納夏、章夏、齊夏、族夏、祴夏、驁夏。鄭玄曰：『九夏皆詩篇名，頌之族類也。此歌之大者，載在樂章，樂崩亦從而亡。』

〔一三〕犍爲郡：華陽國志蜀志：『犍爲郡，孝武建元六年置，時治鄨，其後縣十二，户十萬。』鄨，即今貴州遵義。

〔一四〕子聲：杜佑通典樂三：『梟氏爲鐘，以律計自倍半。半者，准半正聲之半，以爲十二子律，制爲十二子聲。比正聲爲倍，則以正聲於子聲爲倍，以正聲比子聲，則子聲爲半。』則子聲爲十二律中相鄰兩音間之音程，相當於半律。

〔一五〕李照：時任集賢院屬官集賢校理職。宋史樂志一：『仁宗留意音律，判太常燕肅言器久不諧，復以朴準考正。時李照以知音聞，謂朴準高五律，與古制殊，請依神瞽法鑄編鍾。既成，遂請改定雅樂，乃下三律，煉白石爲磬，範中金爲鍾，圖三辰、五靈爲器之飾，故景祐中有李照樂。』

〔一六〕巢笙：一種多管的笙。文獻通考樂十一引宋陳暘樂書：『李照作巢笙，合二十四聲，以應律呂。』

〔一七〕塤：爾雅釋樂郭璞注：『塤，燒土爲之，大如鵝子，鋭上平底，形如稱錘，六孔，小者如鷄子。』箎：爾雅釋樂郭璞注：『箎，以竹爲之。長尺四寸，圍三寸。一孔上出一寸三分，名翹。横吹之。小者尺二寸。廣雅云八孔。』阮：『阮咸』之簡稱。古琵琶的一種。形狀略像月琴，柄長而直，四弦有柱。相傳晉阮咸創製並善彈此樂器，故稱。筑：弦樂器名。有五弦、十三弦、二十一弦之法。其形似箏，頸細而肩圓，弦下設柱。

〔一八〕鎛鍾：古樂器名。小鍾和大鍾。單獨懸挂，與編鍾不同。資治通鑑梁武帝天監元年：『先是，宫懸止有四鎛鍾，雜以編鍾、編磬、衡鍾凡十六虡。』胡三省注：『凡鍾十六枚同在於虡，謂之編鍾，特懸者謂之鎛鍾。』特磬：即特懸磬。用於雅樂的石製或玉製打擊樂器。編磬：一般爲十六枚，按照音高順序懸挂於兩排木架上，以木槌擊奏。

〔一九〕成：完成。

〔二〇〕揔：持。干：盾牌。

〔二一〕發揚蹈厲：禮記樂記：『發揚蹈厲之已蚤，何也？』孔穎達疏：『初舞之時，手足發揚，蹈地而猛厲。』張守節史記正義：『蹈，頓足蹋地。厲，顔色勃然如戰色也。』太公：即吕尚，俗稱姜太公。

〔二二〕武：樂名。亂：結束。坐：跪。周：周公。召：召公。

〔二三〕武始六句：謂武樂的六節表演過程及其象徵意義：武王北出孟津會合諸侯、滅商、回師向南、南國歸入版圖、周公和召公一左一右地輔佐天子、武王回師鎬京受到諸侯擁戴。六成復綴：成，謂一曲終了。綴，指舞位。

〔二四〕容節：容飾和過程。

〔二五〕維揚：揚州的别稱。

〔二六〕卭：臨卭。納款：歸順，降服。文選王融永明十一年策秀才文：『加以納款通和，布德脩禮。』李善注：『納其款關之誠，而通其和好之禮。』

〔二七〕樂其六句：出論語八佾。魯大師：一作『魯太師』，魯國樂官。鄭玄注：『始作，謂金奏。翕如，變動貌。從之，八音皆作。皦如，清别之貌。繹如，志意條達之貌。』宋翔鳳論語發微：『始作，是金奏。從同縱，謂縱緩之也。入門而金作，其象翕然變動。緩之而後升歌，重人聲，其聲純一，故曰純如。繼以笙入，笙者有聲無辭，然其聲清别，故曰皦如。繼以間歌，謂人聲笙奏間代而作，相尋續而不斷絶，故曰繹如。有此四節而後合樂，則樂以成。』

〔二八〕雲門、咸池、大韶、大夏、大濩、大武：合稱六樂。

〔二九〕四望：古祭名。指古代天子向四方遥祭山川。周禮春官大宗伯：『國有大故，則旅上帝及四望。』賈公彦疏：『言四望者，不可一往就祭，當四向望而爲壇遥祭之，故云四望也。』

〔三〇〕惡紫二句：出論語陽貨。朱熹論語集注：『朱，正色。紫，間色。』鄭聲：鄭國的民間音樂。雅樂：周朝京城的正統音樂。

〔三一〕中正六句：出揚雄法言吾子。哇：謂淫靡輕慢之樂。確：堅，堅定。

申明誣告官員罪犯

具位臣楊〔一〕：本司近准淮南轉運司牒〔二〕，勘斷潤州百姓翟忠盛因分擘伯父翟日榮家財①〔三〕，累經官司依公勘證〔四〕，其人輒更罔昧朝廷〔五〕，進狀指論官司干謗臺省行遣不當②〔六〕，致煩朝旨下淮南路勘鞫③〔七〕，委不合再分伯父財産④。又檢會昨有秀州華亭縣户陸華〔八〕，經省部誣告本縣知縣承議郎陶鎔取受捕魚人等錢銀僅阡餘貫⑤〔九〕。又有常州裴宗元止因争理姓産〔一〇〕，於進狀誣毁本路轉運副使孫昌齡曾有干涉，行遣不公。其妄陳詞之人各已引用赦恩原罪〔一一〕。竊謂此風不宜滋長，須至申請者⑥。

右臣勘會人户理訴公事，已經州縣依公定勘結絶〔一二〕。其間却有頑狡之人〔一三〕，隱匿情犯〔一四〕，别經監司臺省或詣朝廷陳狀〔一五〕，事涉誣謗，或稱所勘官員受贓請託、行遣不公〔一六〕，欲得信憑受理〔一七〕。自知虚妄，即多近大禮年分〔一八〕，或於大寒、盛暑之際，指望在京非次恩宥〔一九〕，欲其幸免誣告之罪。前後興起大獄，禁繫良民不少，兼又被論之官未顯虚實，若稍涉嫌疑⑦，須當權移差遣，或申奏朝廷，令先罷職事，伺候辯對〔二〇〕，動經歲月，方得了當。其被告官員若果如所論，即係入己贓，遇赦不該原免，得罪非輕；或雖無贓賄，稍涉用情〔二一〕，亦當終身廢黜。洎至勘證⑧，委無贓私，其誣告之人應得反坐之罪，又却該赦全原，遂致豪猾姦惡之人，教唆鼓扇〔二二〕，自謂得計，官司易以摇動，公然誣告，無所畏憚。至有廉吏遭此謗毁，遠近傳聞，難以自明。雖不獲罪，而陰陷清議〔二三〕，曖昧不申〔二四〕，有傷風教。臣今起請，欲乞今後應有詞訟指論當職官員取受錢物、受人情囑⑨、行遣不公等事，約法合得免官除名、不原赦之罪者，如勘證得委是誣告，即下狀并借詞之人斷本罪外〔二五〕，亦乞申取朝廷指揮〔二六〕，量情輕重編管刺配〔二七〕，或遇赦宥，亦乞特不以赦原。所貴狡獪頑惡之徒，稍有畏憚，不敢輒以虛詐，干臺省誣罔監司、州縣承勘官員〔二八〕。謹録奏聞，伏乞朝廷特賜詳酌指揮〔二九〕，下刑部立法施行。

【校】

①勘斷　四庫本同；宋人集本無「斷」字，作空格。　父　四庫本同；宋人集本作「文」，誤。
②干　四庫本同；宋人集本作「子」，誤。
③鞠　宋人集本同；四庫本作「鞫」。
④財　四庫本同；宋人集本作「貯」，似誤。
⑤鎔　四庫本同；宋人集本作「容」。　錢銀　宋人集本同；四庫本作「銀錢」。　阡　宋人集本同；四庫本作「千」。當作「仟」。
⑥申　四庫本同；宋人集本無「申」字。
⑦涉　四庫本同；宋人集本無「涉」字。
⑧至　四庫本同；宋人集本作「主」，誤。

⑨情　宋人集本同；四庫本作『請』。當作『請』。

【箋】

〔一〕具位：唐宋時期，官吏在奏疏、函牘等應寫明自己官職爵位的位置上寫『具位』二字，以示謙敬。

〔二〕轉運司：即轉運使，俗稱漕司。

〔三〕勘斷：審理判決。潤州：今江蘇鎮江。擘：分。

〔四〕官司：官府。葛洪抱朴子酒誡：『人有醉者相殺，牧伯因此輒有酒禁，嚴令重申，官司搜索。』

〔五〕罔昧：蒙蔽，欺騙。蔡襄福州五戒：『然農人兼併，商賈欺謾，大率刻剥貧民，罔昧神理。』

〔六〕指論：議論。干謗：冲犯誹謗。臺省：尚書省和御史臺的合稱。這裏指中央政府機構。行遣：處置，發落。蘇軾與朱鄂州書：『若依律行遣數人，此風便革。』

〔七〕朝旨：朝廷的旨意。勘鞫：審理，審訊。舊唐書韋思謙傳：『皆謂勘鞫得情，是其實犯，雖欲寬舍，其如法何？』

〔八〕秀州華亭：今上海松江。

〔九〕省部：指中央政府機構。取受：拿取和收受。三國志裴松之注引漢靈帝紀：『前刺史劉僬、郤儉皆貪殘放濫，取受狼籍，元元無聊，呼嗟充野。』僅：幾乎，接近。晉書趙王倫傳：『自兵興六十餘日，戰所殺害，僅十萬人。』

〔一〇〕姓産：宗族的産業。

〔一一〕原罪：寬宥罪過。後漢書楊倫傳：『遂征詣廷尉，有詔原罪。』

〔一二〕結絶：判決結案。司馬光涑水記聞卷一六：『永年告變事今已明白，其盜官文書等事，請付三司結絶。』

〔一三〕頑狡：指頑劣而狡猾的人。蘇轍表弟程之邵奉議知泗州：『談笑頑狡伏，何曾用敲榜？』

〔一四〕情犯：罪狀，罪行。岳飛官吏修舉職事劄子：『欲望特降指揮，如有似此之人，許本司一面對移事理，重者放罷，仍具情犯職名奏聞。』

〔一五〕監司：負有監察之責的官吏。

〔一六〕請託：走門路，通關節。韓愈爲韋相公讓官表：『徒知立志廉謹，絶朋勢之交；處官恪恭，免請託之累。』

〔一七〕信憑：信任。蘇軾乞罷宿州修城狀：『仍取得本鎮人户狀稱，所有置縣費用，情願自備錢物。致朝廷信憑，許令置縣。』

〔一八〕大禮：莊嚴隆重的典禮。這裏指國家或皇家重大慶典。

〔一九〕非次：非常規，非常例。王君玉國老談苑卷一：『雷德讓判大理寺，一日有疑讞，非次請對。』恩宥：降恩寬宥。

〔二〇〕伺候：等待，等候。韓愈送李愿歸盤谷序：『伺候於公卿之門，奔走於形勢之途。』辯對：申辯對答。李肇唐國史補卷中：『會堂兄兼爲澤潞判官，嘗鞫獄於私第，有老婦辯對。』

〔二一〕用情：循私情。王讜唐語林補遺：『劉太眞爲陳少游行狀，比之齊桓、晉文，時議喧騰。後坐貢院用情，追責前事，貶信州刺史。』

〔二二〕鼓扇：煽動。趙璘因話録：『不逞之徒，轉相鼓扇扶樹。』

〔二三〕清議：猶社會輿論。

〔二四〕曖昧：含糊，模糊。蔡邕釋誨：『若公子，所謂睹曖昧之利，而忘昭晳之害，專必成之功，而忽蹉跌之敗者已。』

〔二五〕借詞：編造訟詞。

〔二六〕指揮：這裏指參與誣告或聽信誣告的官員。

〔二七〕編管：宋代官吏得罪，謫放遠方州郡，編入該地户籍，並由地方官吏加以管束，謂之『編管』。刺配：在犯人面部刺字，發配邊遠地區。

〔二八〕誣罔：誣陷誹謗。後漢書馬援傳：『海内不知其過，衆庶未聞其毁，卒遇三夫之言，横被誣罔之讒，家屬杜門，葬不歸墓。』

〔二一九〕指揮：詔敕、命令。李心傳建炎以來繫年要録建炎二年六月：『尚書省言，檢會靖康元年已降指揮：人户願將金帛錢糧獻助者，計價依條補授名目。』

無爲集輯補卷一

詩

題吹衣亭〔一〕

馬上衣彩涴塵土①〔二〕，斂板權門腰傴僂②〔三〕。冷風天上呼不來，厚顔如甲汗如雨〔四〕。星郎高韻凌雲煙③〔五〕，天籟喚歸酌流泉④。人間熱惱醺不到，亭上鶴衣飄欲仙⑤。君方醉樂人愁絶，何如御此登天闕。叩天借取衣上風，吹下九州作春色⑥。

【校】

①彩　詩存本、宋元詩會卷二四、御選宋金元明四朝詩卷三一作『衫』。

②板　宋金元明四朝詩同；詩存本、宋元詩會作『版』。

③凌　詩存本、宋元詩會同；御選宋金元明四朝詩作『如』。

④酌　詩存本、宋元詩會同；御選宋金元明四朝詩作『如』。

⑤欲　詩存本、御選宋金元明四朝詩同；宋元詩會作「吹」。

⑥州　宋元詩會、御選宋金元明四朝詩同；詩存本作「天」。

【箋】

〔一〕輯自名賢本卷八五。又署爲宋鄧肅作，見鄧肅栟櫚集卷八。此詩是否爲楊傑所作待考。

〔二〕涴：沾染。張祜集靈臺：「却嫌脂粉涴顔色，淡掃蛾眉朝至尊。」

〔三〕斂板：古代官員朝會時執持的手版。李端長安感事呈盧綸：「斂板辭羣彦，回車訪老農。」權門：權貴，豪門。東觀漢記陽球傳：「於是權門惶怖股栗，莫不雀目鼠步。」

〔四〕厚顔如甲：吴澄回何太虚賀啓：「皓首趨朝，厚顔如甲。寤寐圖還於羊肆，黄緣幸脱於雉樊。」

〔五〕星郎：謂郎官。後漢書明帝紀：「館陶公主爲子求郎，不許，而賜錢千萬。謂羣臣曰：『郎官上應列宿，出宰百里，苟非其人，則民受殃，是以難之。』」

贈傳神歐陽价①〔一〕

國手曾煩寫幾回〔二〕，無人仿佛醉顔開。青銅鑑裏尋常見②，不謂今從筆下來③。

【校】

①錢鍾書宋詩紀事補正卷二三作『贈歐陽泠一作价』。宋劉斧青瑣高議後集：『一作歐陽泠。』

②鑑　青瑣高議作『鏡』。

③今　青瑣高議作『君』。

【箋】

〔一〕輯自名賢本卷八五。歐陽价：劉斧青瑣高議後集一畫品歐陽泠善畫贈詩：『歐陽泠與予有二紀之舊，從游固非一日矣。泠初甚好學，久而未售。回顧親老族重，囊無百金之直，乃拊髀歎曰：「大丈夫生當重裀卧，列鼎食，設使爲白首博士，有何足道哉！吾且事父母，蓄妻子，然後言昔日之志。」因寫丹青，尤工傳神，落筆神奇，想入心匠，移之縑素，迥奪天眞，既得乎生平之容，又全乎言笑之和，一時妙手，皆出其下。士君子推重焉。名公多以詩贈之，但載二篇。楊著作傑詩曰：「國手曾煩寫幾回，無人仿佛醉顔開。青銅鏡裏尋常見，不謂君從筆下來。」劉文毅又有詩曰：「筆妙今爲第一人，心期造化奪天眞。精明形骨從來一，移入青縑作兩身。」』詩話總龜前集卷二六：『歐陽价工傳神，楊次公贈之詩曰：「國手曾煩寫幾回，無人仿佛醉顔開。青銅鑑裏尋常見，不謂今從筆下來。」奉職劉祕亦贈詩曰：「筆妙今爲第一人，心期造化奪天眞。精神形骨從來一，移入青縑似兩身。」』古今詩話

〔二〕國手：一國之中技藝最爲出衆的人。白居易醉贈劉二十八使君：『詩稱國手徒爲爾，命

壓人頭不奈何。』

玉　泉〔一〕

白雲山下泉，幾年石中韞〔二〕。但見玉色明，孰能究其本①。

【校】

①其　天台續集卷上、赤城志卷二三作『源』。

【箋】

〔一〕輯自名賢本卷八五。天台續集詩題作『題玉泉』。該詩作於兩浙提刑任上。陳耆卿赤城志卷二三：『玉泉，在白雲山下。』浙江通志卷一六：『玉泉，臨海縣志：「在縣東北白雲山下，以水色而名。」』天台續集卷上張景修題玉泉：『長疑數尺玉，乃是一方泉。』

〔二〕韞：藏，蘊藏。論語子罕：『有美玉於斯，韞匵而藏諸？』朱熹論語集注：『韞，藏也。』

西山仙迹巖〔一〕

功鍊三千滿，手持白玉珪。出塵舉天步，踏石上雲梯。物外蹤長在，人間路自迷。只因從此去，曾過越王溪〔二〕。

【箋】

〔一〕輯自名賢本卷八五。西山：即洪崖山。見卷十洪州門記箋注〔四〕。仙迹巖：乾隆南昌府志卷六：『仙迹巖，在西山凌雲觀側翔鸞洞西崖下，上一大石横蓋，旁有雙石如門，下一平石，巖甚幽僻。』江西通志卷七南昌府：『仙迹巖，在府城西四十里西山凌雲觀側。宋楊傑詩：「出塵舉天步，踏石上雲梯。」』

〔二〕越王溪：在越王山中。乾隆南昌府志卷六：『越王山，在縣西北五十里，相傳越王勾踐伐楚屯兵於此，越王城在焉。』

玉隆萬壽宮〔一〕

竹標溪澗蠲民瘼，劍擊蛟龍救水災〔二〕。四十口升金闕去〔三〕，半千年後玉函開。丹藏井底人難得，柏蔭壇心手自栽。一段彩雲天外至，山翁疑是錦堆來。

【箋】

〔一〕輯自名賢本卷八五。祝穆方輿勝覽江西路隆慶府：『玉隆萬壽宮，在新建縣界，舊名游帷觀。初，許旌陽學道於丹陽黃堂，嘗以五色錦帷施於黃堂。及旌陽上升，錦帷飛還故宅，俄復升天。』江西通志卷一一一南昌府：『玉隆萬壽宮，在新建縣逍遥山，舊名游帷觀，即許旌陽故宅。』許旌陽，即晉朝道士許遜。宋政和二年封其爲『神功妙濟眞君』，世稱許眞君。

〔二〕竹標二句：許遜曾率郡民疏治彭蠡湖水災。祝穆方輿勝覽江西路隆慶府：『許旌陽既斬蛟蜃，謂豫章濱水之地，百怪叢居，吾上升之後或害人，鑄鐵柱觀二，一在子城南，縻以鐵索，封鎮蜃穴。』

〔三〕金闕：即黄金闕，道家以爲仙人或天帝所居。神異經西北荒經：『西北荒中有兩金闕，高百丈。』傳説許遜活到一百三十六歲，於東晉寧康二年八月初一日闔家四十二口飛天成仙。

梅　壇〔一〕

天下人心愛至公〔二〕，天心還與世人同。自生羽翼三清去〔三〕，不獨丹砂九轉功。漢代變名游越國，道家遺像並蕭公〔四〕。石壇正是飛升處，老鶴一聲松檜風。

今古錙銖較是非，不依仙域欲何依。三千世界紅塵滿，十二眞人白日飛〔五〕。新冢但驚生野草，短筇誰解扣巖扉。游山須得潘居士〔六〕，尋遍雲泉始得歸。

【箋】

〔一〕輯自名賢本卷八五。第二首只見於名賢本，接於梅壇之後，無題名。梅壇：即梅仙壇。江西通志卷一〇三：『新建西山梅嶺有梅仙壇，壇側有梅仙觀。余靖西山程記『新建，即今江西新建縣，宋太平興國六年置。

〔二〕公：　指漢梅福。見卷四留題張尉隱齋箋注〔二〕。

〔三〕三清：　道教所指玉清、上清、太清三清境。呂岩七言之四八：『津能充渴氣充糧，家住三清玉帝鄉。』

〔四〕漢代二句：　江西通志卷一〇三：『漢梅福，豐城縣盛山有甘露臺、梅仙館、朝斗壇、丹井，爲福修煉飛升之地。宋元豐五年封壽春眞人，紹興六年加吏隱，二册俱存。楊無爲有「漢代變名游越國，道家遺像並蕭公」之句。名勝志』蕭公，指蕭史，事本列仙傳。太平廣記卷四『蕭史』：『蕭史，不知得道年代，貌如二十許人，善吹簫作鸞鳳之響，而瓊姿煒爍，風神超邁，眞天人也。混迹於世，時莫能知之。秦穆公有女弄玉，善吹簫，公以弄玉妻之，遂教弄玉作鳳鳴。居十數年，吹簫似鳳聲，鳳凰來止其屋。公爲作鳳臺，夫婦止其上，不飲不食不下數年。一旦，弄玉乘鳳、蕭史乘龍升天而去。秦爲作鳳女祠，時聞簫聲。今洪州西山絶頂有蕭史石仙壇、石室及巖屋，眞像存焉，莫知年代。出神仙傳拾遺』

〔五〕十二眞人：　王定保唐摭言卷八：『施肩吾，元和十年及第，以洪州之西山乃十二眞君羽化之地，靈迹具存，慕其眞風，高蹈於此。嘗賦閑居遺興詩一百韻，大行於世。』唐高宗時道士胡慧超撰有晉洪州西山十二眞君内傳，所記十二眞君爲晉道士許遜、吴猛、彭伉、時荷、周廣、甘戰、施岑、曾亨、陳勛、盱烈、鍾離嘉、黄仁覽等十二人。

〔六〕潘居士：即潘興嗣。禪林僧寶傳卷三〇『寶峯英禪師』：『嘗游西山，遇南昌潘居士，同宿雙嶺。』曾敏行獨醒雜志卷五：『南昌潘興嗣延之，號清逸居士，五歲受官，既長，不仕進，趙清獻、唐質肅薦之於朝，除校書郎，固辭不就。紹興中趙丞相元鎮帥豫章，奏言興嗣廉退自守，足以風化有位。』熊克中興小記卷一六：『初，南昌潘興嗣高蹈不仕，自嘉祐以來趙抃、韓琦、唐玠交薦於朝，起爲筠州推官，辭不就。』

雙　泉〔一〕

南泉甘滑北泉清〔二〕，竹引潺湲繞殿楹。分派銅龍穿石過，兩泓寒月隔堂明。金沙自是藏金穴〔三〕，玉馬長遺噴玉聲。曾倚欄杆一欹枕，夢回疑不在重城〔四〕。

【箋】

〔一〕輯自名賢本卷八五。雙泉：在洪州薦福寺内廟壇下，南曰淺沙泉，北曰馬跑泉。江城名迹卷二：『雙泉堂，在薦福寺内。其地有淺沙泉、馬跑泉，水品爲會城第一。宋程公辟作雙泉堂，潘興嗣爲記。』

〔二〕南泉句：明一統志卷四九南昌府：『馬跑泉、淺沙泉，俱在府城北，舊薦福寺中。北曰馬跑泉，水極清冷。南曰淺沙泉，深才二寸，冬夏不竭。』江西通志卷七作『深才二尺』。

〔三〕金沙句：薦福寺在城北龍沙岡。江城名迹卷三：『城北龍沙岡，三面積沙，蜿蜒擁抱。』酈道元水經注贛水：龍沙，『甚潔白，高峻而陁有龍形，連亘五里中』。

〔四〕重城：泛稱城市，也可指南昌。柳永采蓮令：『更回首、重城不見，寒江天外，隱隱兩三煙樹。』這裏或指南昌。

施肩吾書堂〔一〕

玉京高謝黄金榜，石室來乘白鹿車〔二〕。山後暗通天寶洞〔三〕，眼前便是地仙家〔四〕。

時聞清夜雪中犬，回視紅塵井底蛙〔五〕。五百年前人未死，芭蕉源上鎖煙霞〔六〕。

【箋】

〔一〕輯自名賢本卷八五。又題作題石室詩、施公巖。唐才子傳卷八：『施肩吾，字希聖，睦州人。元和十五年盧儲榜進士登第後，謝禮部陳侍郎云：「九重城裏無親識，八百人中獨姓施。」不待除授，即東歸……以洪州西山十二眞君羽化之地，慕其眞風，高蹈於此。題詩曰：「重重道氣結成神，玉闕金堂逐日新。若數西山得道者，兼余即是十三人。」早嘗賦閑居遺興詩一百韻，頗述初心，大行於世。』全唐詩卷六九其小傳謂『元和十年登進士第』，王定保唐摭言卷八亦謂『元和十年及第』。按，當爲元和十五年進士及第。

〔二〕玉京：指京城。石室：大清一統志卷二三八南昌府：『施肩吾石室，在新建縣西，去天寶洞十里。唐元和中肩吾舉進士退隱於此。嘗著山居百韻詩。』施肩吾石室，即施肩吾書堂。白鹿車：傳説中仙人或隱士所乘之車。太平廣記卷四神仙『衛叔卿』條：『漢儀鳳二年八月壬辰，孝武皇帝閑居殿上，忽有一人乘雲車，駕白鹿，從天而下，來集殿前。』

〔三〕天寶洞：方輿勝覽卷一九豫章郡：『天寶洞，在新建西八十里西山勝絶處也。道經所載第八洞天。楊無爲詩云：「天寶洞中如不到，西江元似不曾來。」』按，即天寶洞詩。

〔四〕地仙：住在人間的仙人。或謂指許旌陽未升仙時的僕人許大，許旌陽曾授其地仙之術，隱居西山。

〔五〕井底蛙：稱世俗之人。典出莊子秋水：『井鼃不可以語於海者，拘於虚也。』

〔六〕芭蕉源：在西山施肩吾書堂西一里處。

靈　山〔一〕二首

繁川靈鷲山，山頂駕老屋。初從曲徑登，疊石盤巖腹。景逐軒楹轉，雲煙炫游目。憶昔心上人，欲往怯洄洑〔二〕。前人漲白沙〔三〕，環流作平陸。昨夜暑雨暴，高低或成谷。感物鑒江水，江水清可掬。莫驚秋霜飛，能換髩邊緑。我有紫陽丹〔四〕，晶明大如粟。服之能長生，千載一時轂。

方丈門須四面開，爲師繩墨棟樑材。不惟剩得江山景，兼有清風面面來。

【箋】

〔一〕其一輯自名賢本卷八五，其二輯自清張萬起編太平三書卷六。靈山：在江西上饒東南。一名靈鷲山。顧祖禹讀史方輿紀要江西廣信府：『靈山，府西北六十里，一名靈鷲山。道書第三十三福地，實郡之鎮山也。』

〔二〕洄洑：湍急回旋的流水。

〔三〕白沙：白色沙礫。王之望題眞符道山中寺：『江路南風漲白沙，鐙驢來憩梵王家。』

〔四〕紫陽：指張紫陽，原名伯端，字平叔，號紫陽山人。道教奉爲南宗五祖之首，稱紫陽眞人。

横望山〔一〕

陶家舊宅寄山坳〔二〕，七百年前此結茆〔三〕。太尉雙碑遺字晦〔四〕，先生五井暗泉交〔五〕。野僧拂石爲牀坐，童子穿冰作磬敲。巖下清音誰解聽，古聲長在老松梢。

【箋】

〔一〕輯自名賢本卷八五。横望山，亦名横山、衡山、隱居山，道教名勝。跨今當塗、江寧、溧水三縣。方輿勝覽卷十五：『横望山，在當塗東北六十里。漢晉以來陶氏諸墓域環繞山麓。』

〔二〕陶家：指陶弘景。江南通志卷一七太平府：「横望山，在府東北六十里，連亘三邑，丹陽湖在其南。……杜預左傳注謂：四望皆横，因名横望。陶弘景嘗隱此，構讀書堂。」

〔三〕結茆：即結茅，結廬。

〔四〕太尉雙碑：横山八景之一，原在澄心寺中。

〔五〕五井：江南通志卷三五太平府：「丹竈，在横山。陶弘景煉丹設也。此地環天碧嶂，景物奇特，所謂「丹竈寒煙」及「五井」指此。」陶弘景謚「貞白先生」，故又稱「貞白五井」。

金地院〔一〕

大曆年中茅結宇〔二〕，禪翁瓶錫久曾留。飛泉堂下雨長滴，偃石道傍雲不收。野鳥歸來羣木晚〔三〕，老猿啼罷一山秋。世人多事頭多白，底事情閑亦白頭〔四〕。

【箋】

〔一〕輯自名賢本卷八五。金地院：禪院。

〔二〕大曆：唐代宗李豫年號。

〔三〕野鳥句：許渾嚴陵釣臺泊貽行侶：「鳥喧羣木晚，蟬急衆山秋。」

〔四〕底：猶何。張元幹賀新郎送胡邦衡待制赴新州：「底事崑崙傾砥柱，九地黄流亂注？」

仙都山〔一〕

有路入仙都，何人到鼎湖〔二〕。秋風夜來急，吹落碧蓮無？

【箋】

〔一〕輯自名賢本卷八五。仙都山：方輿勝覽卷九：『仙都山，在縉雲東三十里。謝靈運名山記：「山傍有孤石，屹然高二百尺，三面臨水，周圍一百六十丈，山頂有湖，生蓮花。」輿地志云即三仙子都。曹唐詩：「孤峯疑礙目，一柱自擎天。」』

〔二〕鼎湖：方輿勝覽卷九：『鼎湖，在仙都山頂，相傳以爲黄帝上仙處。』顧況相和歌辭短歌行：『軒轅皇帝初得仙，鼎湖一去三千年。』

吴興明月樓〔一〕時爲吴興太守。

江南地暖少嚴風〔二〕，九月炎涼正得中。溪上玉樓樓上月，清光合作水晶宫。

【箋】

〔一〕輯自名賢本卷八五。吴興：浙江湖州的古稱。徐伯齡蟫精雋卷九水晶宫：『吴興郡志：明月樓在子城西南隅。』胡仔苕溪漁隱叢話前集卷五三水晶宫：『苕溪漁隱曰：吴興謂之水晶宮，不載之於圖經，但吳興集刺史楊漢公九月十五夜絕句云：「江南地暖少嚴風，九月炎涼正得中。溪上玉樓樓上月，清光合作水晶宮。」因此詩也。』陳耀文天中記卷一四：『吳興刺史楊傑次公明月樓詩云：「江南地煖少嚴風，九月炎涼正得中。溪上玉樓樓上月，清光合作水晶宮。」吳興因此謂之水晶宮。方輿勝覽』吳景旭歷代詩話卷六〇辛集下之上宋詩：水晶宮，『方輿勝覽載此爲楊傑次公明月樓詩也。姜堯章云：吳興號水晶宮，荷花盛麗。漁隱叢話載汪彥章自吳興移守臨川，曾吉甫以詩迓之云：白玉堂中曾草詔，水晶宮里近題詩。以示韓子蒼，子蒼爲改兩字云：白玉堂深曾草詔，水晶宮冷近題詩。蓋句中有眼也。據此則水晶宮正指其自吳興移守耳。詩人玉屑載此而芟去「自吳興」三字，殆不知何指。』董斯張吳興備志卷三二：『水晶宮，本唐刺史楊漢公詩。漢公字用。又志云楊傑字次公，誤。次公號無爲居士，與東坡游宋也，未嘗守湖也。』錢鍾書宋詩紀事補正：『錦綉萬花谷前集卷五湖州門引苕溪詩話。方輿勝覽卷四「安吉州」引此詩稱作者爲「苕溪詩話刺史楊傑次公」。按，「溪上」聯見全唐詩五一卷楊漢公明月樓中。』此詩是否確爲楊傑所作，待考。

〔二〕嚴風：寒風。袁淑效古：『四面各千里，從横起嚴風。』唐太宗出獵：『長煙晦落景，灌木振嚴風。』

靜隱寺①〔一〕

五嶺碧崔嵬〔二〕，雲深隔世埃。寺從梁氏建，僧自梵天來〔三〕。錫井三泉迸，松門十里開〔四〕。如今渡江者，見説不浮杯。

【校】

①静隱寺　當作『隱静寺』。徐乃昌南陵縣志藝文志引此詩正作『隱静寺』。

【箋】

〔一〕輯自名賢本卷八五。明一統志卷一五太平府：『隱静山，在繁昌縣東南七十里。相傳爲晉杯渡師道場。山有五峯。』大清一統志卷八四太平府：『隱静山，在繁昌縣東南三十里。五峯環峙，曰碧霄、桂月、鳴磬、紫氣、行道。泉二，曰金魚、噴雲。』江南通志卷四七安慶府南陵縣：『隱静寺，縣西三十里，唐建。』謂唐建似不確。考江南通志卷一七五太平府：『南北朝宋杯渡師，西竺僧，所至乘木杯渡水，人因以稱之。初，以袈裟裹錫杖擲空隨所往卜勝地。至繁昌隱静山止焉。宋元嘉初卒。』寺當建於杯渡至隱静山同時或稍後。李白送通禪師還南陵隱静寺：『我聞隱静寺，山水多奇蹤。巖種朗公橘，門深杯渡松。道人制猛虎，振錫還孤峯。他日南陵下，相期谷口逢。』

〔二〕五嶺：　即隱静山碧霄、桂月、鳴磬、紫氣、行道五峯。

〔三〕梵天：　指天竺。但杯渡是否天竺僧，説法不一，或謂爲冀州人。見高僧傳卷一〇傳。

〔四〕松門：　謂寺門。王勃游梵宇三覺寺：『蘿幌棲禪影，松門聽梵音。』

詠南山諸勝〔一〕

風篁嶺〔二〕

微風摇琅玕〔三〕，蕭瑟嶺一道①。萬帚掃晴空②，纖塵不可到。

龍　井〔四〕

崖下一泓泉，窈奥不可測③。有時靈氣生，散作人間澤。

歸隱橋〔五〕

道人從此歸〔六〕，影不入廛市。端坐笑浮雲，往來太多事。

滌心沼〔七〕

縱有狂風生，未嘗險浪起。何當招世人，來此鑒清泚〔八〕。

獅子峯〔九〕

巖風壯威猛，晴雷隱哮吼。無心露爪牙，百獸自奔走。

薩埵石〔一〇〕

解虎錫常閑〔一一〕，飼虎石常在。亡軀度有情④，清風幾千載。

潮音堂〔一二〕

潮來音普聞，潮平音亦歇。孰若此山堂，潮音未嘗絶。

訥　齋〔一三〕

天道竟何言，四序自流轉。迺知毗耶翁⑤，雖默眞大辨⑥〔一四〕。

沖　泉

不汲泉不盈，愈汲泉愈清。湛然有常德，隨氣利羣生⑦。

寂　室

白雲隔塵喧，虚堂太岑寂⑧。寒盡春自來，鶯啼報消息。

照　閣

幽人無適莫〔一五〕，乘興登高閣。夜月鎖雲林，春花繡巖壑。

閑　堂⑨〔一六〕

趙公歸休年〔一七〕，訪師翠微間。始知浮世上，白日兩人閑。

方圓庵

地方不中矩，天圓不中規。方圓庵裏叟，高趣有誰知。

【校】

①一　西湖游覽志卷四同；咸淳臨安志卷七八作「上」。

②帚　西湖游覽志卷四作「箒」。

③不　西湖游覽志卷四同；咸淳臨安志卷七八作「莫」。

④亡　咸淳臨安志卷七八、西湖游覽志卷四作「忘」。

⑤迺　西湖游覽志卷四作「那」。翁　西湖游覽志卷四同；咸淳臨安志卷七八作「離」。

⑥雖默　咸淳臨安志卷七八作「默然」；西湖游覽志卷四作「雖然」。

⑦氣　西湖游覽志卷四同；咸淳臨安志卷七八作「器」。

⑧堂　西湖游覽志卷四同；咸淳臨安志卷七八作「室」。

⑨閑堂　宋詩紀事補正卷二二題作「趙清獻公閑堂」。

【箋】

〔一〕輯自名賢本卷八五。楊傑延恩衍慶院記：天台宗師辨才净老，退居龍井山壽聖院。檀越爲師鼎新棟宇，堂曰『潮音』，信羣聽也；齋曰『訥』，欲無言也；室曰『寂』，寂而常照也；閣曰『照』，照而寂也；泉曰『沖』，用不窮也。又堂曰『閑』，趙清獻公致政訪師，退居二閑人也。庵曰『方圓』，不執一也；橋曰『歸隱』，退以樂也；沼曰『滌心』，淵清澈也。羣居有寮，安其徒也。衆山環繞，景象會合，斷崖泓澄，神物攸宅，龍井嚴也。勢將奮迅，百獸鼠懾，獅子峯也。昔人飼虎，以度有情，薩埵石也。修竹森然，蒼翠夾道，風篁嶺也。元豐八年秋，余被命陪高麗國王子祐世僧統訪道吴越，嘗謁師於山中，乃度風篁嶺，窺龍井，過歸隱橋，鑑滌心沼，觀獅子峯，望薩埵石，升潮音堂，憩訥齋，酌沖泉，入寂室，登照閣，臨閑堂，會方圓庵，從容論議，夕而復還。師異日遣其徒丐文以紀其本末，余既與之記，又繫之以詩詠南山諸勝十三章云。辨才，俗姓徐，名無象，法名元净，臨安於潛縣人。年十六落髮，十八歲就學於天竺慈雲法師，二十五歲賜紫衣及辨才號。

〔二〕風篁嶺：咸淳臨安志卷二六：『風篁嶺，在錢塘門外放馬場西，路通龍井，嶺最高峻。元豐中，僧辨才師淬治修篁怪石，風韻蕭爽，因名曰風篁。』相傳晉葛洪曾在此煉丹。嶺下即爲龍井。蘇軾介亭餞楊傑次公：『丹青明滅風篁嶺，環佩空響桃花源。』

〔三〕琅玕：指竹。梅堯臣和公儀龍圖新居栽竹：『聞種琅玕向新第，翠光秋影上屏來。』

〔四〕龍井：祝穆方輿勝覽卷一臨安府：『龍井，去城十五里。秦少游記云：龍井，舊名龍泓。吴赤烏中，方士葛洪嘗煉丹於此，事見圖經。其地當西湖之西，浙江之北，風篁嶺之上，深山亂石之水泉也。每歲旱，禱雨於他祠不獲，則禱於此輒應。故老相傳，以爲有龍居之。』

〔五〕歸隱橋：咸淳臨安志卷二一：『歸隱橋，在龍井，東坡易爲過溪橋。』

〔六〕道人：得道之人。謂辨才。

〔七〕滌心沼：在風篁嶺南、歸隱橋下。清欽定南巡盛典卷九滌心沼：『辨才歸老開精舍，沼水曾臨蘇與秦。却是清波無芥蔕，滌乎抑否聽伊人。』

〔八〕清泚：清澈的水。徐牧省試臨淵：『清泚濯纓處，今來喜一臨。』

〔九〕獅子峯：西湖游覽志卷八：『獅子峯，以形似名之。一名巾子峯。』董嗣杲西湖百詠載林和靖詩：『巾子山頭烏柏樹，清霜未落葉先紅。』

〔一〇〕薩埵：梵文菩提薩埵之省。釋迦牟尼修行而未成佛時的稱號。辨才薩埵石：『巨石如掌平，兀然半青嶂。欽哉昔道人，飼虎兹岩上。』

〔一一〕解虎錫：即僧人出行時所持之錫杖。續高僧傳卷一六載：北齊僧稠詣懷州西王屋山修禪時，聞兩虎鬥争，其咆哮響震巖穴，因以錫杖中止彼等之鬥。又載：隋代曇詢於山中行，正值二虎相鬥，乃持錫杖驅散之。故錫杖有解虎錫之稱。

〔一二〕潮音堂：在風篁嶺壽聖院内。

〔一三〕訥：忍而少言。訥齋即辨才居所。蘇軾訥齋記：『秦觀少游名其所居曰訥齋。』

〔一四〕迺知二句：毗耶，指維摩詰菩薩。維摩經載，維摩詰居士住毗耶城。釋迦牟尼於該地説法時，維摩詰稱病不去。釋迦派文殊師利前往問疾。文殊師利問維摩詰：『何等是菩薩入不二法門？』維摩詰默然不對。文殊師利歎曰：『乃至無有文字語言，是眞入不二法門。』後用爲杜口不言而深得妙諦之典。王中頭陀寺碑文：『掩室摩竭，用啓息言之津；杜口毗邪，以通得意之路。』辨才訥齋：『憶昔毗耶老，杜口有誰聽。還聞寂寂裏，其辯過雷霆。』

〔一五〕適莫：指用情之親疏厚薄。後漢書李燮傳：『時潁川荀爽、賈彪，雖俱知名而不相能，燮並交二子，情無適莫，世稱其平正。』

〔一六〕閑堂：咸淳臨安志卷七八：『閑堂，在方圓庵東。清獻公既挂冠，而辨才法師亦退居此山，因以名之。』

〔一七〕趙公：謂清獻公趙抃。見卷九清獻趙公壽塋頌序箋注〔一〕。

游大滌山〔一〕

大滌洞天玉爲室〔二〕，眞官典校長生籍〔三〕。青山九鎖閟仙源〔四〕，老盡碧桃人不識。祖龍求仙徒用力①，駕海欲驅山下石。神人倚柱不與行，留得巖前隱山迹②〔五〕。

【校】

①洞霄圖志卷四『祖龍』句以下四句爲另一首，題作仙迹巖。

②山　洞霄圖志卷四作『仙』。

【箋】

〔一〕輯自名賢本卷八五。大滌山，在今浙江餘杭。

〔二〕洞天，指大滌山洞霄宮。

〔三〕眞官：仙人而有官職者。劉長卿望龍山懷道士許法棱：『空林閑坐獨焚香，眞官列侍儼成行。』

〔四〕青山九鎖：浙江通志卷一〇山川杭州府：『九鎖山。大滌洞天記：自餘杭西郭外行十有八里，逆溪水上，左右合七峯，皆拔地數百尺，其趾犬牙相錯行，路並溪屈折者九，故云九鎖。好事者悉命以名：一曰天關，二曰藏雲，三曰飛鸞，四曰凌虚，五曰通眞，六曰龍吟，七曰洞微，八曰雲璈，九曰朝元。』蘇軾洞霄宮：『上帝高居濳世頑，故留瓊館在凡間。青山九鎖不易到，作者七人相對閑。』胡榘洞霄紀游：『洞霄眞境逾前聞，青山九鎖仙塵分。』

〔五〕祖龍四句：祖龍，指秦始皇。史記秦始皇本紀：『（三十六年）秋，使者從關東夜過華陰平舒道，有人持璧遮使者曰：「爲吾遺滈池君。」因言曰：「今年祖龍死。」』裴駰史記集解引蘇林曰：『祖，始也；龍，人君象。謂始皇也。』鄧牧心大滌洞天記卷中：『仙迹巖，去宮一里，在行路隔溪壓石上。按記云：秦始皇驅山嶽，擬塞東暝，嘗役鬼移之。山勢欲動，忽有仙人叱鬼，以身扼巖石，使不得去。今巖上有肩袚、簪冠隱然，遺迹温潤光澤，苔蘚不生，以手摩拭良久，作古桂香云。楊傑有詩曰：祖龍求仙徒用力，駕海欲驅山下石。神人倚柱不與行，留得巖前隱仙迹。』

玉晨觀左紐檜〔一〕

華陽山裏千株檜〔二〕，玉晨殿前一左紐。虬枝龍斡向朝曦，勢與搏桑鬪長久〔三〕。亳州渦水太清宫，老子手植才數九。一檜正與此樹同，蒂固根深應不朽。信知福地有靈木，栽種曾經上眞手〔四〕。君不見龍從火裏出，虎向水中生〔五〕，生理尚左不尚右。又不見天輪左旋不休止，日月五星如磨蟻。左紐檜，藴至理，上士體之能不死〔六〕。

【箋】

〔一〕輯自名賢本卷八五。玉晨觀：道觀名。在江蘇茅山三茅峯西北，即唐代的華陽觀、紫陽觀，宋大中祥符間敕稱玉晨觀。紐：扭結。檜：檜樹。

〔二〕華陽山：即茅山。陶弘景（自號『華陽隱居』）曾隱居於此，故稱。

〔三〕搏桑：即扶桑。陶淵明閑情賦：『悲扶桑之舒光，奄滅景而藏明。』逯欽立校注：『扶桑，傳説日出的地方。這裏代指太陽。』

〔四〕上真：道教稱修道成仙之人。陶弘景周氏冥通記卷二：『子良答曰：「枉蒙上真賜降，腐穢欣懼交心，無以自厝。」』

〔五〕龍從二句：道家五行理論。虎代表火，龍代表水。詳參蘇軾續養生論。

〔六〕上士：謂得道之人。

滴滴泉〔一〕

巖谷連天嶺，杉松徹象山〔二〕。路從雲外入，人自海邊還。禪榻紅塵斷，經窗白晝閑〔三〕。玉蓮生有處，香滿翠微間。

【箋】

〔一〕輯自名賢本卷八五。御選宋金元明四朝詩卷六一所録僅爲前四句。後四句輯自天台續集卷中、輿地紀勝卷一二補。天台續集卷中題爲浄土院；宋詩紀事補正卷二二題爲瑞巖浄土寺，題下並有小注『在黄巖縣西北』。陳耆卿嘉定赤城志卷第二八黄巖：瑞巖浄土寺，在縣西北四十五里，唐景福初僧師彦建（或云唐大順二年，或又云文德初建）。其山石皆紫色，乾寧二年賜名瑞巖，僧懷玉、智顗皆嘗棲焉，國朝祥符元年改今額。楊傑詩云『巖谷連天嶺，杉松徹象山。路從雲外入，人自海邊還。禪榻紅塵斷，經窗白晝閑。玉蓮生有處，香滿翠微間。』

〔二〕象山：在今浙江寧波。

〔三〕禪榻二句：謂瑞巖淨土寺。

天台三賢堂〔一〕

豐干〔二〕

從來清淨土①，鼎足聖賢聚。騎虎歸故鄉〔三〕，世人猶未悟。

寒山〔四〕

家住天台寺②，雲巖萬丈潭③。本來人不識，饒舌是豐年④〔五〕。

拾得

拾得元無姓，山前拾得來〔六〕。常攜一敝箒⑤，不是掃塵埃⑥。

【校】

①從來　天台續集卷中作『來從』。

②住　天台續集卷中作『在』。

③潭　天台續集卷中作『寒』。

④年　天台續集卷中作『干』。當作『干』。

⑤常攜一敝箒　天台續集卷中作『有時攜掃箒』。

⑥是　天台續集卷中作『爲』。

【箋】

〔一〕輯自名賢本卷八五。三賢堂：在天台山國清寺，三賢爲『國清三老』之豐干、寒山與拾得。

〔二〕豐干：唐代高僧，又作封干，約生活於公元七八世紀。剪髮齊眉，衣布袋，居天台山國清寺。

〔三〕騎虎句：景德傳燈録卷二七豐干禪師：『嘗誦唱道歌，騎虎入松門，衆僧驚畏。』

〔四〕寒山：又稱寒山子，唐代高僧，長安人，三十歲後居天台山國清寺。

〔五〕本來二句：豐干行化到京城，閭丘胤將赴台州作太守，問豐干台州賢達，豐干叫其拜謁文殊。閭丘胤到任後去國清寺，見到寒山、拾得二僧。寒山執閭丘胤手曰：『豐干饒舌。』事見宋釋道原景德傳燈録卷二七。

〔六〕拾得二句：景德傳燈録卷二七：『天台拾得者，不言名氏。因豐干禪師山中經行，至赤城道側，聞兒啼聲，遂尋之，見一子，可數歲。初謂牧牛子。及問之，云孤棄於此。豐干乃名爲拾得，攜至國清寺。』

妙蓮閣①〔一〕

天台有新閣，勝地近塔廟。影浸碧琉璃②，沿洄去山嶠③〔二〕。蓮生污泥中④，白日有明竅⑤。花實相表裏⑥，光色互炳曜⑦。處空不染水⑧，烈火豈其燎⑨。寶藏諸如來，端坐滿法要⑩。青目付上士⑪〔三〕，不待舉花笑〔四〕。芳香初洞達⑫，宿病已能療⑬。淨土記珍色⑭〔五〕，機感願力召〔六〕。三時有開發〔七〕，一本常寂照〔八〕。不讀智者書，豈知此蓮妙⑮。

【校】

①天台續集卷中同；赤城志卷二八作『題妙蓮閣』。
②影　天台續集卷中、赤城志卷二八作『灝』。
③去　天台續集卷中、赤城志卷二八作『出』。
④污　天台續集卷中、赤城志卷二八作『淤』。
⑤日　天台續集卷中、赤城志卷二八作『玉』。
⑥花　天台續集卷中、赤城志卷二八作『華』。
⑦曜　天台續集卷中、赤城志卷二八作『燿』。

⑧水　天台續集卷中、赤城志卷二八作「著」。
⑨其　天台續集卷中、赤城志卷二八作「能」。
⑩滿　天台續集卷中、赤城志卷二八作「演」。
⑪士　赤城志卷二八同；天台續集卷中作「坐」。
⑫芳　天台續集卷中、赤城志卷二八作「芬」。
⑬病　天台續集卷中、赤城志卷二八作「疴」。
⑭記珍色　天台續集卷中、赤城志卷二八作「托珍苞」。
⑮豈　天台續集卷中、赤城志卷二八作「焉」。

【箋】

〔一〕輯自名賢本卷八五。又見天台續集卷中、嘉定赤城志卷二八。妙蓮閣：在天台山萬年寺。嘉定赤城志卷二八：「萬年報恩光寺在天台縣西北五十里。唐大和七年，僧普岸建妙蓮閣。」

〔二〕山嶠：尖而高的山。張舜民妙蓮閣：「休論雪竇與雲峯，且看天台劍戟叢。」

〔三〕青目：即青蓮目。卍續藏第六五册南宋法應集、元代普會續集禪宗頌古聯珠通集卷第六：「西天初祖摩訶迦葉尊者，見世尊在靈山會上，拈起一枝華，以青蓮目普示大衆，百萬聖賢，惟迦葉破顔微笑。」上士：佛教中對菩薩的稱呼。釋氏要覽稱謂引瑜珈論：「無自利利他者，名下士；有自利無利他者，名中士；有二利，名上士。」

〔四〕舉花笑：五燈會元卷一『釋迦牟尼佛』：『世尊於靈山會上，拈花示衆。是時衆皆默然，唯迦葉尊者破顔微笑。』

〔五〕浄土：謂浄土宗。

〔六〕願力：佛教稱誓願的力量。多指善願功德之力。沈約千佛贊：『參差各隨，願力密迹。』

〔七〕三時：佛教指釋迦牟尼佛逝世後，佛法所將經歷的正法、像法和末法三個時期。一般認爲正法五百年，像法一千年，末法一萬年。

〔八〕寂照：智旭周易禪解：『眞理之體云寂，眞智之用云照。寂，寂静之意；照，照鑒之意。智之本體爲空寂，有觀照之作用，即坐禪之當體、止觀。』

琉璃軒〔一〕在諸暨上省院。

西軒一泓水，瑩浄碧琉璃。天人舉目視，中有魚龍知不知？

【箋】

〔一〕輯自名賢本卷八五。又見宋沈作賓嘉泰會稽志卷一八。會稽志曰：『上省院，在諸暨縣。楊次公詩云「西軒一泓水，瑩浄碧琉璃。天人舉目視，中有魚龍知不知。」後人因以「琉璃」名軒。』

瑞竹悟老種蓮〔一〕

東林聞説好林泉〔二〕，社會荒涼幾百年〔三〕。靈物孰知崔氏竹〔四〕，方池新種遠公蓮〔五〕。華嚴頓浄三千界〔六〕，廬阜重招十八賢〔七〕。應笑陶潛又歸去，白雲幽鳥伴歸田〔八〕。

【箋】

〔一〕輯自名賢本卷八五，又見大正新修大藏經第四七册樂邦文類卷五。悟老：東京大相國寺慧林禪院常悟禪師。見五燈會元卷一六。蘇轍悟老住慧林：『悟公清浄人，心厭紛華地。慧林虚法席，去有遲遲意。投身淤泥中，佛法何處是。』

〔二〕東林：即廬山東林寺，東晉高僧慧遠建，位於廬山西麓。慧遠曾於此結白蓮社。

〔三〕社會：由志趣相同者結合而成的組織。這裏指廬山白蓮社。

〔四〕崔氏竹：胡寅和趙用明梅：『崔竹翻新畫，龍涎出古香。』

〔五〕遠公蓮：遠公即慧遠。慧遠曾於廬山東林寺内鑿池種植白蓮。孟浩然晚泊潯陽望廬山：『嘗讀遠公傳，永懷塵外蹤。』

〔六〕三千界：即佛教所謂的三千種世間。

〔七〕廬阜：廬山。劉孝綽酬陸長史倕：『廬阜擅高名，岧岧凌太清。』十八賢：廬山白蓮社有十八賢，歷代題詠甚多。方回題廬山白蓮社十八賢圖：『六老臞儒十二僧，柴桑醉士肯爲朋。葫蘆自與葫蘆纏，更要閑人纏葛藤。』陳舜俞廬山記有十八賢傳。

〔八〕白雲幽鳥：陶淵明和郭主簿：『遥遥望白雲，懷古一何深。』又飲酒：『山氣日夕佳，飛鳥相與還。』

禪月眞堂〔一〕

童子依師蘭水濱〔二〕，聲名眞是碧雲人〔三〕。定中傳得阿羅漢，十六身中第幾身〔四〕？

【箋】

〔一〕輯自名賢本卷八五，又見禪月集附録。禪月：唐末畫僧貫休之號。齊己和曇域上人寄贈之什：『可憐禪月子，香火國門東。』輯自齊己荆門寄題禪月大師影堂『禪月堂臨錦水開』，禪月眞堂在成都。

〔二〕蘭水：謂蘭溪。貫休，婺州蘭溪人。

〔三〕碧雲：青雲。貫休寄馮使君：『端居碧雲暮，好鳥啼紅芳。』

〔四〕十六身：明一統志卷四九豫章郡：『（貫）休嘗畫羅漢，已畢十五身，忽從禪定起，自寫本身以足之。今第十六身是也。』

子陵釣臺〔一〕

高風誰得似先生〔二〕，七里溪山當畫屏。功業不隨東漢祖〔三〕，光芒獨應少微星〔四〕。蘭臺有史傳名姓〔五〕，蓬户無人問醉醒。若使當時忘故態，何由千古羨鴻冥〔六〕？

【箋】

〔一〕輯自宋董弅嚴陵集卷五。子陵：嚴光，字子陵，一名遵，會稽餘姚人也。少有高名，與光武同游學。及光武即位，乃變名姓，隱身不見。釣臺：相傳爲嚴子陵垂釣之地，在桐廬富春江上。

〔二〕高風：范仲淹嚴先生祠堂記：『雲山蒼蒼，江水泱泱。先生之風，山高水長。』

〔三〕東漢祖：漢光武帝劉秀。

〔四〕少微星：星座名。張守節史記正義：『少微四星，在太微西，南北列：第一星，處士也。』晉書謝敷傳：『初，月犯少微。少微一名處士星，占者以隱士當之。』後以少微星稱有德才而隱居不願做官的人。

〔五〕蘭臺：東漢班固曾爲蘭臺令史，受詔撰史，故後世稱史官爲蘭臺。

〔六〕鴻冥：本謂鴻雁飛向又高又遠的空際，後比喻隱者的高遠蹤迹。王應麟困學紀聞考史二：『剛者必仁，佞者必不仁。龐萌爲人遜順，而光武以托孤期之，不惟失於知人，其惑於佞甚矣，子陵所以鴻飛冥冥也。』

方干故居〔一〕

千載富春渚〔二〕，先生家獨存。玄英播寰宇，丹桂付兒孫。文正重高節，子陵同享尊〔三〕。泊舟明月夜，重爲弔吟魂。

【箋】

〔一〕輯自宋董弅嚴陵集卷五。方干：字雄飛，號玄英，唐睦州青溪人。亢直有才情，受到錢塘太守姚合賞識。但終其一身未獲功名，故後人贊歎其『身無一寸禄，名揚千萬里』。

〔二〕富春：即富春江。

〔三〕文正二句：范仲淹知睦州，登釣臺，修嚴子陵祠，兩次訪方干故居，賦詩贈之，并圖方干像於嚴祠東壁，以表敬仰。

題白雲環翠亭〔一〕

龜甲屏風面面開〔二〕，天台連接至蓬萊。簷前朝暮碧雲合，時有一聲清磬來〔三〕。

【箋】

〔一〕輯自宋林思葳天台續集卷上。白云：指白雲山。

〔二〕龜甲屏風：用雜色玉石鑲嵌成龜甲紋式的屏風。初學記卷二五引漢郭憲洞冥記：「上起神明臺，上有金牀象席，雜玉爲龜甲屏風。」李賀蝴蝶舞：「楊花撲帳春雲熱，龜甲屏開醉眼纈。」王琦注：「蓋言其文似龜甲上紋路也。」

〔三〕磬：寺院中召集衆僧用的雲板形鳴器或誦經用的鉢形打擊樂器。慧皎高僧傳興福慧元：「自是寺内常聞空中應時有磬聲，依而集衆，未嘗差失。」陸游冬朝：「聖賢雖遠詩書在，殊勝鄰翁擊磬聲。」自注：「釋氏謂銅鉢爲磬。」胡侍眞珠船磬：「今釋氏所擊銅鉢，亦謂之磬。」

送天台邦師〔一〕

天台邦公，善琴與詩，時稱僧之雄。琴盡古意，詩得古風。自云天聖景祐中，蹤迹猶飄蓬，大淮南北，長江西東。人之奇者必就見，景之勝者多游從。爾來五六載，不與當時同。髮白體且瘦，所適多疏慵。卻擔一枝笻〔二〕，歸老天台峯。

【箋】

〔一〕輯自宋林思葳天台續集卷下。

〔二〕笻：竹名。可以作杖。

辭世偈〔一〕

無一可戀，無一可捨〔二〕。太虛空中，之乎者也。將錯就錯，西方極樂。

【箋】

〔一〕輯自宋普濟五燈會元卷一六。

〔二〕無一二句：卍續藏第七八册諸上善人詠作：『生亦無可戀，死亦無可捨。』

物華樓①〔一〕

章郡物華樓上景〔二〕，江湖城閣畫圖間。神仙已古遺蹤在，牛斗從今勝氣還〔三〕。

【校】

①宋詩紀事補正卷二二題下有小注：『舊在東湖之西。』

【箋】

〔一〕輯自明一統志卷四九江西布政司。江西通志卷三八南昌府：『物華樓，林志在府學右洗馬池上。宋嘉祐中，知洪州程師孟創，取王勃序中「天寶物華」語。後圮。乾道中，劉珙重建，浚池並架橋焉。』明一統志卷四九江西布政司：『物華樓，舊在東湖西，取滕王閣序「物華天寶」之義。宋王安石詩：「千里名城楚上游，江山多在物華樓。」楊傑詩：「章郡物華樓上景……牛斗從今勝氣還。」樓址今爲府學射圃。』王象之輿地紀勝卷一九隆興府：『物華樓，舊在西城上。』江城名迹卷二：『物華樓，在府城南洗馬池。宋治平間，知洪州程師孟建。』江西通志云在嘉祐中建，江城名迹云在治平間建。考程師孟英宗治平二年方知洪州，故云『嘉祐中』誤。

〔二〕章郡：豫章。即今江西南昌。

〔三〕神仙二句：見卷五和晚登故豐門箋注〔四〕。

雲堂院〔一〕在新建縣界，唐禪月大師貫休隱居所也〔二〕。

羅漢十六軸〔三〕，江僧寄此山。畫稱天下絶〔四〕，人自定中還〔五〕。

【箋】

〔一〕輯自輿地紀勝卷二六江南西路隆興府。雲堂院：明一統志卷四九豫章郡：『雲堂院，在府城西梅嶺西。唐僧貫休隱此，有山居詩二十四首。』

〔二〕貫休：晚唐五代著名畫僧，生平事迹見黄休復益州名畫録卷下、辛文房唐才子傳卷八。

唐詩紀事卷七五：『僧貫休，姓姜氏，字德隱，婺州蘭溪人。』姑蘇志卷二九：『萬壽禪寺，唐僧貫休嘗居此。休號禪月大師，故寺有禪月閣。』

〔三〕羅漢句：貫休能詩善書，又擅繪畫，尤擅畫羅漢，所畫十六羅漢爲其代表作。蘇軾與開元明師：『近過南都，見致政太保張公。公以所藏禪月羅漢十六軸見授。』益州名畫録卷下：『禪月大師畫羅漢十六幀，龐眉大目者，朵頤隆鼻者，倚松石者，坐山水者，蕃貌梵相，曲盡其態。……太平興國年初，太宗皇帝搜訪古畫日，給事中程公羽牧蜀，將貫休羅漢十六幀爲古畫進呈。』宣和書譜卷一九將箴：『（釋貫休）以至丹青之習，皆怪古不媚，作十六大阿羅漢，筆法略無蹈襲世俗筆墨畦畛，中寫己狀眉目，亦非人間所有近似者。』

〔四〕畫稱句：益州名畫録：『貫休，詩名高節，宇内咸知。善草書圖畫，時人比之懷素、閻立本。』歐陽炯禪月大師應夢羅漢歌：『西嶽高僧名貫休，詩名畫手皆奇絶。若將此畫比量看，總在人間爲第一。』

〔五〕定：禪定。

陶靖節祠〔一〕

潯陽欲歸田，彭澤先解綬〔二〕。有琴何必弦〔三〕，無詩不言酒。秋黄籬下菊〔四〕，春緑門前柳〔五〕。

【箋】

〔一〕輯自輿地紀勝卷三〇江南西路江州。陶靖節：指陶淵明，字元亮，號五柳先生，潯陽柴桑人。謚靖節先生。

〔二〕解綬：解下印綬。謂辭官。漢書薛宣傳：『游得檄，亦解印綬去。』

〔三〕有琴句：蕭統陶靖節傳：『淵明不解音律，而蓄無弦琴一張，每酒適，輒撫弄以寄其意。』

〔四〕秋黄句：陶淵明飲酒：『采菊東籬下。』

〔五〕門前柳：陶淵明五柳先生傳：『先生不知何許人也，亦不詳其姓字。宅邊有五柳樹，因以爲號焉。』

雲　山〔一〕在南豐縣西南六十里。

白雲隨師來，師逐白雲止。山空師何在，木末白雲起〔二〕。

【箋】

〔一〕輯自輿地紀勝卷三五江南西路建昌軍。宋元詩會卷二四題作南城白雲山悼虎巖上人。江西通志卷一〇：『白雲山，在府城南六十里，頂有虎巖。唐光化中，有虎巖師乘雲而來，化於此。宋楊傑詩：「山空師何在，木末白雲起。」』正德建昌府志卷二：『雲山，在縣南六十里。唐時有虎巖師仙化於此。楊傑詩：『白雲隨師來……』

〔二〕木末：樹梢。劉孝標東陽金華山棲志：『夫鳥居山上，層巢木末；魚潛淵下，窟穴泥沙。』

浄居寺①〔一〕

達人到岸不須船〔二〕，留寄寒雲幾百年〔三〕。欲問上方多少遠〔四〕，爲言先過浄居天〔五〕。

【校】

①宋詩紀事題下有小注：『在建昌新城縣南。』

【箋】

〔一〕輯自輿地紀勝卷三五江南西路建昌軍。

〔二〕達人句：宋釋惠洪林間録：『（傅）大士偈曰：渡河須用筏，到岸不須船。』

〔三〕寒雲：寒天之雲。陶淵明歲暮和張常侍：『向夕長風起，寒雲没西山。』

〔四〕上方：謂佛寺。孔武仲清涼寺：『白寺荒灣略艤舟，攜笻來作上方游。』

〔五〕浄居天：浄業聖者的居所。又稱五浄居天、五不還天，或略稱五浄居、浄居。

題慧山寺〔一〕

聞説支公最好賢①，瀛洲可買不論錢〔二〕。樓臺蔽日都無地，草木藏春別有天。石上雲翻千峽雨，洞山泉落幾家田②〔三〕。高閑誰似幽居樂，一坐青山不問年。

【校】

①支公　宋詩紀事同。無錫縣志作『文公』。疑當作『支公』。焦千之謹次君倚舍人寄題惠山翠麓亭韻：『支公此去久愈愛，自我佳句忘百憂。』

②山　宋詩紀事、無錫縣志作『中』。

【箋】

〔一〕輯自宋史能之咸淳毗陵志卷二三。慧山寺：即惠山寺，在今江蘇無錫。元無錫縣志卷四上題爲『題惠山麓亭』。宋詩紀事卷八二題作楊旻作。楊旻，錢鍾書宋詩紀事補正列入『無時代』。輯自蘇洵嘉祐集卷一三答雷太簡書：『楊旻至今未歸，未得所惠書。』知楊旻爲宋初人。無錫縣志録楊旻題惠山泉：『世治山藏錫，山靈地溢泉。石飴寒不減，水液暑常蠲。薦茗能全味，援琴欲絶弦。誰言到池盡，餘響更潺湲。』本詩是否楊傑所作，待考。

〔二〕瀛洲：傳説中的東海仙山，長生不老之地。這裏指長壽長生。

〔三〕石上二句：蘇軾惠山烹小龍團：『石路縈回九龍脊，水光翻動五湖天。』劉達詠惠山寺冰泉洞：『飛泉落巍巍，湍水去激激。未若洞中源，静淵如得適。』

張公洞〔一〕

慶曆初還自霅川〔二〕，曾攜琴酒訪眞仙。洞天不隔三千界，俗駕重來四十年。羽寶結成鍾乳石，朱籐蒙罩畫溪船。樵夫不識頤山叟〔三〕，欲與何人講易篇？

【箋】

〔一〕輯自宋史能之咸淳毗陵志卷二三。張公洞：輯自清江南通志卷一三輿地志常州府，張公洞在宜興縣東南五十五里。風土記云張道陵嘗修道於此，故名。唐張果老亦曾在此隱居修煉。

〔二〕霅川：即霅溪水，又名大溪水、苕溪水，在湖州烏程南。

〔三〕頤山叟：指唐陸希聲，曾隱居於宜興頤山。頤山有陸希聲講易座。

贈錢氏孫端静師〔一〕

鳳皇鏘鏘出丹山〔二〕，覽輝金闕振羽翰〔三〕。簫韶九奏動天地〔四〕，苑囿何處無琅玕〔五〕。故山惟有千年鶴〔六〕，海上芝田隨飲啄〔七〕。朝市紛華了不知，逍遥常在雲林閣〔八〕。

【箋】

〔一〕輯自宋潛説友咸淳臨安志卷七五。錢氏：謂吴越王錢鏐。端静：錢鏐之孫，表忠觀道士。表忠觀，是宋神宗趙頊熙寧十年爲旌表錢氏之忠，由杭州太守趙抃在臨安城南龍山修建。

〔二〕丹山：即傳説中的丹穴山，産鳳凰。咸淳臨安志卷七五蘇軾表忠觀碑：『天目之山，苕水出焉。龍飛鳳舞，萃於臨安。』李商隱韓冬郎即席爲詩相送因成二絶：『桐花萬里丹山路，雛鳳清於老鳳聲。』

〔三〕金闕：道家謂天上有黄金闕，爲仙人或天帝所居。這裏指表忠觀。羽翰：翅膀。鮑照詠雙燕：『雙燕戲雲崖，羽翰始差池。』

〔四〕簫韶：舜樂名。尚書益稷：『簫韶九成，鳳皇來儀。』這裏指美妙的仙樂。李紳憶夜直金鑾殿承旨：『月當銀漢玉繩低，深聽簫韶碧落齊。』

〔五〕苑囿：帝王游樂的園林。表忠觀建於錢鏐舊廟之址上，故稱。

〔六〕千年鶴：張祜題潤州鶴林寺：『古寺名僧多異時，道情虚遺俗情悲。千年鶴在市朝變，來去舊山人不知。』

〔七〕芝田：傳説中仙人種植靈芝仙草之地。曹植洛神賦：『爾乃稅駕乎蘅皋，秣駟乎芝田。』

〔八〕雲林閣：在表忠觀内。

自海上來留題〔一〕并序

元祐元年六月十六日，還自海上，入佛日山淨慧道場〔二〕，瞻禮懷禪師塔，時長老弼公，即阿育王大覺禪師之嗣也，送予出山，酌甘泉而別，因留詩。〔一〕

佛日山前水，行人甘露杯。須知源派遠〔三〕，直自四明來〔四〕。

【箋】

〔一〕輯自宋詩紀事卷二二。又見濳説友咸淳臨安志卷八一、明鐵網珊瑚。原無題，此輯自全宋詩。

〔二〕佛日山：咸淳臨安志：『佛日山，在母山之東北，中有佛日淨慧寺。』淳祐臨安志卷九：佛日山，『在母山之東北，高六十餘丈，中有古刹名佛慧。東坡、少游、楊傑、司馬才仲、范石湖，皆有留題。』武林梵志：『明教嵩禪師道場也。』太平寰宇記：『皋亭山，西爲黄鶴山，舊有黄鶴樓，在山巔。吴越錢氏建佛日院於此。』李宗諤杭州圖經：『淨慧禪院在永和鄉，天福七年吴越王錢氏建，舊額佛日院。祥符元年改今額。』北史李士謙傳：『客問三教優劣。士謙曰：佛，日也；道，月也。』

〔三〕源派：猶源流。蔡絛鐵圍山叢談卷一：『後人不知，往往謂祐陵晝本崔白，書學薛稷，凡斯失其源派矣。』

〔四〕四明：謂浙江寧波，因境内有四明山，故稱。寧波有阿育王寺，北宋仁宗趙禎，曾請阿育王寺大覺禪師懷璉於化成殿詢問佛法大意，賜頌詩多篇，並留住數載。直至英宗趙曙即位才准大覺禪師返回寧波阿育王寺。

西湖參寥山房〔一〕

我愛參寥一味閑，巖房占得畫屏間。斫開東廡數枝竹，放入西湖千里山①。石底酌泉清徹骨，門前逢客强爲顔。白雲幽鳥應相信，出本無心倦即還〔二〕。

【校】

①千　宋詩紀事作「十」。似當作「十」。

【箋】

〔一〕輯自潛説友咸淳臨安志卷九七。參寥：即北宋詩僧道潛，杭州於潛人，俗姓何，法名道潛，自號參寥，人稱參寥子。曾卜居杭州西湖。

〔二〕白雲二句：陶淵明歸去來兮辭：「雲無心以出岫，鳥倦飛而知還。」

雨花臺①〔一〕

空書來震旦〔二〕，康樂造淵微〔三〕。貝葉深山譯〔四〕，曼花半夜飛〔五〕。香清雖透筆，蘂散不沾衣。舊社白蓮老②，遠公應望歸〔六〕。

【校】

①宋詩紀事題下有小注：『梁武帝時，有雲光法師講經於此。』

②社　明陳耀文天中記卷一五作『住』，誤。

【箋】

〔一〕輯自周應合景定建康志卷二二。又見張敦頤六朝事迹編類。景定建康志卷二二：『雨花臺，在城南三里，據岡阜最高處，俯瞰城闉。』宋詩紀事補正卷二二：『方輿勝覽卷一四「建康府」：梁武帝時，有雲光法師講經於此，感得天雨賜花、天廚獻食。楊無爲詩云云。』

〔二〕空書：謂佛經。震旦：古時印度對中國的稱呼。

〔三〕康樂：指謝靈運。因世襲康樂公，故稱謝康樂。謝靈運與僧人交往甚密，佛學造詣深厚。

〔四〕貝葉：古代印度用以寫經的樹葉。此借指佛經。

〔五〕曼花：即曼陀羅花，産自印度，意爲悦意花，爲佛教靈潔聖物。法華經：佛説法時，曼陀羅花自天而降，花落如雨。

〔六〕白蓮老：謂廬山白蓮社諸公。遠公：謂慧遠。見卷七廬山五笑序箋注〔五〕。

題清涼廣惠禪寺①〔一〕

君勿愛清涼，清涼如火如沸湯。君勿惡炎熱，炎熱如冰如積雪。勿愛亦可惡②，未是逍遥處。君不見海會山前一條路〔二〕，一車來，一車去，今古轉轅何日住。落花時節雨初晴，黄鶯枝上分明語〔三〕。

【校】

①張敦頤六朝事迹編類卷下題爲題清涼寺翠微亭。

②可　六朝事迹編類卷下作『勿』。當作『勿』。

【箋】

〔一〕輯自周應合景定建康志卷四六。六朝事迹編類卷下：『清涼廣惠禪寺，僞吴順義中徐温建，爲興教寺。南唐昇元初，改石頭清涼禪寺。後主復改清涼大道場。本朝太平興國五年閏三月改爲今額。』景定建康志卷四六：『清涼廣惠禪寺，在石頭城去城一里。』

〔二〕海會：指佛教盛大的集會。沈遼蘇州承天寺永安長老語録序：『當其盛時，海會山積，上下皆數千百人。』

〔三〕落花二句：虚堂和尚語録卷第八：『野外春風花正都，黄鶯枝上分明語。』石屋和尚語録卷下：『師曰：清明時節雨初晴，黄鶯枝上分明語。』

長干聖感塔〔一〕

釋迦八萬四千塔〔二〕，一在江南古道場。無礙展開青髻髮〔三〕，最初分得白毫光〔四〕。

【箋】

〔一〕輯自周應合景定建康志卷四六。長干聖感塔：在金陵長干寺内。始建於東漢獻帝興平年間，初名阿育王塔，歷代遞修。輯自金陵長干寺眞身塔藏舍利石函記，塔内瘞藏釋迦牟尼眞身舍利等。

〔二〕釋迦句：賢愚經卷第三：『佛告阿難：向者小兒，歡喜施土，土足塗污佛房一邊，緣斯功德，我般涅槃百歲之後，當作國王，字阿輸迦。其次小兒，當作大臣，共領閻浮提一切國土，興顯三寶，廣設供養，分布舍利，遍閻浮提，當爲我起八萬四千塔。』詩中『釋迦八萬四千塔』，指長干聖感塔。

〔三〕青髻髮：百癡禪師語録卷第三〇山居八首：『我生疏散百無能，秖愛螺青髻萬層。』天隱和尚語録卷四：『進云：「白毫宛轉交光相，青髻盤螺滿月輝，如何是佛？」師以拂子打圓相。』樂城集次韻子瞻游道場山何山：『堂中白佛青髻鬟，氣象冲淡非人間。』雍詩詠君山：『疑是水仙梳洗罷，一螺青髻鑒中心。』

〔四〕白毫光：妙法蓮華經卷第七妙音菩薩品：『爾時釋迦牟尼佛，放大人相肉髻光明，及放眉間白毫相光，遍照東方百八萬億那由他恒河沙等諸佛世界。有世界名浄光莊嚴，其國有佛，釋迦牟尼佛白毫光明，遍照其國。』法苑珠林卷第一〇：『十方諸來佛各放白毫光，而彼光明中歎佛寶功德。』

朱氏天和堂〔一〕

聞説隱君子，天和長自如。卮言莊叟意〔二〕，谷水士衡居〔三〕。窮達命已定①，利名心頓疏。繡溪歸未得〔四〕，吾亦愛吾廬。

【校】

①命　紹熙雲間志作『分』。

【箋】

〔一〕輯自徐碩至元嘉禾志卷三〇。至元嘉禾志卷三〇：『朱氏，諱樸，自號天和子。』楊潛紹熙雲間志載黄裳朱氏天和堂詩題下注云：『朱樸，隱居華亭，自號天和子。』詩云：『谷水悠悠水天闊，緑竹漪漪玉龍活。』徐鶚朱氏天和堂：『先生晦迹谷水東，志趣不與晉賢同。』

〔二〕卮言句：莊子寓言：『卮言日出，和以天倪。』

〔三〕谷水句：陸機，字士衡。陸氏三國時爲江東世族，谷水乃陸氏故里。

〔四〕繡溪：即繡溪河，在無爲城内。

萬卷堂〔一〕

偃月仙翁羽化初〔二〕，玉京推下紫雲車〔三〕。旌幢杳入三清路〔四〕，樓閣空遺萬卷書。

【箋】

〔一〕輯自嘉慶無爲州志。無爲州志卷四古迹：『萬卷堂，在天慶觀西，祥符中道士李景仙藏書之所。楊傑有詩。』

〔二〕偃月：似指李景仙。

〔三〕玉京：道家稱天帝所居之處。葛洪枕中書引眞記：『元都玉京，七寶山，周回九萬里，在大羅之上。』紫雲車：仙人所乘之車。博物志：『西王母乘紫雲車而至。』

〔四〕三清：道教所尊的玉清、上清、太清三清境。

題陶威公廟〔一〕

四海生靈困，柴桑牧札瘥〔二〕。奸臣窺社稷，盟主奮干戈〔三〕。百甓防休逸〔四〕，分陰貴切磋〔五〕。升天九重逼〔六〕，破賊一亟多。貪吏羞移柳〔七〕，游民愧盗禾〔八〕。母賢逡訓誨〔九〕，友益願漸磨。鶴化喪家客〔一〇〕，龍飛古壁梭〔一一〕。南州浸餘澤〔一二〕，東晉決頹波。誠重樗蒲戲〔一三〕，聲騰仕女歌〔一四〕。中原力難致，白首淚滂沱。

【箋】

〔一〕輯自永樂大典卷六七〇〇江州志。陶威公：即陶侃，曾任奮威將軍，後世稱陶威公。宋朝時，長沙、武昌、都昌諸地均有陶侃廟，楊傑所稱陶威公廟所在不詳。

〔二〕柴桑：古縣名，在今江西九江。柴桑牧：晉書陶侃傳：『（陶侃）以功封柴桑侯，食邑四千户。』札瘥：本指因疾病而死，這裏指生病。

〔三〕奸臣二句：晉書陶侃傳：『暨蘇峻作逆，京都不守，侃子瞻爲賊所害，平南將軍温嶠要侃同赴朝廷。初，明帝崩，侃不在顧命之列，深以爲恨，答嶠曰：「吾疆埸外將，不敢越局。」嶠固請之，因推爲盟主。』

〔四〕甓：磚。休逸：安閑超逸。晉書陶侃傳：『侃在州無事，輒朝運百甓於齋外，暮運於齋內。人問其故，答曰：「吾方致力中原，過爾優逸，恐不堪事。」其勵志勤力，皆此類也。』

〔五〕分陰：謂極短的時間。晉書陶侃傳：『（陶侃）常語人曰：大禹聖者，乃惜寸陰。至於衆人，當惜分陰。豈可逸游荒醉，生無益於時，死無聞於後，是自棄也。』

〔六〕九重：謂九重天門。晉書陶侃傳：『又夢生八翼，飛而上天。見天門九重，已登其八，唯一門不得入。閽者以杖擊之，因墜地，折其左翼。及寤，左腋猶痛。』

〔七〕貪吏句：晉書陶侃傳：『侃性纖密好問，頗類趙廣漢。嘗課諸營種柳，都尉夏施盜官柳植之於己門。侃後見，駐車問曰：「此是武昌西門前柳，何因盜來此種？」施惶怖謝罪。』

〔八〕游民句：指無固定職業的人。晉書陶侃傳：『嘗出游，見人持一把未熟稻。侃問：「用此何爲？」人云：「行道所見，聊取之耳。」侃大怒，曰：「汝既不佃，而戲賊人稻！」執而鞭之。是以百姓勤於農殖，家給人足。」

〔九〕母賢句：世説新語賢媛：『陶公少時作魚梁吏，嘗以坩鮓餉母。母封付使，反書責侃曰：汝爲吏，以官物見餉，非唯不益，乃增吾憂也。』

〔一〇〕鶴化句：晉書陶侃傳：『後以母憂去職。嘗有二客來弔，不哭而退，化爲雙鶴，衝天而去。時人異之。』

〔一一〕龍飛句：晉書陶侃傳：『或云侃少時漁於雷澤，網得一織梭，以挂於壁。有頃雷雨，自化爲龍而去。』

〔一二〕南州：泛指江南地區。

〔一三〕樗蒱：古代的一種博戲。晉書陶侃傳：『諸參佐或以談戲廢事者，乃命取其酒器蒱博之具，悉投之於江，吏將則加鞭撲，曰：「樗蒱者，牧豬奴戲耳！」』

〔一四〕聲騰句：聲騰，猶騰聲。宋書謝靈運傳論：『爰逮宋氏，顔謝騰聲。』晉書陶侃傳：『及王敦平，遷都督荆、雍、益、梁州諸軍事，領護南蠻校尉、征西大將軍、荆州刺史，餘如故。楚郢士女莫不相慶。』

天寶洞〔一〕

層梯險峻出瑶臺〔二〕，游者多從半路回。天寶洞中如不到，西山元似不曾來①。

極元眞人養眞處〔三〕，石門隔斷紅塵路。玉簾今古不曾收〔四〕，只有白雲晚歸去。

【校】

①山　明一統志卷四九同；方輿勝覽卷一九隆興府作「江」。

【箋】

〔一〕輯自永樂大典卷一三〇七五豫章志。天寶洞：又名玉簾天寶洞。方輿勝覽卷一九隆興府：「天寶洞，在新建西八十里西山勝絶處也。道經所載第八洞天。」永樂大典本豫章志：「天寶洞，極元曹眞人所隱之地。」明一統志卷四九南昌府豫章：「天寶洞，在府城西八十里西山最勝處。洞門有石泉，狀如水簾。宋嘗遣使投金龍、玉簡於此中。」

〔二〕瑶臺：傳説中神仙所居。王嘉拾遺記崑崙山：「傍有瑶臺十二，各廣千步，皆五色玉爲臺基。」

〔三〕極元眞人：即永樂大典本豫章志中之「唐曹德休」。沈汾續仙傳卷下：「曹德休者，自言從東海青嶼山來，游江西。人見之三十餘年，顔貌不改。……後忽告人曰：「我捨此，入西山天寶洞去。」」

〔四〕玉簾：指洞門的石泉。

仙居劍履〔一〕

雲雷峯百尋，硤石潭千尺。塵埃飛不到，山水相照碧〔二〕。右顧唐相碑〔三〕，下有天師宅。古人安在哉？劍履空遺迹。

【箋】

〔一〕輯自明夏良勝正德建昌府志卷一。正德建昌府志卷一南城：『仙居劍履，縣北三里。唐鄧天師尸解，留一劍一履，故名。今石槨存而劍履無矣。』宋詩紀事補正卷二二收録此詩後四句，題爲題照碧亭，曰：『輿地紀勝卷三十五建昌軍：照碧亭，在新城縣北。按同書同卷又引此詩後兩句，係題仙居觀殿後古冢，可相互補充。』

〔二〕山水句：江西通志卷四〇古迹建昌府：『照碧亭，明一統志在新城縣北二里，左面石峽，下臨深潭。宋治平中，楊傑經游題詩，有「山水相照碧」之句，故名。』

〔三〕唐相碑：指顔眞卿撫州南城縣麻姑山仙壇記碑，立於麻姑山仙都觀内。

題信州月巖〔一〕

岡路陰陽忽半規〔二〕，無盈萬古亦無虧。鑿開空洞地有眼，劈下廣寒天不知。小著山河偏影處，平分蟾桂上弦時〔三〕。游人莫訝清光少〔四〕，照見江東幾盛衰。

【箋】

〔一〕輯自永樂大典卷九七六三「嚴」字韻。宋詩紀事補正卷二二：「按，原稱作『陳傑無爲集』，姓氏誤。」陳傑自堂存稿葉啓勛抄校曰：「詩當爲楊作。」信州：今江西上饒。月巖：即月巖洞。宋祝穆方輿勝覽卷一八信州：「月巖，在上饒西三十里。上有穴，穿出山背，遠望如月。」朱熹年詩：「鑿破巉巖不計春，山腰千古挂冰輪。誰知擘破三峯石，聊出嬋娟戲路人。」陸務觀詩云：「幾年不作月巖游，萬里重來已白頭。雲外連娟何所似，平羌江上半輪秋。」

〔二〕半規：即半圓形，借指月亮。謝靈運游南亭：「密林含餘清，遠峯隱半規。」

〔三〕蟾桂：指月中的蟾蜍和丹桂。段成式酉陽雜俎天咫：「或言月中蟾桂，地影也；空處，水影也。」

〔四〕清光：謂月光。

麻　源〔一〕

曉登丹霞峯〔二〕，暮入仙都宿〔三〕。麻姑勝游遍，驅車第三谷〔四〕。落落千歲杉〔五〕，榦直枝不曲。根本托幽邃，匠師豈易劚①。佗山石枯裂②，斯巖瑩青玉。迺知靈源深，餘液澤林麓。白雲起西岡，華仙有遺躅〔六〕。陰功影響絶，爲閲飛升窟。長笑呼幽人，玉乳金鼎熟〔七〕。歲時不須問，山花白紅緑。

【校】

①劚　江西通志卷一四八作『钃』。二字同義。

②佗　江西通志卷一四八作『他』。

【箋】

〔一〕輯自正德建昌府志卷二。江西通志卷一四八題作游麻姑山。方輿勝覽卷二一建昌軍：『麻源，在南城縣西十里，有三谷循溪而入，茂林脩竹，有橋。』麻姑山，在江西南城西，屬道教之洞天福地。麻源在麻姑山中。

〔二〕丹霞峯：麻姑山五老峯之主峯，上有丹霞洞，又稱丹霞洞天。方輿勝覽卷二一建昌軍：『丹霞洞在觀西七里，係小有洞天。』

〔三〕仙都：指仙都觀。方輿勝覽卷二一建昌軍：『仙都觀，在麻姑山。』大清一統志卷二四五建昌府：『仙都觀，在南城縣麻姑山。唐建，即麻姑仙壇。』

〔四〕第三谷：麻源有三谷，一爲麻姑山南澗，二爲麻姑山北澗，三即華子岡。謝靈運有詩入華子岡是麻源第三谷。

〔五〕千歲杉：羅願爾雅翼卷一二引名山志曰：『華子崗上紫杉千仞，被在崖側。』

〔六〕華仙：謂華子期。方輿勝覽卷二一建昌軍：『華子岡，謂仙人華子期。』謝客游名山志：『華子岡，麻源第三谷。故老相傳，華子期者，角里先生弟子，翔集此頂，故華子爲稱也。』遺躅：猶遺迹。蘇軾葉教授和溽字韻詩復次韻爲戲記龍井之游：『似聞雪髯叟，西嶺訪遺躅。』

〔七〕玉乳：即石鐘乳。蘇軾鳳咮硯銘：『下集芝田啄瓊玖，玉乳金沙發靈竇。』金鼎：道士煉丹之鼎爐。鮑照代淮南王：『琉璃作碗牙作盤，金鼎玉匕合神丹。』

五老峯〔一〕

乾坤重年德，五老固蒼顔〔二〕。億萬人間壽，一三雲外山。天高漢星聚〔三〕，世治舜臣閑。應笑游河客，悠悠去不還。

【箋】

〔一〕輯自明陳霖正德南康府志卷一〇。祝穆方輿勝覽卷一七南康軍：『五老峯，在廬山。五峯相連，故名。』李白嘗築居於此，作游廬山五老峯云：『廬山東南五老峯，青天削出金芙蓉。九江秀色可攬結，吾將此地巢雲松。』

〔二〕蒼顔：蒼翠之色。曾鞏冬望：『長松夾樹蓋十里，蒼顔毅氣不可回。』

〔三〕漢星：　猶星漢。謂天河，銀河。

五洩禪寺〔一〕

祖師平昔撥雲開，一榻靈秋一石臺〔二〕。青玉成圍千嶂合，黑龍分勢五溪來。禪心不動澄潭月，俗耳常驚静夜雷。卻笑興公游未到，祇將佳句賦天台〔三〕。

【箋】

〔一〕輯自清酈滋德諸暨府志卷一。洩：　即瀑布。水經注卷四〇浙江水：『東逕諸暨縣與洩谿合，谿廣數丈，中道有兩高山夾谿，造雲壁立，凡有五洩。下洩懸三十餘丈，廣十丈。中三洩不可得至，登他山遠望乃得見之，懸百餘丈，水勢高急，聲震水外。上洩懸二百餘丈，望若雲垂。此是瀑布，土人號爲洩也。』五洩，山名。在浙江諸暨境内，有五道瀑布，故名。五洩禪寺，是唐元和三年五臺山高僧靈默禪師雲游至五洩山後所創建。

〔二〕祖師二句：　五洩禪寺前坪上有巖石二塊，一似青獅俯坐，一如白象蹲峙。傳説靈默禪師清晨必來此吸氣誦經，獅象感悟眞諦，坐化成石。後其弟子良價常坐此石上念經。

〔三〕卻笑二句：　孫綽，字興公，東晉中都人，曾任臨海章安令，有名篇天台山賦傳世。

秋霜圖吟〔一〕

謫仙詩謂傷時作，寓言五月秋霜落〔二〕。天下如今寒暑調，不用秋霜遍高閣。

【箋】

〔一〕輯自嘉靖涇縣志卷一〇。

〔二〕謫仙二句：李白詠涇縣水西寺詩游水西簡鄭明府云：『天宫水西寺，雲錦照東郭。清湍鳴回溪，緑竹繞飛閣。涼風日瀟灑，幽客時憩泊。五月思貂裘，謂言秋霜落。』

無　題〔一〕

中國聖人興〔二〕，六合同文軌〔三〕。二儀廓覆載〔四〕，一化均遠邇〔五〕。東方有高僧，道德久純被。浮杯渡滄溟，飛錫過都市〔六〕。爲求最上乘，占雲遽來此。所印期以心，所聽不在耳。善財游百城〔七〕，頃刻億萬里。不動步已遍，奚假西天屣。嘗聞奘三藏，問津法王子〔八〕。大教傳瑜珈，唱道慈恩寺。又聞浮石老〔九〕，鷄林稱大士〔一〇〕。唐土學華嚴，旋歸振綱紀。性相互有得〔一一〕，未能盡善美。孰若祐世師，五宗窮妙理〔一二〕。願報二聖恩，壽祝南山比〔一三〕。陛辭還補陀〔一四〕，不更中流止。端坐即靈通〔一五〕，華藏本如是〔一六〕。我愧陪彌天，才辯非鑿齒〔一七〕。留贈明月珠，光透玉壺裏。四海同一家，何此亦何彼？

【箋】

〔一〕輯自義天高麗大覺國師文集外集卷一一。詩作於元祐元年，原無題。詩前云：『謹和古調詩二百首，酬贈高麗祐世僧統，伏惟采覽。大宋尚書主客員外郎楊傑上。』

〔二〕聖人：謂孔子。

〔三〕六合：天地四方。莊子齊物論：『六合之外，聖人存而不論；六合之内，聖人論而不議。』唐成玄英疏：『六合者，謂天地四方也。』禮記中庸第二十八章：『今天下書同文，車同軌，行同倫。』

〔四〕二儀：謂陰陽。易繫辭上：『是故易有太極，是生兩儀。』孔穎達疏：『不言天地而言兩儀者，指其物體；下與四象相對，故曰兩儀，謂兩體容儀也。』覆載：指天地。漢書孝成班倢伃傳：『猶被覆載之厚德兮，不廢捐於罪郵。』

〔五〕一化：猶言萬物。莊子大宗師：『又況萬物之所繫，而一化之所待乎！』

〔六〕東方四句：慧皎高僧傳卷一〇：『杯渡者，不知姓名，常乘木杯渡水，因而爲目。』江南通志卷一七五太平府：『南北朝宋杯渡師，西竺僧，所至乘木杯渡水，人因以稱之。初，以袈裟裹錫杖擲空隨所往卜勝地。至繁昌隱静山止焉。宋元嘉初卒。」

〔七〕善財：文殊菩薩曾住過的福城中長者五百童子之一。因出生時家中自然湧現珍奇財寶，故稱『善財』。戒環妙法蓮華經解卷第七之一：『善財歷百城已到普門國，成就阿僧祇法門。』

〔八〕法王子：即大菩薩。因大菩薩多出生於法王之家，故稱。

〔九〕浮石老：謂新羅僧義想。

〔一〇〕鷄林：古國名。即新羅。東漢永平八年，新羅王夜聞金城西始林間有鷄聲，遂更名鷄林。

〔一一〕性相句：原注：『唐朝奘法師求法西竺，傳瑜伽相宗而歸，高麗想法師傳華嚴性宗而去。』

〔一二〕五宗句：原注：『朝廷恩許，僧統所至參問，遍見知識，故一年之間，通達賢首性宗、慈恩相宗、達摩禪宗、南山律宗、天台觀宗，無不得其妙旨。』

〔一三〕願報二句：原注：『僧統所至塔寺名山道場，無不修奉功德，上祝皇帝、太皇太后聖壽，咸有感應。』

〔一四〕補陀：即補陁落迦，省作普陀。陸游海山：『補落迦山訪舊游，菴摩勒果隘中州。』錢仲聯注：『普陀洛迦新志卷二：「普陀洛迦山，在浙江定海縣治東百里許海中，爲華嚴經善財第二十八參觀世音菩薩説法處。」』

〔一五〕端坐句：原注：『僧統舊住靈通道場。』

〔一六〕華藏：蓮華藏世界的省稱。

〔一七〕我愧二句：晉書習鑿齒傳：『時有桑門釋道安，俊辯有高才，自北至荆州，與鑿齒初相見。道安曰：「彌天釋道安。」鑿齒曰：「四海習鑿齒。」時人以爲佳對。』釋道安，常山扶柳人，東晉佛教領袖。習鑿齒，字彦威，襄陽高士，鋒辯天逸，名震當時。

龍山泛海觀音詩〔一〕并序

泛海記云：同光元年，鹽官民見海上紅光奪日〔二〕，乃於波間得觀音古像，栴檀香所成聖相〔三〕，昔所未有。吴越王聞之〔四〕，迎請入府，後奉安於龍山覺圓精舍之東殿，靈異甚著。皇宋元豐八年冬，予陪高麗國祐世僧統〔五〕，瞻禮尊像，時講僧□英求章句以紀之。

雲濤洶湧泛栴檀，照日紅光杳靄間〔六〕。苦海登成華藏界，慈航不住補陀山。一輪月影虚堂出，萬里潮音静夜還。百六十年靈異迹，喜□杯渡叩重關。

【箋】

〔一〕輯自義天高麗大覺國師文集外集卷一一。該詩作於元豐八年。龍山：在杭州臨安城南。

〔二〕鹽官：地名。在浙江海寧，自古即爲潮鄉。
〔三〕栴檀：即檀香。
〔四〕吴越王：即錢鏐，字具美，杭州臨安人，五代吴越國創建者。
〔五〕祐世僧統：即高麗國王文宗王徽第四子義天的出家封號。元豐八年赴中國求法，曾住杭州慧因寺。
〔六〕杳靄：幽深渺茫的樣子。歐陽修有美堂記：『而閩商海賈，風帆浪船，出入於江濤浩渺、湮雲杳靄之間。』

和龐蘊居士〔一〕

男大須婚，女大須嫁。討甚閑工夫，更説無生話。

【箋】

〔一〕輯自卍續藏第六六册宗鑑法林卷一五。原無題。龐蘊：字道玄，唐衡陽郡人，禪門居士，有『白衣居士第一人』及『東土維摩』之稱。五燈會元卷第一六：『（楊傑）字次公，號無爲，歷參諸名宿。晚從天衣游，衣每引老龐機語，令研究深造。後奉祠泰山，一日鷄一鳴，睹日如盤湧，忽大悟。乃别「有男不婚、有女不嫁」之偈曰：「男大須婚，女長須嫁。討甚閑工夫，更説無生話。」書以寄衣，衣稱善。』

無　題〔一〕

觀者何人，心是何物〔二〕。瓦解冰消〔三〕，不勞拈出。

【箋】

〔一〕輯自卍續藏第七九册嘉泰普燈録卷第二八。原無題，收入侍郎楊無爲居士七首總題下。

〔二〕觀者二句：禪宗頌古聯珠通集卷第八：『唐貞觀中，四祖遥觀氣象，知有奇人，躬自尋訪，見師端坐。祖問曰：「在此作什麽？」師曰：「觀心。」祖曰：「觀是何人，心是何物？」師無對。』

〔三〕瓦解冰消：五燈會元卷第二〇『慶元府育王佛照德光禪師』：『大慧室中問師：「唤作竹篦則觸，不唤作竹篦則背。不得下語，不得無語。」師擬對，慧便棒。師豁然大悟，從前所得，瓦解冰消。』

酒　令〔一〕

古人有許由〔二〕，有晁錯〔三〕，争一葫蘆。由曰油葫蘆，錯曰醋葫蘆。

【箋】

〔一〕輯自苕溪漁隱叢話後集卷三七，原無題。苕溪漁隱叢話後集引東皋雜録曰：『元豐中，高麗遣一僧入貢，頗辯慧，赴筵，設葷酒自如。命楊次公接伴。一日，出令曰：「要兩古人姓名争一物。」沙門曰：「古人有張良，有鄧禹，争一傘。良曰涼傘，禹曰雨傘。」次公曰：「古人有許由，有晁錯，争一葫蘆。由曰油葫蘆，錯曰醋葫蘆。」』

〔二〕許由：字武仲，陽城槐里人，堯、舜時代的隱士。

〔三〕晁錯：潁川人，西漢文帝朝的智囊，歷任太常掌故、太子舍人、博士、太子家令。

殘　句

借取雲山爲帳幕，合教僧屋斷塵埃〔一〕。

六十餘年人已老，至今詩伴白雲閑〔二〕。

濁浪自分清浪影，眞山徒作假山看〔三〕。

山横大秀一峯高，水入平湖千里遠〔四〕。

更在朱欄緑水濱〔五〕。

儒釋精通内外全〔六〕。

千古伏龍山〔七〕。

【箋】

〔一〕輯自輿地紀勝卷三五江南西路建昌軍：『福源寺，在南城縣北三十五里，地名幕源。山翠如幕，因以得名。寺有吴仙師塔。南豐令楊傑詩「借取雲山爲帳幕，合教僧屋斷塵埃」。』

〔二〕輯自無爲州志名勝志。爲楊傑和宋吕夷簡太寧院詩而作。

〔三〕輯自文忠集卷一六九。

〔四〕輯自祝穆方輿勝覽卷四八無爲軍。江南通志卷一七：『大秀山在巢縣南三十里，山峯聳秀，嵩家河出焉。宋楊傑詩所云「水入平湖千里遠，山横大秀一峯高」是也。』與祝書辭序不同。

〔五〕輯自南宋羣賢小集載宋李龏梅花衲引。

〔六〕輯自劉應李新編事文類聚翰墨大全挽詩僧無悶。

〔七〕輯自輿地紀勝卷二六江西南路隆興府。伏龍山，即洪崖山。

輯補卷二

頌　贊

迦葉尊者頌〔一〕

世尊舉華，迦葉微笑〔二〕。殃及兒孫，上祖不了〔三〕。

【箋】

〔一〕輯自禪宗頌古聯珠通集卷第六。原無題。迦葉尊者：即摩訶迦葉，佛陀十大弟子之一，有『頭陀第一』、『上行第一』之稱。禪宗第一代祖師。

〔二〕世尊二句：禪宗頌古聯珠通集卷第六：『西天初祖摩訶迦葉尊者，見世尊在靈山會上，拈起一枝華，以青蓮目普示大衆，百萬聖賢，惟迦葉破顔微笑。世尊乃曰：吾有正法眼藏涅槃妙心實相無相微妙解脱法門，付囑於汝。汝當護持流通，無令斷絶。』

〔三〕殃及二句：宗門拈古彙集卷第二：『天童忞云：從上祖禰不了，至今殃及兒孫則且置。

且道靈山有付囑無付囑？若道有付囑，埋没金色頭陀。若道無付囑，孤負釋迦老子。試問諸人作麽生道得出格一句！』

二祖慧可大師頌〔一〕

少林面壁太多言①，接得門人一臂全。京洛至今三尺雪，天寒何止普通年②〔二〕。

【校】

①少林　卍續藏第七〇册雪巖祖欽禪師語録卷三作『九年』。

②止　卍續藏第七〇册雪巖祖欽禪師語録卷三『校記』：『一作「必」。』

【箋】

〔一〕輯自禪宗頌古聯珠通集卷第七。原無題。慧可：俗姓姬，虎牢人。拜天竺沙門菩提達摩爲師。禪宗二祖。

〔二〕普通：梁武帝年號。五燈會元卷第一初祖菩提達磨大師者：時有僧神光者，聞達磨大士住止少林，乃往彼，晨夕參承。祖常端坐面壁，莫聞誨勵。其年十二月九日夜，天大雨雪，光堅立不動，遲明積雪過膝。祖憫而問曰：『汝久立雪中，當求何事？』光悲淚曰：『惟願和尚慈悲，開甘露門，廣度羣品。』祖曰：『諸佛無上妙道，曠劫精勤，難行能行，非忍而忍。豈以小德小智，輕心慢心，欲冀眞乘，徒勞勤苦。』光開祖誨勵，潛取利刀，自斷左臂，置於祖前。祖知是法器，乃曰：『諸佛最初求道，爲法忘形。汝今斷臂吾前，求亦可在！』祖遂因與易名曰慧可。

三祖僧璨大師頌〔一〕

潛溪水急，天柱峯高〔二〕。洞然明白〔三〕，不隔絲毫。從來生計平如掌，後世兒孫弄海潮。

【箋】

〔一〕輯自禪宗頌古聯珠通集卷第七。又見元道泰集禪林類聚。原無題。僧璨：禪宗三祖。

〔二〕潛溪二句：潛，謂潛山。天柱，謂天柱山，又稱皖公山。五燈會元卷第一：『三祖僧璨大師者，不知何許人也。初以白衣謁二祖。既受度傳法，隱於舒州之皖公山。屬後周武帝破滅佛法，祖往來太湖縣司空山，居無常處，積十餘載，時人無能知者。』

〔三〕洞然明白：五燈會元卷一僧璨信心銘：『至道無難，唯嫌揀擇。但莫憎愛，洞然明白。』

四祖道信大師頌〔一〕

慈雲之塔，大醫之師。瞻之仰之，雙峯巍巍〔二〕。懶融不得西天鉢〔三〕，直付黄梅路上兒〔四〕。

【箋】

〔一〕輯自禪宗頌古聯珠通集卷第七。原無題。道信：俗姓司馬，蘄州廣濟人，禪宗四祖。

〔二〕慈雲四句：天聖廣燈録卷第七第三十一祖道信大師者：『高宗永徽中，端坐而逝，壽七十有二，塔於本山雙峯。明年四月八日，塔户無故自開，儀相如生，爾後不敢復閉。代宗謚「大醫禪師」、「慈雲之塔」。』

〔三〕懶融：謂四祖旁出法嗣第一世牛頭山法融禪師。大藏一覽卷第一〇：『金陵牛頭山。法融禪師博通經史，尋閲般若，曉達眞空。投師落髮，隱牛頭山，有百鳥銜花之異，號曰懶融。見人不起，亦不合掌。』

〔四〕黄梅路上兒：謂五祖弘忍大師。五燈會元卷第一四祖道信大師者：『唐武德甲申歲師却返蘄春，住破頭山，學侶雲臻。一日往黄梅縣，路逢一小兒，骨相奇秀，異乎常童。祖默識其法器。即俾侍者至其母所，乞令出家。母以宿緣故，殊無難色。遂捨爲弟子，以至付法傳衣。』

五祖弘忍大師頌〔一〕

栽松何老，傳衣何少。前身後身，一夢兩覺〔二〕。白藕花開峯頂頭①，明月千年冷相照〔三〕。

日出而作，栽松爲樂。昔栽幾何，今滿巖壑。白頭人去小兒歸〔四〕，笑殺林梢千歲鶴。

【校】

①花開　卍續藏第六六册宗鑑法林作『開花』。

【箋】

〔一〕輯自禪宗頌古聯珠通集卷第三。原無題。弘忍：俗姓周，黄梅人，禪宗五祖。

〔二〕栽松四句：禪宗頌古聯珠通集卷第三：『五祖弘忍大師前身在蘄州西山栽松。遇四祖，告曰：「吾欲傳法與汝，汝已年邁，汝若再來，吾尚遲汝。」師諾，遂往周氏家女托生。因抛濁港中，神物護持。至七歲爲童子。祖默識其法器，即俾侍者（至其母所），後令出家，後付衣法，居黄梅東山。』卍續藏第八四册教外别傳卷三五祖弘忍大師：『女，周氏季子也。歸輒孕。父母大惡，逐之，女無所歸，日傭紡里中，夕止於衆館之下。已而生一子，以爲不祥，因抛濁港中。明日見之，泝流而上，氣體鮮明。大驚，遂舉之。成童，隨母乞食，里人呼爲無姓兒。』

〔三〕白藕二句：佛本行經卷第三：『猶如白藕，蒙月明開。』宏智禪師廣録卷第八禮五祖大滿禪師塔：『黄梅果熟，白藕花開。』

〔四〕白頭句：見本篇箋注〔二〕。

六祖慧能頌〔一〕

石墜腰間舂碓鳴〔二〕，老盧便重不便輕〔三〕。黄梅衣鉢雖傳得〔四〕，猶去曹溪數十程①〔五〕。

【校】

①去 人天眼目卷之六作『較』。

【箋】

〔一〕輯自禪宗頌古聯珠通集卷第七。原無題。惠能：俗姓盧氏，嶺南新州人，禪宗六祖。

〔二〕石墜句：六祖壇經：『次日，祖（指五祖）潛至碓坊，見能（惠能）腰石舂米，語曰：「求道之人，當如是乎？」乃問曰：「米熟也未？」惠能曰：「米熟久矣，猶欠篩在。」祖以杖擊碓三下而去。惠能即會祖意，三鼓入室；祖以袈裟遮圍，不令人見，爲説金剛經。』

〔三〕老盧：謂惠能。

〔四〕黄梅：謂五祖弘忍。

〔五〕曹溪：地名，在廣東曲江雙峯山，禪宗六祖惠能住持於此，開創南宗禪法。後用『曹溪』喻指禪法。

趙州和尚頌〔一〕

我喚作火，汝即不可。已道了也，喚作甚麼〔二〕？

吃粥了，洗鉢盂，何曾指示曹溪路〔三〕。謾言隨衆三十年，記得展單忘却筯。

趙州庭下柏森森，摘葉尋枝古到今。明眼衲僧如覰著，西來祖意合平沉〔四〕。

【箋】

〔一〕輯自禪宗頌古聯珠通集卷第一八、一九。趙州和尚：晚唐高僧，法號從諗，駐錫趙州觀音院四十年，化行燕趙，後人尊爲『趙州古佛』，世稱『趙州和尚』。原無題。

〔二〕我喚四句：禪宗頌古聯珠通集卷第一八：『趙州一日敲火，問僧曰：「老僧喚作火，汝喚作甚麼？」僧無語。師曰：「不識玄旨，徒勞念静。」』禪林類聚卷第一四：『古德垂語云：我喚作火，汝不得喚作火。』

〔三〕吃粥三句：禪宗頌古聯珠通集卷第一九：『趙州因學人問：「乍入叢林，乞師指示。」師曰：「吃粥了也未？」曰：「吃粥了也。」師曰：「洗鉢盂去。」其僧忽然省悟。』曹溪，見本卷六祖慧能頌箋注〔五〕。

〔四〕趙州四句：禪宗頌古聯珠通集卷第一九：『趙州因僧問「如何是祖師西來意」，師曰：「庭前柏樹子。」曰：「和尚莫將境示人。」師曰：「我不將境示人。」曰：「如何是祖師西來意？」師曰：「庭前柏樹子。」』又『趙州有語庭前柏，禪者相傳古到今。摘葉尋枝雖有解，須知獨樹不成林。』古尊宿語録卷第一五雲門匡眞禪師廣録上：『上堂云：一言纔舉，千差同轍，該括微塵，猶是化門之説。若是衲僧，合作麼生？若將祖意佛意這裏商量，曹溪一路平沉，還有人道得麼？道得底出來。』又：『龍象相逢世不羣，一來一去顯疏親。時人不悟其中旨，摘葉尋枝長客塵。』五燈會元卷第四趙州觀音院從諗禪師：『問：如何是祖師西來意？師曰：庭前柏樹子。』

馬祖道一禪師頌〔一〕

野鴨飛，鼻頭裂〔二〕，卷席更來呈醜拙①〔三〕。直饒獨坐大雄峯〔四〕，也是天邊第二月〔五〕。

日面佛，月面佛〔六〕，夜夜朝朝好風物。馬駒蹋殺天下人〔七〕，軒轅照破精靈窟〔八〕。總不得，太無端，野老焉知天地寬。直饒數到八九十，家山猶隔一重關。

【校】

①席　卍續藏第七九册聯燈會要第四作『簟』。

【箋】

〔一〕輯自禪宗頌古聯珠通集卷第九、一四。原無題。馬祖道一：俗姓馬，又稱馬道一、洪州道一、江西道一，唐代著名禪師，開創南嶽懷讓洪州宗，謚大寂禪師。

〔二〕野鴨二句：五燈會元卷第三洪州百丈山懷海禪師：『師侍馬祖行次，見一羣野鴨飛過。祖曰：「是什麼？」師曰：「野鴨子。」祖曰：「甚處去也？」師曰：「飛過去也。」祖遂把師鼻扭，負痛失聲。』

〔三〕卷席：禪宗頌古聯珠通集卷第九：『馬祖一日升堂，百丈收卻面前席，祖便下座。』

〔四〕大雄峯：百丈山之主峯，百丈禪師駐錫修行之地。江西通志山川略：『百丈山在奉新縣西一百四十里，馮水倒出，飛下千尺，西北勢出羣山，又名大雄山。』五燈會元卷第一八丞相張商英居士：『遂作一頌曰：馬師一喝大雄峯，深入髑髏三日聾。黄檗聞之驚吐舌，江西從此立宗風。』碧巖録卷第三：『僧問百丈：「如何是奇特事？」丈云：「獨坐大雄峯。」』

〔五〕五燈會元卷第一八潭州三角智堯禪師：『上堂。捏土定千鈞，秤頭不立蠅。箇中些子事，走殺嶺南能。還有薦得底麽？直饒薦得，也是第二月。』

〔六〕日面二句：古尊宿語録卷第一『馬祖大寂禪師』：『師於貞元四年正月中登建昌石門山，

於林中經行，見洞壑平坦，謂侍者曰：「吾之朽質，當於來月歸茲地矣。」言訖而回，既而示疾。院主問：「和尚近日尊候如何？」師曰：「日面佛，月面佛。」二月一日，沐浴跏趺入滅。』佛説佛名經卷第七：『復有佛名月面，彼月面佛壽命一日一夜，過月面世尊。復有佛名日面，彼日面佛壽命滿足千八百歲，過日面世尊。』

〔七〕馬駒句：江西馬祖道一禪師語録：『（六祖）謂讓和尚云：「西天般若多羅讖，汝足下出一馬駒，蹋殺天下人。」蓋謂師（指馬祖）也。』

〔八〕軒轅句：禪宗頌古聯珠通集卷第七：『不是旛兮不是風，軒轅寶鑑出懷中。森羅萬象難逃影，戀窟狐狸失却蹤。』

雲門匡眞禪師頌〔一〕

日裏看山滿眼青〔二〕，千巖萬壑鬭縱横。洞門疑是雲遮斷，到者須知路坦平。

臘月二十五，一曲無人舉〔三〕。韶陽老古錐〔四〕，屈指從頭數。

不起一念須彌山〔五〕，逐語隨言會轉難。錦鱗赬尾平生事，剛被平人把釣竿〔六〕。

學人自己，游山玩水〔七〕。只知踏破草鞋，忘却來時年幾。

雲門一路親，眼裏不容塵〔八〕。自從五代干戈後，得見升平有幾人。

【箋】

〔一〕輯自禪宗頌古聯珠通集卷第三二、三三、三四。原無題。雲門匡眞：即雲門文偃，俗姓張，唐姑蘇嘉興人，雲門宗創始人。

〔二〕日裏看山：古尊宿語録卷第一五雲門匡眞禪師廣録：『問：如何是祖師西來意？師云：日裏看山。』

〔三〕臘月二句：古尊宿語録卷第一五雲門匡眞禪師廣録：『問：如何是雲門一曲？師云：臘月二十五。』

〔四〕韶陽老古錐：指雲門匡眞。韶陽，文偃於此創雲門宗。老古錐，禪宗慣用話頭。錐爲尖利之器，比喻不可衝犯。

〔五〕不起句：古尊宿語録卷第一五雲門匡眞禪師廣録：『問：不起一念還有過也無？師云：須彌山。』

〔六〕錦鱗二句：唐羅隱西京崇德里居：『錦鱗頳尾平生事，卻被閑人把釣竿。』

〔七〕學人二句：古尊宿語録卷第一五雲門匡眞禪師廣録：『問：如何是學人自己？師云：游山玩水。』

〔八〕雲門二句：古尊宿語録卷第一五雲門匡眞禪師廣録：『問：如何是雲門一路？師云：親。進云：如何即是？師云：顛言倒語作麽？』

法眼文益禪師頌〔一〕

曹源一滴水〔二〕，是即波濤起。桃花流出洞中來，漁舟夜宿蘆花裏〔三〕。塵劫來事，盡在於今〔四〕。祖師不會，面壁沉吟。

【箋】

〔一〕輯自禪宗頌古聯珠通集卷第三六。原無題。法眼，即清涼文益，五代時人，法眼宗創始人，南唐中宗李璟賜謚大法眼禪師。

〔二〕曹源：即曹溪。見本卷六祖慧能頌箋注〔五〕。密庵語録：『曹源一滴，彌漫人家。衲僧一吸，鼻孔遼天。』又：『憑師一滴曹溪水，散作皇都内苑春。』又：『曹溪一滴，源深流長。』金陵清涼院文益禪師語録：『師一日上堂。僧問：「如何是曹源一滴水？」師曰：「是曹源一滴水。」』

〔三〕宿蘆花：人天眼目卷之三功勛問答：『僧問翠巖：如何是轉功就位？巖云：撒手無依全體現，扁舟漁父宿蘆花。』古尊宿語録卷第二〇：『芳草渡頭尋不見，夜來依舊宿蘆花。』

〔四〕塵劫二句：大慧普覺禪師法語卷第一九：『塵劫來事，只在如今。如今會得，塵劫來事，即時瓦解冰銷； 如今不會，更經塵劫，亦只如是。』

靈雲志勤禪師頌〔一〕

靈雲偶爾見桃花，三十年來得到家〔二〕。何事玄沙未相保〔三〕，枯根株上別抽芽。

驢事未了馬事來〔四〕，一花欲謝一花開。安南已得煙塵息〔五〕，塞北將軍唱凱回。

【箋】

〔一〕輯自禪宗頌古聯珠通集卷第二三。原無題。靈雲志勤： 俗姓許，晚唐五代時本州長溪人。

〔二〕五燈會元卷第四福州靈雲志勤禪師： 『本州長谿人也。初在潙山，因見桃華悟道。有偈曰： 三十年來尋劍客，幾回落葉又抽枝。自從一見桃花後，直至如今更不疑。』虚堂和尚語録卷第一： 『上堂舉靈雲見桃花悟道頌，玄沙道： 諦當甚諦當，敢保老兄未徹。』

〔三〕玄沙： 名師備，福州人，俗家姓謝。幼好垂釣，泛小艇於南台江，狎諸漁者。唐咸通初年，甫三十，忽慕出塵，乃棄舟投芙蓉訓禪師落髮，往豫章開元寺受具。唐昭宗敕賜號宗一大師。楊岐方會和尚語録靈雲桃花： 『玄沙敢保君未徹，雲水休話箇生滅。』

〔四〕驢事句： 五燈會元卷第四福州靈雲志勤禪師： 『問： 如何是佛法大意？ 師曰： 驢事

未去，馬事到來。』

〔五〕安南：　越南的古稱。

天台智者大師頌〔一〕

世尊三昧安詳起，師悟藥王精進時。靈鷲山中人未散，不因南嶽有誰知〔二〕？

【箋】

〔一〕輯自禪宗頌古聯珠通集卷第四。原無題。天台智者大師：　即智顗，陳、隋間人，俗姓陳氏，字德安，荆州華容人，净土宗四祖。

〔二〕世尊四句：　三昧，見卷六和朝回二首箋注〔四〕。藥王，指藥王菩薩。大慧普覺禪師普説卷第一七：『天台智者大師因讀法華經至藥王菩薩焚身處云「是眞精進，是名眞法供養如來」，於此豁然，前後際斷，便證法華三昧，於三昧中見靈山會上釋迦老子與百萬大衆，儼然未散。』禪宗頌古聯珠通集卷第四：『天台智者大師，在南嶽誦法華經至藥王品曰「是眞精進，是名眞法供養如來」，於是悟法華三昧，獲旋陁羅尼，見靈山一會儼然未散。』

玄沙師備禪師頌〔一〕

膿滴滴地金色光〔二〕，法身全體露堂堂〔三〕。釣螺江上曾分化〔四〕，一葉漁舟泛渺茫。

【箋】

〔一〕輯自禪宗頌古聯珠通集卷第三一。原無題。

〔二〕膿滴滴：禪宗頌古聯珠通集卷第三一：『玄沙因僧問「如何是清浄法身」，師曰：膿滴滴地。』

〔三〕法身句：續傳燈録卷第二三温州光孝德周禪師：『上堂。曰：舉體露堂堂，十方無挂礙。』古尊宿語録卷第二舒州法華山舉和尚語要：『師到盧山羅漢祖印大師處，即舉頌云：北斗藏身事已彰，法身從此露堂堂。雲門賺殺他家子，直至如今亂度量。』

〔四〕鈞螺江：輯自太平寰宇記卷一〇〇，在福州侯官縣，又名螺江。禪林類聚卷第三：『佛慧泉云：石霜雪老盡悠悠，月下相逢互唱酬。怎似鈞螺江上客，一聲漁笛過滄州。』偃溪和尚語録卷下蜆子和尚：『鈞螺江畔，撈攏得底。』

中際可遵禪師頌〔一〕

無孔鐵鎚太重，墮在野軒詩頌。酸嗛氣息全無，一向撲入齏瓮〔二〕。

【箋】

〔一〕輯自卍續藏第八六册雲卧紀談卷下。原無題。中際可遵：號野軒，福州人，初住福州中際，後入杭州。工詩，與蘇軾、楊傑等時有唱和。

〔二〕無孔四句：雲卧紀談卷下：「中際可遵禪師，楊傑以爲道交。楊以偈調之曰：『無孔鐵鎚太重……』遵即繼其韻曰：『無爲不甚尊重，到處吟詩作頌。直饒百發百中，未免唤鐘作瓮。』」五燈會元卷第一六洪州法昌倚遇禪師：「『直得水灑不著，風吹不入，如箇無孔鐵鎚相似，且道法昌還有爲人處也無？』」五燈會元卷六：「『臨濟門下有個赤梢鯉魚，摇頭擺尾向南方去，不知向誰家齏甕裏淹殺？』」

天衣懷禪師頌〔一〕

冲本秀夫〔二〕，四碧眼胡。中間坐者，烹金之爐〔三〕。

【箋】

〔一〕輯自卍續藏第七八册五家正宗贊卷四。原無題。天衣懷：名義懷，俗家姓陳，温州樂清人。楊傑曾從天衣懷禪師游，天衣懷每引老龐機語令楊傑參究。

〔二〕冲本秀夫：五燈會元卷一六天衣懷禪師法嗣：東京相國慧林院若冲覺海禪師，江寧府鍾氏子；東京慧林宗本圓照禪師，常州無錫管氏子；東京法雲寺法秀圓通禪師，秦州隴城辛氏子；眞州長蘆應夫廣照禪師，滁州蔣氏子。

〔三〕烹金之爐：五家正宗贊卷第四天衣懷禪師：『參次。住平江薦福，接冲本秀夫，後榜方丈曰烹金爐。』

洪州雲居道膺禪師頌〔一〕

念底却是維摩經，一回舉著一回精〔二〕。鷓鴣故鄉歸不得，大都言語太分明〔三〕。

【箋】

〔一〕輯自禪宗頌古聯珠通集卷第二九。原無題。道膺：唐代曹洞宗僧，幽州薊門玉田人，俗家姓王。初居三峯庵，後住雲居山，接四衆，故稱雲居道膺。

〔二〕念底二句：景德傳燈録卷第一七洪州雲居道膺禪師：『有一僧在房内念經。師隔窗問：「闍黎念者是什麽經？」對曰：「維摩經。」師曰：「不問維摩經，念者是什麽經？」其僧從此得入。』

〔三〕鷓鴣二句：無見和尚語録：『僧問法眼：「如何是曹源一滴水？」眼云：「是曹源一滴水。」韶國師於言下大悟。曹源一滴混涇清，打碎焦磚連底冰。鷓鴣故鄉歸不得，大都言語太分明。』

鏡清怤禪師頌〔一〕

是甚麽聲，雨滴浩浩。迷己逐物，衆生顛倒〔二〕。

【箋】

〔一〕輯自禪宗頌古聯珠通集卷第三二。原無題。鏡清怤禪師：五代時永嘉人，俗家姓陳，住越州鏡清寺。

〔二〕是甚麽四句：禪宗頌古聯珠通集卷第三二：『鏡清問僧：「門外什麽聲？」曰：「雨滴聲。」師曰：「衆生顛倒，迷己逐物。」』大慧普覺禪師住徑山能仁禪院語録卷第四：『上堂舉。鏡清問玄沙：「學人乍入叢林，乞師指箇入路。」沙云：「還聞偃谿水聲麽？」清云：「聞。」沙云：「從這裏入。」』

嵩嶽破竈墮和尚頌〔一〕

古廟神竈，禪師法要。杖子敲來，業身勃跳〔二〕。

【箋】

〔一〕輯自禪宗頌古聯珠通集卷第八。原無題。

〔二〕古廟四句：禪林寶訓嵩嶽破竈墮禪師：『嵩嶽破竈墮和尚，不稱名氏，言行叵測。隱居嵩嶽，山塢有廟甚靈。殿中唯安一竈，遠近祭祀不輟，烹殺物命甚多。師一日領侍僧入廟，以杖敲竈三下曰：「咄！此竈只是泥瓦合成，聖從何來？靈從何起？恁麼烹宰物命。」又打三下，竈乃傾破墮落。須臾，有一人青衣峨冠，設拜師前。師曰：「是甚麼人？」曰：「我本此廟竈神，久受業報。今日蒙師説無生法，得脱此處，生在天中，特來致謝。」師曰：「是汝本有之性，非吾叉言。」神再禮而没。』

南泉普願禪師頌〔一〕

溪東去，溪西去，難免官家苗税賦。直饒隨分供輸，未解牽牛去住〔二〕。

【箋】

〔一〕輯自禪宗頌古聯珠通集卷第一一。原無題。南泉普願禪師：鄭州新鄭人，俗家姓王。唐德宗貞元十一年駐錫池陽南泉山煙谷，刊木以構禪宇，足不下南泉三十年。

〔二〕溪東五句：禪宗頌古聯珠通集卷第一一：『南泉示衆曰：王老師自小養一頭水牯牛。擬向溪東牧，不免食他國王水草；向溪西牧，亦不免食他國王水草。如今不免隨分納些些，總不見得。』

潭州報慈藏嶼禪師頌〔一〕

情未生時隔〔二〕，金毛多失色〔三〕。狐狸門外走縱横，笑殺藂林老禪客。

【箋】

〔一〕輯自禪宗頌古聯珠通集卷第三四。原無題。

〔二〕情未句：五燈會元卷第一三潭州報慈藏嶼匡化禪師：『僧問：「情生智隔，想變體殊。祇如情未生時如何？」師曰：「隔。」曰：「情未生時，隔箇甚麽？」師曰：「這箇梢郎子，未遇人在！」』大慧普覺禪師語録卷第一：『上堂。僧問：「情生智隔，想變體殊。情未生時隔從何得？」師云：「元來是箇飯袋子。」進云：「未審意旨如何？」師云：「隔。」』

〔三〕金毛：謂獅子。如浄和尚語録卷下端獅子：『咄哉捏怪老狐狸，披起金毛獅子皮。弄盡狐狸俱任從天外去，尾巴敗露已多時。』禪宗頌古聯珠通集卷第二三：『斫却月中桂，清光轉更多。屏迹，師子奮金毛。』

襄州石門慧徹禪師頌〔一〕

三乘教外别流傳，瞎漢多知唤作禪。天下衲僧參不到，東村王老夜燒錢〔二〕。

【箋】

〔一〕輯自禪宗頌古聯珠通集卷第三五。原無題。石門慧徹：宋初曹洞宗禪師。

〔二〕三乘四句：嘉泰普燈録卷第一八：『僧問古德：「如何是三乘教外别傳一句？」曰：「東村王老夜燒錢。」』禪林類聚卷第四：『石門徹禪師。僧問：「如何是三乘教外别傳一句？」師云：「東村王老夜燒錢。」』圓悟佛果禪師語録卷第一八：『僧問石門：「年窮歲盡時如何？」門云：「東村王老夜燒錢。」』虚堂和尚語録卷之二：『日日日東上，日日日西沈。無爲無事者，子細好推尋。既是無爲無事，又推尋箇甚麽？若推尋佛法要妙，每日起來，呵奴使婢，説東道西，無非在他影子裏；若推尋舊歲未去，新歲未來，東村王老夜燒錢，野鬼閑神俱飽足。』

牛頭法融禪師頌〔一〕

紫氣氤氳透白雲，因逢宗匠指迷津。銜花百鳥空惆悵，不見庵中舊主人〔二〕。

【箋】

〔一〕輯自禪宗頌古聯珠通集卷第八。原無題。法融：俗家姓韋，潤州延陵人。禪宗牛頭派創始人。

〔二〕紫氣四句：禪宗頌古聯珠通集卷第八：『金陵牛頭山第一世法融禪師，幽棲石室，有百鳥銜花之異。唐貞觀中，四祖遥觀氣象，知有奇人，躬自尋訪，見師端坐。祖問曰：「在此作什麽？」師曰：「觀心。」祖曰：「觀是何人，心是何物？」師無對，作禮問曰：「大德高棲何所？」祖曰：「貧道不決所止。」師曰：「還識道信禪師不？」曰：「何以問他？」師曰：「向德滋久，冀一禮謁。」祖曰：「即貧道是。」師曰：「因何降此？」祖曰：「特來相訪。莫更有宴息處否？」師引至庵所。唯見虎狼之類，祖舉兩手作怖勢。師曰：「猶有這箇在。」祖曰：「適來見什麽？」師無語。祖於師坐石書一佛字，師睹之竦然。祖曰：「猶有這箇在。」師未曉，乃請説法。祖曰：「百千法門，同歸方寸。河沙妙德，總在心源。」師領悟。祖曰：「吾受三祖頓教法門，今付於汝。汝受吾言，只住此山，後有五人，紹汝玄化，百鳥不復銜花。」』指月録牛頭山法融禪師：『僧問南泉：「牛頭未見四祖時，爲甚百鳥銜花供養？」泉云：「只爲步步踏佛階梯。」僧云：「見後爲甚麽不來？」泉云：「直饒不來，猶較王老師一線道。」』林野奇禪師語録卷第四：『（師）乃云：昔日懶融未見四祖時，百鳥銜花，人天送供。及見之後，百鳥無蹤，人天絶迹。汝等還見懶融麽？』

雪竇重顯禪師頌〔一〕

千峯寒色事如何，雪上加霜凍滑多。若遇鄒陽吹暖律，巖花應不待春和〔二〕。

【箋】

〔一〕輯自禪宗頌古聯珠通集卷第三七。原無題。雪竇重顯：字隱之，俗家姓李，遂州人。宋初雲門宗僧人。晚住明州雪竇。

〔二〕千峯四句：五燈會元卷第一五明州雪竇重顯禪師：『問：「如何是諸佛本源？」師曰：「千峯寒色。」曰：「未委向上，更有也無？」師曰：「雨滴巖花」。』明覺禪師祖英集卷第五送諸方化主：『空巖暖律回，極目望還普。數點方外雲，幾處人間雨。』唐羅隱歲除夜：『厭寒思暖律，畏老惜殘更。』宋范純仁鷓鴣天：『臘後春前暖律催，日和風暖欲開梅。』玉英浪淘沙：『塞上早春時，暖律猶微。』鄒陽吹暖律：見卷五同浩然正叔賦夏英公宅延春亭得登字箋注〔四〕。

靈芝元照禪師頌〔一〕

持鉢出，持鉢歸，佛言長在四威儀〔二〕。初入塵時人不識〔三〕，虛空當有鬼神知。

【箋】

〔一〕輯自大正新修大藏經第四九册佛祖歷代通載卷第一九。又見卍續藏第七五册釋門正統第八，文字小異，作『持鉢出，持鉢歸，示人長在四威儀。遵佛入塵時不識，虛空當有鬼神知。』元照：錢塘靈芝寺律師。字湛然，俗姓唐，浙江餘杭人，是北宋初期弘傳律宗和淨土教的高僧，依善道之說一意專持阿彌陀佛名號，編浄業禮懺儀，發願領衆同修念佛。

〔二〕四威儀：佛教指符合儀則的四種身體姿態：行如風、立如松、坐如鐘、卧如弓。釋氏要覽入衆威儀：『經律中皆以行、住、坐、卧名四威儀。其他動止，皆四所攝。』

〔三〕廛：市廛。商肆集中之處。

五宗宗旨頌〔一〕

臨濟：正法眼藏，瞎驢邊滅。黄檗老婆，大愚饒舌〔二〕。

雲門：玉馬上金梯〔三〕，胡人白晝迷。直饒機掣電，也是鈍根師〔四〕。

潙仰：長一劃短，短一劃長。曲直方圓，徵應宫商〔五〕。江邊鏊餅〔六〕，無人買空，使胡僧笑一場。

曹洞：丹山鸞鳳來阿閣，祕殿簫韶奏九成。野老不知黄屋貴，六街猶聽静鞭聲〔七〕。

法眼：日煖花争發，林深鳥不驚。漁舟過南岸，潮打石頭城①〔八〕。

【校】

①打　一本作『落』。

【箋】

〔一〕輯自大正新修大藏經第四八册人天眼目卷之六。

〔二〕正法四句：正法眼藏，禪家所稱的禪宗玄旨。五燈會元卷第一釋迦牟尼佛：『世尊至多子塔前，命摩訶迦葉分座令坐，以僧伽梨圍之。遂告曰：「吾以正法眼藏密付於汝，汝當護持，傳付將來。」』寒松操禪師語録卷第一四臨濟：『變化魚龍施電火，縱横照用展鋒芒。瞎驢滅卻瞎驢眼，白日雷轟白日霜。』古林和尚拾遺偈頌卷上送寧維那：『寧可碎身如微塵，終不瞎箇衆生眼。笑佗黄檗老婆心，何似睦州擔片板。』五燈全書卷第四五『明州天童應庵曇華禪師』：『上堂。黄檗老婆，大愚饒舌。佛法無多子，正眼瞎驢滅。』五家正宗贊卷第一臨濟慧照禪師：『來日上辭，蘗令往高安參大愚。師到大愚。愚問：「甚處來？」曰：「黄蘗來。」曰：「黄蘗有何言教？」曰：「某甲三度問佛法的的大意，三度被打。未審有什麽過？」曰：「黄蘗恁麽老婆，爲汝得徹困，更來者裏問有過無過。」師云：「元來黄蘗佛法無多子。」愚把住曰：「者尿牀鬼子，適來問有過無過，而今却道黄蘗佛法無多子。汝見箇什麽道理便恁麽道！」師於愚肋下築三拳。愚拓開曰：「汝師黄蘗，非干我事。」師回，蘗見，便問：「來來去去，有甚了期！」師曰：「只爲老婆心切。」蘗曰：「大愚饒舌，待見，痛與一頓。」師曰：「説什麽待見，即今便打。」』

〔三〕玉馬句：五燈會元卷第一四隨州大洪守遂禪師：『慣向高樓驟玉馬，曾於急水打金毬。』嘉泰普燈録卷第一六湖州道場正堂明辯禪師：『云：「如何是雲門宗？」曰：木馬上金梯。」』禪林寶訓拈頌：『奔馳業識起於迷，被境風吹著處栖。若肯返觀親點檢，倒騎木馬上金梯。』布水臺集卷第二〇：『金梯驟玉馬，井底種林檎。』

〔四〕直饒二句：師子林天如和尚語録卷之九宗乘要義：『雲門宗格外縱擒，言前定奪，稱提三句關鍵，拈掇一字機鋒，截斷衆流，聖凡無路。人咸謂其孤危聳峻，難乎湊泊，非上根利器，不足以窺其仿佛。』

〔五〕長一四句：謂潙仰宗風謹嚴。

〔六〕鏊餠：寒松操禪師語録卷第一四潙仰：『閑攜鏊餠上長安，底事分明在指端。』五燈會元卷第一六瑞州黄檗惟初禪師：『有僧問：「既不向這殼漏子上著倒，未審如何保任？」師曰：「無你用心處。」曰：「和尚豈無方便？」師曰：「鏊餠既無汁，壓沙那有油。」』

〔七〕丹山四句：虚堂和尚語録卷之四：『白雲端和尚，見楊次公外集中間有一偈發明曹洞宗旨：「丹山鸞鳳來阿閣……」乃云：「他是過量人，見徹古人心髓。」』月江和尚語録卷下初祖：『九州之鐵，鑄不得西來一錯。萬兩黄金，博不得老蕭一諾。五色麒麟飛上天，丹山鸞鳳巢阿閣。樹起東土勝幢，撼動竺乾木鐸。』山海經南山經：『丹穴之山，有鳥焉，其狀如鷄，五采而文，名曰鳳皇。』漢張衡東京賦：『鳴女牀之鸞鳥，舞丹穴之鳳皇。』全上古三代秦漢魏晉南北朝文全宋文鮑照河清頌：『是以嘉祥累仍，福應尤盛，青丘之狐，丹穴之鳥，棲阿閣，游禁園。』陳子昂鴛鴦篇：『鳳凰起丹穴，獨向梧桐枝。』史記項羽本紀：『紀信乘黄屋車。』張守節史記正義引李斐曰：『天子車以黄繒爲蓋裏。』梁書敬帝本紀：『且心未遺榮，虚厠蒼頭之位；高談脱屣，終戀黄屋之尊。』大唐大慈恩寺三藏法師傳卷第九：『逮陛下受圖，功業逾盛。還淳反素，邁三五之蹤；製禮作樂，逸殷周之軌。不恃（或作『持』）黄屋爲貴，以濟兆庶爲心。』韋莊秋霽晚景：『秋霽禁城晚，六街煙雨殘。』

〔八〕日煖四句：師子林天如和尚語録卷之九宗乘要義：『法眼宗聞聲悟道，見色明心。句裏藏鋒，言中有響。往往隨順器根，調停化法，亦猶相體裁衣，對病施藥者耳。』

睦州陳尊宿頌〔一〕

睦州唤，隨卦斷〔二〕。回不回，擔板漢〔三〕。

不重師承重至公，諸方誰敢觸機鋒〔四〕？指教臨濟參黄檗〔五〕，接得雲門嗣雪峯〔六〕。織屨只知供母飯，閉門那更話禪宗〔七〕。叢林到處蒙霑潤，莫測風雷起老龍。

【箋】

〔一〕輯自禪宗頌古聯珠通集卷第二二。原無題。陳尊宿：諱道明，唐咸通時睦州人，俗家姓陳。

〔二〕睦州二句：五燈會元卷第四：『睦州陳尊宿，持戒精嚴，學通三藏。學者叩激，隨問遽答。』

〔三〕擔板漢：猶言呆板漢。

〔四〕諸方句：五燈會元卷第四：『睦州陳尊宿，詞語峻險，既非循轍，故淺機之流，往往嗤之，唯玄學性敏者欽伏。』

〔五〕指教句：指月録卷二五南嶽雲峯文悦禪師：『吾聞臨濟在黄檗三年，黄檗不識也。陳尊宿者，教之令問佛法大意。』

〔六〕接得句：景德傳燈録卷一九：『韶州雲門山文偃禪師，姑蘇嘉興人也，姓張氏。初參睦州陳尊宿發明大旨，後造雪峯而益資玄要，因藏器混衆。』

〔七〕織屨二句：五燈會元卷第四：睦州陳尊宿後歸開元，居房織蒲鞋以養母。師尋常見衲僧來，即閉門。或見講僧，乃召曰『座主』。主應諾。師曰：『擔板漢！』

證道牧牛頌〔一〕

突出欄中莫奈何，若無繩綣總由他。力爭牽上不回首，者麽因循放者多〔二〕。

芳草綿綿信自由，不牽終是不回頭。雖然牛是知人意，放去低昂不易收〔三〕。

牽回只是不同羣，不去猶疑性未□。以□走能忘無慮，□□□奔是苦空〔四〕。

放去收來只自由，鼻繩無用□出□。雖然立□□□□，□□□□不放□〔五〕。

飲來眞是□人空，若於□便是可憐。□有□臨體不顧，山谷尤然慮狂顛〔六〕。

牛鼻牽順鼻無繩，水草□□性自任。澗下山陰無定止，朝昏不免□□尋〔七〕。

萬象忘機無所出，牛身全白□出没。□顧千頃花□□，□出□只誰□明〔八〕。

全身不觀鼻嘹天，放者無拘卧石顛。任是雪山香細草，由疑勿食向人前〔九〕。

高卧煙霞絶諸□，牧童閑坐□無□。欲尋古□□祥□，去住人間得自由〔一〇〕。

無牛人自鎮安閑，無住無依性自寬。只此分明誰是侶，寒山樵竹與巖泉〔一一〕。

【箋】

〔一〕輯自胡文和四川道教佛教石窟藝術（四川人民出版社，一九九四年）。證道牧牛頌見於四川大足寶頂山石窟中，該窟相傳爲南宋大足名僧趙智鳳主持營建。窟内有『牧牛圖』十二組，圖旁有頌，總題爲『奉郎知潤州賜紫金魚袋楊次公證道牧牛頌』。關於這一組頌的作者，盡管雖未形成共識，但多數學者指爲楊傑所作。以牧牛來譬喻證悟次第，是佛教文獻中常見的題材。五燈會元卷四

『福州長慶大安禪師』：『師即造百丈，禮而問曰：「學人欲求識佛，何者即是？」丈曰：「大似騎牛覓牛。」師曰：「識得後如何？」丈曰：「如人騎牛至家。」師曰：「未審始終如何保任？」丈曰：「如牧牛人執杖視之，不令犯人苗稼。」師自兹領旨，更不馳求。』又：『安在潙山三十來年，吃潙山飯，屙潙山屎，不學潙山禪。只看一頭水牯牛，若落路入草，便把鼻孔拽轉來。才犯人苗稼，即鞭撻。調伏既久，可憐生受人言語，如今變作箇露地白牛，常在面前，終日露迥迥地，趁亦不去。』歷代禪師牧牛頌很多，宋、元、明三朝尤盛。除普明和尚牧牛圖頌外，卍續藏第六四册十牛圖和頌即收録了聞谷大師、天隱禪師、破山禪師、萬如禪師、浮石禪師、玉林禪師、箬庵禪師、山茨禪師、玄微禪師、香幢法主、跛道人如念、無依道人、牧公道人等和作。這些頌均按照『未牧』、『初調』、『受制』、『回首』、『馴伏』、『無礙』、『任運』、『相忘』、『獨照』、『雙泯』次第排列，以反映證悟次第。宋史楊傑傳：『元祐中，爲禮部員外郎，出知潤州。』從總題『朝奉郎知潤州賜紫金魚袋楊次公牧牛頌』推測，該組詩似作於哲宗元祐三年之後。

〔二〕此爲第一幅圖頌。輯自四川道教佛教石窟藝術（下同），圖繪大意是：青山脚下，荷花池畔，一頭肌肉豐滿的犍牛，昂首傲然，牧童在後面用力拉繩，牛昂然不動，牧童的足邊蓮花盛放。

〔三〕此爲第二幅圖頌。圖繪大意是：山間，牛已回首，牧童强力勒繩，怒目揚鞭，狠狠抽打牛，牛雖回首但不馴服。

〔四〕此爲第三幅圖頌。圖繪大意是：山林裏牧童舉鞭用力抽牛，牛已轉身，但昂首擺尾未息狂意。

〔五〕此爲第四幅圖頌。圖繪大意是：山谷下，有一虎奔下，牧者頭戴斗笠，身披蓑衣（表示風雨大作），輕挽鞭繩向牛，牛安閑自若，不爲所驚。

〔六〕此爲第五幅圖頌。圖繪大意是：牛往牧童走去，牧童手上韁繩毫無着力。牧童不看管牛，與其前方的另一牧童並坐，抱肩嬉戲，樂得合不攏嘴。

〔七〕此爲第六幅圖頌。圖繪大意是：山澗邊有泉水流淌，牛低頭飲水，鼻上無繩。兩牧者抱肩作嬉戲狀，牛鞭挂在肩上。

〔八〕此爲第七幅圖頌。圖繪大意是：山下泉水邊，牛鼻無繩，安閑站向牧者，牧童垂鞭並作喚牛狀，牛似理不理，安閑自在。

〔九〕此爲第八幅圖頌。圖繪大意是：荷花在池中盛開，遠處有一老人横吹牧笛，鸜鵒向牧者歌唱，牧童在恬静中拍手歡愉，如醉如癡。

〔一〇〕此爲第九幅圖頌。圖繪大意是：牛仰首向天，牧童在石上安眠，猴子以爪撫弄牧童頭而牧童無所覺。

〔一一〕此爲第十幅圖頌。圖繪大意是：牛安詳卧地，不見人影，往前走，石脊那邊，有一牧者盤膝而坐。

五祖弘忍大師像贊〔一〕

人孰無父？祖獨有母。其母爲誰？周氏季女〔二〕。濁港滔滔入大江，門前依舊長安路。

【箋】

〔一〕輯自卍續藏第八七册宋覺範慧洪林間録卷上。原無題。

〔二〕其母二句：林間録卷上：『傳燈録、定祖圖記忍大師姓周氏者，從母姓也。大宋高僧傳乃曰：「釋弘忍，姓周氏。」……會昌毀廢，唐末烽火，更遭蹂踐，愈不可考。知其書謬者，母氏周而曰有父故也。無爲子嘗贊其像曰：「人孰無父……」』

白蓮咸教主眞贊〔一〕

台州東掖山白蓮道場傳天台教咸法師，元祐七年七月十一日，召大衆，出衣盂所有，以散之云：吾二十三日，當還浄土。至日於方丈門外，坐禪圓寂。前六日以遺書，遺浄人嚴妙觀齋來京師，與予爲别。乃述眞贊，以寄山中諸徒。

三觀通明念念圓〔二〕，祖師爐拂秖心傳①〔三〕。遺書封了加趺坐，不住白蓮生白蓮。

【校】

①衹　大正新修大藏經校記：『一本作「只」。』

【箋】

〔一〕輯自大正新修大藏經第四七册樂邦文類卷二。咸教主：台州東掖山白蓮寺住持。卍續藏第七八册諸上善人詠白蓮咸教主：『東掖山中闡化權，洞明三觀行應圓。衣盂散盡還安養，動地香風起白蓮。』

〔二〕三觀：天台宗的基本教義。謂從事物緣起中觀悟空、假、中三諦。隋智顗摩訶止觀卷五上：『一空一切空，無假中而不空，總空觀也；一假一切假，無空中而不假，總假觀也；一中一切中，無空假而不中，總中觀也。即中論所説不可思議一心三觀。』

〔三〕爐拂：爐謂香爐，拂謂拂子。授爐拂以示眞傳。

投子青禪師像贊〔一〕

一只履，兩牛皮①。金烏啼處木鷄飛，半夜賣油翁發笑〔二〕，白頭生得黑頭兒②〔三〕。

【校】

①牛　卍續藏第七一册投子義青禪師語録作『片』。

②白頭生得黑頭兒　卍續藏校記：『一本作「黑頭生得白頭兒」。』

【箋】

〔一〕輯自卍續藏第七九册禪林僧寶傳卷一七。原無題。宋釋惠洪禪林僧寶傳卷一七投子青禪師：禪師名義青，本青杜人，李氏子也，熙寧八年移住投子山。船子和尚撥棹歌諸祖贊頌首名即是投子青禪師。

〔二〕半夜句：五燈會元卷第五舒州投子山大同禪師：『後旋故土，隱投子山，結茅而居。一日趙州和尚至桐城縣，師亦出山，途中相遇。乃逆而問曰：「莫是投子山主麽？」師曰：「茶鹽錢布施我。」州先歸庵中坐，師後攜一瓶油歸。州曰：「久嚮投子，及乎到來，秖見箇賣油翁。」師曰：「汝秖識賣油翁，且不識投子。」州曰：「如何是投子？」師提起油瓶曰：「油！油！」』

〔三〕白頭句：丹霞淳禪師語録：『聲前一句口如眉，佛祖從來總不知。昨夜昆侖閑説夢，白頭生得黑頭兒。』

善導和尚彌陀道場贊〔一〕

東峯壇級石嵳峩，十佛隨聲信不訛①〔二〕。後善導依先善導〔三〕，今彌陀是古彌陀〔四〕。一心正受超三界，孤月澄輝照萬波。乘般若舟游浄域〔五〕，度生還亦到娑婆。

【校】

①隨　大正新修大藏經校記：『一本作「佛」。』

【箋】

〔一〕輯自大正新修大藏經第四七册樂邦文類卷二。善導：臨淄人，隋末唐初人。淨土宗第二代祖師。樂邦文類於該詩下有注曰：『道場在嚴州烏龍山，後善導即少康法師也。』道場爲少康大師於唐貞元十年在嚴州烏龍山所建。少康大師，俗姓周，浙江縉雲人。

〔二〕東峯二句：樂邦文類卷三蓮社繼祖五大法師傳：少康『續於烏龍山，建淨土道場，築壇三級。集衆午夜行道。康高聲唱阿彌陀佛，衆共和之。師一唱佛聲，衆見一佛從口而出，連唱十聲，則有十佛，若貫珠焉。』

〔三〕後善導：即少康大師。樂邦文類卷三蓮社繼祖五大法師傳曰：少康『至長安善導影堂，大陳薦獻，倏見善導遺像升於空中謂曰：「汝依吾事，利樂有情。則汝之功，同生安養。」』

〔四〕今彌陀：樂邦文類卷三蓮社繼祖五大法師傳：『天竺往生略傳曰：（善導），阿彌陀佛化身。』少康大師一聲佛號則有一佛從口而出，亦被尊爲『阿彌陀』。

〔五〕淨域：淨土宗之境界。

大宋杭州慧因院淨源法師真贊〔一〕

了此一塵，圓融十身〔二〕。不舉一步，遍周諸土。王子僧來印上乘〔三〕，爐拂親傳海東去〔四〕。

【箋】

〔一〕輯自大覺國師文集外集卷九。淨源：泉州晉水，俗家姓楊，先後住持泉州清涼寺、蘇州報國寺、杭州祥符寺和錢塘慧因寺，畢生弘揚華嚴教義，被尊爲『教海義龍』。祐世僧統義天元豐八年來中國時曾隨其學法。眞：畫像。

〔二〕圓融：佛教語。指破除偏執，圓滿融通。楞嚴經卷一七：『如來觀地、水、火、風，本性圓融，周遍法界，湛然常住。』

〔三〕王子僧：謂高麗國王文宗王徽第四子祐世僧統義天。

〔四〕海東：指高麗國。

甘露王如來贊〔一〕

諸天以名藥〔二〕，投於大海中。摩以妙寶山，造成甘露味〔三〕。嘗者延壽命，而無夭橫苦〔四〕。如來施法食，充滿大千界。令諸渴愛者，永斷生死本。稽首甘露王〔五〕，一食遍一切。

【箋】

〔一〕輯自卍續藏第五七册放食通覽。甘露王：五如來之一阿彌陀的别號，全稱南無世間廣大威德自在光明如來。

〔二〕諸天：佛教指護法衆天神。長阿含經卷一：『佛告比丘，毗婆尸菩薩生時，諸天在上於虚空中，手執白蓋寶扇，以障寒暑風雨塵土。』

〔三〕摩以二句：寶山，珍寶累積之山。心地觀經六：『如人無手，雖至寶山，終無所得。』甘露，梵語阿密哩多，又譯爲天酒。味甘如蜜，天人所食。光明文句五：『甘露是諸天不死之藥，食者命長身安，力大體光。』注維摩經七：『什曰：諸天以種種名藥，著海中，以寶山摩之，令成甘露。食之得仙，名不死藥。生曰：大食爲甘露味也，食之長壽，遂號爲不死藥也。』

〔四〕夭横：指意外死亡。李復言續幽怪録錢方義：『蓬頭者復曰：「登非害人，出亦有限，人之見者正氣不勝，自致夭横，非登殺之。」』

〔五〕稽首：禮拜。

南嶽芭蕉庵大道谷泉禪師贊〔一〕

生者人之所貴，死者人之所畏，恥者人之所避。而泉不貴其貴〔二〕，不畏其畏，不避其避。此其所以如是，吾不知其眞，吾不知其僞，將質之於天地。方是時，叢林以肅嚴相尚〔三〕，沙門以修潔相高。一有指目〔四〕，重爲愧恥，故泉有以矯之耳。其號泉大道，若非苟然。

【箋】

〔一〕輯自卍續藏第八三册指月録卷二四。又見卍續藏第七九册禪林僧寶傳卷一五。原無題。

南嶽：指衡山。大道谷泉：泉州人，嗣汾陽善昭禪師，南嶽下十世，五燈會元卷一二有傳。

〔二〕泉：謂大道谷泉。

〔三〕叢林：寺院。王安石次韻張子野竹林寺之一：「澗水横斜石路深，水源窮處有叢林。」

〔四〕指目：猶指責。禪林僧寶傳卷一五衡嶽泉禪師：「禪師名谷泉，泉南人也。少聰敏，性耐垢汙。大言不遜，流俗憎之。去爲沙門，撥置戒律。任心而行，眼蓋衲子。所至叢林，輒删去。」

辯才贊〔一〕

月白風清，雲閑水渌，犀柄金爐寄天竺。老龍頭角縮寒巖〔二〕，膏雨人間已霑足。

【箋】

〔一〕輯自咸淳臨安志卷七八。辯才：俗姓徐，名無象，法名元浄，於潛人。天台宗高僧，住杭州上天竺寺。宋神宗聞其德行，特恩賜紫衣袈裟，并賜法號『辯才』。元祐六年圓寂。

〔二〕老龍句：元豐二年，年届古稀的辯才從上天竺退居南山龍井壽聖院。

慧辨贊〔一〕

海上有明月，一輪長皎潔。風卷浮雲萬里開，冷照飛來峯頂雪。

【箋】

〔一〕輯自卍續藏第七五册釋門正統第五。慧辨：字訥翁，傅姓，華亭人。年少入普照寺，十九進具。後從天竺韶學天台教觀。

安樂國贊〔一〕三十章章四句

净土周沙界〔二〕，如何獨指西①？但能從一入，處處是菩提②〔三〕。

有念同無念，無生即是生。不勞移一步，透徹覺王城〔四〕。

厭煩求净土，不是不慈悲。欲得醫他病，先須自療治。

彌陀願力重〔五〕，光明照塵沙〔六〕。一念若相應，即生如來家。

天宮多五欲〔七〕，樂國絶三塗〔八〕。生者不退轉，如來語豈誣？

劣夫從聖王〔九〕，一日四世界〔一〇〕。聖力不思議，譬喻當得解。

莫疑宿業重〔一一〕，十念功德輕〔一二〕。萬年有暗室，日照當時明。

雖知諸佛國，及與衆生空。化人修淨土，摩詰有遺風〔一三〕。

愛戀當猛斷，日爍冰自泮〔一四〕。未證三昧者〔一五〕，應作如是觀。

五濁污泥水〔一六〕，不染白蓮華。如何游蕩子，年老未還家？

阿彌陀教觀〔一七〕，濁世有深緣。末法銷除盡〔一八〕，重留一百年。

勿謂十萬億，路遠自厭倦。譬如千裏境，頃刻夢中遍。

勿謂歷劫罪〔一九〕，一念不可消。譬如積年木，一豆火能燒。

弱羽不離枝，嬰兒不離母。念念阿彌陀，決定生淨土。

十方諸如來〔二〇〕，一音廣長舌。發願即得生，稱贊誠實說。

水鳥及風聲，法音無間斷。菩薩皆伴侶，決定不退轉。

黑業必殞墜〔二一〕，如石投諸水。願力猶巨舟，乘之得安濟。

有念非無漏〔二二〕，無心未是精。虛空造宮室，何日是功成？

安養受諸樂，娑婆備衆苦〔二三〕。當發無上心〔二四〕，願得生淨土。

欄楯及羅網〔二五〕，寶木皆七重〔二六〕。莊嚴無與等〔二七〕，天樂散香風。

池水八功德〔二八〕，池底純金沙。上有寶樓閣，車輪四色華。

天雨曼陀羅〔二九〕，盛以寶衣祴〔三〇〕。供養十方佛，食時還本國。

心淨即土淨，大士語豈遥③〔三一〕？刹刹見如來，那伽常在定〔三二〕。

已證無生忍〔三三〕，重乘般若船〔三四〕。游戲生死海，援溺濟無邊。

生理不可得，即是眞無生〔三五〕。自他凡與聖，一一是强名〔三六〕。

即此娑婆界，混然凡聖居。塵塵全體現，妄動即差殊。

佛言彌陀國，去此實不遠。普告修行人，切勿生異見〔三七〕。

佛爲法藏時〔三八〕，四十八誓願。願願度衆生，攝受無限量④〔三九〕。

若有諸衆生，一稱我名號。若不生浄方，我不成佛道。

父常念其子，子常念其父。念念若相應，還家依位住〔四〇〕。

【校】

①如　大正新修大藏經第四七册樂邦遺稿載唐肅宗皇帝問南陽國師作「云」。

②處處　唐肅宗皇帝問南陽國師作『觸處』。

③心浄二句　大正新修大藏經校記：『一本作「大士語豈遥，心浄即土浄」。』

④限量　大正新修大藏經校記：『一本作「量限」。』

【箋】

〔一〕輯自大正新修大藏經第四七册樂邦文類卷二。安樂國：指西方浄土。

〔二〕沙界：謂恒河沙之世界，即指無量無數之佛世界。注華嚴經題法界觀門頌：『心包太虛，量周沙界。』

〔三〕菩提：　梵文音譯。意譯『覺』、『智』、『道』等。指覺悟的智慧和覺悟的途徑。百喻經駝甕俱失喻：『凡夫愚人，亦復如是，希心菩提，志求三乘。』

〔四〕覺王：　佛的別稱。舊唐書高祖紀：『自覺王遷謝，像法流行，末代陵遲，漸以虧濫。』

〔五〕願力：　見輯補卷一妙蓮閣箋注〔六〕。

〔六〕塵沙：　猶塵世。梅堯臣和永叔景靈致齋見懷：『不嗟門外塵沙苦，只覺壺中歲月長。』

〔七〕五欲：　又作五妙欲、妙五欲、五妙色。指染著色、聲、香、味、觸五境所起之五種情欲。

〔八〕三塗：　佛教指火塗（地獄道）、血塗（畜生道）、刀塗（餓鬼道）。

〔九〕聖王：　指佛。

〔一〇〕四世界：　佛教中指以須彌山爲中心的四大洲，即南瞻部洲、北巨盧洲、東勝神洲、西牛賀洲。

〔一一〕宿業：　前世的善惡因緣。佛教相信衆生有三世因果，認爲過去世所作的善惡業因，可以産生今生的苦樂果報。彭乘墨客揮犀卷八：『德性根好道，宿業所牽，未能脱去，乃此拘留。』

〔一二〕十念：　佛教中解釋不一，這裏似指念十聲『南無阿彌陀佛』。

〔一三〕摩詰：　即維摩詰。早期佛教著名居士、在家菩薩。

〔一四〕泮：　融解。

〔一五〕三昧：見卷六和朝回二首箋注〔四〕。

〔一六〕五濁：即五濁惡世。佛教謂塵世中的五種渾濁不净，即劫濁、見濁、煩惱濁、衆生濁和命濁。南朝宋謝靈運廬山慧遠法師誄：『令聲續振，五濁暫隆。』

〔一七〕阿彌陀：即阿彌陀佛。佛名。佛教指西方極樂世界的教主。『阿彌陀』意譯爲無量，也譯作無量壽佛或無量光佛，是浄土宗用爲持名念佛的佛號。

〔一八〕末法：正法絶滅之意。指佛法衰頽之時代。與『末世』、『末代』同義。

〔一九〕歷劫：佛教謂宇宙在時間上一成一毁叫『劫』。經歷宇宙的成毁爲『歷劫』。後泛指經歷各種災難。沈約爲文惠太子禮佛願疏：『歷劫多幸，夙世善緣。』

〔二〇〕十方：佛教指東、南、西、北、東南、西南、東北、西北、上、下。

〔二一〕黑業：佛教指惡業。大智度論釋四諦品：『黑業者，是不善業果報地獄受苦惱處，是中衆生，以大苦惱悶極，故名爲黑。』

〔二二〕無漏：佛教謂涅槃、菩提和斷絶一切煩惱根源之法。與『有漏』相對。百喻經寶篋鏡喻：『禪定道品，無漏諸善，三乘道果，一切都失。』

〔二三〕娑婆：梵語音譯，意爲『堪忍』，『娑婆世界』的省稱。娑婆世界，漢譯『忍土』，釋迦牟尼所教化的三千大千世界的總稱。窺基法華經玄贊二：『乃是三千大千世界，號爲娑婆世界也。』

〔二四〕無上：至高，無出其上。

〔二五〕欄楯：　欄杆。

〔二六〕重：　層。

〔二七〕莊嚴：　裝飾。

〔二八〕池水句：　池指謂阿彌陀佛極樂淨土之浴池，池中盈滿八功德水。稱贊淨土佛攝受經：『舍利子！　極樂世界淨佛土中，處處皆有七妙寶池，八功德水彌滿其中。何等名爲八功德水？　一者澄淨，二者清冷，三者甘美，四者輕軟，五者潤澤，六者安和，七者飲時除饑渴等無量過患，八者飲已定能長養諸根四大。』

〔二九〕曼陀羅：　梵語譯音，意譯爲悅意花。佛教中被視爲神聖的植物。法華經序品：『是時天雨曼陀羅華。』

〔三〇〕裓：　僧道所穿的法衣。

〔三一〕大士：　佛教中稱菩薩爲『大士』。

〔三二〕那伽：　梵語譯音，意譯爲龍、象、無罪、不來等。佛教中常稱呼佛或阿羅漢作摩訶那伽，以喻其具有大力以及不再來受生死。

〔三三〕無生忍：　佛教謂通達無生無滅之理而不動心。智度論出到品：『無生忍法者，於無生滅諸法實相中，信受通達，無礙不退，是名無生忍。』

〔三四〕般若船：　般若，梵語譯音，或譯爲『波若』，意譯『智慧』。佛教認爲般若是度越生死海，達於菩提彼岸之船筏。

〔三五〕無生：　佛教指没有生滅，不生不滅。　王該日燭：　『咸淡泊於無生，俱脱骸而不死。』

〔三六〕强名：　虚名。　杜牧湖南正初招李郢秀才：　『高人以飲爲忙事，浮世除詩盡强名。』

〔三七〕異見：　佛教中指異端邪説。

〔三八〕法藏：　佛所説的教法。　佛法含藏無量妙義，故稱『法藏』。　法華經寶塔品：　『假使有受持，八萬諸法藏，班宣如所説，以示億千人。』

〔三九〕攝受：　佛教指佛以慈悲心收取和護持衆生。　梁簡文帝大愛敬寺刹下銘：　『應此一千，現兹權實，隨方攝受，孰能弘濟。』

〔四〇〕位：　即本位。　本來的位子，也就是本身。

輯補卷三

文

元祐樂議〔一〕

元豐中，嘗詔范鎮、劉几與臣詳議郊廟大樂〔二〕，既成而奏，稱其和協。近見鎮有元祐新定樂法〔三〕，頗與樂局所議不同。竊緣其樂，先經仁宗製作，後經神考睿斷〔四〕，奏之郊廟、朝廷，蓋已久矣，不可用鎮一家之説而遽改之。

議樂章

國朝大樂所立曲名，各有成憲〔五〕，不相淆雜，所以重正名也。故廟堂之樂，皆以『大』名之，如大喜、大仁、大英之類是也。今以文明之曲進獻祖廟①，以成安之曲進呈皇帝②，以萬歲之曲進呈太皇太后，其名未正，恐難以施於宗廟、朝廷。

議秬秠

按爾雅曰：『秬，黑黍。』又曰：『秠，一稃二米〔六〕。』法律有用秬黍之文〔七〕，即無用秬之説③。詩云『維秬維秠』者，蓋秬是黑黍，秠乃『一稃二米』之黍，其種相異。鎮以爲必得秠，然後製律，臣未之前聞也。

議量

臣元豐議樂時，常見鎮所造銅量，斛在上，斗在下，左耳爲升，右耳爲合④，下爲龠，上三下二，與漢制符矣。漢志曰⑤〔八〕：量，聲中黄鍾⑥，始於黄鍾而反覆焉。孟康曰：反斛聲中黄鍾，覆斛亦中黄鍾之宫〔九〕。是時嘗叩鍾，所造銅量，其聲不與黄鍾相合。鎮言後來所製量斛尚用舊法⑦，臣審知其不與漢制符也。若更其制，則臣不知也。但以鎮所造黄鍾之鍾，參考量聲，則可知其聲之中否。

議鍾

鎮言：『今太常鍾無大小，無厚薄，無金齊，一以黄鍾爲率，而摩以取律之合。故黄鍾最薄而輕，自大吕以隆，迭加重厚。』是以卑陵尊，以小加大，其可得乎？

議聲器

鎮論聲器之失，以爲國朝李照以縱黍累尺〔一〇〕，胡瑗以横黍累尺〔一一〕，皆失之於以尺而生律也。房庶之法〔一二〕，以律而生尺，得古之制。鎮用太府尺以爲樂尺⑧〔一三〕，下今樂一律有奇，以爲得其理。謹按，黄帝命伶倫斷竹節兩間⑨〔一四〕，聽鳳之鳴，以爲律吕，此造律之本也。初無用黍之法，至漢律曆志則曰：『度本起黄鍾之長，以子穀秬黍中者，一黍之廣，度之九十分，黄鍾之長一爲一分。』又曰『量起於黄鍾之龠，用度數審其容，以子穀秬黍中者千有二百，實其龠』，乃有用黍之制矣。鎮以謂世無眞黍，乃用太府尺以爲樂尺⑩，蓋出於鎮一家之言，而又下一律有奇，其實下舊樂三律矣。然則管笛之類，比舊差長，竅比舊差大而短，未知久長而可用之乎？

議宫架加磬

鎮言：『國朝祀天地、宗廟及大朝會，宫架内止設鎛鍾，惟後廟乃用特磬，非也〔一五〕。今已升後廟，特磬遂爲無用之樂，欲乞凡宫架内於鎛鍾後，各加特磬，貴乎金石之聲，大小相應。』謹按唐六典曰〔一六〕：『天子宫架之樂，鎛鍾十二、編鍾十二、編磬十二，凡三十有六虡〔一七〕，宗廟與殿庭同。凡中宫之樂，則以大磬代鍾，餘如宫架之制。』即無鎛鍾、特磬並設之⑪，則爲四十八架，於古無法，恐非所宜。是以皇帝將出，宮架撞黄鍾之鍾，右五鍾皆應；皇帝興，宮架撞蕤賓之鍾〔一八〕，左五鍾皆應。未聞皇帝出入以特磬爲節。禮曰『金聲鏗鏘以立號』〔一九〕，此之謂也。

議十六鍾磬

鎮以謂：『清聲者不見於經，惟小胥注云：「鍾磬者，編次之，二八十六枚而在一虡，謂之堵。」至唐又有十二清聲，其聲愈高，尤爲非是。國朝舊有四聲⑫，置而不用，至劉几用之，與鄭無異⑬。』謹按，編鍾、編磬十六，其來遠矣。豈獨見於周禮小胥之注哉！漢成帝時，犍爲郡於水濱得古磬十六枚〔二〇〕，帝因是陳禮樂、雅、頌之聲，以風化天下。其事載於禮樂志，不爲不詳，豈因劉几然後用哉！且漢承秦，秦未嘗製作禮樂，其稱古磬十六者，乃二帝、三王之遺法也〔二一〕。其王朴内編鍾、編磬⑭〔二二〕，以其聲律太高，歌者難逐，故四清聲置而不用。及神宗朝用仁宗皇帝時下二律鍾⑮，則四清聲皆用而諧協矣。周禮曰：『鳧氏爲鍾，薄厚之所震動，清濁之所由出〔二三〕。』則清聲豈不見於經哉！今鎮以簫、笛、塤、篪、巢笙、和獻於朝廷⑯，簫必十六管，是四清聲在其間矣。自古無十二管之簫，豈簫韶九成之樂已有鄭、衛之聲乎？

【校】

①宋史卷一二八樂志「今」字下有「鎮」字。之　原作「文」，誤。

②成　宋史卷一二八樂志作「大」。

③秬　文獻通考卷一三一「樂考四」作「秠」。

④右耳爲合　文獻通考卷一三一「樂考四」作「右耳上爲合」。

⑤志　原作「制」，誤。文獻通考卷一三一「樂考四」作「志」。

⑥聲　原作「升」，據漢書律曆志上改。

⑦尚　原作「上」，誤。

⑧太　文獻通考卷一三一「樂考四」作「大」。當做「大」。

⑨黄　原作「皇」，誤。

⑩太　文獻通考卷一三一「樂考四」作「大」。當做「大」。

⑪即無　宋史卷一二八樂志作「今以」。

⑫聲　宋史卷一二八樂志作「清聲」，當據補「清」字。

⑬鄭　宋史卷一二八樂志作「鄭衛」。

⑭宋史卷一二八樂志「朴」字下有「樂」字，當據補。

⑮二　宋史卷一二八樂志作「三」。

⑯宋史卷一二八樂志『和』字下有『笙』字，當據補。

【箋】

〔一〕議樂章、議秬秠、議量、議鍾、議聲器輯自宋會要輯稿樂二，議宮架加磬、議十六鍾磬輯自宋會要輯稿樂五。議樂章又見於宋史樂志。議聲器又見於宋史樂志、玉海卷八。議十六鍾磬又見於宋史樂志、稗編卷四二。玉海卷八：『元祐三年閏十二月，范鎮上新樂。楊傑撰樂議七篇。』

〔二〕范鎮：字景仁，華陽人。宋仁宗寶元元年舉進士第一。與歐陽修、宋祁共修新唐書。哲宗朝爲端明殿學士，累封蜀郡公。謚忠文，贈右金紫光禄大夫。劉几：字伯壽，號玉華庵主，洛陽人。仁宗朝進士。神宗時以秘書監致仕。元豐三年，祀明堂，詔詣太常定雅樂。哲宗元祐三年卒。

〔三〕元祐新定樂法：宋史藝文志：『范鎮新定樂法一卷。』

〔四〕神考：指宋神宗趙頊。宋蘇軾司馬温公神道碑：『知公於異，識公於微，匪公之思，神考是懷。』

〔五〕成憲：原有的法律、規章制度。尚書説命下：『監於先王成憲，其永無愆。』

〔六〕爾雅曰云云：出爾雅釋草。詩經大雅生民：『維秬維秠。』孔穎達疏：『郭璞曰：「秠，亦黑黍，但中米異耳。漢和帝時任城生黑黍，或三四實，實二米，得黍三斛八斗。」則秬是黑黍之大名；秠是黑黍之中有二米者，别名之爲秠。故此經異其文，而爾雅釋之若然。秬、秠，皆黑黍矣。』稃，穀殼。

〔七〕秬黍： 古時選其中形作爲量度標準。漢書律曆志上：『度者，分、寸、尺、丈、引也，所以度長短也。本起黄鍾之長。以子穀秬黍中者，一黍之廣，度之九十分，黄鍾之長。』

〔八〕漢志： 指漢書律曆志。

〔九〕孟康二句： 出顔師古漢書注。『之宫』二字，似爲衍文。

〔一〇〕李照： 宋仁宗時音律學家。縱黍累尺： 謂以累黍定律之法考定尺度來確定黄鍾律的本長。縱，即取黑黍短的一面來排列。下文『横』，即取黑黍長的一面來排列。

〔一一〕胡瑗： 字翼之。理學家，世稱安定先生。宋仁宗朝歷任太子中舍、光禄寺丞、天章閣侍講。

〔一二〕房庶： 又名房昭庶，蜀人，宋仁宗朝進士，精曉音律。

〔一三〕太府尺： 宋代官尺。李攸宋朝事實樂律：『然太府尺乃隋尺也，照知樂聲之高而無法以下之，乃取世俗之尺以爲據。』

〔一四〕伶倫： 相傳爲黄帝樂官，曾隱居於豫章西山，後修道成仙。

〔一五〕鎛鍾： 見卷十五上言大樂七事箋注〔一八〕。特磬： 見卷十五上言大樂七事箋注〔一八〕。

〔一六〕唐六典： 見卷第十五奏請罷文德殿常朝官狀箋注〔六〕。

〔一七〕虡： 見卷三屏石謡贈郭功父箋注〔一四〕。

〔一八〕蕤賓：古樂十二律中陽聲之一。

〔一九〕金聲鏗鏘以立號：禮記樂記魏文侯作『鐘聲鏗，鏗以立號』。

〔二〇〕犍爲郡：見卷十五上言大樂七事箋注〔一三〕。

〔二一〕二帝：唐堯、虞舜。三王：夏禹、商湯、周文王。

〔二二〕王朴：字文伯，東平人。後周世宗朝知開封府，任端明殿學士。精通陰陽律曆。顯德六年，考證雅樂，造律準。

〔二三〕梟氏三句：出周禮考工記。

論正樂〔一〕

正樂者，先王之德音，所以感召和氣，格降上神〔二〕，移變風俗，而鼓吹者〔三〕，軍旅之樂耳。蓋鼓角橫吹〔四〕，起於西域，聖人存四夷之樂〔五〕，所以一天下也；存軍旅之樂，示不忘武備也〔六〕。『鞮鞻氏掌夷樂與其聲歌，祭祀則歈而歌之，燕亦如之〔七〕。』今大祀，車駕所在〔八〕，則鼓吹與武嚴之樂陳於門而更奏之〔九〕，以備警嚴〔一〇〕。大朝會則鼓吹列於宮架之外〔一一〕，其器既異先代之器，而施設概與正樂不同。國初以來，奏大樂則鼓吹備而不作〔一二〕，同名爲樂，而用實異。雖其音聲間有符合〔一三〕，而宮調稱謂不可淆混。故大樂以十二律呂名之，鼓吹之樂則曰正宮之類而已〔一四〕。若以律呂變易夷部宮調，則名混同而樂相紊亂矣。

【箋】

〔一〕輯自宋史樂志。原無題。

〔二〕格：來，至。尚書舜典：『帝曰：格汝舜，詢事考言，乃言底可績。』孔安國傳：『格，來。』

〔三〕鼓吹：即鼓吹曲。用鼓、鉦、簫、笳等樂器合奏。源於我國古代民族北狄。漢初邊軍用之，以壯聲威，後漸用於朝廷。崔豹古今注音樂：『短簫鐃歌，軍樂也。黄帝使岐伯所作也。所以建武揚德，風勸戰士也。周禮所謂王大捷，則令凱樂，軍大獻，則令凱歌者也。漢樂有黄門鼓吹，天子所以宴樂羣臣。短簫鐃歌，鼓吹一章耳，亦以賜有功諸侯。』

〔四〕鼓角：戰鼓和號角，兩種樂器。軍隊亦用以報時、警衆或發出號令。

〔五〕四夷之樂：馬端臨文獻通考曰：『四夷之樂，東方曰韎，南方曰任，西方曰株離，北方曰禁。』

〔六〕武備：軍備。

〔七〕鞮鞻氏：掌管少數民族歌舞的樂官名。鞮鞻氏三句出周禮春官鞮鞻氏。

〔八〕車駕：指皇帝。

〔九〕武嚴：猶戒嚴。

〔一〇〕警嚴：猶禁戒。資治通鑑唐德宗建中四年胡三省注：『設鼓角以警嚴。一曰設卒以警備嚴衛。』

〔一一〕朝會：指諸侯、臣屬及外國使者朝見天子。宫架：見卷十五堂上鍾磬議箋注〔三〕。

〔一二〕大樂：指典雅莊重的音樂。用於帝王祭祀、朝賀、燕享等典禮。

〔一三〕間：間或。

〔一四〕故大樂二句：宋史原注：乾德中，設鼓吹十二案，製氈床十二，爲熊羆騰倚之狀。每案設大鼓、羽葆鼓、金錞各一，歌、簫、笳各二。又有叉手笛，名曰拱宸管，考驗皆與雅音相應，列於宫縣之籍，編之令式。

大宋光州王司士傳〔一〕元祐四年四月

光州司士參軍王仲回，無爲郡人。因陳本郡圩埕水利〔二〕，大司農考得其實〔三〕，請於朝廷，推恩〔四〕，乃有是命。其爲性信厚，未嘗與人較短長。頗通算數之學，而至老手不釋卷。天衣懷禪師住鐵佛道場時〔五〕，亦嘗請問，而鄉里以善人歸之。熙寧末年，予扶護先妣長壽太君喪歸葬故里，得暇閲大藏教典，因以淨土妙緣舉示老舊〔六〕，司士是時已能誠信嚮慕，但未具深心爾〔七〕。至元祐初，予自省闈乞守丹陽〔八〕，待次錦繡溪上〔九〕，司士時見訪叩請，未嘗拒也。問曰：『經典多教念彌陀生浄土，祖師則云心即是浄土，不用更求生西方，其不同何也？』答曰：『實際理地〔一〇〕，無佛無衆生，無樂無苦，無壽無夭，又何浄穢之有？豈得更以生不生爲心耶？此以理奪事也。然而處此界者，是衆生乎？是佛乎？若是佛境，則非衆生，又何苦樂壽夭浄穢之有哉！試自忖思，或未出衆生之境，則安可不信教典，至心念彌陀而求生浄土哉！浄則非穢，樂則無苦，壽則無夭矣。於無念中起念〔一一〕，於無生中求牛〔一二〕，此以事奪理也。故維摩經曰〔一三〕，「雖知諸佛國及與衆生空，而常修浄土，教化於羣生」，正謂是也。』又問：『如何得念不間斷？』答曰：『一信之後，更不再疑，即是不間斷也。』司士忻躍而去〔一四〕。至二年十二月旦之夕〔一五〕，予守丹陽，忽夢司士云：『向蒙指示浄土，今已得生，特來相謝。』乃再拜而出。翌日因召丹徒令陳安止語其夢〔一六〕，蓋陳令深信浄土故也。其後得司士之子術哀訃，乃司士未亡前七日，預知時至，與鄉舊爲别。吾弟作亦在坐〔一七〕，屢發見謝之語，是知司士決生浄土矣。元祐四年四月八日，無爲子傑記。

【箋】

〔一〕輯自大正新修大藏經第四七册樂邦文類卷三。光州：即今河南潢川。宋沙門志磐佛祖統紀卷第二八往生公卿傳：『王仲回，無爲人，官司士參軍。因楊傑爲説浄土之法，念佛益進。未亡前七日，預别故舊，端坐而化。時傑守丹陽，夢仲回來謝云：向蒙指示，今得往生。再拜而去。已而訃至。』（大正新修大藏經第四九册）

〔二〕圩埕：圩堤。

〔三〕大司農：官名，掌農桑、水利諸事。

〔四〕推恩：帝王對臣屬推廣封贈，以示恩典。李燾續資治通鑑長編神宗熙寧八年七月辛巳：『録草澤王仲回爲士參軍，不理選限，賜錢百千。』

〔五〕天衣懷禪師：見輯補卷二天衣懷禪師頌箋注〔一〕。鐵佛道場：指無爲鐵佛寺。

〔六〕老舊：故舊。北史抱嶷傳：『十九年，以刺史從駕南征，以老舊，每見勞問，數道稱嶷之正直。』

〔七〕深心：佛教中所稱的『三心』之一。指深求佛道之心。

〔八〕省闈：指尚書省禮部。楊傑時任禮部員外郎。

〔九〕錦繡溪：見卷五夏日天慶觀水閣箋注〔一〕。

〔一〇〕實際：佛教中指『眞如』、『法性』的境界，猶言實相。金光明最勝王經卷一：『實際之性，無有戲論，惟獨如來證實際法戲論永斷，名爲涅槃。』

〔一一〕無念：佛教指無妄念。白居易對小潭寄遠上人：『借問不流水，何如無念心。』

〔一二〕無生：佛教指没有生滅、不生不滅。王該日燭：『咸淡泊於無生，俱脱骸而不死。』

〔一三〕維摩經：佛教經典，又稱維摩詰經。後秦鳩摩羅什譯，闡揚大乘般若性空的思想。

〔一四〕忻躍：猶懽欣鼓舞。蘇轍潁濱遺老傳：『及元祐罷行雇法，上下二等忻躍可知，唯是中等則反爲害。』

〔一五〕二年：指元祐二年。

〔一六〕丹徒：地名，今屬江蘇鎮江。

〔一七〕作：指楊作，字次文，楊傑叔弟，曾官西安州天都它戎寨主簿，調和州防禦判官，受八寶，恩加承直郎。李之儀撰有楊判官墓誌銘，見姑溪居士前集卷四九。

寄清涼長老〔一〕

雲居一衆〔二〕，舟次秦淮。忽爾狂風動地，白浪滔天，致此片帆難以寸進。又恐是石頭老子〔三〕，把定要津，不肯放過。今者食時已及，香積未充〔四〕，更不敢遣化菩薩去午煩〔五〕，若是靈利人，必已會得了也。

【箋】

〔一〕輯自六朝事迹編類卷下。原無題。六朝事迹編類卷下：「又因舟次秦淮，寄清涼長老曰：『雲居一衆……必已會得了也。』時王荆公在清涼寺，見之，云：『清涼應是推辭不得。』」清涼：謂清涼山，又稱石頭山，在南京西清涼門内。清涼長老，指清涼寺主持。

〔二〕雲居：猶隱居。賈島送徐員外赴河中：「雲居閒獨往，長老出房迎。」

〔三〕石頭老子：指法眼文益，浙江餘杭人，俗姓魯，曾主持金陵清涼院。

〔四〕香積：指僧道的飯食。

〔五〕去午煩：蓋指準備午飯。

乞加季札祠冢封爵奏〔一〕

竊見管下延陵鎮廟冢，載在圖經，祀禱有應。近因夏旱，遂差官嚴潔政祭，未踰浹旬〔二〕，雨澤濡足。謹按季札生於晚周，當干戈剽攘之際，猶能執德謙退，輕千乘之國，凜然清風，千古如在。其審樂知政，盛德信義，詳見舊史。廟中有孔子所遺十字碑〔三〕，太宗皇帝嘗以其字載之法帖，以信萬世。而其祠冢未經旌表賜號，誠爲缺典。伏乞朝廷特加封爵。

【箋】

〔一〕輯自光緒常郡八邑藝文志卷一。季札：見卷五延陵季子廟箋注〔一〕。該文作於元祐三年六月。

〔二〕浹旬：一旬，十天。

〔三〕十字碑：見卷五延陵季子廟箋注〔三〕。

念佛願文〔一〕

大願聖人從浄土來，來實無來。深心凡夫從浄土去，去實無去。彼不來此，此不往彼，而其聖凡會遇，兩得交際〔二〕。彌陀光明，如大圓月，遍照法界。念佛衆生，攝取不捨。諸佛心内衆生，塵塵極樂。衆生心中浄土，念念彌陀〔三〕。若能發心念彼佛號，即得往生。河沙諸佛有同舌之贊〔四〕，十方菩薩有同往之心。佛言不信，何言可信。不生浄土，何土可生？自棄己靈誰之咎！

【箋】

〔一〕輯自卍續藏第七八册明道衍諸上善人詠附記。

〔二〕大願十一句：文字同本卷直指浄土決疑集序。大願，大誓願的省稱。佛教指普度一切衆生的廣大願心。千光眼觀自在菩薩秘密法經：『先發大誓願，欲度一切衆。』

〔三〕彌陀九句：文字同本卷念佛鏡序。

〔四〕河沙：即恒河沙數。形容數量多得無法計算。劉克莊賀新郎戊戌壽張守：『福壽比、河沙難算。』

隱賢巖記〔一〕

維彼南岡，洞孔山腹。仰者若呀〔二〕，頫者若伏。側出旁穿，三十有六〔三〕。在昔晉梁，浮圖始昌，爲室爲堂①〔四〕。五代之季，棟宇頹弛，釋子無似。逮此呂侯〔五〕，來守是州，廢者必修。乃會僧遠〔六〕，乃經乃營，率扶其傾。遠將傳嗣，俾承厥志，匪雲孰謂〔七〕？惟是隱賢，芝華玉淵，宅者如仙。比有檀越〔八〕，請完其闕，築屋周列。嗟若替陵，將衰而榮，將沈而升。物有所待，如暗遇燈。千載之來，匪呂弗興〔九〕。否將思泰，如谷有聲。一日必葺，匪遠弗成〔一〇〕。長江未竭，高山未平。垂千百齡，清風奚泯？治平二年冬十二月□日，無爲楊傑撰，弟佶書。熙寧元年山門監寺僧希岳命工刻於巖壁。

【校】

①清浮山志無『爲室爲堂』四字。

【箋】

〔一〕輯自民國安徽通志稿金石古物考一二。又見國家圖書館藏顧千里、瞿鏞藏拓『八〇六』。欽定續通志卷一六八金石略宋：『隱賢巖記，楊傑撰。正書。治平二年。桐城。』隱賢，指文中的僧遠和曉雲二禪師。隱賢巖，在樅陽浮山。浮山古稱符度山，有『山之隱者』之稱。

〔二〕呀：張口。皮日休霍山賦：『或仰而呀，有如吮空。』

〔三〕三十有六：輯自清浮山志，浮山有因火山噴發而形成的大小洞穴五百多個，其中以三十六巖七十二洞最爲著名。奇峯、怪石、巉巖、幽洞爲浮山四大奇觀。方輿勝覽卷四九安慶府：『浮渡山，在桐城東九十里，上有三十五巖，其可居可游者三十六。』

〔四〕爲室爲堂：指修建浮山寺。

〔五〕吕侯：謂吕溱，字濟叔，宋揚州人。歷官翰林院大學士、舒州知州、開封知府、樞密府直學士。知舒州時，助修浮山寺廟。

〔六〕僧遠：即遠禄。曹洞宗第七代祖師，自稱柴石野人。天禧年間住持浮山寺，爲浮山第一代開山禪師，宋仁宗賜號園鑒大師。七十餘歲時在浮山會聖巖坐化，遺骨建塔棲眞巖内，范仲淹爲撰塔銘曰：『嗚呼遠公，釋子之雄。禪林白澤，法海眞龍。壽齡有限，慧命無窮。寒巖瘞骨，千載清風。』

〔七〕雲：謂浮山寺長老曉雲，遠禄弟子，爲浮山第三代開山禪師。

〔八〕檀越：謂巢人周同，曾施財補葺浮山寺廟。

〔九〕吕：謂吕溱。

〔一〇〕遠：謂遠禄。

龍井延恩衍慶院記〔一〕

天台宗師辯才浄老〔二〕，坐道場者四十年。指空假中以接人，其心契於聖智；具戒定慧以行己，其德動於幽潛。眞有道之士也。初住錢塘法惠院之寶閣，次住上下二天竺，又住南屏山之興教①。往來學徒，蓋逾萬人，分傳教觀，多能演其所聞，開悟學者。師平生未嘗輒有求於人，然所至必爲四衆依嚮，莫不興盛，蓋其有所致也②。余在都下，時見清獻公與師倡酬偈頌〔三〕，已知師之所存矣。及觀蘇子瞻與師詩，言其兒初弱不能行③，因禱師加護，即壯而能行〔四〕，然後知師功行至矣。師一日謂諸徒曰：『吾筋力衰疲④，勞於應接，安得幽僻處一庵地以養餘年？』檀越聞之曰：『辯才師有退居之意，吾輩蒙其德不爲不久，盍往擇可居之地？』乃於龍井山得壽聖院，弊屋數楹，主者不堪其居，願人爲代以捨去。於是請師徒弟懷益主奉香火，汲巾侍瓶，甲乙相承，以嚴佛事。其院即吴越王所創〔五〕，國朝賜今額也。檀越爲師鼎新棟宇，不日而成。中建尊殿，嚴聖像也。前有三門，示三解脱也。鐘鼓有閣，警晦明也。堂曰潮音，信羣聽也。齋曰訥，欲無言也。室曰寂，寂而常照也。閣曰照，照而寂也。泉曰冲，用不窮也。又堂曰閑，趙公致政訪師，退居一閑人也。庵曰方圓，不執一也。橋曰歸隱，退以樂也。沼曰滌心，淵清澈也。羣居有寮，安其徒也。衆山環繞，景象會合，斷崖泓澄，神物攸宅，龍井巖也。勢將奮迅，百獸竄慴，獅子峯也。昔人飼虎，以度有情，薩埵石也。修竹森然，蒼翠夾道，風篁嶺也。元豐八年秋，余被命陪高麗國王子祐世僧統訪道吴粵⑤〔六〕，嘗謁師於山中。乃度風篁嶺，窺龍井，過歸隱橋，鑒滌心沼，觀獅子峯，望薩埵石，升潮音堂，憩訥齋，酌冲泉，入寂室，登照閣，臨閑堂，會方圓庵，從容論議，夕而後還。師異日遣其徒丐文以紀其本末，余既與之記，又繫之以詩十三章云〔七〕。

【校】

①興教　雍正西湖志卷一一作「興教寺」。

②有所致　雍正西湖志卷一一作「有以致之」。

③初　雍正西湖志卷一一作「幼」。

④疲　雍正西湖志卷一一作「憊」。

⑤粵　雍正西湖志卷一一作「越」。

【箋】

〔一〕輯自宋潛説友咸淳臨安志卷七八。

〔二〕辯才：蘇轍辯才法師塔碑：浙江之西，有大法師號辯才，居上天竺，説法齋衆者二十年。退居龍井，燕居行道者十年。元祐六年，歲在辛未，九月乙卯晦，無疾而滅。師姓徐氏，名元淨，字無象，杭之於潛人。年二十五，恩賜紫衣及辯才號，蓋代詔爲衆講説者凡十五年。知杭州吕公溱，始請師住大悲寶閣院。老於南山龍井之上，以茅竹自覆。

〔三〕清獻公：即趙抃，謚清獻。

〔四〕及觀四句：蘇子瞻與師詩，即蘇軾贈上天竺辯才師。詩云：『我有長頭兒，角頰峙犀玉。四歲不知行，抱負煩背腹。師來爲摩頂，起走趁奔鹿。』王十朋注：『子仁按，子由辯才塔碑云：予兄子瞻中子迨生三年不能行，請師爲落髮摩頂祝之，不數日能行如他兒。』

〔五〕吴越王：指五代十國時吴越國王錢鏐。

〔六〕祐世僧統：高麗國王文宗王徽第四子義天的出家封號。

〔七〕詩十三章：即詠南山諸勝。

昭德觀記〔一〕

朝廷之賞莫如爵，天下之祜莫如生。援窮陋而任公輔〔二〕，賞之至極也；釋塵界而升神仙〔三〕，祜之至大也。立賢無方〔四〕，故漁耕版築得以爲神仙〔五〕。以女子得道於廬山者，蔡尋眞、李騰空之謂歟〔六〕。騰空本公卿家，初從蔡女游，咸有道術，以丹藥符籙救人疾苦，三元八節〔七〕，會於詠眞洞天〔八〕。九江太守柳渾長以狀聞於朝①，今疊屏下太溪噴激，白雲蒼崖，物象勝處，即騰空之所居也。太白詩：『羡君相門女，學道愛神仙。素手掬青靄，羅衣曳紫煙。一往屏風疊，乘鸞着玉鞭。』觀太白之詩，則騰空所存可知矣。及解蛻〔九〕，弟子收簪簡而瘞於舊居〔一〇〕，鄉俗祠祀，歲月不絶。唐昭德皇后長施金幣以辟土田②〔一一〕，因建昭德觀，其溪曰昭德源。世異代變，主者不得其人，廬室隳敝，弗堪其居。皇祐五年，南康軍使始命道士陳道融居之〔一二〕，頽址僅完，遽爾化去。太守胡田、曹況尋訪代者，衆以李如海爲稱，太守從而命之。如海居二十有二年，手植松杉萬餘本，經營棟宇五十間，重門巍殿，堂奥廊廡，靡不壯麗。又建眞游亭以奉李氏之遺物，翠微堂以究仙山之勝見③〔一三〕。而土木所資，一出於觀之地利，未嘗以毫末干於人，與夫機心謟辭紅惑流俗而自營者④〔一四〕，固有異矣。紹平天子賜名『延眞』。熙寧二年，以文見記，又求篆於鄱陽陳晞，求書於鸞溪陳迪以立之。吾聞白道猷肇開沃洲山與白氏〔一五〕，其有太白之詩。至如海，而棟宇大備，亦可謂李氏於延眞爲有功矣⑤。

【校】

①柳渾長　同治星子縣志作『柳萇』。廬山紀事作『許渾』。
②長　同治星子縣志作『嘗』。
③見　同治星子縣志作『覽』。
④紅　同治星子縣志作『訌』。
⑤同治星子縣志本無『白氏』至『可謂』十九字。

【箋】

〔一〕輯自天一閣藏正德南康府志卷八。又見同治星子縣志卷四、廬山紀事卷八。昭德觀，原名延眞觀，唐玄宗時宰相李林甫之女李騰空學道處，在廬山屏風疊之北。唐德宗詔改延眞觀爲昭德觀。李白曾送妻宗氏入廬山尋李騰空學道，並有贈詩。

〔二〕公輔：　指宰相一類的大臣。漢書孔光傳：『光凡爲御史大夫、丞相各再，壹爲大司徒、太傅、太師，歷三世，居公輔位前後十七年。』

〔三〕塵界：　佛教以色、聲、香、味、觸、法爲六塵。爲十八界之一科。六塵所構成的虛幻世界叫塵界。趙彥昭奉和九月九日登慈恩寺浮屠應制：『皇心滿塵界，佛迹現虛空。』

〔四〕立賢無方：　語出孟子離婁下。朱熹孟子集注：『方，猶類也。立賢無方，惟賢則立之於位，不問其類也。』無方，猶言不拘一格。

〔五〕版築： 兩種築土牆的工具。孟子告子下：『舜發於畎畝之中，傳説舉於版築之間。』這裏指土木工匠。徐陵爲貞陽侯答王太尉書：『邱園版築，尚想來儀；公室皇枝，豈不虛遲？』

〔六〕蔡尋眞： 唐玄宗時侍郎蔡某之女，與李騰空相約在廬山學道，在疊風屏之南結冲虛觀。唐德宗時下詔改冲虛觀爲尋眞觀。

〔七〕三元： 道教節日。農曆正月十五日爲上元、七月十五日爲中元、十月十五日爲下元，合稱三元。八節： 立春、立夏、立秋、立冬、春分、夏至、秋分、冬至爲八節。

〔八〕詠眞洞天： 指尋眞觀，道家稱爲第八洞天。

〔九〕解蜕： 道家稱死爲『解蜕』。張岱琅嬛文集卷六公祭祁夫人文：『如夫人者，眞可以灑然解蜕，一無所憾者矣。』

〔一〇〕瘞： 埋葬。

〔一一〕昭德皇后： 王姓，唐德宗皇后，唐順宗之母，謚昭德皇后。

〔一二〕南康軍： 宋太宗太平興國七年置，隸江南東道，轄江州都昌與星子、洪州建昌，軍治在星子。

〔一三〕勝見： 指優美的山水。

〔一四〕機心： 機巧功利之心。

〔一五〕白道猷： 即帛道猷，東晉時天竺僧人。白居易沃州山禪院記：『昔道猷肇開兹山，今日樂天又垂文兹山。異乎哉！沃州山與白氏其世有緣乎？』

西山紀游記〔一〕治平四年八月

治平四年秋八月，傑奉祀西山，游玉隆、天寶、應聖、凌雲、棲眞、太虚、大宵七宫觀，香城、翠巖、雙嶺、雲峯、奉聖、安賢、六通、盤龍八寺院，造天寶、洪崖二洞，升旌陽、王喬、蕭史、葛洪、洪崖、靈觀六壇〔二〕，入施肩吾石室〔三〕，閲玉隆古道藏，瞻應聖肅宗御容及洪崖先生〔四〕、旌陽眞君、奉聖觀音、香城尊者、凌雲天師五尊像，香城、棲眞二十三銅像，觀玉皇賜許眞君詔書，及明皇凌雲①〔五〕、天寶，徐鉉游帷〔六〕，石延年龍泉所書四觀額〔七〕。玩洪崖、旌陽、雲峯七井，舊旌陽石函，香城石硯，天尊水簾，芭蕉源譙石②，旌陽許眞君古柏。回至玉隆③、凌雲二鎮，過程公橋〔八〕，陟謝靈運雨華臺，登香城絶頂，甜陳陶庵故址〔九〕、梵僧繹經二臺。至風雨池，望豫章、臨川、筠陽、九江、星子五郡之境云。

【校】

①及　乾隆南昌府志、同治新建縣志、西山志略無。

②譙　乾隆南昌府志、同治新建縣志、西山志略作『醮』。

③至　乾隆南昌府志、同治新建縣志、西山志略無。

【箋】

〔一〕輯自古今圖書集成山川典卷一三五。又見乾隆南昌府志卷六，同治新建縣志卷七八，西山志略卷一。西山：在今江西新建縣，古時又稱散原山、洪崖山。

〔二〕旌陽：即許遜。見輯補外卷一玉隆萬壽宮箋注〔一〕。王喬：見卷一歸來堂賦箋注〔三四〕。蕭史：見輯補卷一梅壇箋注〔四〕。

〔三〕施肩吾石室：見輯補卷一梅壇箋注〔五〕、施肩吾書堂箋注〔二〕。施肩吾西山靜中吟：『重重道氣結成神，玉闕金堂逐日新。若數西山得道者，連予便是十三人。』

〔四〕應聖：應聖宮。唐乾元年間，晉州高士張氳追慕洪崖先生，至西山處修煉，唐肅宗李亨賜殿宇，匾額『應聖』。應聖宮內供奉肅宗遺像。

〔五〕明皇：指唐玄宗李隆基，曾賜張氳坐騎雪精。

〔六〕徐鉉：字鼎臣，五代宋初廣陵人。南唐後主重修應聖宮，徐鉉曾撰記文。

〔七〕石延年：字曼卿，一字安仁，幽州人，宋真宗時官至秘閣校理、太子中允。

〔八〕程公橋：宋仁宗嘉祐中由僧人所建。

〔九〕陳陶：字嵩伯，自號三教布衣，嶺南人，善天文曆象，舉進士不第，遂恣游名山。唐宣宗大中年間，隱居洪州西山。

建彌陀寶閣記〔一〕元祐元年正月

不願生浄土則已〔二〕，願生浄土則無不得生；不生則已，一生則永不退轉，世尊所謂阿鞞跋致、阿惟越致者歟〔三〕？夫具縛有漏，凡夫初憑信念，得生彼土，而三毒邪見〔四〕，未能頓忘。何以知其不退轉耶？蓋以彌陀願力常所攝持〔五〕，大光常照，上善常聚，壽命永劫。水鳥樹林，風聲樂響。演暢妙乘，聞其聲者，念佛念法念僧之心，未嘗間斷故也①。衆生病之，佛爲醫王，法爲良藥，僧爲視病人，三者現前，病不得而萌矣〔六〕。以是而言，則一生浄土，何從而有退轉哉？錢唐僧監法寶大師從雅〔七〕，平生修舉彌陀教觀，參究宗風，樂爲偈頌，頗得其趣。又精於醫術，多施藥以濟人，人或以貨資酬之，則曰：『非我能也，三寶之功〔八〕。』必轉施三寶，乃造寶閣，立彌陀大像，環以九品菩薩〔九〕。海藏經典在其後，清浄蓮池在其前，定觀奥室分列左右，誓延行人，資給長儭，以結浄土之緣。豈獨以比丘身，慕佛大醫，用法良藥而已者哉！實能運慈施療，利與衆同也。其於念三寶之心，可謂不敢問斷矣。入是道場者，觀一切相爲非相，則能見彌陀之全體；觀一切法如幻法，則能入浄土之眞境；觀我身之無我，則能具比丘之正見〔一〇〕。故從一如來而見無量如來，入一浄土而周無量浄土，悟一法身而融無量法身矣。無念而念，無證而證，無修而修，净土果海〔一一〕，豈易量哉！法寶僧監建立寶閣淨土道場，誘集淨業之侶，以期安養，則報緣之至，必果遂其所願也。元祐元年上元日，左朝散郎、尚書主客員外郎、輕車都尉、賜紫金魚袋無爲楊傑述。

【校】

①間　一本作『聞』。

【箋】

〔一〕輯自大正新修大藏經第四七册樂邦文類卷三。彌陀：阿彌陀佛的省稱。意譯爲無量壽佛，西方極樂世界的教化之主，與釋迦、藥師并稱三尊。

〔二〕净土：指清淨國土、莊嚴刹土，即清淨功德所在的莊嚴的處所。

〔三〕阿鞞跋致：譯音詞，又阿惟越致，漢語譯爲『不退轉』。不退轉是菩薩階位之名。

〔四〕三毒：佛教指貪、嗔、癡。法顯佛國記：『我今但欲殺三毒賊。』

〔五〕願力：見輯補卷一妙蓮閣箋注〔六〕。

〔六〕萌：萌生，發生。

〔七〕法寶從雅：宋錢塘人，海月慧辯法師法嗣。宗鑑所集釋門正統：『從雅，錢唐淨住僧，得海月台衡三觀。乃曰：慕虚名，争如修實行？言清行濁，賢聖所訶。入南山天王，專業讀誦，閲法華五藏，金剛四藏，彌陀十藏。禮眞身塔十遍，釋迦三十萬拜，彌陀百萬拜，誦號五千萬聲，一字三拜，禮法華三遍。楊無爲贈以所撰安樂國贊三十章，師欲廣化，遂圖三輩九品列，以贊文刊石。净住一生，坐不背西，無疾趺化，異香滿室，天樂盈空。』

〔八〕三寶：佛教指佛、法、僧。釋氏要覽三寶：『三寶，謂佛、法、僧。』康僧會安般守意經序：『佛教三寶，衆冥皆明。』後以指佛教。南史梁昭明太子統傳：『太子亦素信三寶，遍覽衆經。』

〔九〕九品：原指上上、上中、上下、中上、中中、中下、下上、下中、下下九個品級。這裏指無數多。

〔一〇〕正見：佛教術語。八正道之一。意爲具有『四諦』理的見解，即關於人生眞理的徹底領悟。澄觀華嚴經綱要：『正見牢固，離諸妄見。』

〔一一〕果海：比喻佛果之功德廣大如海。華嚴疏：『因該果海，果徹因源。』

净慈七寶彌陀像記〔一〕

杭州南山净慈道場比丘法眞大師守一，結同志洎檀越〔二〕，用金、銀、眞珠、珊瑚、琥珀、硨磲、碼碯造彌陀佛像〔三〕，聖相殊妙，感應非一，無爲子瞻仰贊歎。碎七寶以爲微塵，聚寶塵以爲佛身。見寶塵即見佛，佛無不是寶；見佛身即見寶，寶無不是佛。七寶，世間寶也，衆生貪取無有厭足，不得即嗔癡不能悟，此惡道之因也。七寶既已爲尊像矣，則非世間所用，乃出世之寶也。遇寶像者，應生恭敬，嚴奉禁戒，純固定力〔四〕，了達智慧，此浄土之因也。佛身等於太虚，故不設五藏〔五〕，以衆生心爲心。故會中之人，各書彌陀一願，每四十八人而彌陀之願周矣，悉以藏於身中，示願願不忘衆生也。髻螺千有二百〔六〕，一一實以舍利，堅固願力也。像成之日，以八種香湯灌沐如來，表八功德水也。人隨意以飲之，均甘露味也。一身清浄，則一切身清浄；一念清浄，則一切念清浄。然則不離娑婆，頓超極樂，一見寶像，成就大緣，豈思議之可及哉！乃作偈云：

和聚七寶，成如來身。寶即是佛，佛外無寶。佛即是寶，寶外無佛。於不二境，現諸浄土。贊歎巡繞，念念彌陀。當與有情，同超極樂。

【箋】

〔一〕輯自大正新修大藏經第四七册樂邦文類卷三。七寶：佛教中七種珍寶。説法不一，這裏指下文所列的金、銀、眞珠、珊瑚、琥珀、硨磲、碼碯。

〔二〕檀越：梵語音譯詞，即施主。

〔三〕硨磲：品質稍次的玉石。

〔四〕定力：佛教中的五力之一。指伏除煩惱妄想的禪定之力。錢起題延州聖僧穴：『定力無涯不可稱，未知何代坐禪僧。』

〔五〕五藏： 指佛教的五類經典。

〔六〕髻螺： 盤旋如螺狀的髮髻。

了了堂記〔一〕

了了堂，琅琊詮公之所建也〔二〕。有二野叟登堂而議其名。一叟曰：『了心則能了法，了己則能了人。己未了，則人與己迷； 心未了，則法從心惑。了了之義，得非是歟？』一叟曰：『不然。吾聞萬法本空，一心非有。心即非有，不待了而已圓； 法既本空，不待了而常寂。了有所了，困於方隅； 了無所了，始謂之達。了了之旨，其在是矣。』二叟疑而質於無爲子，無爲子不答。俄而歌曰：『山堂曉兮白雲飛，山堂暮兮白雲歸。青松老兮明月溪，了不了兮誰與知？』二叟矍然相顧而去。詮公乃記之於石，治平二年三月十有九日也。

【箋】

〔一〕輯自卍續藏第七九册嘉泰普燈録卷第三〇。了了堂： 在滁州琅琊山。滁州志載琅琊山題名：『觀日於曉光亭，宿了了堂。』

〔二〕詮公： 指琅琊山僧繼詮。

褒禪山慧空禪院輪藏記〔一〕

法界本無衆生〔二〕，衆生緣乎妄見〔三〕。如來本無言教，言教爲乎有情。妄見者，衆生之病；言教者，如來之藥。以藥治病，則病無不治；以言覺妄〔四〕，則妄無不覺。此如來不得已而言，賢智不得已而述也。故阿難陀集而爲經〔五〕，優婆離結而爲律〔六〕，諸菩薩衍而爲論，經、律、論雖分乎三藏，戒、定、慧蓋本乎一心。藏以示其函容〔七〕，心不可以凝滯。是以雙林大士接物隨機〔八〕，因權表實，聚言教而爲藏，載寶藏而爲輪。以教依輪，則教流而無礙；以輪顯教，則輪運而無窮。使披其教者，理悟變通；見其輪者，心不退轉，然後優游性海〔九〕，解脱意筌，無一物不轉法輪，無一塵不歸華藏〔一〇〕。非有深智者，其孰能與於此哉！

【箋】

〔一〕輯自大正新修大藏經第四八册緇門警訓卷六。又見同治鉛山縣志卷七。

〔二〕法界：指意識所緣對象之所有事物。衆生：梵文薩埵的漢譯詞，或譯爲『有情』。

〔三〕妄見：佛教認爲一切皆非實有，肯定存在都是妄見。是和『眞如』相對的佛教語。

〔四〕覺：啓發，使人覺悟。

〔五〕阿難陀：　釋迦十大弟子之一，長於記憶，稱多聞第一。

〔六〕優婆離：　佛陀十大弟子之一，稱持律第一。

〔七〕函容：　包容。

〔八〕雙林大士：　即傅大士，南朝梁時人，義烏雙林寺始祖，與達摩、志公共稱梁代三大士。

〔九〕性海：　佛教語，指眞如之理性深廣如海。敦煌變文集維摩詰經講經文：『問我心，歸性海；　性海直應非内外。』

〔一〇〕華藏：　見輯補卷一無題箋注〔一六〕。

西山洪崖記〔一〕

西山洪崖，在翠巖、應眞宫之間①。石壁峭絶，飛泉北來，其下井洞，深不可測。每歲六七月時，水高一二丈，湍激可畏，其傍人語不相聞。及過井洞，即聲勢斗殺，鑠流出山前。代有異人居之，世以爲洪崖先生云。先生三皇時人〔二〕，蓋得道之士也。

【校】

①應眞　乾隆南昌府志卷六作『隱聖』。

【箋】

〔一〕輯自方輿勝覽卷一九。西山洪崖：見卷十洪州門記箋注〔四〕。

〔二〕三皇：傳説中上古三帝王。

念佛鏡序①〔一〕

愛不重不生娑婆〔二〕，念不一不生極樂。娑婆，穢土也；極樂，净土也。娑婆之壽則有量②，彼土之壽則無量矣〔三〕。娑婆備諸苦，彼土則安養無苦矣。娑婆隨業轉輪生死，彼土一往則永證無生。法忍若願度生，則任意自在，不爲諸業轉矣。其净穢壽量，苦樂生死，如是差别。而衆生冥然不知，可不哀哉！阿彌陀佛，净土攝受之主也〔四〕；釋迦如來，指導净土之師也；觀音勢至〔五〕，助佛揚化者也。是以如來一代教典，處處丁寧，勸往生也。阿彌陀佛與觀音勢至，乘大願船〔六〕，泛生死海〔七〕，不著此岸，不留彼岸，不止中流，唯以濟度爲佛事。是故阿彌陀佛經云③〔八〕：『若有善男子善女人，聞説阿彌陀佛，執持名號，若一日乃至七日，一心不亂，其人臨命終時，阿彌陀佛與諸聖衆現在其前。是人終時，心不顛倒，即得往生極樂國土。』又經云④：『十方衆生，聞我名號，憶念我國，植諸德本，至心迴向，欲生我國，不果遂者，不取正覺〔九〕。所以祇洹精舍無常院〔一〇〕，令病者面西作往生浄土想。』蓋彌陀光明，遍照法界，念佛衆生，攝取不捨，聖凡一體，機感相應。諸佛心内衆生塵塵極樂，衆生心中浄土念念彌陀。吾以是觀之，智慧者易生，能斷疑故；禪定者易生，不散亂故；持戒者易生，遠諸染故；布施者易生，不我有故；忍辱者易生，不嗔恚故；精進者易生，不退轉故；不造善不作惡者易生，念純一故；諸惡已作、業報已現者易生，實慚懼故。雖有衆善，若無誠信心、無深心、無迴向發願心者，則不得上上品生矣。噫！彌陀甚易持，浄土甚易往，衆生不能持，不能往，佛如衆生何！夫造惡業入苦趣〔一一〕，念彌陀生極樂，二者皆佛言也。世人憂墮地獄而疑往生者，不亦惑哉！晉慧遠法師與當時高士劉遺民等⑤〔一二〕，結白蓮社於廬山，蓋致精誠於此爾。其後七百年，僧俗修持獲感者非一⑥，咸見於浄土傳記，豈誣也哉！然贊輔彌陀教觀者，其書山積，唯善導大師念佛鏡十一門⑦〔一三〕，最爲首冠。援引聖言，開決羣惑。萬年闇室，日至而頓有餘光⑧；千里水程，舟具而不勞自力。非法藏後身，不能至於是也。傑頃於都下嘗獲斯文，讀示所知，無不生信。自遭酷罰，感痛益深。將廣其傳，因爲叙引。熙寧九年丙辰仲秋述。

【校】

①文題大正新修大藏經第四七册樂邦文類卷二作『天台浄土十疑論序』。
②則　樂邦文類無。
③阿彌陀佛經　樂邦文類無『佛』字。
④經　樂邦文類作『無量壽經』。
⑤晉慧遠法師與當時高士劉遺民等　樂邦文類作『晉慧遠法師博通教乘，出稱夙德，嘗與耶舍尊者劉遺民諸英豪等』。
⑥僧俗修持獲感者非一　樂邦文類作『梁周隋唐至於國朝，其僧俗修奉獲感應者非一』。
⑦唯善導大師念佛鏡十一門　樂邦文類作『唯天台智者大師浄土十疑論』。
⑧有餘光　樂邦文類作『釋羣陰』。

【箋】

〔一〕輯自大正新修大藏經第四七册念佛鏡。又見大正新修大藏經第四七册樂邦文類卷二。
〔二〕娑婆：見輯補卷二安樂國贊箋注〔二三〕。
〔三〕彼土：指浄土。
〔四〕攝受：見輯補卷二安樂國贊箋注〔三九〕。
〔五〕勢至：大勢至菩薩的省稱。彌陀、觀音、勢至合稱西方三聖。

〔六〕大願：　見本卷念佛願文箋注〔二〕。

〔七〕生死海：　佛教謂衆生輪回六道，生生死死，茫無涯際，有如大海。智顗摩訶止觀卷一：「動法性山，入生死海。」

〔八〕阿彌陀佛經：　亦稱佛説阿彌陀經，大乘佛教經典，姚秦三藏法師鳩摩羅什譯出。闡述西方極樂世界種種莊嚴，勸導衆生誦念阿彌陀佛名號以往生西方極樂世界。

〔九〕正覺：　佛教指眞正的覺悟，故成佛又稱「成正覺」。

〔一〇〕祇洹精舍：　即祇樹給孤獨園。精舍，僧道修煉居住之所。無常院：　指安置病僧的堂院，又稱無常堂、延壽堂。

〔一一〕苦趣：　佛教指地獄、餓鬼、畜生這三種「惡道」，均爲輪回中的受苦之處。杜光庭黄齊助黄籙齋並然燈詞：「盡超苦趣，永出冥津。」

〔一二〕慧遠、劉遺民：　見卷七廬山五笑序箋注〔五〕〔六〕〔七〕。

〔一三〕善導：　見輯補卷二善導和尚彌陀道場贊箋注〔一〕。

直指净土决疑集序〔一〕

大願聖人從净土來〔二〕，來實無來。深心凡夫往净土去〔三〕，去實無去。彼不來此，此不往彼，而其聖凡會遇，兩得交際者，何也？彌陀光明如大圓月，遍照十方。水清而静，則月現全體，月非趣水而遽來〔四〕。水濁而動，則月無定光，月非捨水而遽去。在水則有清濁動静，在月則無取捨去來。故華嚴解脱長者云：『知一切佛，猶如影像，自心如水，彼諸如來不來至此，我不在彼。我若欲見安樂世界阿彌陀如來，隨意即見。』是知衆生注念，定見彌陀。彌陀來迎，極樂不遠。乃稱性實言，非權教也〔五〕。浄土無欲，非欲界也；其國地居，非色界也；生有形相，非無色界也。一切衆生，未悟正覺，處大夢中，六道升沉〔六〕，未嘗休止。諸天雖樂，報盡相衰。修羅方嗔〔七〕，戰争互勝。旁生飛走〔八〕，噉食相殘。鬼神幽陰，饑渴困逼。地獄長夜，痛楚號呼。得生人趣，固已爲幸，然而生老病死，衆苦嬰纏〔九〕，唯是浄方，更無諸苦。蓮苞托質〔一〇〕，無生苦也；寒暑不遷，無老苦也；身非分段〔一一〕，無病苦也；壽命無量，無死苦也；無父母妻子，無愛别離也；上善人聚會，無怨憎會也；華裓香食〔一二〕，珍寶受用，無永不得，無窮困也；觀照空寂〔一三〕，無蘊苦也〔一四〕；悲濟有情，欲生則生，不住寂滅，非二乘也。智照生死，得不退轉，非凡夫也。三界蕩然〔一五〕，譬如四裔〔一六〕，丘陵坑坎，穢腐所積。溪壑阻絶，孰爲津梁？乃是狂人，迷路於此。惡獸魑魅，惱害雜居，刀兵水火，或時傷暴。風霜霹靂，凌厲摧懾。罔知城域，可以庇覆。飲食衣服，未或充足。甘受是苦，不求安樂。有佛釋迦，是大導師，指清浄土，是安樂國。無量壽佛〔一七〕，是浄土師。爾諸衆生，但發誠心，念彼佛號，即得往生。若生彼土，則無諸惱。不聞知者，固可哀憐。亦有善士，發三種不信心，不求生者，尤可嗟惜：一曰吾當超佛越祖，浄土不足生也；二曰處處皆浄土，西方不必生也；三曰極樂聖域，我輩凡夫不能生也。夫行海無盡，普賢願見彌陀。佛國雖空，維摩常修浄土〔一八〕。十方如來，有廣舌之贊。十方菩薩，有同往之心。試自忖量，孰與諸聖謂不足生者，何其自欺哉！至如龍猛〔一九〕，祖師也，楞伽經有預記之文。天親〔二〇〕，教宗也，無量論有求生之偈。慈恩通贊，首稱十勝。智者析理，明辨十疑。彼皆上哲〔二一〕，精進往生。謂不必生者，何其自慢哉！火車可滅，舟石不沉。現華報者，莫甚於張馗〔二二〕，十念而超勝處。入地獄者，莫速於雄俊〔二三〕，更蘇而證妙因。世人愆尤〔二四〕，未必若此。謂不能生者，何其自棄！般舟三昧經云：『跋陀和菩薩請問釋迦佛，未來衆生云何得見十方諸佛？佛教念阿彌陀佛，即見十方一切諸佛。』又大寶積經云：『若他方衆生聞無量壽如來名號，乃至能發一念浄信，歡喜愛樂，所有善根回向，願生無量壽國者，隨願皆生，得不退轉。』此皆佛言也。不信佛言，何言可信？不生浄土，何土可生？自欺自慢，自棄己靈，流入轉回，是誰之咎？四十八願悉爲度生〔二五〕，一十六觀同歸繫念〔二六〕。一念既信，已投種於寶池；衆善相資，定化生於金地。無輒悔墮，誤認疑城。即時蓮開，得解脱道。唯心浄土，自性彌陀，大光明中決無魔事。直指浄土決疑集者，吾友王古敏仲之所編也〔二七〕。博采教典，該括古今。開釋疑情，徑超信地。其載聖賢之旨，在浄土諸書最爲詳要，蓋安養國之鄉導也。若登彼岸，舟固可忘，來者問津，斯言無忽。元豐七年九月十日序。

【箋】

〔一〕輯自大正新修大藏經第四七册樂邦文類卷二。又見廬山蓮宗寶鑑。大正新修大藏經第四七册樂邦文類所録該文後有按語曰：『次公此序反覆詳盡，其論三種不求生，最爲一篇警策。但謂浄土非三界，及云身非分段，有違經論。謹引二文，以正其非。釋籤云：若大論中，明安養國非三界者，只是非此娑婆三界耳。若就彼土具有三界，故無量壽經阿難白佛：彼安養界既無須彌，忉利諸天依何而住？佛反質云：此土夜摩乃至色界，依何而住？阿難默領。反質意者，此夜摩等既許依空，何妨彼土四王已上依空而住，具明土相，復有多種共别不同。如無動界，雖是浄土，猶有男女及須彌等。此同居浄土既其不同，同居穢土亦應不等。釋論云：出三界外有浄土，聲聞辟支佛出生其中，受法性身，非分段生。』

〔二〕大願：見本卷念佛願文箋注〔二〕。

〔三〕深心：見本卷大宋光州王司士傳箋注〔七〕。

〔四〕趣：趨。

〔五〕權：　權宜。佛法中，權教爲凡夫、小乘説法，如阿含經。

〔六〕六道：　佛教謂衆生輪回的六個去處：　天道、人道、阿修羅道、畜生道、餓鬼道和地獄道。南朝陳徐陵報德寺刹下銘：　『三心斷縛，六道除怨。』

〔七〕修羅：　梵語譯音，『阿修羅』的省稱。意譯爲『不端正』或『非天』，是古印度神話中的一種惡神，住在海底，常與天神戰鬥。佛教采用其名，把它列爲天龍八部之一，又列爲輪回六道之一。吕岩敲爻歌：　『聲聞緣覺冰消散，外道修羅縮項驚。』

〔八〕旁生：　佛教指畜生。謂獸畜昆蟲，皆是業輪惡趣，非人天之正道，故稱。一説，畜生横行，故曰旁生。法苑珠林卷一〇：　『問：　云何旁生趣？　答：　其形旁，故行亦旁；　以行旁，故形亦旁，是故名旁生。』

〔九〕嬰纏：　困擾，纏綿。杜光庭馬師穆尚書土星醮詞：　『災危重疊，疾厄嬰纏，徒訪三醫，未祛久疾。』

〔一〇〕苞：　胎胞。

〔一一〕分段：　『分段身』的省稱。佛教謂輪回六道的凡身俗體。輪回六道之身，各隨其業因而壽命有分限，形體有段別，故曰分段身。秦觀陪李公擇觀金地佛牙：　『薄伽梵相含空虚，化人分段同璠璵。』

〔一二〕裓：　僧道所穿的法衣。

〔一三〕觀照： 佛教指静觀世界以智慧而照見事理。楞嚴經卷二：『汝雖强記，但益多聞，予奢摩他，微密觀照心猶未了。』

〔一四〕蘊： 指五蘊。梵語意譯。指色、受、想、行、識五者假合而成的身心。

〔一五〕三界： 佛教指衆生輪回的欲界、色界和無色界。

〔一六〕四裔： 四方邊遠之地。

〔一七〕無量壽佛：『阿彌陀佛』的意譯。西方浄土的教主，佛教浄土宗的信仰對象。

〔一八〕維摩： 即維摩詰。早期佛教著名居士、在家菩薩。

〔一九〕龍猛： 即龍樹菩薩，南天竺人，生於佛滅後八百年間，倡中觀性空之學。

〔二〇〕天親： 即世親。古印度佛教哲學家，大乘佛教瑜伽宗開創者無著之弟。王維過乘如禪師蕭居士嵩丘蘭若：『無著天親弟與兄，嵩丘蘭若一峯晴。』

〔二一〕上哲： 指具有超凡的道德、才智的人。後漢書崔駰傳：『固將因天質之自然，誦上哲之高訓。』

〔二二〕華報： 佛教中的譬喻，與『果報』相對。丁福保佛學大辭典：『華者喻也，又假之義也。如人爲獲果實而植樹，正得其果實，兼可得華，華即華報也。如此衆生植善惡之業因，正報其業因之結果曰果報。又稱實報正報。附隨其實報正報而得之假果名華報。張馗：卍續藏第七八册諸上善人詠：『張馗，同州人，販鷄爲業。永徽九年，臨終時，見屋南羣鷄集，忽一人著緋皂衣驅鷄，唱言

「啄啄」。其鷄四交上啄，兩眼出血，叫嘷痛苦在牀。至酉時，值善光寺僧來，令鋪聖像，念阿彌陀佛。少頃忽聞異香，奄然而去。』

〔二三〕雄俊：卍續藏第七八册諸上善人詠：『雄俊，城都人。善講説，無戒行。所得施利用之非法，又曾還俗入軍營中，後逃難再復僧相。大曆年間忽死，見閻羅王判入地獄。俊高聲曰：「雄俊若入地獄，三世諸佛即成妄語。觀經云：下品下生者造五逆罪。臨終十念尚得往生。俊雖造罪，不作五逆，況平日念佛罔知其數。」言已再蘇。俄頃跏趺乘華臺西往。』

〔二四〕愆尤：過失，罪咎。

〔二五〕四十八願：指阿彌陀佛四十八大願。出佛説無量壽經。

〔二六〕一十六觀：念佛行者由憶念彌陀之身與浄土，得以往生西方的十六種觀法。出自觀無量壽經。

〔二七〕王古：字敏仲，莘縣人，官至禮部侍郎。卍續藏第六二册西歸直指卷四記其生平及往生事。

華嚴一乘分齊章義苑疏敘〔一〕

塵中本無華嚴〔二〕，世尊割出華嚴。教義上實無分齊，賢首述爲分齊章〔三〕。一乘法輪〔四〕，運古今之通轍；十蓮華藏〔五〕，莊性德之妙因①〔六〕。佛智潛入衆生心，衆生心中具正覺〔七〕。道場不動，遍九會於同時〔八〕；海水湛然，含萬形而齊印。大中小法，豈有殊塗；過現未來，全歸一念。珠陀羅網〔九〕，主伴交參；芥琉璃瓶〔一〇〕，洪纖炳燿。但緣封執〔一一〕，誤入沉淪；若生佛家，自獲帝寶。三車出宅〔一二〕，駕露地而功全〔一三〕；三鳥出籠〔一四〕，入太空而迹泯。不逢哲匠〔一五〕，曷測淵源？大唐長安薦福國師〔一六〕，符彌陀因地之名〔一七〕，蓮生當處；贊毗盧稱性之典〔一八〕，日照高山。以此章釋無盡章，以此義解無量義。判五教而歸圓教〔一九〕，辨十宗而顯頓宗〔二〇〕。大開三昧之門〔二一〕，不入二乘之手〔二二〕。夫大經有賢首品，如來有賢首號，菩薩有賢首稱。達哉斯人，宜其旌德！是書三卷，行世累年，演暢旨歸，必資奧學，因觀義苑，乃述序云。

【校】

①莊　一本作『藏』。

【箋】

〔一〕輯自卍續藏第五十八册華嚴一乘分齊章義苑疏卷首。題後原署：『朝散郎、尚書主客員外郎、輕車都尉、賜紫金魚袋楊傑撰。』該文作於元祐五年。華嚴一乘分齊章義苑疏，宋代道亭撰，又叫華嚴一乘教義分齊章義苑疏、華嚴五教章義苑疏、五教章義苑疏、華嚴義苑疏、義苑疏等。

〔二〕塵中：猶塵世間。

〔三〕賢首：即唐代高僧法藏，西域康居人。爲華嚴宗的創立者。通稱賢首大師。唐澄觀華嚴經疏鈔懸談卷二五：『神光入宇者，即法藏和尚，字賢首，俗姓康氏，康居國人。』

〔四〕一乘：佛教指引導教化一切衆生成佛的唯一方法或途徑。法華經首倡此説。乘，指車乘，比喻能載人到達涅槃境界。法華經方便品：『十方佛土之中，唯有一乘法，無二亦無三，除佛方便説。』

〔五〕華藏：見輯補卷一無題箋注〔一六〕。

〔六〕性德：本性之德。衆生於本性所具足的先天能力。

〔七〕正覺：見本卷念佛鏡序箋注〔九〕。

〔八〕九會：見卷三贈朱伯原箋注〔八〕。

〔九〕珠：珠寶。陀羅網：即因陀羅網。又作天帝網、帝網。是莊嚴帝釋天宫殿的網。網之一一結皆附寶珠，其數無量。華嚴經以因陀羅網譬喻諸法之一與多相即相入之義。

〔一〇〕芥：芥子。佛教中常以瑠璃瓶盛芥子譬喻諸法之以一含多之義。

〔一一〕封執：原謂執持事物的界域。莊子齊物論：『其次以爲有物矣，而未始有封也。』成玄英疏：『初學大賢，鄰乎聖境，雖復見空有之異，而未曾封執。』引申爲固執，執著。白居易禽蟲十二章序：『每章可致一哂，一哂之外，亦有以自警其衰耄封執之惑焉。』

〔一二〕三車： 華嚴宗以三車喻三乘。即以羊車喻聲聞乘（小乘），以鹿車喻緣覺乘（中乘），以牛車喻菩薩乘（大乘）。謝靈運緣覺聲聞合贊：『誘以涅槃，救爾生老。肇元三車，翻乘一道。』

〔一三〕露地： 佛教喻三界（即欲界、色界、無色界）的煩惱俱盡，處於沒有覆蔽的地方。百喻經野干爲折樹枝所打喻：『舍棄而走，到於露地，乃至日暮，亦不肯來。』

〔一四〕三鳥出籠： 佛教中又作『三鳥出網』。三鳥，比喻聲聞乘、緣覺乘、菩薩乘等衆生。三者皆已脱離煩惱苦境，趨向無爲之解脱境，但由於上、中、下根器之差别，所修得之境界亦各不同。

〔一五〕哲匠： 智慧明達之人。

〔一六〕薦福： 指長安薦福寺。

〔一七〕彌陀： 即阿彌陀佛。

〔一八〕毗盧： 『毗盧舍那』的省稱。即大日如來佛。

〔一九〕五教： 華嚴宗對佛教教義的分類。即小教、始教、終教、頓教、圓教。圓教： 華嚴宗等自謂貫通諸經，調和各宗，不偏不倚，圓滿無缺，因稱圓教。智顗四教義一：『圓以不偏爲義。……但化最上利根之人，故名圓教也。』

〔二〇〕十宗： 華嚴宗對佛教教義的分類。即我法俱有宗，法有我無宗，法無去來宗，現通假實宗，俗妄眞實宗，諸法但名宗，一切皆空宗，眞德不空宗，相想俱絶宗，圓明具德宗。

〔二一〕三昧： 見卷六和朝回二首箋注〔四〕。

〔二三〕二乘：　指舍利弗等二乘之人。

義苑後序〔一〕

教章義苑疏者，廓具德之宗〔二〕，剖法義之判〔三〕。是以宗之爲德爲實，趣之爲本爲融，注之而十宗備矣〔四〕。若夫未明空有之朕〔五〕，本絶理事之蹤〔六〕，十佛自知法本〔七〕，然而雜華果分不可説者〔八〕，法也。暨於因門，緣起分齊，具彰攝義，從名五門等異，判之爲五教〔九〕，分之爲大小〔一〇〕，推之爲權實〔一一〕，定之爲頓漸〔一二〕，融之爲同別〔一三〕，一代聖言，三藏正典，區矣別矣。雜華因分可説者，斯之義歟。尋斯宗旨，却覽餘乘，起信守宗者自可知耳〔一四〕。是則三卷之書，十章之義，會經故不同乎經，辨律故不同乎律，析論故不名乎論。飄飄然但總相彰明，遂云『章』也。上云以此章釋無盡章者此也。既不牒文箋釋，故不云『疏』。及其義苑之解搜義會教會宗搜文故例，如孔目之與攝論，宗輪之與毗曇，搜義故略。如一乘之與化儀〔一五〕，六因之與三性〔一六〕。引而伸之，足而補之，精義見矣。然後會諸師之得失，定的判之名，立抉擇部異之宗，使相從於有則。余對明二祖宗義，出意會之，無違克義，箋文得旨，繄表濫觴，釋決擇流，通稱之曰『疏』。余竊恐淺學不曉分齊云『章』、義苑曰『疏』，故復書之於卷末。元祐五年五月五日，無爲楊傑於姑蘇行舟序。

【箋】

〔一〕輯自卍續藏第五八册華嚴一乘分齊章義苑疏卷第一〇。

〔二〕具德： 指純雜不相妨礙。 宗： 指各教所尊崇主張的義理、旨趣。

〔三〕判： 區别比較彼與此而使其明了。

〔四〕十宗： 見本卷華嚴一乘分齊章義苑疏敍箋注〔二〇〕。

〔五〕空有： 佛教中空指法性、有指幻相。 空爲眞諦，有爲俗諦，兩者相反相成。

〔六〕理事： 佛教中理指道理、事指事相。 理爲眞諦，事爲俗諦，兩者相反相成。

〔七〕十佛： 蓋指華嚴經中所説的過去十佛，即迦葉如來、拘那牟尼佛、迦羅鳩駄佛、毘舍浮佛、尸棄佛、毘婆尸佛、弗沙佛、提舍如來、波頭摩佛、然燈如來。

〔八〕雜華： 即雜華經，華嚴經的異名。

〔九〕五教： 見本卷華嚴一乘分齊章義苑疏敍箋注〔一九〕。

〔一〇〕大小： 指大乘教與小乘教。

〔一一〕權實： 謂佛法之二教。 權教爲小乘説法，取權宜義，法理明淺。 實教爲大乘説法，顯示眞要，法理高深。 隋智顗摩訶止觀卷三之下： 『明權實者： 權是權謀，暫用還廢； 實是實録，究竟指歸。』

〔一二〕頓漸：頓教與漸教。華嚴宗五教之始、終二教爲漸教。華嚴宗五教之第四爲頓教。

〔一三〕同別：同教與別教。華嚴宗判教用語。即同教一乘與別教一乘。一乘、三乘相互共通，稱爲同教；一乘與三乘全然別異，稱作別教。

〔一四〕起信：大乘起信論的省稱。馬鳴菩薩所造，闡明如來藏緣起之旨，及菩薩、凡夫等發心修行之相，是大乘佛教思想的重要著作。

〔一五〕一乘：見本卷華嚴一乘分齊章義苑疏敘箋注〔四〕。化儀：化道的儀式。指釋尊一代間教化衆生的儀式方法。天台判一代教，分化儀與化法二門，各立四教。

〔一六〕六因：佛教將一切法之因分爲六種，稱六因，即能作因、俱有因、同類因、相應因、遍行因和異熟因。三性：華嚴宗基於『性相圓融』的立場，提出的『三性』指圓成實性、依他起性和遍計所執性。

宗鑑録序〔一〕

諸佛眞語〔二〕，以心爲宗〔三〕；衆生信道，以宗爲鑑。衆生界即諸佛界，因迷而爲衆生；諸佛心是衆生心，因悟而成諸佛。心如明鑑，萬象歷然。佛與衆生，其猶影像〔四〕。涅槃生死，俱是强名〔五〕。鑑體寂而常照，鑑光照而常寂。心佛衆生，三無差別。國初吴越永明智覺壽禪師〔六〕，證最上乘，了第一義〔七〕，洞究教典，深達禪宗，稟奉律儀，廣行利益〔八〕。因讀楞伽經云『佛語心爲宗』，乃制宗鑑録。於無疑中起疑，非問處設問。爲不請友，眞大導師。擲龍宫之寶，均施羣生；徹祖門之關〔九〕，普容來者。舉目而視，有欲皆充；信手而拈，有疾皆愈。蕩滌邪見，指歸妙源。所謂舉一心爲宗，照萬法爲鑑矣。若人以佛爲鑑，則知戒定慧爲諸善之宗〔一〇〕，人天聲聞緣覺菩薩如來由此而出〔一一〕，一切善類莫不信受。若以衆生爲鑑，則知貪、嗔、癡爲諸惡之宗，修羅旁生，地獄鬼趣由此而出〔一二〕，一切惡類莫不畏憚。善惡雖異，其宗則同。返鑑其心，則知靈明湛寂〔一三〕，廣大融通，無爲無住，無修無證，無塵可染，無垢可磨，爲一切諸法之宗矣。初，吴越忠懿王序之①〔一四〕，秘於教藏。至元豐中，皇弟魏端獻王鏤板〔一五〕，分施名藍〔一六〕，四方學者罕遇其本。元祐六年夏，游東都法雲道場〔一七〕，始見錢唐新本，尤爲精詳。乃吴人徐思恭請法涌禪師同永樂、法眞二三耆宿，遍取諸録，用三乘典籍，聖賢教語，校讀成就，以廣流布，其益甚博。法涌知予喜閲是録，因請爲序云。

【校】

①序　佛祖歷代通載作『字』。

【箋】

〔一〕輯自大正新修大藏經第四八册宗鑑録卷一。題後原署：『左朝請郎、尚書禮部員外郎、護軍楊傑撰。』又見佛祖歷代通載卷一八。宗鑑録：又作宗鏡録、心鏡録，凡一〇〇卷，宋永明延壽著。是書廣收大乘經論六十部及印度、中國聖賢三百人著作，以『禪尊達摩，教尊賢首』爲中心思想，詳述了諸佛之大意與經論之正宗等問題。

〔二〕眞語：佛教指説眞如一實之理之語，即不作曲示的實語。棲白寄南山景禪師：『一度林前見遠公，静聞眞語世情空。』

〔三〕宗：見本卷義苑後序箋注〔二〕。

〔四〕影像：影子與畫像。

〔五〕强名：見輯補卷二安樂國贊箋注〔三六〕。

〔六〕永明智覺壽禪師：即永明延壽，五代宋初人，俗家姓王，字冲元（一作冲玄），祖籍江蘇丹陽，後遷浙江餘杭，法眼文益的嫡孫。

〔七〕第一義：佛教指最上至深的妙理。也叫第一義諦、眞諦、勝義諦。與世諦、俗諦或世俗諦對稱。壇經付囑品：『能善分別相，第一義不動。但作如此見，即是眞如用。』

〔八〕利益：佛教指利生益世的功德。湛然法華文句記卷六之二：『功德利益者，只功德一而無異。若分別者，自益名功德，益他名利益。』

〔九〕關：門門。

〔一〇〕戒定慧：佛教修行方法。指『三無漏法』，即防非止惡、息慮静緣、破惑證眞。五燈會元薦福弘辯禪師：『帝曰：云何名戒？對曰：防非止惡謂之戒。帝曰：云何爲定？對曰：六根涉境，心不隨緣名定。帝曰：云何爲慧？對曰：心境俱空，照覽無惑名慧。』宗：根本，根源。

〔一一〕人天聲聞緣覺菩薩：指佛教中的人乘、天乘、聲聞乘、緣覺乘和菩薩乘五乘。

〔一二〕修羅：見本卷直指浄土決疑集序箋注〔七〕。旁生：見本卷直指浄土決疑集序箋注〔八〕。鬼趣：即鬼道，佛教六道之一。宋新編分門古今類事懶瓚垂訓：『伏願天回南矚，澤賜下臨。免至邊城，白日便同於鬼趣；得歸中夏，黄泉亦感於聖恩。』

〔一三〕湛寂：沉寂。唐太宗大唐三藏聖教序：『妙道凝玄，遵之莫知其際；法流湛寂，挹之莫測其源。』

〔一四〕吴越忠懿王：即錢俶，五代十國時期吴越國最後一位國王。

〔一五〕魏端獻王：指趙頵，謚端獻。

〔一六〕名藍：有名的伽藍，即名寺。

〔一七〕東都：指揚州。

題浄土懺法〔一〕

錢唐法慧寶閣照律師〔二〕，爲出家五衆修浄土懺法〔三〕，無爲子見而題其後曰：樂土清浄，非願力不能生〔四〕；濁世罪尤，非懺悔不能去。罪如瓦石，投水必沉；願力爲舟，載之則濟。既超彼岸，念念菩提〔五〕，三寶威神，惡皆消殞，如是觀者，下品之懺悔也；罪如冰雪，積於最陰，大陽融和，冰雪消釋，嚴凝一變〔六〕，潤澤萌芽，如是觀者，中品之懺悔也；如太虚曠徹空寂，塵不能坌，水不能洗，行住坐卧，孰非彌陀；生死去來，孰非浄土，如是觀者，上品之懺悔也。苟悟於此，心滅罪亡，或未圓成〔七〕，尤先懺法。示五衆等，當遵是言。

【箋】

〔一〕輯自大正新修大藏經第四七册樂邦遺稿。懺法：佛教禮懺的儀制。

〔二〕照律師：即靈芝元照。見輯補卷二靈芝元照禪師頌箋注〔一〕。

〔三〕五衆：佛教中指出家的比丘、比丘尼、式叉摩那、沙彌、沙彌尼。法苑珠林卷一六：『若出家五衆已受得戒，但依修行，不復别受。』

〔四〕願力：見集外卷一妙蓮閣箋注〔六〕。

〔五〕菩提：見集外卷二安樂國贊箋注〔三〕。

〔六〕嚴凝：猶嚴寒。顧況補亡詩十月之郊：『冬日嚴凝，言納其陽，和風載升。』

〔七〕圓成：佛教中指成就圓滿。常達山居八詠之七：『胡僧論的旨，物物唱圓成。』

請講大方廣佛華嚴經疏〔一〕

法界衆生，本大方廣，因沉苦誨①，誤認浮漚〔二〕，不知幻身，實同諸佛。佛稱是性，説華嚴經，付囑大心〔三〕。凡夫超絶，假名菩薩，色空泯寄，理事相明。磨鏡露光，光由中出；焦摸見像〔四〕，像匪外來。塵塵具足解脱門〔五〕，品品含容無量義〔六〕。九會同時〔七〕，音遍於邇遐；孤月三舟異目②〔八〕，安分於去住。所謂一證一切證，一斷一切斷，成最正覺，頓示大根〔九〕，非如他宗，進有指漸，不遇明智，孰窮指歸。講主誠師，從聞思修，達體相用。東際瞻仰，早悟菩提；南方游行，遍參知識〔一〇〕。鼓倡一乘之教〔一一〕，洞開三觀之門〔一二〕。自發初心，即周海藏；不移本位〔一三〕，應請河沙〔一四〕。大衆所依，當毋辭避。

【校】

①誨　似爲『海』之訛。

②孤月　似爲衍文。

【箋】

〔一〕輯自卍續藏第五十八册圓宗文類卷二二。大方廣佛華嚴經：大乘佛教重要經典之一，簡稱華嚴經，或稱雜華經。我國華嚴宗即依據此經，立法界緣起、事事無礙等妙義爲宗旨。大方廣，又名大方等，是大乘經的通名。

〔二〕浮漚：水面上的泡沫。因其易生易滅，常比喻世事變化無常和生命短暫。唐姚合酬任疇協律夏中苦雨見寄：『走童驚掣電，饑鳥啄浮漚。』

〔三〕大心：大菩提心，大願心。

〔四〕焦摸：即焦模。焦土所做的模範。圓覺經略疏之鈔卷第六：『焦模鑄像者，經云：譬如鑄師鑄眞金像，既鑄成已，列置於地，外現焦黑，内像不變，開模出像，金色晃耀。』

〔五〕塵塵：佛教中指世世代代。常達山居八詠之五：『眞性寂無機，塵塵祖佛師。』

〔六〕品品：猶言每一品。華嚴經是分品敘述的。

〔七〕九會：見卷三贈朱伯原箋注〔八〕。

〔八〕三舟：佛教中譬喻根機各異的衆生。如『一月三舟』，謂一輪明月之下，乘南行之舟者，見明月隨之南行千里；乘北行之舟者，見月亦隨之北往千里；在静止之舟船上者，則未見月之移動。然其月則一，並未有異。可見雖是同一月亮，静止之舟，與南行、北往之舟，所見各有不同。此喻衆生因機感之不同，對佛身所見亦各異。説見丁福保佛學大辭典。

〔九〕大根：依佛說法而得道的機根。

〔一〇〕知識：即善知識。指正直有德行、能教導正道之人。

〔一一〕一乘：見本卷華嚴一乘分齊章義苑疏敘箋注〔四〕。

〔一二〕三觀：佛教天台宗的基本教義之一。謂從事物緣起中觀悟空、假、中三諦。智顗摩訶止觀卷五上：『一空一切空，無假中而不空，總空觀也；一假一切假，無空中而不假，總假觀也；一中一切中，無空假而不中，總中觀也。即中論所說不可思議一心三觀。』

〔一三〕本位：本來的位子，也就是本來的身。

〔一四〕河沙：佛經中稱信解大乘經之人。

金陵保寧禪院勇禪師語録序〔一〕

鳳臺山老〔二〕，南方游行時，至楊朱泣岐處〔三〕，遇一善知識，白雪蒙頭，師子踞坐，以金圈栗棘爲佛事〔四〕，布施十方學者云：鐵圍山可透〔五〕，吾金剛圈不可透；大海水可吞，吾栗棘蓬不可吞。若透一圈，即百千萬億圈，透之無疑。一切煩惱，於此解脱。若吞一蓬，則百千萬億蓬，吞之不疑。一切功德，於此成就。時諸比丘，罔然退席，莫知所措，彼上人者〔六〕，從容道場，獨蒙授記。後十五年，鳳臺山頂，震大雷音。三草二木〔七〕，均霑一雨。其徒録其語，請無爲子以序之云耳。時皇宋元豐元年清明日楊傑述。

【箋】

〔一〕輯自卍續藏第六九册保寧仁勇禪師語録。勇禪師：即仁勇，俗姓竺，浙江四明人，初學天台，繼謁雪竇重顯而改參禪學，後入楊岐方會門下。兩任江蘇金陵保寧寺住持。

〔二〕鳳臺山：古地名，在今江蘇南京。因鳳凰臺而得名。

〔三〕楊朱泣岐：楊朱，戰國人，臨歧路而泣。淮南子説林訓：『楊子見逵路而哭之，爲其可以南，可以北。』清一統志江西統部袁州府楊岐山注：『在萍鄉縣北七十里，世傳爲楊朱泣岐之所。』

〔四〕金圈：即金剛圈。金剛石所製之圈，極其堅利，歷千劫百難，覺性不壞。栗棘：同下文『栗棘蓬』。栗、棘、蓬均爲有刺植物，難以吞咽。圓悟佛果禪師語録卷七：『中秋上堂。僧問：黄龍三關即不問，如何是楊岐栗棘蓬？師云：天下人吞不得。』

〔五〕鐵圍山：佛教認爲南贍部洲等四大部洲之外，有鐵圍山，周匝如輪，故名。陳善捫虱新話司馬遷班固言出昆侖：佛典説『四天下之外，乃有大鐵圍山、小鐵圍山圍焉，是謂一世界。』

〔六〕上人：釋氏要覽稱謂引古師云：『内有德智，外有勝行，在人之上，名上人。』

〔七〕三草二木：佛教譬喻。以草木大小，喻顯根性的不同。三草，即小藥草、中藥草、大藥草。二木，即小樹、大樹。

雲峯悦禪師語録序〔一〕

祖師門下，正令全提〔二〕，坐斷十方，壁立千仞。摩竭掩室〔三〕，已涉塵勞，净名杜辭，自彰瑕謫。別傳一句，盜賊破家，不失本宗，狐狸戀窟。西山谷口，南嶽峯前，有大沙門，曾行是令。叢林學者，輻湊景從，報緣將終，辭衆坐逝。舍利充溢，激射寶龕，末後度人，不可勝數。後三十年，黄梅齊曉山主，求無爲子序其録云。

【箋】

〔一〕輯自卍續藏第六八册古尊宿語要。雲峯悦：即雲峯文悦，臨濟宗高僧，江西鍾陵人，俗姓徐，初從筠州大愚守芝，後住南嶽雲峯，故稱雲峯文悦，嘉祐七年示寂。

〔二〕正令：指佛法。在禪門中，則特指教外別傳之旨。從容録第三十五則：『無舌人，無舌人，正令全提一句親。』正令當行，謂佛祖之道通行於世。同種電鈔：『正令乃本分之令，棒喝並行，不立一法，此謂正令也。』全提：完全提起宗門的綱要。無門關頌曰：『狗子佛性，全提正令。』

〔三〕摩竭：古代印度摩竭陀國的省稱。在今比哈爾邦南部，是早期佛教的中心。王中頭陀寺碑文：『掩室摩竭，用啓息言之津；杜口毗邪，以通得意之路。』

題楊岐會老語録〔一〕

楊岐會老，跨三脚驢〔二〕，入水牯牛隊中〔三〕，拽把牽犂〔四〕，種田博飯〔五〕。横吹玉笛〔六〕，飽呑栗蒲〔七〕，四十年來，叢林以爲奇特。豈不聞『三世諸佛説夢，諸方老宿説夢』，是楊岐當日語。不知楊岐自作夢後，還覺也未？若要清風再振，舊令重行，明眼底人試將此録看。元祐三年立春日，無爲子楊傑書於望海樓〔八〕。

【箋】

〔一〕輯自大正新修大藏經第四七册楊岐方會和尚語録。又見卍續藏第六八册古尊宿語録卷一九。楊岐會老：即楊岐方會，北宋初年袁州宜春人，俗姓冷，住袁州楊岐山普明禪院，楊岐派宗師。

〔二〕三脚驢：楊岐會老語録：『問：如何是佛？師云：三脚驢子弄蹄行。』

〔三〕水牯牛：楊岐會老語録：『今日無端走入水牯牛隊裏去也。』

〔四〕拽把牽犁：楊岐會老語録：『師云：同參底事作麼生？峯云：九峯牽犁，楊岐拽杷。』

〔五〕種田博飯：楊岐會老語録：『上堂。楊岐無旨的，栽田博飯吃。説夢老瞿曇，何處覓蹤迹？』

〔六〕横吹玉笛：楊岐會老語録：『良久云：玉笛横吹動天地，未曾逢著箇知音。』

〔七〕飽吞栗蒲：楊岐會老語録：『上堂。雲蓋是事不如，説禪似吞栗蒲。』

〔八〕望海樓：在杭州鳳凰山上，又稱望潮樓。

附録

一、傳記資料

楊傑，字次公，無爲人。少有名于時，舉進士。元豐中，官太常者數任，一時禮樂之事，皆預討論。嘗議玉牒帝系自僖祖而上，世次莫知，則僖祖爲始祖無疑，宜以僖祖配感生帝。又請孝惠賀后、淑德尹后、章懷潘后皆祖宗首納之后，孝章宋后嘗母儀天下，升祔之禮，久而未講，宜因慈聖光獻崇配之日，升四后神主祔于祖宗祏室，斷天下之大疑，正宗廟之大法。由是四后始得升祔。

神宗詔秘書監劉几、禮部侍郎范鎮議樂，几請命傑同議。傑言大樂七失，並圖上之。神宗下几、鎮參定，鎮不用傑議，自製。樂成，詔褒之。元豐末，晉州教授陸長愈言：『近封孟軻鄒國公，宜春秋釋奠，與顔子並配。』下太常議，傑與少卿葉均，博士盛陶、王古、辛公佐以謂凡配享從祀，皆孔子同時之人，今以孟軻並配非是。禮部復言：『自唐至今，以伏勝、高堂生等二十一賢從祀，豈必同時人？』詔從禮部議。

哲宗即位，議樂，又用范鎮説。傑復破鎮樂章曲名、宫架加磬、十六鍾磬之非。又論鎮以黑黍用秠製律、銅量，叩之不合黄鍾，以世無眞黍，用太府尺爲樂尺，下舊樂三律。詳具樂志。傑在神宗時與鎮異議，至是復攻之，鎮之樂律卒不用。元祐中，爲禮部員外郎，出知潤州，除兩浙提點刑獄，卒年七十。自號無爲子，有文集二十餘卷，樂記五卷。（輯自宋史卷四四三楊傑傳）

公諱傑，字次公，無爲郡人，道號無爲子。雄才俊邁，年少登科。官至尚書主客郎，提點兩浙刑獄事。而又尊崇佛法，明悟禪宗，江西臨濟下棒喝承當之輩，猶謂常流。復闡揚彌陀教觀，接誘方來。括其所談，乃謂：衆生根有利鈍，其近而易知，簡而易行者，唯西方浄土也。但能一心觀念，總攝散心，仗彌陀願力，直超安養，更無他趣，決取成功矣。龍樹所謂易行之道，依他力故也。公作天台十疑論序、王古直指浄土決疑集序、法寶僧監彌陀寶閣記、安樂國三十贊，備陳西方要津，誠爲萬世往生龜鑒矣。公有輔道集，專紀佛乘，東坡作序。其略曰：無爲子宿稟靈機，遍參知識，凡所謂具爍迦羅眼者，次公目擊而道存焉。公晚年作監司郡守，乃畫丈六彌陀尊像，隨行觀念。至壽終時，感佛來迎，端坐而化。辭世頌曰：『生亦無可戀，死亦無可舍。太虛空中，之乎者也。將錯就錯，西方極樂。』宣和中，有荆王夫人神游浄土，見公坐蓮華上，則往生必矣。然則本朝士大夫洪贊浄方，入正定聚者，唯公洎王敏仲侍郎二人而已，豈非天欲久其道，世必生其人者歟！（輯自大正新修大藏經第四七册宋宗曉樂邦文類卷三大宋無爲子楊提刑傳）

楊傑，字次公，無爲人也。少有名於時。舉進士。元豐中，官太常者連數任，一時禮文之事，傑與討論。嘗奏請四后升祔，以爲孝惠賀后、淑德尹后、章懷潘后皆祖宗首納之后，而孝章宋后嘗母儀天下，升祔之禮久而未講，謂宜因慈聖光獻崇配之日，升四后神主祔於祖宗祏室，斷天下之大疑，正宗廟之大法。由是四后始得升祔。元祐中，爲禮部員外郎，出知潤州，除兩浙提點刑獄，卒年七十。傑自號無爲子，有文集十五卷行於世。（輯自宋王稱東都事略卷一一五文藝傳楊傑）

楊傑，字次公，無爲人也。少有名於時。舉進士。元豐中，官太常者連數任，一時禮文之事傑與討論。嘗奏請四后升祔，以爲孝惠賀后、淑德尹后、章懷潘后，皆祖宗首納之后，而孝章宋后，嘗母儀天下，升祔之禮久而未講，謂宜因慈聖光獻崇配之日，升四后神主祔於祖宗祏室，斷天下之大疑，正宗廟之大法。由是四后始得升祔。元祐中，爲禮部員外郎，出知潤州，除兩浙提點刑獄，卒年七十。傑自號無爲子，有文集十五卷行於世。（輯自宋陳思編、元陳世隆補兩宋名賢小集卷八五無爲子小集）

楊傑，字次公，無爲人，自號無爲子。自少時即以詩文名於世。嘉祐四年，舉進士。元豐中，官太常，時議典禮因革，傑討論精確，人尤多之。常奉使過泰山，觀日出於絶頂之上。重九日，賦詩酌酒於華山蓮花之峯。繼被詔，從高麗僧游，皆以王事而得方外之樂，故於瞿曇尤造理窟。元祐中，以禮部員外郎出知潤州，除兩浙提點刑獄，卒年七十。生平著述甚富，散亂未傳。紹興癸亥知無爲軍趙士彩搜其遺藁，得詩賦雜文若干篇，編次十五卷，題曰無爲集。其釋道二家詩文另編別集。（輯自清曹庭棟宋百家

詩存卷六無爲集卷首）

楊傑，字次公，無爲人。少有名於時。舉進士。元豐中，官太常者數任，一時禮樂之事皆預討論。嘗議僖祖爲始祖，宜以配感生帝。又請孝惠賀后、淑德尹后、莊懷潘后，皆祖宗首納之后，孝莊宋后嘗母儀天下，宜因慈聖光獻崇配之日，升四后神主祔於祖宗廟室。由是四后始得升祔。神宗詔秘書監劉几、禮部侍郎范鎮議樂，几請命傑同議。傑言大樂七失，並圖上之。神宗下几、鎮參定，鎮不用傑議。哲宗即位，議樂，又用鎮説，傑復破鎮樂章曲名、宫架加磬、十六鐘磬之非，又論鎮以黑黍用秬製律、銅量，叩之不合黄鐘，以世無眞黍，用太府尺爲樂尺，下舊樂三律。鎮之樂律卒不用。元祐中，爲禮部員外郎，出知潤州，除兩浙提點刑獄，卒。有文集二十餘卷，樂記五卷。（輯自清嵇璜續通志卷五六一文苑傳楊傑）

楊傑，字次公，無爲人。少有名於時。舉進士，爲南豐令，期年政事修舉，縣之射圃生芝草，人以爲善政之應，郡守率僚屬賦詩美之。林志（輯自清謝旻江西通志卷六二名宦）

宋楊傑，字次公，無爲人。少有名於時。元豐中，舉進士。數任太常，一時禮樂之事皆預討論。嘗議禧祖配帝及四后升祔之禮，從之。與范鎮議樂制，不合，朝廷舍傑而從鎮。然論者終以傑説爲當。官

終兩浙提點刑獄。有樂記五卷。（輯自清江南通志卷一六四人物志儒林廬州府）

楊次公，名傑。生於無爲州，自號曰無爲子。元豐中官太常。初好禪宗，歷參諸老宿，不契。既從天衣禪師游，天衣每引龐公機語令參究。及奉祠泰山，一日鷄初鳴，覩日出如盤湧，忽大悟。易龐公偈曰：『男大須婚，女大須嫁。討甚閑工夫，更説無生話。』書寄天衣，天衣然之。嘗示僧曰：『學道之人，十二時中常須照顧。不見南泉道：三十年看一頭水牯牛，若犯人苗稼，擿鼻拽回。如今變成露地白牛，裸裸地，放他不肯去。諸人長須著精采，不可説禪時便有道理，洗菜作務時便無知也。如鷄抱卵，若是一刻抛離，暖氣不接，不成種子。如今萬境森羅，六根煩動，略失照顧，便致喪身失命，不是小事也。』

熙寧末，以母憂歸，閑居閲藏經，遂歸心浄土。繪丈六阿彌陀佛，隨身觀念。憫諸衆生溺心五濁，輪轉無已，不知出離，而參禪人又輒視浄土爲權教，妄生異見，深負諸佛大悲方便導引之心。適同時王敏仲撰浄土決疑集成，次公爲之序。其辭曰：『大願聖人從浄土來，來實無來。深心凡夫往浄土去，去實無去。彼不來此，此不往彼，而其聖凡會遇，兩得交際者，何也？彌陀光明如大圓月，遍照十方。水清而静，則月現全體，月非趣水而遽來。水濁而動，則月無定光，月非捨水而遽去。在水則有清濁動静，在月則無趣捨去來。故華嚴解脱長者云：「知一切佛，猶如影像，自心如水，彼諸如來不來至此，我不往彼。我若欲見安樂世界阿彌陀佛，隨意即見。」是知衆生注念，定見彌陀。彌陀來迎，極樂不遠。乃稱性實言，非權教也。淨土無欲，非欲界也；其國地居，非色界也；生有形相，非無色界也。一切衆生，未悟正覺，處大夢中，六道升沉，未嘗休止。諸天雖樂，報盡相衰。修羅方嗔，戰爭互勝。旁生飛走，噉食相殘。鬼神幽陰，饑渴困逼。地獄長夜，痛楚號呼。得生人趣，固已爲幸，然而生老病死，衆苦嬰纏，惟是淨方，更無諸苦。蓮胞托質，無生苦也；寒暑不遷，無老苦也；身非分段，無病苦也；壽命無量，無死苦也；無父母妻子，無愛別離也；上善人聚會，無怨憎會也；華裓香食，珍寶受用，無求不得，無窮困也；觀照空寂，無蘊苦也；悲濟有情，欲生則生。不住寂滅，非二乘也。智照生死，得不退轉，非凡夫也。三界蕩然，譬如四裔，丘陵阬坎，穢腐所積，溪壑阻絶。孰爲津梁？乃有狂人，迷路於此。惡獸魑魅，惱害雜居，刀兵水火，或時傷暴。風霜霹靂，凌厲摧攝。罔知城域，可以庇覆。飲食衣服，未或充足。甘受是苦，不求安樂。有佛釋迦，是大導師，指清淨土，是安樂國。無量壽佛，是淨土師。爾諸衆生，但發誠心，念彼佛號，即得往生，則無諸惱。不聞知者，固可哀憐。亦有善士，發三種不信心，不求生者，尤可嗟惜。一曰吾當超佛越祖，淨土不足生也；二曰處處皆淨土，西方不必生也；三曰極樂聖域，我輩凡夫，不能生也。夫行海無盡，普賢願見彌陀；佛國雖空，維摩常修淨土。十方如來，有廣舌之贊。十方菩薩，有同往之心。試自忖量，孰與諸聖謂不足生者，何其自欺哉？至如龍樹，祖師也，楞伽經有預記之文。天親，教宗也，無量論有求生之偈。慈恩通贊，首稱十勝。智者析理，明辨十疑。彼皆上哲，精進往生。謂不必生者，何其自慢哉？火車可滅，舟石不沉，現華報者，莫甚於張馗，十念而超勝處。入地獄者，莫速於雄俊，再生而證妙因。世人愆尤，未必若此。謂不能生者，何其自棄哉？般舟三昧經云：「跋陀和菩薩問釋迦佛，未來衆生云何得見十方諸佛？佛教念阿彌陀佛，即見十方一切諸佛。」又大寶積經云：「若他方衆生聞無量壽如來名號，乃至能發一念浄信，歡喜愛樂，所有善根回向，願生無量壽國者，隨願皆生，得不退轉。」此皆佛言也。不信佛言，何言可信？不生浄土，何土可生？自欺自慢，自棄己靈，流入輪回，是誰之咎？四十八願悉爲度生，一十六觀同歸系念。一念既信，已投種於寶池。衆善相資，定化生於金地。無輒悔墮，誤認疑城。即時蓮開，得解脱道。唯心浄土，自性彌陀。大光明中決無魔事。直指浄十決疑集者，吾友王古敏仲之所編也。博采教典，該括古今。開釋疑情，徑超信地。其載聖賢之旨，在浄土諸書最爲詳要，蓋安養國之向導也。若登彼岸，舟固可忘，來者問津，斯言無忽。」

元祐中，官兩浙提點刑獄，卒。臨終説偈曰：『生亦無可戀，死亦無可舍。太虚空中，之乎者也。』將錯就錯，西方極樂。』先是，有司士參軍王仲回者，與次公同鄉里，嘗從受念佛法門。問：『如何得不間斷？』曰：『一信之後，更不再疑，即是不間斷也。』仲回躍然。明年，次公守丹陽，一夕忽夢見仲回云：『向蒙以浄土爲導，今得往生，特來致謝。』再拜而出。已而得其子訃書，言仲回預知化期，遍别親舊，逝矣。次公既卒，其後有荆王夫人與侍妾同修浄土，其侍妾先化去，引夫人夢游西方，見一人坐蓮華上，其衣飄揚，寶冠瓔珞莊嚴其身，問是何人，侍妾云：『楊傑也。』次公嘗著輔道集，專揚佛教，蘇子瞻爲之序。（輯自卍續藏第八八册清彭際清居士傳卷二二楊次公傳）

二、題　跋

大梁趙侯端質守無爲之明年，距始至才數月，民安清静寬厚之政，如熱者之得濯，病者之得藥，饑渴者之得飲食。疲弊以蘇，流亡以還，境内翕然稱治。游刃恢恢，所向輒解，視一郡若無足爲者。因顧其僚屬曰：文翁之於巴蜀，常衮之於閩越，皆汲汲乎庠序之教是修。今政復未暇，必欲厚士俗而助王化，盍亦風以動之乎？吾聞無爲先生楊次公，淮海之望也。以道義文章知名當世，至今學士大夫咸推尊之。其博物洽聞，則有若劉更生；應諧不窮，則有若東方朔。探禮樂之本，而妙於製作；究韜略之微，而達權變。旁通道藏，妙解佛理，殆古人所謂通於一而萬事畢者。孟子不云：聞伯夷之風者，頑夫廉，懦夫有立志；聞柳下惠之風者，鄙夫寬，薄夫敦。今其文集具在，目之曰『無爲』，吾將使無爲之人，誦公之文，仰公之名，化公之風，而知所自勉。夫然後修庠序之教，庶幾其不肅而成。則斯集之傳，爲不可緩也。侯以之道於先生，爲鄉里後進，以序見托，義不可辭。敢述侯之所以語僚屬者，而系之於篇末。（輯自永樂大典卷二二五三七王之道無爲集序）

萬物莫不由之之謂道，而道非聖人不行，故自伏羲、神農、黄帝，以至堯、舜、禹、湯、文、武、周公、孔子，咸以此道，維綱四方，扶持萬世，載在方册，命之曰儒。其後老聃氏得此道，而一於清静無爲，是爲道教。釋迦氏得此道，而一於慈悲方便，是爲釋教。二家雖建立不同，語言有異，而其誘掖警動吾民，使惡者化而爲善良，邪者化而爲正直，陰有輔於吾教亦多矣。兹其所以更歷代之廢絀，經諸儒之排詆，而終不能以絶也。後之君子以浮虚長而晉亂，齋戒修而梁忘，遂並罪其教，至恥言而惡聞之。不知當時君臣之所崇信，誠得夫清浄慈悲之本，晉雖至今治可也，梁雖至今存可也。悲夫！故侍講楊公諱傑，字次公，無爲人。少以文學致身蘭省，而尤深於釋迦、老聃之教。元豐中嘗詔對便殿，問以佛法，繼被旨修道門科儀。平生著二家詩文最多，得大辨才，通達無礙。當時好談性理之學，如臨川王介甫、眉山蘇子瞻，猶或避路放一頭地，而況餘人乎！今無爲集外有别集若干卷，載二家詩文云。（輯自永樂大典卷二二五三七王之道别集序）

無爲集十五卷、别集十卷。禮部郎濡須楊傑次公撰。嘉祐四年進士，元祐中爲郎。傑善談禪，别集皆爲釋老，而釋又十之九。（輯自陳振孫直齋書録解題無爲集）

無爲集，十五卷，安徽巡撫采進本。宋楊傑撰。傑字次公，無爲軍人，因自號無爲子。嘉祐四年進士，元豐中歷官禮部員外郎、出知潤州、除兩浙提點刑獄，卒於官。原序稱『侍講楊先生』，蓋其帶職也。傑事迹具宋史文苑傳。傑及與歐陽修、王安石、蘇軾游，故其詩雖興象未深，而亦頗有規格。其率易者，近白居易。其偶爲奇崛，如送李辟疆之類者，或偶近盧仝。其大致則仍元祐體也。又及與胡瑗游，故所學亦頗有根柢。官太常時，議典禮因革，多所討論。集中如補正三禮圖、皇族服制圖諸序，以及禘祫、明堂、樂律諸奏，皆有關於典制。但其文才地稍弱，邊幅微狹耳。集凡賦二卷、詩五卷、文八卷，紹興癸亥知無爲軍趙士䌦所編。士䌦序云，『删除蕪纇，取有補於教化者』，『若釋、道二家詩文，則見諸別集』。今別集不傳，故張敦頤六朝事迹載其雨花臺詩一首、王象之輿地紀勝載其淨居寺詩一首、潛説友咸淳臨安志載其西湖參寥山房詩一首、鐵網珊瑚載其佛日山別長老弼公詩一首。凡爲僧作者，今皆不見於集中也。然第五卷中有寶山寺壁一首，第七卷中有題寶林院五松一首、東峯白雲院一首、野寺一首，第十卷中有圓同庵銘一首、圓寂庵銘一首，未免自亂其例。又如『銘』五首，入雜文，『贊』亦雜文，乃列詩中。詩以古體、律體分編，而和謝判官宴南樓一首，本拗體七言律，而誤入古詩，編次尤爲無緒。至於魏詔君贊，『詔』字蓋避仁宗嫌名，而次卷仍稱魏徵君草堂，校讎亦未盡善，惟傑集自南渡以後湮没不傳，士䌦積兩歲之力搜求編次，使得復傳至今，其表章之功，固亦不可盡没耳。（輯自四庫全書總目提要無爲集）

無爲集十五卷，宋楊傑著。傑字次公，自號無爲子。少以詩文名於時，嘉祐四年舉進士，元豐中官太常。時議典禮因革，傑討論精確，人尤多之。生平著述甚富，不盡傳。紹興癸亥，知無爲軍趙士䌦搜其遺稿，編次爲十五卷，中如補正三禮圖、皇族服制圖、大樂十二均圖諸序，以及禘祫、明堂、樂律諸奏議，皆有關於典制考證，應抄存之。（輯自翁方綱無爲集提要稿）

次公生當元祐之際，曾接歐、蘇芳型，故詩文典贍，卓爾不羣，置之承明著作之廬，可備制禮作樂之選。豈率爾操觚之士所能望其項背哉？集爲十五卷，乃紹興趙士彩所編舊本。惟見本集之上茹都官明堂圖二十篇，見名迹記之程師孟建豫章溝記一篇，見建昌府志之仙居山五律一首，均爲集中不載，則原編所遺佚者多矣。洪幼琴觀察藏舊鈔本，久經假録在笥，乙未至京，就文津閣庫本詳校，庫本洪本互有譌奪，悉心勘定，付之手民。此集刊本久絶人間，當亦讀宋集者所珍者歟！庚申秋季城南李之鼎識於世業堂。（輯自李之鼎宋人集乙編無爲集跋）

無爲集，十五卷，楊傑撰。楊傑，字次公，號無爲子，無爲（今安徽無爲）人。嘉祐四年（一〇五九）進士，仕至禮部員外郎。集乃紹興十三年（癸亥，一一四三）知無爲軍趙士彩編刊，其序曰：歲在重光作噩之冬，士彩誤恩，假守是邦。服膺侍講公之名舊矣，視事之初，首詢公文於搢紳間，歲餘搜獲不一。公遣辭典麗，立意奥妙。因删除其蕪類，取其有補於教化者，編次成集。……其詩、賦、碑記、雜文、表、啓共分爲一十五卷，若釋、道二家詩文，則見諸别集云。

解題卷一七著録道：

無爲集十五卷、别集十卷，禮部郎濡須楊傑次公撰。嘉祐四年進士，元祐中爲郎。傑喜談禪，别集皆爲釋、老，而釋又居十之九。

通考卷二三六、宋志著録同。唯通志載無爲集九卷，蓋爲别本。

別集久佚，今尚存王之道所作別集序，未述卷數；部份釋氏碑志詩文，猶散見於釋藏中。趙氏無爲軍刻遞修本無爲集十五卷，天禄後目卷六著録一部一函四册，今藏北京圖書館。該本卷首爲趙序，次總目。每半葉十行，行十八九字，白口，左右雙邊。遇宋帝空格，『構』字注『御名』（如采衣堂記）。卷首、卷内有『五福五代堂古稀天子寶』、『八征耄念之寶』、『太上皇帝之寶』、『天禄繼鑑』、『乾隆御覽之寶』、『文淵閣印』諸印記。是本蓋一直藏於内閣（即明文淵閣書目卷九著録之本），絶無私家印記，私家書目藏志亦未言及之。明末，是集宋本民間尚有收藏。陸心源嘗得明末鈔宋本，有毛晉跋，略曰：『偶造白門，向屯部周浩若索異書，首出楊次公無爲集十五卷見視。乃趙士𢽾所編，鏤版於紹興癸亥年，大書深刻，紙墨雙妙。亟命童子三四，窮五日夜之力，依樣印書，雖字畫不工，皆余手訂正者。』末署崇禎十六年（一六四三）八月九日。卷内有『張月霄印』朱文、『愛日精盧藏書』朱文二方印，今藏日本静嘉堂文庫。參愛日精盧藏書續志卷四、皕宋樓藏書志卷七五、静嘉堂秘籍志卷三三。周氏宋本當已久佚。

是集清鈔本，今國内著録達十部。日本大倉文化財團藏一部，其中有影寫宋本。如傅增湘藏園羣書經眼録卷一三記清翠古齋寫本，十行十八字，卷中語涉宋帝皆空格，鈐有『曾在鮑以文處』等印記。卷中有校正，今藏北京大學圖書館。以宋本猶在，鈔本可略而不述。

四庫全書著録安徽巡撫采進本，提要除指其編次無緒外，又云『校讎亦未盡善』，不詳是何本。今按宋本已偶有訛誤，如卷一二趙承慶墓誌銘，墓主寶元二年（一〇三九）卒，年三十九，則應生於咸平四年（一〇〇一），然墓誌中敘及雍熙、淳化時事，顯然訛誤，今無從校改。

是集元、明、清三代似未重刊。民國九年（一九二〇），李之鼎以涇縣洪氏舊鈔校文津閣庫本，刊入宋人集乙編。今以北京圖書館藏宋本校之，所刊訛誤不少，且有脱文，非爲佳槧。（輯自祝尚書宋人别集敘録無爲集）

三、雜記遺聞軼事

余嘗考前代士夫學出世法，能知如來設教本意，不爲空有所陷者，在晉則有若劉仲思，在唐則有若柳子厚，在我朝則有若楊次公。仲思入遠公蓮社，臨終唯請僧讀無量壽、法華二經。子厚作無姓和尚碑，稱其止讀法華經，且指極樂土正路爲生物所歸。次公作天台無相院碑，亦稱智者大士建化天台，以法華三昧爲極致，以安養國土爲依歸。蓋不讀法華，則無以明我心本具妙法。不生安養，則無以證我心本具妙法。（輯自大正新修大藏經第四七册宋宗曉樂邦文類卷第二）

楊傑，字次公，無爲人。妙齡擢甲科，文行有名於時。官太常，連六七任，一朝禮樂皆賴討論。遷南吕舍人，入侍講筵。王荆公、東坡先生皆欽重之。元豐中，召對，上問以佛法。有無爲集數十卷。（輯自宋章定名賢氏族言行類稿卷二二楊）

楊傑次公留心釋教，嘗上殿，神考頗問佛法大概，楊並不詳答，云：『佛法實亦助吾教。』既歸，人咸咎之，或責以聖主難遇，次公平生所學如此，乃唯唯何耶？楊曰：『朝廷端慎明辯，吾懼度作導師，不敢妄對。』（輯自宋朱彧萍洲可談卷三）

無爲楊氏，自傑次公以文學行義有聞於時，外至殊方異國亦知之。而以字行，以故遂爲東南望族。其論議激昂，舉止淹雅，不問可知爲其家子弟，或席下諸生也。（輯自宋李之儀姑溪居士前集卷四九楊判官墓誌銘）

與次公同聽賢師琴，賢求詩，倉卒無以應之。次公言古人賦詩皆歌所學，何必己云。次公因誦歐陽公贈李師詩，囑予書之以贈焉。元祐四年九月二十一日東坡居士記。（輯自宋蘇軾東坡志林卷七）

無爲子嘗奉使登太山絶頂，鷄一鳴，見日出。又嘗以事過華山，重九日飲酒蓮花峯上。今乃奉詔與高麗僧統游錢塘，皆以王事而從方外之樂。善哉！未曾有也。作是詩以送之：『天門夜上賓出日，萬里紅波半天赤。歸來平地看跳丸，一點黄金鑄秋橘。太華峯頭作重九，天風吹灔黄花酒。浩歌馳下腰帶鞓，醉舞崩崖一揮手。神游八極萬緣虚，下視蚊雷隱汙渠。大千一息八十返，笑厲東海騎鯨魚。三韓王子西求法，鑿齒彌天兩勍敵。過江風急浪如山，寄與舟人好看客。』（輯自宋蘇軾送楊傑并敘）

藍輿西出登山門，嘉與我友尋仙村。丹青明滅風篁嶺，環佩空響桃花源。前朝欲上已蠟屐，黑雲白雨如傾盆。今晨積霧卷千里，豈畏觸熱生病根。在家頭陀無爲子，久與青山作弟昆。孤峯盡處亦何有，西湖鏡天江抹坤。臨高揮手謝好住，清風萬壑傳其言。風回響答君聽取，我亦到處隨君軒。（輯自宋蘇軾登介亭餞楊傑次公）

昆盧海上妙高峯，二老遥知説此翁。聊復艤舟尋紫翠，不妨持節散陳紅。高懷却有雲門興，好句眞傳雪竇風。唱我三人無譜曲，馮夷亦合舞幽宫。（輯自宋蘇軾再和林子中蒜山亭見寄並答楊次公）

漏盡鷄號厭夜行，年來小器溢瓶罌。棄官縱未歸東海，罷郡猶堪作水衡。幻色將空眼先暗，勝游無礙脚殊輕。空煩遠致龍淵水，寧復臨池似伯英。（輯自宋蘇軾次韻和楊次公惠徑山龍井水）

清而直，樸而一。雖有鄭衛，無自而入。以託於君子之室。（輯自宋蘇軾楊次公家浮磬銘）

力學窺前古，扶經翊太平。樂成天地格，祧正祖宗明。知命窮猶達，趨玄死亦生。世無班馬筆，誰爲勒幽銘？

孤進終難達，文章誤此生。才趨王府講，已夢玉樓成。遺篋書千卷，招魂酒一觥。空餘淮上月，不到夜臺明。（輯自宋郭祥正青山集卷三〇楊次公侍講挽詞二首）

法雲説法元非法，六月洪爐舞飛雪。寶香一瓣下天來，須彌座上金光發。三界風雨動雷音，八部人天歸象設。昔年關西舊夫子，今日淮南大檀越。揚眉師利傾千偈，隱几維摩無一説。試開門户立家風，頓超初地無生滅。百川萬折必朝宗，東南到海無分別。紫陌紅塵拂面來，鐵壁不容通水泄。衆形畢現明鏡静，浮雲飛蓋秋空澈。眼見億萬歸彈指，境落毫釐差永劫。野犴不是師子兒，磨了䭾頭三尺鐵。全湖巨浸一浮漚，結果開花今幾葉。昔人卷簾仰天笑，得道固應由慧業。一言可盡千語迷，不如静看水中月。（輯自宋李復潏水集卷一二戲酬楊次公）

莫將陽九歸時數，自爲乾封致吉祥。必若中興待雲漢，枉教流議及桑羊。相望冠蓋交馳傳，躬作犧牲屬奉常。膚寸崇朝看變化，吾農從此萬斯箱。（輯自宋劉攽彭城集卷一三贈楊次公秘丞）

轉運判官夏倚公立，雅意禪宗，見楊傑次公而問黄龍之道，恨未即見。次公曰：『有心首座在章江，公能自屈，不待見南也。』公立聞之，亟至章江，見師在僧堂後持經，問曰：『非心公耶？』對曰：『是。』揖坐而歎曰：『達磨一宗將掃地矣。』因劇談道妙，至會萬物爲自己，及情與無情共一體。有犬臥香案下，師以厭尺擊香案曰：『犬有情即去，香案無情自住。情與無情如何得成一體？』公立不能答。師曰：『才入思惟，便成剩法，何曾會物爲己？』公立於是參叩鄭重。（輯自宋黄庭堅山谷集卷二四黄龍心禪師塔銘）

禮部楊傑居士，字次公。號無爲。歷參諸名宿，晚從天衣游。衣每引老龐機語，令研究深造。後奉祠泰山，一日鷄一鳴，睹日如盤涌，忽大悟。乃别『有男不婚，有女不嫁』之偈曰：『男大須婚，女長須嫁。討甚閑工夫，更説無生話。』書以寄衣，衣稱善。後會芙蓉楷禪師，公曰：『與師相别幾年？』楷曰：『七年。』公曰：『學道來？參禪來？』楷曰：『不打這鼓笛。』公曰：『恁麼則空游山水，百無所能也。』楷曰：『相别未久，善能高鑒。』公大笑。公有辭世偈曰：『無一可戀，無一可捨。太虚空中，之乎者也。將錯就錯，西生極樂。』（輯自卍續藏第八〇册五燈會元卷第一六）

錢塘喻彌陀者，早專畫彌陀佛爲業。楊傑次公賞識其精玅，以姓呼之爲喻彌陀，由是得名。（輯自卍續藏第八六册宋仲温曉瑩雲卧紀談）

白雲端和尚，見楊次公外集中間有一偈發明曹洞宗旨：『丹山鸞鳳來阿閣，祕殿簫韶奏九成。野老不知黄屋貴，六街猶聽静鞭聲。』乃云：『他是過量人，見徹古人心髓。』……無爲子既爲白雲所知，作一偈寄之：『十載聞名楊次公，有文堪振我宗風。分三成六添些子，直得金烏半夜紅。』次公因此至舒郡訪端和尚，夜話間悉知此老所詣。來日上堂，乃云：『自古自今説理説事者，如麻竹稻葦。會禪者，更比比然。討一箇家裏人，如天上揀月。黄梅賢宰楊次公，聞名十載有餘，夜來忽蒙訪及，元來却是箇本分家裏人。』（輯自大正新修大藏經第四七册宋虚堂和尚語録卷之四）

楊傑，字次公，無爲人，官尚書主客。遍歷禪林，參尋知識。晚年畫西方佛像，隨行觀念。捨壽之日，感佛來迎，端坐而化。（輯自大正新修大藏經第四九册宋沙門志磐佛祖統紀卷第二八往生公卿傳楊傑）

昔龐居士有言：『有男不婚，有女不嫁。大家團圞頭，共説無生話。』後來元豐間，有箇士人，謂之無爲居士，姓楊名傑字次公，嘗參前輩，於宗門中有眞實得力處。曾和龐公此偈云：『男大須婚，女長須嫁。討甚閒工夫，更説無生話。』這兩箇俗漢子，將他十方常住一片田地，不向官中印契，各自分疆列界道我知有，而時時向無佛處稱尊。當時亦有箇不平底，謂之海印信禪師，時住蘇州定慧，因見無爲此偈，亦有一偈曰：『我無男婚，亦無女嫁。困來便打眠，誰管無生話。』這三箇老漢説此三偈，快然居士開眼也著，合眼也著，不開不合也著。妙喜只得冷地看，看則不無，畢竟快然居士向開眼處著到耶？合眼處著到耶？不開不合處著到耶？若在開眼處著到，則落在龐公圈襀裏；在合眼處著到，則落在楊無爲圈䙡裏；　在不開不合處著到，則落在海印禪師圈䙡裏。快然見恁麽説定道『總不恁麽』。若總不恁麽，又落在妙喜圈䙡裏。要出三老圈䙡則易，要出妙喜圈䙡則難。快然畢竟如何出得？（輯自大正新修大藏經第四七册宋大慧普覺禪師法語卷第二二羅知縣示快然居士）

蘇文定宰績溪時，吾邑吴端翁先生登其門，因文定而見文忠，遂交後山。又見知無爲子楊公傑。序其詩，才百三十字，字字燦若驪珠。端翁遂得與於元祐文獻之傳，盛哉！端翁終身布衣，知之者鮮，幸遇二蘇、楊公於生前，又幸遇虚谷方公於身後。（輯自元陳櫟定宇集卷三吴端翁詩跋）

無爲楊次公傑，宰黄梅日，謁端禪師，請升座。云：『夜來堂上坐，忽聞人叫唤。黄梅楊長官，來到白雲畔。久聞竊我宗，未得當面斷。一夜燈火前，引過舊公案。所犯一一招，也要衆人看。鼻直權骨高，一箇没量漢。』（輯自卍續藏第七六册元熙仲集歷朝釋氏資鑑卷第九）

公以偈呈師云：『短世無閑日，虚空有盡時。滿前皆俗諦，隨在合時宣。風剪篆煙落，日移松影欹。祖師心一片，能有幾人知？』師云：『無爲子詩今又古，始明終晦人難覩。豈惟正得國風回，別有一枝通佛祖。』次公入寶林寺，因寫七佛殿額，乃問昌禪師：『七佛重出世時如何？』師云：『一回相見一回新。』又同游山次，楊拈起大士飯石問：『既是飯石，爲甚咬不破？』師云：『只爲太硬。』楊云：『猶涉繁詞。』師云：『未審提刑作麼生？』楊云：『硬。』師云：『也是第二月。』次公與中際野軒可遵禪師爲道交，以偈調師曰：『無孔鐵槌太重，墮在野軒詩頌。酸鹻氣息全無，一向撲入虀瓮。』遵乃續韻云：『無爲不甚尊重，到處吟詩作頌。直饒百發百中，未免喚鍾作瓮。』無何，有僧往無爲軍持鉢，遵以偈送之，且簡次公云：『今去無爲化有情，野軒無物贈君行。若從楊傑門前過，爲我高聲喝一聲。』次公從天衣懷禪師游，師每引老龐機語令研究。後奉祠泰山，鷄一鳴，覩日如盤湧，大悟。因以『有男不婚，有女不嫁』之偈，別云：『男大須婚，女長須嫁。討甚閑工夫，更説無生話。』書以寄師，師大稱善。公歷禮部侍郎，至太保。（輯自卍續藏第七六册元熙仲集歷朝釋氏資鑑卷第九）

高麗僧統義天者，棄王位出家。航海至明州，上疏乞遍歷叢林，問道受法。有詔朝奉郎楊傑館伴。所經吴中諸刹，皆迎餞如王臣禮。至金山，長老了元牀坐納其大展。次公驚問其故，元曰：『義天亦異國僧耳，至叢林，規繩如此，不可易也。』次公曰：『卑之少循時宜，求異諸方，亦覺老之心哉？』元曰：『不然。屈道隨俗，諸方先失一隻眼，何以示華夏師法乎？』朝廷聞之，以元爲知大體。曹王奏其名，神考賜『紫師』號旌之。（輯自卍續藏第七六册元熙仲集歷朝釋氏資鑑卷第一〇）

婺州寶林果昌禪師，安州時氏子。師與提刑楊次公入山，同游山次。楊拈起大士飯石問：『既是飯石，爲甚麼咬不破？』師曰：『秖爲太硬。』楊曰：『猶涉繁詞。』師曰：『未審提刑作麼生？』楊曰：『硬。』師曰：『也是第二月。』楊爲寫七佛殿額，乃問：『七佛重出世時如何？』師曰：『一回相見一回新。』上堂。一即一，二即二，嗅著直是無香氣，驀拈拄杖卓一下曰：『識得山僧楖栗條，莫向南山尋鱉鼻。』（輯自大正新修大藏經第五一册明居頂續傳燈録卷第一九）

普聰，得法宗本，住投子，時年八十餘；有監寺者，一夕爲盜所殺，副寺白聰。聰曰：『我已知其人矣。』副寺聞官，而吏至，聽如前語。吏詰之，聰曰：『殺監寺者老僧也。』吏即以聰繫獄，聰無異詞。偶楊傑爲憲按部，至州境。夜夢神人云：『此州有肉身菩薩，枉坐縲絏中。』傑訪問聰事，遂釋之。後十年，有行者患迦摩羅疾，而自首云：『昔日殺監寺者，我也。』（輯自卍續藏第八五册明朱時恩佛祖綱目卷第三七）

蘇子瞻在杭時，有題楊次公春蘭詩云：『春蘭如美人，不採羞自獻。時聞風露香，蓬艾深不見。丹青寫眞色，欲補離騷傳。對之如靈均，冠佩不敢燕。』其蕙詩云：『蕙本蘭之族，依然臭味同。曾爲水僊佩，相識楚詞中。幻色雖非實，眞香亦竟空。雲何起微馥，鼻觀已先通。』（輯自明田汝成西湖游覽志餘卷二四委巷叢談）

宋米芾，字元章，守漣水，地接靈壁，畜石甚富，一一品目加以美名。時楊次公傑爲察使，知米好石廢事，因往廉焉。至郡，正色言曰：『朝廷以千里郡邑付公，汲汲公務，猶懼有闕，那得終日弄石，都不省録爾役。當録郡事，不然按牘一上，悔亦何及。』米徑前，以手於左袖中取一石，其狀嵌空玲瓏，峯巒洞穴皆具，色極清潤。米舉石，宛轉翻覆以示楊，曰：『如此石，安得不愛？』楊殊不顧。乃納之左袖，又出一石，疊嶂層巒，奇巧又勝，又納之左袖，最後出一石，盡天劃神鏤之巧，又顧楊曰：『如此石，安得不愛？』楊忽曰：『非獨公愛，我亦愛也。』即就米手攫得之，徑登車去。（輯自明彭大翼山堂肆考卷一一六攫石）

謹按浄業之人，自古雖有暫信暫疑者，而末法之中，殆又甚焉。何哉？良以浄土法門，經論昭然，觀者烏得不信？及聞六祖愚人願東願西之説，黄檗黄葉止啼之喻，天衣去則實不去之言，楊次公將錯就錯之頌，又烏得不疑？信於彼而疑於此，二者所以相持而無專據也。殊不知六祖三師實爲得道者，豈一無所爲！而直爲是謗經背聖之談，以啓萬世之疑乎？故蓮師於六祖之説，詳爲之辨；天衣之言，深爲之解；於楊次公之頌，則曰藴藉不少。蓋有獨觀其深者，胡今人不逆其志而徒泥其詞，遂以爲詆訶浄土，豈其然乎？雖然，六祖三師，可信可疑姑置弗論。獨永明浄土文，有希從昔賢，恭稟佛敕，定不謬誤之語旨哉！斯言足爲定論，更無可疑者。儻猶未釋然，吾將西向合掌曰：『疑城之設，正爲是人。』（輯自卍續藏第六一册明莊廣還浄土資糧全集卷之二）

居士鮑始者，日誦法華、楞嚴，久之知解通利，遂作西方論答客問共三篇。初一篇……分三等西方，一爲文殊、普賢、馬鳴、龍樹、諸菩薩所生之西方，二爲遠公永明等諸知識、蘇子瞻楊次公等諸賢者所生之西方，三爲凡庸、惡人、畜生等所生之西方。其説近似有理，但九品往生，經有明文，昭如日月之在中天，何須待爾别爲三等？（輯自卍續藏第六二册明蓮池雲棲浄土彙語）

越國夫人王氏，哲宗從父荆王之妻也。專修浄土，晝夜無間，道諸妾婢並志西歸。中有一婢獨懈慢，夫人曰：『不可以爾一人，壞我規矩。』擯之，婢悚悔，遂發憤精進，久之弗倦。一日謂同事曰：『吾其行矣。』夜聞異香滿室，無疾而逝。越宿，同事者告夫人言：『夜夢化去之婢，令致謝夫人，幸蒙訓責，得生西方，感德無量。』夫人曰：『彼能入我夢，乃可信爾。』其夕，夫人夢婢致謝如前。夫人曰：『西方可至乎？』婢曰：『可。』遂導夫人行，頃之，見一大池中有蓮華，大小間錯，或榮或悴。夫人問其故，婢曰：『世間修西方者，才發一念，此中便生一華。勤惰不同，榮悴亦異。精進者榮，怠廢者悴。若歷久不息，念熟觀成，形消神謝，決生其中。』中有一人，朝服而坐，寶冠瓔珞，莊嚴其身。夫人問曰：『何人也？』婢曰：『楊傑也。』又一人朝服而坐，其華頗悴，夫人又問何人。曰：『馬圩也。』兩人俱修浄業，事具本傳。夫人曰：『我當生何處？』婢導之行，可數里，望見一華臺，金碧晃耀，光明洞然。婢曰：『此夫人生處，乃金臺上品上生也。』既覺，悲喜交至。其年遇生日，晨起，秉爐爇香，望觀音閣而立，諸眷屬方趣前爲壽，眡之，則已化去矣。（輯自卍續藏第七八册清彭希涑浄土聖賢録卷九）

楊次公官至禮部，夜思無託，遂樂佛教。歷參十二員知識，未契其旨。後聞白雲道風大振，往見之。值白雲爲衆入室，夜至三更。公求見，雲弗之。公於窗外效鷄鳴。雲曰：『不知時節之物，惑亂諸方即得。』令侍者擒來殺之者，扭入方丈，公鳴不止，雲作犬聲，公乃休。遂引頸於師前，雲執公須曰：『長毛似尾。』公曰：『棄取毛尾時如何？』雲曰：『看鷄。』公鳴一聲，雲搊住托開曰：『鷄在籠里，討甚麽碗。』遂閉却門復召曰：『次公。』公應諾。雲曰：『出籠也未？』公無語。侍者云：『相公且歇，來日再見和尚。』公休去。（輯自卍續藏第六四册清智祥述禪林重刻寶訓筆説卷下）

幽溪大師浄土法語曰：『求其爲吾眞切教誡，莫要乎楊次公之兩言：「謂愛不重不生娑婆，念不一不生極樂。」夫念佛以一其心，懇切持名，專志不亂，此吾所當盡心者。』（輯自卍續藏第六二册清張師誠徑中徑又徑卷四）

修浄業者，萬代師法。倣蓮社立祖之意，以遺民爲初祖。又以行業昭著者，繼定九祖。初祖劉程之，字仲思，號遺民。二祖白居易，字樂天，號香山居士。三祖王日休，字虚中，號龍舒居士。四祖葛繁，字□□。五祖王古，字敏仲。六祖楊傑，字次公，號無爲子。七祖馮檝，號不動居士。八祖錢象祖，號止庵居士。九祖丁明登，號蓮侶。（輯自卍續藏第六二册浄土紺珠九祖）

附　安徽古籍叢書已版書目

舊聞隨筆
定本莊子故
張籍集注
文學研究法
桐城文學淵源考・撰述考
包拯集編年校補
康輶紀行・東槎紀略
北山樓集
桐城耆舊傳
疑庵詩
三餘札記
方望溪遺集
爾雅翼

識小録・寸陰叢録
東萊詩詞集
明太祖集
王侍郎奏議
程氏家塾讀書分年日程
朱楓林集
敬孚類稿
施愚山集（四册）
吴敬梓吴烺詩文合集
張孝祥詞箋校
竇山公家議校注
翠微南征録・北征録合集
阮大鋮戲曲四種

老子注三種
杜詩説
朱書集
論語解注合編
郭祥正集
皖人詩話八種
唐詩評三種
左傳微
績學堂詩文鈔
鈍齋詩選
老子注譯
莊子詮詁
説文假借義證

劉銘傳文集
包世臣全集（三冊）
戴震全書（七冊）
田間易學
莊屈合詁
田間詩集
田間文集
古事比（二冊）
安徽出土金文訂補
秋崖詩詞校注
道聽途説
蘭茗館外史
青泥蓮花記
舌華録
明語林

夜雨秋燈録・續録（二冊）
包拯集校注
毛詩後箋（二冊）
劉文典全集（四冊，列入特輯）
壹齋集（二冊）
孟子講義
楊仁山全集
弢翁藏書年譜（列入附輯）
不得已附二種
歙事閑譚（二冊）
惜抱軒詩集訓纂
張孝祥詩文集
吴汝綸全集（四冊）
朱子全書（二十七冊）
姚瑩年譜（列入附輯）

明實録安徽經濟史料類編（列入附輯）
青溪集
藏山閣集
田間詩學
俞正燮全集（三冊）
皖人戲曲選刊・鄭之珍卷
詠懷堂詩集
所知録附四種
文選箋證（二冊）
歙紀
方孝標文集
七頌堂集
劉文典全集補編（列入特輯）
程瑤田全集（四冊）

皖人戲曲選刊・方成培卷

皖人戲曲選刊・龍燮卷

凌廷堪全集（四册）

黄生全集（四册）

東輶紀程

蕭雲從詩文輯注

程文炳文集

程恩培集

方盦山詩集（二册）

趙紹祖金石學三種

小爾雅義證

勉行堂詩文集

貴池唐人集

龍眠風雅全編（十册）

無爲集校箋